폴리스

POLITI (POLICE)
by Jo Nesbø

Korean translation copyright ⓒ Viche, an imprint of Gimm-Young Publishers, Inc. 2019
This Korean language edition is published by arrangement with Jo Nesbø c/o
Salomonsson Agency through MOMO Agency, Seoul.

이 책의 한국어판 저작권은 MOMO Agency를 통한 Jo Nesbø c/o Salomonsson Agency사와
의 독점 계약으로 비채에 있습니다.

- 본서는 저자 및 저작권사의 공식 인정을 받은 Don Bartlett의 영어판 번역과 노르웨이어판을 바탕으로 번역되었습니다.
- 인명을 포함한 고유명사는 노르웨이 현지 발음을 기준으로 표기하였습니다.
- 모든 주는 옮긴이주입니다.

폴리스

JO NESBØ

POLICE

요 네스뵈
장편소설
— 문희경 옮김

비채

축구선수이자 기타리스트
나의 친구이자 형
크누트 네스뵈에게 바칩니다.

01 박쥐

오스트레일리아에서 노르웨이인 여성이 살해당한다. 해리는 사건을 수사하기 위해 파견되지만, 저항의 흔적도, 범행 패턴도, 목격자도 없다. 올림픽을 앞둔 시점이라 모두가 쉬쉬하며 사건을 덮기 바쁜 와중에 해리만이 사건의 심연을 들여다보고, 그런 그를 비웃듯 살인이 이어진다. 너무 덥고 눈부시고 결코 익숙해질 수 없는 땅 오스트레일리아. 그곳에서 해리는 하루아침에 백인들에게 삶의 터전과 가족을 빼앗긴 '애버리지니'의 슬픈 전설을 만난다. 한편, 함께 수사하던 동료 경찰마저 죽고, 미끼가 되기를 자청한 해리의 연인은 실종되는데……. 얼음의 나라를 떠나 태양의 나라에서, 반항하고 부딪히고 사랑을 잃으며 마침내 형사 해리가 태어난다.

 02 바퀴벌레

오스트레일리아의 연쇄살인사건을 해결하고 오슬로로 돌아온 해리는 상처와 상실을 회복하지 못한 채 짓눌려 살아간다. 어느 날, 주태국노르웨이대사가 방콕 사창가에서 시체로 발견되고, 경찰은 단골 술집 '슈뢰데르'에 틀어박혀 있던 해리를 호출한다. 동생의 사건을 재조사하는 조건으로 태국으로 향한 해리. 좌충우돌하며 수사에 매진하는 그는 다시 풋풋하고 건방지며 아직은 세상의 선의를 믿는, 진실을 손에 넣고 싶은 청년으로 돌아간 듯하다. 그러나 늘 그랬듯 진실로 가는 길은 피투성이이다.

03 레드브레스트

1944년, 나치와 레지스탕스가 대립하던 제2차 세계대전의 동부 전선에서 청년들은 낙엽처럼 쓰러져갔다. 그리고 2000년의 오슬로. 전쟁에서 어렵게 살아남은 생존자들이 하나씩 살해된다. 경위로 승진한 해리 홀레는 희귀하고 비싸지만 도무지 실용적이라고는 할 수 없는 라이플의 수상한 밀매에 주목한다. 가시를 삼킨 새의 전설과 해리 앞에 나타나는 노인들, 그리고 진홍가슴새로 불리던 남자…… 연이은 죽음은 무엇을 위한 복수일까. 알코올의존증에서 간신히 빠져나온 해리는 자기 자신과 노르웨이를 지킬 수 있을까. 해리는 모두가 알고 있지만 누구도 말하지 못한 노르웨이의 슬픈 역사와 대면한다.

04 네메시스

노르웨이 오슬로에서 일어난 전대미문의 은행강도 사건. 모든 것은 치밀하게 계획되어 있었고, 범인은 창구 직원을 총으로 쏜 후 머리카락 한 올 남기지 않고 사라진다. 사건을 맡은 해리는 여기에 주목한다. 1초가 급한 상황에서 돈을 챙긴 범인이 왜 불필요한 살인을 했을까. 한편, 해리는 옛 여자친구 안나를 만난다. 안나의 집에서 시간을 보낸 다음 날, 해리의 기억은 사라졌고 안나는 죽은 채로 발견된다. 설상가상으로 모든 단서는 해리를 범인으로 지목한다. 죽음과 복수를 꿈꾸는 죄와 벌의 무간지옥이 펼쳐지고, 해리는 한 사건의 용의자가 되어 다른 사건을 수사해야 한다.

05 데빌스 스타

한여름의 오슬로. 한낮의 열기 속에서 첫 살인사건이 발생한다. 손가락이 잘린 채 발견된 여성 희생자의 눈꺼풀 속에 별 모양의 붉은 다이아몬드가 들어 있다. 얼마 후 또 다른 실종자가 보고되고, 그녀의 잘린 손가락만이 역시 별 모양의 붉은 다이아몬드 반지와 함께 배달된다. 사건을 맡은 해리는 '어떻게'가 아니라 '왜'가 중요한 사건임을 직감한다. 그는 부패 경찰 볼레르와 파트너가 되어 이 희대의 사건을 해결해야 한다.《레드브레스트》와《네메시스》를 잇는 오슬로 삼부작 완결편.

06 리디머

크리스마스 시즌을 맞아 들뜬 오슬로. 구세군이 주최한 거리 콘서트에서 구세군 장교 한 명이 총을 맞는다. 용의자도, 뚜렷한 동기도, 흉기도 없는 사건. 해리의 수사는 난항을 거듭하고, 그러는 와중에도 구세군과 관계된 사람들이 연속적으로 살해당한다. 해리는 이 비극의 씨앗이 오래전에 잉태되었음을 깨닫는데……. 해리는 상처받은 끝에 스스로 고립을 택하지만, 운명은 더 잃을 게 없을 때조차 그에게 가혹하다.

07 스노우맨

첫눈이 내리는 오슬로. 퇴근한 엄마는 정원에 선 눈사람을 보고 잘 만들었다며 칭찬한다. 아이는 대답한다. "우린 눈사람 안 만들었어요. 그런데 눈사람이 왜 우리 집을 보고 있어요?" 그리고 그날 밤 엄마는 사라진다. 수사에 투입된 해리 홀레는 지난 11년 동안의 데이터를 모아 여자들이 연쇄적으로 실종되었음을 확인한다. 그때 정체불명의 '스노우맨'이 보낸 편지가 그에게 도착한다. "눈사람이 사라질 때 그는 누군가를 데려갈 것이다…… 누가 눈사람을 만들었을까?"

08 레오파드

스노우맨 사건으로 손가락과 연인을 한꺼번에 잃은 해리. 경찰 일을 그만두고 홍콩의 뒷골목에서 집요하게 자신을 망가뜨리던 그에게 노르웨이의 형사 카야가 찾아온다. 연쇄살인범이 또다시 노르웨이를 충격에 빠뜨렸으며, 어디에서도 흉기는 발견되지 않았고, 사인은 그들 자신의 피로 인한 익사라는 것. 그리고 그의 아버지가 위독하다는 것. 해리는 결국 내키지 않는 발길로 오슬로로 향하지만 수사는 더디기만 하다. 병원에서 만난 '스노우맨'은 해리에게 주변 인물부터 용의선상에 올려보라고 충고하고, 해리는 떨칠 수 없는 검고 우울한 그림자를 느낀다.

09 팬텀

손가락을 잃은 것으로도 모자라 얼굴 절반에 상처를 입은 해리. 아버지는 세상을 떠났고 연인 라켈 역시 그를 떠났다. 다시 모든 것을 내려놓고 홍콩으로 떠난 해리를 오슬로로 돌아오게 한 것은 '올레그'였다. 라켈의 아들이자 그에게만 속마음을 털어놓던, 아들보다 더 가깝던 그 소년이 다른 소년을 죽인 혐의로 체포된 것이다. 그러나 해리는 이제 경찰이 아니다. 심지어 올레그의 아버지도 아니다. 오슬로는 그를 반기지 않고 사랑하던 사람은 거의 다 죽어버린 지금, 마지막 남은 소중한 것을 지키기 위해 해리는 가혹한 대가를 치러야 한다.

■ 이 책에 직접 등장하거나 인물들의 입을 통해 등장하는 인물입니다. 이 목록에는 해리 홀레 시리즈 제9권 《팬텀》까지의 내용과 반전 일부가 드러나 있습니다. 그러나 《폴리스》의 내용은 포함되어 있지 않습니다.

해리 홀레 ❶❶❶❷❶★❻❶❶❶❶

오슬로 경찰청 강력반의 형사였다. 최악의 사건들을 해결하면서 오슬로에서 가장 유능한 형사로 불렸지만, 경찰 일에 환멸을 느껴 사직하고 오슬로를 떠났다. 《팬텀》에서 위기에 빠진 올레그를 구하기 위해 돌아왔지만, 올레그가 쏜 총에 맞아 의식을 잃고 만다.

라켈 페우케 ❷❶★❻❶❶❶❶

변호사. 해리의 오랜 연인. 《레드브레스트》에서 처음으로 해리와 만났다.

올레그 페우케 ❷❶★❻❻❶❶❶

라켈의 아들. 해리에게도 아들이나 다름없는 존재이다. 《팬텀》에서 마약에 찌든 모습으로 해리를 놀라게 했다.

군나르 하겐 ❻❶❶❶❶

오슬로 경찰청 강력반 최고 책임자. 해리를 눈엣가시처럼 여기면서도 그를 돕는다.

10

베아테 뢴 🏃★🔪🔦◐◖

과학수사과를 이끌고 있는 과학수사관.《네메시스》부터 오랫동안 해리의 조력자였다.

비에른 홀름 ★🔪◐◖◖

과학수사관. 베아테와 함께 오랫동안 해리의 조력자였다.

카트리네 브라트 ◖◑

오슬로 경찰청의 형사였으며《스노우맨》에서 활약한 바 있으나 오랫동안 정신병원에 있었다.

스톨레 에우네 ◖🔪◖★🔪◖

심리학자. 오랫동안 오슬로 경찰청의 심리학 자문을 맡아왔다.

엘렌 옐텐 🔪

오슬로 경찰청의 형사.《레드브레스트》에서 해리와 함께 수사하다가 숨졌다.

잭 할보르센 🔪◖🔪

오슬로 경찰청의 형사. 해리의 옛 파트너로 함께 수사했으며 베아테의 연인이었다.《리디머》에서 숨졌다.

미카엘 벨만 ◑◖

크리포스(노르웨이 특별수사국)를 맡았으며,《팬텀》에서 조직범죄를 통합해 수사하는 오르크림의 수장이 되었다.

울라 벨만 🔵🔴

미카엘 벨만의 아내.

트룰스 베른트센 🔵🔴

오륵크림의 경관으로, 오랫동안 미카엘 벨만의 그림자처럼 더러운 일
들을 처리해온 버너(burner)였다.

외위스테인 아이켈란 🔴⭐🌀🔴🔵🔴

어린 시절부터 해리의 오랜 친구. 택시기사이다.

루돌프 아사예프 🔴

일명 두바이. 오슬로 마약왕으로 불렸다. 《팬텀》에서 해리의 칼에 찔
렸다.

크리스 레디 🔴

일명 아디다스. 오슬로의 마약상. 《팬텀》에서 구스토 한센을 죽였다고
자백했었다.

이사벨레 스퀘옌 🔴

오슬로 시의회 사회복지위원의 비서. 《팬텀》에서 미카엘 벨만의 정부
였다.

요한 크론 주니어 🌀🔴🔴⚪

오슬로의 유명 변호사. 《레드브레스트》를 시작으로 여러 번 해리와 엮
였다.

시구르 알트만 🟠

간호사.《레오파드》에 등장했다.

로게르 옌뎀 ⭐🔪🟠

〈아프텐포스텐〉의 범죄 담당 기자.

시베르트 폴카이드 ⭐🔪

경찰 특공대 '델타'의 대장.

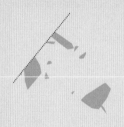

그것은 그 안에, 그 문 뒤에 잠들어 있었다.

모퉁이 장식장 안에서는 오래된 목재와 탄약 잔류물, 윤활유의 냄새가 났다. 창문으로 들어와 장식장 열쇠구멍을 통과한 햇빛이 선반에 모래시계 모양으로 떨어졌다. 각도가 맞아떨어질 때면 중앙에 놓인 무광의 총이 은은하게 번들거렸다.

러시아제 오데사, 유명한 스테츠킨을 복제한 총.

볼품없이 생긴 이 자동권총은 끊임없이 이동했다. 카자크인들과 함께 리투아니아에서 시베리아로 넘어갔다가, 시베리아 남부의 여러 우르카 소굴을 거쳐 카자크의 지도자 아타만의 손으로, 그가 이 총을 손에 쥔 채 경찰에 사살당한 후에는 니즈니타길의 어느 총기 수집광인 교도관의 집에도 흘러들어갔다. 그러다 마침내 루돌프 아사예프, 일명 '두바이'와 함께 노르웨이까지 들어왔다. 두바이는 헤로인과 유사한 신종 마약 '바이올린'으로 오슬로 마약시장을 독점하고는 홀연히 종적을 감추었다. 이제 이 총은 오슬로의 홀멘콜베이엔, 더 정확히 말하면 라켈 페우케의 집에 있다. 탄창에는 9×19밀리미터 마카로프 탄약 스무 발을 넣을 수 있고, 단발사격과 일제사격이 가능했다. 탄창에는 열두 발이 남아 있다.

발사된 여덟 발 중 세 발은 아사예프의 라이벌이던 코소보 알바니아인들에게 날아갔다. 그중 한 발만 인간의 살에 박혔다.

다른 두 발은 구스토 한센, 아사예프에게서 돈과 마약을 빼돌린 어린 도둑이자 마약상을 죽였다.

마지막 세 발은 구스토 한센 살인사건을 수사하던 전직 경찰 해리 홀레의 머리와 가슴으로 날아갔고, 그 탄약 냄새가 아직 배어 있었다. 두 사건의 현장은 동일했다. 하우스만스 가 92번지.

구스토 한센 살인사건은 아직 해결되지 않았고, 수사 초기에 체포된 열여덟 살 소년은 풀려났다. 흉기가 나오지 않은 데다 사건을 그 소년과 연결할 지점을 찾지 못해서였다. 소년의 이름은 올레그 페우케. 그는 매일 밤 잠에서 깨어나 어둠을 노려보며 총성에 시달렸다. 구스토를 죽인 총성이 아닌 또 다른 총성. 그 경찰을 향해 쏜 총성이었다. 어린 시절 아버지가 되어준 경찰. 한때는 엄마와 결혼하면 좋겠다고 생각한 사람. 해리 홀레. 올레그는 두 눈을 부릅뜨고 어둠을 노려보며 모퉁이 장식장에 놓여 있는 그 총을 떠올렸고, 다시는 그 총을 보지 않기를 바랐다. 누구도 다시는 보지 않기를. 그 총이 영원히 잠들기를.

그는 그 안에, 그 문 뒤에 잠들어 있었다.

경찰이 앞에서 지키고 있는 병실에서는 약과 페인트 냄새가 났다. 병상 옆 모니터에 그의 심장박동이 찍혔다.

오슬로 시청 사회복지위원회 의원 이사벨레 스퀘옌과 신임 경찰청장 미카엘 벨만은 다시는 그를 보지 않게 되기를 바랐다.

누구도 다시는 그를 보지 못하기를.

그가 영원히 잠들기를.

PART 1

1

해가 길고 따스한 9월의 어느 날이었다. 햇살 아래 오슬로의 피오르가 녹아 흐르는 은銀처럼 번쩍거리고, 야트막한 능선에는 이제 막 내려앉은 가을이 붉게 타올랐다. 오슬로 토박이들이 이 도시를 영원히 떠나지 않겠다고 맹세하게 만드는, 그런 날이었다. 해가 울레른 언덕을 넘어가며 마지막 햇살을 뿌렸다. 햇살이 들판을 스치고, 오슬로의 초라한 출발을 입증하듯 서 있는 허름한 아파트 단지를 비추고, 노르웨이를 세계 최고의 부자 나라로 만들어준 석유산업을 증명하는 테라스 딸린 호화저택을 비추고, 스텐스 공원의 약쟁이들과 약물 과다복용 비율이 유럽의 다른 도시들보다 여덟 배나 높은 이 작고 잘 정비된 도시를 비추었다. 국가 지침에 따라 가장자리에 그물을 두르고 한 번에 세 아이까지만 뛸 수 있게 만든 트램펄린이 놓인 정원에도 햇살이 스치고 지나갔다. 그리고 햇빛은 검은 냄비 모양의 분지인 오슬로의 절반을 둘러싼 능선과 숲을 스치며, 끝내 이 도시를 내주기 싫은 듯 마지막까지 길게 손가락을 뻗었다. 기차가 떠나기 전, 창문에 매달려 한참 동안 작별인사를 나누는 사람들처럼.

그날 아침은 공기가 차고 맑았다. 햇살이 수술실 조명처럼 쨍했다. 기온이 서서히 오르고 하늘은 더 파래져서 9월을 한 해의 가장 아름다운 달로 만들어주는 상쾌한 기운이 퍼져 있었다. 땅거미가 머뭇머뭇 내려앉을 무렵, 마리달 호수를 굽어보는 언덕 위 주택가에 사과나무와 전나무 향이 그윽했다.

에를렌 베네슬라는 마지막 언덕배기로 오르고 있었다. 몸에 젖산이 쌓이는 느낌이었지만 끈 없는 페달을 수직으로 정확히 밟으며 무릎을 살짝 안으로 기울이는 데에만 정신을 집중했다. 중요한 건 정확한 자세다. 몸이 지쳐서 뇌가 자꾸만 덜 지친 근육에 힘을 싣는 비효율적인 자세로 바꾸라고 명령할 때일수록 더더욱 바른 자세를 유지해야 한다. 페달을 밟으면 생성되는 와트가 단단한 자전거 프레임에 흡수되어 소진되는 과정, 기어를 한 단 내리고 일어서서 일정한 리듬으로 1분에 약 90회 회전을 유지할 때 가속도가 붙는 과정이 몸으로 느껴졌다. 심박수 측정기를 보았다. 168. 헤드램프로 핸들에 달린 내비게이션을 비추었다. 오슬로와 주변 지도가 상세히 나왔다. 자전거와 액세서리는 최근에 은퇴한 경찰인 그가 감당할 수 있는 한도를 넘었다. 그럼에도 삶에 난관이 산적한 지금이야말로 건강을 유지하기 위한 노력이 무엇보다 필요했다.

정직하게 접근하면 난관은 줄어들 것이다.

허벅지와 장딴지에서 젖산이 타들어갔다. 힘은 들어도 결과는 근사할 것이다. 엔도르핀 분출. 유연한 근육. 선한 양심. 해가 넘어간 후 기온이 심하게 떨어지지만 않으면 아내와 발코니에 앉아 맥주 한 잔 함께 마실 수 있을지도.

그는 벌떡 일어섰다. 길이 평평해지고 눈앞에 마리달 호수가 펼쳐졌다. 속도를 늦추었다. 도시에서 벗어났다. 기분이 묘했다. 유럽 국가의 수도 한복판에서 출발해 열심히 페달을 밟은 지 15분 만에 사방으로 밭과 들판과 무성한 숲이 펼쳐지고 산길은 땅거미 속으로 자취를 감춰버리다니! 땀이 나서 진회색 벨Bell 헬멧 속에서 머리가 간질거렸다. 이 헬멧 하나에만도 손녀딸 라인 마리의 여섯 살 생일에 사준 자전거 한 대 값이 들어갔다. 간지러워도 헬멧을 벗지 않았다. 자전거 운전자 사망 사고가 주로 두부 손상에 의한 것이므로.

심박수 측정기를 보았다. 175. 172. 반가운 바람이 멀리 도심의 환호성을 함께 실어왔다. 분명 울레볼 경기장에서 나는 소리다. 오늘 밤 거기서 중요한 국제 경기가 열린다고 했다. 슬로바키아인지 슬로베니아인지. 에를렌 베네슬라는 잠시 박수갈채를 받는 장면을 상상했다. 박수를 받아본 게 언제였던가. 마지막으로 받은 건 브륀의 크리포스에서 열린 송별회에서였다. 몇 층짜리 케이크, 상관이던 미카엘 벨만의 연설. 미카엘 벨만은 그 뒤로 착착 승진해서 경찰청 최고 자리에 올랐다. 에를렌은 박수를 받고 모든 사람을 돌아보며 고맙다고 말했다. 그리고 소감을 한마디 꺼내려다 목이 메었다. 크리포스의 전통대로 간단히 사실만 언급했다. 경찰로 살면서 온갖 우여곡절을 겪었지만 다행히 큰 실수는 없었다. 그가 아는 한에서는. 물론 누구도 정답을 안다고 자신할 수는 없겠지만. DNA 기술이 급속도로 발전하면서 위에서 신기술로 과거의 미제사건을 재조사하려 하자 이제는 무엇도 확신하기 힘들어졌다. 답. 새로운 답. 결론. 미제사건에 집중하는 것도 좋지만 왜 군이 오래전에 이미 해결된 사건에 자원을 허비하는 것인지 도무지 이해가 가지 않았다.

어둠이 짙어졌다. 가로등이 켜져 있는데도 숲으로 들어가는 입구가 표시된 나무 팻말을 지나칠 뻔했다. 그러다 그곳이 보였다. 기억 속의 그 장소. 그는 도로에서 벗어나 폭신한 산길로 들어섰다. 산길을 따라 겨우 중심을 잡으면서 천천히 숲속으로 들어갔다. 헤드램프 빛이 원뿔 모양으로 앞을 비추고, 양옆으로 빽빽한 전나무숲이 벽처럼 막아섰다. 그림자들이 앞에서 휙휙 지나가고, 화들짝 놀란 듯 황급히 형체를 바꾸고, 숨을 곳을 찾아 뛰어들었다. 그 여자의 처지가 되어 상상해본 풍경 그대로였다. 사흘간 감금되어 강간당하다가 손전등 하나 들고 도망친 때의 풍경.

갑자기 나타난 빛을 보고 에를렌 베네슬라는 순간 그 여자의 손전등 불빛인가 했다. 그 여자가 다시 달아나고 그자가 오토바이로 쫓아와서 그녀를 잡아채는 장면이 눈 앞에 펼쳐졌다. 불빛이 깜빡거리다가 에를렌을 똑바로 비추었다. 그는 자전거를 세우고 내려섰다. 헤드램프로 심박수 측정기를 비추었다. 이미 100 아래로 떨어졌다. 나쁘진 않았다.

그는 턱끈을 풀어 헬멧을 벗고 머리를 긁었다. 이렇게 시원할 수가! 헤드램프를 끄고 헬멧을 핸들에 걸어놓고 자전거를 끌고 불빛을 향해 다가갔다. 헬멧이 자전거 프레임에 탕탕 부딪혔다.

그는 손전등 불빛 앞에 멈췄다. 불빛이 강렬해서 눈이 부셨다. 앞은 보이지 않고 자신의 거친 숨소리만 들렸다. 심박수가 이렇게 낮은데 숨소리는 거친 게 이상했다. 움직임이, 크고 둥글게 흔들리는 불빛 뒤에서 뭔가가 올라가는 느낌이 들고 조용히 휙 공기를 가르는 소리가 들리자 불현듯 그 생각이 들었다. 그러지 말걸. 헬멧을 벗지 말걸. 자전거 운전자 사망 사고가 주로…….

생각이 뚝뚝 끊기며 시간이 이동하고 한순간 눈앞의 이미지가 단절된 듯 보였다.

에를렌 베네슬라는 놀란 얼굴로 똑바로 앞을 보았고, 뜨거운 땀 한 방울이 이마로 흘렀다. 말이 나오긴 했지만 뇌와 입의 연결에 이상이 생긴 듯 조리가 없었다. 다시 획 하고 조용히 공기를 가르는 소리가 들렸다. 그리고 그 소리가 사라졌다. 모든 소리가, 자신의 숨소리마저 들리지 않았다. 무릎을 꿇은 채였고, 자전거가 서서히 도랑으로 넘어갔다. 앞에서 노란 불빛이 춤을 추다가 사라지는 사이 땀방울이 콧등으로 흘러서 눈으로 들어가고 앞이 보이지 않았다.

세 번째 일격은 고드름이 머리와 목과 몸을 뚫고 들어와 박히는 느낌이었다. 순간 세상이 얼어붙었다.

죽고 싶지 않아. 이런 생각을 하며 팔을 머리 위로 들어 막아보려 했지만 손끝 하나 들리지 않았다. 몸이 마비되었다.

네 번째 타격은 인식되지 않았지만 젖은 흙냄새가 나는 것으로 보아 땅에 쓰러진 것 같았다. 눈을 몇 번 깜빡이자 다시 한쪽 눈이 보였다. 얼굴 앞 진흙땅에 크고 더러운 부츠가 보였다. 뒤축이 들리고 부츠가 땅에서 떨어졌다. 다시 땅에 떨어졌다. 같은 동작이 되풀이되었다. 뒤축이 들리고 부츠 전체가 들리는 동작. 제자리 뛰기를 하는 것 같았다. 뛰어서 세게 걷어찰 힘을 모으는 것 같았다. 마지막으로 스친 생각은, 그 여자의 이름을 기억했어야 했다는 것, 그 여자의 이름을 잊지 말았어야 했다는 것이다.

2

안톤 미테트 경관은 작은 빨간색 네스프레소 D290에서 반쯤 찬 플라스틱 컵을 꺼내서 허리를 숙여 바닥에 내려놓았다. 잠깐 컵을 놓을 가구 하나 없었다. 그는 커피 캡슐을 하나 더 꺼내어 무심코 알루미늄포일이 뚫려 있지는 않은지, 새 캡슐이 맞는지 확인하고는 머신에 넣었다. 추출구 아래 새 플라스틱 컵을 놓고 불빛이 들어온 버튼을 눌렀다.

커피머신이 윙윙 돌아가자 안톤은 손목시계를 보았다. 곧 자정이다. 교대시간. 아내가 집에서 기다리지만 새로 온 여자에게 근무 수칙을 일러주어야 할 것 같았다. 어쨌든 이제 겨우 경찰 훈련생이니까. 실예, 이 이름이 맞던가? 안톤은 추출구를 보았다. 남자였어도 커피를 가져다줄 생각을 했을까? 잘 모르겠다. 어차피 중요한 게 아니니 이 질문에는 답하지 않기로 했다. 갑자기 사방이 조용해져서 맹물이나 다름 없는 마지막 한 방울이 떨어지는 소리가 들렸다. 캡슐에서 더는 뽑아낼 색이나 향이 없지만, 그래도 마지막 한 방울까지 알뜰하게 담아야 했다. 그 여자는 야간근무가 한참 남았으니. 아무도 없고 아무런 조치도 없고 딱히 할 일도 없이 국립병원의 페인트칠도 되지 않은 텅 빈 콘크리트 벽만 쳐다봐야 할 것이다. 퇴근하기 전에 그 여자랑 커피나 같이 마시자는 생각이 들었다. 컵 두 개를 들고 경비를 서던 자리로 돌아갔다. 그의 발소리가 벽에 울렸다. 가는 길에 굳게 닫힌 문들을 지나쳤다. 그 문 안에는 아무것도 없고 아무도 없고 그냥 텅 빈 벽만 있었다. 국가에서 인구증가와 고령화, 국민들이 병들고 빈곤해질 미래를 내다보고 미리 지은 곳이라 병동이 이렇게 텅 빈 것이다. 독일이 아우토반을 건설하고 스웨덴이 공항을 지었을 때처럼 장기적인 계획이었다. 독일인이나 스웨덴인들은 그것이 자신들을 위한 사업이라고 생각했을까? 1930년대에 거대한 콘크리트 도로에서 홀로 당당하게 독일의 시골을 달리던 소수의 운전자나 1960년대에 스톡홀름 아를란다 공항의 광활한 라운지를 바삐 빠져나가던 스웨덴 승객들은 과연 그것이 자신들을 위한 건설이라고 느꼈을까? 그들은 그곳에 유령이 있는 걸 알았을까? 새로 지어 아직 흠집 하나 나지 않았지만, 아직 자동차 사고나 비행기 추락 사고로 사망한 희생자 하나 나오지 않았지만, 그곳에 유령이 있는 걸 알았을까? 언제든 아우토반 갓길에 어느 일가족이 피를 흘리고 서서 사색이 된 얼굴로 헤드라이트 불빛을 쳐다보리라는 걸, 아빠는 뭔가에 찔리고 엄마는 머리가 뒤로 돌아가고 아이는 팔다리가 한쪽씩만 남은 몰골로 불쑥 나타나리라는 걸 알았을까? 아를란다 공항 수하물 컨베이어벨트에서 이미 숯덩이가 된 시신이 여전히 불길에 휩싸인 채 플라스틱 커튼을 젖히고 나오면서 고무가 타고, 열린 입에서 소리 없는 비명이 나오고 연기가 위로 휘감아 올라갈 수도 있다는 걸 알았을까? 국립병원의 의사도 이 병동이 어떤 용도로 사용될 거라는 말을 듣지 못했다. 확실한 건 굳게 닫힌 저 문들 뒤에서 언젠가는 사람들이 죽어나가리라는 거였다. 이미 그런 기운이 감돌았다. 안식을 찾지 못한 영혼들의 보이지 않는 시신들이 이미 이 병동에 들어와 있었다.

모퉁이를 돌자 다시 복도가 이어졌다. 흐린 조명 아래 역시 칠하지 않은 맨 벽이 완벽한 대칭을 이루어 흥미로운 착시를 일으켰다. 복도 맨 끝에 경찰복을 입고 앉아 있는 여자가 밋밋한 벽에 걸린 작은 그림처럼 보였다.

"커피 한잔해요." 안톤이 의자 옆에 서면서 말을 건넸다. 몇 살일까. 스무 살? 스물두 살?

"고맙지만 제 건 챙겨왔습니다." 여자가 의자 옆에 내려놓은 작은 배낭에서 써모스 보온병을 꺼냈다. 억양에 북부지방 방언 같은 것의 흔적이 희미하게 섞여 있었다.

"이게 나을 거예요." 그가 컵을 든 손을 아직 내밀고 있었다.

여자는 머뭇거리다 컵을 받아들었다.

"공짜이기도 하고." 안톤은 손을 슬며시 등 뒤로 가져가 뜨거운 커피에 덴 손끝을 경찰복 재킷의 차가운 금속장식에 댔다. "커피머신은 우리 차지예요. 저 복도 아래에—."

"아까 오다가 봤어요. 근무수칙에 병실 앞을 떠나면 안 된다고 적혀 있어서 일부러 집에서 챙겨온 거예요."

안톤 미테트는 커피를 한 모금 마셨다. "맞는 말이긴 한데 이 병실이랑 연결된 복도는 하나밖에 없어요. 이곳 4층은 여기부터 커피머신까지 모든 문이 잠겨 있고. 커피를 뽑으러 가도 어차피 우리한테 걸리게 돼 있어요."

"그 말씀을 들으니 마음이 놓이지만 전 규정대로 하겠습니다." 여자는 잠깐 미소를 지어 보였다. 그러다 괜히 핀잔을 준 것 같아

상대가 무안해 할까 봐 커피를 한 모금 마셨다.

은근히 부아가 난 안톤은 오랜 경찰 경력 덕에 독립적으로 생각하면서 일하는 게 어떤 건지에 관해 한마디 해주려 했다. 입을 열려는데 복도 저쪽에 뭔가가 보였다. 하얀 형체가 그들을 향해 둥둥 떠오고 있었다. 옆에서 실예가 일어서는 소리가 들렸다. 그 형체가 점점 또렷해지더니 헐렁한 간호사복을 입은 풍성한 금발의 간호사가 되었다. 안톤은 야간 간호사를 알아보았다. 내일 밤이면 그녀가 자유라는 것도.

"안녕하세요." 간호사가 장난스러운 미소로 인사를 건넸다. 한 손에 주사기 두 개를 들고 다른 손으로 병실 손잡이를 잡았다.

"잠깐만요." 실예가 다가갔다. "죄송하지만 신분증을 확인해야 됩니다. 오늘 암호는 아십니까?"

간호사가 어리둥절해하는 얼굴로 안톤을 보았다.

"여기 계신 경관님이 그쪽 신분을 보장해주신다면야." 실예가 말했다.

안톤이 고개를 끄덕였다. "어서 들어가요, 모나."

간호사는 문을 열었고, 안톤은 그녀가 들어가는 걸 보았다. 어두운 병실 안, 병상 옆에 기계가 보이고 이불 밑으로 발가락이 튀어나와 있었다. 환자의 키가 커서 긴 병상을 주문해야 했다. 문이 닫혔다.

"잘했어요." 안톤이 실예에게 웃어주었다. 그리고 그녀의 못마땅해하는 표정을 보았다. 젊은 여자 동료를 평가하고 점수를 매기는 남성우월주의자로 보는 눈치였다. 하지만 그녀는 어차피 훈련생이고 훈련 기간에는 경험 많은 선배에게 배워야 하는 거 아닌가. 안톤은 구두 뒤축에 체중을 싣고 어색해진 분위기를 어떻게 풀어야 할지 몰라 난감해했다. 실예가 먼저 입을 열었다.

"말씀드린 대로 근무수칙과 규정은 숙지했습니다. 댁에서 가족들이 기다리실 거 같은데요."

안톤은 커피를 입에 가져갔다. 내가 결혼한 건 어떻게 알았지? 모나와의 관계를 슬쩍 떠보려는 건가? 교대근무를 마친 모나를 두어 번 집에 데려다주면서 단순히 그걸로 끝나지 않은 사실을 떠보려는 건가?

"경관님 가방에 테디베어 스티커요." 실예가 빙긋 웃었다.

안톤은 커피를 벌컥벌컥 마셨다. 그리고 목청을 가다듬었다. "첫 근무니까 궁금한 거 있으면 뭐든 물어봐요. 근무수칙과 규정에 다 적혀 있는 건 아니니까." 그는 다른 발로 체중을 옮겼다. 상대가 숨은 뜻까지 알아듣기를 바라면서.

"그러시다면." 실예는 스물다섯 살 아래만이 지을 수 있는 당돌하고 자신만만한 표정으로 말했다. "저 안에 있는 환자는 누구예요?"

"몰라요. 규정에 적혀 있을 텐데. 익명이고 저렇게 누워 있어야 한다고."

"뭔가 아시잖아요."

"내가?"

"모나. 서로 얘기를 나눠보지 않은 사이라면 그렇게 이름으로 부르지는 않겠죠. 저 여자가 뭐라던가요?"

안톤 미테트는 상대를 가늠했다. 매력적인 외모이긴 하지만 따스한 인간미는 없었다. 게다가 그의 취향에는 좀 심하게 말랐다. 머리는 부스스하고, 윗입술이 팽팽한 힘줄에 당겨진 것처럼 보이고 고르지 않은 앞니 두 개가 드러났다. 그래도 젊은 게 좋긴 좋았다. 검은 경찰복 속에 탄탄하고 건강한 육체가 들어 있겠지. 그러니 그가 아는 대로 말해준다면, 그것은 친절로 환심을 사서 그녀를 침대에 눕힐 확률을 0.01퍼센트라도 높일 수 있다는 계산하에 나오는 행동일까? 아니면 실예 같은 학생은 5년 안에 수사관이든 형사든 뭐든 될 것이기 때문일까? 이런 애들이 그의 상사로 승진하는 동안 그는 계속 관할구역이나 순찰하면서 사다리 맨 아래 칸에 머물러 있을 것이다. 드람멘 사건이 영원히 벽처럼 막아서고 지워지지 않는 얼룩처럼 남아서 그의 발목을 잡을 테니까.

"살인미수." 안톤이 말했다. "피를 엄청 흘렸어요. 여기 들어올 때 맥이 거의 없었다더군요. 계속 혼수상태고."

"경비는 왜 서는 거예요?"

안톤은 어깨를 으쓱했다. "증인이라. 다시 살아난다면 말이지만."

"저 환자가 뭘 아는데요?"

"마약. 아주 많이. 저 환자가 깨어나면 오슬로의 거물급 헤로인 마약상들을 끌어내릴 뭔가를 가지고 있을 거예요. 또 자기를 죽이려 한 자가 누군지도 밝히겠죠."

"그러니까 범인이 다시 와서 저 환자를 해칠까 봐 이러는 거군요."

"저 환자가 아직 살아 있고 어디 있는지 알려지면 그렇겠죠. 그래서 우리가 여기서 지키는 거고."

실예는 고개를 끄덕였다. "살아날까요?"

안톤은 고개를 저었다. "몇 달쯤 목숨을 붙여둘 순 있어도 혼수상태에서 깨어날 가능성은 거의 없대요. 그래도……." 안톤은 다른 발로 체중을 옮겼다. 실예가 캐묻는 듯한 눈길로 보는 게 부담스러웠다. "그때까지는 지켜야 돼요."

안톤 미테트는 어쩐지 실예에게 패한 기분으로 접수처를 지나 계단을 내려가서 가을 밤 속으로 나갔다. 차에 앉아서야 휴대폰이 울리는 걸 알았다.

경찰청 작전실에서 온 전화였다.

"마리달렌, 살인사건." 01이 말했다. "근무 끝난 건 알지만 사건 현장을 지킬 사람이 필요하네. 또 자네가 경찰복을 입고 있으니…….."

"얼마나요?"

"세 시간이면 돼, 길어야."

안톤은 조금 놀랐다. 최근에 경찰 당국은 어떻게든 초과근무를 막으려고 했다. 엄격한 규칙과 빠듯한 예산이 맞물려서 실용적인 이유로 인한 예외조차 허용하지 않았다. 안톤은 뭔가 특별한 게 있는 사건임을 직감했다. 피해자가 아이만 아니길 바랐다.

"알았어요." 안톤 미테트가 말했다.

"좌표 찍어줄게." 신기술이다. 오슬로와 관할구역의 상세 지도와 작전실에서 위치를 추적하기 위한 송신기가 달린 위성 내비게이션. 그래서 그에게 바로 연락이 온 거였다. 그가 가까운 위치에 있어서.

"알겠습니다. 세 시간요." 안톤 미테트가 말했다.

레우라는 벌써 잠자리에 들었겠지만 궁금해할지도 모르니 그는 일단 문자를 보내놓고 기어를 넣어 마리달 호수로 출발했다.

내비게이션으로 확인할 것도 없었다. 울레볼세테르베이엔 입구에 순찰차 네 대가 서 있고, 조금 더 들어가자 주황색과 흰색 테이프가 길을 안내했다.

안톤은 조수석 사물함에서 손전등을 꺼내서 경찰 저지선 앞에 서 있는 경관에게 다가갔다. 나무들 사이로 불빛이 번쩍거리고 감식반 조명도 보였다. 언제 봐도 영화 세트장 같은 광경이었다. 하지만 그렇게 엉성하지는 않았다. 요즘은 현장 사진만 찍는 게 아니라 HD 비디오카메라로 피해자와 사건 현장 전체를 촬영한다. 나중에 영상을 되돌려 보면서 화면을 정지해놓고 처음에는 관련이 있는 줄 몰랐던 부분을 크게 확대할 수 있다.

"무슨 일인가?" 그는 저지선 테이프 앞에 팔짱을 끼고 덜덜 떨고 있는 경관에게 물었다.

"살인이에요." 경관이 잠긴 목소리로 답했다. 핏기 없는 얼굴에 벌건 눈가.

"그건 들었는데. 여기 지휘관이 누구야?"

"과학수사과. 베아테요."

나무들 저쪽으로 웅성거리는 소리가 들렸다. 사람이 많았다. "크리포스나 강력반은 아직인가?"

"경찰이 더 올 거래요. 시체가 지금 막 발견돼서. 저랑 교대하러 오신 건가요?"

더 온다고? 그런데도 그에게까지 초과근무를 시킨 것이다. 안톤은 경관을 찬찬히 바라보았다. 두툼한 외투를 입었는데도 심하게 떨고 있었다. 그렇게 추운 날도 아니었다.

"현장은 처음인가?"

경관은 말없이 고개만 끄덕이고 땅을 보았다. 발을 세게 굴렀다.

빌어먹을, 안톤은 속으로 뇌까렸다. 어린앤가. 마른침을 삼켰다.

"저기요, 안톤, 01이 보냈습니까?"

안톤은 그 말에 고개를 들었다. 누가 오는 기척을 느끼지 못했는데, 빽빽한 잡목숲에서 두 사람이 나타났다. 과학수사과 사람들이 현장에서 어떻게 움직이는지 본 적이 있다. 우스꽝스러운 춤을 추듯 몸을 숙이고 비틀고 달 위를 걷는 우주비행사처럼 발을 내디뎠다. 우주비행사처럼 보이는 건 흰색 작업복 때문인지도 몰랐다.

"예, 누구 대신 근무하라고 해서요." 안톤이 두 사람 중 여자 쪽에 대답했다. 그 여자가 누군지 알았다. 모르는 사람이 없었다. 과학수사과 팀장 베아테 뢴. 사람 얼굴을 정확히 알아보는 능력으로, 거칠고 뭉개진 CCTV 화면에 찍힌 은행 강도를 찾아내는 능력으로, 이를테면 '레인맨' 같은 재주로 명성을 얻은 여자였다. 제아무리 완벽하게 위장한 강도라도 전과자이기만 하면 저 여자한테 반드시 걸린다고 했다. 옅은 금발의 조그만 머리 속에 수천 장의 얼굴 사진이 저장된 데이터베이스가 들어 있다고 했다. 그러니 여기서 특별한 살인사건이 일어난 게 틀림없었다. 아니면 오밤중에 이런 거물이 직접 오지는 않았을 것이다.

자그마한 여자의 투명에 가까운 창백한 얼굴 옆에 벌겋게 상기된 과학수사과 사람의 얼굴이 있었다. 그의 주근깨투성이 얼굴 옆에는 아래로 넓어지는 모양의 선홍색 구레나룻이 붙어 있었다. 눈 안쪽 압력이 심한 듯 눈이 조금 튀어나와서 얼빠진 표정이었다. 그보다 눈길을 끄는 건 흰색 후드를 젖히자 드러난 모자였다. 초록색과 노란색과 검은색의 자메이카 색상으로 짠 커다란 라스타파리안 비니였다.

베아테 뢴이 부들부들 떨고 있는 경관의 어깨를 토닥였다. "이제 가봐요, 사이먼. 어디 가서 내가 이런 말 했다고 하지는 말고, 가서 센 술이라도 한 잔 마시고 자요."

경관은 고개를 끄덕이고 3초 후 어둠 속으로 사라졌다.

"상태가 끔찍한가요?" 안톤이 물었다.

"커피 없어요?" 라스타 비니가 보온병 뚜껑을 열면서 물었다. 단 두 마디에 오슬로 출신이 아닌 게 드러났다. 지방 출신인 건 알겠는데 노르웨이 동부 사람들이 그렇듯 안톤 역시 지방 사투리를 구별할 줄 모르고 딱히 관심도 없었다.

"예." 안톤이 말했다.

"현장에 커피를 챙겨오는 게 좋아요." 라스타 비니가 말했다. "얼마나 오래 있어야 할지 모르니까요."

"그만해, 비에른. 살인사건을 수사해본 분이야." 베아테 뢴이 말했다. "드람멘이었죠?"

"맞습니다." 안톤이 뒤축에 체중을 싣고 몸을 흔들었다. 사실 살인사건을 **수사하던** 사람이란 말이 더 정확했다. 베아테 뢴이 어떻게 그를 기억하는지 내심 불안했다. 안톤은 숨을 들이마셨다. "시신은 누가 발견한 겁니까?"

"저 사람요." 베아테 뢴이 조금 전의 경관이 탄 차를 향해 고개를 까딱했다. 시동을 거는 소리가 들렸다.

"제 말은, 누가 신고했냐고요?"

"남편이 자전거를 타고 나가서 돌아오지 않자 부인이 신고했어요." 라스타 비니가 말했다. "심장이 안 좋은 남편이 한 시간이나 돌아오지 않아서 걱정된다고요. 송신기가 장착된 내비게이션을 달고 있어서 곧바로 찾아낸 거고요."

안톤은 천천히 고개를 끄덕이며 어떤 장면을 떠올렸다. 남녀 두 경찰이 초인종을 누른다. 헛기침을 하고 심각한 표정으로 부인을 본다. 무슨 곤란한 말을 전하려는지 드러난 표정으로. 부인은 부정하고 들으려 하지 않는 얼굴이다가 잠시 후 속이 뒤집혀 감정을 표출하고 모든 것을 드러낸다.

레우라, 아내가 떠올랐다.

구급차가 사이렌도 울리지 않고 경광등도 켜지 않고 도착했다.

모든 게 차츰 선명해졌다. 실종자 신고에 대한 신속한 대응. 위성 내비게이션 신호 추적. 대규모로 모인 사람들. 초과근무. 몸을 부들부들 떨며 귀가한 동료.

"경찰이군요." 안톤이 중얼거렸다.

"기온이 시내보다 1.5도는 낮은 것 같군." 베아테 뢴이 휴대전화에서 번호를 찾으며 말했다.

"맞아요." 라스타 비니가 대꾸하고는 보온병 컵으로 커피를 마셨다. "피부 변색은 아직 없어요. 8시에서 10시 사이?"

"경찰이군요." 안톤이 다시 말했다. "그래서 이렇게 다들 출동한 거 아닙니까?"

"카트리네?" 베아테가 전화기에 대고 말했다. "뭐 좀 확인해줄래요? 산드라 트베텐 사건. 그래요."

"젠장!" 라스타 비니가 외쳤다. "저 친구들, 보디백*이 올 때까지 기다리라고 했는데."

안톤이 돌아보니 남자 둘이 들것을 들고 숲에서 나오고 있었다. 담요 밑으로 사이클 신발이 튀어나와 있었다.

"아까 그 친구가 아는 사람이군요." 안톤이 말했다. "그래서 그렇게 떨었던 거죠?"

"에를렌 베네슬라가 크리포스로 오기 전에 외케른에서 같이 근

---

* 시체 운반용 자루.

무했다는군요." 라스타 비니가 말했다.

"날짜를 확인할 수 있어요?" 베아테가 전화에 대고 물었다.

비명이 들렸다.

"뭐야……." 라스타 비니가 말했다.

안톤이 돌아보았다. 들것을 나르던 사람 하나가 길가의 배수로로 미끄러졌다. 안톤은 손전등으로 들것을 훑었다. 떨어진 담요를 비추었다. 저게…… 뭐지? 안톤은 그것을 들여다보았다. 머리인가? 사람 몸으로 보이는 것 위에 달린 저게 정말 머리라고? 강력반에 있을 때, 그러니까 큰 실수를 저지르기 전까지, 시신이라면 숱하게 봤지만 저런 건 본 적이 없다. 모래시계 형상의 그 물체는 레우라가 일요일 아침식사로 살짝 삶아 내놓는 달걀을 떠올리게 했다. 달걀 껍데기 부스러기가 아직 매달려 있고 깨진 노른자가 흘러서 단단하면서도 아직 부드러운 흰자의 겉면에 말라붙은 형상. 저게 정말…… **머리**라고?

안톤은 캄캄한 어둠 속에서 눈을 깜박이며 구급차 후미등이 멀리 사라지는 걸 보았다. 어디선가 본 상황이라는 생각이 들었다. 모두 전에 본 적이 있었다. 하얀색의 형체들, 써모스 보온병, 담요 밑으로 튀어나온 발. 방금 국립병원에서 본 장면. 그 모든 것이 전조 같았다. 저 머리…….

"고마워요, 카트리네." 베아테가 전화를 끊었다.

"왜 그래요?" 라스타 비니가 물었다.

"에를렌 베네슬라하고 지금 이 현장에 있었던 적이 있어." 베아테가 말했다.

"이 현장에요?" 라스타 비니가 물었다.

"바로 여기. 그 사람이 수사 책임자였어. 십 년 전쯤. 산드라 트베텐. 강간당하고 살해당한 피해자는 당시 어린아이였지."

안톤은 침을 삼켰다. 어린아이. 재현.

"그 사건, 기억나요." 라스타 비니가 말했다. "무슨 운명의 장난도 아니고. 자기가 수사한 사건 현장에서 죽다니. 말도 안 돼. 산드라 트베텐 사건도 가을 아니었나요?"

베아테가 천천히 고개를 끄덕였다.

안톤은 눈을 깜빡였다. 계속 깜빡였다. 그런 시체를 본 적이 **있다.**

"젠장!" 라스타 비니가 숨죽여 욕했다. "설마 그 사건도⋯⋯?"

베아테 뢴이 그에게서 컵을 빼앗아 한 모금 들이켰다. 그리고 컵을 돌려주며 고개를 끄덕였다.

"젠장." 라스타 비니가 숨죽여 욕했다.

3

"데자뷰예요." 스톨레 에우네가 눈 쌓인 스포르바이스 가를 내다보며 말했다. 12월 아침의 어둠이 물러나고 짧은 낮이 허락된 거리. 스톨레는 책상 너머 의자에 앉아 있는 남자를 돌아보았다. "데자뷰는 전에 어디선가 본 것 같은 느낌을 말하죠. 우리도 그게 뭔지 모릅니다."

여기서 '우리'는 일반 심리학자를 가리키는 말로, 치료사만을 뜻하는 말은 아니었다.

"어떤 심리학자들은 사람이 피곤할 때 뇌의 의식 영역으로 정보가 뒤늦게 전달되는데, 나중에 그 정보가 의식에 떠오를 때는 한동안 무의식에 머무른 상태일 거라고 보고 있어요. 그래서 마치 원래 알던 것처럼 느끼는 거라고요. 흔히 피곤할 때 데자뷰를 경험한다는 점에서 데자뷰가 주로 일주일이 끝날 때 나타나는 이유가 설명되겠죠. 실제로 연구에서 밝혀진 건 이게 답니다. 금요일은 데자뷰의 날이란 거."

스톨레 에우네는 상대가 웃어줄 거라고 기대했다. 전문가로서의 노력에 보상이 되어서가 아니라, 단지 지금 이 상담실에 웃음이 필요해서였다.

"그런 데자뷰가 아니에요." 환자가 말했다. 내담자. 고객. 20분쯤 지나면 접수처에 돈을 내고 상담소 총 경비를 충당하는 데에 일조할 사람. 심리학자 다섯 명이 모여 오슬로에서 중간 수준으로 고상한 웨스트엔드 지구를 관통하는 이 스포르바이스 가에 위치한, 특색은 없지만 고풍스러운 양식의 4층 건물에 상담소를 차렸다. 스톨레 에우네는 환자 뒤에 걸린 벽시계를 흘깃 보았다. 18분.

"제가 자주 꾸는 꿈하고 더 비슷해요."

"꿈하고 비슷하다?" 스톨레 에우네는 환자 몰래 책상 서랍 속에 펼쳐둔 신문을 눈으로 훑었다. 요즘은 치료사들이 환자 바로 앞에 의자를 놓고 마주 앉는다. 그런데 스톨레가 상담실에 거대한 책상을 들여놓자, 다른 치료사들은 현대 치료이론을 들먹이며 치료사와 환자 사이의 벽을 최대한 허무는 것이 가장 좋은 치료법이라고 참견했다. 스톨레는 이렇게 받아쳤다. "환자한테나 좋겠지."

"꿈요. 꿈을 꿔요."

"흔한 일입니다." 스톨레는 하품을 하며 손을 입으로 가져갔다. 아끼던 낡은 소파 생각이 간절했다. 지금은 소파를 접수처로 내보내고, 그 옆에 웨이트 랙을 나란히 놓은 다음 위에 역기를 올려놓았다. 무슨 심리치료사들의 농담처럼 보였다. 환자가 그 소파에 앉았을 때는 안 그래도 마음대로 보는 신문을 더 편하게 볼 수 있었는데.

"다만 꾸기 싫은 꿈이에요." 자의식 넘치는 옅은 웃음. 숱 적고 단정하게 다듬은 머리.

꿈 퇴마사 납시오. 스톨레는 속으로 이렇게 말하고 희미한 웃음으로 답하려 했다. 환자는 가는 세로줄무늬 슈트에 빨간색과 회색 넥타이를 매고 반들반들 윤이 나는 검은 구두를 신었다. 스톨레는 트위드 재킷을 입고 이중턱 밑에 쾌활한 느낌의 나비넥타이를 매고 닦은 지 한참 된 갈색 구두를 신었다. "어떤 꿈인지 말해줄 수 있습니까?"

"방금 했잖아요."

"그렇군요. 좀 더 자세히 말해볼까요?"

"말씀드린 대로 그 꿈은 핑크플로이드의 음반 〈Dark Side of the Moon〉이 끝나면서 시작돼요. 마지막 곡 'Eclipse'가 서서히 작아지면서 데이비드 길모어가 모든 것이 조화를 이루는 것에 관해 노래하고……."

"그게 꿈이라고요?"

"아뇨! 그래요. 그 음반이 실제로도 그렇게 멈춰요. 낙관적으로. 45분 동안 죽음과 광기를 노래한 끝에. 그래서 다 잘 끝날 것 같아요. 모든 것이 다시 조화를 이루고. 음악이 서서히 작아지면서 배경의 모든 것이 어두워지는 것에 관해 뭐라고 중얼거리는 목소리가 들려요. 이해가 가요?"

"아뇨." 스톨레가 말했다. 매뉴얼대로라면 '내가 이해하는 게 당신한테 중요합니까?'라고 물었어야 했다. 하지만 귀찮았다.

"악은 존재하지 않아요. 어차피 다 악이니까. 우주는 암흑이에요. 우리는 악하게 태어나요. 악은 출발점, 자연스러운 거예요. 그러다 가끔 빛이 한 점 생기는 겁니다. 하지만 찰나예요. 우리는 다시 암흑으로 돌아가야 해요. 이게 꿈에서 일어나는 일이에요."

"계속해봐요." 스톨레는 다시 의자를 돌려서 수심 어린 눈으로 창밖을 내다보았다. 자기연민과 자기만족에 빠진 그 남자의 표정이 아닌 다른 걸 보고 싶은 마음을 숨기기 위해서였다. 환자는 자신을 독특한 사람으로, 심리학자라면 한번 매달려 연구해보고 싶은 사례로 착각하는 눈치였다. 분명 심리치료를 받아본 적이 있는 사람이다. 스톨레는 다리가 바깥으로 휜 주차요원이 보안관처럼 어슬렁거리는 모습을 보면서 자신에게 맞는 다른 직업이 뭐가 있을까 생각해보았다. 곧바로 답이 나왔다. 없다. 사실 그는 심리학을 사랑했다. 아는 것과 모르는 것 사이의 중간지대를 탐색하면서, 사실적 지식으로 묵직하게 중심을 잡고서 직관이나 호기심과 연결하는 작업을 좋아했다. 적어도 매일 아침 혼자 그렇다고 되뇌었다. 그런데 왜 여기 앉아서 저 인간이 어서 입 다물고 상담실에서 나가주길, 아니 그의 삶에서 아예 꺼져주기를 바라는 걸까? 저 작자가 문제일까, 그가 치료사인 게 문제일까? 아내 잉그리드는 솔직하고 명확하게 최후통첩을 보냈었다. 일을 줄이고 그녀만이 아니라 한창 변화의 시기를 겪는 딸 에우로라 옆에 더 많이 있어달라고. 그래서 그는 시간을 많이 잡아먹는 연구와 강력반 자문과 경찰대학 강의를 그만두었다. 시간을 정해서 심리치료만 하기로 했다. 삶의 우선순위를 바꾼 것은 잘한 결정으로 보였다. 그만둔 일 중에 아쉬운 게 있던가? 섬뜩하고 잔혹하게 사람을 죽이는, 병든 인간들의 프로파일을 작성하면서 밤잠 못 이루던 날들이 그리운가? 기껏 눈 좀 붙이려 할 때 해리 홀레라는 인간이 뜬금없이 전화해서 온갖 대답하기 곤란한 질문을 던지고 당장 답을 내놓으라고 조르는 통에 잠을 설치던 생활이 그리운가? 해리 때문에 그 자신도 수사관이 되어가던, 굶주리고 지치고 편집광적인 사냥꾼으로 변해가던 때가 그리운가? 중요하게 여기는 한 가지를 연구하는 데 걸리적거리는 모두를 물어뜯어서 서서히, 그러면서도 확실하게 동료와 가족과 친구들을 소외시키던 삶이 그리운가?

간절히 그리웠다. 그런 삶의 **의미**가 그리웠다.

사람 목숨을 살리는 그 느낌이 그리웠다. 물론, 합리적으로 고민한 끝에 자살을 선택한 사람의 목숨을 말하는 게 아니다. 사는 게 그렇게 고통스럽고 현실을 바꿀 수 없다면 그냥 죽게 내버려두는 게 나은 게 아닌가 하는 의문을 던져주는 그런 사람들을 말하는 게 아니다. 아무튼 적극적으로 행동하고 개입해서 무고한 사람들을 범죄자에게서 구하던, 스톨레 에우네가 이 분야에서 최고이므로 다른 누구도 할 수 없는 일을 하던 삶이 그리웠다. 사실 그만큼 단순했다. 그렇다, 해리 홀레가 그리웠다. 키 크고 무뚝뚝하고 알코올의존증이며 마음은 넉넉한 해리가 어느 날 불쑥 전화해서 사회의 책무를 다하라고 요청, 아니 명령하면서 가정과 수면을 희생해서 이 사회의 가장 악랄한 범인을 잡으라고 요구하던 그때가 그리웠다. 하지만 이제 강력반에 해리 홀레는 없고, 스톨레 에우네를 찾는 사람도 없다. 스톨레는 다시 눈으로 신문을 훑었다. 기자회견이 있었다. 마리달렌에서 경찰 살인사건이 발생한 지 석 달 가까이 지났건만 경찰은 아직 단서 하나 발견하지 못하고 용의자를 지목하지도 못했다. 예전 같으면 벌써 그에게 전화가 왔을 사건이었다. 이 사건은 과거의 미제사건과 같은 장소에서 같은 날짜에 일어났다. 피해자는 과거 사건을 수사한 경찰이었다.

하지만 다 옛일이다. 지금 그의 앞에는 그가 좋아하지 않는 과로한 비즈니스맨이 잠을 못 이루는 문제가 놓여 있다. 잠시 후 스톨레는 외상후스트레스장애 가능성을 배제하기 위한 질문을 던질 것이다. 앞에 앉은 저 남자는 악몽 때문에 고통스러운 게 아니었다. 자신의 생산성이 이전 수준으로 올라갈 수 있을지 걱정할 뿐이었다. 스톨레는 그에게 크라쿠프와…… 이름이 생각나지 않는 연구자들이 공저한 '이미지 트레이닝 치료법'이라는 논문을 줄 생각이다. 그리고 악몽의 내용을 적어 다음 상담에 가져오라고 시킬 것이다. 그리고 둘이 함께 악몽을 해피엔딩으로 재구성하면서 이미지 트레이닝 기법을 통해 환자가 대처하기 쉬운 꿈으로 변형하거나 악몽이 아예 사라지게 만들자고 제안할 것이다.

스톨레는 최면을 걸듯 단조롭게 웅얼거리는 환자의 목소리를 들으며 마리달렌 살인사건은 첫날부터 교착상태에 빠졌다고 생각했다. 산드라 트베텐 사건과 상당히 유사할 뿐 아니라(날짜와 장소) 두 피해자 사이의 연관성이 드러났는데도 크리포스도 강력반도 아무런 진척을 보이지 못했다. 경찰은 이제 국민에게 어떻게든 머리를 쥐어짜서 아무런 관련성이 없어 보이는 정보라도 일단 내놓으라고 윽박지르고 있다. 이것이 전날 기자회견 내용이었다. 경찰은 기자회견에서 그들이 뭐라도 하고 있고 마냥 무력한 건 아니라고 연기하는 것 같았다. 실제로 경찰은 무력하게 손 놓고 있었을 뿐이다. 고위 간부들은 속수무책으로 공격당하며 국민들에게 "여러분이 더 잘할 수 있는지 보여달라"고 절박하게 요청했다.

스톨레는 기자회견 사진을 보았다. 베아테 뢴이 눈에 띄었다. 강력반 책임자 군나르 하겐은 가운데가 비어 반짝거리는 정수리 주위에 월계관처럼 풍성하게 자란 머리카락 때문에 갈수록 수도승처럼 보였다. 신임 경찰청장 미카엘 벨만도 있었다. 경찰 조직의 일원이 살해당한 사건이라 그런지 긴장한 기색이 역력했다. 스톨레가 기억하는 모습보다 호리호리했다. 언론에 친근하게 비춰지던 다소 길다 싶은 곱슬머리는 크리포스와 오르크림의 수장을 거쳐 경찰청장 자리에 오르는 동안 짧아진 듯했다. 긴 속눈썹과 햇볕에 그은 피부가 인상적인 예쁘장한 얼굴과 특이한 하얀 반점이 생

43

각났다. 신문에 난 사진에는 그중 어느 것 하나 보이지 않았다. 경찰이 살해된 사건은 이제 막 경찰청장이 되어 출세길에 선 미카엘 벨만에게는 최악의 걸림돌이었다. 그가 오슬로의 마약전쟁을 정리한 주인공이기는 하지만 그런 공적은 금방 잊힐 터였다. 에를렌 베네슬라가 현직 경찰로 근무하다가 살해당한 건 아니지만, 다들 산드라 트베텐 사건과 어떤 식으로든 연관된다고 생각했다. 따라서 미카엘은 모든 경관과 외부 인력을 동원했다. 그, 스톨레 에우네를 뺀 모두를. 그는 명단에서 빠져 있었다. 당연했다. 그 자신도 빼달라고 요청했다.

겨울이 일찍 찾아왔다. 눈이 오면 길에 쌓이고 이내 얼어붙을 것이다. 길이 언다. 모든 자취가 사라진다. 베아테 뢴이 기자회견에서 한 말이다. 법의학적 증거가 절대적으로 부족했다. 산드라 트베텐 수사 기록을 확인한 건 물론이었다. 용의자와 일가친척, 친구들, 심지어 사건을 수사하던 에를라 베네슬라의 동료들까지. 전부 조사했지만 아무것도 건지지 못했다.

갑자기 조용해졌다. 스톨레 에우네는 환자의 표정을 보고 방금 그가 질문을 던졌으며, 심리학자의 답변을 기다리는 중이라는 걸 깨달았다.

"흐음." 스톨레는 주먹으로 턱을 괴고 환자와 눈을 마주쳤다. **"당신은** 어떻게 생각하는데요?"

환자의 눈에 당황한 빛이 떠올라 스톨레는 환자가 물이라도 청한 건가 싶었다.

"그 여자 미소를 어떻게 생각하느냐고요? 아니면 광선 말인가요?"

"둘 다요."

"어떤 때는 그 여자가 날 좋아해서 웃는 것 같아요. 뭘 해주기를 바라고 웃는 건가 싶어요. 그런데 여자가 웃지 않으면 눈 속의 광선이 죽고 다시 찾으려고 해봐야 이미 늦어요. 더는 나와 말하지 않아요. 그래서 혹시 그 앰프인가 싶기도 해요. 앰프든 뭐든."

"어…… 앰프요?"

"네." 잠시 침묵. "아까 말씀드렸잖아요. 제가 음반을 너무 오래 틀어놓으면 아버지가 방에 와서 정신이 나갈 지경이라면서 껐던 앰프요. 스위치 옆에 조그만 빨간 불빛이 서서히 흐려지다가 사라지는 게 보인다고 했잖아요. 사람 눈처럼. 혹은 석양처럼. 그러면 그 여자를 잃어버리는 느낌이 들었어요. 그래서 꿈이 끝날 때까지 그 여자가 아무 말도 하지 않아요. 그 여자는 아버지가 스위치를 끄면 조용해지는 앰프예요. 그래서 난 그 여자랑 말할 수 없는 거고요."

"음반들을 틀고 그 여자를 생각했나요?"

"네. 항상. 열여섯 살 때까지. 음반들이 아니에요. 딱 하나만 들었어요."

"Dark Side of the Moon?"

"네."

"그런데 그 여자는 당신을 원하지 않았군요?"

"모르겠어요. 그런 거 같아요. 그때는 그랬어요."

"흠. 시간이 다 됐네요. 다음 시간에 읽어 올 자료를 드리죠. 그리고 다음에는 같이 당신의 꿈에 새로운 결말을 만들어볼 겁니다. 그 여자가 말하게 해야 됩니다. 당신한테 말하게 해야 돼요. 그 여자가 해주길 바라는 말. 당신이 듣고 싶은 말일 수도 있어요. 다음 시간까지 생각해 오세요."

"좋아요."

환자는 일어서서 옷걸이에서 외투를 집어 문으로 향했다. 스톨레는 책상 앞에 앉아 컴퓨터 모니터에 띄워놓은 일정표를 보았다. 우울하게도 이미 가득 차 있었다. 그 일이 또 일어난 듯했다. 환자의 이름이 전혀 생각나지 않는 일. 급히 일정표에서 이름을 확인했다. 페울 스타브네스.

"다음 주 같은 시간. 괜찮습니까, 페울?"

"네."

스톨레는 이름을 입력했다. 고개를 들어보니 페울은 이미 없었다. 그는 일어서서 신문을 집어 들고 창가로 갔다. 다들 확실히 온다고 떠들던 지구온난화는 대체 어디에 있는 건가? 그는 신문을 보다가 문득 귀찮아져서 내던졌다. 지난 몇 주간, 몇 달간 지겹게 읽었으면 됐다. 폭행으로 사망. 끔찍한 폭력. 머리를 치명적으로 가격당해 생긴 두부 손상. 에를렌 베네슬라는 유족으로 아내와 자식과 손자들을 남겼다. 그의 친구와 동료들은 충격에 휩싸였다. "따스하고 다정한 사람" "누구든 싫어하는 게 불가능한 사람" "훌륭한 성품, 정직하고 인내심 있는 사람, 누구와도 척을 지지 않는 사람" 스톨레는 숨을 깊이 들이마셨다.

전화기를 보았다. 그들이 그의 번호를 안다. 그런데도 전화는 잠잠했다. 꿈속의 여자처럼.

4

 강력반 책임자 군나르 하겐은 손으로 이마를 닦고 더 올라가서 작은 늪을 이룬 머리카락을 쓸어 넘겼다. 손바닥에 홍건하던 땀이 뒤통수의 빽빽한 산호초 무리 같은 머리카락에 닦였다. 앞에 수사팀이 모여 있었다. 살인사건에는 보통 열두 명이 모인다. 하지만 경찰이 살해당한 사건은 보통 사건이 아니므로 K2 회의실 가득 경관들이 들어찼다. 50명이 조금 못 되는 경관이 빈자리 없이 들어와 있었다. 부상으로 참석하지 못한 경관까지 포함하면 모두 53명이었다. 언론의 압박이 커지면서, 조만간 환자 명단에 오를 경관이 더 늘어날 터였다. 노르웨이의 주요 살인사건 수사기관인 강력반과 크리포스가 더 가까워졌다는 점에서 사건의 심각성이 잘 드러났다. 경쟁은 잠시 접어두고 동료를 죽인 범인을 잡는 데 집중하기로 한 것이다. 처음 몇 주 동안, 모든 경찰이 총력을 기울이고 열의를 보일 때만 해도 군나르는 사건이 곧 해결될 줄 알았다. 물론 법의학적 증거와 목격자도 없고, 살해 동기와 용의자도 없고, 가능하거나 불가능한 단서 하나 없었다. 다만 모두 의지를 불태우며 그물망을 촘촘하게 쳐놓으면, 인력과 자원을 무한정 투입하기만 하면 금방 해결될 줄 알았다. 하지만…….

피곤에 찌들어 푸석푸석해진 얼굴들이 몇 주 사이 부쩍 싸늘해진 표정으로 군나르를 바라보고 있었다. 조건부 항복을 선언하고 아무 데나 도움을 구걸하는 꼴사나운 모양새가 된 어제의 기자회견은 모두의 사기를 끌어올리지 못했다. 오늘은 결근한 사람이 두 명 늘어났지만, 그들이 불만을 품고 포기한 건 아니었다. 베네슬라 사건 말고도 구스토 한센 살인사건이 있었다. 용의자 올레그 페우케가 풀려나고, '아디다스'라 불리는 크리스 레디가 자백을 철회한 후 미제사건으로 넘어간 사건이었다. 참, 에를렌 베네슬라 사건에 긍정적인 측면이 하나 있었다. 젊고 아름다운 마약상 구스토 한센의 죽음이 경찰 살인사건에 완전히 묻혀서 수사 재개를 촉구하는 기사 한 줄 나오지 않았다는 것이었다.

군나르는 강연대에 놓인 서류를 보았다. 단 두 줄이 적혀 있었다. 그게 다였다. 조간회의를 위한 두 줄.

군나르 하겐은 목청을 가다듬었다. "안녕하십니까, 여러분. 다들 알다시피 어제 기자회견이 끝나고 신고전화가 좀 들어왔습니다. 총 여든아홉 통. 몇 통은 지금도 계속 조사 중이고."

다 아는 얘기를 다시 꺼낼 필요는 없었다. 석 달 가까이 지난 지금, 모두 마지막 힘까지 쥐어짜고 있다고 언급할 필요는 없었다. 신고전화의 95퍼센트는 시간낭비로 끝났다. 항상 신고하는 미친 놈들, 술주정뱅이들, 배우자와 달아난 사람이나 집 앞을 청소하지 않는 얌체 이웃을 의심하는 사람들, 장난전화, 관심받고 싶어 안달 난 사람들, 대화 상대가 필요한 사람들의 전화였다. 몇 통에서 '몇'은 4를 뜻했다. '조사 중'이라는 건 거짓말이고, 사실 그 네 통의 신고전화에 대한 조사는 중단되었다. 그렇게 지금에 이르렀다. 아무것도 없는 상황.

"오늘 대단하신 분이 오셨습니다." 군나르는 이내 비아냥으로 들릴 수도 있겠다고 생각했다. "경찰청장님께서 이 자리에 오셔서 말씀을 해주실 겁니다. 미카엘……."

군나르는 서류철을 덮고 종이 한 장이 아닌, 새롭고 흥미로운 내용이 적힌 서류가 가득 들어 있기라도 한 것처럼 서류철을 탁자에 조심스럽게 내려놓으며 벨만의 세례명을 불러서 '대단하신'이라는 비아냥이 묻히기를 바라며 회의실 뒤쪽 문 앞에 서 있던 남자에게 고개를 까딱했다.

젊은 경찰청장은 팔짱을 끼고 벽에 기댄 채로 모두가 자기를 돌아볼 때까지 잠시 뜸을 들이다가, 단번에 날렵하고 힘 있게 벽에서 떨어져 성큼성큼 연단으로 향했다. 무슨 재미난 일이라도 생각하는 양 살짝 미소를 머금고, 구두 뒤축으로 가볍게 몸을 돌려 강연대에 팔을 올리고 몸을 숙여 연설문을 써오지 않았음을 강조하듯 모두를 똑바로 응시했다. 군나르는 문득 미카엘이 이제 자신의 등장이 무엇을 약속하는지 더 잘 전달하겠다는 생각이 들었다.

"여기, 제가 등산하는 걸 아는 분들이 있을 겁니다." 미카엘이 말문을 열었다. "오늘처럼, 아침에 창밖을 내다보니 이미 한 치 앞도 보이지 않고 눈과 돌풍이 예고된 날이면, 저는 전에 정복하려고 계획했던 산을 생각합니다."

미카엘은 잠시 말을 끊었다. 군나르가 보기에, 이 뜬금없는 도입부가 먹힌 것 같았다. 좌중의 관심을 끈 것이다. 일단은. 하지만 과로에 지친 경관들의 인내심은 곧 바닥날 테고, 애써 숨기려 하지 않을 것이다. 미카엘은 너무 젊고, 경찰청장이 된 지도 얼마 안 된 데다, 경관들의 인내심을 시험하기에는 다소 조급한 마음으로 이

자리에 온 터였다.

"공교롭게도 그 산 이름이 지금 이 회의실 이름과 같습니다. 여러분이 에를렌 베네슬라 사건에 붙인 이름 말입니다. K2. 좋은 이름이죠. 세계에서 두 번째로 높은 산. 살벌한 산. 세계에서 가장 정복하기 힘든, 험준한 산이죠. 네 명 중 한 명은 죽습니다. 그때 우리는 마법의 길이라고 불리는 남쪽 사면으로 오르기로 계획했습니다. 그전까지 단 두 번밖에 시도되지 않은 길이고, 다들 자살 행위라고 여기는 코스였습니다. 날씨와 바람이 조금만 달라져도 사람이든 산이든 눈 속에 파묻히고, 기온은 아무도 살아서 내려올 수 없는 정도로 떨어지고, 1세제곱미터당 산소량이 바다 밑바닥보다 떨어지는 곳이었죠. 히말라야이니 날씨와 바람이 변덕을 부릴 거라는 건 누구나 압니다."

잠시 침묵.

"그런데 제가 왜 그 많은 산 중에 그 산을 올라야 했을까요?"

다시 침묵. 대답을 기다리듯 더 길게 침묵. 미소를 머금은 채로. 침묵이 길어졌다. 너무 긴 것 같다고 군나르는 생각했다. 경찰들은 원래 극적 효과를 좋아하지 않는다.

"그건……." 미카엘이 검지로 강연대 아래 탁자를 톡톡 쳤다. "세계에서 가장 험준한 산이기 때문입니다. 육체적으로도, 정신적으로도. 그 사면에서는 단 한 순간도 즐겁지 않고, 오로지 불안과 고생, 두려움, 고소공포증, 산소 부족, 위험할 정도의 공황 상태, 더 위험한 무감각만이 존재합니다. 그리고 정상에 올라도 승리감에 도취되지 않습니다. 그저 정말로 그곳에 올랐다는 증거로 사진 몇 장 찍고 나면 이제 최악의 순간은 끝났다며 안도하거나 기분 좋게 깜빡 조는 대신 오히려 집중력을 더 단단히 붙잡아 로봇처럼 착착,

할 일을 하며 상황을 예의주시합니다. **항상** 주시해야 합니다. 날씨가 어떤가? 몸에서 어떤 신호를 보내는가? 어디에 있는가? 여기에 얼마나 머물렀는가? 다른 동료들이 잘 해내고 있는가?"

미카엘은 강연대에서 한발 물러섰다.

"K2 등반은 어느 모로 보나 힘듭니다. 하산할 때도 마찬가지입니다. 이것이 우리가 오르고자 하는 **이유**입니다."

정적이 흘렀다. 너무 조용했다. 시위하듯 하품하는 소리나 의자 밑으로 발을 끄는 소리조차 들리지 않았다. 맙소사, 다들 저 친구한테 빠졌군, 군나르는 생각했다.

"딱 두 가지입니다." 미카엘이 말했다. "체력과 연대. 여기에 야망을 추가할까도 고민했지만, 이 두 가지에 비하면 그만큼 중요하지도 않고 그만큼 크지도 않습니다. 목표도 없고 야망도 없다면 체력과 연대가 무슨 소용이냐고 물을 수 있습니다. 싸움을 위한 싸움일까요? 보상 없는 명예일까요? 그렇습니다. 싸움을 위한 싸움입니다. 보상 없는 명예, 맞습니다. 그런데 오랜 세월이 흐른 뒤에도 베네슬라 사건이 사람들 입에 오르내린다면, 그건 힘겨운 등반이었기 때문입니다. 불가능해 보였기 때문입니다. 산은 너무나 높고, 날씨는 너무나 험악하고, 공기는 너무나 희박했으니까요. 모든 상황이 엉망입니다. 단지 힘겨운 등반이기 때문에 이 사건은 신화가 되고, 훗날 모닥불을 피워놓고 주고받는 이야기로 남을 겁니다. 세상의 수많은 등반가가 K2의 발치까지밖에 가보지 못하듯, 여러분 역시 평생 경찰로 일하면서도 이런 사건을 만나지 못할 수 있습니다. 처음 몇 주 만에 해결됐다면 금방 잊혔을 겁니다. 역사상 모든 전설적인 형사 사건의 공통점이 뭘까요?"

미카엘은 기다렸다. 그리고 경관들에게서 답이 나온 양 고개를 끄덕였다.

"**시간**이 걸린다는 점입니다. **힘겨운 등반**이라는 점입니다."

군나르는 뒤에서 누가 속삭이는 소리를 들었다. "처칠 저리 가라네."

돌아보니 베아테 뢴이 짓궂은 미소를 띠고 옆에 서 있었다.

그는 베아테에게 고개를 끄덕이고 경관들을 둘러보았다. 낡은 수법이지만 통한 듯했다. 불과 몇 분 전만 해도 다 타버린 자리였는데, 미카엘이 잉걸불을 되살렸다. 하지만 결과가 나오지 않으면 오래 타지 못할 것이다.

3분쯤 지나 미카엘은 격려 연설을 마치고 만면에 미소를 띤 채로, 박수갈채를 받으며 연단에서 내려왔다. 군나르도 마지못해 박수를 쳤다. 이어서 연단에 서기가 두려웠다. 그 명연기를 빛나게 해주기 위해 그 자리의 경관들에게 팀을 서른다섯 명으로 감축할 거라는 말을 전해야 했다. 군나르는 앞으로 나가 서류철을 내려놓고 기침을 하고 서류를 넘기는 척했다. 그리고 고개를 들었다. 다시 기침을 하고 쓸쓸하게 웃으며 말했다. "신사 숙녀 여러분, 엘비스가 건물을 떠났습니다."

침묵. 아무도 웃지 않았다.

"음, 몇 가지 전달 사항이 있습니다. 여러분 중 일부는 다른 사건에 배정될 겁니다."

쥐 죽은 듯 조용했다. 불은 꺼졌다.

미카엘 벨만은 경찰청사 중앙홀 엘리베이터에서 내렸다. 그때 옆 엘리베이터에 탑승하는 누군가의 뒷모습이 보였다. 트룰스인가? 설마. 트룰스는 루돌프 아사예프 사건 후 아직 정직 상태였다.

미카엘은 청사에서 나가서 눈밭을 걸어 대기 중인 차에 올라탔다. 경찰청장 자리를 인계할 때 운전기사를 지원받는 것이 원칙이지만, 전임 청장 셋은 국민에게 잘못 비춰질 수 있다는 이유로 모두 운전기사를 거절했다고 들었다. 경비를 줄여서 다른 곳에 할당해야 하는 입장이라 어쩔 수 없는 선택이었다. 미카엘은 그런 관행을 뒤집었다. 그리고 사회민주주의식 쩨쩨함이 그의 생산성을 침해하게 두지 않을 것이고, 조직의 피라미드 밑바닥에 있는 사람들에게 열심히 일하고 승진하면 확실한 혜택이 주어진다는 메시지를 보내는 것이 더 의미 있다고 본다는 입장을 분명히 밝혔다. 홍보팀 팀장은 나중에 미카엘을 따로 불러 기자들에게 질문을 받으면 생산성에 관한 언급을 줄이고 혜택에 관한 부분도 생략하라고 조언해주었다.

"시청." 미카엘이 뒷자리에 앉으며 말했다.

차는 갓돌에서 미끄러지듯 내려와 그뢴란 성당을 돌아 플라자 호텔과 우체국 건물로 향했다. 오페라하우스 주변이 파헤쳐지긴 했지만 이 구역은 여전히 오슬로의 소박한 스카이라인을 주도했다. 그러나 오늘은 스카이라인이 사라지고 온통 눈 세상이었다. 미카엘은 얽히고설킨 세 가지 생각에 빠져들었다. 망할 12월. 빌어먹을 베네슬라 사건. 빌어먹을 트룰스 베른트센.

작년 10월, 어린 시절 친구이자 부하 경관인 트룰스를 정직시킨 뒤로 미카엘은 그를 만난 적도 통화한 적도 없었다. 그러다 지난주에 그랜드 호텔 앞에서, 주차장에서 그를 얼핏 본 것 같았다. 트룰스는 본인 명의 계좌에 거액이 들어온 건으로 정직 처분을 받았다. 그는 돈의 출처를 밝히지 못했고(혹은 밝히기 싫었거나), 상사인 미카엘로서는 다른 방법이 없었다. 물론 미카엘은 그 돈이 어디에서 왔는지 알고 있었다. 트룰스가 루돌프 아사예프의 마약 카르텔을 위해 해준 버너 작업*의 대가였다. 멍청한 자식이 자기 계좌로 돈을 받은 것이다. 그나마 다행인 건 돈도 트룰스도 미카엘을 지목하지 못했다는 것이다. 미카엘 벨만이 아사예프와 손잡은 사실을 밝힐 사람은 세상에 단 둘뿐이었다. 한 사람은 사회복지위원회의 의원인 그의 공범이고, 다른 한 사람은 국립병원의 폐쇄된 병동에 혼수상태로 누워 있다.

미카엘을 태운 차가 크바드라투렌을 지나갔다. 미카엘은 매춘부들의 검은 피부와 그들의 머리와 어깨에 내려앉은 흰 눈이 이루는 선명한 대비를 감탄하듯 바라보았다. 아사예프가 떠난 진공 상태에 각양각색의 마약상이 새로 흘러들어온 풍경도 보았다.

트룰스 베른트센. 대빨판이가 상어에 붙어 다니듯 트룰스는 어린 시절 망레루드에서부터 미카엘을 졸졸 쫓아다녔다. 미카엘은 머리가 비상하고 리더십이 뛰어났으며 언변이 좋고 외모도 출중했다. 반면, 트룰스 "비비스" 베른트센은 무서울 게 없고 주먹을 잘 쓰고 어린아이 같은 충성심이 있는 인물이었다. 미카엘은 어딜 가든 친구를 잘 사귀었다. 트룰스는 남에게 호감을 주기 힘든 타입이라 다들 적극적으로 그를 피했다. 하지만 둘은 바로 그 이유에서 같이 다녔다. 미카엘과 트룰스. 두 사람의 이름은 학교 교실에서, 나중에는 경찰대학에서도 앞뒤로 나란히 불렸다. 언제나 미카엘이 먼저였고 트룰스가 꼬리표처럼 따라 불렸다. 미카엘이 울라와 사귀기 시작한 뒤에도 트룰스는 항상 두 발짝 뒤에서 따라다녔다. 사생활에서든 직장에서든 트룰스에게는 미카엘 같은 낙천성이 보이

* 증거 인멸 작업.

지 않았다. 트룰스는 워낙에 수하로 부리기도, 예측하기도 쉬운 인물이었다. 미카엘이 뛰라고 하면 뛰었다. 그러던 트룰스의 눈에 어둠이 드리우더니 미카엘이 모르는 사람이 된 것 같았다. 그들이 잡아들인 소년을 트룰스가 경찰봉으로 때려서 장님을 만들 뻔했을 때처럼. 혹은 크리포스의 젊은 게이 경관이 미카엘에게 집적거렸던 때처럼. 당시 눈치챈 동료들에게 그냥 넘어간다는 인상을 주지 않기 위해 미카엘은 뭐든 해야 했다. 그 경관을 속여 크리포스의 보일러실로 불렀고, 트룰스가 경찰봉으로 사정없이 폭행했다. 처음에는 조금 자제하는가 싶더니 점점 흉포해지면서 그의 눈 속에 어둠이 퍼졌다. 뭔가에 홀린 사람처럼 눈이 더 커지고 어두워졌다. 그냥 두었다가는 그를 죽일 것 같아서 미카엘이 뜯어말려야 했다. 그렇다. 트룰스는 충실하지만 어디로 튈지 모르는 인간이었고, 바로 그 점 때문에 미카엘은 불안했다. 미카엘이 트룰스를 불러서 인사위원회에서 계좌에 입금된 돈의 출처가 밝혀지기 전까지 정직 처분을 내리기로 결정했다고 전하자, 트룰스는 별일 아니라는 듯 어깨를 으쓱하고 나가버렸다. 트룰스 "비비스" 베른트센에게는 다른 갈 곳이 있다는 듯이, 일 말고도 다른 삶이 있다는 듯이. 미카엘은 트룰스의 눈에서 어둠을 보았다. 불 붙은 도화선이 갱도 안으로 타들어가는 걸 지켜보는데, 아무 일도 일어나지 않을 때 같았다. 도화선이 긴 건지 도중에 불이 꺼진 건지 몰라 초조하게 기다릴 수밖에 없을 때처럼. 어쩐지 시간이 길어질수록 폭발력도 커질 것 같았다.

차는 시청 뒤편에 섰다. 미카엘은 차에서 내려서 시청 계단을 올라갔다. 누군가는 이쪽이 시청의 진짜 중앙 출입구라고 했다. 건축가 아르네베르그와 포울손이 1920년대에 설계한 대로라면 원래는 이쪽이 중앙 출입구지만 실수로 도면이 돌아갔다는 것이다. 1940년대 후반에 실수가 발견되었지만 이미 건물이 한참 올라간 후여서 그냥 실수를 덮고 아무 일 없는 양 공사를 진행할 수밖에 없었고, 피오르에서 배를 타고 오슬로로 올라오는 사람들이 앞에 보이는 풍경이 사실은 주방 입구인 걸 모르기만 바랐다는 것이다.

미카엘 벨만은 이탈리아제 가죽구두 밑창으로 돌바닥을 애무하듯 디디며 안내데스크로 갔다. 카운터 뒤에 있던 여자가 해사하게 웃으며 맞아주었다.

"안녕하세요. 기다리고 계세요. 10층, 복도 끝 왼쪽입니다." 미카엘은 엘리베이터를 타고 올라가면서 거울로 매무새를 살폈다. 이게 바로 자신의 상태라고 그는 생각했다. 위로 올라가는 것. 이번 경찰 살인사건에도 불구하고 말이다. 그는 울라가 바르셀로나에서 사온 실크 넥타이를 고쳐 맸다. 더블윈저 매듭. 학교 다닐 때 미카엘은 트룰스에게 넥타이 매는 법을 가르쳐주었다. 얇고 간단한 매듭으로. 복도 끝 문이 살짝 열려 있었다. 미카엘이 그 문을 열었다.

사무실이 휑했다. 책상이 깨끗이 치워져 있고 책장도 텅 비었다. 사진이 걸려 있던 자리에는 빛바랜 흔적만 남아 있었다. 그녀가 창틀에 앉아 있었다. 평범하게 잘생긴 얼굴. 여자들이 '괜찮다'는 정도로 말하는 얼굴이지만 만화에 나오는 금발 인형처럼 돌돌 말린 머리를 하고도 귀엽거나 여성스러운 매력은 없었다. 키가 크고 탄탄한 몸에 어깨가 떡 벌어졌고, 커다란 엉덩이는 꽉 조이는 가죽 스커트에 잠시 욱여넣은 것 같았다. 그녀는 다리를 꼬고 앉아 있었다. 남성적인 얼굴, 매부리코와 서늘하고 푸른 이리 같은 눈이 도드라진 얼굴이 자신만만하면서도 도발적이고 장난스러운 눈빛과 어우러졌다. 미카엘은 처음 본 순간 두 가지를 추측했다. 이사벨레 스퀘옌은 일에서 진취적인 사람이고, 아슬아슬한 위험을 즐기는 쿠거*라는 것.

"잠가." 이사벨레가 말했다.

그는 지금껏 실수한 적이 없었다.

미카엘은 문을 닫고 열쇠를 돌렸다. 그리고 다른 창문 앞으로 갔다. 시청 건물은 고만고만한 4, 5층짜리 건물들 위로 우뚝 솟아 있다. 시청 광장 뒤로 700년 된 아케슈스 요새가 광장을 굽어보았다. 요새의 높은 성곽에서 전쟁의 상흔을 간직한 낡은 대포가 피오르를 향한 모습이 마치 매서운 칼바람에 소름이 돋은 것처럼 보였다. 눈은 이미 그치고 탁한 회색 하늘 아래 푸르스름한 하얀빛이 도시를 비추었다. 꼭 시체의 색 같다고 미카엘은 생각했다. 이사벨레의 목소리가 텅 빈 벽에 부딪혀 울렸다. "자기, 여기 전망 어때?"

"굉장해. 내 기억에 전임 의원들 집무실은 여기보다 크기도 작고 아래층에 있었던 것 같은데."

"그쪽 전망 말고. 이쪽." 이사벨레가 말했다.

미카엘은 이사벨레를 돌아보았다. 오슬로 사회복지위원회 의원이 다리를 쩍 벌리고 있었다. 창틀에 팬티가 놓여 있었다. 이사벨레는 아랫도리의 털을 밀어버리는 게 무슨 매력인지 모르겠다고 여러 번 말했지만, 미카엘은 무성한 털을 보면서 어느 정도 타협은 필요한 것 같다고 생각하며 그쪽 전망에 대한 감탄사를 연신 내뱉었다. 엄청나.

이사벨레는 스틸레토 힐로 쪽모이세공 바닥을 힘껏 밟으며 미카엘에게 다가갔다. 그의 옷깃에서 보이지 않는 먼지를 털었다. 스틸

* cougar, 젊은 남자와의 연애나 성관계를 원하는 중년 여성.

레토를 신지 않아도 미카엘보다 1센티미터가 큰 그녀이기에 지금은 위로 우뚝 솟은 느낌이었다. 그렇다고 미카엘이 위압감을 느낀 건 아니었다. 오히려 이사벨레의 건장한 체격과 지배적인 성격을 흥미로운 도전으로 받아들였다. 울라의 날씬한 몸매와 유순하고 순종적인 성격보다 미카엘에게 남자로서 더 많은 걸 요구했다. "자기가 이 새 집무실에서 개시하는 게 맞는 거 같아. 자기가…… 기꺼이 협조해주지 않았다면 이 자리에 오르지 못했을 테니까."

"인정." 미카엘 벨만이 말했다. 그리고 이사벨레의 향기를 맡았다. 익숙한 향이었다. 그건…… 울라의 향. 톰포드 향수였다. 이름이 뭐였더라? 블랙 오키드. 노르웨이에서는 팔지 않아서 파리나 런던에 갔을 때 울라에게 사다준 향수. 우연의 일치라기에는 불가능해 보였다.

이사벨레는 미카엘이 놀라는 걸 보고 눈으로 웃었다. 그의 목 뒤로 깍지를 끼고 몸을 뒤로 젖히고 웃었다. "미안, 나도 모르게 그만."

젠장. 그날 집들이가 끝나고 울라는 향수가 없어졌다면서 그가 초대한 유명인 중에 누군가가 훔쳐간 것 같다고 투덜댔다. 미카엘은 망레루드 출신 중에 누군가, 그러니까 트룰스 베른트센이 한 짓이라고 거의 확신했다. 트룰스가 어릴 때부터 울라를 사랑한 걸 눈치채지 못한 게 아니었다. 그래서 울라의 팬티가 아니라 향수를 집어간 게 그나마 낫다고 생각했다.

"그게 당신 문제일 수 있다고 생각해봤어?" 미카엘이 말했다. "자신도 모르는 사이에 그러는 거."

이사벨레는 조용히 웃었다. 눈을 감았다. 긴 손가락이 그의 목을 놓아주고는 등을 타고 내려가 벨트 속으로 스윽 들어갔다. 그러다 조금 실망한 눈으로 그를 보았다.

"왜 이럴까, 나의 종마가?"

"의사들 말이, 그자가 죽지 않을 거래." 미카엘이 말했다. "최근에 혼수상태에서 깨어나는 신호가 보였대."

"어떤 신호? 움직였대?"

"아니, EEG에 변화가 나타나서 신경생리학 검사를 시작했다나 봐."

"그래서 뭐?" 이사벨레는 그의 입술로 입술을 가까이 가져갔다. "그 사람이 두려워?"

"그자가 두려운 게 아니라 그자가 무슨 말을 할지 두려운 거지. 우리에 관해."

"그 사람이 뭐 하러 그런 멍청한 소릴 하겠어? 그는 혼자고, 그런 말을 해봐야 얻을 게 없는데."

"그럼 이렇게 말해보지." 미카엘은 이사벨레의 손을 밀쳤다. "당신하고 내가 승진하려고 마약상이랑 손잡은 걸 증언할 수 있는 사람이 존재한다고 생각하면—."

"이봐요. 우리는 시장 논리가 지배하지 못하게 신중히 개입했을 뿐이야. 확실하게 검증된 괜찮은 사회당 정책이라고. 아사예프가 마약시장을 독점하게 두고 다른 거물급 마약상들을 잡아들인 건 아사예프의 물건이 OD*를 적게 유발하기 때문이었어. 다른 문제가 있다면 그건 당국의 마약 정책이 미비한 탓이지."

이 말에 미카엘이 빙긋 웃었다. "토론수업에서 말발께나 세웠겠는걸."

* 신체 기능에 손상을 줄 정도로 약물이나 마약을 과다 복용하는 사람.

"화제를 바꿀까, 자기?" 이사벨레가 손을 쓸어 올려 넥타이를 잡았다.

"법정에서 어떻게 해석될지 아는 거지? 내가 경찰청장이 되고 당신이 시의회에서 일하는 건, 우리가 오슬로 거리를 정화하고 마약으로 인한 사망률을 끌어내린 것처럼 비춰져서야. 하지만 사실은 아사예프가 증거를 인멸하고, 라이벌을 제거하고, 헤로인보다 강도와 중독성이 네 배나 센 마약을 팔게 놔둔 거지."

"음, 그런 얘기하니까 달아오르는데⋯⋯." 이사벨레가 그를 끌어당겼다. 그의 입속에 혀를 밀어 넣고 그에게 허벅지를 비볐다. 스타킹 서걱거리는 소리. 그를 끌어당긴 이사벨레는 휘청거리며 책상에 등을 댔다.

"병원에 있는 그자가 깨어나 지껄이면—"

"그만. 그런 쓸데없는 소리나 하자고 부른 게 아니야." 이사벨레는 그의 벨트를 풀었다.

"우리에겐 해결할 문제가 있어, 이사벨레."

"무슨 말인지는 아는데, 지금 경찰청장은 당신이야. 모든 일에는 순서가 있어. 그리고 지금 시청에서 우선순위에 두는 건 **이거야.**"

미카엘은 아사벨레의 손을 막았다.

이사벨레는 한숨을 쉬었다. "좋아. 말해봐. 그래서 어쩔 셈인데?"

"그자가 위협을 느껴야 해. 확실히."

"왜 그자를 **위협**해? 그냥 죽이면 되잖아?"

미카엘이 웃었다. 그러다 그냥 농담으로 하는 소리가 아닌 걸 깨달았다.

"그건⋯⋯." 미카엘은 이사벨레의 눈을 바라보다가 말문이 막혔다. 반 시간 전에 경찰들을 모아놓고 일장연설을 하던 권위적인 미카엘 벨만을 다시 꺼내려고 애쓰면서. 대답을 찾으려고 애쓰면서.
하지만 이사벨레가 빨랐다.

"당신이 용기가 없어서 그래. 전화번호부를 펼치고 '적극적 안락
사' 항목에서 사람을 구하면 어때? 일단, 비용 낭비든 뭐든 꼬투리
를 잡아서 그 병실 앞 경비부터 없애. 그리고 전화번호부에서 찾은
사람이 불시에 그 환자를 찾아가는 거야. 그 환자로서는 뜻밖의 방
문객을 맞이하는 셈이지. 아니면…… 아니다. 그냥 당신 그림자를
보내면 되잖아. 트룰스 베른트센. 그 사람, 돈이면 뭐든 하지 않던
가?"

미카엘은 황당하다는 듯 고개를 저었다. "우선, 24시간 경비를
명령한 건 강력반의 군나르 하겐이야. 내가 군나르의 명령을 취소
하고 환자가 살해당하면 내 꼴이 이상해져. 둘째, 우린 사람을 죽
이지 않아."

"있잖아. 곁에 둔 책략가보다 더 똑똑한 정치인은 없다는 말이
있지? 최고의 자리로 올라가려면 반드시 자기보다 똑똑한 사람들
을 옆에 두라는 말도 있고. 그런데 슬슬 당신이 나보다 똑똑한지
모르겠다는 생각이 들려고 해, 미카엘. 사실 그 경찰을 죽인 범인
도 못 잡았잖아. 지금은 혼수상태에 빠진 사람 하나 처리하지 못해
서 쩔쩔매고. 그러니 당신이 나랑 섹스까지 안 하려고 할 때는 나
로선 이런 의문이 들 수밖에. '나 이 남자랑 뭐 하는 거지?' 대답 좀
해봐."

"이사벨레……."

"싫단 소리군. 그럼, 잘 들어. 어떻게 할 거냐면……."

미카엘은 이사벨레를 존경하지 않을 수 없었다. 절제되고 침착
하게 전문성을 드러내면서도 위험을 끌어안는 예측 불가능성 때

문에 동료들도 모두 이사벨레에게 혀를 내둘렀다. 누군가는 이사벨레를 시한폭탄으로 보았다. 불확실성이야말로 이사벨레 스퀘옌이 주도하는 게임의 특징이라는 점을 이해하지 못한 것이다. 이사벨레는 누구보다도 짧은 시간에 더 멀리, 더 높이 뛰어오르는 부류였다. 그리고 추락할 때 가장 처참하게 내리꽂힐 사람이었다. 미카엘 벨만이 이사벨레 스퀘옌에게서 자신의 일면을 발견하지 못한 건 아니었다. 하지만 이사벨레는 미카엘의 극단적인 모습이었다. 이상한 건 이사벨레가 그를 끌고 가는 게 아니라 그를 더 신중하게 만든다는 점이었다.

"아직 그가 깨어난 건 아니니까 당분간 아무것도 하지 마." 이사벨레가 말했다. "에네바크 출신 마취과의사를 알아. 음침한 작자야. 내가 정치인이라서 길에서 구하지 못하는 약을 그자가 조달해주지. 그자도—비비스처럼— 돈이면 거의 다 해. 섹스면 뭐든 하고. 적절한……."

이사벨레는 책상 끝에 걸터앉아 다리를 들어서 벌리고 그의 바지 단추와 지퍼를 한꺼번에 풀었다. 미카엘은 이사벨레의 손목을 잡았다. "수요일에 그랜드 호텔에서 만날 때까지 기다리자."

"수요일 그랜드 호텔까지 기다리지 **않아**."

"난 기다린다는 쪽에 한 표를 던질게."

"그래?" 이사벨레가 그에게서 손을 빼고 그의 바지를 풀어헤쳤다. 그리고 아래를 보았다. 목소리가 거칠어졌다. "한 표 차로 자기가 이겼어."

5

어둠이 내리고 기온이 떨어지고 창백한 달빛이 스티안 바렐리의 창문을 비추었다. 아래층 거실에서 엄마가 불렀다.

"네 전화다, 스티안!"

스티안도 전화벨 소리를 들었지만 자기 전화가 아니길 바랐다. 스티안은 닌텐도 위Wii를 내려놓았다. 12언더파로 세 홀만 남겨둔 상황이라 마스터스 자격을 향해 순조롭게 나아가고 있었는데…….
스티안은 릭 파울러가 되어 골프 게임을 하는 중이었다. 릭 파울러는 타이거 우즈 마스터스 대회에서 차분하게 경기에 임하고, 스물한 살인 스티안과 나이가 비슷한 유일한 선수였다. 둘 다 에미넴과 라이즈 어게인스트를 좋아하고 주황색 옷을 입었다. 릭 파울러는 독립해서 혼자 지낼 형편이 되지만 스티안은 아직 부모 집에 얹혀 살았다. 당분간 임시로 지내는 것이다. 장학금을 따내서 알래스카 대학에 입학하기 전까지. 활강선수 중에 웬만큼 타는 선수들은 노르딕 주니어 스키 선수권 대회 따위에서 좋은 성적을 거두어 알래스카로 갔다. 거기 가서 더 좋은 선수로 성장한 예는 없지만 그래서 뭐? 여자, 술, 스키. 뭘 더 바라겠는가? 생각하면 이상한 시험이기는 했다. 입학 자격만 갖추면 그 자체로 괜찮은 직업이 생기는 셈이니. 혼자 아파트를 빌려 지낼 만큼 돈이 나온다. 지금보다는 확실히 나은 삶이다. 유명 스키선수인 보드 밀러와 악셀 룬 스빈달의 포스터 아래에서, 조금 짧아진 침대에서 자고 엄마가 만들어준 리솔*을 먹고 아빠가 정한 규칙을 따르면서 설맹으로 눈 먼 학부모들이 셰틸 안드레 오모트나 라세 쉬스가 될 재목인 줄 착각하는 버릇없는 꼬마들을 훈련시키는 생활보다는 나을 것이다. 인도의 어린이 노동자들에게도 못 줄 푼돈이나 받으면서 트리반스클레이바에서 스키 리프트를 돌리는 생활보다는 나을 것이다. 그래서 스티안은 방금 전 전화가 스키클럽 회장에게 온 전화인 걸 알았다. 스티안이 아는 사람 중 **조금** 더 비싸다는 이유로 휴대전화로 전화하지 않고, 유물처럼 유선전화를 가지고 있는 선사시대의 집에서 계단을 뛰어 내려가게 만들 사람은 그 인간밖에 없으니까.

스티안은 엄마가 내민 수화기를 받았다.

"네?"

"여보세요, 스티안? 나 바켄이야." 바켄은 슬로프라는 뜻이자 실제 그의 이름이었다. "클레이바 리프트가 돌아가고 있다는 신고가 들어왔어."

"**지금요?**" 스티안은 손목시계를 보았다. 밤 11시 15분. 슬로프 폐장은 9시였다.

"어서 가서 무슨 일인지 알아봐주겠나?"

"지금요?"

"물론, 많이 바쁘지 않다면."

* 내장을 저며서 파이껍질에 싸서 튀긴, 우리나라의 동그랑땡과 비슷한 요리.

스티안은 회장의 말투에 묻어난 냉소를 못 들은 척했다. 그가 두 시즌에 걸쳐 실망스러운 성적을 내자, 회장은 그가 재능이 부족해서가 아니라 최선을 다하지 않고 게으름을 피우며 시간을 허비해서라고 생각했다.

"전 차가 없는데요." 스티안이 말했다.

"내 거 타도 돼." 옆에서 엄마가 참견했다. 옆에서 팔짱을 끼고 듣고 있었던 모양이다.

"미안한데 스티안, 나도 들었네." 회장이 짧게 말했다. "헤밍 스케이트보드 클럽 애들이 몰래 들어간 거 같아. 그 자식들은 이게 재미있는 줄 아나 봐."

스티안은 트리반 타워까지 난 구불구불한 도로를 10분 동안 올라갔다. TV 안테나 기둥이 118미터 길이의 창처럼 오슬로 북서쪽 산 정상에 꽂혀 있었다.

스티안은 눈 덮인 주차장에 차를 세우다가 빨간색 골프 승용차 한 대가 서 있는 걸 보았다. 루프박스에서 스키를 내려서 신고, 본관을 지나 스키장 꼭대기의 트리반 엑스프레스 의자식 중앙리프트로 올라갔다. 호수가 내려다보이고 의자식보다 작은 T바 리프트*가 보이는 곳이다. 달이 떠 있지만 리프트가 움직이는지는 확인할 수 없었다. 소리는 들렸다. 저 아래에서 윙윙거리는 기계 소리가 올라왔다.

스티안은 스키를 타고 유유히 커브를 돌면서 문득, 밤에는 이곳이 이상할 정도로 적막하다고 생각했다. 폐장 후 한 시간 정도는

---

* 거꾸로 뒤집힌 알파벳 T 모양으로 생긴 리프트. 균형을 잘 잡아야 탈 수 있다.

스키 타던 사람들의 즐거운 비명과 소녀들이 무서운 척 징징대는 소리, 남자애들이 관심 끌려고 내지르는 테스토스테론 충만한 고함, 눈과 얼음을 가르는 스키 소리가 메아리로 울리는 듯했다. 투광조명등을 끄고도 한동안은 허공에 불빛이 그대로 매달려 있는 듯했다. 그러다 점차 조용해졌다. 그리고 어두워졌다. 차츰 더 조용해졌다. 마침내 구석구석 정적이 스미고 숲속에서 어둠이 스멀스멀 기어 나왔다. 그러면 트리반은 딴 세상이 되었다. 이곳을 손바닥처럼 훤히 꿰고 있는 스티안에게도 마치 다른 행성에 온 것처럼 낯설었다. 춥고 어둡고 아무도 살지 않는 행성.

조명 하나 없이 오로지 감각에만 의지해 스키를 타면서 발밑으로 눈과 땅이 어떻게 오르내릴지 예측하면서 내려가야 했다. 이건 스티안의 특별한 재능이었다. 그래서 그는 늘 시계視界가 좋지 않고 눈이 많이 내리고 안개가 끼고 평면광이 생기는 날에 최고의 기량을 선보였다. 그는 보이지 않는 것을 감지할 수 있고, 대다수 스키 선수들이 갖지 못한 일종의 투시력을 타고났다. 그는 눈밭을 어루만지듯 천천히 내려가면서 그 순간을 즐겼다. 슬로프를 다 내려가서 리프트 오두막 앞에 멈췄다.

문이 부서져 있었다.

눈밭에 파편이 흩어져 있고, 남은 문짝이 활짝 열려 있었다. 그제야 스티안은 자신이 혼자라는 생각이 들었다. 불현듯 한밤중에 방금 전 범죄가 일어났을지 모르는 곳에 혼자 있다는 자각이 들었다. 누가 장난친 걸 수도 있다. 그래도 어쨌든, 아무것도 확신할 수 없었다. 장난이라고 확신할 수도. 여기 혼자 있는 거라고 확신할 수도.

"누구 있어요?" 스티안이 엔진 돌아가는 소리와 머리 위 와이어로 T바가 덜커덕거리며 돌아가는 소리 너머로 소리쳤다. 그리고 곧바로 후회했다. 그의 목소리가 산비탈에 부딪혀 메아리로 되돌아오면서 그의 두려움까지 실어왔다. 더럭 겁이 났다. 메아리에 실린 '혼자'와 '범죄'라는 생각이 머릿속에 계속 맴돌았다. 오래전에 들은 이야기가 생각났다. 낮에는 생각나지 않지만, 야간근무 중에 슬로프에 사람이 거의 없을 때 이따금 숲에서 어둠을 업고 기어 나오는 이야기. 눈도 내리지 않은 푸근한 12월의 어느 늦은 밤이었다. 소녀는 시내에서 납치당해 차로 여기까지 끌려왔다. 수갑이 채워지고 얼굴이 가려진 채. 소녀는 주차장에서 문이 박살 난 오두막까지 끌려와 강간당했다. 열다섯 살 소녀는 너무나 작고 말라서 의식을 잃었다고 해도 범인이—한 명이든 여러 명이든— 주차장에서 손쉽게 끌고 올 수 있었을 거라고들 했다. 소녀가 내내 의식이 없었기를 바라는 수밖에. 그런데 소녀의 양쪽 쇄골 아래 대못을 하나씩 박아 벽에 걸어서 범인이 벽이든 바닥이든 소녀에게든 신체 접촉을 최소화하면서 강간할 수 있었다는 얘기도 들었다. 그래서 경찰은 DNA나 지문이나 옷의 섬유를 전혀 찾지 못했다고 했다. 어쩌면 이 얘기는 사실이 아닐 수도 있다. 스티안이 확실히 아는 사실은 소녀가 세 군데에서 발견되었다는 것이다. 트리반 호수 바닥에서 몸통과 머리가 발견되었다. 뷜레르 회전 활강 코스 아래 숲에서 하체의 절반이 발견되었다. 그리고 에우르셰른 호수 바닥에서 나머지 절반이 나왔다. 하체의 두 부분이 서로 멀리 떨어져 있고 강간 장소에서도 멀리 떨어진 곳에서 발견되었다는 점에서, 경찰은 범인이 두 명일 수 있다고 추정했다. 하지만 경찰이 할 수 있는 거라고는 추정밖에 없었다. 남자들의 흔적은 발견되지 않았다 (범인이 남자라는 증거가 될 만한 정액은 나오지 않았다). 스키클럽 회장이나 장난치길 좋아하는 선배들은 클럽의 어린 회원들이 첫 야간 근무를 서는 날이면 고요한 밤에 오두막에서 소리를 들은 사람들이 있다고 겁을 주었다. 비명 소리. 벽에 못을 박는 소리.

스티안은 스키에 부츠를 고정시키는 장치를 풀고 오두막 문으로 다가갔다. 무릎을 굽히고 장딴지에 힘을 주면서 맥박이 요동치는 걸 애써 모른 척했다.

젠장, 무슨 장면을 상상하는 거야? 선혈이 낭자한 장면? 귀신?

스티안은 문 안으로 손을 뻗어 스위치를 찾아서 돌렸다.

전등이 켜진 오두막을 들여다보았다.

페인트칠하지 않은 소나무 벽에 소녀가 걸려 있었다. 거의 알몸이고 노란 비키니로 선탠한 몸의 주요 부위만 겨우 가린 채였다. 12월 달력 사진이고, 작년 달력이었다. 몇 주 전 어느 한적한 밤에 스티안은 그 사진 앞에서 자위를 했다. 사진 속 소녀도 충분히 섹시했지만 제일 흥분되는 건 창밖으로 지나가는 소녀들이었다. 스티안은 그 자리에 앉아 창밖의 소녀들에게서 고작 1미터 떨어진 곳에서 발기한 물건을 잡고 있었다. 특히 소녀들이 T바를 잡고 똑바로 선 막대를 능숙하게 가랑이 사이에 끼우고 허벅지로 단단히 조이는 모습. 소녀들의 엉덩이가 T바에 들려 올라갔다. 막대에 달린 스프링과 와이어가 수축하면서 소녀들이 등이 뒤로 젖혀졌다가 확 당겨져서 그의 시야에서 멀어지며 공중의 선로를 따라 돌아갔다.

스티안은 오두막으로 들어갔다. 누가 다녀간 게 분명했다. 제어장치가 고장 났다. 플라스틱 손잡이 두 개가 바닥에 나뒹굴고 제어장치의 손잡이가 빠진 자리에 금속 축만 튀어나와 있었다. 스티안은 엄지와 검지로 차가운 축을 잡고 돌려보려 했지만 손가락 사이로 축이 헛돌았다. 그는 구석의 작은 퓨즈함으로 갔다. 퓨즈함의 철제 문이 잠겨 있고, 옆에 끈으로 매달아둔 열쇠는 사라졌다. 이상했다. 다시 제어장치로 갔다. 투광조명등과 음악을 켜는 장치의 플라스틱 손잡이를 빼서 끼워볼까 하다가 괜히 그것까지 망가뜨릴까 봐 그만두었다. 손잡이는 접착제로 붙어 있거나 주조된 것이었다. 금속 축을 단단히 잡고 돌릴 만한 스패너 같은 도구가 필요했다. 창문 앞 탁자의 서랍을 열면서 어떤 예감이 들었다. 시계가 좋지 않은 날 스키를 탈 때의 예감. 스티안은 보이지 않는 걸 **느낄** 수 있었다. 창밖의 어둠 속에서 누군가 서서 지켜보고 있었다.

스티안은 눈을 들었다.

커다란 눈을 부릅뜨고 그를 쳐다보던 얼굴과 마주쳤다.

자신의 얼굴, 창유리에 이중 노출로 비친, 겁먹은 자신의 눈.

스티안은 안도의 한숨을 쉬었다. 어휴, 겁은 많아서.

심장이 벌렁거리는 채로 다시 서랍을 뒤지려는데 창밖에서 어떤 움직임을 본 것 같았다. 유리창에 비친 그림자에서 떨어져 있던 누군가의 얼굴이 시야 오른쪽으로 사라진 것 같았다. 스티안은 얼른 눈을 들었다. 유리창에 비친 자신의 얼굴이 보였다. 아까처럼 이중 노출로. 아니면 설마?

스티안은 늘 상상력이 넘쳤다. 여기서 강간당한 소녀를 생각하면 흥분된다고 말했을 때 마리우스와 셸라가 그에게 한 말이었다. 그 소녀가 강간당하거나 살해당하는 장면이 흥분된다는 게 아니었다. 그보다는…… 그가 상상한 장면, 새로 추가한 장면이 흥분되었다. 상상 속의 소녀는 착하고 예쁘장했다. 소녀는 오두막에 있고 남자의 성기가 알몸인 소녀의 틈새에 꽂혀 있고……. 그래, 이런 걸 상상하면 흥분되었다. 마리우스는 그에게 미쳤다고 했고, 셸라는 워낙에 입이 싼 자식이었다. 소문이 돌고 돌아 다시 스티안 귀에 들어온 말에 따르면, 스티안이 강간에 가담하고 싶다고 말했다고 떠들고 다닌 모양이었다. 그딴 놈들이 친구라니. 스티안은 이런 생각을 하면서 서랍을 뒤졌다. 리프트 패스, 스탬프, 스탬프 잉크, 펜, 테이프, 가위, 단검, 청구서 뭉치, 볼트, 너트. 젠장! 아래 칸을 열었다. 스패너도, 열쇠도 없었다. 그러다 문득 평소 눈밭에 던져놔서 비상시 아무나 빨간 버튼을 눌러 리프트를 세울 수 있는 비상봉만 찾으면 되겠다는 생각이 들었다. 비상 상황은 언제든 벌어질 수 있었다. 아이들이 T바에 머리를 찧기도 하고, 리프트가 홱 움직일 때 초보자들이 뒤로 넘어간 채 케이블에 매달려서 끌려가기도 했다. 잘난 척하는 얼간이들이 T바를 무릎에 걸고 옆으로 매달린 채 숲에 오줌을 누는 일도 있었다.

스티안은 벽장을 뒤졌다. 비상봉은 1미터 길이의 금속 막대로, 눈과 얼음에 꽂기 쉽게 끝이 뾰족한 쇠지렛대 모양이라 눈에 잘 띌 터였다. 주인 잃은 벙어리장갑과 모자와 고글을 치웠다. 다음 벽장, 소방시설. 양동이와 옷가지. 구급상자. 손전등. 비상봉은 없었다.

저녁에 오두막 문을 잠글 때 깜빡하고 들여놓지 않았을 수도 있었다.

그는 손전등을 들고 나가 오두막을 한 바퀴 돌았다.

비상봉은 보이지 않았다. 젠장, 누가 **훔쳐가기라도** 한 건가? 리프트 패스는 그냥 놔두고? 스티안은 무슨 소리가 난 것 같아 숲을 돌아보았다. 나무들에 손전등을 비추었다.

새인가? 다람쥐인가? 가끔 엘크가 여기까지 내려오긴 했지만 엘크들은 굳이 몸을 숨기려 하지 않았다. 빌어먹을 리프트 스위치만 끄면 잘 **들릴** 것 같았다.

스티안은 오두막으로 돌아갔다. 안에 들어오니 마음이 놓였다. 바닥에서 플라스틱 손잡이 두 개를 집어 금속 축에 끼워서 돌려보려 했지만 소용없었다.

스티안은 손목시계를 보았다. 잠시 후면 자정이었다. 오거스타에서 골프를 한 라운드 마치고 잠이나 자고 싶었다. 회장에게 전화할지 말지 고민했다. 축을 딱 반만 돌리면 되는데!

그러다 고개가 저절로 들리고 심장이 박동을 멈추었다.

순식간에 벌어진 상황이라 정말로 본 건지 아닌지 확실하지 않았다. 뭐가 됐든 엘크는 아니었다. 스티안은 전화기에서 회장의 이름을 눌렀지만 손이 떨려서 몇 번 잘못 누른 끝에 겨우 연결됐다.

"왜?"

"비상봉이 없어졌어요. 리프트를 세울 수가 없어요."

"퓨즈함에……."

"퓨즈함은 잠겨 있고 열쇠도 없어요."

회장이 조용히 욕하는 소리가 들렸다. 그리고 체념하듯 한숨 쉬는 소리도 들렸다. "거기 있어. 바로 갈게."

"스패너 같은 걸 가져오세요."

"스패너 같은 거." 회장은 비아냥을 노골적으로 드러내며 내뱉었다.

회장이 스키 선수권 대회의 성적에 따라 사람을 대하는 건 스티안도 전부터 알았다. 스티안은 전화기를 주머니에 넣었다. 어둠을 물끄러미 내다보다가 문득 안에 전등을 켜두면 모두가 그를 볼 수 있고 그는 아무도 보지 못한다는 생각이 들었다. 일어나서 아직 붙어 있는 문을 닫고 전등을 껐다. 그리고 기다렸다. 머리 위로 슬로프에서 빈 T바가 내려오며 가속을 붙이다가 맨 끝에서 빙그르르 돌아서 다시 올라가는 소리가 들렸다.

스티안은 눈을 깜빡였다.

왜 진즉에 그 생각을 못했지?

그는 제어장치의 손잡이를 모두 돌렸다. 투광조명등이 슬로프를 비추고 확성기에서 제이지의 "Empire State of Mind"가 흘러나와 계곡에 울려 퍼졌다. 그래 이거야, 이제 좀 마음이 놓이는군.

그는 손가락으로 두드리며 금속 축을 보았다. 끝에 구멍이 있었다. 그는 일어서서 퓨즈함 옆에서 끈을 빼서 반으로 접어 구멍에 끼웠다. 그리고 축을 한 번 감아 가만히 잡아당겼다. 이러면 될 것 같았다. 조금 더 세게 당겼다. 끈이 걸리는 느낌이 들었다. 더 세게. 축이 움직였다. 휙 잡아당겼다.

리프트가 길게 끌면서 신음하다가 끼익 하고 멈췄다.

"전화 받아, 이 개자식아!" 스티안이 소리쳤다.

스티안은 전화기 위로 몸을 숙여 회장에게 전화해서 임무를 완수했다고 알리려 했다. 그러다 회장이 한밤중에 스피커로 랩 음악이 꽝꽝 울리는 걸 들으면 가만두지 않을 것 같아서 음악을 껐다.

신호가 가는 소리를 듣고 있었다. 이제는 그 소리밖에 들리지 않았다. 갑자기 사위가 조용했다. 어서 받으라니까! 그러다 다시 그게 일어났다. 그 느낌. 누가 거기 있는 느낌. 누가 그를 지켜보는 느낌.

스티안 바렐리는 천천히 고개를 들었다.

뒤통수의 한 부위에서 한기가 퍼져나가 온몸이 돌처럼 굳어버렸다. 메두사의 얼굴을 마주한 것처럼. 하지만 메두사의 얼굴이 아니었다. 긴 가죽코트를 입은 남자였다. 미치광이처럼 노려보고 뱀파이어처럼 입을 벌리고 입가에 피를 흘리고 있었다. 땅에서 둥둥 뜬 채로 다가오는 것 같았다.

"네? 여보세요? 스티안? 자넨가? 스티안?"

스티안은 대답하지 않았다. 의자를 넘어뜨리고 벌떡 일어나 조금씩 뒷걸음쳐서 벽에 몸을 붙였고, 미스 12월이 바닥으로 떨어졌다.

비상봉을 찾았다. T바에 매달린 남자의 입에 박혀 있었다.

"그럼 저 친구는 리프트에 매달려 빙빙 돈 건가?" 군나르 하겐이 고개를 갸웃하고 앞에 매달려 있는 시체를 찬찬히 살펴보았다. 형체가 어딘가 이상했다. 밀랍 인형이 녹아 바닥으로 흘러내리는 형상이었다.

"그 청년 말로는 그래요." 베아테 뢴이 눈밭을 발로 다지고 시선을 들어 조명을 밝힌 리프트 선로를 보았다. 흰 작업복을 입은 동료가 흰 눈과 하나가 된 것처럼 보였다.

"뭐가 좀 나왔나?" 군나르가 무슨 대답이 나올지 안다는 투로 물었다.

"많이요." 베아테가 말했다. "혈흔이 리프트 꼭대기까지 4백 미터 이어지다가 다시 4백 미터 내려왔어요."

"뻔히 보이는 거 말고."

"눈밭에 찍힌 족적이 주차장에서 지름길로 곧장 이리로 내려와요." 베아테가 말했다. "족적은 피해자의 신발과 일치하고요."

"여기까지 **신발**을 신고 걸어왔다고?"

"네. 그리고 혼자 왔어요. 저 사람 거 말고 다른 족적은 없어요. 주차장에는 빨간색 골프가 서 있고요. 차주는 지금 확인 중이에요."

"범인의 흔적은 전혀 없고?"

"어때, 비에른?" 베아테가 마침 경찰 저지선 테이프를 들고 다가오는 비에른 홀름에게 물었다.

"아직요." 비에른이 숨을 헐떡였다. "다른 족적은 없어요. 뭐, 스키 자국은 많지만. 특기할 만한 지문이나 모발, 섬유는 아직 나오지 않았어요. 저 이쑤시개에서 뭐가 나올지도 모르죠." 비에른이 죽은 남자의 입에 박힌 막대를 향해 고개를 까딱했다. "아니면 부검으로 뭐든 찾아내길 바라는 수밖에요."

군나르 하겐은 외투 속에서 부르르 떨었다. "건질 게 별로 없단 소리군."

"음." 베아테가 말했다. 군나르가 잘 아는 '음'이었다. 해리 홀레가 나쁜 소식을 전할 때 하던 표현. "DNA가 없어요. 다른 현장에서도 지문 한 점 나오지 않았고요."

군나르는 몸이 떨리는 게 기온이 낮아서인지, 한창 자다가 불려나와서인지, 과학수사과 팀장이 한 말 때문인지 생각했다.

"무슨 뜻인가?" 군나르는 이렇게 물으면서 마음을 단단히 먹었다.

"저 사람이 누군지 안다는 뜻이죠." 베아테가 말했다.

"피해자 신원이 밝혀지지 않았다는 말로 들렸는데."

"맞아요. 저 사람을 알아보는 데 한참 걸렸어요."

"자네가? 한번 본 사람 얼굴은 절대로 잊어버리지 않는 줄 알았는데."

"양쪽 뺨이 다 으스러진 상태로는 뇌의 방추상회도 헷갈려하거든요. 아무튼 저 사람은 베르틸 닐센이에요."

"그게 누군데?"

"그래서 경정님께 전화드린 거예요. 누구냐면……." 베아테 뢴은 숨을 깊이 들이마셨다. 말하지 마. 군나르가 속으로 말했다.

"경찰요." 비에른 홀름이 말했다.

"네드레 에이케르 경찰서 소속." 베아테가 말했다. "경정님이 강력반으로 오시기 직전에 살인사건이 있었어요. 저 베르틸 닐센이 우리 크리포스로 연락해서 크로크스타델바에서 자기가 수사한 강간사건과 유사하다면서 직접 오슬로로 와서 도와주겠다고 했고요."

"그래서?"

"도움이 되지 않는 사람이었어요. 오긴 왔는데 수사를 오히려 더 디게 만들었거든요. 범인이 한 명인지 여럿인지는 몰라도 결국 잡히지 않았고요."

군나르가 고개를 끄덕였다. "어디에서……?"

"여기요." 베아테가 말했다. "리프트 오두막에서 피해자를 강간하고 토막을 냈어요. 시신 일부는 근처 호수에서, 다른 일부는 1킬로미터 남쪽에서 나왔고, 나머지는 반대 방향으로 7킬로미터 떨어진 에우르셰른 호수에서 나왔어요. 그래서 범인이 한 명이 아닐 거라고 본 거죠."

"그 날짜가……?"

"……같아요. 정확히."

"얼마나 전에……?"

"9년 전."

무전기가 지글거렸다. 군나르는 비에른이 무전기를 귀에 대고 조용히 말하는 걸 보았다. 그리고 무전기를 다시 내려놓는 것도 보았다. "주차장에 세워둔 골프는 미라 닐센 명의로 등록된 차량이에요. 주소지는 베르틸 닐센과 동일하고요. 부인일 거예요."

군나르는 끙 하고 신음하며 숨을 내쉬었고, 그의 신음소리가 입에서 나와 하얀 깃발처럼 허공에 매달려 있었다. "청장한테 보고해야 돼. 일단 살해당한 소녀 얘기는 언급하지 말자고 하고."

"언론에서 밝혀낼 텐데요."

"알아. 그래도 당분간은 기자들이 그냥 짐작만 하게 두자고 할게."

"현명한 방법이네요." 베아테가 말했다.

군나르는 베아테에게 잠깐 미소 지었다. 간절하던 격려를 듣고 고마운 마음이 들었다. 군나르는 산기슭의 주차장을 보고 앞에 늘어선 리프트 행렬을 보았다. 그리고 시체를 올려다보았다. 다시 몸서리를 쳤다. "저렇게 키 크고 마른 남자를 보면 누가 생각나는지 아나?"

"네." 베아테가 말했다.

"그 친구가 지금 여기 있으면 좋겠군."

"키가 크고 마르진 않았죠." 비에른이 말했다.

두 사람이 비에른을 돌아보았다. "해리 말인가……?"

"저 사람요." 비에른이 와이어에 매달린 시체를 향해 고갯짓했다. "베르틸 닐센요. 하룻밤 사이에 큰 거예요. 시신이 젤리 같아요. 높은 데서 떨어져 뼈가 다 부서진 사람한테 같은 현상이 나타나는 걸 봤어요. 뼈대가 부러지면 시신을 지탱하던 틀이 없어지고, 사후 강직이 일어나기 전까지 중력에 끌려 길어지는 거죠. 재미있지 않아요?"

그들은 말없이 시체를 보았다. 그러다 군나르가 뒤돌아 자리를 떴다.

"정보를 너무 많이 드렸나요?" 비에른이 물었다.

"약간 과했던 것 같아." 베아테가 말했다. "나도 그분이 여기 있으면 좋겠어."

"돌아오실 수 있을까요?" 비에른이 물었다.

베아테는 고개를 저었다. 비에른은 그것이 자신의 질문에 대한 대답인지 모든 상황에 대한 반응인지 분간이 안 갔다. 그는 몸을 돌려 숲 가장자리에서 흔들리는 전나무 가지를 보았다. 오싹한 새소리가 정적을 메웠다.

PART 2

6

문 위에 붙은 종이 맹렬히 울리고 트룰스 베른트센이 쌀쌀한 거리에서 실내로, 축축한 온기 속으로 들어섰다. 머리카락과 헤어로션이 썩어가는 냄새가 훅 끼쳤다.

"다듬으시게요?" 윤기 나는 검은 머리의 젊은 남자가 물었다. 다른 미용실에서 손질한 머리일 거라고, 트룰스는 거의 확신했다.

"200이죠?" 트룰스가 어깨에서 눈을 털며 물었다. 3월, 약속이 깨지는 달. 트룰스는 엄지로 어깨 너머를 가리키며 이발소 앞 안내판에 적힌 금액이 아직 그대로인지 확인했다. 신사 200, 어린이 85, 연금수급자 75. 트룰스는 사람들이 이 가게로 개를 데리고 오는 것도 본 적이 있다.

"항상 같아요, 친구." 이발사가 파키스탄 억양으로 대답하면서 빈 의자 두 개 중 하나로 안내했다. 세 번째 의자에는 트룰스가 한눈에 아랍인으로 분류한 남자가 앉아 있었다. 이마에 달라붙은 앞머리 아래에 음흉한 테러리스트의 눈이 박혀 있었다. 거울 속으로 트룰스와 눈이 마주치자 겁먹은 듯 다급히 피하는 눈. 베이컨 냄새를 맡고 그러는 걸 수도 있고, 경찰 냄새를 맡은 걸 수도 있었다.

어느 쪽이건 브루 가에서 마약을 파는 작자일 것이다. 마리화나 정
도만. 아랍인들은 센 마약을 꺼렸다. 쿠란에 스피드와 헤로인이 돼
지 갈빗살과 동급으로 적혀 있기라도 한 건가? 포주일지도 모른다.
금목걸이를 보자 그런 생각이 들었다. 포주라면 짧은 밤 포주일 것
이다. 긴 밤 포주들은 트룰스가 얼굴을 다 알았으니까.

턱받이를 두르고도.

"머리가 길었네요, 친구."

트룰스는 파키스탄 녀석들한테 '친구'로 불리기 싫었다. 파키스
탄 남창한테는 더 싫었고, 좀 있다가 그의 몸에 손을 댈 파키스탄
호모라면 특히 더 싫었다. 이런 계집애 같은 부류가 그나마 나은
게 있다면 적어도 엉덩이로 손님 어깨를 함부로 누르고 손님 머리
를 비틀어 손으로 머리를 헤집으며 거울 속으로 눈을 보고 이게 마
음에 드는지 저게 마음에 드는지 묻지 않는다는 거였다. 이런 녀석
들은 그냥 바로 머리를 만졌다. 기름 낀 머리를 감겨줄까 묻지도
않고 분무기로 물을 뿌렸다. 혹시나 있을지도 모를 이발소 지침 따
위는 가볍게 무시하고, 가위와 빗을 들고 오스트레일리아 양털 깎
기 대회에 출전한 선수들처럼 당장 머리 깎기를 시작했다.

트룰스는 거울 앞 선반에 놓인 신문 1면을 보았다. 매일 똑같은
불평이 이어졌다. 일명 '경찰 킬러'의 동기가 무엇인가? 경찰을 혐
오하는 미치광이나 극단적 무정부주의자라는 쪽으로 의견이 모아
졌다. 해외 테러 조직이 지목되기도 했지만 테러리스트들은 대개
작전에 성공하면 영광을 차지하려고 나서는데 이번에는 아무도 나
타나지 않았다. 두 살인사건의 범인 사이에 연관성이 있다는 데에
는 아무도 이의를 제기하지 않았고(범행 날짜와 사건 현장으로 알 수
있었다), 경찰은 한동안 베네슬라와 닐센 두 사람 모두가 체포하거

나 조사하거나 어떤 식으로든 접촉한 적 있는 전과자를 찾아보았다. 아무런 연관성이 나오지 않았다. 그래서 경찰은 베네슬라 사건을 베네슬라에게 체포당한 범인이 복수심에 저지른 사건이라고, 질투나 유전적 기질이나 일반적 동기에 의한 사건이라고 가정했다. 그리고 닐센 사건은 다른 범인이 다른 동기로 저지른 사건이지만 베네슬라 사건을 교묘히 모방해 경찰이 연쇄살인으로 의심하도록 유도해서 수사에 혼선을 준 것으로 가정했다. 그리고 경찰은 정확히 이렇게 움직였다. 두 사건을 별개의 사건으로 간주하고 확실한 장소들을 조사했다. 하지만 거기서도 아무것도 찾지 못했다.

결국 경찰은 다시 원점으로 돌아왔다. '경찰 킬러'. 언론도 원점으로 돌아와 불만을 쏟아냈다. 어째서 경찰은 자기네 동료를 둘이나 죽인 범인을 잡지 못하는가?

트룰스는 이런 헤드라인에 쾌감과 분노를 동시에 느꼈다. 미카엘은 크리스마스와 새해가 되어 언론이 살인사건을 잊고 다른 사안에 관심을 돌리는 동안 경찰이 조용히 수사할 수 있기를 바랄 것이다. 자신이 이 도시를 지키는 섹시한 신임 보안관이자 젊은 귀재이자 이 도시의 수호자가 될 수 있기를 바랄 것이다. 자신은 실패하고 일을 망치고 노르웨이철도회사 같은 무능한 패자로 카메라 앞에서 죽상을 하고 앉아 있을 사람이 아니라고 생각할 것이다.

신문을 들춰볼 필요도 없었다. 집에서 다 봤다. 수사가 얼마나 진척되었는지 보고하는 미카엘의 무기력한 기자회견을 보자 웃음이 터져나왔다. "현 시점에서는 말씀드리기가 불가능한……" "관련 정보가 없어서……" 경찰대학의 필독서인 비에르크네스와 호프 요한센의 《수사 기법》 중 언론을 상대하는 방법을 다룬 장에서 그대로 따온 표현들이었다. 기자들은 '노코멘트'라는 답변에 답답해하기 때문에 이렇게 포괄적인 문장으로 답해야 한다고 책에 쓰여 있었다. 형용사를 피하라고도 쓰여 있었다.

트롤스는 사진 속 미카엘의 얼굴에서 자포자기의 심정을 보았다. 망레루드의 동네 형들이 계집애처럼 뺀질거리고 잘난 체하는 미카엘의 아가리를 닫아줄 때가 왔다고 판단했을 때 도움을 필요로 하며 짓던 표정. 그는 트롤스의 도움을 원했고, 물론 트롤스가 나섰다. 눈가가 시커멓게 부어오르고 입술이 터져서 집으로 돌아간 쪽은 트롤스이지, 미카엘이 아니었다. 그 잘난 얼굴은 무사했다. 울라를 위해.

"너무 많이 자르지 마쇼." 트롤스가 말했다. 그는 거울 속으로 튀어나온 허연 이마에서 툭툭 떨어지는 머리카락을 보았다. 튀어나온 이마와 부정교합인 앞니는 종종 멍청하다는 인상을 주었다. 그덕에 이득을 볼 때도 있었다. 가끔. 트롤스는 눈을 감았다. 기자회견 사진에 정말로 미카엘의 절박한 표정이 찍힌 건지, 아니면 자기가 보고 싶은 대로 보이는 건지 생각했다.

정직. 제명. 거절.

월급은 꼬박꼬박 들어왔다. 미카엘이 미안해했다. 트롤스의 어깨에 손을 얹고 모두를 위해 그게 최선이라고 말했다. 트롤스를 위해서도. 그러다 해명할 수 없거나 해명하지 않는 돈을 받은 경찰에게 내려질 처분이 결정된 것이다. 미카엘은 트롤스가 수당만큼은 받을 수 있도록 손을 써주었다. 그러니 이런 싸구려 이발소에 오지 않아도 되었다. 하지만 트롤스는 항상 이곳에 왔다. 지금은 더 마음에 들었다. 옆자리의 아랍인과 똑같이 잘라주는 게 마음에 들었다. 테러리스트 머리.

"뭘 보고 웃어요, 친구?"

트룰스는 자신이 꿀꿀거리며 웃는 소리를 듣고 웃음을 멈추었다. 비비스라는 별명을 지어준 사람들. 아니, 그 별명은 미카엘이 지어주었다. 학교 파티에서 미카엘 덕에 모두들 트룰스가 MTV의 비비스라는 만화 캐릭터와 외모와 목소리가 닮은 걸 알아채고 신나게 웃어댔다. 그 자리에 울라도 있었던가? 미카엘이 그때는 다른 여자애를 껴안고 있었던가? 브륀에서 어느 일요일에 하얀 스웨터를 입은 울라가 조용히 웃으며 가느다란 손가락으로 트룰스의 목을 잡고 머리를 가까이 당겨서 그의 귀에 대고 큰 소리로 말했고, 그 소리가 가와사키 오토바이의 으르렁거리는 굉음을 삼켰다. 울라는 그저 미카엘이 어디에 있는지 묻고 싶었을 뿐이었다. 그래도 그 손의 온기가 아직도 생각났다. 고속도로 다리 위에서, 아침 해가 떠오르던 순간, 트룰스는 그 목소리에 녹아내리고 무릎이 풀리는 것 같았다. 울라의 숨결이 귀와 뺨에 닿자 오감이 과민하게 작동했다. 다리 아래 도로에서 휘발유와 매연과 타이어 타는 냄새가 올라오는데도 트룰스는 울라의 치약 냄새를 맡고 립글로스가 딸기 향인 것도 알고 스웨터를 밀로 세제로 세탁한 것까지 알았다. 미카엘이 울라에게 키스한 것도. 울라를 가진 것도. 아니면 전부 그의 상상이었을까? 어디 있는지 모른다고 대답한 기억이 났다. 알고 있었지만. 말해주고 싶은 마음도 있었지만. 미카엘이 누구랑 있는지 말해서 울라의 눈 속 부드럽고 순수하고 순진하고 천진한 무언가를 깨부수고 싶은 마음도 있었다. 그를, 미카엘을 깨부수기 위해.

물론 그렇게 하지 않았다.

왜 그러겠는가? 미카엘은 제일 친한 친구인데. 하나뿐인 친구. 그날 미카엘이 안젤리카네 집에 있다고 말했다면 무엇을 얻었을까? 울라는 원하는 남자는 누구든 얻을 수 있는 여자였고, 트룰스를 원하지 않았다. 그러나 울라가 미카엘을 만나면 언저리에나마 머무를 수 있었다. 결국 트룰스에게는 미카엘을 깨부술 기회가 있었지만 동기가 없었다.

그때는 그랬다.

"괜찮아요, 친구?"

트룰스는 호모 자식이 들고 있는 둥근 플라스틱 거울로 뒤통수를 보았다.

테러리스트 머리. 자살폭탄테러범 머리. 트룰스는 꿀꿀거렸다. 일어서서 200크로네짜리 지폐를 신문 위에 던졌다. 이발사와 손이 닿지 않으려고. 밖으로 나오니 봄이 온다는 말은 그저 풍문일 뿐인 3월이었다. 저 위로 경찰청이 보였다. 그는 그뢴란의 전철 쪽으로 걸었다. 머리를 자르는 데 9분 30초 걸렸다. 고개를 들고 걸음을 재촉했다. 바쁠 건 없었다. 딱히 할 일도 없었다. 아, 맞다, 일이 있긴 있었다. 수고로운 일은 아니고 트룰스가 항상 보유한 자원이 필요한 일이었다. 계획할 시간, 증오, 다 잃어도 된다는 결단력. 트룰스는 동네 아시아 식품 할인점의 유리창을 보았다. 드디어 자신이 어떤 모습인지 확인했다.

군나르 하겐은 경찰청장의 책상과 빈 의자 위의 벽지를 쳐다보며 앉아 있었다. 오랜 세월 내내 사진이 걸려 있던 자리가 짙게 변색되었다. 전임 청장들의 사진이 걸려 있던 자리였다. 후임들을 격려하는 취지로 걸려 있었지만 미카엘 벨만은 선배들 없이도 잘해낼 수 있다고 생각한 듯했다. 후임 청장을 추궁하듯 노려보는 시선 없이도.

군나르는 의자 팔걸이를 손끝으로 두드리고 싶었지만 팔걸이가

없었다. 미카엘이 의자도 교체한 것이다. 딱딱하고 낮은 나무 의
자로.

군나르는 미카엘의 호출을 받고 왔다. 앞에서 비서가 안으로 안
내하면서 청장님이 곧 오실 거라고 했다.

문이 열렸다.

"오셨군요!" 미카엘이 서둘러 책상을 돌아 의자에 앉았다. 그리
고 뒤통수에 깍지를 꼈다.

"새로운 소식이라도?"

군나르는 헛기침을 했다. 새로운 소식 따위는 없다는 걸 미카엘
도 뻔히 알았다. 두 살인사건에 관해 아무리 사소한 일이라도 모두
보고하라는 명령을 받은 터였다. 그럼에도 군나르는 두 사건을 따
로 떼어놓고 봐도 전혀 단서가 없고 서로 연결해서 봐도 단서가 없
다고 설명했다. 두 경찰의 시신이 각자 수사한 미제사건의 현장에
서 발견되었다는 명백한 사실을 제외하면.

미카엘은 군나르가 말하는 동안 의자에서 일어나 창가로 가서
그를 등지고 섰다. 구두 뒤축에 체중을 싣고 몸을 앞뒤로 흔들면
서. 한동안 듣는 척하더니 불쑥 끼어들었다.

"해결해야 돼요, 군나르."

군나르 하겐은 말을 끊었다. 미카엘이 더 말하도록 기다렸다.

미카엘이 돌아섰다. 얼굴의 하얀 반점 주위가 붉어졌다.

"그런데 무고한 우리 경찰들이 죽어나가는 판국에 국립병원에
24시간 경비를 세워두는 이유를 묻지 않을 수 없군요. 이 사건에
총력을 집중해야 하지 않을까요?"

군나르는 기가 찬 듯 미카엘을 보았다. "그건 이곳 경관들이 하
는 일이 아닙니다. 시내 경찰서와 경찰대학 학생들이 실습으로 경

비를 서고 있습니다. 수사에 부담을 주는 사안이 아닌 것 같습니다."

"그런가요?" 미카엘이 말했다. "그래도 재고해주시길 바랍니다. 시간이 이렇게 흘렀는데 누가 그 환자를 죽이려고 할 것 같진 않아요. 그 환자가 증언하지 못하는 상태인 건 그자들도 알 테니까요."

"의사들 말로는 상태가 호전되는 징후가 나타났다고 합니다."

"그 사건은 이제 우선순위가 아니에요." 경찰청장은 다급하게, 격앙된 말투로 대꾸했다. 그러더니 숨을 깊이 들이마시고는 다시 매력을 발산했다. "그래도 경비를 세우는 건 물론 경정님 소관이죠. 난 관여하고 싶지 않습니다. 아시겠죠?" 미카엘이 미소를 지었다.

군나르는 모르겠다는 말이 목구멍까지 올라왔지만 간신히 누르고 짧게 고개를 끄덕이며 미카엘이 원하는 게 뭔지 파악하려 했다.

"좋아요." 미카엘은 이렇게 말하고는 회의가 끝났다는 듯 손뼉을 쳤다. 군나르는 이 방에 들어올 때만큼 어리둥절한 채로 일어서려다가 그대로 앉아 있었다.

"다른 방법을 시도해볼까 합니다."

"네?"

"네." 군나르가 말했다. "수사팀을 소규모 여러 팀으로 나눠볼 생각입니다."

"왜죠?"

"새로운 발상이 나올 여지를 열어두려고요. 덩치 큰 집단이 능력은 있지만 그만큼 상자 밖에서 생각하기 어렵습니다."

"그럼 상자 밖에서 생각해야 한다는 건가요?"

군나르는 냉소를 못 들은 척했다. "제자리에서 맴돌기만 하면 나무만 보고 숲을 보지 못합니다."

군나르는 경찰청장을 쳐다보았다. 미카엘도 형사 생활을 거친 사람이라 잘 아는 얘기였다. 덩치 큰 집단은 틀에 박혀 확실해 보이는 가정만 내놓고 다른 대안을 보지 못한다. 그런데도 미카엘은 고개를 저었다.

"소규모로 돌아가는 팀은 사건을 전체적으로 통찰하지 못해요. 책임을 잘게 쪼개면 서로 방해만 되고 중복되는 일을 할 수도 있어요. 규모가 크고 조율이 잘 된 집단이 항상 최선입니다. 강력하고 결단력 있는 리더가 이끌기만 한다면……."

군나르는 어금니 표면이 고르지 않음을 느끼면서 이를 갈았고, 미카엘이 빈정거린 효과가 자신의 표정으로 드러나지 않기만을 바랐다.

"그래도."

"게다가 리더가 전술을 바꾸면 상황이 절박하고 실패를 인정한다는 뜻으로 해석될 수도 있습니다."

"우린 **실패**했어요. 이제 3월이니, 첫 번째 살인사건이 발생한 지 여섯 달이 지났습니다."

"아무도 실패한 리더를 따르지 않아요, 군나르."

"제 동료들은 장님도 아니고 바보도 아닙니다. 다들 우리가 틀에 박혀 있는 걸 압니다. 좋은 리더라면 방침을 바꿀 줄도 알아야 한다는 것도 알고요."

"좋은 리더라면 팀의 사기를 끌어올릴 방법을 찾아야지요."

군나르는 마른침을 삼켰다. 하고 싶은 말도 삼켰다. 미카엘이 새 총을 들고 뛰어놀 때 자기는 이미 육군사관학교에서 리더십을 강의했다는 말도 삼켰다. 미카엘이 부하들 사기를 그렇게 잘 북돋울

줄 안다면 자신의 사기는 어떻게 끌어올릴 거냐는 말도 삼켰다. 하지만 피로에 지치고 좌절감이 들어서 미카엘 벨만을 가장 크게 도발하는 말만은 삼키지 못했다.

"해리 홀레가 따로 이끌던 팀은 잘해낸 거 기억하시죠? 해리가 없었으면 우스타오셋 살인사건*도 해결되지 못했을—."

"내 말을 들으셨을 텐데요. 수사 관리직에 변화를 주는 쪽이 더 낫다고 생각합니다. 관리자가 직원들 분위기에 책임을 져야 하는데, 현재로서는 결과를 내는 데 집중하는 분위기를 만들지 못하는 것 같습니다. 더 하실 말씀이 없으면, 전 곧 회의가 있어서요."

군나르는 귀를 의심했지만 이내 휘청거리며 일어섰다. 낮고 좁은 의자에 잠깐 앉아 있는 동안 다리에 피가 돌지 않은 느낌이었다. 비틀거리며 문으로 걸었다.

"그나저나." 뒤에서 미카엘이 하품을 참는 소리가 났다. "구스토 한센 사건에서 새로운 거라도?"

"말씀하신 것처럼," 군나르는 미카엘에게 자신의 얼굴을, 다리와는 반대로 피가 잔뜩 몰린 것 같은 얼굴을 보여주지 않으려고 뒤돌아보지 않고 대답했지만 목소리가 분노로 떨렸다. "그 사건은 이제 우선순위가 아닙니다."

미카엘 벨만은 문이 닫히고 군나르가 비서에게 인사하는 소리가 들릴 때까지 기다렸다. 그리고 등받이가 높은 가죽의자에 털썩 주저앉았다. 경찰 살인사건에 관해 물어보려고 군나르를 부른 게 아니었다. 어쩐지 군나르도 눈치챈 것 같았다. 한 시간 전에 이사벨

---

* 《레오파드》에 등장하는 사건.

레 스퀘엔에게 받은 전화가 발단이었다. 이사벨레는 물론 미제 살인사건으로 인해 자기네 둘이 얼마나 무능하고 무력하게 보일지에 대해 떠들었다. 미카엘과는 달리 자기가 얼마나 유권자들에 의해 좌우되는지도. 미카엘은 "음"과 "아"를 적절히 섞어 대꾸하면서 이사벨레의 독백이 끝나고 전화를 끊을 수 있기만을 기다렸다. 그런데 이사벨레가 갑자기 폭탄을 떨어뜨렸다.

"그자가 혼수상태에서 깨어나고 있어."

미카엘은 책상에 팔꿈치를 괴고 손에 얼굴을 얹었다. 반질반질하게 니스 칠한 책상에 비친 자신의 흐릿한 실루엣을 보았다. 여자들은 그가 잘생겼다고 했다. 이사벨레는 그가 잘생겨서 선택했다고 솔직히 말하면서 자기는 매력적인 남자들이 좋다고 했다. 그래서 구스토하고도 섹스한 거라고 했다. 엘비스 프레슬리를 닮은 녀석. 사람들은 잘생긴 남자를 종종 오해한다. 미카엘은 크리포스의 그 경관, 그에게 집적대면서 키스하려던 경관을 떠올렸다. 이사벨레를 떠올렸다. 그리고 구스토를. 둘이 같이 있는 장면을 상상했다. 셋이 같이 있는 장면도. 그는 벌떡 일어섰다. 다시 창가로 갔다.

모든 것에 시동이 걸렸다. 이사벨레가 쓴 표현이다. **시동이 걸리다.** 그가 할 수 있는 일은 기다리는 일뿐이다. 그래서 더 침착하게, 그를 둘러싼 세계를 더 호의적으로 대했어야 했다. 그런데 왜 군나르에게 칼을 찌르고 비틀었을까? 그가 몸을 뒤트는 걸 보려고? 다른 누군가의 고통스러워하는 얼굴을, 지금 이 책상에 비친 얼굴만큼이나 고통스러워하는 얼굴을 보려고? 어차피 곧 다 끝날 것이다. 이제 모든 게 이사벨레의 손에 달렸다. 그리고 일어나야 할 일이 일어나면 그들은 전처럼 지낼 수 있을 것이다. 아사예프와 구스토, 그리고 물론 아무도 입에 올리지 않는 자, 해리 홀레도 잊을 수 있을 것이다. 조만간 다 잊힐 것이고, 경찰 살인사건도 결국에는 잊힐 것이다.

미카엘 벨만은 이런 게 그가 원하는 건지 시험해보고 싶었다. 하지만 그러지 않기로 했다. 자기가 원하는 거라는 걸 알았다.

7

스톨레 에우네는 숨을 들이마셨다. 치료 과정에서 그가 선택해야 하는 교차로에 서 있었다. 그리고 그는 결정했다.

"성생활에서 해결되지 않은 문제가 있을 겁니다."

환자가 스톨레를 보았다. 굳게 다문 입가에 미소를 띠고. 눈을 게슴츠레하게 뜨고서. 마른 손에 붙은 비정상적으로 긴 손가락이 가는 세로줄무늬 재킷 위로 넥타이 매듭을 매만지려다가 말했다. 스톨레는 이 환자에게서 같은 동작을 몇 번 보았다. 강박 습관을 버린 강박증 환자들이 동작을 시작하려는 몸짓과 준비 동작, 미완의 행동과 무의식적이지만 명료하게 해석되는 행동까지는 완전히 버리지 못하는 경우로 보였다. 흉터처럼, 다리를 저는 것처럼. 메아리처럼. 어느 것도 완전히 사라지지 않고 모든 것은 어떤 식으로든 어딘가에 흔적을 남긴다고 말해주듯이. 유년기처럼. 알고 지낸 사람들처럼. 먹은 것과 견디지 못하는 것, 열정, 세포의 기억처럼.

환자의 손이 다시 무릎 위로 내려갔다. 헛기침을 하고 거친 쉿소리로 물었다. "무슨 소립니까? 망할 프로이트 놀이를 시작하자는 겁니까?"

스톨레는 환자를 보았다. 얼마 전에 본 TV 범죄 드라마에서 경찰이 사람들의 감정을 해석하는 장면이 생각났다. 몸짓은 그럴듯하게 꾸며도 목소리로 비밀을 드러내는 장면. 성대와 후두 근육은 미세하게 조율되어 우리가 알아들을 수 있는 단어로 음파를 생성한다. 스톨레는 경찰대학 강의에서 항상 이런 기능이 그 자체로 얼마나 큰 기적인지 설명했다. 그리고 성대와 후두보다 더 섬세한 기관이 있다고 말했다. 바로 인간의 귀다. 귀는 음파를 자음과 모음으로 구분할 뿐 아니라 말하는 사람의 체온과 긴장과 감정까지 감지할 수 있다. 경찰에서 신문할 때는 보는 것보다 듣는 것이 더 중요하다. 음이 살짝 올라가거나 미세하게 떨리는 것이 팔짱을 끼거나 주먹을 쥐거나 동공이 커지는 등 새로운 심리학에서 중시하는 행동 단서보다 중요하다. 사실 스톨레는 경험상 이렇게 눈에 띄는 동작은 오히려 혼란만 더하고 수사관을 엉뚱한 방향으로 유도할 수 있다고 생각했다. 앞에 앉은 환자가 욕을 한 건 맞지만 스톨레의 고막에 닿는 압력의 양상으로 보면 환자는 몹시 경계하고 격앙된 상태였다. 노련한 심리학자라면 걱정하지 않을 것이다. 강렬한 감정은 오히려 치료에서 중요한 돌파구가 임박했다는 뜻이다. 그런데 이 환자는 순서가 틀렸다. 몇 달에 걸쳐 정기적으로 상담을 했지만 스톨레는 환자와 조금도 접촉하지 못했다. 친밀감도 신뢰도 쌓이지 않았다. 사실 진전이 전혀 없어서 환자에게 치료를 중단하자고 제안하고 동료 치료사에게 의뢰할까도 생각해봤다. 환자가 상담실의 안전한 환경에서 분노를 터트리는 건 괜찮지만 이 환자의 경우에는 자기를 더 가두고 참호를 더 깊이 파고 그 속에 숨어든다는 뜻일 수 있었다.

스톨레는 한숨을 쉬었다. 자신의 판단이 틀린 건 알았지만 돌이키기에는 이미 늦어서 계속 밀고 나가기로 했다.

"페울." 정성껏 다듬은 눈썹과 주름 제거 시술의 흔적으로 보이는 턱 밑의 작은 흉터 두 개로 스톨레는 첫 상담을 시작한 지 10분 만에 환자가 어떤 부류인지 파악할 수 있었다. "동성애를 숨기는 건 관용적인 사회에서도 흔한 현상입니다." 스톨레는 환자를 물끄러미 바라보며 반응을 살폈다. "내가 경찰에 자주 자문을 해주는데, 어느 경관이 그러더군요. 사생활에서는 동성애자인 걸 알렸지만 직장에서는 쫓겨날까 봐 커밍아웃하지 못했다고. 그 경관한테 정말 쫓겨날 것 같으냐고 물었어요. 사실 억압의 정체는 우리가 스스로에게 거는 기대, 주위 사람들이 우리에게 바랄 거라고 해석하는 기대일 때가 많으니까요. 특히 가장 가까운 사람들, 친구와 동료들 말이지요."

스톨레는 말을 끊었다.

환자는 동공이 커지지도, 안색이 달라지지도, 시선을 피하지도, 빠져나가려는 몸짓을 보이지도 않았다. 오히려 얇은 입술에 희미하게 경멸의 미소가 떠올랐다. 놀랍게도 스톨레 에우네는 자신의 얼굴이 붉어진 걸 깨달았다. 젠장, 이 환자, 정말 싫다. 이 일이 정말 싫다.

"그래서 그 경관이 선생님 조언을 따랐습니까?" 페울이 물었다.

"시간이 다 됐군요." 스톨레는 시계를 보지도 않고 말했다.

"궁금해요, 선생님."

"난 비밀 유지 의무를 지켜야 합니다."

"그럼 그 친구를 X라고 해봐요. 선생님 얼굴을 보니 내 질문이 마음에 들지 않은 것 같군요." 페울이 슬며시 웃었다. "그 친구가 선생님 조언을 따랐군요. 안 좋은 결과가 나왔고요, 맞죠?"

스톨레는 한숨을 쉬었다. "X가 너무 나갔어요. 혼자 오해해서 화장실에서 동료에게 입을 맞추려고 했거든요. 그래서 쫓겨난 겁니다. 하지만 잘될 수도 있었다는 게 중요해요. 그럼, 다음 시간에는 이 문제를 생각해오시겠습니까?"

"전 호모가 아닌데요." 페울이 손을 들어 목 쪽으로 가져가려다가 다시 내려놓았다.

스톨레 에우네는 짧게 고개를 끄덕였다. "다음 주 같은 시간이죠?"

"모르겠어요. 제가 좋아지는 거 같지가 않네요."

"더디긴 해도 진전은 있습니다." 스톨레가 말했다. 환자가 넥타이로 손을 가져가는 동작만큼이나 자동으로 대답이 나왔다.

"그래요, 그 얘기는 몇 번 하셨어요. 하지만 돈을 들이는데도 아무것도 얻지 못하는 것 같아요. 또 선생님이 연쇄살인범과 강간범을 잡지 못한 경찰들만큼이나 심리치료를 잘 못하시는 거 같기도 하고……." 스톨레는 조금 놀라며 환자의 어조가 낮아진 걸 알아챘다. 목소리가 더 작아진 것도 알아챘다. 그 환자의 목소리와 몸짓 언어는 말의 내용과는 조금 다른 이야기를 들려주었다. 스톨레의 뇌는 자동으로 환자가 왜 하필 그 사례를 드는지 분석하려다가 답이 너무 뻔해서 더 깊이 파고들 필요가 없다고 판단했다. 지난 가을부터 스톨레의 책상에 놓여 있던 신문. 항상 경찰 살인사건을 다룬 면이 펼쳐져 있었다.

"연쇄살인범을 잡는 건 쉽지 않아요, 페울." 스톨레 에우네가 말했다. "연쇄살인범에 관해서라면 내가 좀 알아요. 그쪽 전문이거든요. 여기 이 사건 같은 거요. 그래도 치료를 중단하고 싶든 다른 선생님과 해보고 싶든, 당신이 결정할 일이에요. 유능한 선생님들을 알고 있으니 제가 도움을 줄 수―."

"저한테서 손 떼시는 건가요?" 페울은 고개를 갸웃하고 색이 거의 없는 속눈썹이 붙은 눈꺼풀을 닫고 더 활짝 웃었다. 스톨레는 이것이 환자가 그의 동성애 가설을 비웃으려고 하는 행동인지, 아니면 은연중에 진짜 자기 모습을 드러내는 건지 판단이 서지 않았다. 혹은 둘 다일지도.

"오해하지 마세요." 스톨레는 이렇게 말하면서도 오해가 아닌 걸 알았다. 스톨레는 그 환자를 떼어내고 싶었지만 전문가로서 어려운 환자들을 포기해서는 안 된다고 생각했다. 전문가라면 더 이를 악물고 버티지 않겠는가? 스톨레는 나비넥타이를 바로잡았다. "당신을 치료하고 싶지만 우리가 서로 신뢰하는 게 중요합니다. 지금으로서는 그래 보이지가―."

"그냥 오늘 기분이 좋지 않았어요." 페울이 항변하듯 손을 펼쳤다. "죄송해요. 선생님이 좋은 분인 거 알아요. 강력반에서 연쇄살인에 관해 자문하시지 않으셨나요? 범죄 현장에 별 모양을 그려놓은 자식*을 잡는 것도 도우셨잖아요. 선생님하고 그 경위하고."

스톨레는 환자가 일어나 재킷 단추를 채우는 걸 바라보았다.

"그래요, 선생님은 저한테 과분해요. 다음 주에 만날 때까지 제가 호모인지 아닌지 생각해볼게요."

스톨레는 일어서지 않았다. 페울이 복도에서 엘리베이터를 기다리면서 흥얼거리는 콧노래가 들렸다. 어쩐지 귀에 익은 멜로디였다.

사실 페울이 한 어떤 말도 귀에 익었다. 그는 경찰이 주로 쓰는

---

*《데빌스 스타》에 등장하는 사건.

표현을 정확히 알았다. 해리 홀레를 경위라고 불렀다. 일반인들은 경찰 직급을 잘 모른다. 게다가 보통은 신문 기사에 등장하는 선혈이 낭자한 세세한 현장 묘사를 기억하지, 시체 옆 기둥에 새겨진 별 모양과 같은 자잘한 정보를 기억하지 못한다. 하지만 특히 스톨레의 관심을 끈 건(사실 치료에 중요한 부분일 수 있어서 관심을 가진 건) 페울이 그를 '연쇄살인범과 강간범을 잡지 못한 경찰들'에 비유했다는 점이다.

스톨레는 엘리베이터가 올라왔다가 내려가는 소리를 들었다. 이제야 그 멜로디가 기억났다. 사실 페울 스타브네스의 꿈을 해석하기 위한 단서를 찾으려고 핑크플로이드의 〈Dark Side of the Moon〉 음반을 들어보았다. 그 음반에 수록된 'Brain Damage'라는 곡이었다. 미치광이들에 관한 노래. 풀숲에 들어오고 복도로 들어온 미치광이. 결국에는 안으로 들어간 미치광이.

강간범.

경찰 살인사건의 피해자들은 강간당하지 않았다.

어쩌면 페울이 그 사건에 크게 관심이 없어서 살해당한 경찰들을 같은 현장에서 살해당한 과거의 피해자들과 혼동했을 수도 있었다. 아니면 연쇄살인범은 강간한다고 생각해버린 건지도 몰랐다. 아니면 강간당한 경찰들에 관한 꿈을 꾸었고, 그래서 자기도 모르게 억압된 동성애 가설을 강화한 건지도. 아니면⋯⋯.

스톨레 에우네는 갑자기 동작을 멈추고 나비넥타이로 올라가는 손을 재미있다는 듯 바라보았다.

안톤 미테트는 커피를 한 모금 마시고 병상에 잠든 남자를 보았다. 저 사람도 삶의 어떤 즐거움을 맛봐야 하지 않나? 모나 말대로

'모든 사투의 시간을 보람 있게 만들어주는 일상의 기적' 같은 즐거움. 죽을 줄 알았던 혼수상태의 환자가 갑자기 심경에 변화를 일으켜 꾸역꾸역 다시 깨어난다면 물론 좋은 일이다. 하지만 병상의 저 사람은, 베개 위의 저 창백하고 수척한 얼굴은 안톤에게 전혀 중요한 사람이 아니었다. 중요한 건 그 일이 끝나간다는 거였다. 그렇다고 모나와의 관계까지 끝나는 건 아니었다. 그들이 가장 친밀한 시간을 여기서 보낸 건 아니었으니. 오히려 이제는 모나가 병실에 드나들 때마다 서로 은밀히 주고받는 눈길을 들킬까 봐 겁내지 않아도 되었다. 혹은 조금 길게 노닥거리다가 누가 오면 대화가 뚝 끊겨서 어색해지던 분위기를 걱정하지 않아도 되었다. 그런데 어쩌면 이런 아슬아슬한 상황 때문에 둘 사이에 불이 붙은 건 아닐까. 비밀. 불법. 눈앞에 보이는데도 만질 수 없어서 생기는 짜릿한 갈증. 만나려면 기다려야 하고 집에서 몰래 빠져나오느라 아내에게 추가 근무를 나가야 한다고 둘러대던 수고. 갈수록 거짓말이 술술 나오기는 했지만 점차 입안에 가득 차서 곧 질식할 것 같았다. 그들의 관계가 불륜이라 모나가 그를 더 좋게 본 게 아닌 건 알았다. 모나도 그가 언젠가는 아내에게 한 것처럼 핑계를 대고 빠져나갈 거라고 예상할 것이다. 실제로 모나는 다른 남자들도 그랬다고, 그 남자들도 자기를 속였다고 말했다. 하물며 지금보다 어리고 날씬했을 때도 그랬으니 뚱뚱한 중년이 된 자기를 그가 떼어놓고 싶어한다 해도 크게 충격받지 않을 거라고도 말했다. 안톤은 그런 모나에게, 진심으로 하는 말이라고 해도, 그런 소리는 하지 말아달라고 말하고 싶었다. 그런 말을 들으면 매력이 떨어진다고. **자신의** 매력까지 떨어진다고. 자기가 꼭 아무나 닥치는 대로 만나는 남자처럼 느껴진다고. 그런데 지금은 오히려 모나가 그 말을 해줘서 다행이었다. 어디선가는 멈춰야 했고, 모나가 그 과정을 좀 더 수월하게 만들어주었다.

"커피는 어디서 났습니까?" 새로 온 남자 간호사가 둥근 안경을 고쳐 쓰며 물었다. 그는 병상 발치에 걸려 있던 환자 차트를 빼서 보고 있었다.

"복도에 에스프레소 머신이 있어요. 쓰는 사람은 나밖에 없지만 원하시면 그쪽도."

"알려주셔서 고맙습니다." 간호사가 말했다. 안톤의 귀에는 발음이 조금 묘하게 들렸다. "근데 전 커피 안 마셔서요." 간호사는 재킷 주머니에서 종이를 꺼내 읽었다. "어디 보자…… 프로포폴이 필요하군."

"난 도통 그게 뭔지 모르겠어요."

"한참 잠들 거라는 뜻이에요."

안톤은 간호사가 투명한 액체가 든 작은 병의 포일 뚜껑을 주삿바늘로 뚫는 모습을 유심히 보았다. 간호사는 땅딸막한 체형에 유명 배우를 닮았다. 잘생긴 쪽은 아니지만 유명한 배우. 치열이 엉망이고 도무지 기억나지 않는 이탈리아 이름을 가진 배우. 방금 전에 인사를 나누며 간호사가 말했지만 그새 잊어버린 이름 같은, 어려운 이름을 가진 배우.

"혼수상태인 환자가 깨어나는 건 아주 까다로운 상황이에요." 간호사가 말했다. "극도로 취약한 상태라서 아주 조심스럽게 의식으로 끌어내야 하거든요. 주사 한 방만 잘못 놔도 다시 혼수상태로 돌아가버릴 수 있어요."

"그렇군요." 안톤이 말했다. 남자는 안톤에게 신분증을 보여주고 암호를 댄 다음 안톤이 당직실에 전화해서 그 간호사가 교대 담당자가 맞는지 확인하는 동안 잠자코 기다렸다.

"그럼 마취약을 많이 다뤄봤겠군요?" 안톤이 물었다.

"마취과에서 오래 근무했습니다, 네."

"지금은 거기서 일하지 않나요?"

"이삼 년 정도 여행을 다녔어요." 간호사가 불빛을 향해 주사기를 들었다. 주사기를 누르자 미세한 물방울이 분사되었다. "이 환자, 험하게 살았나 봐요. 차트에 왜 이름이 없을까요?"

"익명이어야 하거든요. 얘기 못 들었어요?"

"아무 말 없던데."

"알려주는 게 맞는데. 누가 이 환자 목숨을 노릴 수도 있어서요. 그래서 내가 여기 앉아 지키는 거고."

간호사는 환자의 얼굴 가까이로 몸을 숙였다. 눈을 감았다. 마치 환자의 숨결을 들이마시는 듯 보였다. 안톤은 왠지 오싹해졌다.

"전에 본 적 있는 사람이에요." 간호사가 말했다. "오슬로에서 왔죠?"

"내가 비밀 유지 규정에 서약을 해놔서."

"전 안 했을 거 같아요?" 간호사가 환자의 소매를 걷었다. 팔뚝 안쪽을 톡톡 쳤다. 간호사의 말투에 뭔가가 있었다. 딱 꼬집어 말하기 어려운 무엇. 주사기가 피부를 뚫고 들어가고 완벽한 정적이 흐르는 가운데 주삿바늘이 살에 닿는 마찰음 같은 게 들리는 것만 같아서 다시 오싹해졌다. 주사기가 꾹 눌리고 갇혀 있던 용액이 흘러나왔다.

"이 환자는 오슬로에서 몇 년 살다가 해외로 나갔어요." 안톤이 마른침을 삼키며 말했다. "그러다 다시 돌아왔고. 소문에는 어떤 소년 때문이라던데. 그 소년은 마약쟁이이고."

"슬픈 사연이네요."

"네, 그래도 해피엔딩이 될 것 같아요."

"그렇게 말하기에는 아직 이르죠." 간호사가 주삿바늘을 뽑으며 말했다. "혼수상태에 있는 환자들은 갑자기 악화되는 경우가 많거든요."

안톤은 이제 그 소리를 들을 수 있었다. 간호사의 말투에 이상한 부분이 있었다. 거의 들리지 않을 정도로 미세하지만 분명 있었다. 's' 발음. 바람이 새는 소리.

같이 병실에서 나와서 간호사가 복도를 따라 떠난 후 안톤은 다시 환자한테 들어가보았다. 심장 모니터를 확인했다. 심해에서 올라오는 잠수함 초음파처럼 규칙적으로 삑삑거렸다. 왜 그랬는지는 모르지만 아까 간호사가 한 것처럼 환자의 얼굴 위로 몸을 숙였다. 눈을 감았다. 환자의 숨결이 얼굴에 닿았다.

알트만. 안톤은 간호사가 나가기 전에 명찰을 봐두었다. 간호사의 이름은 시구르 알트만이었다. 육감적으로 뭔가가 느껴졌고, 그게 다였다. 내일 그 간호사에 관해 알아보기로 이미 마음을 굳혔다. 드람멘에서와 같은 실수는 저지르고 싶지 않았다. 이번에는 절대로 실수하지 않을 생각이었다.

8

카트리네 브라트는 앉은 채로 책상에 다리를 올리고 전화기를 어깨와 귀 사이에 끼웠다. 전화선 저쪽의 군나르 하겐은 잠시 다른 전화를 받고 있었다. 카트리네는 키보드를 두드렸다. 등뒤 창밖으로 베르겐 시내에 햇빛이 내리비칠 것이다. 십 분 전까지 오전 내내 내린 비로 거리가 반짝거릴 것이다. 베르겐 날씨가 늘 그렇듯 곧 다시 부슬비가 내릴 것이다. 어쨌든 지금은 잠시나마 햇살이 비쳤고, 카트리네 브라트는 통화중인 군나르 하겐이 어서 다른 전화를 끊고 돌아오기를 기다렸다. 빨리 정보를 넘기고 베르겐 경찰서를 벗어나고 싶었다. 옛 직장 상사가 오슬로 동부의 사무실에서 마시고 있을 공기보다는 훨씬 맑고 상쾌한 대서양의 공기 속으로. 군나르가 버럭 소리를 지르며 오슬로의 공기를 내뿜기 전에.

"아직 그 친구랑 얘기할 수 없다는 게 무슨 소리야? 혼수상태에서 깨어난 거야, 아니야? 그래, 취약한 상태인 건 알아. 그래도…… 뭐?"

카트리네는 며칠간 찾아낸 정보로 군나르의 기분이 지금보다는 나아지기를 바랐다. 서류를 훑으며 이미 아는 내용을 다시 점검했다.

"그 친구 변호사가 뭐라고 하든 상관없어. 자문 의사가 뭐라 하든 관심 없다고. 그 친구를 당장 조사해야 돼!"

카트리네 브라트는 군나르가 수화기를 쾅 내려놓는 소리를 들었다. 드디어 그가 돌아왔다.

"왜 그러시는 거예요?" 카트리네가 물었다.

"아무것도 아니야."

"그 사람이에요?"

군나르가 한숨을 쉬었다. "응, 그 사람. 혼수상태에서 깨어나고 있기는 한데 아직 검사가 끝나지 않아서 이틀은 더 기다려야 대화가 가능하다네."

"신중하게 나가는 게 좋지 않을까요?"

"아마도. 그런데 알다시피 당장 결과를 내야 하니까. 경찰 살인 사건에 발목이 잡혀서."

"이틀이면 별 차이도 없겠네요."

"알아, 알아. 그래도 조금 짖어대야 해. 윗자리로 올라가려면 시끄럽게 굴어야 절반은 먹고 들어가잖아. 안 그래?"

카트리네 브라트는 대꾸하지 않았다. 위로 올라가는 일에는 관심을 가져본 적이 없었다. 설사 관심이 있더라도 정신병원에 입원한 병력이 있는 경찰을 크고 넓은 사무실에 1순위로 올려줄 리가 없었다. 진단이 조울병에서 양극성 성격장애를 거쳐서 조울증을 동반한 건강한 상태로 바뀌었다. 이제 작은 분홍색 알약만 먹으면 안정을 유지할 수 있었다. 정신과 약을 먹는다고 남들이 색안경을 끼고 보든 말든, 카트리네에게 이 약은 더 나은, 새로운 삶을 의미했다. 하지만 상사가 감시의 눈길로 보는 것도 알고, 꼭 필요한 업무 외에는 자신을 현장에 내보내지 않는다는 것도 알았다. 그래도 상관없었다. 비좁은 사무실에서 고성능 컴퓨터로 다른 경찰들은 있는 줄도 모르는 검색 엔진에 독점적으로 접근하는 것도 나름 괜찮았다. 보고 검색하고 찾아내는 일. 지상에서 증발한 것처럼 보이는 사람들을 끝까지 추적하는 일. 남들에게는 우연으로 보이는 곳에서 일정한 패턴을 찾아내는 일. 이것이 카트리네 브라트의 전문 분야이고, 오슬로의 크리포스와 강력반에 도움을 준 것도 한두 번이 아니었다. 그래서 그들도 이 걸어 다니는 정신병자를 견뎌줘야 했다.

"할 얘기가 있다면서."

"저희 부서가 요 몇 주 한가해서 살해당한 경찰들을 조사해봤거든요."

"베르겐의 자네 상사가 시킨 건가?"

"아뇨, 아뇨, 아뇨. 포르노 사이트를 멍하니 들여다보거나 혼자 페이션스 카드게임이나 하는 것보다는 낫겠다 싶었을 뿐이에요."

"말해봐."

카트리네는 군나르의 말투에서 긍정적으로 말하려고 애쓰지만 체념을 감추지 못하는 기운을 감지했다. 희망을 품었다가 몇 달 만에 결국 단념하는 데 이제 진력이 난 모양이었다.

"자료를 검토하면서 마리달렌하고 트리반 호수 근처에서 발생한 과거의 강간 살인사건에서 반복해서 등장하는 이름이 있는지 알아봤어요."

"고맙지만 여기서도 해본 거야. 지겹도록."

"알아요. 그런데 제가 조금 다르게 일하는 거 아시잖아요."

깊은 한숨. "계속해봐."

"두 사건은 수사팀이 달랐어요. 과학수사과의 경관 두 명하고 경찰 세 명만 두 사건 모두에 관여했고요. 이들 다섯 명도 수사 중에 누굴 불러들여 조사했는지 다 알지도 못했을 거예요. 두 사건 중 어느 쪽도 깔끔하게 해결되지 않아서 수사가 질질 끌었고 사건 파일도 방대했거든요."

"방대하다. 그 말엔 전적으로 동의해. 당연히 누구도 수사 중에 일어난 상황을 모두 기억하지 못하겠지. 하지만 당시 조사받은 사람들은 전부 경찰서 중앙 기록 시스템에 올라가 있어. 그건 확실해."

"제 말이 그거예요." 카트리네가 말했다.

"그래서 무슨 소릴 하려는 거야?"

"사람들이 조사받으러 오면 시스템에 기록되고 내용은 해당 사건으로 분류돼요. 그런데 이도 저도 아닌 상황이 생길 수 있어요. 가령 조사 대상이 이미 교도소에 들어가 있거나 하면요. 그럼 교도소에서 비공식으로 조사가 진행되고, 그 사람은 이미 기록에 올라가 있으니 새로 기록되지 않아요."

"그래도 조사하면서 기록한 내용은 사건 파일에 들어가잖아."

"보통은 그렇죠. 그런데 그 사람이 이미 다른 사건의 유력 용의자로 지목된 경우라면 해당 사건 파일로 분류되겠죠. 예를 들어 마리달렌 사건이 조사의 부수적인 부분이고 관례적인 과정일 뿐인 거죠. 전체 조사 내용은 첫 번째 사건 파일로 들어가고, 그러니 검색에서는 해당 용의자가 두 번째 사건과 관련해서는 나오지 않는 거예요."

"재미있군. 그래서 자네가 찾은 건……?"

"올레순에서 일어난 강간사건의 유력 용의자로 조사받은 사람이 오타의 한 호텔에서 미성년자 여자아이를 폭행하고 강간하려다 붙잡혀서 형을 살고 있었어요. 마리달렌 사건으로도 조사받았지만 그 내용은 오타 강간사건으로 분류됐고요. 재미있는 건 그자가 트리반 사건으로도 조사받았지만 그때도 관례대로 원래 사건인 오타 사건으로 분류됐다는 거예요."

"그리고?" 군나르의 말투에서 처음으로 호기심이 전해졌다.

"그자는 세 사건 모두에 알리바이가 있었어요." 카트리네는 이렇게 말하고 군나르를 위해 부풀린 풍선에서 바람 빠지는 소리를 들었다기보다는 느꼈다.

"그래. 베르겐에 내가 오늘 꼭 들어야 할 흥미로운 소식이 있긴 있는 건가?"

"더 있어요." 카트리네가 말했다.

"곧 회의가―."

"그자의 알리바이를 확인했는데요. 세 건 모두 알리바이가 동일해요. 그자가 집에 있었다고 확인해준 증인이 있어요. 당시에는 믿을 만한 사람으로 보이던 젊은 여자예요. 전과도 없고, 용의자와 뚜렷한 관계도 없어요. 그냥 같은 집에 살고 있었다는 것만 빼고. 그런데 그 여자 이름으로 이후 행적을 추적해보면 재미난 일이 벌어져요."

"예를 들면?"

"횡령, 마약 거래, 문서 위조 같은 거. 그 뒤로 그 여자가 경찰에 불려나와 조사받은 내용을 들여다보면 모든 사건을 관통하는 주제가 하나 있어요. 맞혀보세요."

"허위진술."

"사실 우리는 과거의 사건들을 새로운 관점에서 보지 못해요. 적

어도 마리달렌과 트리반 사건처럼 오래되고 복잡한 사건에서는
요."

"그래서 그 여자 이름이 뭔데?" 군나르의 목소리에 다시 흥미가
묻어났다.

"이르야 야콥센."

"주소는 알아냈나?"

"네. 경찰 기록 시스템하고 주민등록하고 다른 두 가지―."

"음, 그럼 당장 불러들여야지!"

"―실종자 등록에도."

오슬로에서 긴 침묵이 들렸다. 카트리네는 밖에 나가 산책을 좀
하다가 브뤼겐의 어선들이 모여 있는 데로 내려가 대구 대가리나
한 봉지 사들고 묄렌프리스의 집으로 돌아가 느긋하게 저녁을 만
들어 먹으면서 넷플릭스에서 〈브레이킹 배드〉나 보고 싶었다. 비
가 다시 오면 더 좋고.

"잘했어." 군나르가 말했다. "음, 적어도 뭔가 찔러볼 거리는 던
져줬어. 그래서 그 작자 이름이 뭔데?"

"발렌틴 예르트센."

"어디 사는데?"

"그게 핵심이에요." 카트리네 브라트는 이렇게 말하고는 스스로
도 같은 말을 되풀이하는 걸 알았다. 손가락이 키보드 위를 다급히
날아다녔다. "그자를 찾을 수가 없어요."

"그자도 실종인가?"

"실종자 명단에는 없어요. 그게 이상해요. 그냥 지상에서 증발해
버린 것 같아요. 주소도 없고, 전화번호도 없고, 신용카드 내역도
없고, 은행 계좌 하나 없어요. 지난 선거에서 투표도 하지 않았고,

작년 한 해 동안 기차나 비행기를 탄 적도 없어요."

"구글은 찾아봤어?"

카트리네는 웃음을 터트리다가 군나르가 농담한 게 아닌 걸 알았다.

"진정해요." 카트리네가 말했다. "꼭 찾아낼게요."

그들은 전화를 끊었다. 카트리네는 일어서서 재킷을 입고 서둘렀다. 구름이 벌써 아스쾨위 섬을 지나고 있었다. 컴퓨터를 끄려다 문득 뭔가가 떠올랐다. 해리 홀레가 해준 말. 우리가 명백히 드러난 부분을 확인하는 걸 얼마나 자주 잊어버리는지에 관한 말. 카트리네는 급히 키보드를 두드렸다. 페이지가 뜨기를 기다렸다.

카트리네가 베르겐 욕설을 내뱉자 개방형 사무실에서 몇 사람이 돌아보았다. 하지만 그들에게 정신증 증상이 아니라고 안심시켜줄 겨를이 없었다. 늘 그랬듯 해리가 옳았다.

카트리네는 전화기를 들고 재발신 버튼을 눌렀다. 군나르 하겐이 두 번째 벨소리에 전화를 받았다.

"회의가 있다면서요." 카트리네가 말했다.

"연기됐어. 발렌틴 예르트센이란 자를 찾아보라고 지시하고 있었어."

"그럴 거 없어요. 방금 찾았어요."

"어?"

"지상에서 증발한 것처럼 보였어도 이상할 게 없네요. 실제로 증발한 거 같아요."

"그러니까 그 말은……?"

"죽었어요, 네. 주민등록에 기록이 있네요. 제가 베르겐에서 공연히 소란을 피웠네요. 전 집에 가서 수치심을 안고 생선 대가리나

먹을게요."

카트리네가 수화기를 내려놓을 즈음 비가 오고 있었다.

안톤 미테트가 커피를 마시다 고개를 들어보니 군나르 하겐이 경찰청사 7층의 사람이 거의 없는 구내식당으로 황급히 들어오고 있었다. 안톤은 잠시 그를 바라보았다. 생각에 잠긴 채. 과연 어땠을지 상상해보았다. 그리고 과연 어땠을지 상상하는 걸 그만둔 사실을 생각했다. 나이 먹는 것과 같을 수 있었다. 안톤은 살면서 이미 돌리고 확인한 패를 들었다. 패는 새로 받지 못했다. 그러니 남은 건 이미 낸 패와 함께 낼 수도 있었을 패를 내는 것뿐이었다. 그리고 받았을 수도 있었던 패를 꿈꿀 뿐이었다.

"늦어서 미안하네, 안톤." 군나르 하겐이 앞자리 의자에 털썩 앉았다. "베르겐에서 황당한 전화가 와서. 잘 지내나?"

안톤은 어깨를 으쓱했다. "멈추지 마. 젊은 친구들이 치고 올라오고 있으니까. 조언 좀 해주려고 하면 자기도 성공하지도 못한 늙다리 주제에 무슨 조언이냐는 식이야. 지들 앞날에는 레드카펫이 깔리는 줄 아는지."

"집은?" 군나르가 물었다.

안톤은 다시 어깨를 으쓱했다. "마누라는 일을 너무 많이 한다고 잔소리야. 집에 있으면 또 집에 있는다고 야단이고. 어디서 많이 듣던 얘기지?"

군나르는 상대가 듣고 싶은 대로 들을 수 있는 어정쩡한 소리를 냈다.

"결혼식 날 기억나?"

"응." 군나르는 대답하면서 벽에 걸린 시계를 흘깃 보았다. 시간을 몰라서가 아니라 안톤에게 눈치를 주기 위해서였다.

"최악은 그 앞에 나가서 평생 함께할 거라고 대답할 때는 진심이었다는 거야." 안톤은 헛헛하게 웃으면서 고개를 절레절레 흔들었다.

"나한테 하고 싶은 말이 있는 건가?" 군나르가 물었다.

"응." 안톤이 검지로 코를 쓸었다. "어젯밤에 근무할 때 남자 간호사가 왔는데. 좀 수상해서. 딱히 뭐라고 말할 수는 없지만 우리 같은 인간들은 이런 냄새 하나는 기가 막히게 맡잖아. 그래서 그 친구에 관해 좀 알아봤거든. 보니까 몇 년 전에 살인사건에 연루됐더라고. 결국 풀려나고 용의선상에서도 제외되긴 했지만. 그래도 어쨌든."

"그렇군."

"자네한테 알리는 게 좋을 것 같아서. 자네가 병원 관리과에 알아봐도 되고. 그냥 조용히 그 친구를 옮겨도 되고."

"그 문제는 내가 알아서 하지."

"고마워."

"나야말로 고맙지. 잘했네, 안톤."

안톤 미테트는 반쯤 고개를 숙였다. 군나르가 고맙다고 말해줘서 기뻤다. 수도승 같은 강력반 책임자는 경찰에서 안톤이 고마워하는 단 한 사람이었다. 그 일이 터진 후 안톤을 구제해준 사람이 바로 군나르 하겐이었다. 군나르가 드람멘의 경찰서장에게 전화해서 안톤에게 내려진 처분이 너무 가혹하니 드람멘에서 안톤의 경험을 쓸 일이 없으면 오슬로 경찰청으로 보내달라고 했다. 결국 그렇게 되었다. 안톤은 그뢴란 경찰청사 2층에서 일하면서 레우라가 가꾸는 드람멘의 집에서 살았다. 엘리베이터를 타고 내려가는 동안 발바닥에 스프링이 달린 양 발걸음이 가볍고 등이 쭉 펴지고 입가에 잔잔히 미소까지 번졌다. 느낌이 왔다. 이번 일로 좋은 일이 시작될 거라는 느낌. 꽃을 좀 살까 싶었다. 누구에게 줄지…… 고민했다. 레우라에게.

카트리네는 창밖을 내다보며 번호를 눌렀다. 집은 노르웨이 사람들이 고층이라고 부르는 층에 있었다. 창밖으로 오가는 행인들이 보이지 않을 만큼 높고, 우산을 펼치면 우산꼭지가 보일 만큼 낮은 층이었다. 세찬 바람을 타고 유리창을 때리는 빗방울 너머로 베르겐 시내가 보이고 락세보그 측면의 산자락에 난 구멍과 시내를 연결하는 푸데피오르 다리가 보였다. 지금은 50인치 TV 화면을 보고 있었다. 화학교사인 암 환자가 메스암페타민을 제조하는 장면이 나왔다. 이상하게 재미있는 드라마였다. 왜 독신 남자들만 큰 TV를 소유해야 하는가, 라는 개인적인 구호에 따라 구입한 TV였다. 마란츠 DVD 플레이어 아래에는 지극히 주관적인 기준으로 분류한 DVD가 꽂혀 있었다. 고전영화 선반 맨 왼쪽의 첫 번째와 두 번째 자리에는 〈선셋대로〉와 〈사랑은 비를 타고〉가 꽂혔고, 비교적 최신 영화 자리인 아래 선반에는 놀랍도록 새로운 〈토이스토리 3〉가 꽂혔다. 세 번째 칸에는 하드드라이브에 복사하고도 감상적인 이유에서 아직 구세군에 보내지 않은 CD가 꽂혀 있었다. 카트리네의 음악 취향은 폭이 좁았다. 글램록과 프로그레시브 팝만 듣고, 그중에서도 브리티시 팝과 중성적인 분위기의 뮤지션인 데이비드 보위, 스파크스, 모트 더 후플, 스티브 할리, 마크 볼란, 스몰 페이시스, 록시 뮤직을 듣고, 현대로 와서는 스웨이드가 맨 끝에 꽂혀 있었다.

TV 화면에는 화학교사가 아내와 다투는, 많이 보던 장면이 나오고 있었다. 카트리네는 DVD 플레이어의 빨리감기 버튼을 누르면서 베아테에게 전화를 걸었다.

"뢴입니다." 하이톤의 소녀 같은 목소리였다. 꼭 필요한 정보 이상을 드러내지 않는 대답. 노르웨이에서 전화를 받으며 자기 성을 대면 대단한 집안의 후손이라 전화 건 사람이 어느 뢴을 원하는지 구체적으로 밝혀야 한다는 뜻 아닌가? 하지만 여기서 뢴은 그냥 베아테 뢴과 아들뿐이었다.

"카트리네예요."

"카트리네! 오랜만이네요. 지금 뭐 해요?"

"TV 봐요. 뭐 하시는데요?"

"모노폴리하면서 꼬마한테 깨지고 있어요. 먹는 걸로 위안을 삼고. 피자요."

카트리네는 머리를 쥐어짰다. 베아테의 아들이 지금 몇 살이더라? 여하튼 모노폴리로 엄마를 이길 만큼 컸다. 세월이 어찌나 빠른지. 카트리네는 자기도 먹는 걸로 위안을 삼으려 한다고 말하려 했다. 대구 대가리로. 그러다 그런 말이 여자들끼리 주고받는 진부한 대화가 되었다는 생각이 들었다. 냉소적이고 우울을 가장한 말. 혼자 사는 여자들이 실제로 그래서라기보다는 으레 말해야 할 것 같아서 하는 말. 자기는 완전한 자유 없이는 살 수 있을 것 같지 않다는 말. 지난 몇 년간 가끔 베아테에게 전화해서 그냥 수다나 떨까 생각한 적도 있었다. 해리와 그랬던 것처럼. 카트리네와 베아테는 둘 다 삼십 대에 딱히 만나는 사람이 없는 경찰이고, 경찰 아버지 밑에서 자랐고, 지능이 평균 이상이고, 백마 탄 왕자님이 나타날 거라고 착각하거나 꿈꾸지 않는 현실적인 여자들이었다. 어디든 가고 싶은 데로 데려다줄 말조차 꿈꾸지 않았다.

사실 두 사람은 대화할 거리가 많았을 수도 있었다.

하지만 한 번도 전화한 적은 없다. 이렇게 일 때문에 통화하기 전에는.

둘은 그런 면에서도 비슷했다.

"발렌틴 예르트센이란 사람 때문에 전화했어요." 카트리네가 말했다. "사망한 성범죄자예요. 혹시 이 사람에 관해 아는 거 있어요?"

"잠깐만요." 베아테가 말했다.

카트리네는 전화기 너머로 키보드 두드리는 소리를 들으며 둘 사이에 또 하나의 공통점을 발견했다. 둘 다 항상 온라인에 접속해 있다는 것.

"아, 이 사람." 베아테가 말했다. "몇 번 봤어요."

카트리네는 베아테가 지금 모니터에 그의 사진을 띄워놓고 통화하고 있다고 생각했다. 베아테의 방추상회, 곧 사람 얼굴을 인식하는 뇌 영역에는 한 번이라도 만난 사람은 모두 저장된다고 했다. 베아테에게는 "사람 얼굴을 절대 잊지 않아"라는 말이 문자 그대로의 의미였다. 전 세계에서 이런 능력을 가진 서른 몇 명 중 한 사람으로, 뇌 연구자들에게 검사까지 받았다고 했다.

"트리반과 마리달렌 사건으로 조사받은 사람이에요." 카트리네가 말했다.

"네, 어렴풋이 기억나요." 베아테가 말했다. "그런데 두 사건 모두 알리바이가 있었던 것 같은데."

"같은 집에 살던 사람이 사건이 있던 날 밤 그자가 집에 있었다고 법정에서 증언했어요. 궁금한 건 그 사람 DNA가 확보됐는지의 여부예요."

"일단 알리바이가 확인된 사람은 DNA를 따로 확보하지 않아요. 그때만 해도 DNA 분석이 복잡하고 비용도 많이 들어서 주로 유력 용의자만 검사하고, 그것도 다른 증거가 없을 때만 했어요."

"알아요. 그래도 그쪽에 자체 DNA 검사팀이 생긴 후로는 미제 사건의 DNA 검사를 시작하지 않았나요?"

"네, 그랬죠. 하지만 사실 마리달렌이나 트리반에서는 생물학적 흔적이 전혀 남아 있지 않았어요. 그리고 제가 기억하기로는 발렌 틴 예르트센은 처벌받았고요. 이자까지 쳐서."

"네?"

"네, 그 사람, 살해당했어요."

"사망한 건 알았지만⋯⋯."

"네, 맞아요. 일라 교도소에서 복역 중에 감방에서 발견됐어요. 끔찍하게 구타당한 채로. 수감자들도 어린 소녀를 성폭행한 자들 은 좋아하지 않거든요. 가해자는 잡히지 않았어요. 누가 한 짓인지 밝히려고 한 사람도 없었고요."

침묵.

"미안하지만 도움이 되지 못했네요." 베아테가 말했다. "그리고 우리 애가 지금 '당신의 운을 시험해보세요'를 하라고 해서⋯⋯."

"좋아지길 바랄게요." 카트리네가 말했다.

"네?"

"당신 운요."

"그럼요."

"하나만 더요." 카트리네가 말했다. "이르야 야콥센이라고, 발렌 틴의 알리바이를 증언해준 여자를 만나보고 싶어요. 그 여자도 실종자로 뜨긴 하는데, 제가 좀 알아봤거든요."

"아, 그래요?"

"주소지나 세금 납부, 사회보장연금 지급금, 신용카드 내역에 변동이 전혀 없어요. 여행 기록도 없고 휴대전화 통화 내역도 없고. 이렇게 활동이 거의 없는 사람은 둘 중 하나예요. 보통은 사망한 거고요. 그런데 제가 뭔가 찾았어요. 로또에 한 번 당첨됐더군요. 20크로네."

"그 여자가 로또를 했다고요?"

"운이 좋아지기를 바란 건지도. 어쨌든 그럼 결국 두 번째 유형이라는 건데."

"어떤?"

"눈에 띄지 않으려고 적극적으로 숨는 유형."

"그럼 그 여자를 찾는 걸 도와달라는 건가요?"

"마지막으로 알려진 오슬로 주소랑 로또 번호를 입력한 키오스크 주소를 찾았어요. 그리고 그 여자가 마약을 했다는 것도."

"좋아요." 베아테가 말했다. "위장 경찰을 통해 알아볼게요."

"고마워요."

"네."

잠시 침묵.

"또 있어요?"

"아뇨. 네. '사랑은 비를 타고' 어떻게 생각해요?"

"뮤지컬은 별로라. 왜요?"

"마음 통하는 친구 찾기가 어려워서요. 안 그래요?"

베아테가 피식 웃었다. "맞아요. 언제 우리 그런 얘기 해봐요."

그들은 전화를 끊었다.

안톤은 팔짱을 끼고 앉아 있었다. 정적에 귀를 기울이며 복도를 바라보았다.

모나가 환자를 살피러 병실에 들어갔고, 곧 나올 것이다. 그리고 그에게 장난스러운 미소를 지을 것이다. 어깨에 손을 얹을지도. 머리를 쓰다듬으며. 어쩌면 가볍게 키스해서 항상 민트 맛 나는 혀를 맛보게 해주고는 복도를 따라 떠날지도. 육감적인 엉덩이를 씰룩 거리며 그를 달아오르게 만들면서. 모나에게는 그럴 마음이 없을지 몰라도 그런 거라고 믿고 싶었다. 모나가 근육에 힘을 딱 주고 엉덩이를 흔들며 그를 위해, 안톤 미테트를 위해 한껏 뽐내면서 걷는다고 믿고 싶었다. 그래, 감사할 일이 참 많았다. 말하자면.

안톤은 손목시계를 보았다. 잠시 후면 교대시간이었다. 하품을 하려는 순간 비명이 들렸다.

벌떡 일어설 만큼 소리가 컸다. 안톤은 병실 문을 열어젖혔다. 왼쪽에서 오른쪽으로 병실을 죽 살피고는 모나와 환자 단둘만 있는 걸 확인했다.

모나가 병상 옆에서 입을 벌리고 서 있었다. 환자에게서 눈을 떼지 못했다.

"그 사람……?" 안톤이 입을 열었지만 문장을 끝내지 못한 채 계속 그 소리가 나는 걸 들었다. 심장 모니터 소리가 날카로워서, 그리고 그 소리 말고는 사방이 조용해서, 복도에도 짧고 규칙적으로 삑삑거리는 소리가 들렸다.

모나의 손끝이 쇄골과 흉골이 만나는 지점에 올라가 있었다. 미테트 부부가 나름대로 정한 결혼기념일에 안톤이 레우라에게 선물한 하트 모양의 금 펜던트가 내려와서 레우라가 '보석골'이라고 부르는 자리였다. 어쩌면 여자들이 무섭거나 흥분하거나 숨이 찰 때 정말로 심장이 올라오는 자리일 수도 있었다. 레우라도 꼭 같은 자리에 손을 얹었으니까. 레우라가 손을 얹는 바로 그 자리에 그의 시선이 쏠렸다. 모나가 그를 향해 웃으며 속삭였다. 그 말소리가 다른 어디선가 들리는 소리처럼 아득했다.

"이분이 말했어요. **말했다고요.**"

카트리네가 익숙한 뒷골목을 통해 오슬로 경찰청 온라인 시스템에 접속하는 데는 3분도 걸리지 않았지만, 오타 호텔 강간사건의 조사 테이프를 찾는 과정은 매우 험난했다. 음성과 영상 기록 디지털화가 시작된 지 한참 되었지만 색인 작업은 또 다른 문제였다. 카트리네는 검색어를 닥치는 대로 집어넣었지만(발렌틴 예르트센, 오타 호텔, 강간 등등) 아무것도 건지지 못했다. 단념하려는 순간 새된 남자 목소리가 울렸다.

"걔가 부탁한 거 아닌가요?"

온몸에 전기가 흐르는 듯했다. 아빠랑 같이 배를 타고 낚시하러 갔을 때, 아빠가 침착하게 '물었어' 하고 말했을 때처럼 전율이 일었다. 왜인지는 몰라도 그 목소리인 걸 단박에 알았다. 그자였다.

"흥미롭군." 다른 목소리가 들렸다. 환심을 사려는 듯한 저음의 목소리. 어떻게든 성과를 내려고 조르는 것 같은 경찰의 목소리. "왜 그렇게 말하지?"

"여자들이 부탁하는 거잖아요? 이런저런 방법으로. 그러다 나중에 수치심이 들면 경찰에 신고하고. 다 알면서."

"그럼 오타 호텔에서 그 소녀도 부탁한 거다. 그 말이네?"

"그랬겠죠."

"네가 강간하지 않았다면 그 애가 먼저 부탁했을 거라는 거지?"

"내가 거기 있었다면."

"방금 그날 밤 거기 간 걸 시인한 거다, 발렌틴."

"경관님이 사건을 좀 더 잘 그려보실 수 있게 도와드리는 거죠. 감방에 처박혀 있자니 좀이 쑤셔서. 그날에…… 갖은 양념을 다 쳐야 돼요."

침묵.

발렌틴의 새된 웃음소리가 들렸다. 카트리네는 오싹해져서 카디건을 여몄다.

"누가 오줌이라도 싼 얼굴이네요……. 표정이 그게 뭡니까?"

카트리네는 눈을 감고 그의 얼굴을 그려보았다.

"오타 사건은 일단 접어두지. 마리달렌의 소녀는 어떻게 된 거야, 발렌틴?"

"어떻게 되다니요?"

"그것도 너잖아, 아니야?"

이번에는 요란한 웃음소리가 났다. "연습 좀 하셔야겠네요. 조사할 때 대치 국면이 오면 세게 한 방을 날리셔야죠, 그렇게 머리나 쓰다듬고 계시면 어쩌나."

카트리네는 발렌틴이 쓰는 용어가 여느 수감자의 수준이 아닌 걸 알았다.

"그럼 부인하는 건가?"

"아니."

"아니야?"

"아니."

경찰은 심호흡하면서 애써 평정심을 유지하려 했지만 목소리는 격앙되어 떨리고 있었다. "그러니까 그건…… 9월에 마리달렌에서 강간 살인을 저지른 사실을 인정한다는 뜻인가?" 그나마 발렌틴이 그렇다고 답해주길 바라고 던지는 질문을 구체적으로 진술할 만큼의 경험은 있는 경찰이었다. 이렇게 구체적으로 물어야 나중에 피고측 변호인이 피고가 어떤 사건에 관해 물은 건지 잘못 이해했다는 핑계로 빠져나가지 못한다. 그런데 대답하는 자의 목소리에 즐거운 흥분이 묻어났다.

"제가 그걸 부정할 필요가 없다는 말입니다."

"그게 무슨—."

"'알'로 시작해서 '이'로 끝나는 말은 무엇일까요?"

잠시 침묵.

"어떻게 그렇게 곧바로 그날 밤 확실한 알리바이가 있다고 말할 수 있지, 발렌틴? 꽤 오래전 일인데 말이야."

"그 작자한테 들었을 때 생각해봤거든요. 그날 내가 뭐 하고 있었는지."

"누가 뭘 말해줬는데?"

"그 소녀를 강간한 자식."

긴 침묵.

"지금 우릴 데리고 놀겠다는 건가, 발렌틴?"

"어떻게 생각해요, 자크리손 경관님?"

"왜 그게 내 이름이라고 생각하지?"

"스나를리베이엔 41번지. 맞죠?"

다시 침묵. 웃음소리와 함께 발렌틴의 목소리가 나왔다. "얼굴이 왜 그래요? 누가 아침밥에 오줌이라도 싼 얼굴인데."

"강간사건은 어디서 들었지?"

"여긴 성범죄자 감방이잖아요. 여기 사람들이 모이면 무슨 얘기를 할 거 같아요? 그 얘기 해줘서 고맙네요. 그 작자는 정보를 많이 흘린 줄 몰랐을 테지만, 제가 신문을 보는 사람이거든요. 그 사건 잘 기억해요."

"그래서 그게 누구야, 발렌틴?"

"그럼 그게 언제가 될까요, 자크리손?"

"언제라니?"

"밀고하면 언제쯤 날 풀어주실 거냐고요?"

카트리네는 빨리감기 버튼을 눌러 반복해서 끼어드는 침묵을 건너뛰고 싶었다.

"잠깐 나갔다 오지."

의자가 바닥에 긁히는 소리가 났다. 문이 조용히 닫혔다.

카트리네는 기다렸다. 그자가 숨을 들이쉬고 내쉬는 소리가 났다. 느낌이 이상했다. 숨쉬기가 힘들어졌다. 스피커에서 나오는 호흡이 거실에 있는 그녀의 생명을 빨아들이는 것만 같았다.

경관이 나간 지 2분도 지나지 않았는데 30분은 족히 흐른 것 같았다.

"좋아." 경관이 이렇게 말했고, 다시 의자가 바닥에 긁히는 소리가 났다.

"빨리도 다녀오셨네. 내 형기도 그만큼 빨리 끝날까요?"

"우리가 형량을 정하지 못하는 거 알잖아, 발렌틴. 그래도 판사한테 말해보긴 할게, 됐나? 그럼 네 알리바이를 확인해줄 사람은 누구고, 그 소녀를 강간한 사람은 누구야?"

"그날 난 밤새 집에 있었어요. 집주인이랑. 그 여자가 치매라도 걸린 게 아니라면 확인해줄 거예요."

"어떻게 그렇게 기억이 잘 나지?"

"강간사건 날짜를 적어두는 걸 좋아하거든요. 경찰이 운 좋은 범인 녀석을 못 잡으면 조만간 날 찾아와서 그날 어디 있었는지 꼬치꼬치 캐물을 게 뻔하니까."

"그렇군. 그럼 진짜 중요한 질문이야. 누구 짓이지?"

답변이 천천히 지나칠 정도로 또박또박 나왔다.

"유-다스 요-한센. 경찰이 예전부터 알던 자라던데."

"유다스 요한센?"

"마약반 소속이라 악명 높은 강간범 이름도 모르시는 겁니까, 자크리손?"

발이 끌리는 소리. "왜 내가 그 이름을 모른다는 거지?"

"얼빠진 표정이잖아요. 유다스는 강간범으로는 재주가 뛰어난 작자예요. 그러니까…… 음, 내 뒤로 말입니다. 그리고 그놈 속에는 살인마가 들어 있어요. 자기도 아직 모르는 것 같지만 그 살인마가 깨어나는 건 시간문제라고요. 장담해요."

카트리네는 경찰이 침을 흘리며 입을 벌리는 소리가 들리는 것만 같았다. 지글거리는 침묵에 귀를 기울였다. 경찰이 지금 그 순간, 중대한 돌파구, 수사관의 자랑거리인 중요한 순간에 바짝 다가선 걸 깨닫고 흥분과 긴장을 누르느라 애쓰는 소리, 맥박이 뛰고 이마에 땀이 줄줄 흐르는 소리가 스피커를 통해 들리는 것만 같았다.

"어떻게, 어떻게─." 자크리손이 더듬더듬 물으려 했지만 스피커에서 기괴하게 울부짖는 소리가 나서 끊겼다. 웃음소리였다. 발렌틴의 웃음소리. 날카롭게 울부짖는 소리가 점차 길고 헐떡거리는 흐느낌으로 변했다.

"당신을 놀리는 거예요, 자크리손. 유다스 요한센은 호모예요. 옆 감방에 있고."

"뭐?"

"당신이 알아낸 것보다 더 재미난 얘기 하나 해줄까요? 유다스는 어떤 어린 녀석하고 섹스를 하다가 그 녀석 엄마한테 걸렸어요. 불행히도 그 어린 녀석은 아직 커밍아웃하지 않았고, 하필 부유하고 보수적인 집안 자식이었죠. 그 집에서 유다스를 강간범으로 신고한 겁니다. 유다스를! 파리 새끼 한 마리 못 죽일 녀석을. 아니, 벼룩인가? 파리든 벼룩이든. 파리. 벼룩. 어쨌든 내가 제보해드리면 어떻게 해주실 겁니까? 그 어린 녀석이 그 뒤로 어떻게 됐는지 한두 가지 얘기해줄 수 있는데. 가석방 제안은 아직 검토 중인 걸로 알고 있을까요?"

의자가 바닥에 끌리는 소리. 의자가 뒤로 쿵 하고 넘어가는 소리. 그리고 딸깍 소리가 나더니 정적이 흘렀다. 레코더가 꺼졌다.

카트리네는 컴퓨터 모니터를 쳐다보며 앉아 있었다. 바깥은 어두워졌고 대구 대가리는 차갑게 식었다.

"그래, 그래, 그래." 안톤 미테트가 말했다. **"말했다니까!"**

안톤 미테트는 전화기를 귀에 대고 복도에 서서 방금 도착한 의사 두 명의 신분증을 확인했다. 의사들의 얼굴에 당혹과 짜증이 섞여 있었다. 당연히 얼굴을 기억하고 들여보내줘야 되는 거 아닌가?

안톤은 손짓으로 의사들을 들여보냈고, 그들은 황급히 환자에게 뛰어갔다.

"뭐라고 말했는데?" 전화기 너머에서 군나르 하겐이 물었다.

"중얼거리는 소리만 듣고 정확히 뭐라고 했는지는 못 들었대."

"지금은 깨어 있나?"

"아니, 그냥 조금 중얼거리다 다시 혼수상태로 빠졌어. 그런데 의사들 말로는 언제든 다시 깨어날 수 있대."

"알았네." 군나르가 말했다. "계속 보고해, 알았나? 언제든 전화해. 언제든."

"알았어."

"좋아. 좋아. 병원에서도 나한테 연락할 의무가 있지만, 사실은 그렇지만…… 음, 그쪽은 그쪽대로 고려할 문제가 있을 테니."

"그럼."

"그래, 그렇지 않나?"

"그래, 그렇지."

"그래."

안톤은 침묵에 귀를 기울였다. 군나르 하겐이 뭔가 말하고 싶은 게 있나?

강력반 책임자는 전화를 끊었다.

9

카트리네는 9시 반에 가르데르모엔 공항에 도착해서 공항철도를 타고 오슬로를 가로질렀다. 정확히 말하면 오슬로 아래로 지나갔다. 이 도시에서 살기도 했지만 이렇게 스쳐 가는 풍경을 봐도 아무런 감흥이 없었다. 무성의한 스카이라인. 야트막하고 푸근하고 부드럽고 눈 덮인 산등성이와 단조로운 들판. 객차 안의 배타적이고 무표정한 얼굴들. 모르는 사람들끼리도 선선히 말을 걸어서 담소를 나누는 베르겐의 풍경을 여기서는 보기 어려웠다. 그러다 세계에서 가장 비싼 노선의 열차는 신호 고장으로 컴컴한 터널 속에서 정차했다.

카트리네는 이번 오슬로 출장을 신청하면서, 베르겐 경찰서 관할인 호르달란에서 발생한 미제 강간사건 세 건이 발렌틴이 저질렀을지 모를 오슬로의 사건들과 유사하다고 설명했다. 그리고 발렌틴을 강간사건으로 체포하는 것이 크리포스와 오슬로 경찰청에서 경찰 살인사건을 해결하는 데 간접적으로 도움이 될 수도 있다고 설명했다.

"오슬로 경찰한테 알아서 잡으라고 하면 안 되나?" 베르겐의 강력반 책임자 크누트 뮐레르 닐센이 물었다.

"그쪽은 형사사건 해결 비율이 20.8퍼센트이고, 우리는 40.1퍼센트잖아요."

뮐레르 닐센은 웃음을 터트렸고, 카트리네는 항공권을 손에 쥔 걸 알았다.

열차가 다시 덜커덩거리며 출발하자, 객차 안에는 안도와 짜증과 체념의 한숨이 퍼졌다. 카트리네는 산드비카에서 하차해서 택시를 잡아 타고 에이크스마르카로 향했다.

택시는 예싱베이엔 33 앞에서 섰다. 카트리네는 진창으로 변한 눈길에 내려섰다. 붉은 벽돌 건물을 둘러싼 높은 담장만 빼면 일라 교도소와 구치소는 이 나라 최악의 살인범과 마약상과 성범죄자를 수용하는 시설이라고 보기 어려웠다. 교도소 규정에는 남성 수감자…… 그중에서도 '특별한 도움이 필요한' 수감자를 위한 국가 시설이라고 명시되어 있었다.

탈옥을 막아주는 도움. 남을 해치지 못하게 막아주는 도움. 사회학자와 범죄학자들이 어떤 이유에서인지 인류 전체가 공유한다고 믿는 소망, 이를테면 선량한 사람이 되고 공동체에 기여하고 사회에서 역할을 다하고 싶어하는 소망을 실현하게 해주는 도움.

베르겐의 정신과 병동에서 오래 지낸 카트리네로서는 범죄와 무관한 성격이상자조차 사회의 안녕에는 관심이 없다는 걸, 자기를 사로잡은 악령 이외에는 남과 같이 살아본 경험도 없어서 그냥 혼자 가만히 내버려두기만 바란다는 걸 알았다. 그렇다고 이들이 꼭 남들은 평화롭게 지내기를 바라는 건 아니라는 것도.

카트리네는 보안 경로를 통과하면서 신분증과 함께 이메일로 받은 출입증을 제시하고 접견실로 안내받았다.

카트리네를 기다리던 교도관이 다리를 벌리고 팔짱을 끼고 서서 열쇠를 짤랑였다. 법질서 제도의 브라만 계급, 교도관과 보안요원과 주차장 관리인에게 특별 대접을 받는 경찰을 방문객으로 맞이해서 우쭐해하는 표정이었다.

카트리네는 이럴 때 늘 하던 대로 행동했다. 원래보다 더 정중하고 상냥하게 굴었다.

"하수구에 오신 걸 환영합니다." 교도관이 말했다. 일반 방문객에게 늘 하는 말이 아니라 자신의 직업에 대한 블랙 유머와 현실적인 냉소를 적절히 섞어서 세심히 준비한 말로 들렸다.

하지만 카트리네는 교도소 복도를 지나면서 그 표현이 현실에서 크게 벗어난 건 아닐 수도 있겠다고 생각했다. 이곳은 제도의 창자라고 말해도 무방해 보였다. 법의 소화관에서 유죄로 판명된 사람들을 악취 나는 갈색 덩어리로 분류해 담고 있다가 언젠가는 배출해야 하는 곳. 문은 모두 닫혔고, 복도는 비어 있었다.

"여긴 변태들 구역입니다." 교도관이 복도 끝에서 잠긴 철문을 열었다.

"그 사람들 구역이 따로 있군요?"

"네. 성범죄자들끼리 한곳에 몰아넣으면 다른 재소자들한테 당할 가능성이 줄어들거든요."

"당해요?" 카트리네가 짐짓 놀라는 척 물었다.

"네, 성범죄자들은 사회에서만큼 여기서도 혐오의 대상이거든요. 더하면 더했지. 그런데 여기 이 안에는 경관님이나 저보다 자제력이 한참 떨어지는 살인자들이 살잖아요. 그래서 재수 없는 날에는……." 교도관은 과장된 몸짓으로 열쇠로 목을 긋는 시늉을 했다.

"**살해**당한다고요?" 카트리네는 겁먹은 척 큰 소리로 묻다가 너무 많이 나갔나 생각했다. 하지만 교도관이 눈치챈 것 같지는 않았다.

"음, 죽지는 않을 수도 있어요. 그래도 대가를 치르죠. 팔다리가 부러지는 변태들이 줄줄이 나오거든요. 계단에서 넘어졌다거나 샤워하다 미끄러졌다면서. 당했다고 떠들 수는 없으니까. 안 그래요?" 교도관은 안에서 문을 잠그고 숨을 들이마셨다. "냄새 나요? 뜨거운 라디에이터에 눌러붙은 정액 냄새. 곧바로 말라붙어요. 냄새가 쇠에 착 달라붙는 거 같아요. 냄새는 도저히 닦아낼 수가 없어요. 살이 타는 것처럼 지독한 냄새가 나지 않나요?"

"호문쿨루스." 카트리네가 숨을 마시며 말했다. 사실 벽을 새로 칠한 페인트 냄새밖에 나지 않았다.

"예?"

"1600년대 사람들은 정액에 호문쿨루스라는 작은 인간이 들어 있다고 믿었어요." 카트리네가 말했다. 교도관의 쏘아보는 눈초리를 보고 자기가 실수한 건가, 그냥 놀라는 척이나 했어야 했나 생각했다.

"그럼." 카트리네가 급히 덧붙였다. "발렌틴은 자기와 같은 부류랑 여기서 안전하게 갇혀 있었겠네요?"

교도관은 고개를 저었다. "그자가 마리달렌과 트리반에서 어린 여자애들을 성폭행했다는 소문이 퍼졌어요. 미성년자 아이들을 성폭행한 수감자들은 또 사정이 다르거든요. 악명 높은 강간범들도 아동강간범을 싫어해요."

카트리네는 흠칫 놀랐고, 이번엔 과장이 아니었다. 교도관이 그 얘기를 아무렇지 않게 꺼내서 놀랐다.

"그럼 발렌틴도 조사를 받았습니까?"

"당연히 받았겠죠."

"그 소문요. 누가 퍼트린 건지 알아요?"

"네." 교도관이 다음 문을 열쇠로 따면서 말했다. "당신네요."

"우리요? 경찰?"

"어떤 경찰이 수감자들한테 두 사건에 관해 물으러 왔었거든요. 그런데 정보를 캐내기보다 더 많이 흘리고 갔더군요."

카트리네는 고개를 끄덕였다. 그런 얘기를 들은 적이 있다. 경찰이 어떤 수감자를 아동학대범으로 확신하지만 입증할 방법이 없어서 다른 방법으로 벌받게 한 사건. 적절한 수감자에게 슬쩍 정보를 흘리면 된다. 가장 힘 있는 수감자에게. 아니면 가장 자제력이 부족한 수감자라든가.

"그러는 걸 그냥 놔뒀고요?"

교도관이 어깨를 으쓱했다. "우리 같은 교도관이 뭘 할 수 있겠어요?" 그러고는 목소리를 낮췄다. "우리도 딱히 반대할 이유가……."

그들은 오락실을 지나갔다.

"무슨 뜻이에요?"

"발렌틴 예르트센은 나쁜 놈이었어요. 아주 사악한 놈이었죠. 하느님이 왜 이 땅에 보내셨는지 의문이 드는 그런 인간요. 여기 여자 교도관이 하나 있었는데 그자가—."

"아, 안녕하세요, 오셨군요."

나긋한 목소리가 들려서 카트리네는 자기도 모르게 왼쪽을 돌아보았다. 남자 둘이 다트판 앞에 서 있었다. 목소리의 주인공이 히죽거리며 쳐다보고 있었다. 삼십 대 후반쯤 되는 깡마른 남자였다.

벌건 두피에 아직 남은 금발 몇 가닥을 뒤로 빗어 넘겼다. 피부병인가, 카트리네는 생각했다. 특별한 도움이 필요한 사람들이니 이 안에 일광욕실이 있는지도.

"이런 데는 오시지 않을 분 같은데." 남자는 판에서 다트를 뽑으며 카트리네에게서 눈을 떼지 않았다. 그가 다트를 잡고 다트판 한가운데 빨간 점을 향해 던졌다. 씩 웃으며 다트를 위아래로 비틀어서 깊숙이 꽂더니 다시 잡아 빼면서 입술을 빠는 소리를 냈다. 다른 남자는 뜻밖에도 웃지 않았다. 그냥 걱정스러운 얼굴로 옆에 있는 남자를 바라보았다.

교도관이 가만히 카트리네의 팔을 잡아끌었지만 카트리네는 팔을 들어서 뺐다. 뇌가 빠르게 돌아가며 쏘아붙여줄 말을 찾았다. 다트와 성기 크기에 관한 노골적인 한마디를 내뱉으려다가 관두었다.

"헤어젤 대신 청소세제로 머리를 만졌나 봐요?"

카트리네는 계속 걸었다. 그 한마디가 명중한 건 아니지만 과녁 가까이 맞힌 건 알았다. 남자는 얼굴을 붉히다 활짝 웃으면서 카트리네에게 경의를 표했다.

"발렌틴은 같이 얘기할 사람이 있었나요?" 카트리네가 묻는 사이 교도관이 감방 문을 열었다.

"요나스 요한센요."

"유다스라고 불리던 사람이요?"

"넵. 남자를 강간하고 형을 살았죠. 그런 놈들은 많지 않아요."

"지금은 어디 있어요?"

"달아났어요."

"어떻게?"

"우리도 몰라요."

"모르다뇨?"

"그게, 여긴 나쁜 놈들이 많긴 해도 경비가 삼엄하진 않아요. 감형받은 자들도 있고. 유다스의 판결에는 경감 사유가 많았어요. 발렌틴은 고작 강간 미수로 들어왔고. 연쇄 범죄자들은 다른 데 수용됩니다. 그러니 여기서는 수감자들을 감시하는 데 자원을 투입하지 않아요. 아침마다 점호를 하는데 가끔 결원이 생기면 모두 감방으로 돌려보내서 누가 빠졌는지 확인해요. 하지만 숫자만 맞으면 그냥 평소처럼 슬렁슬렁 굴러가고요. 그러니까 유다스가 사라진 것도 이런 식으로 발각돼서 경찰에 신고가 들어간 거예요. 그러다 다른 사건으로 정신이 없어지는 바람에 그 사건은 깊이 생각하지도 않았고요."

"다른 사건이라면……?"

"네, 발렌틴 살인사건요."

"그럼 그 사건이 일어났을 때 유다스는 여기 없었네요?"

"맞아요."

"발렌틴은 누가 죽였을까요?"

"모르죠."

카트리네가 고개를 끄덕였다. 대답이 지나치게 쉽고, 지나치게 빨랐다.

"우리끼리 하는 얘기는 여기서 새어 나가지 않아요. 약속해요. 교도관님은 누가 발렌틴을 죽였다고 생각하시는지 묻는 거예요."

교도관이 군침을 삼키며 카트리네를 뜯어보았다. 처음 조사할 때 놓친 게 있는지 찬찬히 돌아보듯이.

"발렌틴을 싫어하고 무서워하는 자들이 많았어요. 발렌틴이 살아남거나 자기네가 살아남거나 둘 중 하나라고 생각한 자가 있었던 것 같아요. 발렌틴은 복수에 목말라했거든요. 그런 발렌틴을 죽인 자도 복수에 목말랐을 테고. 발렌틴은…… 어떻게 말해야 할까요?" 카트리네는 교도관의 쇄골 위에서 오르내리는 목울대를 보았다. "시체가 젤리처럼 짓이겨졌어요. 그런 꼴은 어디서도 본 적이 없어요."

"둔기로 때린 건가요?"

"전혀 알 수가 없어요. 형체를 알아보지 못할 정도로 때린 것만은 확실해요. 얼굴이 다진 고깃덩이가 됐으니까. 가슴에 그 흉측한 문신만 없었다면 발렌틴인 줄 알아보지 못했을 거예요. 제가 예민한 편은 아닌데 그걸로 악몽까지 꿨다니까요."

"어떤 문신인데요?"

"어떤?"

"예, 그……." 카트리네는 자신이 살가운 경찰 역할에서 슬금슬금 벗어난 걸 알아채고 얼른 정신을 차리고 짜증을 숨겼다. "어떤 문신이었어요?"

"허, 알게 뭐예요? 얼굴이 있었어요. 소름끼치는. 양옆으로 퍼지게 그려진 거요. 갇혀 있는데 빠져나가려고 기를 쓰는 것 같은 얼굴."

카트리네는 천천히 고개를 끄덕였다. "갇혀 있는 몸에서 벗어나지 못하는 그림인가요?"

"네, 그래요, 맞아요. 혹시 아시는―?"

"아뇨." 카트리네가 말했다. 그 느낌은 잘 알지, 카트리네가 속으로 말했다. "그럼 유다스라는 자는 결국 못 찾았군요?"

"당신네가 못 찾은 거겠죠."

"그래요. 우리가 왜 그랬을까요?"

교도관이 어깨를 으쓱했다. "난들 알아요? 유다스는 경찰에서 요주의 인물로 생각하는 자가 아니었어요. 말했다시피 경감 사유가 있었고, 재범 위험도 적었거든요. 형기가 곧 끝날 텐데 그 멍청이가 무슨 열병에 걸렸는지."

카트리네는 고개를 끄덕였다. 퇴소 열병. 퇴소일이 다가오면 수감자들은 자유를 생각하기 시작하고 갑자기 하루라도 더 갇혀 있는 게 견딜 수 없어진다.

"발렌틴 얘기를 해줄 사람이 또 없을까요?"

교도관은 고개를 저었다. "유다스 말고는 아무도 발렌틴하고 뭘 같이 하려고 하지 않았어요. 어찌나 겁을 주고 돌아다녔는지. 그자가 방에 들어오면 당장이라도 무슨 일이 터질 것만 같았거든요."

카트리네는 질문을 더 던지려다가 문득 자기가 지금 시간과 항공권을 정당화하려고 안간힘을 쓴다는 걸 깨달았다.

"아까 발렌틴이 한 짓을 말하려다 말았잖아요." 카트리네가 말했다.

"내가요?" 교도관이 얼른 답하면서 손목시계를 보았다. "이런, 할 일이……."

다시 밖으로 나가는 길에 오락실을 지나면서 카트리네는 벌건 두피에 비쩍 마른 남자가 혼자 있는 걸 보았다. 남자는 팔을 옆으로 늘어뜨리고 빈 다트판을 보았다. 다트는 어디에도 없었다. 그가 천천히 돌아보았고, 카트리네는 그와 눈이 마주치지 않을 수 없었다. 그의 얼굴에 웃음기가 사라졌고, 눈동자는 광택이 없고 해파리 같은 잿빛이었다.

남자가 뭐라 뭐라 소리쳤다. 네 마디를 반복했다. 새가 위험을 경고하듯 귀청을 찢을 듯 큰 소리. 그러다 웃음을 터트렸다.

"저 친구는 신경 쓰지 마세요." 교도관이 말했다.

서둘러 복도를 빠져나오는 동안 등 뒤에서 웃음소리가 잦아들었다.

카트리네는 밖으로 나와서 비에 젖은 축축한 공기를 들이마셨다.

휴대전화를 꺼내 음성녹음 스위치를 껐다. 안에서 녹음기를 계속 켜두었다. 그리고 베아테에게 전화했다.

"일라 일은 끝났어요. 지금 시간 있어요?"

"커피머신 켜놓을게요."

"어, 그럼 아직—?"

"당신도 경찰이잖아요, 카트리네. 커피머신으로 내린 건데 괜찮죠?"

"저기, 예전에 토르그 가에 있는 카페 사라에 자주 갔는데. 실험실에서 잠깐 나오시죠? 점심해요. 내가 살게요."

"네, 당신이 밥 사요."

"네?"

"그 여자, 찾았거든요."

"누구?"

"이르야 야콥센. 살아 있어요. 우리가 서두르기만 하면."

45분 후 만나기로 하고 전화를 끊었다. 카트리네는 택시를 기다리면서 녹음 파일을 켜서 맨 끝으로 감아 벌건 두피가 경고하던 고함소리로 돌아갔다.

"발렌틴은 살아 있어. 발렌틴이 죽여. 발렌틴은 살아 있어. 발렌틴이 죽여."

"오늘 아침에 깨어났어." 안톤 미테트가 군나르 하겐과 함께 급히 복도로 걸어오며 말했다.

실예가 그들을 보고 일어섰다.

"이제 가봐요, 실예." 안톤이 말했다. "여긴 내가 맡을게요."

"교대하려면 한 시간 남았는데요."

"가도 된다니까. 가서 쉬어요."

실예는 안톤을 노려보았다. 그리고 옆에 있는 다른 남자를 살폈다.

"군나르 하겐이네." 그가 몸을 앞으로 숙이며 손을 내밀었다. "강력반을 맡고 있지."

"누구신지 알아요." 실예가 손을 맞잡으며 말했다. "실예 그라브셍이라고 합니다. 언젠가는 강력반에서 일하고 싶습니다."

"좋아. 그럼 일단 안톤이 시키는 대로 하게."

실예는 군나르에게 고개를 끄덕였다. "제 명령서를 발부하신 분의 명령이니 물론……."

안톤은 실예가 짐을 챙기는 걸 보았다.

"그나저나 오늘이 실습 마지막 날이에요." 실예가 말했다. "이제 시험을 볼지 고민해야 돼요."

"실예는 경찰 훈련생이야." 안톤이 말했다.

"폴리티회위스콜레, PHS 학생입니다. 경찰대학을 지금은 이렇게 부르죠." 실예가 말했다. "궁금한 게 하나 있는데요, 경정님."

"그래?" 군나르가 경정이란 말에 쓴웃음을 지었다.

"경정님 부하로 일하던 전설적인 인물 말인데요, 해리 홀레라고. 한 번도 실수한 적이 없다던데. 그분이 수사한 사건은 전부 해결됐다면서요. 사실인가요?"

안톤이 경고하듯이 헛기침을 하면서 실예를 보았지만 실예는 못 본 척했다.

군나르가 더 크게 쓴웃음을 지었다. "우선 마음에 걸리는 미제사건이 있다면 **실수**한 적 없다는 게 말이 될까?"

실예 그라브셍은 대답하지 않았다.

"해리와 미제사건에 관해서라면……." 군나르는 턱을 문질렀다. "음, 사람들 말이 맞을지도 모르지. 하지만 어떻게 보느냐에 따라 다르지."

"어떻게 보시는데요?"

"그 친구는 여자친구 아들이 체포된 살인사건을 수사하러 홍콩에서 돌아왔어. 어찌어찌 올레그를 빼냈고, 다른 사람이 자백했지. 하지만 구스토 한센 살인사건은 해결되지 않았어. 공식적으로는."

"고맙습니다." 실예가 살짝 미소를 지었다.

"건승하길 바라네." 군나르 하겐이 말했다.

군나르는 실예가 복도를 걸어가는 모습을 보았다. 원래 젊고 매력적인 여자를 보는 걸 좋아해서라기보다는 당장 마주할 일을 잠시나마 미루기 위해서일 거라고 안톤은 생각했다. 군나르는 긴장한 듯 보였다. 군나르가 닫힌 병실 문을 향해 돌아섰다. 재킷 단추를 채웠다. 서브를 기다리는 테니스 선수처럼 발 앞쪽에 무게를 싣고 몸을 살짝 흔들었다.

"그럼 들어가지."

"그래." 안톤이 말했다. "난 여기서 지키고 있을게."

"좋아." 군나르가 말했다. "좋아."

점심을 반쯤 먹었을 때 베아테가 카트리네에게 예전에 해리랑

잤느냐고 물었다.

앞서 베아테는 위장 경찰이 거짓 알리바이를 증언한 이르야 야
콥센의 사진을 알아본 이야기를 해주었다. 이르야는 거의 집에서
만 지냈다고 했다. 그리고 암페타민이 주로 거래되는 장소라서 경
찰이 줄곧 감시하던 알렉산데르 쉴란 광장 옆에 이르야의 집이 있
다고 했다. 하지만 위장 경찰은 이르야에게는 관심이 없었다. 마약
을 판 것도 아니고 기껏해야 마약 고객이었다.

이어서 베아테와 카트리네는 일과 사생활에 관한 이런저런 얘기
를 나누다가 예전의 좋았던 시절로 거슬러 올라갔다. 베아테는 카
트리네가 강력반 복도를 오가면 강력반 사람들 절반이 돌아보느라
목이 결릴 정도였다고 말했고, 카트리네는 가볍게 항변했다. 그러
면서도 여자들이 자기네끼리 서로가 한때 얼마나 아름다웠는지 강
조하면서 서로를 띄워주는 화법이라고 생각했다. 특히 미모로 선
망의 대상이 되지 못한 사람이라면. 베아테는 누군가의 목이 결리
게 만든 적도 없고 독화살을 쏘는 쪽도 아니었다. 조용하고 얼굴이
금방 빨개지고 열심히 일하고 정직하며 더러운 술수를 부려본 적
없는 사람이었다. 그런데 뭔가 달라졌다. 어쩌면 딱 한 잔만 마시
기로 한 화이트와인 때문인지도 몰랐다. 좌우간 그런 식으로 직접
적이고 사적인 질문을 불쑥 던지는 건 베아테답지 않았다.

카트리네는 피타 빵을 입에 문 탓에 고개만 저을 수 있어서 다행
이라고 생각했다.

"좋아요." 카트리네는 빵을 삼키고 말했다. "솔직히 그런 생각을
안 한 건 아니에요. 해리가 무슨 얘기 하던가요?"

"해리는 나한테 뭐든 다 말했어요." 베아테는 몇 방울 남은 잔을
들었다. "당신과의 관계에 관해서는…… 아니라고 했지만 거짓말

이 아닐까 생각했죠."

카트리네는 손짓으로 계산서를 달라고 했다. "왜 우리가 사귀었을 거라고 생각했어요?"

"둘이 서로 바라보는 눈길을 봤거든요. 대화하는 것도 들었고."

"해리랑 난 늘 **싸웠는데요!**"

"내 말이 그거예요."

카트리네는 웃었다. "당신하고 해리는?"

"우린 불가능해요. 친구로 좋았죠. 그러다 알다시피 내가 할보르센을 만났고……."

카트리네는 고개를 끄덕였다. 스타인셰르의 젊은 경찰, 해리의 파트너 할보르센은 베아테가 낳은 아이의 아버지였고 근무 중에 살해당했다.

침묵.

"왜요?"

카트리네가 어깨를 으쓱했다. 휴대전화를 꺼내서 녹음 파일의 마지막 부분을 틀었다.

"일라에는 미친 인간들이 많아요." 베아테가 말했다.

"나도 정신병을 조금 앓아봐서 미친 게 뭔지 알아요." 카트리네가 말했다. "그런데 궁금한 건 내가 발렌틴 때문에 거기 간 걸 이 사람이 어떻게 알았느냐는 거예요."

안톤 미테트는 의자에 앉아 가까이 오는 모나를 보았다. 그 장면을 즐겼다. 이제 몇 번 더 못 볼지 모른다고 생각하면서.

모나는 멀리서부터 웃고 있었다. 곧장 그에게 걸어왔다. 보이지 않는 직선을 따라 똑바로 걷듯이 한 발 앞에 다른 발을 디뎠다. 원래 저런 식으로 걷는 사람이었을 수도 있다. 그런데 어쩌면 그를 위해 저렇게 걷는 건지도 몰랐다. 모나는 다 와서 무의식중에 뒤를 흘깃거리며 누가 있는지 살폈다. 그리고 안톤의 머리를 어루만졌다. 안톤은 일어나지 않은 채 팔로 모나의 허벅지를 감싸고 쳐다보았다.

"음?" 안톤이 말했다. "당신도 이번 교댄가?"

"네." 모나가 말했다. "알트만은 나갔어요. 암 병동으로 돌아오라는 지시를 받았대요."

"그럼 우리 더 많이 보겠네요." 안톤이 미소를 지었다.

"안 될 거 같아요. 검사 결과를 보니까 저 환자, 의식이 빠르게 돌아오는 거 같아요."

"그래도 우린 만날 거잖아요."

안톤이 농담조로 말했다. 하지만 농담이 아니었다. 모나도 알았다. 그래서 저렇게 몸이 뻣뻣해지고 웃는 얼굴이 일그러지고 뒤를 흘깃거리며 누가 보고 있을까 봐 그러는 양 그를 뿌리치는 건가? 안톤은 모나를 놓아주었다.

"안에 강력반 책임자가 와 계세요."

"안에서 뭐 하는데요?"

"저 환자랑 얘기해요."

"무슨 얘기?"

"말 못 해요." 안톤이 말했다. 그냥 모른다고 하지. 참 한심하긴.

마침 병실 문이 열리고 군나르 하겐이 나왔다. 군나르는 가만히 서서 모나를 봤다가 안톤을 보고 다시 모나를 보았다. 두 사람의 얼굴에 무슨 암호라도 적혀 있는 것처럼. 모나는 벌겋게 달아오른 얼굴로 군나르를 지나쳐 병실을 들여다보았다.

"어때?" 안톤이 아무 일 없는 척 물었다. 군나르의 표정은 이해한 사람의 표정이 아니라 이해하지 못한 사람의 표정이었다. 군나르는 화성인을 보듯 안톤을 보았다. 모든 신념이 뒤집힌 사람처럼 혼란스러운 표정으로.

"저기 저 사람……." 군나르가 엄지로 어깨 너머를 가리키며 말했다. "계속 철저히 지켜봐, 안톤. 알았나? 저 사람을 철저히 지켜보라고."

안톤은 군나르가 흥분해서 중얼거리는 마지막 말을 듣고, 성큼성큼 걸어가는 뒷모습을 보았다.

10

문이 열리고 나타난 얼굴을 보고 카트리네는 허옇게 센 머리에 얼굴이 핼쑥한 늙은 여자가 이르야 야콥센일 리 없다고 생각했다.

"무슨 일이에요?" 늙은 여자가 의심스러운 눈빛으로 그들을 쏘아보았다.

"아까 전화한 사람이에요." 베아테가 말했다. "발렌틴에 관해 물어보려고."

여자는 문을 쾅 닫았다.

베아테는 안에서 발을 질질 끄는 소리가 멀어질 때까지 기다렸다. 그리고 손잡이를 눌러 문을 열었다.

복도에 박혀 있는 고리에 옷가지와 비닐봉지가 걸려 있었다. 어디든 비닐봉지는 꼭 있었다. 약쟁이들 주위에는 왜 항상 비닐봉지가 널려 있을까? 카트리네는 속으로 물었다. 왜 자신의 전 재산을 가장 부실하고 믿음이 안 가는 비닐봉지에 담아 보관하고 옮기는 걸까? 왜 모페드며 모자걸이, 다기 세트 같은 건 훔치면서도 여행가방이나 그냥 가방은 훔치지 않을까?

집 안이 더럽기는 해도 아직 여느 마약 소굴만큼은 아니었다. 그 집에 사는 사람이 어떤 기준을 정해놓고 직접 치우기로 마음먹었을 수도 있었다. 카트리네는 자연히 이르야가 이런 상황에서도 혼자 애쓰고 있다고 짐작했다. 카트리네는 베아테를 따라 거실로 들어갔다. 어떤 남자가 낡은 장의자에 누워 자고 있었다. 보나마나 약에 취해 있을 것이다. 거실에는 땀과 담배와 맥주에 절은 나무와 함께 카트리네가 모르거나 굳이 알고 싶지 않은 들큼한 냄새가 진동했다. 벽에는 분명 훔친 물건으로 보이는 어린이용 서핑보드가 차곡차곡 쌓여 있었다. 모두 투명한 비닐봉지에 싸여 있고 거대한 백상아리가 똑같이 입을 벌리고 보드 끝에는 상어에 물어뜯긴 검은 자국이 그려져 있었다. 어떻게 이런 물건을 팔아 돈을 구하는지 모를 일이었다.

베아테와 카트리네는 주방으로 갔다. 이르야가 작은 식탁 앞에 앉아서 담배를 말고 있었다. 식탁에는 작은 식탁보가 덮여 있고 창턱에는 플라스틱 꽃이 꽂힌 설탕 그릇이 놓였다.

카트리네와 베아테는 이르야의 맞은편에 나란히 앉았다.

"저건 도대체가 끊어지지 않아요." 이르야가 우에란즈 가에서 들어오는 차 소리를 향해 고개를 까딱했다. 집 안 꼴과 삼십 대에 폭삭 늙어버린 여자의 얼굴을 보고 예상한 그대로 거칠게 갈라진 목소리였다. "끊임없이 이동해요. 다들 어딜 그렇게 가는 걸까요?"

"집으로요." 베아테가 말했다. "집에서 나가거나."

이르야가 어깨를 으쓱했다.

"당신도 집을 떠났군요." 카트리네가 말했다. "주소지가……"

"집을 팔았어요." 이르야가 말했다. "상속받은 집이 너무 컸거든요. 너무……" 이르야는 허옇게 마른 혀를 내밀어 담뱃종이에 침을 묻혔고, 카트리네는 속으로 나머지 말을 이었다. 실업수당만으로는 마약 살 돈이 감당이 안 돼서 집을 팔고 싶었겠지.

"안 좋은 기억이 너무 많아요."

"어떤 기억요?" 베아테가 묻자 카트리네는 움찔했다. 베아테는 과학수사 전문가이지, 심문 기법 전문가는 아니었다. 그래서인지 그물을 너무 넓게 쳐놓고 상대의 우울한 인생사를 다 건져 올릴 것만 같았다. 자기연민에 빠진 약쟁이만큼 구구절절 끝도 없이 비극적인 이야기를 늘어놓는 사람도 없다.

"발렌틴."

카트리네는 자세를 고쳐 앉았다. 어쩌면 베아테는 자기가 뭘 하는지 제대로 아는지도 모른다.

"그 사람이 어떻게 했는데요?"

이르야는 다시 어깨를 으쓱했다. "그 인간한테 지하에 있는 방을 빌려줬어요. 그 인간이…… 거기 있었어요."

"거기 있었어요?"

"당신들은 발렌틴을 몰라요. 그 인간은 달라요. 그 인간은……."

이르야는 라이터를 켰지만 불이 들어오지 않았다. "그 인간은……." 다시 켜고 또 켰다.

"미쳤다는 건가요?" 카트리네가 조급하게 물었다.

"아뇨!" 이르야는 화가 난 듯 담배와 라이터를 던졌다.

카트리네는 스스로에게 욕을 했다. 아마추어처럼 유도신문을 한 것이다.

"다들 발렌틴이 미쳤다고 해요! 그 인간은 미치지 **않았어요**! 그냥 뭔가를……." 이르야는 창밖의 거리를 내다보았다. 그리고 목소리를 낮추었다. "그 인간은 공기 중에 뭔가를 퍼트리는 거 같았어요. 그래서 사람들이 무서워했어요."

"그 사람이 당신을 때렸나요?" 베아테가 물었다.

역시 유도신문이었다. 카트리네는 베아테에게 눈짓을 보내려고 했다.

"아뇨." 이르야가 말했다. "때리진 않았어요. 목을 졸랐어요. 자기 말에 반박하면요. 힘이 엄청 세서 그냥 한 손으로 내 목을 잡고 조를 수 있었어요. 세상이 빙빙 돌 때까지 졸랐어요. 그 손을 도저히 풀 수 없었어요."

카트리네는 이르야의 얼굴에 번지는 미소가 죽음에 대한 기분 나쁜 농담 같은 건가 생각했다. 이르야가 이렇게 덧붙이기 전에는.

"……이상한 건 그러고 있으면 흥분된다는 거예요. 몸이 훅 달아올라요."

카트리네는 자기도 모르게 인상을 찌푸렸다. 뇌에 산소가 부족할 때 그런 효과를 보는 사람이 있다고 어디서 읽은 적은 있지만 성폭행범한테?

"그러고 나서 관계를 가졌습니까?" 베아테는 이렇게 물으며 허리를 숙여 바닥에서 담배를 집었다. 불을 붙여서 이르야에게 건넸다. 이르야는 급히 담배를 받아 물고 몸을 앞으로 기울이며 아직 불이 제대로 붙지 않은 담배를 열심히 빨았다. 다시 연기를 내뱉고 의자에 기대는 모습이 마치 담뱃불로 구멍 난 봉지가 푹 꺼지는 것처럼 보였다.

"그 인간이 매번 섹스를 원한 건 아니었어요." 이르야가 말했다. "그러다 밖으로 뛰쳐나가면 나는 그냥 앉아서 그 사람이 어서 돌아오길 기다렸어요."

카트리네는 코웃음을 치거나 어떤 식으로든 경멸을 드러내지 않으려고 꾹 참아야 했다.

"그 사람이 밖에 나가서 뭘 했나요?"

"모르죠. 아무 말도 해주지 않았고, 나도…….." 다시 어깨를 으쓱했다. 어깨를 으쓱이는 모습이 인생을 대하는 태도 같다고 카트리네는 생각했다. 체념이 진통제인 양. "나도 굳이 알고 싶지 않았던 거 같아요."

베아테가 헛기침을 했다. "어린 여자애들이 죽은 날 밤에 그 사람 알리바이를 당신이 대줬잖아요. 마리달렌하고—."

"그래요, 네, 네." 이르야가 말을 잘랐다.

"경찰서에서 말한 거랑 달리 그 사람은 그날 집에 없었죠?"

"젠장, 기억나지 않아요. 전 그냥 시키는 대로 했어요."

"뭘 시켰죠?"

"발렌틴이 우리가 같이 있던 밤에, 그러니까…… 처음으로 같이 잔 날 그랬어요. 누가 강간당하면 경찰이 와서 물어볼 거라고요. 아무 증거도 없이 그저 자기가 용의자라는 이유만으로 물어보러 올 거라고요. 새로운 사건이 터질 때마다 자기한테 마땅한 알리바이가 없으면 자기한테 뒤집어씌우려고 그러는 거라고 그랬어요. 경찰이 원래 다른 사건으로 처벌을 피한 사람들을 그런 식으로 엮어서 집어넣는다고요. 그래서 경찰이 물어보는 시간이 언제든 그 인간이 집에 있었다고 말해야 했어요. 그래야 우리 둘 다 수고를 덜고 시간을 허비하지 않을 수 있다고 했거든요. 그때는 일리 있는 말 같았어요."

"그 사람이 모든 사건에서 죄가 없다고 진심으로 믿어요?" 카트리네가 물었다. "강간 전과가 있는 줄 알면서도."

"믿었어요!" 이르야가 빽 소리를 질렀다. 거실에서 낮게 신음소리가 울렸다. "난 아무것도 몰랐어요!"

카트리네가 더 추궁하려는데 식탁 아래에서 베아테가 무릎을 잡았다.

"이르야." 베아테가 조용히 말했다. "아무것도 몰랐다면서 지금은 왜 우리한테 말해주려는 거예요?"

이르야는 베아테를 바라보며 백태 낀 허연 혀끝에서 보이지 않는 담뱃가루를 떼어냈다. 잠시 고민하고는 마음을 정한 듯 입을 열었다.

"그 인간, 유죄 판결을 받았어요. 맞죠? 강간 미수로. 그 인간이 살던 방을 다른 사람한테 세놓기 전에 청소하다가 찾은 게 있는데, 그게…… 그게……." 별안간 예고도 없이 이르야의 목소리가 벽에 부딪혀 더 나아가지 못하는 것 같았다. "그게……." 핏발 선 커다란 눈에 눈물이 고였다.

"사진이었어요."

"무슨 사진요?"

이르야가 훌쩍였다. "여자들. 어린 여자애들. 어린애들. 뭔가로 입을 묶고……."

"재갈?"

"재갈요, 네. 아이들이 의자나 침대에 앉아 있었어요. 시트에 피가 보이고."

"그리고 발렌틴이." 베아테가 말했다. "그 사진 속에 있군요?"

이르야가 고개를 저었다.

"그럼 조작된 사진일 수도 있잖아요." 카트리네가 말했다. "인터넷에는 '강간 사진'이라고, 그쪽으로 관심 있는 사람들을 위해 그쪽 전문가들이 조작한 사진이 떠돌아요."

이르야는 다시 고개를 저었다. "애들이 너무 무서워하는 것 같

있어요. 그 애들 눈에서 보였어요. 발렌틴이…… 하려던…… 원하던…… 때의 그 공포였어요."

"카트리네 말은, 그 사진을 찍은 사람이 발렌틴이 아닐 수도 있다는 거예요."

"신발." 이르야가 훌쩍였다.

"네?"

"발렌틴은 길고 앞코가 뾰족한 카우보이 부츠를 신었거든요. 옆에 버클이 달린. 사진 속 침대 옆 바닥에 그 신발이 있었어요. 그래서 합성이 아닌 걸 알았어요. 그 인간이 정말로 사람들 말처럼 강간을 저질렀을 수도 있어요. 그런데 최악은 그게 아니었어요……."

"아니라면?"

"침대 뒤에 벽지가 보였어요. 그 벽지가 같은 문양이었어요. 우리 집 지하 방에서 찍은 사진이 맞아요. 그 사람이랑 내가 같이 있던 그 침대에서……." 이르야는 눈을 감아 눈물 두 방울을 짜냈다.

"그래서 어떻게 했어요?" 카트리네가 물었다.

"어떻게 했겠어요?" 이르야는 화가 나서 씩씩거리며 팔뚝으로 콧물을 닦았다. "당신들한테 갔잖아요! 날 보호해줘야 할 사람들한테."

"그래서 **우리가** 뭐라던가요?" 카트리네가 싫은 내색을 감추지 못하고 물었다.

"**당신들**이 그 문제를 조사하겠다고 했죠. 당신들이 그 사진을 들고 발렌틴에게 갔지만 당연히 그 인간은 둘러대고 빠져나갔죠. 그냥 놀이였고, 전혀 강압적인 게 아니었고, 그 애들 이름도 기억나지 않고, 그 뒤로 그 애들을 본 적도 없다면서, 누가 자기를 신고했느냐고 물었대요. 그 애들이 직접 신고한 게 아니니까, 거기서 조사가 중단됐고요. 당신들한테는 거기서 끝났겠죠. 나한테는 그게 시작이었고……."

이르야는 앙상한 검지로 양쪽 눈 밑을 조심스럽게 만졌다. 자기가 화장을 한 줄 알고 화장이 번졌을까 봐 신경 쓰는 듯했다.

"네?"

"일라에서는 일주일에 한 번 전화 통화를 허락했어요. 그 사람이 나를 만나고 싶어한다는 메시지가 왔어요. 그래서 면회하러 갔죠."

나머지는 더 들을 것도 없었다.

"접견실에서 그 인간을 기다렸어요. 그 인간이 들어와서는 그냥 날 쳐다보더군요. 그 인간의 손이 다시 내 목을 감싸 쥔 것만 같았어요. 숨이 쉬어지지 않았어요. 그 인간이 앉더니 알리바이에 관해 누구한테든 한마디라도 하면 날 죽여버리겠다고 했어요. 무슨 일로든 경찰을 만나기만 해도 죽이겠다고 했어요. 그리고 자기가 감방에서 오래 살 거라고 생각한다면 오산이라고 했어요. 그러고는 다시 들어가버렸어요. 그래서 그런 확신이 들더군요. 내가 아는 걸 알고 있는 한 그 인간은 무슨 수를 써서라도 날 죽일 거라는 확신요. 그길로 당장 집으로 돌아가 문이란 문을 다 잠가놓고 사흘간 벌벌 떨면서 울었어요. 넷째 날 친구 하나가 전화해서 돈을 빌려달라고 했어요. 걔가 잘 그랬거든요. 새로 나온, 헤로인이랑 비슷한 약에 중독된 애였어요. 나중에 바이올린이라고 부르게 된 약요. 다른 때는 그냥 전화를 끊어버렸는데 그날은 안 그랬어요. 이튿날 걔가 우리 집에 와서 내가 평생 바라던 걸 처음 놔줬어요. 세상에, 어찌나 위안이 되던지. 바이올린…… 모든 일이 다 풀리고…… 다……."

카트리네는 여자의 몽롱한 눈에서 옛사랑이 반짝이는 걸 보았다.

"그러다 당신도 중독됐군요." 베아테가 말했다. "그 집을 판 것도……."

"돈 때문만은 아니었어요." 이르야가 말했다. "도망쳐야 했어요. 그 사람에게서 숨어야 했어요. 내가 있는 곳으로 이끌어주는 걸 싹 잘라내야 했어요."

"그래서 신용카드도 끊고 당국에 신고하지도 않고 이사했군요." 카트리네가 말했다. "사회보장연금도 받지 않고."

"당연하죠."

"발렌틴이 죽은 뒤에도."

이르야는 대답하지 않았다. 눈도 깜빡이지 않았다. 미동도 없이 앉아 있었고, 그사이 니코틴에 찌들어 누래진 손가락 사이의 다 타버린 꽁초에서 연기가 돌돌 말려 올라갔다. 헤드라이트 불빛에 들어온 연약한 짐승 같았다.

"그 소식 듣고 마음이 놓였겠네요?" 베아테가 조심스럽게 물었다.

이르야는 인형처럼 기계적으로 고개를 끄덕였다.

"그 사람은 죽지 않았어요."

카트리네는 진심으로 하는 말인 걸 바로 알아들었다. 이르야가 발렌틴에 관해 처음 한 말이 뭐였더라? '당신들은 발렌틴을 몰라요. 그 인간은 달라요.' 달랐다가 아니다. 다르다.

"내가 왜 당신들한테 이 얘기를 해주는 거 같아요?" 이르야가 담배를 식탁에 그냥 비벼 껐다. "그 인간이 가까이 오고 있어요. 매일 조금씩 더 가까이, 그게 느껴져요. 어느 날 아침에 눈을 뜨면 그 인간의 손이 내 목을 죄는 느낌이 들어요."

카트리네는 그런 게 피해망상이고, 그런 증상은 헤로인과 떼어놓을 수 없는 친구라고 말해주고 싶었다. 그러다 문득 자신이 없어졌다. 이르야의 목소리가 속삭이듯 낮게 깔리고 두 눈이 어두운 구석을 떠돌 때 카트리네에게도 느껴졌다. 이르야의 목을 감싼 손의 압박이.

"그 인간을 찾아줘요. 제발. 그 인간이 날 찾기 전에."

안톤 미테트는 손목시계를 보았다. 6시 반. 안톤은 하품을 했다. 모나가 의사와 함께 그 환자를 살펴보러 몇 번 다녀갔다. 그러고는 아무 일도 없었다. 그 자리에 가만히 앉아 있으면 생각할 시간이 많았다. 많아도 너무 많았다. 시간이 한참 흐르면 생각이 부정적으로 흘러갔다. 손써볼 수 있는 문제라면 부정적인 생각도 괜찮았을 것이다. 하지만 드람멘 사건이나 사건 현장 아래 숲에서 찾아낸 경찰봉을 신고하지 않기로 한 결정 같은 문제는 엎질러진 물이었다. 시간을 되돌려 레우라에게 한 말을 주워 담고 행동을 철회할 수는 없었다. 레우라에게 상처 주던 때를 돌이킬 수 없었다. 그리고 모나와의 첫 밤도 취소할 수 없었다. 두 번째 밤도.

안톤은 움찔했다. 저게 뭐지? 복도 끝에서 무슨 소리가 들리는 것 같았다. 가만히 들어보았다. 다시 조용해졌다. 분명 무슨 소리가 났다. 규칙적으로 삑삑거리는 심장 모니터 소리 외에는 아무 소리도 나면 **안 되었다.**

안톤은 가만히 일어나 총집에 채워둔 끈을 풀고 총을 꺼냈다. 그리고 안전장치를 풀었다. '저 사람을 계속 철저히 지켜봐, 안톤.'

기다려봤지만 아무도 오지 않았다. 복도를 따라 천천히 걸어갔다. 도중에 있는 문들을 일일이 흔들어봤지만 전부 굳게 잠겨 있었다. 마땅히 그래야 했다. 모퉁이를 돌자 복도가 길게 뻗어 있었다. 복도 끝까지 불이 켜져 있었다. 역시 아무도 없었다. 안톤은 다시 가만히 서서 귀를 기울였다. 아무 소리도 들리지 않았다. 애초에 아무 소리도 나지 않았을 수도 있다. 안톤은 총을 다시 총집에 넣었다.

아무 소리도 없었나? 아니, 분명 들었는데. 뭔가가 파장을 일으켰고, 그 파장이 귓속의 예민한 고막에 닿아 반응을 일으켰고, 그 반응을 신경이 받아서 뇌에 신호를 보내기에 충분한 정도의 소음이 분명 들렸다. 거의 사실에 가까웠다. 하지만 그런 반응을 일으킨 원인은 수천 가지일 수 있었다. 쥐이거나. 전구가 터졌거나. 밤에 기온이 떨어져 건물 목재가 수축했거나. 새가 창문으로 날아들었거나.

이제야, 조금 진정이 돼서야 안톤은 맥박이 얼마나 빨리 뛰었는지 자각했다. 다시 운동을 시작해야 했다. 건강을 지키기 위해. 원래 **그**의 몸으로 돌아가야 했다.

안톤은 병실 앞으로 돌아가려다가 여기까지 온 김에 커피나 한 잔 뽑자고 생각했다. 빨간 머신으로 가서 알루미늄포일 덮개에 '포르티시오 룽고'라고 찍힌, 딱 하나 남은 초록색 캡슐을 집었다. 불현듯 누가 몰래 커피를 슬쩍하다가 낸 소리일 수도 있겠다는 생각이 스쳤다. 어제만 해도 캡슐이 많지 않았나? 안톤은 캡슐을 머신에 넣으면서 얼핏 구멍이 뚫린 걸 본 것 같았다. 사용한 캡슐인가? 아니, 그럴 리가. 커피를 짜냈다면 덮개에 체스 모양이 생겼을 것이다. 안톤은 스위치를 눌렀다. 윙 소리가 났다. 문득 20초 동안 머신의 소리가 다른 모든 소리를 삼켜버리겠다는 생각이 들었다. 안톤은 소음의 한복판에서 떨어지기 위해 두 걸음 뒤로 물러났다.

컵이 가득 차자 안톤은 커피를 살펴보았다. 검은색이고 농도도 알맞았다. 사용한 캡슐이 아니었다.

마지막 한 방울이 컵에 떨어질 때 또 무슨 소리를 들은 것 같았다. 소음. 같은 소음. 이번에는 그 소리가 반대편에서 났다. 환자의 방 쪽으로 향하는 소리. 아까 이리로 오다가 놓친 게 있었나? 안톤은 컵을 왼손에 바꿔 들고 다시 총을 꺼냈다. 크고 일정한 보폭으로 되짚어갔다. 컵을 보지도 않고 균형을 잡으려 했고, 뜨거운 커피에 손이 델 것 같았다. 모퉁이를 돌았다. 아무도 없었다. 숨을 내쉬었다. 병실 앞 의자로 갔다. 앉으려는 순간이었다. 몸이 얼어붙었다. 환자의 병실로 가서 문을 열었다.

환자가 보이지 않았다. 이불이 덮여 있었다.

하지만 심장 모니터의 초음파 신호가 평소처럼 일정했고, 초록색 화면 위에 선이 왼쪽에서 오른쪽으로 흐르면서 삐 소리가 날 때마다 올라가는 게 보였다.

안톤은 문을 닫으려 했다.

그러다 뭔가로 인해 생각을 바꿨다.

안으로 들어가 문을 열어둔 채 병상 주위를 한 바퀴 빙 돌았다.

환자를 보았다.

그 사람이었다.

안톤은 얼굴을 찡그렸다. 환자의 입 가까이 몸을 숙였다. 호흡이 있나?

있었다. 공기의 움직임과 약에서 나는 것 같은 메스껍고 들큼한 냄새가 있었다.

안톤 미테트는 다시 복도로 나갔다. 그리고 문을 닫았다. 손목시계를 보았다. 커피를 마셨다. 다시 시계를 보았다. 몇 분이 흘렀는지 자꾸만 확인하는 걸 알았다. 이 시간이 빨리 지나가기를 바라는 것도 알았다.

✖✖✖

"그 사람이 만나준다고 동의했다니 다행이네요." 카트리네가 말했다.

"동의요?" 교도관이 말했다. "여기 남자들은 여자랑 단둘이 몇 분만 있게 해준다면 손모가지라도 내놓을 거예요. 리코 헤렘은 잠재적 강간범이에요. 진짜 같이 들어가지 않아도 괜찮으시겠어요?"

"알아서 할게요."

"전에 치과의사도 그렇게 말했어요. 그런데, 아니다. 그나마 경관님은 바지를 입고 계시니까."

"바지요?"

"그 의사선생은 스커트랑 나일론 스타킹을 신었거든요. 교도관을 대동하지 않고 발렌틴을 치과의자에 앉혔어요. 그다음은 상상에 맡길……."

카트리네는 상상해보았다.

"그렇게 입은 대가를…… 자, 다 왔습니다!" 교도관은 열쇠로 감방 문을 열었다. "이 앞에 있을게요. 필요한 게 있으면 부르세요."

"고마워요." 카트리네는 안으로 들어갔다.

벌건 두피의 남자가 책상 앞에서 의자를 빙빙 돌리면서 앉아 있었다.

"이렇게 누추한 곳까지 와주시다니 환영합니다."

"고마워요." 카트리네가 말했다.

"여기요." 리코 헤렘은 일어나서 의자를 카트리네에게 끌어다주고 깔끔하게 정리된 침대로 가서 앉았다. 적당한 거리. 카트리네는 앉으면서 의자에 남은 그의 체온을 느꼈다. 리코는 침대에서 뒤로 더 물러나 앉았고, 카트리네는 의자를 더 가까이 끌어당겼다. 리코는 사실 여자를 무서워하는 부류 같았다. 그래서 여자들을 강간하지 않고 지켜본 건가. 여자들에게 자기를 노출하면서. 그는 여자들에게 전화해 자신이 무슨 짓을 하고 싶은지 늘어놓았지만, 감히 실행에 옮기지는 못했다. 리코 헤렘의 전과는 무섭다기보다 불쾌했다.

"그날 나한테 발렌틴은 죽지 않았다고 소리쳤죠." 카트리네가 몸을 앞으로 내밀며 말했다. 리코는 몸을 움츠리며 더 물러났다. 방어적인 몸짓을 보이면서도 얼굴의 미소는 변함이 없었다. 무례하고 증오에 찬 미소. 음란한 미소. "무슨 뜻이었어요?"

"무슨 뜻이라뇨, 카트리네?" 리코가 콧소리로 되물었다. "그자가 살아 있다는 뜻이죠."

"발렌틴 예르트센은 교도소에서 죽은 채로 발견됐잖아요. 바로 여기서."

"다들 그런 줄 알아요. 밖에 있는 저 친구가 그 얘기 해주던가요? 그놈이 치과의사한테 무슨 짓 했는지?"

"스커트랑 나일론 얘기. 그 얘기가 당신 상상에 불을 지피나 보군요."

"발렌틴의 상상에 불을 지피죠. 말 그대로. 그 여자는 일주일에 두 번 여기 왔어요. 그런 날은 이가 아프다는 작자들이 많았죠. 발렌틴이 치과 드릴로 그 여자를 위협해 스타킹을 벗어 머리에 쓰게 했어요. 그리고 치과의자에서 강간했죠. 그런데 나중에 그러더군요. '그년이 도살당한 짐승처럼 그냥 누워 있더라고.' 그 여자는 문제가 생기면 어떻게 대처해야 하는지에 관해 잘못된 지침을 받은 것 같았어요. 발렌틴이 라이터를 꺼내서, 네, 스타킹에 불을 붙였어요. 나일론이 어떻게 녹는지 본 적 있어요? 여자가 발광했어요. 말도 마요. 비명을 지르고 몸부림을 치고. 예? 스타킹에 얼굴이 구워져서 난 탄내가 몇 주나 벽에 배어 있었다니까요. 그 여자가 어떻게 됐는지는 몰라도 다시는 강간당할까 봐 겁먹을 일은 없을 거예요."

카트리네가 리코를 보았다. 매 맞은 개의 꼴이었다. 하도 맞아서 자동방어로 히죽거리는 얼굴.

"발렌틴이 죽지 않았다면 어디 있다는 겁니까?" 카트리네가 물었다.

히죽거리는 미소가 더 커졌다. 리코는 이불을 무릎 위로 끌어당겼다.

"지금 내가 여기서 시간낭비하는 건 아닌지 말해줘요, 리코." 카트리네가 한숨을 쉬었다. "정신병원에 오래 있어봐서 미친 사람이라면 지긋지긋하니까."

"이런 정보를 공짜로 줄 거 같아요, 경관님?"

"특별수사관이에요. 원하는 게 뭐죠? 감형?"

"난 어차피 다음 주에 나가요. 5만 크로네만 줘요."

카트리네는 갑자기 요란하게 웃음을 터트렸다. 최대한 요란하게. 리코의 눈빛에 분노가 스쳤다.

"그렇다면 내가 해줄 일이 없군요." 카트리네는 일어섰다.

"3만." 리코가 말했다. "난 한 푼도 없어요. 여기서 나가서 멀리 가려면 비행기표를 사야 돼요."

카트리네는 고개를 저었다. "정보원에게 돈을 주는 건 사건을 완전히 뒤집는 정보를 얻을 때뿐이에요. **대형** 사건에서."

"이게 그거라면?"

"그럼 내 상사하고 상의해야 돼요. 그런데 나한테 말할 게 있다고 한 거 같은데. 있지도 않은 걸로 흥정하러 온 게 아니에요." 카트리네는 문으로 걸어가 손을 들어 노크했다.

"잠깐." 벌건 두피가 말했다. 목소리가 가늘어지고 이불을 턱까지 끌어올렸다. "해줄 말이 있는데……."

"난 당신한테 줄 게 없다고 했을 텐데요." 카트리네가 문에 노크했다.

"이게 뭔지 알아요?" 리코가 구릿빛 도구를 들고 있었고, 카트리네는 가슴이 철렁했다. 순간 총인 줄 알았지만 가만 보니 끝에 바늘 달린 문신 도구였다.

"난 감방에서 문신을 새겨요." 리코가 말했다. "실력이 꽤 괜찮아요. 여기서 발견된 시체가 발렌틴인 걸 어떻게 확인했는지 알아요?"

카트리네는 리코를 물끄러미 쳐다보았다. 증오에 찬 작은 눈. 얇고 축축한 입술. 숱 없는 머리카락 속에 벌건 두피. 문신. 악마 얼굴.

"그래도 당신한테 줄 게 없어요, 리코."

"그럼 혹시……." 리코가 얼굴을 찌푸렸다.

"네?"

"블라우스 단추라도 풀어줄 수 있는지……."

카트리네는 황당한 얼굴로 쳐다보았다. "이거요……?"

카트리네는 두 손으로 자기 가슴을 받쳤다. 그러자 침대에 앉은 남자에게서 발산되는 열기가 느껴지는 것 같았다.

밖에서 열쇠가 자물쇠에 꽂히며 찰랑이는 소리가 들렸다.

"교도관님." 카트리네는 계속 리코 헤렘과 눈을 마주치며 큰 소리로 말했다. "2분만요."

찰랑이는 소리가 멈추고 뭐라고 웅얼거리는 소리가 들리고는 발소리가 멀어졌다.

리코의 목울대는 피부 속에 갇힌 작은 외계인이 오르내리며 밖으로 빠져나오려는 것처럼 보였다.

"계속 말해봐요." 카트리네가 말했다.

"그전에……."

"이렇게 합시다. 블라우스 단추는 풀지 않아요. 다만 내가 한쪽 젖꼭지를 꼬집어 모양을 볼 수 있게 해줄게요. 당신이 내놓는 정보가 좋으면……."

"좋은 거예요!"

"당신이 꿈쩍이라도 하면 다 끝이고. 알았어요?"

"알았어요."

"좋아요. 어디 들어보죠."

"내가 그자 가슴에 악마 얼굴을 새겼어요."

"여기서? 교도소에서?"

리코는 이불 속에서 종이를 꺼냈다.

카트리네가 그에게 다가갔다.

"멈춰요!"

카트리네는 멈췄다. 리코를 보았다. 오른손을 들었다. 얇은 브래지어 속으로 유두를 더듬었다. 엄지와 검지로 잡았다. 꽉 꼬집었다. 고통을 무시하지 않고 반겼다. 등을 젖혔다. 피가 유두로 쏠리고, 유두가 단단해졌다. 리코가 보게 해주었다. 그의 호흡이 가빠졌다.

리코는 카트리네에게 종이를 내밀었다. 카트리네는 앞으로 다가가 종이를 잡아챘다. 그리고 의자에 앉았다.

도안이었다. 교도관한테 들은 설명으로 그 그림을 단박에 알아보았다. 악마 얼굴. 양 볼과 이마에 고리가 달린 듯 옆으로 잡아당겨진 얼굴. 고통으로 비명을 지르고, 풀려나려고 비명을 지르는 형상.

"그자가 죽기 오래전에 새긴 문신인 줄 알았는데." 카트리네가 말했다.

"딱히 그런 건 아닐걸요."

"무슨 뜻이에요?" 카트리네가 그림의 선을 살폈다.

"죽고 나서 새겼다는 말이에요."

카트리네가 고개를 들었다. 리코의 두 눈은 아직 블라우스에 꽂혀 있었다. "발렌틴이 죽은 **뒤에** 문신을 새겼다고요? 그 말인가요?"

"귀 먹었어요, 카트리네? 발렌틴은 죽지 않았다니까."

"그럼…… 누구?"

"단추 두 개."

"네?"

"단추 두 개 풀어요."

카트리네는 세 개를 풀었다. 그리고 블라우스를 옆으로 내려 아직 딱딱한 유두가 도드라진 브래지어를 보여주었다.

"유다스." 리코가 속삭이듯 말했다. 거친 목소리로. "유다스한테 문신을 새겼어요. 발렌틴이 유다스를 사흘간 여행가방에 넣어뒀고요. 가방은 잠겨 있었어요. 아시겠어요!"

"유다스 요한센?"

"다들 그 녀석이 탈옥한 줄 알지만 발렌틴이 죽여서 여행가방에 숨겨둔 거예요. 누가 여행가방에서 사람을 찾겠어요, 네? 발렌틴이 얼마나 때렸는지 나도 정말 그게 유다스인지 의심될 정도였어요.

다진 고깃덩이로 만들어놨으니. 누군지 어떻게 알아요. 그나마 한 덩어리로 온전히 남은 가슴 부위에 내가 문신을 새겼고."

"유다스 요한센. 그럼 여기서 발견된 시체가 그 사람이었군요."

"이제 다 얘기했으니 나도 죽은 목숨이에요."

"그런데 발렌틴은 왜 유다스를 죽였을까요?"

"발렌틴은 여기서도 미움받던 인간이었어요. 열 살도 안 된 어린 여자애들을 성추행한 작자였으니까. 그러다 치과의사 사건이 터진 거예요. 여기 그 여자를 좋아하는 사람이 꽤 있었거든요. 교도관들도 그랬고. 발렌틴이 험한 꼴 당하는 건 시간문제였어요. 과다복용이든 자살이든 꾸며서. 그래서 발렌틴이 먼저 손을 쓴 거예요."

"그냥 도망치면 되잖아요."

"그럼 다시 찾으려고 했겠죠. 죽은 것처럼 보여야 했어요."

"그럼 발렌틴의 친구였다던 유다스는……."

"쓸모가 있었어요. 발렌틴은 우리 같은 사람들하고는 달라요, 카트리네."

카트리네는 '우리'라고 싸잡는 표현을 못 들은 척했다. "왜 이런 얘기를 나한테 해주는 거죠? 당신 역시 그가 시키는 대로 따른 종범인데."

"난 죽은 사람한테 문신을 새겼을 뿐이에요. 그리고 당신이 꼭 발렌틴을 잡아야 돼요."

"왜죠?"

벌건 두피가 눈을 감았다. "요새 꿈을 자주 꿔요. 놈이 와요. 산 사람들하고 같이 살려고 와요. 그러려면 과거부터 지워야겠죠. 놈의 앞길을 방해하는 자들은 모두. 아는 사람은 다. 나도 그중 하나예요. 난 다음 주면 출소해요. 놈을 꼭 잡아야 돼요……."

"……그자가 당신을 잡기 전에." 카트리네가 그의 말을 받고는 앞에 앉은 남자를 보지 않은 채 뚫어져라 앞을 보았다. 리코가 죽은 지 사흘 된 시체에 문신을 새긴 곳을 무대로 설정한 장면은 이제 다 끝난 것 같았다. 카트리네는 불안한 마음에 아무것도 알아채지 못했다. 아무것도 듣지도 보지도 못했다. 그러다 목덜미에 작은 물방울이 튀는 게 느껴졌다. 리코의 낮은 신음소리를 듣고 아래를 보았다. 그리고 의자에서 벌떡 일어났다. 휘청거리며 문으로 갔다. 욕지기가 올라왔다.

안톤 미테트는 잠에서 깼다.

심장이 거칠게 뛰었다. 안톤은 헉 하고 숨을 들이마셨다.

잠시 어리둥절해서 눈만 껌뻑거리다 정신을 차렸다.

앞에 흰 벽이 보였다. 의자에 앉아 머리를 뒷벽에 기댄 채였다. 깜빡 잠이 든 것이다. 근무 중에 잠들다니.

한 번도 없었던 일이다. 안톤은 왼손을 들었다. 20킬로그램은 나가는 것처럼 무거웠다. 그런데 왜 이렇게 하프마라톤이라도 뛴 것처럼 심장이 벌렁거리지?

안톤은 손목시계를 보았다. 11시 15분. 한 시간 넘게 잠든 것이다! 어떻게 이런 일이 생길 수 있지? 심장박동이 서서히 가라앉았다. 지난 몇 주 동안 스트레스가 심했었나 보다. 교대근무, 일상의 리듬이 깨졌다. 레우라와 모나.

그런데 왜 잠이 깼지? 또 무슨 소리가 났나?

안톤은 가만히 들어보았다.

아무 소리도 들리지 않았다. 규칙적인 진동과 함께 정적만 흘렀다. 꿈결처럼 몽롱한 기억 속에 뇌에서 불안한 무언가를 입력했다.

드람멘 강변에 있는 집에서 잘 때 같았다. 보트의 요란한 엔진 소리가 열린 창밖으로 지나가는 걸 알면서도 뇌가 아무것도 입력하지 않는 것처럼. 반면에 방문이 조금만 삐걱거려도 벌떡 일어났다. 레우라 말로는 강가에서 르네 칼스네스라는 청년이 발견된 드람멘 사건 이후로 생긴 습관이라고 했다.

안톤은 눈을 감았다. 다시 크게 떴다. 젠장, 또 잠들었잖아! 일어섰다. 머리가 어지러워서 다시 주저앉았다. 눈을 깜박거렸다. 뿌연 안개 속에 감각이 둔해졌다.

안톤은 의자 옆에 내려놓은 빈 커피잔을 보았다. 가서 더블 에스프레소라도 뽑아 마셔야 했다. 아, 맞다, 캡슐이 다 떨어졌지. 모나에게 전화해서 커피를 가져다 달라고 부탁해야 했다. 모나가 다시 병실에 올 때까지 얼마 남지 않았다. 안톤은 휴대전화를 들었다. 모나의 이름은 '국립병원 담당자 감렘'으로 저장되어 있었다. 레우라가 혹시라도 통화 목록을 보고 이 번호로 자주 전화한 기록을 발견할까 봐 마련한 예비책이었다. 물론 문자는 바로바로 삭제했다. 전화를 거는 순간 안톤 미테트의 뇌가 그것을 알아챘다.

잘못된 소리. 병실 문이 삐걱거리는 소리.

정적이 흘렀다.

원래 없던 소리가 났으니 뭔가가 잘못됐다.

초음파 소리. 심장 모니터.

안톤은 겨우 몸을 일으켰다. 휘청거리며 병실 안으로 들어갔다. 눈을 깜빡이며 뿌연 안개를 걷어내려 했다. 심장 모니터의 은은한 초록색 창을 보았다. 사망 상태를 나타내는 직선이 화면을 가로질렀다.

안톤은 병상으로 뛰어갔다. 거기 누워 있는 창백한 얼굴을 보왔다.

복도에서 뛰어오는 발소리가 들렸다. 심장 모니터로 심장박동이 입력되지 않자 당직실에 경보가 울린 것이다. 안톤은 본능적으로 환자의 이마에 손을 댔다. 아직 온기가 남아 있었다. 하지만 시신을 많이 본 터라 확실히 알았다. 환자는 사망했다.

PART 3

11

그 환자의 장례식은 조문객도 얼마 없이 약식으로 치러졌다. 신부는 관 속에 누워 있는 사람이 살면서 사랑을 많이 받았다거나 타의 모범이 되었다거나 천국에 들어갈 자격을 갖추었다고 말하려고 애쓰지 않았다. 그래서 그 환자는 곧장 예수님께 직행했다. 여전히 모든 죄인에게 안식을 베풀어주시는 분에게로.

관을 옮기는 일에 자원한 사람도 모자라서 관이 제단 앞에 그대로 놓여 있었다. 조문객들이 하나둘씩 베스트레 아케르 성당을 빠져나가 눈 내린 앞마당으로 나갔다. 그곳에 모인 사람들은 거의 다 경찰이었다. 정확히 말하면 네 명이고 모두 함께 차를 타고 유스티센 카페로 향했다. 이제 막 문을 연 카페 안에 심리학자가 기다리고 있었다. 그들은 발을 굴러 눈을 털어내고 맥주 한 병과 오슬로의 수돗물보다 깨끗지도 맛있지도 않은 물 네 병을 주문했다. 그들은 스콜*을 외치고 관습대로 죽은 자를 저주하는 말을 내뱉고 술을 마셨다.

* 건배.

164

"너무 일찍 갔어." 강력반 책임자 군나르 하겐이 말했다.

"조금 일찍 간 거죠." 과학수사과의 베아테 뢴이 말했다.

"영원히 뜨거운 불구덩이에서 타기를." 스웨이드 재킷을 입고 앞머리를 내린 빨강머리 과학수사관 비에른 홀름이 말했다.

"심리학자로서 여러분을 감정을 느끼지 못하는 사람들로 진단합니다." 스톨레 에우네가 맥주 잔을 들었다.

"고맙지만 박사님, **경찰**이라고 진단하셔야죠." 군나르가 말했다.

"부검 말인데요." 카트리네가 말했다. "이해가 안 가서요."

"뇌경색으로 사망했어요." 베아테가 말했다. "뇌졸중요. 그런 경우가 있어요."

"혼수상태에서 깨어났다면서요." 비에른 홀름이 말했다.

"우리도 언제든 당할 수 있어요." 베아테가 건조하게 말했다.

"고마운 말씀이군." 군나르가 웃었다. "이제 죽은 사람하고는 볼일 없으니 우린 계속 앞으로 나아가야지."

"외상에서 빨리 벗어나는 능력은 지능이 낮음을 나타내는 지표죠." 스톨레가 술을 들이켰다. "덤으로 알려드리는 겁니다."

군나르가 심리학자를 잠깐 보고는 말을 이었다. "경찰청이 아니라 여기서 모이는 게 좋겠다 싶었어요."

"좋아요. 그런데 우린 여기 왜 온 거예요?" 비에른 홀름이 물었다.

"경찰 살인사건으로 얘기 좀 나누려고." 군나르가 돌아보았다. "카트리네?"

카트리네 브라트가 고개를 끄덕이고 헛기침했다.

"스톨레 박사님도 그간의 상황을 아실 수 있게 짧게 정리해볼게요. 경찰 두 명이 살해당했어요. 둘 다 미제 살인사건 현장에서. 또 둘 다 해당 미제사건 수사에 가담한 사람들이고요. 경찰 살인사건에 관해서는 아직 단서도 없고 용의자도 없고 살해 동기를 짐작할 만한 실마리도 없어요. 원래 미제사건에는 성적 동기가 있었던 것으로 보이고요. 단서가 조금 있기는 해도 용의자를 지목하지 못했어요. 몇 명 불러서 조사하긴 했지만 알리바이가 있거나 범인 프로파일과 맞지 않는다는 이유로 모두 용의선상에서 제외됐어요. 그런데 그중 한 명을 다시 조사해봤는데……."

카트리네는 가방에서 뭔가를 꺼내서 모두가 볼 수 있게 테이블에 놓았다. 남자가 맨 가슴을 드러낸 사진이었다. 날짜와 숫자로 보아 범인 식별용 얼굴 사진이었다.

"이 사람은 발렌틴 예르트센이에요. 성범죄자예요. 남자, 여자, 아이들. 첫 번째 범죄는 열여섯 살일 때 아홉 살짜리 여자아이를 배로 유인해서 성추행한 사건이에요. 그다음 해에 이웃 여자가 세탁실에서 자기를 강간하려 했다고 신고했고요."

"그자가 마리달렌이랑 트리반 사건하고는 어떻게 연결되는데요?" 비에른 홀름이 물었다.

"우선은 범인 프로파일과 맞아떨어지고 사건 발생 시간에 알리바이를 증언한 여자가 거짓말이라고 밝혔어요. 그자가 시켜서 그랬다고요."

"발렌틴이 경찰이 자기한테 누명을 씌우려 한다고 그 여자를 설득한 겁니다." 베아테 뢴이 말했다.

"아하." 군나르가 말했다. "그럼 경찰을 미워할 이유가 생기는군. 어떻게 생각해요, 박사님? 가능한가요?"

스톨레는 입술로 쩝 소리를 냈다. "가능하고말고요. 인간 정신에 관해 제가 고수하는 제1의 원칙이 있어요. 상상할 수 있는 모든 일이 전적으로 가능하다는 겁니다. 게다가 상상할 수 없는 일도 엄청

나게 일어나죠."

"발렌틴 예르트센은 미성년자 성폭행으로 복역하던 중에 일라 교도소에서 여자 치과의사를 강간하고 얼굴을 망가뜨렸어요. 교도소 안에서 보복당할 거라고 예상하고 탈옥을 결심했고요. 일라는 탈옥이 불가능한 곳은 아니거든요. 다만 발렌틴은 이후에 누구도 자기를 쫓지 못하게 아예 죽은 걸로 해놓고 싶었던 겁니다. 감방에서 유다스 요한센이란 자를 형체를 알아보지 못할 정도로 짓뭉개서 죽여놓고 일단 시신을 숨겼어요. 점호 시간에 유다스가 나타나지 않아서 실종으로 처리됐고요. 나중에 같은 감방의 문신 기술자를 협박해서 유다스의 몸에서 폭행으로 훼손되지 않은 유일한 부위인 가슴에 자신의 악마 얼굴 문신을 똑같이 새기게 했어요. 그러고는 문신 기술자에게 어디 가서 입만 뻥긋해도 그는 물론 그의 가족까지 제 명에 죽지 못하고 고통스럽게 죽게 될 거라고 협박했죠. 그리고 유다스 요한센의 시신에 자기 옷을 입힌 다음 감방 바닥에 눕혀놓고 문을 살짝 열어둔 채로 탈옥했어요. 이튿날 아침에 남자의 시신이 나오자 다들 발렌틴인 줄 알았고, 또 아무도 놀라지 않았어요. 감방에서 가장 미움받던 수감자가 살해당하는 건 어느 정도 예상된 거니까요. 지문 확인도 하지 않고 DNA 검사는 더더욱 고려하지 않은 것도 당연해요."

테이블 주위로 침묵이 흘렀다. 카페에 다른 손님이 들어와 옆 테이블에 앉으려다가 군나르가 노려보자 멀리 떨어져 앉았다.

"그러니까 지금 발렌틴이 탈옥해서 버젓이 돌아다닌다는 말이군요." 베아테 뢴이 말했다. "그자가 과거의 미제 살인사건과 경찰 살인사건을 저질렀을 가능성이 있다, 경찰 살인사건의 동기는 경찰 전체에 대한 복수다, 또 그자는 과거 미제사건 현장을 이용해 경찰을 살해한 거다. 이런 말이고요. 그런데 정확히 무슨 목적으로 복수하는 걸까요? 경찰이 제 역할을 다해서? 그렇다면 우리 중에 살아남을 사람이 누가 있겠어요?"

"놈이 경찰이라고 아무나 노린 것 같지는 않아요." 카트리네가 말했다. "교도관 말로는, 어떤 경찰이 일라를 찾아갔대요. 수감자들에게 마리달렌과 트리반의 소녀들 살인사건에 관해 물었고요. 살인사건에 관해 물으면서 흘리는 정보가 더 많았대요. 발렌틴을 지목해서……." 카트리네는 긴장했다. "아동 성폭행범이라고."

모두가, 베아테 뢴마저 움찔했다. 이상하게도 사건 현장 사진보다 그 말 한마디가 더 강력해 보였다.

"그걸로 당장 사형 선고를 받지는 않아도 결과는 별반 다를 게 없어요."

"그럼 그 경찰은?"

"제가 만난 교도관도 그 경찰 이름을 기억하지 못했고, 어디에도 이름이 남아 있지 않아요. 그래도 짐작은 할 수 있죠."

"에를렌 베네슬라나 베르틸 닐센." 비에른 홀름이 말했다.

"그림이 그려지는군, 그런 것 같지 않나?" 군나르 하겐이 말했다. "유다스라는 친구는 피해 경찰들처럼 심하게 폭행당했습니다. 이건 어떤가요, 박사님?"

"네, 맞습니다." 스톨레가 말했다. "살인자들은 시행착오를 거치면서 검증된 방법을 고수하는 습관이 있어요."

"그런데 유다스를 죽인 데에는 구체적인 목적이 있었어요." 베아테가 말했다. "탈옥을 위장하려는 목적이죠."

"그런 일이 정말로 일어났다고 해도." 비에른 홀름이 말했다. "카트리네가 만났다는 그 수감자가 믿을 만한 증인이라는 보장은 없잖아요."

"음." 카트리네가 말했다. "**전** 믿어요."

"왜요?"

카트리네가 한쪽 입 꼬리를 올리며 미소를 지었다. "해리라면 뭐라고 했을까요? 직관이란 뇌에서 아직 이름을 붙이지 못한, 작지만 구체적인 수많은 현상의 총합일 뿐이에요."

"시신을 다시 파서 확인하면 어때요?" 스톨레가 말했다.

"맞혀보세요." 카트리네가 말했다.

"화장했군요?"

"발렌틴이 일주일 전에 유서를 써놓았는데, 자기가 죽으면 시신은 인도적으로 가능한 한 빨리 화장해달라고 적혀 있었어요."

"그 뒤로는 아무도 그자 소식을 듣지 못했군요." 비에른이 말했다. "베네슬라하고 닐센을 죽이기 전까지는."

"그게 카트리네가 나한테 설명한 가설이야." 군나르 하겐이 말했다. "당장은 근거가 부족하고 좋게 말한들 대담한 가설이지만 정규 수사팀이 다른 가설들을 검증하는 동안 새로운 가설에도 기회를 주고 싶어. 그래서 오늘 여기로 모이자고 한 거고. 소규모 특별 수사팀을 꾸려서 이 가설을 검증해보자는 거야. 다른 건 정규 수사팀에 맡기고. 여러분이 수락한다면 보고는 나를 통해서만⋯⋯." 군나르가 총성처럼 크고 짧게 기침을 했다. "오직 나를 통해서만 해야 돼."

"아하." 베아테가 말했다. "그러니까 그 말은⋯⋯?"

"그래, 철저히 비밀로 활동한다는 뜻이야."

"누구한테 비밀로 해야 하는 거죠?" 비에른 홀름이 물었다.

"모두에게." 군나르가 말했다. "나를 제외한 모두에게."

스톨레 에우네가 헛기침을 했다. "특히 누구에게?"

군나르는 엄지와 검지로 목의 살갗을 잡고 주물렀다. 눈꺼풀이 내려와 뜨거운 볕을 쐬는 도마뱀처럼 보였다.

"미카엘 벨만." 베아테가 명확히 말했다. "경찰청장."

군나르가 손바닥을 폈다. "난 결과를 원해. 해리가 있을 때는 우리가 독립적인 소규모 팀으로 잘했잖아. 경찰청장은 항상 반대했지. 그 사람은 큰 팀을 원해. 그런데 덩치 큰 팀에서는 아이디어가 고갈되는 법이지. 우리는 이 경찰 킬러를 꼭 잡아야 해. 못 잡으면 끔찍한 지옥이 펼쳐지겠지. 경찰청장하고 충돌하면 물론 모든 책임은 내가 져. 여러분은 이 팀을 상부에 알리지 않은 사실조차 모르는 거야. 지금 내가 여러분을 어떤 입장에 몰아넣는지 알아. 그러니 같이 할지 말지는 각자 결정해."

카트리네는 자신의 시선이 다른 모두의 시선과 마찬가지로 베아테 뢴에게 향하는 걸 알았다. 실질적인 결정권이 베아테에게 있는 건 모두가 알았다. 베아테가 하겠다고 하면 모두가 할 것이다. 하지 않겠다고 하면…….

"그자의 가슴에 새긴 악마 얼굴 말인데요." 베아테가 말했다. 테이블에서 사진을 집어서 들여다보았다. "빠져나가고 싶어하는 누군가와 닮았군요. 감옥에서. 자기 몸에서. 아니면 자기 뇌에서. 스노우맨처럼. 그자도 그들 중 하나일지도." 베아테는 시선을 들었다. 옅은 미소를 지으며. "할게요."

군나르가 다른 사람들을 보았다. 다들 확인해주듯 끄덕였다.

"좋아." 군나르가 말했다. "내가 정규 수사팀을 이끄는 동안 이 팀은 공식적으로 카트리네가 이끌어. 카트리네는 베르겐과 호르달란 관할지구 소속이니 원칙적으로 여러분은 오슬로 경찰청장한테 보고하지 않아도 되는 거지."

"우리가 베르겐 소속으로 일하는 거군요." 베아테가 말했다. "음, 안 될 거 없죠? 건배해요. 베르겐을 위하여!"

모두 잔을 들었다.

유스티센에서 나오자 부슬비가 내려서 땅에서 암염과 기름과 아스팔트 냄새가 올라왔다.

"이번 기회를 빌려, 다시 절 받아줘서 고맙다고 말하고 싶군요." 스톨레 에우네가 트렌치 코트 단추를 채우며 말했다.

"천하무적 팀으로 다시 뭉치는 거죠." 카트리네가 싱긋 웃었다.

"예전처럼." 비에른이 만족스럽게 배를 두드렸다.

"거의." 베아테가 말했다. "한 명 빠졌잖아."

"됐어!" 군나르가 말했다. "그 친구 얘기는 다시 안 하기로 했잖아. 그 친구는 떠났고, 그걸로 끝난 거야."

"그 사람은 완전히 떠나지 않아요, 군나르."

군나르가 한숨을 쉬었다. 하늘을 쳐다보았다. 어깨를 으쓱했다.

"그럴지도. 경찰대학 학생 하나가 국립병원에서 교대근무를 보고 있었어. 해리 홀레가 사건을 해결하지 **못한** 적이 있느냐고 묻더군. 처음에는 해리의 사건을 공부해서 그냥 귀찮게 묻는 건 줄 알았지. 구스토 한센 사건은 결국 해결되지 않았다고 말해줬어. 그런데 오늘 내 비서가 경찰대학에서 바로 그 사건의 파일을 요청하는 전화를 받았다더군." 군나르가 씁쓸하게 미소를 지었다. "그 친구가 전설이 되어가나 봐."

"해리는 영원히 기억될 거예요." 비에른 홀름이 말했다. "누구도 뛰어넘을 수도, 견줄 수도 없는 존재로."

"아마도." 베아테가 말했다. "그래도 여기 우리 네 사람은 그분의 발뒤꿈치는 따라가잖아요. 그렇죠?"

모두 서로를 보았다. 고개를 끄덕였다. 짧게 힘주어 악수를 나누고 세 방향으로 흩어졌다.

12

미카엘 벨만은 사격 조준기 위의 형상을 보았다. 한 눈을 감고 천천히 방아쇠를 당기는 사이 자신의 심장박동이 들렸다. 차분하면서도 묵직한 소리. 손끝으로 피가 몰리는 느낌이 들었다. 형상은 움직이지 않았지만 미카엘은 그것이 움직이는 느낌을 받았다. 방아쇠를 풀고 숨을 깊이 들이쉬고 집중했다. 조준기 위의 형상을 다시 보았다. 방아쇠를 당겼다. 형상이 움찔했다. 제대로 움찔했다. 죽었다. 미카엘 벨만은 자신이 머리를 맞힌 걸 알았다.

"시체를 가져와, 검시할 거야." 미카엘은 소리치면서 헤클러운트코흐 P30L을 내렸다. 귀와 눈 보호대를 벗었다. 전자음이 윙윙 울리고 전선에서 끼익끼익 소리가 나고 형상이 춤을 추듯 다가왔다. 50센티미터 앞에 멈췄다.

"좋아." 트룰스 베른트센이 스위치를 놓았다. 윙윙거리던 소리가 뚝 끊겼다.

"나쁘지 않군." 미카엘이 종이 표적에서 상반신과 머리의 절반을 덮은 구멍을 살펴보며 말했다. 그리고 옆 레인의 머리가 날아간 표적을 향해 고개를 까닥했다. "네 것만큼 좋진 않네."

"테스트를 통과할 정도는 되잖아. 올해는 10.2퍼센트가 떨어질 거라던데." 트룰스가 능숙하게 종이 표적을 교체하고 스위치를 누르자 새 형상이 윙윙거리며 멀어졌다. 그리고 20미터 떨어진 곳의 점점이 구멍 난 초록색 금속판 앞에 멈추었다. 왼쪽으로 몇 레인 떨어진 곳에서 카랑카랑한 웃음소리가 들렸다. 젊은 여자 둘이 이쪽을 흘깃거렸다. 미카엘을 알아본 경찰대학 학생들이리라. 여기서는 모든 소리가 저마다의 주파수를 가지고 있어서 미카엘은 총성 너머로 종이가 찢기는 소리와 총알이 금속판에 박히는 소리를 들을 수 있었다. 이어서 표적 아래 상자에 짓뭉개진 탄피가 떨어지는 소리가 들렸다.

"한마디로 경찰의 10퍼센트 이상이 자기 자신이나 다른 사람을 방어할 수 없다는 뜻이지. 경찰청장으로서 어떻게 생각해?"

"모든 경찰이 너만큼 훈련할 순 없잖아, 트룰스."

"하는 일 없이 노는 시간이 많다는 뜻이야?"

트룰스가 귀에 거슬리게 꿀꿀거리며 웃는 동안 미카엘은 부하 경찰이자 어릴 때 친구인 그를 바라보았다. 부모가 치과에 데려갈 생각을 못 해본 듯 붉은 잇몸에 뒤죽박죽 박혀 있는 그의 치아를 보았다. 모든 것이 예전 같았지만 뭔가 달라졌다. 최근에 이발을 해서인지도. 아니면 정직 처분을 받아서인가? 그거라면 그리 예민하지 않아 보이는 사람들에게도 영향을 줄 수 있었다. 특히 그런 사람들, 감정을 표출하는 습관을 들이지 못해서 감정을 꼭꼭 숨겨둔 채 시간이 가면 저절로 사라지기를 바라는 유형에게라면 더더욱. 이런 사람들은 언제든 폭발할 수 있다. 자기 관자놀이에 총알을 박는 식으로.

그런데 트룰스는 만족한 듯 보였다. 웃고 있었다. 언젠가 미카엘은 트룰스에게 그런 웃음소리 때문에 남들이 무서워한다고 말했다. 웃음소리를 바꾸라고도 권해보았다. 좀 더 정상적이고 듣기 좋게 웃는 연습을 해보라고. 그러면 트룰스는 더 크게 웃어댔다. 그리고 미카엘에게 손가락질을 했다. 손가락으로 그를 가리키며 아무 말도 않고 그냥 괴상하게 코웃음을 쳤다.

"안 물어봐?" 트룰스가 탄창에 탄약을 끼우며 물었다.

"뭘?"

"내 계좌에 들어온 돈."

미카엘이 체중을 옮겨 실었다. "그것 때문에 이리로 부른 거야? 너한테 그거 물어보라고?"

"그 돈이 어떻게 들어왔는지 알고 싶어?"

"이제 와서 내가 왜 널 또 괴롭히겠어?"

"넌 경찰청장이잖아."

"난 아무 말도 하지 않기로 한 네 결정을 받아들였어. 어리석은 짓이라고 생각하지만 존중한다고."

"그래?" 트룰스가 탄창을 채웠다. "아니면 그 돈이 어디서 난 건지 알고 그냥 날 내버려두는 건가, 미카엘?"

미카엘은 어린 시절 친구를 빤히 보았다. 이제야 알 것 같았다. 뭐가 달라졌는지. 병적인 번득임. 어린 시절의 번득임, 트룰스가 화가 났을 때 나오던 번득임. 망레루드의 형들이 계집애처럼 예쁘장하게 생기고 울라를 차지한 떠버리를 손봐주겠다고 협박하자 미카엘이 트룰스를 내보내야 했던 그때 나오던 번득임. 미카엘은 그 형들에게 하이에나를 내보냈다. 이미 많이 맞아서 너덜너덜해지고 지칠 대로 지친 하이에나, 한 대 더 맞아도 별 차이가 없을 것 같은 하이에나였다. 트룰스의 눈에 그런 번득임, 하이에나의 번득임이 나타날 때는 죽을 각오가 되어 있다는 뜻이자, 한번 물면 죽어도 놔주지 않겠다는 뜻이었다. 상대가 무릎을 꿇거나 자기가 나가떨어질 때까지 콱 물고 꿈쩍도 하지 않을 터였다. 하지만 그 뒤로는 그런 번득임이 거의 보이지 않았다. 최근 들어 그럴 때가 몇 번 있긴 했다. 보일러실에서 게이 자식을 손봐주었을 때와 미카엘이 정직 얘기를 꺼냈을 때였다. 그 번득임은 일종의 열병처럼 내내 거기 있었다.

미카엘은 어이가 없다는 듯 천천히 고개를 저었다. "무슨 소릴 하는 거야, 트룰스?"

"그 돈이 사실 네 주머니에서 나와서 돌고 돌아 나한테 흘러 들어온 건지도 모르지. 네가 계속 나한테 돈을 대주고 있었을지도 모르지. 아사예프를 나한테 보낸 게 너였는지도."

"총탄 연기를 너무 많이 마신 거 같은데, 트룰스. 난 아사예프하고 아무 관계가 없어."

"그럼 그자한테 물어보면 되겠네?"

"루돌프 아사예프는 죽었어, 트룰스."

"참 편리하지? 말할 수 있는 사람은 다 뒈졌으니."

전부 다, 미카엘 벨만은 속으로 말했다. 너 빼고.

"나 빼고." 트룰스가 씩 웃었다.

"가봐야 돼." 미카엘이 표적을 떼서 접었다.

"아, 맞다." 트룰스가 말했다. "수요일 데이트."

미카엘은 얼어붙었다. "뭐?"

"수요일마다 이 시간이면 네가 사무실에서 나가던 게 생각나서."

미카엘은 트룰스를 살폈다. 이상했다. 트룰스 베른트센을 30년이나 알고 지내고도 여전히 그가 얼마나 어리석은지, 아니면 얼마나 똑똑한지 도통 알 수가 없었다. "그래. 그런데 그딴 식으로 넘겨짚은 걸 떠들고 다니지 않는 게 좋을 거야. 지금으로선 너만 다쳐, 트롤스. 입을 너무 많이 놀리지 않는 게 좋아. 내가 증인으로 소환되면 곤란하잖아. 알지?"

하지만 트롤스는 벌써 안전장치를 착용하고 과녁을 향해 돌아섰다. 안경 속에서 두 눈으로 과녁을 노려보면서. 한 발. 두 발. 세 발. 총이 튕겨나갈 것 같았지만 트롤스는 꽉 잡았다. 하이에나처럼 움켜잡았다.

주차장에서 미카엘의 바지 주머니 속 휴대전화가 진동했다.

울라였다.

"방역업체에는 물어봤어?"

"응." 미카엘은 물어보기는커녕 까맣게 잊고 있었다.

"뭐래?"

"테라스에서 나는 냄새는 그 속에 죽은 쥐가 있어서인 것 같대. 콘크리트로 덮어놨으니 방법이 없어. 그게 뭐든 결국 썩을 거고 냄새도 저절로 사라질 거야. 테라스는 파헤치지 말라고 하더라고, 알았지?"

"테라스를 만들 거였으면 전문가를 불렀어야지. 트롤스가 아니라."

"한밤중에 와서 나한테 물어보지도 않고 자기 맘대로 해놨잖아. 전에 말했잖아. 어디야, 자기?"

"친구 만나러 가. 저녁은 집에서 먹을 거야?"

"응, 그러지. 테라스는 너무 걱정하지 마. 알았지, 자기?"

"알았어."

미카엘은 전화를 끊었다. 자기라고 두 번이나 불렀다. 한 번에 너무 많이 부른 것 같았다. 왠지 거짓말처럼 들렸다. 차에 시동을 걸고 액셀러레이터를 밟고 클러치를 풀고 뒤통수에 닿는 운전석의 기분 좋은 저항감을 느끼는 사이 신형 아우디가 주차장에서 튀어나갔다. 이사벨레를 생각했다. 어떤 느낌이 들지 상상했다. 벌써부터 피가 솟구치는 느낌이었다. 그리고 거짓말이 아니라는 얄궂은 역설에 관해서도 생각했다. 울라에 대한 사랑은 다른 여자하고 섹스를 하러 가기 직전에 그 어느 때보다 더 진심으로 느껴졌으니 말이다.

안톤 미테트는 테라스에 앉아 있었다. 눈을 감고 앉아 있으니 따스한 햇살이 살갗에 닿았다. 잠깐 동안. 봄이 오려고 고군분투 중이지만 아직은 겨울이 우세했다. 그러다 안톤은 눈을 뜨고 다시 테이블 위의 우편물에 시선을 던졌다.

'드람멘 건강센터' 로고가 파란색 돋을새김으로 찍혀 있었다.

그게 뭔지 알았다. 혈액 검사 결과였다. 안톤은 봉투를 뜯으려다가 다시 미루고 눈을 들어 드람멘 강 저편을 보았다. 오시덴 서쪽 엘베파르켄의 새 아파트 브로셔를 보고 그들 부부는 망설이지 않았다. 자식들도 다 떠나고 세월이 흐르면서 거친 정원을 가꾸는 일도 쉽지 않은 데다 레우라가 부모님께 물려받은 콘네루의 낡고 큰 목조주택을 관리하는 일도 여간 힘든 게 아니었다. 다 팔고 현대적이고 관리하기 편한 아파트를 샀으니 이제는 부부가 오래전부터 얘기한 것들을 할 수 있는 시간과 돈이 생겨야 했다. 함께 여행하고. 먼 나라에도 가보고. 지상의 짧은 삶이 줄 것들을 누려야 했다.

그런데 어째서, 여기로 이사했는데도 우리는 여행 한 번 가지 못했을까? 왜 자꾸 미루었을까?

안톤은 선글라스를 고쳐 쓰고 편지를 이리저리 돌렸다. 편지를 여는 대신 헐렁한 바지 주머니에서 전화기를 찾았다.

하루하루 정신없이 살아가야 하는 일상 때문이었을까? 더없이 푸근한 드람멘의 풍경 때문이었을까? 둘이 함께 많은 시간을 보내야 한다는 생각 때문이었을까? 오래 같이 있다 보면 서로에 관해, 그들의 결혼생활에 관해 혹시라도 진실이 드러날까 두려워서였을까? 아니면 그 가을의 그 사건 때문이었을까? 그의 모든 활력과 의욕을 빨아들이고 오직 평범한 일상만이 처절한 몰락에서 올라오기 위한 유일한 탈출구라고 생각하게 만든 그 사건. 그러다 모나가 나타나…….

안톤은 휴대전화 액정을 보았다. 국립병원 담당자 감렘.

세 가지 선택이 있었다. 통화. 문자. 편집.

편집. 인생에도 이 버튼이 필요했다. 그러면 세상이 많이 달라졌을 텐데. 안톤은 경찰봉을 신고했었을 것이다. 모나에게 커피를 마시자고 말하지 않았을 것이다. 잠들지도 않았을 것이다.

그러나 그는 잠이 들었다.

근무 중에, 딱딱한 나무 의자에 앉아 잠들었다. 그가, 침대에서도 한참이나 잠 못 들고 뒤척이던 그가. 납득이 가지 않았다. 그러고도 한참 멍하게 돌아다니면서 죽은 남자의 얼굴과 이후의 소동에도 정신이 완전히 깨지 않았다. 머릿속에 뿌옇게 안개가 낀 것처럼, 좀비마냥 서서 아무것도 못하고 질문에도 똑똑히 대답하지 못했다. 물론 깨어 있었다고 해서 그 환자를 살릴 수 있었던 건 아니다. 부검에는 뇌졸중으로 사망했을 가능성 이외에 아무것도 나오지 않았다. 하지만 안톤은 임무를 충실히 해내지 못했다. 누가 그 걸 알아챈 건 아니다. 아무에게도 말하지 않았다. 하지만 **그는** 알 았다. 자기가 또다시 실수한 걸 알았다.

안톤은 버튼을 보았다.

통화. 문자. 편집.

때가 되었다. 무언가를 해야 할 때. 옳은 일을 할 때. 그냥 하자. 미루지 말자.

안톤은 편집을 눌렀다. 다른 옵션이 나왔다.

그는 선택했다. 올바르게 선택했다. 삭제.

그리고 봉투를 집어서 뜯었다. 서류를 꺼내 읽었다. 그 환자가 사망한 채로 발견된 후 아침 일찍 건강센터에 갔다. 근무하러 가는 경찰관이다, 아침에 약을 먹었는데 그 약에 어떤 성분이 들어 있는 지 모르고 느낌이 이상하다, 혹시나 부작용이 있을까 봐 출근하기 가 겁난다고 설명했다. 의사는 그냥 경찰서에 전화해서 병가를 내 라고 했지만 안톤이 혈액 검사를 받겠다고 고집했다.

안톤은 눈으로 서류를 훑었다. 거기 적힌 단어와 이름이나 옆에 있는 숫자가 무엇을 의미하는지는 몰랐지만 의사가 명료하게 두 문장으로 요약해서 적은 글이 있었다.

'……니트라제팜은 강력한 수면제 성분입니다. 의사와 상의하지 않고 이 약을 더 복용해서는 안 됩니다.'

안톤은 눈을 감고 악문 이 사이로 공기를 빨아들였다.

젠장.

그의 의심이 옳았다. 약을 먹은 것이다. 누군가 그에게 약을 먹 였다. 어떻게 먹였는지도 짐작이 갔다. 커피. 복도에서 난 소리. 딱 하나 남아 있던 캡슐. 그때 캡슐 덮개에 구멍이 나 있었는지 궁금했다. 분명 주사기로 주입했을 것이다. 범인은 안톤이 제 발로 걸어와 니트라제팜이 든 미키 핀* 에스프레소를 추출하기를 기다리기만 하면 되었다.

그 환자는 자연스러운 원인으로 사망한 것으로 되어 있었다. 아니, 그보다는 의심스러운 일이 발생했다는 증거가 없었다. 다만, 이런 결론은 물론 심정지 두 시간 전에 의사가 다녀간 후 아무도 그 환자를 보러 오지 않았다는 안톤의 진술에 기초한 것이다.

안톤은 뭘 해야 할지 알았다. 진실을 보고해야 한다. 당장. 그는 전화기를 들었다. 자신의 실수를 보고해야 한다. 깜빡 잠이 들었다고 그때 바로 보고하지 않은 이유를 설명해야 했다. 그는 전화기 액정을 보았다. 이번에는 군나르 하겐도 그를 구해줄 수 없을 것이다. 다시 전화기를 내려놓았다. **전화할 것이다.** 하지만 지금 당장은 아니다.

미카엘 벨만은 거울을 보고 넥타이를 맸다.

"오늘 좋았어." 침대에서 목소리가 들렸다.

미카엘은 그 말이 진심인 걸 알았다. 뒤에서 이사벨레 스퀘옌이 일어나 스타킹을 신고 있었다. "그자가 죽어서 그런 거야?"

이사벨레가 이불 위로 순록 가죽 덮개를 던졌다. 거울 위에 인상적인 뿔이 걸려 있고 벽에는 사미족 화가들의 그림이 걸려 있었다. 이 호텔의 이쪽 동에는 여성 예술가가 직접 설계하고 자기 이름을 붙인 객실이 있었다. 그들이 투숙한 방에는 요이크** 가수의 이름이 붙어 있었다. 그 방의 유일한 문제는 중국인 관광객들이 숫양 뿔

---

* 상대방 모르게 약물이나 도수 높은 술을 넣어서 주는 음료.

** 사미족의 전통음악.

을 떼어 간다는 거였다. 모르긴 몰라도 녹용이 정력에 좋다는 믿음 때문일 터였다. 미카엘도 지난 두 번은 진지하게 고민했다. 하지만 오늘은 아니었다. 이사벨레의 말이 맞는지도 몰랐다. 그 환자가 드디어 죽어서 홀가분해진 건지도.

"어떻게 된 건지 알고 싶지 않아." 미카엘이 말했다.

"어차피 나도 말해주지 못했을 거야." 이사벨레가 스커트를 끌어올리며 말했다.

"그 얘기는 꺼내지 말자."

이사벨레는 그의 뒤에 서 있었다. 그의 목을 꼬집었다.

"그렇게 심란한 얼굴 하지 마." 이사벨레가 킬킬거렸다. "인생은 게임이야."

"당신한테는 그렇겠지. 난 빌어먹을 살인사건을 해결해야 한다고."

"그래도 자기는 선거에서 꼭 이겨야 하는 입장은 아니잖아. 난 이겨야 돼. 그런데 내가 걱정하는 걸로 보여?"

미카엘은 어깨를 으쓱했다. 그리고 재킷으로 손을 뻗었다. "당신 먼저 갈래?"

미카엘이 미소를 짓자 이사벨레가 그의 머리를 탁 쳤다. 또각또각 구두소리가 문 쪽으로 향했다.

"다음 주 수요일에는 일이 생길지도 몰라." 이사벨레가 말했다. "의회 회의 시간이 옮겨졌거든."

"좋아." 미카엘은 이렇게 대꾸하면서 말 그대로 좋다는 생각이 들었다. 아니, 그 이상의 안도감이 들었다. 진심이었다.

이사벨레가 문 앞에 멈췄다. 평소처럼 복도에서 소리가 나는지 가만히 들으며 방해물이 없는지 확인했다. "나 사랑해?"

미카엘이 입을 열었다. 거울 속의 자기를 바라보며. 얼굴 한가운데에 검은 구멍이 보이고 아무 소리도 나오지 않았다. 나직이 낄낄거리는 웃음소리가 들렸다.

"농담이야." 이사벨레가 속삭였다. "내 말에 겁먹으셨나? 10분."

문이 열렸다가 다시 부드럽게 닫혔다.

그들은 원래 한 사람이 나가고 10분쯤 기다렸다가 다음 사람이 나가기로 정해놓았다. 애초에 그것이 미카엘의 생각인지, 이사벨레의 제안인지는 기억나지 않았다. 호텔 로비에서 호기심 많은 기자나 아는 얼굴과 마주칠까 봐 정해둔 규칙이지만 아직 그런 적은 없었다.

미카엘은 빗을 꺼내 조금 긴 머리를 빗었다. 샤워 후 머리카락 끝이 아직 젖어 있었다. 이사벨레는 관계를 갖고 샤워한 적이 없었다. 그의 냄새가 밴 그대로 돌아다니는 게 좋다고 했다. 미카엘은 손목시계를 보았다. 오늘은 모든 게 순조롭게 풀렸고, 구스토를 상상할 필요도 없었고, 시간을 늘리기까지 했다. 덕분에 여기서 꼬박 10분을 기다리면 시의회 의장과의 회의에 늦을 터였다.

울라 미카엘은 손목시계를 보았다. 모바도, 1947년 디자인, 미카엘에게 결혼기념일 선물로 받은 시계였다. 20분이 지났다. 울라는 안락의자에 기대어 앉아 로비를 보았다. 그를 알아볼 수 있을지 생각하면서. 사실 그들은 두 번밖에 본 적이 없었다. 한 번은 스토브네르 경찰서로 미카엘을 만나러 갔을 때였다. 그가 문을 잡아주며 자기를 소개했다. 웃는 얼굴의 매력적인 노를란 사람이었다. 두 번째는 스토브네르의 크리스마스 디너에서였다. 함께 춤을 추면서 그가 생각보다 더 가까이 울라를 안았다. 거슬릴 정도는 아니었고,

순수한 관심의 표현이자 기분 좋게 받아들일 만큼의 표현이었다. 어쨌든 미카엘이 어딘가에 앉아 있었고, 다른 집 부인들도 남편이 아닌 다른 남자들과 춤을 추었다. 그리고 미카엘과 떨어진 곳에서 감시의 눈으로 쳐다보던 또 한 사람이 있었다. 술잔을 들고 댄스플로어에 서 있던 남자. 트룰스 베른트센. 나중에 울라가 트룰스에게 같이 추겠냐고 권했지만 그는 씩 웃으며 싫다고 했다. 자기는 댄서 체질이 아니라면서.

루나르. 그 남자의 이름은 기억에서 금방 지워졌다. 그뒤로 다시는 그 남자 소식을 듣거나 만난 적이 없었다. 그가 전화해서 오늘 여기서 만날 수 있느냐고 물어보기 전까지는. 처음에는 시간이 없다고 거절했지만 중요한 얘기가 있다고 했다. 억양이 기묘하게 왜곡되었다. 전에도 그렇게 말했는지는 기억나지 않지만 노를란 지역의 방언과 외스틀란 노르웨이 말투 사이의 어딘가에서 얻은 특이한 말투일 것이다. 지방에서 울라와 한동안 오슬로에서 산 사람들의 흔한 말투였다.

그래서 울라는 좋다고 했다. 오전에 시내에 나가는 길에 잠깐 들러 커피 한 잔 마시는 정도는 괜찮다고 말했다. 사실이 아니었다. 미카엘이 어디냐고 물어봤을 때 한 대답처럼. 친구 만나러 가는 길이라고. 거짓말을 할 생각은 없었지만 뜻밖의 질문에 거짓말이 튀어나왔다. 미카엘에게 그의 옛 동료와 커피를 마시러 간다고 솔직히 말했어야 했다는 생각이 들었다. 그런데 왜 말하지 않았을까? 미카엘에 관한 어떤 이야기를 들을 것 같아서였을까? 이미 이 자리에 온 게 후회되었다. 울라는 손목시계를 보았다.

프런트 직원이 두어 번 울라를 흘끔거리는 것 같았다. 울라는 코트를 벗었다. 코트 속에는 날씬한 몸매가 드러나는 스웨터와 바지를 입고 있었다. 시내에 나올 일이 많지 않아 조금 더 공들여 화장을 하고 긴 금발을 손질했다. 망레루드의 청년들이 차를 몰고 지나가다가 뒷모습만큼 얼굴도 받쳐주는지 확인하려고 돌아보게 만들던 머리칼이었다. 그리고 청년들은 만족한 표정을 지었다. 미카엘의 아버지도 언젠가 울라에게 마마스 앤 파파스의 예쁜 멤버를 닮았다고 했는데, 정작 울라는 그 멤버가 누군지도 몰랐고 찾아본 적도 없었다.

울라는 회전문을 보았다. 사람들이 점점 더 밀려들었지만 그녀의 예상대로 두리번거리면서 들어오는 사람은 없었다.

엘리베이터 문에서 나직이 탕 소리가 나고 모피코트를 입은 키큰 여자가 나왔다. 기자가 그 여자에게 진짜 모피냐고 물으면 아니라고 답할 것 같다는 생각이 들었다. 사회주의자 정치인들은 대다수 유권자들이 듣고 싶어하는 말을 해주려 했다. 이사벨레 스퀘옌. 사회복지위원회 의원. 미카엘이 경찰청장으로 임명된 후 집에서 연 파티에 참석한 적이 있었다. 사실 집들이 파티였지만 미카엘이 친구들 대신에 그의 사회생활에 중요한 사람들 위주로 초대했다. 아니, 미카엘 말로는 '그들의', 그와 울라의 사회생활에 중요한 사람들이었다. 트룰스 베른트센은 그 자리에 온 사람 중 울라가 아는 몇 안 되는 손님이었지만 저녁 내내 대화를 나눌 만한 부류가 아니었다. 시간이 있다고 해도. 그래서 울라는 안주인 노릇을 하며 분주히 돌아다녔다.

이사벨레 스퀘옌이 울라를 보고 그냥 지나가려 했지만 울라는 이미 잠깐 망설이는 표정을 보았다. 울라를 알아보았고 그냥 못 본 척하고 나갈지 다가가서 몇 마디 인사를 나눌지 고민하는 듯 미세하게 망설이는 표정. 못 본 척하고 싶었을 것이다. 울라도 그럴 때가 자주 있었다. 예를 들어 트룰스에게. 어떤 면에서는 트룰스를 좋아했다. 어릴 때 같이 자란 데다 항상 그녀에게 다정하고 충실했으니까. 그럼에도. 울라는 이사벨레가 모른 척 지나가는 쪽으로, 양쪽 다 편한 쪽으로 선택하기를 바랐다. 그리고 이미 회전문으로 향하는 걸 보고 안도했다. 하지만 그녀는 갑자기 생각을 바꿨는지 환하게 웃는 얼굴로 눈빛을 반짝이며 다시 돌아왔다. 항해하듯 울라에게 다가왔다. 그렇다, 정말로 항해했다. 이사벨레 스퀘옌은 극적이고 과장된 크기의 갈레온 선수상船首像을 연상시키는 모습으로 울라에게 급히 다가왔다.

"울라!" 이사벨레가 몇 미터 앞에서부터 오래전에 헤어진 친구를 만난 양 불렀다.

울라는 일어서면서 그다음에 나올, 여기서 뭐 해요? 하는 질문에 뭐라고 답할지 몰라 벌써 마음이 불편했다.

"어머, 여기서 또 뵙네요! 그날 작은 파티가 어찌나 근사하던지!"

이사벨레 스퀘옌이 울라의 어깨에 손을 얹고 한쪽 뺨을 내밀어서 울라도 별수 없이 뺨을 댔다. 작은 파티라니? 손님이 서른두 명이나 되었다.

"그날 제가 일찍 나와야 해서, 실례가 많았어요."

그날 이사벨레가 몸이 조금 좋지 않았던 기억이 났다. 손님들을 접대하는 동안 키 크고 매력적인 시의원과 미카엘이 한동안 테라스에 나가 있던 걸 보았다. 사실 잠깐 질투심도 일었다.

"괜찮아요. 저희야 와주신 것만도 감사하죠." 울라는 생각만큼 딱딱한 미소가 아니기를 바랐다. "이사벨레."

이사벨레는 울라를 내려다보았다. 찬찬히 살폈다. 뭔가를 찾는 것처럼. 아직 묻지 않은 질문의 답을. 그나저나 여기서 뭐 하세요?

울라는 솔직히 말하기로 마음먹었다. 나중에 미카엘에게도 솔직히 말할 생각이었다.

"가봐야 돼요." 이사벨레는 가려고 움직이지도, 울라에게서 눈을 떼지도 않고 말했다.

"네, 저보다 많이 바쁘시겠죠." 울라는 이렇게 말하고는 짜증스럽게도 전부터 고치기로 마음먹은, 바보처럼 킥킥거리는 자신의 웃음소리를 들었다. 이사벨레는 여전히 울라에게서 눈을 떼지 않았다. 문득 울라는 이 낯선 여자가 솔직한 대답을 캐내려 한다는 느낌을 받았다. 이렇게 묻지도 않고서. 당신, 경찰청장 부인이 여기 이 그랜드 호텔 로비에서 뭐하는 거지? 세상에, 여기서 애인이라도 만나는 줄 아는 건가? 그래서 저렇게 조심스럽게 구는 건가? 울라는 이제 딱딱한 미소가 풀리고 편안해지면서 실제로 짓는 미소, 자기가 **원하는** 미소를 짓는 걸 느꼈다. 눈까지 미소가 올라간 것도 알았다. 이사벨레 스퀘옌의 얼굴에 대고 웃음을 터트리기 직전이었다. 그런데 이상하게도 이사벨레 역시 웃음이 터지려는 표정이었다.

"조만간 또 뵈면 좋겠어요." 이사벨레가 크고 억센 손가락으로 울라의 손을 꼭 잡으며 말했다.

그리고 돌아서서 급히 로비를 가로질렀고, 도어맨이 이미 이사벨레를 도와주려고 서두르고 있었다. 울라는 이사벨레가 회전문을 통과하기 전에 휴대전화를 꺼내는 것을 얼핏 보았다.

미카엘은 사미족 여자의 방에서 불과 몇 걸음 떨어진 엘리베이터 앞에 서 있었다. 손목시계를 보았다. 4분이나 5분밖에 지나지 않았지만 그 정도면 됐다. 어차피 둘이 **함께** 있는 걸 들키지 않는 게 중요했으니까. 항상 이사벨레가 방을 예약하고 10분 먼저 도착했다. 준비를 마치고 침대에 누워서 기다렸다. 그녀가 좋아하는 방식이었다. 그가 좋아하는 방식이었을까?

다행히 그랜드 호텔에서 의장이 기다리는 시청까지는 빠른 걸음으로 3분 거리였다.

엘리베이터 문이 열리고 미카엘이 들어갔다. 1층을 눌렀다. 엘리베이터가 움직였고, 한 층 아래에서 멈추었다. 문이 열렸다.

"구텐탁."

독일인 관광객들. 노부부였다. 갈색 가죽 케이스에 낡은 카메라가 들어 있었다. 미카엘은 자기가 미소 짓고 있다는 걸 알았다. 기분이 좋았다. 노부부를 위해 비켜 서주기까지 했다. 이사벨레 말이 맞았다. 그 환자가 죽어서 마음이 놓인 것이다. 긴 머리에서 물이 한 방울 떨어져 목을 타고 흘러 셔츠 옷깃을 적셨다. 울라는 이제 새로운 자리로 올라갔으니 머리를 더 짧게 잘라야 한다고 했지만, 굳이 왜 그래야 하지? 젊어 보이는 외모, 그게 중요한 거 아닌가? 그─미카엘 벨만─가 오슬로에서 역대 가장 젊은 경찰청장이라는 사실이 핵심 아닌가?

노부부가 걱정스러운 듯 엘리베이터 버튼을 보았다. 항상 같은 문제였다. 숫자 1이 지상 1층인지, 아니면 한 층 위인지? 노르웨이는 어떤 시스템인지?

"그게 1층입니다." 미카엘이 영어로 말하면서 버튼을 눌러 문을 닫았다.

"당케." 여자가 웅얼거리듯 대답했다. 남자는 눈을 감고 소리 나게 숨을 쉬었다. '다스 부트*.' 미카엘이 속으로 생각했다.

그들은 말없이 내려갔다.

문이 열리고 로비로 나가는데 진동이 미카엘의 허벅지를 타고 내려갔다. 확인하니 이사벨레에게 부재중 전화가 와 있었다. 전화를 걸려는 순간 휴대전화가 다시 진동했다. 문자메시지였다.

로비에서 당신 아내를 만났어. :)

미카엘은 멈추었다. 눈을 들었다. 너무 늦었다.

울라가 정면으로 보이는 안락의자에 앉아 있었다. 매력적으로 보였다. 평소보다 신경 써서 꾸민 듯했다. 매력적인 모습으로 앉아 있는 그대로 돌처럼 굳어버렸다.

"여보." 미카엘은 이렇게 부르면서도 날카롭고 어색하게 들린다는 걸 바로 알았다. 울라의 얼굴에도 그 말이 어떻게 들렸는지가 고스란히 드러났다.

울라의 눈은 그에게 고정되어 있고, 아직 남아 있던 혼란이 순식간에 무너졌다. 미카엘 벨만의 뇌는 정신없이 돌아갔다. 머리카락 끝이 젖은 이유를 설명할 길이 없었다. 울라가 이미 이사벨레를 만났다. 울라의 뇌도 그의 뇌처럼 번개처럼 돌아갔다. 이것이 인간의 뇌가 돌아가는 방식이다. 무자비하게 논리적으로 돌아가면서 자잘한 정보를 모두 모으고, 모든 것이 한순간에 착착 맞아떨어진다. 그리고 미카엘은 울라의 얼굴에서 혼란이 이미 사라진 걸 보았다. 그 자리에 확신이 들어섰다. 울라는 시선을 내려서 앞에 선 그의

* 전통적인 맥주 잔.

189

몸통을 보았다.

그리고 들릴 듯 말 듯한 목소리로 말했다. "그 여자 문자를 너무 늦게 봤나 봐."

카트리네가 열쇠를 돌리고 문을 당겼지만 문은 꿈쩍도 하지 않았다.

군나르 하겐이 앞으로 나가 흔들어서 문을 열었다.

퀴퀴하고 뜨겁고 축축한 공기가 그들을 맞았다.

"여기야." 군나르 하겐이 말했다. "지난번에 쓰고 그대로 뒀지."

카트리네가 먼저 들어가 전등 스위치를 눌렀다. "베르겐 경찰서의 오슬로 출장소에 오신 걸 환영합니다."

베아테 뢴이 문턱을 넘었다. "여기가 우리가 숨어 있을 곳이군요."

네온관의 차가운 푸른 불빛이 푸르죽죽한 리놀륨 바닥과 텅 빈 벽의 네모난 콘크리트 방으로 떨어졌다. 창문 하나 없는 방에는 컴퓨터와 의자가 딸린 책상 세 개가 당당히 놓여 있었다. 그중에 한 책상에는 갈색으로 얼룩진 커피머신과 커다란 물통이 있었다.

"경찰청사 **지하실**을 배정받았다고요?" 스톨레 에우네가 어리둥절한 얼굴로 물었다.

"공식적으로는 오슬로 교도소 소유예요." 군나르 하겐이 말했다. "밖에 있는 복도는 주차장 밑으로 이어지고요. 철제 계단을 올라 문 밖으로 나가면 교도소 접수처가 나옵니다."

그 말에 거슈윈의 '랩소디 인 블루'의 첫 구절이 대답처럼 흘러 나왔다. 군나르는 휴대전화를 꺼냈다. 카트리네는 그의 어깨 너머로 보았다. 휴대전화 액정에 안톤 미테트라는 이름이 떠 있었다.

군나르는 '거절'을 누르고 휴대전화를 주머니에 넣었다.

"수사팀 회의가 있어서 난 먼저 가볼게." 군나르가 말했다.

군나르가 나가고 나머지 사람들은 멀뚱멀뚱 서로를 보고 있었다.

"여기 너무 덥네요." 카트리네가 재킷 단추를 풀면서 말했다. "라디에이터가 안 보이는데도요."

"교도소 보일러가 바로 옆방에 있어서 그럴 거예요." 비에른 홀름이 웃음을 터트리면서 의자 등받이에 스웨이드 재킷을 걸었다. "우린 여길 '보일러실'이라고 불렀어요."

"그럼 전에 와본 적 있군요?" 스톨레가 넥타이를 풀면서 물었다.

"네, 와봤어요. 그때는 인원이 더 적었고요." 비에른이 책상을 향해 고갯짓했다. "보시다시피 세 자리예요. 어쨌든 사건을 해결했어요. 하지만 그땐 해리가 책임자라⋯⋯" 비에른은 카트리네를 힐끔보았다. "그게 아니라―."

"괜찮아요, 비에른." 카트리네가 말했다. "전 해리도 아니고 책임자도 아니에요. 여러분이 공식적으로는 저한테 보고해서 하겐 경정님이 이 일에 관여하지 않게 해주는 건 괜찮지만, 저는 제 한 몸건사하는 것도 버거운 사람이에요. 베아테가 우리 보스예요. 나이도 많고 팀을 이끈 경험도 많으니까요."

다들 베아테를 보았다. 베아테는 어깨를 으쓱했다. "다들 원하신다면 제가 보스를 맡을 수 있어요. 꼭 그래야 한다면."

"그래야 하죠." 카트리네가 말했다.

스톨레와 비에른이 고개를 끄덕였다.

"좋아요." 베아테가 말했다. "시작합시다. 휴대전화 비용을 지원받을 거예요. 인터넷 연결도 되고. 그리고 또⋯⋯ 커피 마실 컵도있어요." 베아테는 커피머신 뒤에서 흰색 컵을 꺼냈다. 그리고 사인펜으로 쓰인 글씨를 읽었다. "행크 윌리엄스?"

"제 거예요." 비에른이 말했다.

베아테는 다른 컵을 들었다. "존 팬트?"

"해리 거예요."

"좋아요, 그럼 할 일을 구체적으로 얘기해보죠." 베아테가 컵을 내려놓으며 말했다. "카트리네?"

"전 온라인을 지켜볼게요. 아직은 발렌틴 예르트센이든, 유다스 요한센이든 살아 있다는 신호가 잡히지 않아요. 이렇게 오래 사람들 눈을 피해 숨어 지내려면 엄청 똑똑해야 하는데, 탈옥한 사람이 유다스 요한센이 아니라는 가설에 힘이 실리죠. 유다스는 경찰에서 주시하는 인물도 아닌데, 교도소에서 두 달 먼저 나가겠다고 이렇게 깜깜하게 숨어 지내면서 자유를 잃어버릴 가능성은 적어 보여요. 발렌틴은 물론 잃을 게 더 많고요. 어쨌든 둘 중 누구 하나라도 살아서 세상에서 근육 하나만 움직여도 저한테 딱 걸리는 거예요."

"좋아요. 비에른?"

"저는 발렌틴하고 유다스가 연루된 사건 파일들을 조사해서 트리반이나 마리달렌과 연결되는 지점이 있는지 알아볼게요. 반복해서 나오는 이름이나 우리가 놓친 법의학적 증거가 있는지 볼게요. 두 사람을 아는 사람 중에 그자들을 찾는 데 도움이 되는 사람들 명단을 뽑아볼게요. 지금까지 만난 사람들은 유다스 요한센에 관해서는 솔직하게 말해주려고 했어요. 그런데 발렌틴 예르트센에 대해서는……."

"겁을 먹은 걸까?"

비에른이 고개를 끄덕였다.

"스톨레 박사님?"

"나도 발렌틴과 유다스의 사건 파일을 검토해서 프로파일을 만들어보죠. 일단 잠재적 연쇄살인범이라고 적어두겠습니다."

순간 침묵이 흘렀다. 누구든 이 말을 입에 올린 건 이번이 처음이었다.

"여기서 연쇄살인범은 기술적이고 기계적인 용어에 지나지 않습니다. 정식 진단이 아닙니다." 스톨레 에우네가 급히 덧붙였다. "두 사람 이상을 살해했고 다시 살인을 저지를 수 있는 사람을 지칭합니다. 알았죠?"

"알았습니다." 베아테가 말했다. "전 우선 사건 현장 주변 CCTV에 잡힌 자료를 검토할게요. 주유소, 심야 매장, 즉석사진 부스 같은 데요. 경찰 살인사건의 사진을 보기는 했지만 아직 제대로 다 보진 못했어요. 거기다 과거의 미제사건도 있고."

"그럼 다들 할 일이 많네요." 카트리네가 말했다.

"할 일이 많아요." 베아테가 말했다.

네 사람은 서로를 바라보고 있었다. 베아테가 존 팬트 컵을 들어 다시 커피머신 뒤에 놓았다.

13

"잘 지내?" 울라가 주방 조리대에 기대며 물었다.

"어, 응." 의자에 앉은 트룰스는 불편한 듯 자세를 고쳐 앉으며 좁은 조리대에서 커피잔을 들었다. 한 모금 마셨다. 그리고 울라가 잘 아는 눈빛으로 그녀를 바라보았다. 겁먹고 굶주린, 어색하게 두리번거리는, 거부하면서 매달리는, '노'이기도 하고 '예스'이기도 한 눈빛.

울라는 이내 그의 방문을 허락한 걸 후회했다. 하필 경황이 없을 때 트룰스가 뜬금없이 전화해서 집에 별일 없는지, 손 볼 데는 없는지 물었다. 현재 정직 중이라 하루가 길고 딱히 할 일도 없다고 했다. 아니, 고칠 데 없어, 하고 거짓으로 둘러댔다. 아, 그래. 그럼 커피나 한잔할까? 옛날 얘기나 하면서? 울라는 글쎄 어떨지…… 하고 말끝을 흐렸지만, 트룰스는 못 들은 척하고 지나는 길에 커피 한잔하러 들르면 되겠다고 말했다. 그래서 울라는 그래, 안 될 거 없지, 하고 대답했고, 이렇게 트룰스가 찾아온 것이다.

"나야 아직 혼자니까. 별일이 없지." 트룰스가 말했다.

"좋은 사람 만날 거야. 아무렴." 울라는 시계를 보는 척하면서 애들 데리러 가야 한다고 말할까 고민했다. 하지만 트룰스처럼 미혼인 남자도 아직 너무 이르다는 것을 알 것이다.

"아마도." 트룰스가 말했다. 커피잔을 보면서, 잔을 내려놓지 않고 한 모금 더 마셨다. 꼭 용기를 마시는 것 같군. 트룰스는 내심 두려워하며 생각했다.

"짐작하겠지만, 예전부터 널 좋아했어, 울라."

울라는 조리대를 꽉 잡았다.

"그러니까 문제가 생기거나 필요한 거 있으면…… 어, 얘기할 사람이 필요하면 언제든 나한테 기대도 돼."

울라는 눈을 깜빡였다. 제대로 들은 건가? **얘기할 사람?**

"고마워, 트룰스. 하지만 나한테는 미카엘이 있잖아?"

트룰스는 천천히 컵을 내려놓았다. "그럼, 물론. 너한텐 미카엘이 있지."

"그나저나 미카엘이랑 애들을 위해서 슬슬 저녁 준비를 해야겠는데."

"그래, 물론 그래야겠지. 네가 주방에서 그 친구를 위해 요리하는 동안 그 녀석은……." 트룰스는 말을 끊었다.

"그이가 뭐, 트룰스?"

"딴 데서 저녁 먹잖아."

"지금 무슨 소릴 하는지 모르겠어, 트룰스."

"알잖아. 저기, 난 그냥 널 도와주러 온 거야. 난 항상 널 생각해, 울라. 애들도, 물론. 애들은 중요하지."

"난 우리 가족을 위해 맛있는 음식을 요리할 거야. 가족 식사라 시간이 좀 걸릴 거 같아, 트룰스, 그러니까……."

"울라, 할 말이 있어."

"아니, 트룰스. 아니, 하지 마, 제발."

"넌 미카엘한테 잘하잖아. 그 친구가 얼마나 많은 여자를―."

"아니, 트룰스!"

"그치만―."

"당장 가줬으면 좋겠어, 트룰스. 당분간은 보고 싶지 않아."

울라는 조리대 앞에 서서 트룰스가 밖으로 나가 회엔할의 신축 주택들 사이로 난 자갈길 옆에 세워둔 차까지 걸어가는 걸 보았다. 미카엘이 시의회 담당자에게 연락해서 그 길에 아스팔트를 깔도록 조처하겠다고 했지만 아직 아무 소식이 없었다. 트룰스가 차 키를 눌러 자동차 경보장치가 꺼지는 소리가 들렸다. 그가 차에 타는 게 보였다. 차 안에 가만히 앉아 멀리 어딘가를 응시하는 모습. 그러다 갑자기 부들부들 떨면서 핸들을 마구 내리쳤다. 멀리서도 몹시 거칠어 보여서 울라는 몸서리를 쳤다. 미카엘이 트룰스의 분노에 관해 말한 적이 있지만 직접 본 건 처음이었다. 미카엘은 트룰스가 경찰이 되지 않았다면 범죄자가 됐을 거라고 했다. 그리고 자기도 거칠어질 때는 역시 나쁜 길로 빠졌을 거라고 했다. 울라는 그 말은 믿지 않았다. 미카엘은 지나치게 바르고, 지나치게…… 적응력이 뛰어났다. 반면에 트룰스는…… 트룰스는 결이 다른, 좀 더 음침한 사람이었다.

트룰스 베른트센. 단순하고 고지식하고 충실한 트룰스. 울라도 이제 그 점에는 의심이 들었지만 트룰스가 교활하게 굴 수 있다는 게 여전히 믿기지가 않았다. 그렇게…… 창의적일 수 있다는 게.

그랜드 호텔.

울라의 인생에서 가장 고통스러운 순간이었다. 미카엘이 불륜을 저지를 수 있다고 생각해보지 않은 건 아니었다. 잠자리가 뜸해진 뒤로는 더더욱. 그래도 몇 가지 다른 이유가 있을 수도 있었다. 경찰 살인사건으로 스트레스가 심하다든지……. 그런데 이사벨레 스퀘옌? 맨정신으로, 훤한 대낮에, 호텔에서? 모든 게 모함일 수 있다는 생각도 들었다. 그런데 두 사람이 그곳에 있는 걸 누가 알 정도라면 일상적인 만남이었다는 뜻이다. 그 생각을 하면 토할 것 같았다.

순식간에 허옇게 질린 미카엘의 얼굴. 사과를 훔치다 들킨 아이처럼 겁먹고 죄책감에 사로잡힌 눈빛. 그는 어떻게 그랬을까? 그는, 그 부정한 인간은 어떻게 그랬을까? 어떻게 그렇게 모든 것이 그의 보호하는 손길을 필요로 하는 사소한 문제처럼 보이게 만들었을까? 그들이 가진 모든 좋은 것을 짓밟은 남자, 세 아이의 아빠. 어째서 **그는** 오히려 자신이 십자가를 짊어진 것처럼 굴었을까?

"일찍 들어갈게." 미카엘이 속삭였다. "나중에 얘기하자. 애들 오기 전에…… 4분 안에 시의회 의장실에 가봐야 돼." 눈물이 살짝 맺혔던가? 그 인간이 배짱 좋게 눈물까지 흘렸던가?

미카엘이 떠나고 울라는 놀랍도록 빠르게 정신을 추스렸다. 다른 대안이 없고 신경쇠약으로 무너질 처지가 못 되는 상황에서라면 누구나 그럴 것이다. 울라는 넋 나간 얼굴로 루나르라는 남자의 번호로 전화를 걸었다. 응답이 없었다. 5분 더 기다리다 일어섰다. 집에 돌아와서 크리포스의 아는 여자에게 그 전화번호에 관해 물어보았다. 선불 휴대전화였다. 문제는, 누가 울라를 그랜드 호텔로 불러 직접 목격하도록 공을 들였느냐는 것이다. 유명인 가십 기사를 전문으로 쓰는 기자였을까? 그냥 좋은 뜻으로 알려주고 싶어한 울라의 친구였을까? 아니면 이사벨레 쪽 사람이 미카엘에게 앙심을 품고 벌인 짓이었을까? 아니면 미카엘과 이사벨레가 아니라 미카엘과 울라를 떼어놓으려는 사람이었을까? 미카엘이나 울라를 미워한 누군가가? 아니면 울라를 사랑한 누군가가? 울라와 미카엘 사이가 틀어지면 자기한테도 기회가 돌아올 거라고 헛물을 켠 누군가. 울라는 자신을 누구보다 사랑하는 단 한 사람을 알고 있었다.

그날 미카엘과 대화할 때는 이런 의혹을 꺼내지 않았다. 미카엘은 그날 울라가 호텔 로비에 있었던 건 우연이라고, 누구나의 인생에서 일어날 수 있는, 번개 맞을 확률의 우연이라고, 운명이라고 부를 수도 있을 만큼 불가능해 보이는 우연의 일치라고 생각하는 듯했다.

미카엘은 이사벨레와 같이 있었던 게 아니라고 거짓으로 둘러대려고 애쓰지도 않았다. 그건 인정해야 했다. 그 정도로 어리석은 인간은 아니었다. 그리고 이 일을 끝내라고 요구할 것도 없다고 말했다. 이사벨레가 호텔을 나서기 전에 이미 정리했다면서. 미카엘이 직접 한 말이었다. '이 일.' 아마 별것 아닌 사소하고 비도덕적인 일, 말하자면 카펫 밑으로 쓸어 넣으면 되는 일 정도로 보이게 만들려고 머리를 굴렸을 것이다. 반면에 '관계'라고 말하면 다른 문제가 되었을 것이다. 울라는 미카엘이 호텔에서 '끝냈다'고 한 말을 믿지 않았다. 그러기에는 이사벨레가 지나치게 우쭐해 보였다. 하지만 미카엘이 그다음에 한 말은 사실이었다. 이 일이 스캔들로 터지면 자기만이 아니라 아이들과 울라까지 피해를 입는다는 말. 게다가 스캔들은 최악의 순간에 터질 거라는 말. 시의회 의장이 미카엘과 정치에 관해 의논하고 싶어했다. 그리고 미카엘이 그들의 정당에 들어오기를 원했다. 그들은 미카엘을 가까운 미래에 정치인으로 내세우려고 고민하는 중이었다. 미카엘은 그들이 찾는 적임자였다. 젊고 야망 있고 인기 있고 잘나가는 인물. 물론, 이번 경찰 살인사건이 터지기 전까지는. 하지만 미카엘이 이번 사건을 해결하면 그들은 미카엘과 마주 앉아 그의 미래에 관해, 경찰이든 정치권이든 그가 올라갈 자리에 관해, 그가 가장 영향력을 발휘할 수 있는 자리가 어디인지에 관해 논의할 터였다. 미카엘이 아직 원하는 자리를 정한 건 아니지만 스캔들이 터지면 모든 게 물거품이 되는 것만은 분명했다.

그리고 물론 울라가 있고, 아이들이 있었다. 출세길에 차질을 빚는 문제는 가족을 잃는 것에 비하면 사소했다. 울라는 이쯤해서 미카엘이 자기연민에 빠지기 전에 끼어들어 그 문제를 충분히 생각했고, 고민 끝에 그의 생각과 일치하는 결론에 이르렀다고 말했다. 미카엘의 출세. 아이들. 그들 부부가 함께 일궈온 삶. 울라는 그를 용서했다고 선선히 말하면서도 다시는 절대로 이사벨레 스퀘옌과 연락하지 않겠다고 약속하라고 했다. 경찰청장으로서 회의에 참석할 때만 제외하고. 미카엘은 실망한 눈치였다. 하찮은 국지전이 아니라 대규모 전투에 대비해 철저히 무장했는데 결국 큰 희생도 없이 시시하게 끝나버려서 아쉬운 것처럼.

울라는 마침내 트룰스가 차에 시동을 걸고 떠나는 걸 보았다. 미카엘에게는 트룰스에 대한 의혹을 말하지 않았고 앞으로도 말할 생각이 없었다. 왜 그랬을까? 울라의 짐작이 맞는다면 혹시라도 미카엘이 이사벨레 스퀘옌에 관한 약속을 지키지 않을 때 트룰스를 정보원으로 부리며 경보를 울리게 할 수 있었다.

트룰스의 차가 떠나고 적막한 주택가에 뿌연 먼지만 남았다. 문득 어떤 생각이 머리를 스쳤다. 물론 도저히 용납할 수 없는 미친 생각이지만 마음이 풀어진 순간 의식의 엄격한 검열을 거치지 않고 튀어나왔다. 울라와 트룰스. 여기 이 침실에서. 단지 복수를 위해. 울라는 그 생각이 떠오르자마자 억눌렀다.

차 앞유리에 진눈깨비가 회색 침처럼 뿌리더니 이내 비로 변했다. 수직으로 강하게 내리꽂히는 비. 와이퍼가 물의 장벽과 사투를 벌였다. 안톤 미테트는 천천히 차를 몰았다. 사방이 어두컴컴하고 비까지 내려서 꼭 술 취한 것처럼 세상이 뿌옇고 몽롱해 보였다. 안톤은 폭스바겐 샤란의 시계를 보았다. 3년 전에 차를 새로 장만하기로 했을 때 레우라는 좌석 일곱 개짜리 이 차를 고집했다. 작은 차를 타고 다니다 사고를 당하기 싫어서 그러는 줄 알면서도 대가족이라도 만들 셈이냐고 실없는 농담을 던졌다. 물론 안톤도 사고를 당하기 싫었다. 이쪽 도로를 잘 아는 데다 이런 야심한 밤에는 반대편에서 오는 차량도 없는 걸 알면서도 괜한 위험을 감수하고 싶지 않았다.

관자놀이에서 맥이 뛰었다. 20분 전에 받은 전화 때문이었다. 게다가 오늘 커피를 마시지 않은 탓도 있었다. 혈액 검사 결과를 보자 커피 맛이 확 떨어졌다. 멍청했다. 더 의심할 것도 없이. 지금은 카페인에 길들여진 혈관이 좁아져서 두통이 기분 나쁘게 쿵쾅거리는 배경음악처럼 깔렸다. 커피 중독자의 금단증상이 사라지기까지 2주 정도 걸린다는 글을 어디선가 읽은 적이 있다. 안톤은 중독을 버리고 싶지는 않았다. 커피를 마시고 싶었다. 맛있는 커피를 마시고 싶었다. 모나의 혀에서 나던 민트 맛처럼 좋은 맛. 그러나 지금은 커피를 마시면 수면제의 씁쓸한 뒷맛이 떠올랐다.

안톤은 용기를 짜내 군나르 하겐에게 전화해서 그 환자가 사망했을 때 자기가 약에 취해 있었다고 말하려 했다. 깜빡 잠이 들었을 때 누군가 그 병실에 왔었다고. 의사들이 자연사라고 말했지만 아닐 수도 있다고. 다시 철저히 부검해야 한다고. 두 번이나 전화 했는데 한 번도 받지 않았다. 안톤은 애를 써보았다. 그랬다. 그리 고 다시 해볼 것이다. 그 일이 항상 발목을 잡을 테니. 지금처럼. 또 일이 터졌다. 누군가 살해당했다. 안톤은 브레이크를 밟고 도로에 서 벗어나 에이케르사가로 올라가는 자갈길에 들어서서 다시 액셀 러레이터를 밟았다. 바퀴에 자갈이 밟히는 소리가 들렸다.

여기는 더 어둡고, 움푹 꺼진 자리마다 물이 차 있었다. 자정이 거의 다 된 시각이었다. 처음 그 일이 일어났을 때도 자정 무렵이 었다. 옆 관할구역인 네드레 에이케르의 경계와 가까운 위치라서 그쪽 경찰서 소속 경관이 누군가로부터 충돌하는 소리가 나고 자 동차가 강으로 떨어진 것 같다는 신고전화를 받고 처음 사건 현장 에 출동했다. 그 경관이 해당 관할 경찰서의 허락도 없이 사건 현 장에 들어간 것은 잘못이었다. 게다가 차로 현장을 헤집어놔서 단 서가 될 만한 증거를 없애는 바람에 말썽을 일으켰다.

안톤은 지난번에 그것을 발견한 커브를 지났다. 경찰봉. 르네 칼 스네스가 살해되고 나흘째, 안톤은 드디어 하루 쉴 수 있었지만 집 에서 가만히 쉬지 못하고 혼자 숲속에 들어가 수색했다. 어쨌든 쉰 드레 부스케루에서는 살인이 날마다—아니 해마다— 일어나는 사 건이 아니었다. 안톤은 수색대가 이 잡듯이 훑고 지나간 구역을 제 외하고 수색했다. 그것이 거기에, 커브 뒤 전나무 아래에 있었다. 거기서 안톤은 결정을, 모든 일을 망친 어리석은 결정을 내렸다. 그것을 보고하지 않기로 한 것이다. 왜? 우선 에이케르사가에서 사 건 현장까지 한참 올라가야 해서 그 경찰봉이 해당 살인사건과 관 련 있을 가능성이 낮아 보였다. 나중에 조사에서 멀리 떨어져 있어서 사건과 무관할 거라고 보았다면 굳이 왜 거기까지 가서 수색했느냐는 질문을 받았다. 그때는 흔한 경찰봉 하나로 인해 경찰 전체의 관심이 불필요하고 부정적인 쪽으로 쏠릴까 봐 걱정되었다. 르네 칼스네스에게 생긴 상처는 둔기에 의한 것이 아니라 차에 탄 채로 40미터 아래 강으로 떨어져서 생긴 것이었다. 어쨌든 그것은 살인 흉기가 아니었다. 르네 칼스네스는 9밀리미터 구경 권총으로 얼굴을 맞아 사망했다.

하지만 안톤은 몇 주가 지난 후 레우라에게 경찰봉에 관해 털어놓았다. 끝끝내 안톤을 설득한 사람, 그 물건을 신고해야 하며 증거품의 중요성을 평가하는 건 그의 몫이 아니라고 말해준 사람은 레우라였다. 안톤은 레우라가 하자는 대로 했다. 상관에게 가서 발견한 물건에 관해 말했다. "심각한 오판이야." 경찰서장의 말이었다. 쉬는 날에도 수사를 도우려고 나선 대가로 안톤은 주요 업무에서 밀려나 사무실에서 전화나 받는 신세가 되었다. 한 번의 실수로 모든 걸 잃었다. 무엇을 위해? 아무도 입 밖으로 꺼내지 않았지만, 사실 르네 칼스네스는 가까운 친구든 모르는 사람이든 상관없이 속여먹는 파렴치한이라 다들 사라졌으면 좋겠다고 생각하는 인물이었다. 하지만 가장 원통한 대목은 과학수사과가 그 경찰봉과 르네 칼스네스의 살인이 서로 연결되었다는 흔적을 찾지 못했다는 점이다. 석 달간 사무실에 처박혀 지낸 후 안톤은 그냥 미쳐버리든가 경찰을 그만두든가 다른 데로 옮기든가, 셋 중 하나를 선택해야 했다. 그래서 옛 친구이자 동료인 군나르 하겐에게 전화했고, 오슬로 경찰서에서 자리를 얻은 것이다. 군나르가 제안한 자리는 그의 경력에 비하면 일보후퇴를 의미했지만, 그래도 사람들 사이에서, 악당들 사이에서, 오슬로에서 지낼 수 있었다. 어쨌든 드람멘의 칙

칙한 분위기보다는 나았다. 작은 지방 경찰서이지만 오슬로처럼 '경찰청'이라고 부르고, 주소까지 표절해서 오슬로 경찰청이 있는 그뢴란슬레이레와 비슷하게 그뢴란 36으로 부르는 드람멘보다는 말이다.

안톤은 언덕 꼭대기까지 올라왔다. 불빛이 보이자 오른발이 저절로 브레이크를 밟았다. 타이어에 자갈이 씹혔다. 차가 멈추었다. 비가 퍼붓는 소리가 엔진 소리를 집어삼킬 기세였다. 20미터 앞에서 손전등이 내려갔다. 헤드라이트 불빛에 주황색과 흰색 테이프와 방금 손전등을 내린 사람의 노란색 경찰 조끼가 빛났다. 그 사람이 가까이 오라고 손짓했고, 안톤은 그쪽으로 차를 몰았다. 여기, 저 저지선 너머는 바로 르네의 차가 떨어진 곳이다. 견인차의 크레인과 쇠줄을 사고 차량에 연결해서 문 닫은 제재소까지 끌고 갔고, 견인차가 제재소에 이르러서야 사고 차량이 강둑으로 끌려 올라왔다. 엔진이 허리 높이의 운전석으로 튀어나와 있어서 르네의 시신을 겨우 비틀어 끄집어내야 했다.

안톤은 버튼을 눌러 창문을 내렸다. 축축하고 쌀쌀한 밤공기. 크고 무거운 빗방울이 창문 끝에 부딪혀 그의 목덜미에 작은 물방울이 튀었다.

"저기요." 안톤이 말했다. "어디……?"

안톤은 눈을 깜빡였다. 그 말을 끝까지 했는지도 알 수 없었다. 시간이 잠시 건너뛴 것처럼, 잘못 편집된 영화 필름처럼, 영문을 모른 채 멍했다. 자신의 다리를 보니 유리 파편이 떨어져 있었다. 다시 눈을 들어 보니 창문 윗부분이 박살 나 있었다. 입을 벌려 무슨 일이냐고 물으려 했다. 공기 중에 호루라기 소리 같은 게 들려서 그게 뭔지 알고 팔을 들려고 했지만 너무 느렸다. 으드득 소리가 났다. 그의 머리에서 나는 소리, 뭔가 부서지는 소리였다. 팔을 들어 비명을 질렀다. 기어를 잡고 후진에 놓으려 했다. 하지만 기어가 움직이지 않았다. 모든 것이 느린 그림처럼 움직였다. 클러치를 풀고 액셀러레이터를 밟고 싶었지만, 그러면 앞으로 나가는 수밖에 없다. 끝으로. 벼랑으로. 강물로. 40미터 아래. 이건…… 이건……. 안톤은 기어 레버를 흔들어 당겼다. 빗소리가 더 또렷이 들리고 몸의 왼쪽 전체에 싸늘한 밤공기가 느껴졌다. 누군가 운전석 문을 연 것이다. 클러치. 내 발이 어디 있지? 복사판처럼 똑같았다. 후진 기어. 다시 시작이다.

미카엘 벨만은 천장을 보았다. 지붕에 떨어지는 평온한 빗소리를 들었다. 더치 타일. 40년은 끄떡없었다. 미카엘은 이런 걸 보장한다며 타일을 몇 장이나 팔았을지 생각했다. 그만큼 오래가지 **않는** 것들에 너무 많이 지불했다. 사람들이 원하는 한 가지는, 오래갈 거라는 보장이었다.

울라는 그의 가슴에 머리를 얹었다.

그들은 대화를 나누었다. 길게 나누었다. 미카엘이 기억하기에는 처음이었다. 울라가 울었다. 그가 싫어하는 괴로운 눈물이 아니라 다른 눈물, 고통은 적고 상실이 큰 눈물, 원래 있었지만 다시는 돌아오지 않을 무언가를 상실하고 흘리는 차분한 눈물이었다. 상실감을 느낄 만큼 소중한 무언가가 그들 사이에 존재했다고 말해주는 눈물이었다. 미카엘은 울라가 울기 전에는 상실을 느끼지 못했다. 울라의 눈물이 있어야 그도 느낄 수 있었던 듯했다. 그들은 일상적으로 내려와 있던, 미카엘 벨만의 생각과 미카엘 벨만의 감정 사이의 장막을 걷었다. 울라는 그들 모두를 위해 울었고, 언제나 그랬다. 두 사람 모두를 위해 웃은 적도 있었다.

미카엘은 울라를 위로하고 싶었다. 울라의 머리를 어루만졌다. 울라가 전날 다림질해준 연푸른 셔츠가 젖도록 울게 두었다. 그러다 자기도 모르게 키스했다. 아니, 일부러 그랬을까? 호기심이었을까? 울라가 어떻게 나올지 보려는 호기심, 젊은 형사 시절에 인바우, 레이드, 버클리 9단계 모형에 따라 단지 용의자가 어떻게 나올지 보려고 감정 단추를 누르면서 조사할 때 느끼던 것과 같은 호기심에서.

처음에 울라는 키스에 아무 반응을 보이지 않았고 그냥 몸이 뻣뻣했다. 그러다 풀렸다. 미카엘은 울라의 키스를 알았지만 이건 그가 모르는 종류의 것이었다. 머뭇거리고 망설이는 키스. 그는 더 갈구하듯 키스했고 울라가 시작했다. 그를 침대로 끌고 갔다. 그의 셔츠를 벗겼다. 어둠 속에서 미카엘은 다시 그 생각을 했다. 울라는 그가 아니라는 생각. 열정. 이불 속으로 들어가기도 전에 발기가 죽었다.

미카엘은 피곤해서 그렇다고 했다. 생각할 게 너무 많다고. 지금 상황이 혼란스럽고, 자기가 한 짓이 부끄럽다고. 그러고는 황급히 '그녀', 다른 여자와는 무관하다고 덧붙였다. 이 말이 진실이라는 건 그 자신에게도 말할 수 있었다.

미카엘은 다시 눈을 감았다. 하지만 잠이 오지 않았다. 불안감. 최근 몇 달 동안 자다 깨게 만든 것과 같은 불안감, 끔찍한 어떤 일이 일어났거나 일어날 것 같은 모호한 불안감. 한동안은 그 불안감이 자다 깨서 꿈이 기억나기 전에 남아 있는 모호한 꿈의 여파이기를 바랐다.

뭔가에 의해 다시 눈이 떠졌다. 빛. 천장의 하얀 빛. 침대 옆 바닥에서 나오는 빛. 미카엘은 돌아누워 휴대전화 액정을 보았다. 무음으로 해놓고 항상 켜두었다. 이사벨레하고는 밤에는 절대 문자를 주고받지 않기로 했다. **그녀는** 왜 그러려고 하느냐고 물은 적도 없다. 그리고 당분간 만나지 못할 것 같다고 하자 순순히 받아들이는 눈치였다. 그가 무슨 뜻으로 하는 말인지 알아들었다는 생각이 들었다. '당분간'이라는 말을 빼야 한다는 걸 아는 것 같았다.

미카엘은 트룰스에게 온 문자인 걸 알고 안도했다. 그러다 흠칫 놀랐다. 술에 취한 건지, 번호를 잘못 눌러서 미카엘에게는 말한 적 없는 어떤 여자한테 보낸 건지. 두 글자가 찍혀 있었다.

잘 자.

안톤 미테트는 정신이 들었다.

처음 들어오는 감각은 빗소리였다. 이제는 비가 앞 유리에 나직나직 중얼거리는 정도로 떨어졌다. 엔진이 꺼지고, 머리가 아프고 손을 움직이지 못하는 감각이 돌아왔다.

안톤은 눈을 떴다.

헤드라이트가 아직 켜져 있었다. 불빛이 바닥을 따라 비와 어둠을 뚫고 땅이 갑자기 뚝 끊기는 곳까지 비추었다. 앞 유리가 비에 젖어서 협곡 너머 전나무 숲까지는 보이지 않았지만, 그 너머에 숲이 있는 건 알았다. 아무도 살지 않는 곳. 적막한 곳. 아무것도 보이지 않는 곳. 그때도 목격자를 찾을 수 없었다. 이번에도.

안톤은 자기 손을 보았다. 손이 움직이지 않는 건 케이블 타이로 핸들에 묶여 있어서였다. 요즘 경찰이 쓰는 수갑을 완벽하게 대체할 수 있는 끈이었다. 손목에 가느다란 밴드를 감아 조이기만 하면 되고, 아무리 힘센 사람이라도 제압할 수 있고, 몸부림쳐봐야 살을 파고들 뿐이었다. 끝까지 버티면 끈이 살을 뚫고 뼈까지 닿을 수도 있었다.

안톤은 핸들을 잡았지만 손가락에 전혀 감각이 없었다.

"깨어났나?" 이상하게 귀에 익은 목소리였다. 안톤은 조수석을 돌아보았다. 발라클라바 구멍 속에서 쏘아보는 눈을 보았다. 특수부대인 델타가 쓰는 것과 같은 종류의 발라클라바였다.

"이걸 풀어볼까?"

장갑 낀 왼손이 중간에 있는 핸드브레이크를 당겼다. 안톤은 항상 오래된 핸드브레이크의 삐걱거리는 소리를 좋아했다. 기계의, 톱니와 체인의, 실제로 일어나는 현상이 감각적으로 전해져서였다. 이번에는 핸드브레이크가 조용한 잡음 하나 없이 들리면서 풀렸다. 아주 작게 으드득 소리가 났을 뿐이다. 톱니 소리. 차가 앞으로 굴러갔다. 1, 2미터 정도만. 안톤이 반사적으로 브레이크를 밟은 것이다. 시동이 걸려 있지 않아서 세게 밟아야 했다.

"반응 속도가 좋군, 안톤."

안톤은 앞유리 너머를 응시했다. 목소리. 그 목소리. 브레이크에서 발을 뗐다. 기름칠이 안 된 경첩처럼 삐걱거리며 차가 움직이자 다시 브레이크를 밟았다. 이번에는 계속 밟고 있었다.

실내등이 켜졌다.

"르네는 자기가 죽을 걸 알았을까?"

안톤 미테트는 대답하지 않았다. 그저 백미러에 비친 자신을 보았다. 그게 자신이라고 짐작할 뿐이었다. 피투성이가 되어 번들거리는 얼굴. 코 한쪽이 부어 있었다. 부러진 것 같았다.

"기분이 어때, 안톤? 알아? 말해줄 수 있나?"

"왜…… 왜지?" 안톤 미테트는 거의 반사적으로 물었다. 정말로 이유를 알고 싶은지도 확실치 않았다. 그저 매섭게 추운 것만 알았다. 도망치고 싶은 것도 알았다. 레우라에게 가고 싶었다. 아내를 안고 싶었다. 아내에게 안기고 싶었다. 아내의 향기를 맡고 싶었다. 아내의 온기에 묻히고 싶었다.

"이유를 알아내지 못했나, 안톤? 당신이 그 사건을 해결하지 않아서야, 물론. 당신한테 다시 기회를 주는 거야. 이전의 실수에서 배울 수 있는 기회."

"배…… 배우다니?"

"심리학에서 부정적인 피드백을 주면 수행능력이 향상되는 것으로 밝혀진 연구가 있다는 거 아나? 많이 부정적인 것도 아니고 긍정적인 것도 아니고, 그냥 살짝 부정적인 정도의 피드백 말이야. 당신네 모두를 벌주면서 경찰을 한 번에 하나씩만 죽이는 건 살짝 부정적인 피드백인 것 같지 않아?"

바퀴가 삐걱거렸고, 안톤은 다시 브레이크를 밟았다. 절벽 끝을 바라보면서. 더 세게 밟아야 할 것 같았다.

"브레이크 오일." 목소리가 말했다. "파이프에 구멍을 뚫어놨어. 새는 거야. 좀 있으면 아무리 세게 밟아도 소용이 없을 거야. 추락하면서 생각할 수 있을 거 같나? 당신이 한 일을 후회할까?"

"후회라니, 뭘……?" 안톤은 말을 잇고 싶었지만 더는 말이 나오지 않았다. 입에 밀가루가 꽉 찬 느낌이었다. 추락. 추락하고 싶지 않았다.

"경찰봉 가져간 거 말이야." 목소리가 말했다. "범인을 찾는 데 일조하지 않은 걸 후회할 거 같냐고. 그랬다면 이 꼴을 당하지 않아도 됐잖아."

안톤은 브레이크를 밟으며 브레이크 오일을 짜내는 느낌이었다. 세게 밟을수록 오일이 더 빨리 새는 것 같았다. 발을 살짝 떼보았다. 타이어에 자갈이 씹히는 소리가 나자 덜컥 겁이 나서 다리를 쭉 뻗어서 바닥과 브레이크를 밟았다. 차에는 두 가지 유압 브레이크 시스템이 있는데, 그중 하나에 구멍이 뚫린 것 같았다.

"회개하면 용서받을 수도 있어, 안톤. 예수님은 너그러우신 분이 거든."

"회…… 회개할게. 풀어줘."

낮은 웃음소리. "안톤, 난 지금 천국 얘길 하는 거야. **난** 예수도 아니고. 나한테 용서를 구할 거 없어." 잠시 침묵. "그리고 내 대답은, 그래. 내가 두 가지 시스템에 모두 구멍을 뚫었어."

안톤은 문득 차에서 브레이크 오일이 떨어지는 소리를 **들은** 것 같았지만 사실은 턱 끝에서 허벅지로 핏방울이 떨어지는 소리였다. 죽을 것이다. 몸에 한기가 훑고 내려가 이미 사후경직이 시작된 것 같은 감각은 부정할 수 없었다. 그런데 놈은 왜 아직 옆에 앉아 있는 걸까?

"죽는 게 무섭군." 목소리가 말했다. "당신 몸 말야. 그 몸이 냄새를 퍼트리고 있어. 냄새가 나나? 아드레날린 냄새. 약이랑 오줌 냄새가 나. 노인들 집이나 도살장에서 꼭 그런 냄새가 나지. 죽음을 두려워하는 냄새."

안톤은 거칠게 숨을 들이마셨다. 두 사람 몫의 공기가 충분하지 않은 것 같았다.

"난 말이야, 죽는 게 하나도 무섭지 않아." 목소리가 말했다. "이상하지 않나? 죽음의 공포처럼 인간의 근본적인 걸 잃어버릴 수 있다는 거 말이야. 물론 어느 정도는 삶의 욕구와 관련이 있지만 아주 조금만 그래. 사람들은 평생 원치 않는 곳에서 살아가. 다른 데는 더 나쁠까 봐 겁이 나서. 슬프지 않나?"

안톤은 질식할 것 같았다. 천식을 앓아본 적은 없지만 레우라가 천식 발작을 일으킬 때마다 절박하게 애원하는 표정을 보면서도 도와줄 수 없어서, 공포에 질려 숨 쉬려고 발버둥치는 모습을 그저 바라볼 수밖에 없어서 절망한 적은 있었다. 한편으로는 호기심도 일었다. 그 상태가 어떤지 알고 싶고 느끼고 싶고, 죽음이 임박한 순간을 느껴보고, 아무것도 할 수 있는 게 없는 기분을 느껴보고 싶었다. 그런데 이제 그걸 느껴볼 수 있는 처지가 되었다.

이제 안톤은 그 느낌을 안다.

"난 죽으면 더 나은 곳으로 간다고 믿어." 목소리가 읊조렸다. "그래도 지금은 같이 갈 수 없어, 안톤. 알다시피 할 일이 있거든."

안톤은 자갈이 으드득거리는 소리를 다시 들었다. 거친 목소리로 잠시 후면 빨라질 거라고 천천히 선고하는 것만 같았다. 브레이크를 더 밟을 수는 없었다. 페달이 이미 바닥에 닿아 있었다.

"잘 가게."

조수석 문이 열리고 차가운 공기가 들어왔다.

"그 환자 말야." 안톤이 신음하듯 말했다.

안톤은 정면의 벼랑 끝을 바라보면서도 조수석에 앉은 사람이 돌아보는 걸 알았다.

"무슨 환자?"

안톤은 혀를 내밀어 윗입술을 핥으며 들큼한 쇠 맛이 나는 축축한 무언가를 느꼈다. 입속을 핥았다. 겨우 목소리를 찾았다. "국립병원에 있던 환자. 그 사람이 죽기 전에 난 약에 취했어. 혹시 너였나?"

2초쯤 침묵이 흐르는 동안 다시 빗소리가 들렸다. 어둠 속에서 비가 내리고 있었다. 이보다 더 아름다운 소리가 있을까? 선택할 수만 있다면 날마다 그 소리를 들으며 앉아 있고 싶었다. 해마다. 듣고 또 들으면서 주어진 모든 순간을 즐길 텐데.

조수석에 앉은 몸이 움직였고, 그 사람의 무게가 빠져나간 만큼 차가 들린 느낌이었다. 문이 조용히 닫혔다. 혼자 남았다. 차가 움직였다. 타이어가 자갈밭에서 서서히 구르는 소리가 허스키한 속삭임처럼 들렸다. 핸드브레이크. 오른손에서 50센티미터 떨어져 있었다. 안톤은 손을 풀어보려 했다. 살갗이 찢어지는 통증조차 느껴지지 않았다. 걸걸한 속삭임이 더 커지고 더 빨라졌다. 안톤은 자신의 몸이 크고 뻣뻣한 탓에 발을 핸드브레이크 밑으로 넣지 못하리라는 걸 알았다. 그래서 몸을 숙였다. 입을 벌렸다. 핸드브레이크 끝을 입에 물어 윗니 안쪽이 눌리는 느낌과 함께 당겨보았지만 빠져나갔다. 다시 시도하면서 이미 늦은 건 알았지만 그나마 이렇게 죽어가는 게, 싸우면서 절박하게 살아 있는 게 나았다. 안톤은 몸을 비틀어 다시 입으로 레버를 물었다.

이제 완벽한 정적이었다. 걸걸한 속삭임이 사라지고 빗소리가 뚝 끊겼다. 아니, 끊기지 않았다. 그였다. 그가 떨어지고 있었다. 무중력으로, 느린 왈츠를 추면서 빙빙 돌듯이, 모두가 둘러서서 지켜보는 가운데 레우라와 추던 춤과도 같았다. 가만히 서서 천천히 돌면서 몸을 흔들며 스텝을 밟지만, 지금은 그 혼자였다. 이렇게 기묘한 정적 속에서 떨어지면서. 빗속에서 떨어지면서.

14

　레우라 미테트는 그들을 보았다. 전화를 받고 엘레바르켄의 그 건물 앞으로 내려와 가운 차림으로 팔짱을 낀 채 추위에 떨고 있었다. 드람멘 강 위로 첫 햇살이 반짝거렸다. 머릿속에 뭔가가 스쳤다. 순간 그녀는 그곳에 없고, 아무 말도 들리지 않고, 그들 뒤에 있는 강만 보았다. 잠시 혼자만의 세계에서 처음부터 안톤은 자기 짝이 아니었다고 생각했다. 자기는 천생배필을 만나지 못했거나, 적어도 그런 사람을 잡지 못했다는 생각이 들었다. 레우라가 잡은 남자, 안톤은 결혼한 첫해에 몰래 바람을 피웠다. 물론 안톤은 들킨 줄 꿈에도 몰랐겠지만. 아는 척을 해봐야 잃을 게 너무 많았다. 요즘 들어 또 몰래 누굴 만나는 것 같았다. 똑같이 빤한 변명을 늘어놓으며 예의 그 과장되게 아무 일 없는 표정을 짓는 걸 보면. 초과근무 명령이 떨어졌다는 둥. 오는 길에 차가 막혔다는 둥. 배터리가 나가서 전화기가 꺼졌다는 둥.

　두 사람이 왔다. 남자와 여자. 둘 다 구김 하나, 얼룩 하나 없는 제복 차림이었다. 방금 옷장에서 꺼내서 입고 나온 듯했다. 심각하고 겁먹은 눈빛. 레우라를 '미테트 부인'이라고 불렀다. 그렇게 부

212

르는 사람은 없었다. 누가 그렇게 불러주었더라도 썩 반갑지 않았을 것이다. 그건 그 남자의 성이고, 그 성을 쓰기로 한 걸 수없이 후회했으니까.

그들이 헛기침을 했다. 전할 말이 있다는 듯이. 그런데 뭘 기다리는 거지? 레우라는 벌써 알고 있었다. 그들의 멍청하고 과장되게 비극적인 얼굴이 이미 말하고 있지 않은가. 레우라는 화가 났다. 화가 나서 얼굴이 일그러져서 자기가 원하지 않는 사람, 이 희극적인 비극의 역할을 강요받은 사람의 얼굴이 되었다. 그 사람들이 뭐라고 말했다. 뭐라고 한 거지? 노르웨이어가 맞나? 무슨 말인지 알아들을 수가 없었다.

레우라는 천생배필을 만나고 싶었던 적이 없다. 그 사람의 성을 원한 적도 없다.

지금까지는.

15

    검은 폭스바겐 샤란이 뱅글뱅글 돌면서 파란 하늘을 향해 서서히 올라왔다. 초저속으로 움직이는 로켓 같군, 하고 카트리네는 사고 차량을 보면서 생각했다. 불길이나 연기 대신 구겨진 문과 트렁크에서 떨어지는 물이 강물 위로 방울방울 흩어져 햇살에 반짝였다.

    "지난번에도 여기서 차를 끌어올렸어요." 관할 경관이 말했다.

    그들은 붉은 페인트가 벗겨지고 작은 창문의 유리창이 박살 난 제재소 앞에 서 있었다. 간밤에 내린 비로 시든 풀잎이 빗물이 흐르던 방향으로, 히틀러의 앞머리처럼 반듯하게 누워 있었다. 그늘에는 녹은 눈이 얼룩덜룩 쌓여 있었다. 때 이르게 돌아온 철새가 흥겹게 노래하고 강물이 시원하게 콸콸 흘렀다.

    "그런데 이번 건 바위 사이에 박혀 있어서 그대로 간단히 끌어올릴 수 있었어요."

    카트리네의 시선은 흐르는 강물을 따라 내려갔다. 제재소 위로 댐이 하나 있고, 차량이 박혀 있던 커다란 회색 바위 사이로 물살이 천천히 흘렀다. 흩어진 유리 파편이 햇빛에 반짝였다. 이어서 카트리네의 시선은 바위의 수직면에 머물렀다. 드람멘 화강암. 하나의 구상 작품 같았다. 저 위 벼랑 끝으로 튀어나온 트럭 뒷부분과 노란색 크레인이 보였다. 누구든 중량과 기중기 팔의 비율을 정확히 계산하고 저러는 것이기를 바랐다.

"한데 형사님들이라면서 다른 분들하고 위에 올라가시지 않네요?" 경관이 그들의 신분증을 꼼꼼히 들여다보고 나서 경찰 저지선 안으로 들여보내며 물었다.

카트리네는 어깨를 으쓱했다. 자신들은 사과 서리를 하는 중이고, 정식 허가를 받지 않아서 정규 수사팀과 일정한 거리를 두면서 임무를 수행해야 한다고 털어놓을 수는 없었다.

"여기서 봐야 보이는 것도 있잖아요." 베아테 뢴이 말했다. "안내해주셔서 고맙습니다."

"별말씀을요."

카트리네 브라트는 노르웨이 교도소 사이트에 로그인된 채로 아이패드를 끄고 베아테 뢴과 스톨레 에우네를 급히 쫓아갔다. 둘은 이미 저지선 밖으로 나가 비에른 홀름의 40년도 더 된 볼보 아마존으로 돌아가고 있었다. 차 주인은 언덕 위에서 가파른 자갈길로 슬렁슬렁 걸어 내려와 오래된 차 앞에서 그들과 만났다. 에어컨도 에어백도 중앙 잠금장치도 없지만, 보닛과 지붕과 후미부까지 체크무늬 스피드 스트라이프 두 줄이 이어진 차였다. 카트리네는 비에른의 가슴이 들썩거리는 걸 보고 현재 경찰대학의 입학요건을 충족시키지 못할 거라고 생각했다.

"어때?" 베아테가 물었다.

"얼굴이 일부 뭉개졌지만 몸은 안톤 미테트인 것 같다는군요." 비에른이 라스타 비니를 벗어 둥그런 얼굴에 흐르는 땀을 닦았다.

"안톤." 베아테가 말했다. "그렇겠지."

나머지 모두가 베아테를 돌아보았다.

"지역 경관. 마리달렌에서 시몬한테 인계받은 사람. 기억나, 비에른?"

"아뇨." 비에른이 부끄러운 기색도 없이 대꾸했다. 카트리네는 비에른이 자기 상사가 화성에서 온 사람이라는 생각에 익숙해진 것 같다고 생각했다.

"드람멘 경찰서 소속이었어. 여기서 일어난 예전 미제사건 수사에도 조금 관여했고."

카트리네는 어이가 없다는 듯 고개를 절레절레 흔들었다. 우선 강에서 차량 사고가 발생했다는 메시지가 경찰 기록에 뜨자마자 몇 년 전에 르네 칼스네스가 살해당한 장소라는 걸 기억하고 그들 모두를 드람멘으로 호출한 데에 놀랐다. 게다가 그 사건에 '조금' 관여한 드람멘 사람의 이름을 기억한 것에 놀랐다.

"그 사람이 실수를 저질러서 기억하기 쉬웠어." 카트리네가 고개를 젓는 걸 본 양 베아테가 말했다. "경찰봉을 발견하고도 혹시나 경찰이 연루되었을까 봐 우려해서 보고하지 않았거든. 사인은 짐작이 간대?"

"아뇨." 비에른이 말했다. "추락해서 사망한 건 맞는 거 같아요. 핸드브레이크가 입으로 들어가서 뒤통수로 나왔어요. 그런데 얼굴이 멍투성이인 것으로 보아 살아 있을 때 폭행당한 것 같아요."

"스스로 절벽으로 떨어졌을 수도 있을까요?" 카트리네가 물었다.

"그럴지도. 그런데 손이 케이블 타이로 핸들에 묶여 있었어요. 스키드 마크가 없고, 차가 절벽 가까이 있던 바위에 부딪혔으니 속도가 그렇게 빠르지는 않았을 거예요. 그냥 굴러갔을 거예요."

216

"핸드브레이크가 입에?" 베아테가 얼굴을 찡그리며 물었다. "어떻게 된 걸까?"

"손이 묶여 있고 차가 절벽으로 굴러갔다면서요." 카트리네가 말했다. "입으로 어떻게든 당겨보려 했을 거예요."

"아마도. 아무튼 이번에도 경찰이에요. 과거의 사건 현장에서 죽었고."

"미해결 살인사건 현장이죠." 비에른 홀름이 말했다.

"그래, 그런데 그 사건과 마리달렌과 트리반의 소녀 살인사건 사이에는 중대한 차이가 있어." 베아테가 지하 사무실을 나서기 전에 급히 출력한 보고서를 흔들며 말했다. "르네 칼스네스는 남자고, 성폭행 흔적은 없었어."

"그보다 더 중요한 차이가 있어요." 카트리네가 말했다.

"네?"

카트리네는 옆구리에 끼고 있던 아이패드를 톡톡 쳤다. "방금전, 오는 길에 범죄 기록과 수감자 명단을 확인했거든요. 발렌틴예르트센은 르네 칼스네스가 살해당할 때 일라에서 단기 복역 중이었어요."

"젠장!" 비에른이었다.

"자." 베아테가 말했다. "그렇다고 발렌틴이 안톤 미테트를 살해했을 가능성이 사라지는 건 아니야. 이 사건의 패턴을 깼을 수는 있지만 똑같은 미치광이가 한 짓이야. 아닌가요, 박사님?"

세 사람은 스톨레 에우네를 돌아보았다. 스톨레는 이상하게 내내 말이 없었다. 카트리네는 통통한 그의 안색이 이상할 정도로 창백한 것도 보았다. 그는 차 문에 기댄 채 가슴을 들썩였다.

"스톨레 박사님?" 베아테가 다시 물었다.

"미안해요." 스톨레는 웃으려 했지만 잘 안 되었다. "핸드브레이크가……."

"익숙해지실 거예요." 베아테 역시 초조한 마음을 숨기려고 했지만 잘 안 되었다. "예의 '경찰 킬러'의 짓일까요, 아닐까요?"

스톨레 에우네가 몸을 바로 세웠다. "연쇄살인범들도 패턴을 깰수는 있습니다. 그걸 물으신 거라면요. 그런데 이건 모방범이 첫번째로…… 허, 경찰 킬러가 멈춘 데서 이어서 저지른 사건 같지는 않아요. 해리가 자주 하던 말처럼 연쇄살인범은 흰 고래예요. 극히 드물죠. 그리고 경찰들을 살해한 연쇄살인범은 분홍색 점이 박힌 흰 고래인 셈이에요. 두 명일 수 없어요."

"그럼 동일범의 소행이라는 데에는 다들 동의하는 거군요." 베아테가 말했다. "하지만 그때 교도소에 갇혀 있었다면 발렌틴이 과거 자주 가던 범행 장소로 가서 다시 살인을 저질렀다는 가설이 맞지 않아요."

"그럼에도." 비에른이 말했다. "이번 사건은 살인 자체가 모방이기도 한 것으로는 유일한 사건이에요. 얼굴을 가격한 거나 차가 강물로 추락한 거나. 무슨 의미가 있을 수 있어요."

"스톨레 박사님?"

"스스로 정교해졌다고 생각한 범인이 자신의 살인을 세련되게 복제해서 완벽하게 수행한다는 뜻일 수도 있습니다."

"뭐예요." 카트리네가 말했다. "무슨 예술가 얘기 같잖아요."

"그런가요?" 스톨레가 어리둥절한 표정으로 말했다.

"베아테 뢴!"

그들이 돌아보았다. 언덕 위에서 한 남자가 하와이언 셔츠를 펄럭이고 뱃살을 출렁이고 곱슬머리를 휘날리며 내려왔다. 보기보다

속도가 빠른 건 그 사람 몸에 어떤 열망이 있어서라기보다는 언덕 경사가 가파른 탓으로 보였다.

"어서 갑시다." 베아테가 말했다.

그들은 우르르 볼보 아마존에 올라탔다. 비에른이 시동을 걸려고 세 번째로 단추를 누르는 사이 베아테가 앉은 조수석 창문을 앙상한 검지가 톡톡 두드렸다.

베아테는 나직이 툴툴대며 창문을 내렸다.

"로게르 옌뎀." 베아테가 말했다. "〈아프텐포스텐〉에서 제게 '노 코멘트'로 대답할 수밖에 없는 질문을 하시려고요?"

"세 번째로 경찰이 살해당한 사건입니다." 하와이언 셔츠의 남자가 가쁜 숨을 몰아쉬었다. 카트리네는 그가 건강 면에서 비에른 홀름보다 못하다고 생각했다. "단서가 나왔나요?"

베아테 뢴이 희미하게 웃었다.

"노-코-멘……." 로게르 옌뎀이 한 자 한 자 읊으며 노트에 적는 시늉을 했다. "계속 주시하고 있었어요. 사소한 정보까지 주워들으면서. 주유소 주인 말로는 어제 밤늦게 안톤 미테트가 기름을 넣었다더군요. 안톤 미테트 혼자였다는데. 혹시……?"

"노……."

"……코멘트. 앞으로는 장전한 총을 지니고 다니라는 경찰총장의 지시가 있어야 할 것 같던데요."

베아테가 눈썹을 치떴다. "무슨 소립니까?"

"총이 안톤 미테트의 차 조수석 사물함에 있었다더군요." 옌뎀은 허리를 숙여 의심의 눈길로 다른 사람들을 둘러보면서 이런 기본적인 정보조차 듣지 못했는지 살폈다. "장전되지 않은 채로. 탄약이 한 상자나 있었는데도 말이죠. 장전된 총이었다면 목숨을 부지할 수 있었을지 모르죠."

"이봐요, 옌뎀?" 베아테가 말했다. "처음 답변 뒤에 그냥 중복부호를 붙이세요. 지금 잠깐 만난 것도 아무한테 말하지 않는 게 좋을 거예요."

"왜죠?"

엔진이 으르릉거리며 살아났다.

"좋은 하루 보내요, 옌뎀." 베아테가 손잡이를 돌려 창문을 올리기 시작했다. 그런데 빨리 올라가지 않아 다음 질문이 날아들었다.

"그 사람이 없어서 아쉽겠어요?"

비에른은 클러치를 풀었다.

카트리네는 사이드미러 속 작아지는 로게르 옌뎀의 모습을 보았다.

하지만 리에르토펜을 지나서야 모두의 머릿속에 있는 말을 꺼냈다.

"옌뎀 말이 맞아요."

"네." 베아테가 한숨을 쉬었다. "그래도 그 사람은 이제 없어요, 카트리네."

"알아요, 그래도 해봐야죠!"

"해보긴 뭘요?" 비에른 홀름이 물었다. "사망 판정을 받고 땅에 묻힌 사람을 다시 꺼내요?"

그들을 태운 차가 미끄러지듯 고속도로를 달리고, 카트리네는 단조로운 나무들을 보았다. 여기서, 노르웨이에서 나무가 가장 빽빽이 자라는 이 지역의 상공에서 경찰 헬리콥터에서 떨어지던 일을 떠올리고, 이런 곳에도 숲과 버려진 땅이 얼마나 많은지 알게 된 일을 떠올렸다. 사람들이 들어가지 않는 곳. 숨을 곳. 이런 곳에도 집들이 밤에 작은 점으로 흩어져 있고, 고속도로가 가느다란 줄 무늬로 칠흑 같은 어둠을 뚫고 지나가는 걸 알았다. 모든 것을 보는 건 불가능하다는 사실을 알았다. 냄새를 맡을 수 있어야 한다. 소리를 들을 수 있어야 한다. 알아야 한다.

그들은 아스케르에 거의 도착했지만 내내 무거운 침묵만이 흘렀다. 카트리네가 한참 지나 대답할 때까지 아무도 그 질문을 잊어버리지 않았다.

"네." 카트리네가 대답했다.

16

카트리네 브라트는 노르웨이 학생회관인 샤토 뇌프 앞 광장을 가로질렀다. 성대한 파티, 근사한 공연, 열띤 논쟁. 이곳에 얽힌 기억이다. 그러는 사이사이에 시험을 통과했다.

카트리네가 다니던 시절 이래로 학생들의 옷차림은 놀랄 만큼 그대로였다. 티셔츠, 펑퍼짐한 바지, 공부벌레 안경, 복고풍 푸파 재킷, 복고풍 군용점퍼. 불안감을 감추고 '영리한 게으름뱅이'인 평균적인 야심가를 숨기고 사회적으로나 직업적으로 실패하는 것에 대한 두려움을 위장하기 위한 안전한 패션. 적어도 이 학생들은 카트리네가 향하는 광장 반대편의 가난뱅이가 되지 않은 것에 만족했다.

가난뱅이가 될 몇 명이 캠퍼스 앞, 교도소 같은 문에서 카트리네 쪽으로 나오고 있었다. 몸에 맞췄지만 늘 조금 커 보이는 검은색 경찰 제복을 입은 학생들이었다. 멀리서 봐도 신입생인 걸 알 수 있었다. 신입생들은 제복에 파묻힌 것처럼 보이고, 모자도 이마까지 푹 눌러썼다. 불안을 감추기 위해서이거나 광장 건너편의 일반 학생들, 적절한 학생들, 자유롭고 독립적이고 사회비판적으로 사고하는 지식인들의 다소 경멸적이고 동정어린 시선과 마주치지 않기 위해서였다. 광장 반대편의 학생들은 기름 낀 긴 머리카락 속에서 비웃으며 계단에서 누워 햇볕을 쬐며 경찰 훈련생들이 리퍼*라고 **알고 있을** 무언가를 빨았다.

그들은 진정한 청춘이자 실수를 저지를 권리를 가진 사회의 정수이고, 뒤가 아니라 앞에 삶의 선택이 놓여 있는 사람들이므로.

어쩌면 카트리네만 그렇게 느끼는 건지도 몰랐다. 여기에만 오면 학생들에게 그녀가 어떤 학생이었고 왜 경찰이 되기로 선택했는지, 인생에서 무엇을 하기로 결정했는지 너희는 모른다고 소리 지르고 싶었다.

나이 든 당직 경관 카르스텐 카스페르센이 여전히 문 안쪽 사무실에 서 있었지만, 설령 카트리네 브라트를 기억하더라도 신분증을 확인하고 고개를 까딱하면서 그녀를 알아보는 기색을 내비치지는 않았다. 카트리네는 복도를 따라 강당으로 갔다. 가는 길에 지나친 사건 현장 강의실에는 파티션을 설치해 아파트처럼 꾸미고 가구를 비치해놓았고, 훈련생들이 서로 몸수색하고 단서를 발견하고 사건 경위를 해석하는 과정을 지켜볼 수 있는 회랑이 있었다. 이어서 체육관 문이 보였다. 트레이닝 매트가 깔려 있고 땀 냄새가 진동하는 체육관에서 훈련생들은 몸싸움을 벌이고 바닥에 쓰러뜨려 수갑을 채우는 정교한 기술을 연마했다. 카트리네는 복도 끝에 있는 제2강당으로 들어갔다. 한창 수업 중이라 살금살금 뒷줄의 빈자리에 앉았다. 앞에서 열심히 소곤거리던 두 여학생조차 그녀의 기척을 눈치채지 못했다.

* 마리화나가 든 궐련.

"쟤 이상하다니까, 진짜야. 자기 방 벽에다 저 사람 사진을 붙여 놨더라고."

"정말?"

"내 눈으로 봤다니까."

"세상에, 저 사람 늙다리잖아. 못생겼고."

"그래 보여?"

"너, 눈이 어디 달린 거니?" 여학생은 앞에서 학생들을 등지고 칠판에 뭔가를 적고 있는 강사를 향해 고개를 까딱했다.

"동기!" 강사가 몸을 돌리며 칠판에 적은 단어를 말했다. "살인의 심리적 비용은 합리적으로 사고하고 정상적인 감정을 느끼는 사람들에게는 매우 높아서, 살인을 하려면 아주 강렬한 동기가 있어야 합니다. 이런 동기는 대개 살인 흉기나 목격자나 법의학 증거보다 더 쉽고 빠르게 찾을 수 있습니다. 그리고 이런 동기는 용의자를 지목합니다. 그래서 수사관은 반드시 '왜'라는 질문부터 던져야 합니다."

강사는 잠시 말을 끊고 학생들을 둘러보았다. 빙빙 맴도는 모습이 양 떼를 모으는 양치기 개와 조금 비슷하다고 카트리네는 생각했다.

강사가 검지를 들었다. "거칠게 단순화하자면, 살인사건에서 동기를 찾으면 범인을 잡은 것이나 마찬가지입니다."

카트리네 브라트에게는 강사가 못생겨 보이지 않았다. 그렇다고 일반적인 눈으로 볼 때 매력적인 건 물론 아니었다. 영국인들이 후천적 취향이라고 말하는 것에 가까웠다. 게다가 목소리도 중후하고 온화한 데다 살짝 갈라지고 거칠게 예리한 구석이 있어서 어린 학생 팬들에게만 매력적으로 들리는 건 아니었다.

"네?" 강사는 잠시 머뭇거리다가 손을 흔드는 여학생에게 발언권을 주었다.

"선생님처럼 명석한 수사관이 몇 가지 질문과 약간의 추론으로 사건을 해결할 수 있다면 어째서 굳이 비용을 들여 대규모 과학수사팀을 현장에 내보내는 건가요?"

학생의 질문은 전혀 비꼬는 투로 들리지 않았다. 그저 어린애 같은 진지함이 담겨 있고 북부 지역에 살았을 것 같은 억양이 섞여 있었다.

카트리네는 강사의 얼굴에 감정이 스치고 이내 감정을 추스르고 대답하는 걸 보았다. "범인이 누군지 제대로 **아는** 경우는 없으니까요, 실예. 십 년 전 은행 강도 사건이 한창일 때 강도수사과에 복면 쓴 범인의 얼굴 윤곽으로 범인을 알아보는 여자 경관이 있었어요."

"베아테 뢴." 실예라고 불린 학생이 말했다. "과학수사과 책임자요."

"맞아요. 강도수사과는 열 건 중 여덟 건에서 CCTV 화면의 복면 쓴 사람이 누구인지 알아봤어요. 그런데 증거는 없었습니다. 지문은 증거예요. 총도 증거고. 아무리 명석한 수사관이라고 해도 수사관의 확신은 증거가 **아닙니다.** 오늘 여러 번 단순하게 정리했지만, 마지막으로 하나 더 합시다. '왜'라는 질문의 답은 '어떻게'를 알아내지 못하는 한 무의미하다는 겁니다. 그 반대도 마찬가지고요. 하지만 이제 이 과정에 조금 더 들어왔으니 폴케스타 교수님께서 과학수사에 관해 소개해주실 겁니다." 강사는 손목시계를 흘깃했다. "다음 시간에는 동기에 관해 자세히 알아보겠지만, 그전에 일단 생각해볼 문제가 있습니다. 사람들은 왜 서로를 죽일까요?"

강사는 격려하는 표정으로 학생들을 둘러보았다. 카트리네는 그의 입꼬리에서 수로처럼 이어진 흉터 말고도 새로운 흉터가 두 개 더 생긴 걸 보았다. 하나는 칼로 목까지 그은 자국으로 보이고, 다른 하나는 머리 옆으로 눈썹과 같은 선에 생긴, 총상에 의한 흉터로 보였다. 하지만 그 외에는 이제껏 알던 모습보다 더 좋아 보였다. 192센티미터의 체격이 훤칠하고 탄력 있어 보였고, 짧게 자른 숱 많은 금발에는 아직 흰머리도 나지 않았다. 티셔츠 속 탄탄한 근육이 드러났다. 다시 살이 붙은 듯했다. 무엇보다도 눈에 생기가 돌았다. 민첩하고 활력 넘치고 조증에 가까운 모습이 돌아왔다. 잔주름과 큼직큼직한 몸짓은 예전에 못 보던 것이었다. 행복하게 잘 살아가는 사람으로 보일 정도였다. 그게 사실이라면 평생 처음일 것이다.

"그걸로 얻는 게 있으니까요." 남학생이 대답했다.

강사는 온화한 얼굴로 고개를 끄덕였다. "그렇게 생각할 수도 있겠군요. 그런데 이득을 위해 살인까지 저지르는 경우는 흔치 않아요, 베틀."

누군가 강한 순뫼레 억양으로 물었다. "누군가를 몹시 싫어해서요?"

"제거하는 건 열정 범죄라는 뜻이에요." 강사가 말했다. "질투. 거부. 복수. 네, 맞습니다. 또 없습니까?"

"정신이상자라서요." 키가 크고 구부정한 남학생이 말했다.

"정신이상자는 옳은 말이 아니야, 로버트." 아까 그 여학생이었다. 카트리네에게는 앞줄의 좌석 등받이 너머로 금발 포니테일만 보였다. "그건—"

"괜찮아요, 실예. 저 학생이 무슨 뜻으로 하는 말인지 다 아니까." 강사는 책상 앞에 앉아 긴 다리를 쭉 펴고 티셔츠에 찍힌 글라스베가스 로고 위로 팔짱을 꼈다. "그리고 난 개인적으로 정신이상자가 딱 맞는 말이라고 생각해요. 하지만 살인의 일반적인 이유에는 들어맞지 않아요. 물론 살인 그 자체가 정신이상의 증거라고 보는 사람도 있지만, 대개의 살인은 합리적입니다. 물질적 이득을 추구할 만큼 합리적이고, 정서적 안도감을 추구할 만큼 합리적이죠. 살인자는 살인을 통해 증오와 공포, 질투, 굴욕의 고통이 줄어들 거라고 기대할 수 있습니다."

"그런데 살인이 그렇게 합리적이라면……." 처음의 남학생이 말했다. "살인을 저지르고 만족하는 범인을 얼마나 만나보셨나요?"

헛똑똑이들이로군. 카트리네는 생각했다.

"거의 없습니다." 강사가 말했다. "하지만 살인을 저지르고 실망한다는 것이, 범인이 안도감을 얻을 거라고 **믿고** 저지른 살인이 합리적이지 못하다는 의미는 아닙니다. 하지만 복수는 상상 속에서 더 달콤한 법이죠. 질투심에 격분해 살인을 저지르면 후회가 따릅니다. 연쇄살인범은 신중히 쌓아올린 절정의 순간이 어김없이 실망스러운 결말로 끝나고 나면 계속 다시 시도할 수밖에 없습니다. 한마디로……." 강사는 일어나서 칠판으로 갔다. "살인에 관한 한 범죄는 이익이 되지 않는다는 속담에는 일리가 있습니다. 다음 시간에는 여러분이 살인을 한다면 어떤 동기로 할지 생각해 오세요. 정치적인 올바름 따위는 집어치우고. 자신의 가장 어둡고 내밀한 곳을 들여다보세요. 음, 두 번째로 어두운 구석도 괜찮습니다. 그리고 스톨레 에우네 박사님이 쓰신 살인자의 성격과 프로파일링에 관한 논문도 함께 읽어 오세요. 알겠습니까? 그래요, 추가 질문을 던질 겁니다. 그러니 마음 단단히 먹고 준비하세요. 그럼 이만."

학생들이 일어서면서 의자에서 불협화음이 일었다.

카트리네는 자리에 그대로 앉아 학생들이 지나가는 걸 보았다.
결국 세 사람만 남았다. 카트리네와 칠판을 지우는 강사와 강사 바
로 뒤에서 다리를 모으고 옆구리에 노트를 끼고 서 있는 포니테일
금발 여학생. 그 학생의 날씬한 몸매가 보였다. 말투가 강의 시간
에 발언할 때와 달라졌다.

"교수님께서 오스트레일리아에서 잡은 연쇄살인범은 그 여자들
을 살해하고 만족감을 얻었다고 생각하세요?" 어린 소녀처럼 애교
부리는 말투. 어린 딸이 아빠에게 잘 보이려고 아양 떨 때의 말투.

"실예……."

"범인은 여자들을 강간했잖아요. 그건 꽤 좋았을 거예요."

"논문을 읽고 와. 그 얘기는 다음 시간에 하지. 됐나?"

"알았어요."

학생은 계속 서성였다. 앞뒤로 몸을 흔들면서. 발끝으로 서서 몸
을 쭉 펴는 것 같았다. 그를 향해. 그가 학생을 쳐다보지도 않고 서
류를 정리해서 가죽 가방에 넣는 동안. 그리고 학생은 돌아서서 출
구로 향하는 계단을 올라갔다. 지나가다 카트리네를 발견하고 걸
음을 늦추어 눈을 동그랗게 뜨고 쳐다보고는 다시 속도를 내서 계
단을 올라갔다.

"안녕하세요, 해리." 카트리네가 나직이 말했다.

"안녕, 카트리네." 그가 보지도 않고 대답했다.

"좋아 보이네요."

"자네도." 그는 가방의 지퍼를 잠갔다.

"저 온 거 보셨어요?"

"자네가 온 걸 **감지**했지." 그가 눈을 들었다. 미소를 지었다. 카
트리네는 그가 미소를 지을 때 얼굴이 변형되는 모습에 매번 놀랐

다. 그가 미소를 지으면 낡은 코트처럼 장착한 딱딱하고 경멸적이고 삶에 지친 표정이 싹 날아간다는 것에 놀랐다. 키가 너무 커버린 장난꾸러기 소년처럼, 문득 햇살이 퍼져나가는 모습에 놀랐다. 베르겐의 화창한 7월의 날씨처럼. 희귀하고 짧아서 더 반가운.

"무슨 뜻이에요?"

"자네가 올 걸 반쯤은 예상하고 있었다는 뜻."

"아, 그러셨군요?"

"그래. 그리고 내 대답은 '노'야." 그는 가방을 옆구리에 끼우고 카트리네가 앉은 자리까지 길게 네 걸음에 계단을 뛰어올라 카트리네를 안아주었다.

카트리네는 그를 꼭 안고 그의 향기를 마셨다. "뭐가 '노'라는 거예요, 해리?"

"날 가질 수 없다는 의미야." 해리가 귓속말로 속삭였다. "자네도 알잖아?"

"저기요!" 카트리네가 포옹을 풀려고 했다. "그 못난이 애벌레 아가씨만 없었어도 5분도 안 걸려서 내 발밑에 꿇릴 수 있었다고요. 게다가 **그 정도로** 좋아 보인단 말은 아니었어요."

해리는 웃으면서 포옹을 풀었고, 카트리네는 조금 더 안아줄 수도 있었을 텐데 하고 생각했다. 카트리네는 자기가 정말로 해리를 원하는지 끝내 알지 못했다. 어쩌면 너무나 비현실적이라 그 문제를 생각하는 것 자체를 참았는지도 몰랐다. 시간이 흐르면서 그저 농담이 되고 흐지부지되었다. 게다가 해리는 라켈에게 돌아갔다. 해리가 카트리네에게 허락한 '못난이 애벌레 아가씨'라는 별명은 사실 터무니없는 표현이라 라켈의 약 오를 정도로 아름다운 외모를 더 부각시킬 뿐이었다.

해리는 대충 면도한 턱을 문질렀다. "흠, 자네가 찾아온 게 나의 이 거부할 수 없는 몸이 아니라면 분명……." 그는 검지를 들었다. "알았다. 나의 명석한 머리로군!"

"시간이 지나도 재밌어지진 않았네요."

"여전히 대답은 '노'야. 자네도 알잖아."

"어디 사무실 같은 데 가서 얘기 좀 하면 안 돼요?"

"그건 되지만 대답은 노야. 사무실은 있어도 살인사건 수사를 도와줄지 말지 상의할 수 있는 곳은 없어."

"살인사건들이죠."

"내가 들은 바로는 한 사건이야."

"흥미롭지 않아요?"

"애쓰지 마. 그 생활은 끝냈어. 알잖아."

"해리, 이번 일에 선배가 필요해요. 선배한테도 이 사건이 필요하고."

이번에는 미소가 눈까지 번지지 않았다. "나한테 살인사건이 필요한 건 술이 필요한 것과 같아, 카트리네. 미안해. 시간낭비하지 말고 가서 다른 대안을 찾아봐."

카트리네는 해리를 보았다. 그가 아무렇지 않게 술에 비유한다고 생각하면서. 짐작한 대로 해리가 그저 두려워한다는 확신이 들었다. 사건을 너무 많이 보면 술을 마신 것과 같은 결과가 나올까 봐 두려워하는 것 같았다. 멈출 수 없을까 봐, 삼켜지고 소모될까 봐 두려운 것이다. 문득 양심에 찔렸다. 마약상처럼 뜻밖의 자기혐오가 올라왔다. 사건 현장을 다시 떠올리기 전에는. 안톤 미테트의 으스러진 두개골.

"선배 말고는 대안이 없어요."

"두 명쯤 이름을 댈 수 있어." 해리가 말했다. "FBI에서 같이 교육받은 친구가 있어. 내가 전화해서—."

"해리······" 카트리네가 그의 팔을 잡고 문으로 끌고 갔다. "사무실에 커피 있죠?"

"있긴 있는데 말했다시피—."

"우리 사건 얘기는 그만해요. 옛날 얘기나 해요."

"그럴 시간이 있나?"

"나도 기분전환 좀 해야죠."

해리는 카트리네를 보았다. 무슨 말인가 하려다가 관두었다. 고개를 끄덕였다. "그러지."

그들은 계단을 올라가 복도를 따라 사무실로 향했다.

"아까 들어보니 스톨레 에우네 박사님의 심리학 강의를 슬쩍한 거 같던데." 카트리네가 말했다. 늘 그렇듯 해리의 긴 보폭을 따라잡느라 종종걸음을 쳐야 했다.

"최대한 갖다 썼지. 어쨌든 그분이 최고니까."

"'정신이상자'라는 말이 의학에서도 정확하고 직관적으로 이해되는 동시에 시적인 용어라는 얘기도. 그런데 정확한 용어는 꼭 폐기되더군요. 멍청한 전문가들은 모호한 용어가 환자의 건강에 최선인 줄 안다니까요."

"그렇지." 해리가 말했다.

"그러니 나도 이제 조울병이 아니에요. 경계선도 아니고. 2형 양극성이래요."

"2형?"

"이해가 가요? 스톨레 박사님은 왜 강의를 안 하죠? 강의를 좋아하시는 거 같은데."

"제대로 살고 싶으신 거지. 단순하게. 가장 사랑하는 사람들하고 행복한 시간을 보내면서. 현명한 결정이야."

카트리네가 해리를 보았다. "그분을 설득하셔야죠. 우수한 인재가 사회에서 가장 필요로 하는 재능을 그냥 썩히면 안 되는 거 아닌가요?"

해리가 클클 웃었다. "도무지 포기를 모르는군. 여기서도 나를 필요로 해, 카트리네. 그리고 이 대학은 스톨레 박사님한테 연락하지 않아. 제복 입은 강사를 더 받고 싶어하거든. 민간인이 아니라."

"민간인 복장을 하셨네요."

"그런 말이 아니잖아. 게다가 난 이제 경찰도 아니야, 카트리네. 그건 선택이야. 그러니까 난, 우린 이제 같은 곳에 있지 않아."

"관자놀이에 그 흉터는 어쩌다 생긴 거예요?" 카트리네는 이렇게 물으며 해리가 미세하면서도 즉각적으로 움찔하는 모습을 보았다. 그가 대답하기도 전에 복도에서 우렁차게 부르는 소리가 들렸다.

"해리!"

그들은 걸음을 멈추고 돌아보았다. 붉은 수염을 덥수룩하게 기른 땅딸막한 남자가 여러 개의 문 중에 한 곳에서 나와서 건들건들 그들에게 다가왔다. 해리가 나이든 그 남자 쪽으로 가자 카트리네가 따라갔다.

"손님이 계시네요." 대화를 나눌 만큼 가까이 다가가기 한참 전에 그 남자가 큰소리로 말했다.

"그러네요." 해리가 말했다. "카트리네 브라트예요. 이쪽은 아르놀 폴케스타 교수님이야."

"연구실에 손님이 와 계세요." 아르놀 폴케스타가 이렇게 말하고 숨을 두 번 크게 마시고는 카트리네에게 반점이 덮인 커다란 손을 내밀었다.

"아르놀하고 난 공동 강의로 살인사건 수사를 가르쳐." 해리가 말했다.

"이분이 재미있는 부분을 맡으셨고요. 우리 중에 더 유명하신 분이시니." 아르놀이 으르렁거리듯 말했다. "난 방법론과 법의학과 윤리학과 규칙 따위로 우리 학생들을 현실로 끌어내려야 하죠. 세상은 참 불공평해요."

"아르놀은 교육학을 좀 아시지." 해리가 말했다.

"강아지들 실력이 향상되고 있지요." 아르놀이 끌끌 웃었다.

해리가 얼굴을 찌푸리며 물었다. "혹시 그 손님이……?"

"진정해요, 실예 그라브셍은 아니에요. 옛 동료라던데. 커피는 내가 드렸어요."

해리는 카트리네를 노려보았다. 그리고 돌아서서 연구실로 성큼성큼 걸어갔다.

"어, 내가 뭐 잘못 말한 거라도 있나요?" 아르놀이 놀라서 물었다.

"이걸 양면 협공 작전으로 해석할 수도 있다는 거 저도 알아요." 베아테가 커피잔을 들어 입에 대며 말했다.

"그럼 이게 양면 협공이 **아니라는** 건가?" 해리가 협소한 연구실에서 최대한 의자에 기대어 앉았다. 책상 반대편, 쌓여 있는 서류 더미 너머에는 베아테 뢴과 비에른 홀름, 카트리네 브라트가 의자에 끼어 앉아 있었다. 인사를 나누는 시간은 금방 끝났다. 간단히 악수만 하고 포옹은 생략했다. 어설픈 한담을 나누려 하지도 않았다. 해리 홀레는 그런 부류가 아니었다. 해리 홀레는 곧장 요점으로 들어가는 부류였다. 물론 그들은 해리가 이미 요점을 안다는 것도 알았다.

베아테가 커피를 한 모금 마시고는 자기도 모르게 움찔하고 못마땅한 얼굴로 잔을 내려놓았다.

"이제는 수사에 개입하지 않기로 한 거 알아요." 베아테가 말했다. "그러는 이유가 타당하다는 것도 알고요. 그런데 문제는 예외를 둘 수 있지 않느냐는 거예요. 어쨌든 연쇄살인 분야에서 유일한 전문가이시니까. 나라에서 돈 들여서 FBI 교육까지 시켜드렸—."

"—그건 알다시피, 피, 땀, 눈물로 이미 갚았어." 해리가 말을 잘랐다. "나만의 피와 눈물도 아니었고."

"라켈하고 올레그가 스노우맨 사건에서 사선에 섰던 걸 잊은 건 아니에요. 그래도—."

"대답은 '노'야." 해리가 말했다. "라켈에게 약속했어. 우리 중 누구도 다시 그리로 돌아가지 않을 거라고. 이번만은 꼭 약속을 지킬 거야."

"올레그는 좀 어때요?" 베아테가 물었다.

"나아졌어." 해리가 베아테를 주시하면서 말했다. "알다시피 스위스의 재활병원에 있어."

"그렇다니 다행이에요. 라켈은 제노바에서 일자리를 잡았고요?"

"응."

"라켈이 오가는 거예요?"

"제네바에서 나흘, 집에서 사흘. 올레그한테는 엄마가 가까이 있는 게 좋지."

"그럴 거예요." 베아테가 말했다. "어찌 보면 거기서는 모두 사선에서 벗어난 거네요? 주중에는 혼자 계시고. 원하는 일을 할 수 있을 테니까요."

해리가 나직이 웃었다. "제발 베아테, 분명히 말한 거 같은데. **이게** 내가 원하는 일이야. 강의하는 것. 내 지식을 전하는 것."

"스톨레 에우네 박사님도 우리와 함께 일해요." 카트리네가 말했다.

"잘됐네." 해리가 말했다. "자네들한테도 잘된 일이고. 연쇄살인범이라면 나만큼 잘 아시는 분이니."

"그분이 더 아시는 거 아니고요?" 카트리네가 희미하게 웃으며 눈썹을 올렸다.

해리가 웃었다. "애썼네, 카트리네. 그래. 그분이 더 잘 아셔."

"세상에." 카트리네가 말했다. "경쟁심은 다 어디다 갖다 버린 거예요?"

"자네 셋하고 스톨레 에우네 박사님의 조합이면 이번 사건에서 더할 나위 없는 출발이야. 난 또 강의가 있어서……."

카트리네가 천천히 고개를 저었다. "어떻게 된 거예요, 해리?"

"잘된 거야." 해리가 말했다. "나한테 좋은 일들이 일어났어."

"무슨 말인지 알아들었고 이해해요." 베아테가 일어섰다. "그래도 가끔 조언을 구해도 되는지 묻고 싶어요."

베아테는 해리가 고개를 저으려는 걸 보고 급히 덧붙였다. "안된다고 하지 마세요. 나중에 전화할게요."

3분 후 복도, 해리가 학생들이 모인 강당으로 성큼성큼 걸어가는 동안 베아테는 어쩌면 그 말이 진실일지도 모른다고 생각했다. 여자의 사랑이 남자를 **구원할 수도** 있다고. 이번에는 다른 여자의 의무감이 그 남자를 다시 지옥의 문으로 끌고 갈 수 있을까. 자신이 없었다. 하지만 이건 그녀의 임무였다. 해리는 놀랄 만큼 건강하고 행복해 보였다. 그대로 놓아주고 싶은 마음이 간절했다. 하지만 그들이 곧 다시 나타나리라는 걸, 살해당한 동료들의 망령이 나타나리라는 걸 알았다. 다음 생각이 떠올랐다. 그들이 마지막이 아니라는 생각.

베아테는 보일러실로 돌아가자마자 해리에게 전화했다.

리코 헤렘은 화들짝 놀라 잠에서 깼다.

어둠 속에서 눈을 깜빡이자 좌석 세 줄 앞에 흰 화면이 보였다. 화면 속에는 뚱뚱한 여자가 말의 성기를 빨고 있었다. 쿵쾅거리던 맥박이 서서히 가라앉았다. 공포에 사로잡힐 이유가 없었다. 아직 생선 가게였다. 누군가가 들어와 공기가 흔들리는 바람에 깬 것뿐이다. 리코는 입을 벌려 땀과 담배, 그리고 생선이었을 수도 있지만 생선이 아닌 무언가의 냄새로 찌든 공기에서 산소를 마시려 했다. '모엔의 생선 가게'가 카운터 위에서는 비교적 신선한 생선을, 아래로는 비교적 신선한 포르노 잡지를 팔기 시작한 지 40년이 지났다. 모엔이—술을 마시다 좀 더 체계적으로 죽을 수 있도록—은퇴한 후, 새로운 주인들은 지하에 스트레이트 포르노를 틀어주는 24시간 영화관을 열었다. 하지만 VHS와 DVD에 고객들을 빼앗기자 이제는 온라인으로 구할 수 없는, 적어도 경찰이 들이닥칠 위험을 감수하지 않으면 구하지 못하는 영상을 전문으로 조달해서 틀어주었다.

볼륨이 낮아서 주위의 어둠 속에서 자위하는 소리가 들렸다. 리코는 바로 이래서 그런 거라고, 이런 이유로 볼륨을 그렇게 낮추는 거라고 들었다. 리코는 집단 자위에 대한 어린 시절의 환상에서 벗어날 만큼 큰 지 오래되었다. 그것 때문에 여기 앉아 있는 게 아니었다. 그것 때문에 석방되자마자 곧장 이리로 와서 꼬박 이틀을 죽치고 앉아서 먹고 싸고 술을 더 사는 긴급한 용무만 겨우 보러 나가는 게 아니었다. 주머니에는 아직 로힙놀* 네 알이 들어 있었다. 오래 아껴 먹어야 했다.

물론 여생을 생선 가게에서 지낼 수도 있었다. 하지만 어머니를 졸라서 1만 크로네를 빌렸고, 태국 대사관이 관광 비자 연장 문제를 해결해주기 전까지는 여기 생선 가게에서 어둠과 익명성을 얻어야 했다.

리코는 다시 숨을 들이쉬었지만 공기 중에 질소와 아르곤과 이산화탄소만 있는 것 같았다. 손목시계를 보았다. 야광 바늘이 6을 가리켰다. 저녁일까, 아침일까? 여기서는 줄기차게 밤만 이어졌지만 저녁이어야 했다. 질식할 것 같은 느낌이 지나갔다. 폐소공포증이 일어나면 안 된다. 지금은. 이 나라를 떠나기 전에는. 영영 떠나기 전에는. 발렌틴에게서 멀리멀리 떨어지기 전에는. 젠장, 교도소 감방이 얼마나 그리운지. 안전이. 고독이. 숨 쉴 수 있는 공기가.

화면 속 여자가 열심히 하는데도 말이 몇 걸음 앞으로 나가서 쫓아가느라 화면이 잠시 흔들렸다.

"안녕, 리코."

리코는 얼어붙었다. 나지막한 속삭임이었지만 그 소리가 고드름처럼 귀를 찔렀다.

"〈바네사의 친구들〉이군. 진정한 1980년대의 고전이지. 바네사가 촬영 중에 죽은 건 알아? 암말한테 밟혔거든. 질투였을까?"

* 수면제.

리코는 돌아보고 싶었지만 손이 목 위를 움켜잡아 꼼짝도 하지 못했다. 소리를 지르고 싶었지만 장갑 낀 손이 입과 코를 틀어막았다. 톡 쏘는 듯 축축한 털실 냄새가 났다.

"널 찾는 게 실망스러울 정도로 쉽더라. 변태들 영화관이라니. 너무 뻔한 거 아냐?" 나직이 끌끌거리는 소리. "게다가 네놈의 붉은 두피가 등대처럼 번쩍거리잖아. 피부 발진이 심각해 보이는군, 리코. 스트레스를 받으면 확 달아오르나 봐. 그런 거야?"

입을 막은 손에 힘이 조금 풀려서 리코는 공기를 조금 마실 수 있었다. 분필 가루와 스키 윤활유 냄새가 났다.

"일라에서 그 여자 경찰하고 얘기했다는 소문이 돌던데, 리코. 둘이 서로 공통점이 있었나 봐?"

입을 막은 털장갑이 내려갔다. 리코는 숨을 깊이 들이마시며 혀로 침을 찾았다.

"아무 말도 안 했어." 리코가 가쁜 숨을 몰아쉬며 말했다. "맹세해. 내가 왜? 어차피 며칠 있으면 나올 거였는데."

"돈 때문인가?"

"돈은 나도 있어!"

"마리화나에 다 썼잖아, 리코. 지금은 주머니에 알약 몇 개가 있겠지."

"농담 아냐! 나 모레 태국으로 떠나. 아무 문제도 일으키지 않을게, 약속해."

그 목소리는 리코의 귀에도 겁에 질린 남자가 애원하는 소리로 들렸지만 상관없었다. 그는 정말로 겁에 질려 있었다.

"안심해, 리코. 내 문신 기술자를 어떻게 할 생각은 없으니까. 내 몸에 바늘을 꽂게 허락한 자라면 내가 믿어야지. 안 그래?"

"나…… 날 믿어도 돼."

"좋아. 파타야라니, 괜찮네."

리코는 대꾸하지 않았다. 파타야로 간다는 말은 한 적이 없었다. 어떻게……? 리코가 뒤로 살짝 몸을 젖히자 그 남자가 의자를 잡고 일어섰다.

"가봐야겠어. 할 일이 있거든. 햇볕 좀 쪼여, 리코. 피부 발진에 좋다더군."

리코는 돌아서 눈을 들었다. 남자는 얼굴의 아래쪽 절반을 스카프로 가렸고, 어두운 탓에 그의 눈은 잘 보이지 않았다. 남자가 갑자기 리코에게 몸을 숙였다.

"바네사를 부검했는데 의학계에 알려지지 않은 성병이 발견된 거 알아? 자기 종에 충실해야 해. 그게 내 조언이야."

리코는 남자의 형체가 급히 출구로 나가는 걸 보았다. 스카프를 벗는 것도 보았다. 비상구를 나타내는 초록 불빛에 언뜻 그의 얼굴이 보였다가 검은 펠트 커튼 뒤로 사라졌다. 실내로 산소가 쏟아져 들어오는 것 같았고, 리코는 게걸스럽게 산소를 들이마시며 비상구 표시등 속 달려가는 남자를 바라보았다.

혼란스러웠다.

그자가 아직 살아 있어서 혼란스럽고, 방금 본 게 뭔지도 혼란스러웠다. 변태들이 도주 경로를 살피는 모습이 혼란스러운 건 아니었다. 그들은 늘 그랬다. 그보다는 그가 아니라서 혼란스러웠다. 목소리도 같고, 웃음소리도 같았다. 하지만 초록색 불빛에 언뜻 비친 남자는 그가 **아니었다.** 발렌틴이 아니었다.

17

"그래서 이리로 들어오셨군요?" 베아테가 널찍한 주방을 둘러보며 말했다. 창밖의 홀멘콜렌 산과 이웃집에는 이미 어둠이 내렸다. 어느 한 집도 똑같은 집이 없었다. 모든 집이 베아테가 어머니에게 물려받은 오슬로 동부의 집보다 두 배는 크고 울타리도 두 배 높고 차고도 두 개고 우편함에 적힌 이름도 두 개였다. 베아테는 자신이 평소 오슬로 서부에 대한 편견을 갖고 있는 건 알았지만, 해리 홀레를 이런 데서 보는 게 여전히 어색했다.

"그래." 해리가 커피 두 잔을 따랐다.

"혹시…… 외롭진 않아요?"

"음. 자네도 애랑 둘이 살잖아?"

"그렇긴 한데……." 베아테가 말끝을 흐렸다. 이어서 하고 싶은 말은, 자기가 사는 아늑한 노란 집은 제2차 세계대전 후 재건의 시대에 에이나르 게르하르드센*의 사회주의 정신에 입각해 냉철하고 실용적으로 지어진 집이라는, 부자들에게 이런 요새 같은 오두

* Einar Gerhardsen, 노르웨이의 노동당 서기를 지냈고, 제2차 세계대전 전후에 오슬로 시장을 역임했다.

240

막을 건축하도록 허락해준 국가 낭만주의 양식과는 거리가 멀다는 말이었다. 라켈이 아버지에게 물려받은 홀멘콜렌의 이 집은 검게 물들인 목재로 지어져서 화창한 날에도 영원한 어둠과 우울의 기운에 둘러싸여 있었다.

"라켈이 주말에 집에 와." 해리가 컵을 입에 대면서 말했다.

"그럼 다 좋은 거예요?"

"아주 좋아."

베아테는 고개를 끄덕이고 해리를 살폈다. 변화들. 눈가에 잔주름이 잡혔지만 아직 젊어 보였다. 오른손 중지가 있던 자리에 끼운 티타늄 보철이 컵에 부딪혀 쨍그랑 소리를 냈다.

"자네는 어때?" 해리가 물었다.

"좋아요. 바빠요. 애는 방학이라 스테인셰르의 할머니 댁에서 지내고 있어요."

"그래? 세월 참 무섭네······." 해리는 눈을 게슴츠레 뜨고 허허 웃었다.

"그래요." 베아테가 커피를 마셨다. "뵙자고 한 건 어떻게 된 건지 알고 싶어서예요."

"알아." 해리가 말했다. "자네한테는 연락하려고 했어. 그런데 올레그와 해결할 일이 있었어. 나 자신과도."

"그럼 지금이라도."

"그래." 해리가 컵을 내려놓으며 말했다. "그 일이 있었을 때 자네한테만 소식을 전한 거야. 그때 날 도와줬잖아. 자네에게 큰 빚을 졌어. 앞으로도 그 일을 알 사람은 자네밖에 없어. 정말 알고 싶나? 알면 입장이 난처해질 수 있을 텐데."

"그때 도와드리기 시작한 순간 난 이미 종범이에요. 게다가 우린 바이올린을 없앴잖아요. 이제 바이올린은 거리에서 완전히 사라졌어요."

"대단하지." 해리가 건조하게 말했다. "헤로인, 코카인, 스피드볼이 시장에 돌아왔지."

"바이올린의 배후 인물도 사라졌어요. 루돌프 아사예프는 죽었어요."

"알아."

"네? 그 사람이 죽었단 거 **알았어요**? 죽기 1년 전부터 국립병원에서 가짜 이름을 달고 식물인간으로 누워 있었단 걸 알았어요?"

해리는 눈썹을 치떴다. "아사예프가? 그때 레온 호텔에서 죽은 줄 알았는데."

"그때 그 호텔에서 발견된 건 맞아요. 사방에 피를 뿌린 채. 그래도 어떻게든 살려냈어요. 적어도 최근까지는. 레온 호텔 일은 어떻게 알아요? 철저히 비밀에 부쳐졌는데."

해리는 대답하지 않고 손에 쥔 컵만 빙빙 돌렸다.

"설마……." 베아테가 신음했다.

해리는 어깨를 으쓱했다. "알고 싶지 않을 거라고 했잖아."

"그 사람을 찌른 게 선배였군요?"

"정당방위라고 하면 좀 나으려나?"

"나무로 된 침대 프레임에서 총알이 나왔어요. 그런데 칼에 찔린 상처가 크고 깊었죠. 병리학자는 칼날을 여러 번 비틀었을 거라더군요."

해리는 컵을 내려다보았다. "음, 내가 일 처리를 깔끔하게 하지 않았나 보군."

"솔직히요, 해리……. 설마…… 설마……." 베아테는 언성을 높이는 게 익숙하지 않아서 톱날이 떨리는 소리가 나왔다.

"그자는 올레그를 마약중독자로 만들었어, 베아테." 해리가 목소리를 낮추며 컵에 시선을 고정한 채 말했다.

그들은 말없이 값비싼 홀멘콜렌의 정적을 들으며 앉아 있었다.

"그럼 선배 머리에 총을 쏜 사람이 아사예프였어요?" 한참 지나서 베아테가 물었다.

해리는 이마 옆에 새로 생긴 흉터를 더듬었다. "이게 왜 총상이라는 거지?"

"지금 저더러 총상에 관해 뭘 아느냐고 물으신 거예요? 전 과학수사관이에요."

"알았어. 아사예프 밑에 있던 자에게 당했어." 해리가 말했다. "가까운 거리에서 세 발 맞았지. 가슴에 두 발. 마지막 한 발은 머리에."

베아테는 해리를 보았다. 그가 진실을 말한다는 걸 알았다. 하지만 온전한 진실이 아니었다.

"그러고도 어떻게 살아났죠?"

"방탄조끼를 입은 채 이틀째 돌아다니고 있었거든. 그 물건이 쓸모 있는 날이 왔던 거지. 하지만 머리의 총상으로 정신을 잃었어. 죽었을 거야, 만약……."

"만약?"

"나를 쏜 자가 스토르 가의 응급실로 달려가지 않았더라면. 의사를 억지로 끌고 와서 날 살렸어."

"네? 전 왜 이런 얘기를 들은 적이 없죠?"

"의사가 그 자리에서 붕대를 감아주고 병원에 보내려고 했는데, 내가 마침 정신을 차려서 집으로 보내달라고 했거든."

"왜죠?"

"괜히 호들갑 떨고 싶지 않아서. 비에른은 요즘 어때? 여자친구는 생겼대?"

"그자가…… 처음에는 선배를 쏘려고 했다가 목숨을 구해줬다고요? 대체 누가?"

"날 쏘려고 한 게 아니라, 사고였어."

"사고? 세 발은 사고가 아니죠."

"갑자기 약을 끊은 상태에서 오데사를 손에 쥐고 있으면 그럴 수 있어."

"오데사?" 베아테도 그 총을 알았다. 러시아제 스테츠킨을 복제한 저렴한 모델. 사진에서 본 오데사는 손재주가 대단찮은 학생이 금속 가공 수업시간에 서툴게 용접해서 만든, 권총과 기관총의 사생아 같았다. 하지만 단사와 연사가 모두 가능해서 러시아의 우르카와 범죄자들 사이에 인기가 있었다. 오데사에 약간의 압력만 가해도 갑자기 두 발이 발사될 수 있다. 아니, 세 발. 문득 오데사에는 흔치 않은 마카로프 9×18밀리미터 구경 탄약을 넣는다는 점과 구스토 한센을 살해한 흉기와 동일한 탄약이라는 데에 생각이 미쳤다.

"그 총 보고 싶어요." 베아테는 천천히 이 말을 꺼내면서 해리의 시선이 저절로 거실을 두리번거리는 걸 보았다. 베아테는 돌아보았다. 오래된 검은색 장식장 말고는 아무것도 없었다.

"그자가 누군지 말해주지 않았어요." 베아테가 말했다.

"그건 중요하지 않아." 해리가 말했다. "그 사람은 자네 관할에서 벗어난 지 오래됐어."

베아테가 고개를 끄덕였다. "자신의 목숨을 앗아갈 뻔했던 사람

244

을 보호하시는군요."

"목숨을 구해준 쪽에 점수를 더 준 거야."

"그런 이유로 그 사람을 보호하는 거라고요?"

"우리가 보호할 대상을 선택하는 방식은 수수께끼일 때가 많지 않던가?"

"그렇죠." 베아테가 말했다. "저만 해도 그래요. 전 경찰을 보호해요. 제가 사람 얼굴을 잘 알아본 덕에 '컴 애즈 유 아'의 바텐더를 신문하지 않았겠어요. 아사예프의 마약상이 입에서 귀까지 흉터가 난 키 큰 금발 남자에게 살해당한 술집 말이에요. 바텐더에게 사진 몇 장을 보여주고 계속 얘기를 나눴죠. 아시다시피 시각 기억을 조작하는 건 아주 간단해요. 목격자들은 조작당하고 나면 자기가 기억하는 줄 알았던 걸 기억하지 못하죠. 결국 그 바텐더는 술집에서 본 그 남자가 제가 사진으로 보여준 해리 홀레가 아니라고 믿게 됐고요."

해리는 베아테를 보았다. 그리고 천천히 고개를 끄덕였다. "고마워."

"고맙다는 말은 필요 없다고 말하려고 했어요." 베아테가 컵을 들어 입에 댔다. "그런데 필요해요. 그리고 고마운 걸 갚을 방법을 제안하려고 해요."

"베아테……."

"전 경찰을 보호해요. 경찰이 근무 중에 죽는 게 개인적으로 저한테 어떤 의미인지 아시잖아요. 잭 할보르센. 그리고 우리 아버지." 베아테는 자기도 모르게 귀걸이를 만지고 있는 걸 깨달았다. 아버지의 제복 상의에서 떼어낸 단추로 만든 귀걸이였다. "다음은 누구 차례가 될지 모르지만, 무슨 짓을 해서라도 그 자식을 막을 거예요. 무슨 짓을 해서라도. 아시겠어요?"

해리는 대답하지 않았다.

"죄송해요, 물론 잘 아시겠죠." 베아테가 나직이 말했다. "선배도 아버지를 잃고 슬퍼하시잖아요."

해리는 한기가 드는 듯 오른손 손등을 컵에 대고 비볐다. 그리고 일어나서 창가로 갔다. 한동안 가만히 서 있다가 입을 열었다.

"알다시피 살인자가 여기까지 찾아와서 올레그랑 라켈을 죽이려고 했어. 그건 내 잘못이었고."

"오래전 일이잖아요."

"나한테는 어제 일이야. 영원히 어제 일일 거야. 아무것도 달라지지 않았어. 그래도 난 어떻게든 노력하고 있어. **나를** 바꾸려고."

"어떻게 되어가요?"

해리가 어깨를 으쓱했다. "들쭉날쭉해. 내가 올레그한테 생일선물 사준 기억이 없다는 말, 한 적 있나? 라켈이 몇 주 전부터 일러줬는데도 말야. 늘 이런저런 사건이 터져서 잊어버렸어. 그러다 여기 와서 파티 준비가 된 걸 보고 당장 다시 나가곤 했어. 늘 오래된 수법을 써먹었지." 해리는 한쪽 입꼬리를 올리고 피식 웃었다. "담배 사러 다녀오겠다고 하고는 급히 차를 몰아 가까운 주유소로 가서 CD 같은 걸 샀어. 라켈하고 짰지. 내가 문을 열고 들어가면 올레그가 침울하고 원망하는 눈빛으로 날 쳐다봐. 그럼 라켈이 얼른 다가와서 몇 년이나 못 본 사람처럼 날 끌어안아. 팔을 등 뒤로 둘러서 CD나 선물로 사온 걸 내 바지 뒤에서 빼서 방으로 들어가면 올레그가 내 몸을 뒤지지. 10분쯤 지나서 라켈이 선물을 포장해 꼬리표까지 달아서 가져오는 거야."

"그런데요?"

"올해는 올레그가 드디어 제대로 포장된 선물을 받았어. 꼬리표의 글씨를 알아보지 못하겠다더군. 내 글씨라 그런 거라고 말해줬어."

베아테의 얼굴에 미소가 번졌다. "흐뭇한 얘기네요. 행복한 결말."

"저, 베아테. 난 그 둘한테 모든 걸 빚진 데다 아직 그들이 필요해. 참 고맙게도 그들도 나를 필요로 하고. 자네도 엄마니까 필요한 존재가 되는 게 얼마나 큰 축복이자 저주인지 알 거야."

"네. 그리고 제가 하려는 말은 우리에게도 선배가 필요하다는 거예요."

해리는 창가에서 다시 돌아왔다. 베아테 앞의 테이블에 몸을 기댔다. "이 둘만큼은 아니야, 베아테. 그리고 직장에서 대체 불가능한 인력이란 없어. 제아무리……."

"맞아요, 사실이 그래요. 살해당한 사람들은 어떻게든 대체하겠죠. 한 사람은 어차피 은퇴한 경찰이었고요. 그리고 다음번 경찰이 난자당하면 그 자리에 채워 넣을 사람 또한 충분히 찾을 수 있겠죠."

"베아테……."

"이런 거 본 적 있어요?"

해리는 베아테가 가방에서 꺼내 테이블에 펼쳐놓은 사진을 보지 않았다.

"짓뭉개졌어요. 뼈대 하나 제대로 남아 있지 않아요. 저조차 누군지 못 알아볼 지경으로."

해리는 그대로 서 있었다. 파티에서 시간이 늦었다고 알리는 호스트처럼. 하지만 베아테는 그 자리에 그대로 있었다. 커피를 한 모금 마셨다. 꼼짝도 하지 않았다. 해리는 한숨을 쉬었다. 베아테는 다시 한 모금 마셨다.

"올레그가 병원에서 나오면 법 공부를 하겠죠? 나중에 경찰대학에 지원할 테고."

"그 얘긴 어디서 들었어?"

"라켈한테. 오기 전에 통화했어요."

해리의 연푸른 눈동자가 어두워졌다. "**뭐라고?**"

"스위스에 전화해서 상황이 어떻게 돌아가는지 말했어요. 경우 없는 짓이란 건 알아요. 사과할게요. 그런데 말씀드렸다시피 전 무슨 짓이든 할 거예요."

해리의 입술이 달싹이며 나직이 욕을 했다. "그래서 라켈이 뭐래?"

"선배한테 달렸다고."

"그래, 그랬겠지."

"그럼 이제 직접 물을게요. 잭 할보르센을 위해 묻는 거예요. 엘렌 옐텐을 위해. 세상을 떠난 모든 경찰을 위해 물을게요. 아니, 그보다 아직 살아 있는 경찰들을 위해 물을게요. 또 경찰이 될 사람들을 위해서요."

베아테는 해리의 턱 근육이 심하게 움찔거리는 걸 보았다.

"날 위해 증언을 조작해달라고 부탁한 적 없어, 베아테."

"원래 아무것도 부탁하지 않으시잖아요."

"흠, 늦었네. 부탁인데 이만—"

"—가달라는 거군요." 베아테가 고개를 끄덕였다. 해리는 사람들이 스스로 복종하게 만드는 표정을 지었다. 베아테는 일어서서 복도로 나갔다. 코트를 입고 단추를 채웠다. 해리는 문간에 서서 베아테를 지켜보았다.

"죄송해요. 제가 선배 인생에 함부로 끼어들면 안 되죠. 우린 일을 하는 거니까. 그냥 일일 뿐이죠." 베아테는 목소리가 잘 나오지 않으려 하자 급히 나머지 말을 덧붙였다. "물론 선배 말이 맞아요. 규칙과 한계가 있죠. 안녕히 계세요."

"베아테……."

"잘 자요, 해리."

"베아테 뢴."

베아테는 이미 현관문을 열고 나가려 했고, 해리는 베아테의 눈에 눈물이 맺힌 걸 보았다. 그는 베아테의 바로 뒤에 서서 현관문을 잡았다. 그의 목소리가 귓가에 들렸다.

"범인이 어떻게 과거의 사건 날짜와 같은 날에 과거의 사건 현장으로 경찰들이 제 발로 오게 만들었는지 궁금한가?"

베아테는 손잡이를 놓았다. "무슨 뜻이에요?"

"내가 신문을 읽었단 뜻이야. 신문에서 보니까 닐센이 트리반으로 골프 승용차를 타고 가서 주차장에 세워놓았고, 눈밭에는 리프트 오두막으로 내려가는 발자국이 남아 있었다더군. 그리고 드람멘 주유소 CCTV에는 안톤 미테트가 살해당하기 전에 혼자 차를 몰고 가는 장면이 찍혔고. 둘 다 경찰이 바로 그런 식으로 살해당한 걸 알았어. 그런데도 거길 갔어."

"물론, 우리도 그 점이 의문이에요." 베아테가 말했다. "그런데 답을 찾지 못했어요. 사건 현장에서 멀지 않은 공중전화에서 걸려온 전화를 받아서, 범인을 직접 잡을 기회로 생각한 건가 추측하기도 했고요."

"아니야." 해리가 말했다.

"아니라고요?"

"감식반이 안톤 미테트의 차 사물함에서 장전되지 않은 총과 탄약 한 상자를 발견했어. 범인이 거기 있을 줄 알았다면 총알부터 장전했겠지."

"그럴 틈이 없었는지도 모르죠. 사물함을 미처 열기도 전에 범인이 공격해서—."

"그 사람은 22시 31분에 전화를 받았는데 22시 35분에 차에 기름을 넣었어. 그러니 전화를 받은 **이후에** 시간이 있었어."

"기름이 떨어졌을 수도 있잖아요?"

"아니. 〈아프텐포스텐〉이 주유소 영상을 '안톤 미테트가 처형당하기 전 마지막 영상'이라는 제목으로 인터넷에 올렸어. 어떤 남자가 30초 정도 주유하자 주유기가 딸깍하는 모습이 찍혔지. 연료탱크가 꽤 차 있었다는 뜻이야. 안톤의 차에는 현장에 갔다가 집으로 돌아갈 만큼의 연료가 있었어. 결국, 서두를 필요가 없었다는 뜻이지."

"그러네요. 총을 장전할 수 있었는데 하지 않은 거군요."

"트리반." 해리가 말했다. "베르틸 닐센의 차 사물함에도 총이 있었어. 몸에 지니지 않았던 거지. 그러니 살인사건을 수사해본 경찰 두 사람이 최근에 다른 경찰이 그런 식으로 살해된 걸 알면서도 미제사건 현장에 나타났어. 무장할 수 있었는데도 하지 않았고. 시간은 충분해 보였는데도 말이야. 베테랑 경찰들이 영웅놀이를 중단했다. 이 사실들이 무슨 말을 해줄까?"

"알았어요." 베아테가 돌아서서 문에 등을 기대고 문을 닫았다. "그게 우리한테 무슨 말을 **해줘야 하죠?**"

"그들은 거기서 범인을 잡을 거라고 생각하지 못했다는 거야."

"음, 그들이 그 생각을 못했군요. 아마 사건 현장에서 아름다운 여자를 만나서 짜릿한 섹스라도 할 줄 알았나 보죠."

베아테는 농담으로 한 말이지만 해리가 눈도 깜빡하지 않고 대꾸했다. "충분히 주의를 기울이지 못한 거야."

베아테는 그 문제를 생각했다. "범인이 기자 행세를 하면서 이번 사건으로 다른 미제사건에 관해 물어보고 싶다고 했다면요? 그리고 안톤한테 사진의 분위기를 위해 밤늦게 만나서 얘기하자고 했다면?"

"사건 현장까지 가려면 조금 노력이 들어가. 적어도 트리반까지 가는 데는. 신문에서 보니 베르틸 닐센은 네드레 에이케르까지 30분간 운전해서 왔다더군. 게다가 진지한 경찰이라면 언론에 충격적인 살인사건 헤드라인을 던져주려고 자청해서 그렇게 시간을 내지 않지."

"자청해서 시간을 내지 않는다면 혹시……."

"그래, 맞아. 내 짐작에 그들은 그게 일인 줄 알았을 거야."

"전화한 사람은 동료였고?"

"음."

"범인이 전화해서 현장에 있는 경찰인 척한 건…… 그건 경찰 살인자가 다음번에 공격할 시나리오였고…… 또……." 베아테는 귀에 달린 제복 단추를 만지작거렸다. "그리고 피해자들한테는 과거의 살인사건을 재구성하는 데 그들의 도움이 필요하다고 말한 거군요!"

베아테는 자신이 선생님에게 정답을 말한 여학생처럼 웃고 있는 걸 깨닫고는, 해리가 웃자 여학생처럼 얼굴을 붉혔다.

"날이 풀리고 있어. 아무리 그래도 초과근무 규정상 안톤은 근무

시간이 아니라 한밤중에 호출을 받아서 놀랐을 거야."

"전 모르겠어요. 포기할래요."

"그래?" 해리가 말했다. "동료에게 전화를 받고 한밤중에 어디든 나가려면 어떤 전화일까?"

베아테는 자기 이마를 쳤다. "맞아. 우리가 정말 어리석었어요!"

18

"무슨 소리예요?" 카트리네가 베르그슬리아의 노란 집 앞 계단에 서서 찬바람에 덜덜 떨면서 물었다. "놈이 피해자들한테 전화해서 경찰 살인자가 다시 공격했다고 말한 거라고요?"

"단순하지만 기발하죠." 베아테는 이렇게 말하면서 열쇠를 제대로 꽂았는지 확인하고 돌려서 문을 열었다. "피해자들은 경찰 행세를 하는 자의 전화를 받은 거예요. 그자는 피해자들이 과거의 미제 살인사건을 잘 아니까 당장 현장에서 필요로 한다고 말하고, 증거가 아직 신선할 때 옳은 판단을 내리기 위해 정보가 필요하다고 말한 거죠."

베아테가 먼저 들어갔다. 물론 이런 일을 잘 알았다. 과학수사관은 사건 현장을 절대 잊지 않는다는 말은 그냥 하는 말이 아니었다. 베아테는 거실에서 멈췄다. 창문으로 들어온 햇살이 칠이 벗겨지고 나무색까지 바랜 마룻바닥에 일그러진 직사각형 모양으로 떨어졌다. 오랫동안 가구가 거의 없었을 것이다. 살인이 있은 후 가족들이 가져갔을 것이다.

"흥미롭군요." 스톨레 에우네가 창가에 서서 그 집과 베르그 학교로 보이는 곳 사이의 숲을 내다보고 있었다. "범인이 자기를 미끼로 던지는군요."

"나라도 그런 전화를 받으면 그럴듯하다고 생각했을 거예요." 카트리네가 말했다.

"그래서 피해자들이 무장하지 않고 현장으로 간 거예요." 베아테가 말을 이었다. "위험 상황은 끝난 줄 안 거죠. 경찰이 이미 와 있으니 여유를 부리면서 가는 길에 차에 기름까지 넣었고요."

"그런데요." 비에른이 와사* 크래커와 캐비어를 입에 가득 물고 말했다. "범인은 피해자가 다른 동료에게 전화해서 살인사건이 일어났는지 확인하지 않으리란 걸 어떻게 알았을까요?"

"아마 추가 지시가 내려갈 때까지 아무한테도 말하지 말라고 주의를 줬을 거야." 베아테가 부스러기가 바닥에 떨어지는 걸 못마땅한 눈으로 보았다.

"어쩌면 이럴 수도 있어요." 카트리네가 말했다. "노련한 경찰이라면 그런 일에 크게 놀라지 않을 거예요. 변사 사건이 발생하면 가능한 한 오래 함구해야 하는 걸 아니까요."

"왜 그래야 합니까?" 스톨레 에우네가 물었다.

"시신이 발견되지 않은 줄 알면 범인이 경계를 늦출 테니까요." 비에른이 이렇게 말하고 비스킷을 한 입 더 베어 물었다.

"해리가 이걸 다 풀었다고요?" 카트리네가 물었다. "신문만 보고?"

"그러니까 해리죠." 베아테는 이렇게 말하면서 트램이 털털거리며 도로를 가로지르는 소리를 들었다. 창밖으로 울레볼 경기장 지

* 스웨덴 크래커 브랜드.

붕이 보였다. 창문이 얇아서 링 3가의 차 소리를 차단하지 못했다. 그리고 베아테는 춥다고, 흰색 작업복 차림으로 꽤 춥다고 느꼈다. 하지만 이 방에서 몸이 으스스 떨린 건 기온 때문만은 아닐 수 있다고 생각했다. 오래 비어 있던 집이라서 그런 건지도 몰랐다. 세입자나 구매자가 될 사람들도 이 냉기를 느낄 것이다. 당시에 떠돌던 이야기와 소문의 냉기.

"좋아요." 비에른이 말했다. "해리가 범인이 피해자를 유인한 방법을 알아냈어요. 그런데 피해자들이 자진해서 거기까지 갔으리라는 건 우리도 생각했잖아요. 그러니 수사에 큰 진전이 생긴 건 아니지 않나요?"

베아테가 두 번째 창문으로 가서 주변을 둘러보았다. 델타팀이 도시철도 옆에 움푹 들어간 곳과 양 옆의 주택가에 잠복하는 건 어렵지 않아 보였다. 한마디로 이 집을 에워싸는 것이다.

"해리는 항상 그랬어. 우리가 나중에 생각해보면 왜 진작 그 생각을 못 했나 싶은 단순한 아이디어를 내놓곤 했지." 베아테가 말했다. "부스러기."

"네?" 비에른이 말했다.

"비스킷 부스러기 좀."

비에른은 바닥을 보고 다시 베아테를 보았다. 그리고 노트를 한 장 찢어서 쭈그리고 앉아 부스러기를 쓸어 담았다.

베아테는 눈을 들어 카트리네의 의아해하는 눈빛과 마주쳤다.

"무슨 생각하는지 알아요." 베아테가 말했다. "왜 유난 떠느냐는 거죠? 여긴 사건 현장이 아니니까. 하지만 그렇지 않아요. 미제사건이 발생한 모든 장소는 잠재적으로 증거가 나올 수 있는 사건 현장이에요."

"여기서 그 전기톱 살인마의 단서가 나올까요?" 스톨레가 물었다.

"아뇨." 베아테가 바닥을 살피며 답했다. "대패질을 싹 했을 거예요. 그래도 피가 많이 흘러서 나무에 깊이 뱄을 테니 대패질도 소용 없었을 거예요."

스톨레가 손목시계를 보았다. "난 곧 환자를 보러 가야 해서, 해리가 무슨 제안을 했는지 말해주시는 게 어떨지요?"

"언론에는 밝히지 않았지만" 베아테가 말했다. "이 방에서 시신을 찾았을 때…… 일단은 사람인지부터 확인해야 했어요."

"아하." 스톨레가 말했다. "더 듣고 싶은 내용인가요?"

"네." 카트리네가 단호하게 말했다.

"시신을 톱으로 잘게 조각내서 한눈에 분간이 안 갔어요. 가슴은 저기 유리 캐비닛 선반에 올려놨더군요. 증거라고는 망가진 전기톱 톱날 하나가 전부였어요. 또…… 그래요, 관심 있는 분들은 보고서에서 나머지 부분을 읽어보세요." 베아테가 숄더백을 툭툭 쳤다.

"아, 고마워요." 카트리네가 미소 지으며 말하다가 너무 상냥하게 웃었다고 생각했는지 얼른 심각한 표정을 지었다.

"피해자는 집에 혼자 있던 어린 소녀였어요." 베아테가 말했다. "그때 이미 범행 수법이 트리반 살인사건과 유사하다는 것도 알았어요. 하지만 우리한테 중요한 건 미제 살인사건이라는 점이에요. 그리고 3월 17일에 일어났다는 점도."

실내가 조용해서 숲 저편의 학교 운동장에서 아이들이 신나게 떠드는 소리가 들렸다.

비에른이 먼저 침묵을 깼다. "그럼 사흘 남았네요."

"네." 카트리네가 말했다. "사이코 해리가 여기에 함정을 파라고 제안했고요?"

베아테가 고개를 끄덕였다.

카트리네가 천천히 고개를 저었다. "왜 우린 그 생각을 못 했을까요?"

"우리 중 누구도 범인이 피해자들을 사건 현장으로 유인한 방법을 정확히 알아내지 못했으니까요." 스톨레가 대꾸했다.

"해리의 생각도 틀릴 수 있어요." 베아테가 말했다. "범인의 살해 방법도 그렇고, 여기가 다음번 범죄 현장이라는 것도 그렇고. 첫 번째 경찰이 살해당한 후 외스틀란의 미제 살인사건 몇 건의 날짜가 지나갔지만, 아무 일도 일어나지 않았잖아요."

"그런데." 스톨레가 끼어들었다. "해리는 전기톱 살인마와 다른 사건들과의 유사점을 알아챘어요. 철저한 계획과 무절제한 잔혹성이 결합한 형태란 점 말이죠."

"해리는 그걸 육감이라고 하더군요." 베아테가 말했다. "그 말은—."

"체계화되지 않은 사실에 기초한 분석." 카트리네가 말했다. "해리의 기법이라고도 하죠."

"그러니까 해리가 사흘 안에 사건이 일어날 거라고 말했군요." 비에른이 말했다.

"그래." 베아테가 대답했다. "그리고 한 가지 더 예측했어. 스톨레 박사님 말처럼 마지막 살인에서 피해자와 같이 차를 타고 가다가 절벽으로 굴러가게 한 게 과거의 사건과 더 유사하다고 했어. 범인이 계속 살인을 완성하고 있다면서. 그러니 논리적으로 다음 단계에서는 동일한 살인 흉기를 선택할 거라고."

"전기톱." 카트리네가 숨을 몰아쉬었다.

"전형적인 자기애성 연쇄살인범일 겁니다." 스톨레가 말했다.

"그리고 해리는 여기에서 사건이 일어날 거라고 예측했군요?" 비에른이 얼굴을 찡그리고 주위를 둘러보며 물었다.

"사실, 그게 해리가 가장 자신 없어한 부분이야." 베아테가 말했다. "범인은 다른 모든 현장에 쉽게 접근할 수 있었어. 이 집은 전기톱 살인마가 살던 집이라 살려는 사람이 없어서 오랫동안 비어 있었어. 다만 잠겨 있었지. 트리반 오두막에도 침입한 건 맞지만 이 집 주위에는 이웃들이 있잖아. 경찰을 이리로 유인하려면 위험 부담이 훨씬 클 거야. 그래서 해리는 범인이 패턴을 바꿔서 다른 곳으로 유인할지도 모른다고 했어. 그래도 일단 여기서 함정을 파 놓고, 경찰 킬러가 전화를 하는지 지켜보자는 거야."

잠시 침묵이 흐르는 사이 다들 베아테가 언론에서 이름 붙인 '경찰 킬러'라는 말을 쓴 점을 곱씹는 듯 보였다.

"그럼 다음 피해자는……." 카트리네가 물었다.

"여기 있어요." 베아테가 다시 숄더백을 툭툭 치면서 말했다. "전기톱 살인마 사건에 관여한 사람 모두. 모두에게 전화기를 켜 놓고 집에 있으라는 지시가 내려갈 거예요. 누가 전화하든 침착하게 대응하고 그냥 가는 길이라고만 답하라고. 그런 다음 작전실로 연락해서 어디로 오라고 했는지 알려주면 우리가 작전에 돌입하는 겁니다. 여기 베르그슬리아가 아니라 다른 곳이라면 델타를 그쪽으로 이동시킬 거고요."

"그러니까 연쇄살인자가 전화할 때 침착하게 행동해야 하는 거군요?" 비에른이 물었다. "제 연기력이 그만큼 될지 모르겠네요."

"공포를 숨길 필요는 없습니다." 스톨레가 말했다. "동료가 살해됐다는 전화를 받고 목소리가 떨리지 **않는다면** 그게 더 의심스러울 테니까."

"델타랑 작전실이 더 걱정이에요." 카트리네가 말했다.

"네, 맞아요." 베아테가 말했다. "미카엘의 관심을 피하려면 할일이 많아요. 하겐 경정님이 지금 미카엘에게 보고하고 있어요."

"청장이 알면 우린 어떻게 되죠?"

"이번 작전만 성공할 수 있다면 그건 사소한 문제에요, 카트리네." 베아테가 초조하게 귀에 매달린 단추를 만지작거렸다. "일단 이동합시다. 여기서 어슬렁거리다가 눈에 띄어봐야 좋을 거 하나 없어요. 아무것도 흘리지 말고."

카트리네가 문 쪽으로 한 걸음 내디디다가 얼어붙었다.

"왜 그래요?" 스톨레가 물었다.

"이 소리 안 들려요?" 카트리네가 속삭였다 .

"무슨 소리?"

카트리네는 한 발을 들고 비에른에게 눈을 흘겼다. "부스러기 밟히는 소리."

베아테가 의외로 가볍게 웃는 사이 스크레이아 출신 비에른이 노트를 꺼내 다시 쭈그리고 앉았다.

"휴, 제가……."

"왜?"

"크래커 부스러기가 아니에요." 비에른이 몸을 숙여 식탁 밑을 보았다. "오래된 껌이에요. 나머지는 요 밑에 달라붙어 있어요. 말라붙어서 부스러기가 떨어진 거예요."

"범인이 남긴 거 아닐까요?" 스톨레가 하품하면서 말했다. "사람들이 영화관 의자나 버스 좌석 밑에 씹던 껌을 붙이기는 해도, 자기 집 식탁 밑에 붙이지는 않잖아요."

"흥미로운 가설이네요." 비에른이 부스러기를 창문을 향해 들고 말했다. "몇 달 동안 이런 덩어리에 묻은 침에서 DNA를 검출할 수 있으면 좋겠다고 생각했어요. 그런데 이건 완전히 말라붙었는데요."

"어서요, 셜록." 카트리네가 말했다. "씹어보고 무슨 껌인지 말해 줘―."

"됐어요, 다들." 베아테가 말을 잘랐다. "이제 나갑시다."

아르놀 폴케스타는 찻잔을 내려놓고 해리를 보았다. 붉은 수염을 긁적였다. 해리는 그가 숲속 어딘가의 작은 집에서 자전거로 출근하고 오는 길에 수염에 붙은 전나무 잎을 뽑는 모습을 본 적이 있다. 숲속에 있으면서도 이상할 정도로 도심에 가까운 집이었다. 하지만 아르놀은 수염을 덥수룩하게 기르고 자전거를 타고 다니고 숲속 오두막에 산다는 이유로 자기를 진보적인 환경운동가로 보면 오산이라고 분명히 밝혔다. 자기는 그저 조용한 걸 좋아하는 유별난 구두쇠일 뿐이라고.

"교수님께서 그 학생한테 자제하라고 말씀해주셔야 합니다." 해리가 말했다. "그래야 남 보기에도 좀 더……." 그는 적절한 말을 찾지 못했다. 사실 그런 말이 있는지조차 의문이었다. 있다면 '올바른'과 '모두에게 덜 부끄러운' 사이의 어딘가에 있을 터였다.

"해리 홀레가 자기한테 흠뻑 빠진 앞줄의 조그만 소녀한테 겁먹는 건가요?" 아르놀 폴케스타가 클클 웃었다.

"모두를 위해 더 올바르고 덜 부끄러운 겁니다."

"이 문제는 직접 풀어야 해요, 해리. 어이쿠, 저기 그 애가……." 아르놀은 구내식당 창밖의 광장을 향해 고갯짓을 했다. 실예 그라브셍이 웃고 떠드는 학생들에게서 몇 미터 떨어져 혼자 서 있었다. 고개를 들어 하늘을 보면서 눈으로 뭔가를 따라갔다.

해리가 한숨을 쉬었다. "조금 기다려야겠죠. 통계에 따르면 이렇게 선생한테 빠지는 열병은 오래 못 가는 경우가 100퍼센트거든요."

"통계 얘기가 나와서 말인데요." 아르놀이 말했다. "군나르 하겐이 국립병원에서 감시하던 환자가 자연사했다는 말을 들었어요."

"그렇다더군요."

"FBI에서 그런 경우로 통계를 돌린 적이 있어요. 검사 측 핵심 증인이 정식 소환받은 날부터 재판이 시작되기 전까지 도중에 사망한 사건을 전수조사했어요. 중대한 재판에서, 그러니까 피고가 10년 이상 형을 받는 사건에서, 증인이 소위 비정상적인 이유로 사망하는 경우가 78퍼센트이더군요. 이 통계를 근거로 일부 증인을 2차 부검하면 그 수치가 94퍼센트로 올라갔고요."

"그래서요?"

"94퍼센트라면 꽤 높은 거 아닌가요?"

해리는 광장을 내다보았다. 실예는 아직 하늘을 보고 있었다. 햇살이 그녀의 얼굴을 비추었다.

해리는 나직이 욕을 하고 남은 커피를 마셨다.

미카엘의 사무실. 군나르 하겐은 딱딱한 나무 의자에서 균형을 잡고 앉아 놀란 얼굴로 경찰청장을 보았다. 그는 방금 청장의 지시를 정면으로 거스르는 소규모 수사팀을 꾸렸고, 베르그슬리아에서 함정 수사를 계획하고 있다고 보고했다. 군나르가 놀란 건 미카엘이 유난히 기분이 좋아 보이고 그런 보고에도 화를 내지 않아서였다.

"잘하셨어요." 미카엘이 손뼉을 치며 말했다. "드디어 뭔가 대책을 세우시는군요. 그 계획과 지도를 전달해도 될까요? 그래야 우리가 당장 시작할 수 있잖아요."

"우리요? 청장님이 직접 나서신다는—."

"네. 내가 주도하는 게 당연해 보이는데요. 이런 큰 작전은 윗선에서 결정해야—."

"집 한 채랑 사람 한 명만—."

"그렇게 위험이 큰 작전에는 최고위급인 내가 직접 나서는 게 맞습니다. 작전은 비밀에 부치는 게 뭣보다 중요하고요. 아시겠어요?"

군나르는 고개를 끄덕였다. 성과가 나지 않으면 비밀이겠지. 반대로 작전이 성공해서 범인을 체포하기라도 하면 언론의 관심을 한 몸에 받고 싶을 테고. 자기가 공을 가로채고 언론에는 직접 작전을 지휘했다고 말할 수 있을 테니.

"알았습니다." 군나르가 말했다. "그럼 시작하겠습니다. 이제 보일러실 수사팀이 수사를 재개해도 된다는 뜻이지요?"

미카엘 벨만은 웃었다. 군나르는 무슨 일로 저렇게 기분이 좋아졌는지 의아했다. 십년은 어려 보이고 10킬로그램은 가벼워 보이며 청장으로 임명된 날부터 내내 이마에 깊은 상처처럼 파여 있던 찡그린 표정도 사라졌다.

"너무 나가지 마시죠, 군나르. 당신이 가져온 아이디어가 마음에 든다고 해서 내 명령을 어기는 부하들까지 마음에 드는 건 아니니까."

군나르는 어깨를 으쓱했지만 청장의 냉랭하게 비웃는 시선에 집중했다.

"추가로 지시가 내려갈 때까지 그 팀의 모든 활동을 동결하세요. 이번 작전이 끝나면 저랑 얘기 좀 해야 할 겁니다. 그사이 여러분이 이 사건과 관련해서 컴퓨터로 검색 한 번 하거나 전화 한 통만 해도 내가 알게 될 거고……."

나는 저 친구보다 나이가 많다, 내가 더 낫다. 군나르 하겐은 속으로 이렇게 생각하면서 계속 시선을 들었다. 반항심과 수치심이 뒤섞인 감정으로 얼굴이 벌겋게 달아올랐다.

그리고 생각했다. 저건 그냥 장식이야, 제복의 금색 수술은 장식이야.

그리고 눈을 깔았다.

늦었다. 카트리네 브라트는 앞에 놓인 보고서를 보았다. 이러면 안 되는 거였다. 베아테가 방금 전화해서 군나르가 모두에게 하던 일을 중단하고 미카엘에게 직접 명령을 받으라고 말했다고 전했다. 그러니 집에 가서 큼직한 잔에 카모마일 차나 타서 자신을 사랑하는 남자와 함께 침대에 누워 있거나 아니면 자신이 사랑하는 TV나 봐야 했다. 여기 이 보일러실에 앉아서 사건 파일이나 훑으면서 혹시 모를 허점이 있는지, 딱 맞아떨어지지 않고 연결이 모호한 지점이 있는지 찾아볼 게 아니라. 게다가 이런 연결은 너무나 모호해서 무의미한 것에 가까웠다. 아니, 정말 그럴까? 경찰의 자체 시스템에서 안톤 미테트 사건의 관련 보고서에 접근하는 건 비교적 간단했다. 차량에 관한 자료는 졸릴 만큼 상세했다. 그런데 왜 이 문장에서 멈추었을까? 미테트의 차량에서 발견한 잠재적 증거 중에는 성에 제거기와 라이터와 함께 운전석 밑에 붙어 있던 껌이 있었다.

안톤 미테트의 미망인 레우라 미테트의 연락처가 보고서에 있었다.

카트리네는 머뭇거리다가 전화번호를 눌렀다. 지치고 약에 취한 듯 어눌한 여자의 목소리가 나왔다.

"껌요?" 레우라 미테트가 느릿느릿 대꾸했다. "아뇨, 그이는 껌을 씹은 적이 없어요. 커피를 마셨죠."

"다른 누군가 그 차를 운전하다가 껌을 씹었을—?"

"그 차는 안톤 말고는 아무도 몰지 않았어요."

"고맙습니다." 카트리네가 말했다.

19

옵살의 저녁, 노란 목조주택 주방 창문에는 환하게 불이 켜져 있었다. 베아테 뢴이 방금 아들과의 일상적인 통화를 마쳤다. 이어서 시어머니와 통화하면서 아이가 계속 열이 나고 기침하면 옵살로 돌아오는 일정을 며칠 미루자는 말에 그러자고 했다. 시댁 식구들은 아이가 스테인셰르에 조금 더 머물면 좋아할 것이다. 그리고 싱크대 아래 선반에서 음식찌꺼기를 담는 비닐봉지를 빼서 흰색 쓰레기봉투에 담을 때 전화벨이 울렸다. 카트리네였다. 인사를 나누는 데 시간을 허비하지는 않았다.

"안톤 미테트의 차 운전석 밑에 껌이 붙어 있었어요."

"그렇군요……."

"떼긴 했는데 DNA 검사실로 보내지지 않았어요."

"운전석 밑에서 나왔다면 나라도 보내지 않았을 거 같은데요. 안톤 것일 테니. 사건 현장에서 나온 걸 일일이 다 검사하면 한도 끝도 없을—."

"스톨레 박사님 말이 맞아요, 베아테! 자기 집 식탁 밑에 껌을 붙이는 사람은 없잖아요. 자기 차도 마찬가지고. 부인 말로는 안톤은 평소 껌을 씹지도 않았대요. 또 남편 말고는 그 차를 운전한 사람도 없었고요. 껌을 남긴 사람은 운전석에 기대어 껌을 붙인 거 같아요. 보고서에 따르면 범인은 조수석에 앉아서 안톤 쪽으로 몸을 기울여 안톤의 손을 끈으로 운전대에 묶었어요. 차가 강 속에 있긴 했지만 비에른 말로는 침 속의 DNA에서—."

"네, 무슨 말 하려는지 알아요." 베아테가 말을 잘랐다. "미카엘의 수사팀 사람한테 전화해서 말해야 할 거예요."

"그래도 모르시겠어요? 이걸로 당장 범인을 밝혀낼 수 있어요."

"물론 알죠. 그럼 우리도 끝장이라는 것도. 우린 이 사건에서 빠졌어요, 카트리네."

"내가 그냥 증거보관실에 가서 껌을 검사실로 보내면 돼요. 기록하고 대조해보면 되고요. 일치하는 결과가 없으면 아무한테도 들키지 않는 거고, 일치하는 결과가 나오면 사건을 해결하는 거고. 어떻게 알아냈느냐고 왈가왈부할 사람은 없을 거예요. 그래요, 지금 내 생각만 하는 거 알아요. 이번만은 우리가 공을 차지할 수 있어요, 베아테. **당신하고 나.** 우리 여자들이. 우리도 그럴 자격이 있잖아요."

"네, 그러고 싶은 마음이 굴뚝 같고 누군가의 일을 방해하는 것도 아니지만 그래도—."

"그럼 됐어요! 이번엔 우리가 마음껏 밀고 나갈 수 있어요. 미카엘이 의기양양하게 웃으면서 우리 공을 가로채는 모습을 또 보고 싶어요?"

침묵. 긴 침묵.

"아무도 모를 거라지만, 증거보관실에서 법의학 증거를 신청하면 창구에 반드시 기록이 남아요. 우리가 안톤 미테트 파일을 들여다본 게 들통나면 머지않아 그에 관한 투서가 미카엘의 책상에 날아들 텐데요."

"흠, 무슨 말인지 알아요. 그런데 제 기억이 맞는다면 과학수사과 책임자님께는—증거보관실 근무 시간 이외에 증거를 검사해야 할 경우에 대비해— 따로 열쇠를 가지고 계신다던데."

베아테가 끙 하고 신음했다.

"아무 일 없을 거예요." 카트리네가 얼른 덧붙였다. "자자, 제가 바로 그쪽으로 가서 열쇠를 빌릴게요. 그리고 증거보관실에서 껌을 찾아 조금만 떼어내고 모두 제자리에 고스란히 돌려놓고 내일 아침 실험실에서 껌 부스러기를 검사할 거예요. 혹시라도 누가 물으면 다른 사건을 조사하는 중이라고 하면 되고요. 네? 괜찮죠?"

과학수사과 책임자 베아테는 그 의견의 장단점을 따져보았다. 판단이 어렵지는 않았다. 전혀 괜찮지 않았다. 한숨을 길게 내쉬었다.

"해리라면 이렇게 말했겠죠." 카트리네가 말했다. "그냥 시작해, 젠장."

리코 헤렘은 침대에 누워 TV를 보았다. 새벽 4시지만 시간 감각을 잃어버리고 잠도 이루지 못했다. 어제 본 프로그램이 재방송되고 있었다. 코모도왕도마뱀이 바닷가에서 어슬렁어슬렁 걷고 있었다. 긴 혀가 나왔다가 쓱 훑고 다시 들어갔다. 도마뱀은 물소를 쫓고 있었다. 물긴 했는데 끄떡도 없어 보였다. 그렇게 며칠을 따라다녔다. 음량을 줄여서 들리는 소리라고는 아무리 열심히 돌아가도 호텔 방이 시원해지지 않는 에어컨 소리밖에 없었다. 비행기를 타고 오면서부터 이미 코를 훌쩍이기 시작했다. 전형적인 상황이었다. 비행기의 에어컨과 더운 나라에 온다고 입은 여름옷, 두통과 콧물과 고열로 점철되어버린 휴가. 그래도 시간이 남아돌았다. 고국으로는 돌아가지 않아도 되었다. 뭐 하러 돌아가나? 여기는 파타야, 변태와 도망친 범죄자들의 천국인데! 리코가 원하는 모든 것이 여기, 이 호텔 앞에 널려 있었다. 모기장 친 창문 밖으로 자동차 소리와 떠들썩한 외국어가 들렸다. 태국어. 한 마디도 알아듣지 못했다. 알아들을 필요도 없었다. 그들이 그를 위해 존재하지, 그 반대가 아니었으므로. 공항에서 차를 타고 오는 길에 그들을 보았다. 고고바 앞에 줄줄이 늘어선 어린아이들. 아주 어린 아이들. 골목 더 깊숙한 곳에서 껌을 파는 쟁반 너머의 아이들은 훨씬 더 어렸다. 리코가 나을 때까지 그들은 거기 있을 것이다. 리코는 파도가 부서지는 소리에 귀를 기울였다. 다른 데서 묵다가 옮긴 이 싸구려 호텔이 해변에서 멀다는 걸 알면서도 파도 소리를 들으려 했다. 여기에도 그들이 있었다. 그들과 푹푹 찌는 뜨거운 태양. 그리고 술과 다른 '파랑들'. 그와 같은 처지로 여기까지 흘러 들어와서 앞으로 어떻게 할지 조언해줄 수 있는 사람들. 코모도왕도마뱀에 대해서도 말해줄 수 있는 사람들.

어젯밤 꿈에 또 발렌틴을 보았다.

리코는 침대 옆 탁자에 놓인 물통을 잡으려고 손을 뻗었다. 자신의 입 냄새와 죽음과 전염병의 맛이 났다.

이틀 지난 노르웨이 신문과 서양식 조식을 받았지만 음식에는 거의 손을 대지 못했다. 발렌틴이 잡혔다는 소식은 아직 없었다. 이유를 짐작하기는 어렵지 않았다. 발렌틴은 이제 발렌틴이 아니었으니.

리코는 그들에게 알릴까 고민했다. 전화해서 그 여자 경찰, 카트리네 브라트에게 접촉해야 할지. 그가 달라졌다고 말해야 할지. 리코는 이 나라에서는 개인병원에서 노르웨이 돈으로 몇 천 크로네만 내면 그런 게 가능하다는 걸 알았다. 카트리네에게 전화해서 발렌틴을 생선 가게 근처에서 보았고, 그자가 성형수술로 얼굴을 갈아엎었다고 익명으로 메시지를 남겨야 하나. 아무런 대가도 요구하지 않고. 그냥 그자를 잡도록 도와주기 위해. 하루라도 꿈에서 그자를 보지 않고 잠들 수 있도록.

코모도왕도마뱀은 물웅덩이에서 몇 미터 앞에 쭈그리고 앉았다. 웅덩이에는 물소가 차가운 진흙에 주저앉아 있었다. 길이 3미터의 육식성 괴물이 길게 누워 있는 것에는 조금도 신경 쓰지 않는 듯했다.

리코는 구역질이 나서 급히 침대에서 내려왔다. 근육통이 일었다. 젠장, 지독한 독감이었다.

욕실에서 나올 때 신물이 올라와 계속 목이 타들어가는 채로 두 가지를 결심했다. 우선 병원에 가서 노르웨이에서는 주지 않을 독한 약을 받기로 했다. 두 번째로는 약을 먹고 좀 나아지면 카트리네에게 전화하기로 했다. 그 여자에게 말할 것이다. 그래야 잠들 수 있을 것 같았다.

리코는 리모컨으로 볼륨을 키웠다. 열정적인 목소리의 영어 내레이션이 흘러나왔다. 오랫동안 코모도왕도마뱀이 희생자를 물면 박테리아에 감염된 침이 희생자의 혈관으로 들어가 죽게 만드는 것으로 알려졌지만, 사실은 도마뱀의 분비샘의 독이 희생자의 혈액이 응고되지 못하게 만들어서 결국 그리 심각해 보이지 않는 상처로 피를 흘리며 서서히 죽어가는 것이라는 내용이었다.

리코는 부르르 떨었다. 잠들려고 눈을 감았다. 로힙놀. 문득 이런 생각이 들었다. 독감이 아니라 금단증상이라는 생각. 여기 파타야에는 로힙놀이 수면제로 룸서비스 메뉴에 포함되어 있을 수도 있다는 생각. 눈이 크게 떠졌다. 숨이 쉬어지지 않았다. 극심한 공포가 엄습했다. 리코는 보이지 않는 누군가와 싸우듯 온몸을 뒤틀었다. 생선 가게에서와 같았다. 방 안에 산소가 없다! 그리고 폐에 원하던 것이 들어왔고, 리코는 침대로 쓰러졌다.

리코는 문을 보았다.

문은 잠겨 있었다.

여기에는 아무도 없었다. 아무도. 그 혼자만 있었다.

20

카트리네는 밤이 내려앉은 언덕을 올라갔다. 등뒤의 하늘에 창백하고 파리한 달이 낮게 걸려 있었지만 경찰청사 전면은 달빛 한 줄기 반사하지 않고 블랙홀처럼 모든 것을 삼켰다. 카트리네는 철인 라프토라는 잘 어울리는 별명을 가진 경찰로, 작전 수행 중 사망한 아버지에게 물려받은 전문가용 소형 손목시계를 보았다. 11시 15분.

카트리네는 기묘하게 응시하는 것 같은 둥그런 창이 있는 경찰청사의 육중한 문을 잡아당겼다. 바로 여기서부터 의심이 시작되는 것 같았다.

카트리네는 왼쪽의 당직 경관에게 손을 흔들었다. 카트리네는 보지 못하지만 저쪽에서는 그녀를 볼 수 있었다. 이어서 중앙홀로 향하는 잠긴 문을 열었다. 빈 안내데스크를 지나 엘리베이터로 가서 지하 1층으로 내려갔다. 엘리베이터에서 나와 흐린 조명 아래서 콘크리트 바닥을 가로지르며 자기 발소리를 들으면서 다른 사람의 소리가 나는지 귀를 쫑긋 세웠다.

낮에는 증거보관실에서 카운터 쪽 철문이 열렸다. 카트리네는 베아테에게 받은 열쇠를 찾아서 자물쇠에 꽂고 돌렸다. 안으로 들어가 조용히 귀를 기울였다.

그리고 문을 잠갔다.

카트리네는 경첩이 달린 카운터를 올리고 어둠 속으로 들어갔다. 실내가 어두워서 손전등 불빛만으로는 내용물이 희미하게 비치는 반투명 플라스틱 상자가 빼곡히 늘어선 널찍한 선반을 찾아가는 데 시간이 걸릴 듯했다. 담당자는 정리정돈을 잘하는 사람 같았다. 선반 위로 상자의 짧은 면이 연이어 늘어서도록 상자들이 배열되어 있었다. 카트리네는 상자에 붙은 사건번호를 훑으며 지나갔다. 증거보관실의 맨 왼쪽부터 안쪽으로 시간순으로 번호가 매겨져 있었다. 시한이 정해진 사건의 증거품을 주인에게 돌려주거나 폐기하면 그 자리를 빼고 옮기는 방식이었다.

가운뎃줄 맨 끝에 이르러서야 카트리네가 찾던 물건이 손전등 불빛에 들어왔다. 맨 아래 칸에 있어서 상자를 끌어당기자 밑면이 벽돌 바닥에 긁혔다. 카트리네는 덮개를 열었다. 상자 속 물건들은 보고서와 일치했다. 성애 제거기. 시트커버. 머리카락이 담긴 비닐백. 껌이 담긴 비닐백. 손전등을 내려놓고 비닐백을 열어 집게로 껌을 꺼내 조금 떼어내려는 순간 축축한 공기 중에 찬바람이 느껴졌다.

손전등 불빛에 잡힌 팔뚝에 솜털 그림자가 쭈뼛 서 있었다. 카트리네는 눈을 들어 손전등을 집고 벽을 비추었다. 천장에 팬이 붙어 있었다. 하지만 천장에 삽입된 형태라 카트리네가 느낀 공기 중의 움직임을 일으킬 수는 없었다.

카트리네는 귀를 기울였다.

아무것도 들리지 않았다. 아무것도 없었다. 귓속에서 혈관이 고동치는 소리만 들렸다.

카트리네는 다시 딱딱한 껌에 집중했다. 스위스아미 주머니칼로 살짝 떼어냈다. 그러다 순간 얼어붙었다.

문 앞에서 다시 소리가 났다. 너무 멀어서 무슨 소리인지 분간이 가지 않았다. 열쇠가 찰랑이는 소리일까? 카운터가 부딪히는 소리일까? 아무것도 아닐 수도 있었다. 그냥 큰 건물에서 흔히 나는 정체 모를 소리일 수도 있다.

카트리네는 손전등을 끄고 숨을 참았다. 어둠을 향해 눈을 깜빡거렸다. 그러면 더 잘 보일 것처럼. 조용했다. 조용한 게 마치…….

카트리네는 생각을 더 이어가지 않으려고 애썼다.

대신 다른 생각을, 심장박동을 가라앉힐 만한 생각을 떠올리려 했다. 지금 일어날 수 있는 최악은 뭘까? 직무 영역을 넘어섰다가 붙잡혀서 보일러실 팀원 모두가 질책당하는 것? 베르겐으로 다시 돌려 보내지는 것? 따분하기야 하겠지만 공기 드릴로 가슴을 뚫는 것처럼 심장이 요동칠 건 없었다.

카트리네는 가만히 기다리면서 귀를 기울였다.

아무것도.

여전히 아무것도.

그러다 깨달았다. 주변이 캄캄하다는 것. 누가 들어왔다면 불을 켰을 텐데. 카트리네는 지레 겁먹은 자신에 피식 웃었고 심장박동은 다시 느려졌다. 손전등을 켜고 증거품들을 다시 상자에 넣고 상자를 제자리에 집어넣었다. 다른 상자들과 줄이 딱 맞는지 확인하고 출구로 향했다. 그러다 문득 어떤 생각이 스쳤다. 그 짧은 생각에 깜짝 놀랐다. 그에게 전화하는 걸 고대하고 있다는 생각. 그렇게 하려던 거였다. 그에게 전화해서 자기가 한 일을 말하는 것. 그러다 카트리네는 갑자기 멈추었다.

손전등 불빛에 뭔가가 잡혔다.

그럼에도 카트리네는 본능적으로 계속 걸으려고 했다. 겁에 질린 작은 목소리가 얼른 여기서 빠져나가라고 소리쳤다.

하지만 카트리네는 그쪽으로 불빛을 비추었다.

고르지 않다.

상자 하나가 줄이 맞지 않았다.

그쪽으로 가까이 가보았다. 상자에 붙은 라벨에 손전등을 비추었다.

해리는 문이 쾅 닫히는 소리를 들은 것 같았다. 본 이베어의 새앨범, 아직까지는 대대적인 광고에 걸맞은 앨범을 듣다가 이어폰을 뺐다. 가만히 들어보았다. 아무 소리도 없었다.

"아르놀?" 해리가 불렀다.

대답이 없었다. 해리는 경찰대학의 이 건물에서 저녁 늦게까지 혼자 있는 것에 익숙했다. 청소하는 사람이 뭔가를 두고 간 걸 수도 있었다. 하지만 손목시계를 보다가 저녁이 아니라 밤인 걸 알았다. 그는 책상 위, 아직 채점하지 않은 과제물이 잔뜩 쌓인 왼쪽을 보았다. 학생들은 도서관에서 쓰는 거친 재생지로 과제를 제출했다. 거기서 나오는 먼지를 뒤집어쓴 데다 니코틴으로 손끝을 누렇게 물들인 채 집에 들어가면 라켈이 손부터 씻으라고 잔소리를 했다.

해리는 창밖을 내다보았다. 크고 둥근 달이 키르케베이엔과 마요르스투엔을 향해 있는 건물들의 창문과 지붕을 비추었다. 남쪽으로 콜로세움 영화관 옆에 KPMG 금융서비스 건물의 실루엣이 초록색으로 은은하게 빛났다. 웅장하지도 아름답지도 그림 같지도 않았다. 그래도 이 도시는 그가 거의 평생을 살고 일한 곳이다. 홍콩에서 어느 새벽, 담배에 아편을 섞어 청킹 지붕으로 올라가 동이 트는 걸 본 적이 있다. 새벽 어스름에 앉아 잠시 후면 살아날 이 도시가 그의 도시라면 좋겠다고 생각했다. 위압감을 주는 철근덩어리 고층건물 대신 낮고 자기를 내세우지 않는 건물들이 모여 있는 수수한 도시. 홍콩의 거칠게 가파른 시커먼 산비탈이 아니라 오슬로의 온화하고 푸르른 언덕을 볼 수 있으면 좋겠다고 생각했다. 철커덩거리며 달리다가 제동을 거는 트램 소리나 프레데릭스하운과 오슬로 사이의 바다를 무사히 건너고 의기양양하게 피오르로 입성하는 덴마크 페리 소리가 듣고 싶었다.

해리는 연구실 안에 유일하게 켜져 있는 독서등 아래 종이를 내려다보았다. 물론 홀멘콜베이엔의 집으로 일거리를 가져갈 수도 있었다. 커피, 재잘거리는 라디오, 열린 창밖에서 들어오는 상쾌한 숲의 향기. 하지만 집에 혼자 있는 것보다는 여기 혼자 있는 게 나은 이유를 굳이 따져보지 않기로 했다. 어떤 답이 나올지 알 것 같아서였다. 집에서는 혼자가 아니라는 답. 그는 완벽하게 혼자가 아니었다. 검은 나무 문에 잠금장치를 세 개나 달아 요새처럼 만들고 창문마다 앞에 스프링클러를 설치해놨지만 괴물을 쫓아내지는 못했다. 유령들이 음침한 구석에 앉아 텅 빈 눈으로 그를 보았다. 주머니에서 휴대전화 진동이 울렸다. 해리는 전화기를 꺼내 빛나는 액정에 뜬 메시지를 보았다. 올레그에게 온 메시지였다. 문자는 없고 숫자만 있었다. '665625.' 해리는 빙긋 웃었다. 물론 스티븐 크로그먼이 1999년에 세운 전설적인 테트리스 세계기록 1,648,905점을 따라잡으려면 아직 멀었지만, 이미 구식이 된 이게임에서 해리가 세운 최고기록을 깬 지는 한참 되었다. 스톨레 에 우네는 테트리스 게임에서 인상적인 기록에서 그냥 슬픈 기록으로 넘어가는 지점에는 어떤 선이 있다고 말했다. 올레그와 해리가 그 선을 넘은 지는 오래되었다. 하지만 두 사람이 넘은 다른 선에 관해서는 아무도 알지 못했다. 죽음에서 살아 돌아오면서 건넌 선. 올레그는 해리의 병상 옆에 앉아 있었다. 해리는 올레그가 쏜 총알이 남긴 상처와 싸우느라 열에 들떴다. 올레그는 갑자기 약을 끊은 탓에 몸을 부들부들 떨면서 울었다. 많은 말을 주고받지는 않았지만, 해리의 어렴풋한 기억에 손이 아플 만큼 서로 손을 꼭 잡았다. 그리고 해리는 그 이미지를, 사내 둘이 서로 꼭 잡고 놔주지 않으려 하는 이미지를 영원히 간직할 것이다.

해리는 '돌아간다'라고 답을 보냈다. 숫자로 보낸 메시지와 한마디의 답. 그거면 됐다. 다시 만나려면 아직 몇 주 더 기다려야 하지만 서로가 **거기** 있는 걸 충분히 알 수 있었다. 해리는 다시 이어폰을 꽂고 올레그가 아무런 설명도 없이 보낸 음악을 검색했다. 디셈버리스트라는 밴드는 강렬한 음악을 좋아하는 올레그보다는 해리의 취향에 가까웠다. 해리는 펜더 기타 한 대로 순수하고 따스하게 튕기는 선율을 들었다. 파이프앰프만 쓰고 고정상자를 쓰지 않았거나, 깜빡 속을 만큼 좋은 상자를 쓴 음악이었다. 해리는 다음 학생의 보고서를 들여다보았다. 학생은 1970년대에 살인사건 비율이 급증한 후 계속 그 수준에 머물렀다고 적었다. 그리고 노르웨이에서 살인사건이 연간 50건 정도로, 일주일에 한 번꼴로 발생한다고 적었다.

실내가 갑갑한 느낌이 들어 창문을 열었다.

그 학생은 해결된 사건 비율이 95퍼센트 정도라고 썼다. 결론부에서는 지난 20년간의 미제 살인사건을 50건 정도로 추정했다. 지난 30년간은 75건이었다.

"쉰여덟."

해리는 소스라치게 놀랐다. 말소리가 그의 뇌에 입력되기도 전에 향수 냄새가 훅 끼쳤다. 의사는 그의 후각이, 구체적으로는 후각세포가 오랜 흡연과 알코올 남용으로 손상되었다고 말했다. 그렇다고 그 냄새를 맡는 데 시간이 걸리지는 않았다. 입생로랑의 오피움. 홀멘콜베이엔의 집 욕실 앞에 놓여 있던 것이다. 해리는 이어폰을 잡아 뺐다.

"지난 30년 동안 58건이에요." 그녀가 말했다. 화장한 얼굴이었다. 빨간 드레스를 입었고, 맨발이었다. "그런데 크리포스 통계에는 해외에서 살해당한 노르웨이 국민이 포함되지 않았어요. 그래서 노르웨이 통계청 자료를 봐야 해요. 그러면 수치가 72건이 돼죠. 따라서 노르웨이 내에서의 사건 해결 비율이 높아져요. 청장이 매스컴에서 자주 인용하는 수치로요."

해리는 의자를 뒤로 밀었다. "어떻게 들어왔지?"

"저, 학생 대표잖아요. 열쇠가 있어요." 실예 그라브셍이 책상 끝에 걸터앉았다. "그런데 중요한 건 해외 살인사건은 대부분 성폭행 사건이라 변태 범인이 피해자를 모른다고 가정할 수 있다는 거예요." 해리는 스커트가 말려 올라간 자리의 햇볕에 그을린 무릎과 허벅지를 보았다. 휴가를 다녀온 지 얼마 안 된 것 같았다. "그런 유형의 살인사건이라면 노르웨이의 사건 해결 비율이 우리가 비교해야 할 다른 국가들보다 낮아지죠. 사실 무서울 정도로 낮아요." 그녀가 한쪽으로 고개를 기울이자 축축한 금발이 얼굴로 내려왔다.

"그래?" 해리가 말했다.

"네. 사실 노르웨이에서 100퍼센트 해결을 기록한 형사는 네 명 밖에 없어요. 선생님도 그중 하나고……."

"그게 맞는지 모르겠군." 해리가 말했다.

"맞아요." 그녀는 해리에게 미소를 지으며 오후의 햇살이 비치기라도 하는 양 눈을 게슴츠레하게 떴다. 그리고 방파제 끝에 앉은 것처럼 맨발을 흔들었다. 안구에서 눈알을 빼먹기라도 할 듯 그의 시선을 붙잡았다.

"이렇게 늦은 시간에 여기서 뭐 하는 거지?" 해리가 물었다.

"체육관에서 연습했어요." 그녀는 바닥에 내려놓은 배낭을 가리키며 오른팔을 구부렸다. 이두근이 불거졌다. 격투기 강사에게서 그녀가 남학생 몇을 때려눕혔다는 말을 들은 기억이 났다.

"혼자 이렇게 늦게까지 연습해?"

"배울 수 있는 건 다 배워야죠. 용의자를 때려눕힐 방법을 가르쳐주실 수 있을 것 같은데요?"

해리는 손목시계를 보았다. "이 시간이면 자네는……."

"자야 한다고요? 잠이 안 와요, 해리. 저기 혹시……."

해리는 그녀를 보았다. 그녀가 입술을 내밀었다. 선홍색 입술에 손가락을 댔다. 해리는 짜증이 치밀었다. "자네가 머리를 쓰는 건 좋아. 계속해봐. 난 계속……." 해리는 잔뜩 쌓인 보고서 더미를 가리켰다.

"내가 무슨 생각하는지 묻지 않았잖아요, 해리."

"세 가지를 말해주지, 실예. 난 강사이지, 고해 신부가 아니야. 자네는 사전 약속 없이 이 건물에 들어오면 안 되고. 또 자네한테 나는 홀레 선생님이지, 해리가 아니야. 알았나?" 말이 필요 이상으로 딱딱하게 나갔다고 생각하며 다시 눈을 들어보니 실예가 황당하다는 듯 눈을 휘둥그레 뜨고 있었다. 실예는 입술에서 손가락을 뗐다. 삐죽 내민 입술도 집어넣었다. 그리고 다시 입을 열자 속삭이는 정도의 목소리가 나왔다.

"당신 생각을 했어요, 해리."

그리고는 크고 날카롭게 웃었다.

"그만해, 실예."

"당신을 **사랑해요**, 해리." 다시 웃었다.

약에 취했나? 술에 취했나? 파티에서 막 온 건가?

"실예, 그만⋯⋯."

"해리, 의무가 있는 거 알아요. 강사와 학생 사이에 규정이 있는 것도 알고요. 하지만 우리가 뭘 할 수 있는지 알아요. 시카고로 가면 돼요. 거기서 당신은 연쇄살인을 강의해요. 내가 강의를 신청할 수 있어요. 당신은―."

"그만!"

해리는 고함 소리가 복도까지 울리는 걸 들었다. 실예는 해리가 때리기라도 한 것처럼 몸을 웅크렸다.

"그럼 문까지 데려다주지, 실예."

실예는 어이가 없다는 듯 눈을 깜빡거렸다. "아니, 왜 그래요, 해리? 난 올해의 두 번째로 예쁜 여학생이에요. 내가 원하는 사람은 다 가질 수 있다고요. 물론 강사들도. 그래도 당신한테 기회를 주잖아요."

"어서."

"이 드레스 속에 뭘 입었는지 궁금해요, 해리?"

실예는 맨발을 책상 위로 올리고 허벅지를 벌렸다. 그러나 해리가 순식간에 그 발을 책상에서 치워서 실예는 대응할 틈도 없었다.

"내 책상에는 나 말고 아무도 발을 올려선 안 돼, 고맙네."

실예의 얼굴이 일그러졌다. 두 손에 얼굴을 묻었다. 손으로 머리를 감싸며 근육이 잡힌 긴 팔 아래 공간으로 숨어들려는 것 같았다. 실예는 울었다. 나직이 흐느꼈다. 해리는 흐느낌이 잦아들 때까지 기다렸다. 실예의 어깨에 손을 얹으려다 말았다.

"이봐, 실예. 자네가 약을 했는지 어쨌는지 난 몰라. 그래도 괜찮아. 누구나 그럴 때가 있으니까. 이렇게 하지. 지금 그냥 나가고 우린 아무 일 없었던 거야. 둘 다 이 일에 관해서는 한마디도 하지 않는 거야."

"누가 우리에 관해 알까 봐 두려워요, 해리?"

"우리란 건 없어. 내 말 잘 들어. 난 지금 너한테 기회를 주는 거야."

"학생하고 자는 걸 누가 알까 봐 그래요?"

"난 누구하고도 자지 않아. 널 생각해서 이러는 거야."

실예는 팔을 내리고 고개를 들었다. 해리는 흠칫 놀랐다. 화장이 검은 피처럼 흘렀고, 눈에서는 광기가 번득였다. 굶주린 포식자처럼 웃는 얼굴은 TV 자연 다큐멘터리에서 본 짐승을 연상시켰다.

"거짓말을 하시네요, 해리. 라켈, 그년하고는 자면서. 그리고 날 생각해서 이러는 게 아니잖아요. 그런 거 아니잖아요, 위선자. 아니, 당신은 날 생각해. 괜찮아. 데리고 잘 수 있는 고깃덩어리처럼 생각하지. 데리고 잘 것처럼."

실예는 책상에서 미끄러져 내려가 해리에게 한발 다가섰다. 해리는 의자 깊숙이 눌러앉아 평소처럼 다리를 쭉 펴고 있었다. 해리는 그녀를 바라보며 행동으로 표출될 어떤 장면의, 아니 빌어먹을 이미 표출된 장면의 일부가 된 것처럼 느꼈다. 실예는 몸을 우아하게 앞으로 내밀어 그의 무릎에 손을 얹고 위로, 벨트로 더듬어 올라가며 그에게 몸을 더 기대어 티셔츠 속으로 손을 집어넣었다. 그리고 가르랑거리며 속삭였다. "음, 식스팩 좋네요, 선생님." 해리는 그녀의 손을 잡아 손목을 비틀며 의자에서 벌떡 일어섰다. 실예가 비명을 지르는 사이 팔을 등 뒤로 올려붙이고 머리를 바닥으로 숙이게 했다. 그리고 그녀를 문 쪽으로 돌려세우고 배낭을 집어서 복도로 끌고 나갔다.

"해리!" 실예가 신음했다.

"하프넬슨 기술이야. 보통은 경찰포박이라고 부르는 기술이지." 해리는 멈추지 않고 계단으로 밀고 가면서 말했다. "시험에 대비해서 배워두면 도움이 될 거야. 물론 시험까지 간다면 말이지만. 이 일을 보고할 지경까지 네가 날 밀어붙였다는 사실을 기억하길 바라네."

"해리!"

"딱히 성희롱을 당했다고 느껴서가 아니라, 네가 경찰로 일할 만큼 심리적으로 안정된 사람인지 의문이 들어서야. 판단은 당국에 맡기지. 그러니 단순한 실수였다고 해명해야 할 거야. 이러면 공정하지 않나?"

해리가 남는 손으로 현관문을 열고 실예를 밖으로 밀치자, 실예는 휘청하고 돌면서 그에게 눈을 부라렸다. 날것의 분노와 광기로 이글거리는 눈빛을 보면서 해리는 한동안 실예 그라브셍에게 가진 느낌을 확인했다. 실예는 경찰의 힘을 손에 넣고 휘두르면 안 될 사람이 맞았다.

해리는 실예가 비틀비틀 정문을 지나 광장을 가로질러서 샤토 뇌프 건물로 가는 걸 보았다. 그 앞에서 어떤 학생이 담배를 피우며 안에서 따분하게 울려대는 음악을 피해 잠시 쉬고 있었다. 쿠바 1960 스타일 군복 재킷을 입고 가로등에 기대어 있었다. 그는 무심한 척 실예를 흘깃하다가 실예가 지나가자 고개를 돌려 그녀의 뒷모습을 뚫어져라 보았다.

해리는 복도에 서 있었다. 큰소리로 욕을 했다. 맥박이 서서히 느려졌다. 전화기를 꺼내서 철자 하나로 입력된 사람도 있는 짧은 연락처에서 한 사람을 골라 전화를 걸었다.

"아르놀입니다."

"해리예요. 실예 그라브셍이 방금 제 연구실에 나타났어요. 이번엔 너무 나갔어요."

"아 그래요? 어서 비밀을 털어놔봐요."

해리는 아르놀에게 중요한 내용만 추려서 말했다.

"그거 안 좋은데요, 해리. 생각보다 더 나쁠 수도 있어요."

"그 친구가 약이든 뭐든 하고 온 걸 수도 있어요. 파티에서 온 것 같았거든요. 아니면 충동조절에 문제가 있거나. 그래도 어떻게 하는 게 좋을지 조언이 필요해요. 신고해야 하는 건 알지만—."

"이해를 못하시네요, 해리. 아직 현관에 있습니까?"

"네. 그런데요?" 해리가 놀라서 물었다.

"경비는 퇴근했겠죠? 주위에 다른 사람이 보입니까?"

"다른 사람이라뇨?"

"아무나 말입니다."

"음, 샤토 뇌프 앞 광장에 남학생이 하나 있어요."

"그 친구는 그 애가 나가는 걸 봤습니까?"

"네."

"됐어요! 지금 바로 그 친구한테 가세요. 가서 얘기를 나눠요. 이름이랑 주소를 받아두시고. 내가 그리로 데리러 갈 때까지 그 친구를 잡아둬요."

"데리러 오다뇨?"

"나중에 설명할게요."

"교수님 자전거 뒷자리에 타야 하는 겁니까?"

"여기에 차 같은 게 있다고 고백해야겠군요. 20분 안에 도착할 겁니다."

"좋은…… 어, 아침?" 비에른 홀름이 웅얼거렸다. 손목시계를 보긴 했지만 아직 꿈속을 헤매는 건지 확실하지 않았다.

"잤어요?"

"아뇨, 아뇨." 비에른 홀름은 침대 머리받침에 기대어 전화기를 귀에 댔다. 그러면 그녀에게 더 가까워질 것처럼.

"안톤 미테트의 차 운전석 밑에 붙어 있던 껌 조각을 구했단 말을 하려고요." 카트리네 브라트가 말했다. "범인의 것 같아요. 물론 가능성이 희박하지만."

"그러네요." 비에른이 말했다.

"시간낭비라는 건가요?"

비에른은 카트리네가 실망한 것 같다고 생각했다. "당신은 형사잖아요." 이렇게 말하고는 곧바로 격려해주는 말만 할걸, 하고 후회했다.

침묵이 이어지는 동안 카트리네가 어디 있는지 궁금했다. 집인가? 저쪽도 침대인가?

"아 참, 증거보관실에 갔을 때 이상한 일이 있었어요."

"그래요?" 비에른은 이렇게 물으며 과장되게 관심 있는 척한 건 아닐까 생각했다.

"거기서 다른 사람 소리를 들은 것 같아요. 착각한 걸 수도 있지만 나오다가 보니까 누가 선반의 증거품 상자 하나를 건드린 것 같았어요. 그 상자의 라벨을 확인했더니……."

비에른 홀름은 그녀가 누워 있다고 생각했다. 목소리가 나른하게 늘어졌다.

"르네 칼스네스 사건이었어요."

해리는 무거운 문을 닫아 따스한 아침 햇살을 차단했다.

목조주택의 서늘한 어둠을 지나 주방으로 들어갔다. 의자에 털썩 앉았다. 셔츠 버튼을 풀었다. 그 일에는 시간이 걸렸다.

군복 재킷을 입은 학생은 해리가 다가가 경찰 동료가 올 때까지 기다려달라고 하자 꽤 놀란 듯 보였다.

"이거 그냥 담배예요!" 학생은 해리에게 담배를 내밀었다.

아르놀이 도착해서 그 학생에게 증언을 받고 서명까지 받은 후, 두 사람은 먼지 쌓인 연대 모를 빈티지 피아트 승용차를 타고 경찰 살인사건으로 아직 근무 중인 과학수사과로 달려갔다. 거기서 해리는 옷을 벗었다. 옷을 검사하는 동안 남자 경관 둘이 조명과 한 면에 점착력이 있는 종이로 그의 성기와 손을 훑었다. 그리고 빈 플라스틱 비커를 내밀었다.

"힘껏 해보세요. 여력이 되시면요. 화장실은 복도 아래에 있어요. 좋은 걸 생각하세요, 알았죠?"

"음."

해리는 나가면서 웃음 참는 소리를 들었다기보다는 느꼈다.

좋은 걸 생각하라.

해리는 주방 조리대에 놓인 보고서를 만지작거렸다. 군나르에게 한 부 보내달라고 해서 받은 것이다. 사적으로. 은밀히. 보고서는 라틴어로 된 의학용어로 채워져 있었다. 그래도 조금은 이해했다. 루돌프 아사예프가 평생 살아온 방식만큼 불가사의하고 불가해하게 사망한 사실을 알 수 있을 정도였다. 범죄를 드러내는 증거가 부족해서 뇌경색으로 결론을 내릴 수밖에 없었다. 뇌졸중. 어쩌다 일어나는 종류의 일이었다.

해리는 형사로서 이런 종류의 일은 일어나지 않는다고 말할 수 있었다. 검사 측 증인은 '어쩌다' 죽지 않는다. 아르놀이 뭐라고 했더라? 94퍼센트의 경우에는 누군가 증인 신문에서 잃을 게 많다면 살인사건일 수 있었다.

얄궂게도 아사예프가 증언하면 해리도 잃을 게 있었다. 잃을 게 많았다. 그런데 왜 자꾸 신경이 쓰이지? 그냥 감사히 여기고 제 갈 길 가면 될 일 아닌가? 대답은 단순했다. 해리의 시스템이 고장 난 것이다.

해리는 기다란 오크나무 식탁 끝으로 보고서를 던졌다. 아침에 찢어버리기로 했다. 일단 잠을 좀 자야 했다.

좋은 걸 생각하라.

일어나서 욕실로 가면서 옷을 벗었다. 샤워기 아래 서서 수도꼭지를 온수 쪽으로 돌렸다. 살이 따끔따끔 쓰라리며 벌받는 느낌이 들었다.

좋은 걸 생각하라.

수건으로 몸을 닦고 더블베드의 깨끗한 하얀 리넨 속으로 들어가 눈을 감고 바로 잠들려고 했다. 하지만 잠이 오기 전에 그 생각이 먼저 떠올랐다.

그녀.

아까 경찰서에서 화장실에 들어가 눈을 감고 집중하면서 좋은 걸 생각하려고 할 때 실예 그라브셍이 떠올랐다. 햇볕에 그을린 매끈한 살결과 부드러운 입술과 그의 얼굴에 닿던 뜨거운 입김과 분노로 이글거리던 눈빛과 탄탄하게 근육이 잡힌 몸매와 곡선과 탄력 있는 살과 젊은이의 그 모든 불공평한 아름다움이 떠올랐다.

젠장!

그의 벨트를, 그의 배를 덮은 그녀의 손. 아래로 내려가 그의 그것에 닿은 몸. 하프넬슨. 바닥에 닿을 것 같은 머리, 저항하는 신음 소리, 등이 오목하게 내려가면서 그를 향해 올라온 엉덩이, 암사슴처럼 날씬한 몸매.

젠장, 젠장!

해리는 일어나 앉았다. 라켈이 침대 옆 테이블에 놓인 사진 속에서 그에게 따스하게 미소 짓고 있었다. 따스하고 영리하고 다 안다는 듯한 미소. 정말 다 알까? 그의 머릿속에 5초만 들어와서 그가 실제로 어떤 인간인지 안다면 비명을 지르며 도망치지 않을까? 아니면 사람은 누구나 똑같이 병적인 걸까? 그저 머릿속의 괴물을 풀어놓는 인간과 그렇게 하지 않는 인간의 차이만 존재하는 걸까?

아까 그녀를 생각했다. 그 책상에서 그녀가 원하는 대로 해주다가 책상에 쌓인 학생들의 보고서를 밀쳐서 종이가 빛바랜 나비처럼 흩어져 날아가고 그들의 살에도 달라붙는 생각. 작고 까만 글씨로 살인의 범주로 섹스와 알코올, 치정범죄, 가정불화, 명예살인, 탐욕이 적힌 거친 재생지. 그는 경찰서 화장실에 서서 그녀를 생각했다. 그리고 비커를 채웠다.

21

베아테 뢴은 하품하고 눈을 깜빡이며 트램 창밖을 내다보았다. 프롱네르 공원을 덮은 안개가 아침 햇살을 받아 차츰 걷히기 시작했다. 이슬 젖은 테니스코트는 텅 비어 있었다. 수척한 노인이 새 시즌을 위한 네트가 아직 설치되지 않은 이판암 코트에 서서 골똘히 생각에 잠겨 있었다. 트램을 바라보면서. 낡은 바지 아래 빈약한 허벅지, 단추를 잘못 채운 파란색 와이셔츠, 바닥에 끌린 라켓. 오지 않는 파트너를 기다리나 보다고 베아테는 생각했다. 작년에 잡아놓은 약속이라 상대는 이미 이 세상 사람이 아닌지도 모른다고. 베아테는 그 노인이 어떤 기분인지 알 것 같았다.

트램이 공원 정문을 지나 정차할 때 거대한 비석이 보였다.

사실 베아테에게는 만나는 사람이 있었다. 어젯밤에 카트리네에게 증거보관실 열쇠를 건넨 후 그 남자의 집으로 갔다. 그래서 이쪽 지역에서 이 트램을 탄 것이다. 그냥 평범한 남자였다. 베아테는 그를 그렇게 분류했다. 꿈에 그릴 법한 남자는 아니었다. 가끔 한 번씩 필요한 부류. 그의 자식들은 전처의 집에 있고, 마침 베아테의 아들도 스테인셰르의 시댁에 가 있어서 만날 시간과 기회가 조금 더 생겼다. 그럼에도 베아테는 자신이 스스로 제약을 둔다는 걸 알았다. 무엇보다도 베아테로서는 그와 함께 지낸다기보다는 필요할 때 만난다고 생각해야 했다. 잭을 대신할 남자는 아니지만 상관없었다. 잭을 대신할 누군가를 원한 게 아니라 그냥 이런 걸 원했다. 다른 것, 어정쩡한 상태, 비용이 많이 들지 않는 상태.

베아테는 창밖으로 반대편 트램이 지나가는 걸 보았다. 말없이 앉아 옆자리 소녀의 헤드폰에서 조용히 흘러나오는 음악을 들었다. 거슬리는, 1990년대에 유행하던 팝이었다. 경찰대학에서 가장 조용한 여학생이던 시절의 음악. 누가 쳐다보는 것 같아서 얼굴을 붉히던 창백한 여학생. 다행인지 그녀를 보는 사람은 많지 않았다. 보더라도 금방 잊어버렸다. 얼굴이든 카리스마든 요란하지 않은 베아테 뢴은 수족관의 물고기처럼, 프라이팬 코팅처럼 투명한 사람이었다.

하지만 베아테는 사람들을 기억했다.

한 사람, 한 사람, 모두를.

그래서 트램에 탄 사람들의 얼굴을 보면서 언제 어디서 봤는지 떠올릴 수 있었다. 전날 같은 트램에 탔거나, 20년 전에 학교 운동장에서 봤거나, 은행 강도가 찍힌 CCTV 화면에서 봤거나, 타이즈를 사러 간 백화점의 에스컬레이터에서 봤을 수도 있었다. 그사이 나이가 들었건, 화장을 했건, 수염을 길렀건, 머리를 잘랐건, 보톡스나 실리콘을 맞았건 상관 없었다. 얼굴이, 그들의 **진짜** 얼굴이, 변함없이 고유한 무엇이 DNA 코드의 열한 자리 숫자처럼 떠오르는 것 같았다. 그녀의 능력은 축복이자 저주였다. 어떤 정신과의사들은 아스퍼거 증후군이라고 하고, 다른 의사들은 가벼운 뇌 손상에 의해 방추상회라는 안면 인식의 중추에서 손상을 보상하기 위해 나타나는 증상이라고 보았다. 그리고 좀 더 현명한 치료사들은 어떤 것으로도 부르지 않았다. 그저 컴퓨터가 식별용으로 DNA 코드의 숫자를 저장하듯 베아테의 뇌는 모든 얼굴의 고유한 특징을 저장한다고만 설명했다.

그러니 베아테 룀의 뇌가 이미 시동을 걸고 반대편 트램에 탄 남자의 얼굴을 검색하려 한 건 이상한 일이 아니었다.

이상한 건 곧바로 검색되지 않았다는 점이었다.

그들 사이의 거리는 고작 1.5미터밖에 떨어져 있지 않았다. 그에게 관심이 간 건 그가 김 서린 창문에 글씨를 쓰려고 그녀 쪽으로 얼굴을 돌리고 있어서였다. 어디선가 본 얼굴이긴 한데 그 얼굴과 일치하는 이름도, 얼굴을 이름과 연결해주는 DNA 코드도 감춰져 있었다.

어쩌면 유리창에 비친 거라 그럴 수도 있고, 그의 눈을 덮은 그림자 때문일 수도 있었다. 베아테가 포기하려는 순간 트램이 갑자기 움직여서 빛이 다른 각도로 떨어지고 그가 눈을 들어 베아테를 마주 보았다.

베아테 룀은 전기충격에 감전된 것 같았다.

그 눈빛은 파충류의 그것이었다.

그녀가 누구인지 아는 살인자의 섬뜩한 눈빛.

발렌틴 예르트센.

베아테는 그를 바로 알아보지 못한 이유도 깨달았다. 그가 숨어 지낼 수 있었던 이유도.

베아테 룀은 벌떡 일어섰다. 밖으로 나가려 했지만 옆자리 소녀가 눈을 감고 고개를 까딱거리고 있었다. 베아테가 팔꿈치로 쿡 찌르자 소녀가 짜증스럽게 쏘아보았다.

"내릴게요." 베아테가 입 모양으로 말했다.

소녀는 브로우 펜슬로 그린 눈썹을 올리면서 꼼짝하지 않았다.

베아테가 헤드폰을 잡아챘다.

"경찰이야. 나가야 돼."

"트램이 움직이고 있잖아요." 소녀가 말했다.

"그 뚱뚱한 엉덩이 당장 치워!"

다른 승객들이 베아테 뢴을 돌아보았다. 그래도 베아테는 얼굴이 붉어지지 않았다. 이제 그녀는 예전의 조용한 소녀가 아니었다. 몸은 여전히 작고 피부는 투명할 정도로 창백하고 머리도 색이 없고 마른 스파게티처럼 푸석푸석했다. 하지만 예전의 베아테 뢴은 이제 없다.

"세워요! 경찰이에요! 정지!"

베아테는 승객들을 헤치고 운전석과 출구 쪽으로 나아갔다. 가늘게 끼익 하는 브레이크 소리가 났다. 베아테는 기사에게 신분증을 내밀고 초조하게 기다렸다. 마침내 덜커덩하고 트램이 멈추고, 서 있던 승객들이 앞으로 쏠렸다가 손잡이를 꽉 잡는 사이 탕 하고 문이 열렸다. 베아테는 한걸음에 밖으로 뛰어나가 도로를 가르는 트램 선로를 따라 달렸다. 신발의 얇은 천으로 풀잎에 맺힌 이슬이 느껴졌다. 반대편 트램이 움직이면서 올라가는 소리가 들려서 있는 힘껏 뛰었다. 발렌틴이 무장했을 거라고 생각할 이유는 없었다. 베아테가 경찰 신분증을 흔들며 체포하겠다고 소리쳐도 발렌틴이 승객이 빽빽한 트램에서 달아나지는 못할 터였다. 트램을 잡을 수만 있다면. 그러나 달리기는 베아테의 특기가 아니었다. 그녀를 아스퍼거 증후군으로 진단한 의사는 이렇게 말했다. 그녀 같은 사람들은 몸놀림이 둔한 편이라고.

베아테는 젖은 풀밭에서 미끄러졌지만 가까스로 중심을 잡았다. 몇 미터만 더. 트램 끄트머리를 따라잡았다. 트램을 손으로 쳤다. 소리를 지르며 신분증을 흔들면서 기사가 백미러로 자기를 봐주기를 바랐다. 기사가 본 것 같았다. 그러나 늦잠 자다 나와서 절박하게 정액권을 흔드는 통근자인 줄 안 것 같았다. 선로의 노랫소리가 4분의 1음조 올라갔고, 트램은 그녀를 남겨두고 떠났다.

베아테는 그 자리에 서서 트램이 마요르스투엔으로 올라가서 멀리 사라지는 걸 보았다. 돌아보니 그녀가 타고 온 트램은 프롱네르 플라스로 향하고 있었다.

베아테는 나직이 욕을 하면서 휴대전화를 꺼내 도로를 건너고 테니스코트의 철 울타리에 기대어 전화를 눌렀다.

"비에른입니다."

"나야. 방금 발렌틴을 봤어."

"네? 확실해요?"

"비에른……."

"죄송해요. 어디서요?"

"프롱네르 공원 지나서 마요르스투엔으로 올라가는 트램. 지금 경찰청이야?"

"네."

"12번 트램이야. 어디로 가는지 알아봐서 당장 세워. 빠져나가지는 못할 거야."

"알았어요. 정류장을 찾아보고 모든 경찰차에 발렌틴의 인상착의를 보낼게요."

"그건 소용없어."

"뭐가 소용이 없어요?"

"인상착의. 변했거든."

"무슨 말이에요?"

"성형수술. 심하게 갈아엎어서 지금껏 걸리지 않고 오슬로를 활보할 수 있었던 거야. 그 트램이 어디서 정차했는지 알아보고 말해 줘. 내가 그쪽으로 가서 찾을 테니까."

"접수 완료."

베아테는 휴대전화를 주머니에 넣었다. 그제야 얼마나 숨이 찬지 알았다. 앞에는 오전 러시아워의 차량이 아무 일 없다는 듯 천천히 지나갔다. 방금 살인자가 발견된 사실이 어떤 식으로든 영향을 미치지 않는다는 듯이.

"다들 어떻게 된 거요?"

갈라진 목소리가 들렸다. 베아테는 울타리에서 몸을 떼고 목소리가 들려온 쪽을 보았다.

노인이 묻는 눈빛으로 그녀를 보았다.

"다들 어디 갔소?" 노인이 다시 물었다.

베아테는 고통을 마주하고 목이 메는 것을 얼른 삼켰다.

"사람들이……." 노인이 머뭇머뭇 라켓을 흔들려고 하면서 물었다. "다들 다른 코트로 갔을까요?"

베아테는 천천히 고개를 끄덕였다.

"그래, 그런가 보군. 여기 있으면 안 돼. 다들 다른 코트로 갔어. 거기서 날 기다리고 있군."

베아테는 휘청거리며 문으로 향하는 노인의 앙상한 등을 보았다.

그리고 서둘러 마요르스투엔으로 향했다. 머릿속이 분주히 돌아가면서 발렌틴이 어디로 갈지, 어디에서 왔을지, 그를 체포할 가능성이 얼마나 될지 생각하면서도, 노인이 중얼거리던 말의 메아리를 떨쳐내지 못했다.

'거기서 날 기다리고 있군.'

미아 하르트비그센은 해리 홀레를 바라보았다.

미아는 팔짱을 끼고 어깨를 해리 쪽으로 반만 돌렸다. 병리학자인 미아의 주변에는 절단된 신체 부위가 담긴 푸른 플라스틱 통이 널려 있었다. 학생들이 국립병원 1층에 있는 법의학 연구소의 실험실에서 나가자마자 과거의 폭탄 같은 인물이 아사예프의 부검 보고서를 옆구리에 끼고 들이닥친 것이다.

미아가 이렇게 거부하는 몸짓을 보이는 이유는 해리가 싫어서가 아니었다. 그가 늘 문제를 일으키기 때문이었다. 해리가 형사로 일할 때는 늘 추가근무가 생기고 마감이 빠듯해지고 그들 책임이 아닌 실수로 호되게 비난받을 가능성이 높았다.

"우리가 루돌프 아사예프를 부검했어요." 미아가 말했다. "아주 철저히."

"그렇게 철저하진 않던데요." 해리가 보고서를 번쩍이는 철제 실험대에 놓았다. 조금 전까지 학생들이 사람의 살을 자르던 자리. 어깨에서 잘린 근육질의 팔이 담요 밑으로 빠져나와 있었다. 해리는 위팔뚝에 문신으로 새겨진 빛바랜 글자를 읽었다. '죽기엔 너무 젊다.' 음. 아사예프가 제거하기로 한 경쟁 갱단인 로스 로보스 오토바이족들 중 하나일지도.

"왜 우리가 철저히 부검하지 않았다고 보시는 거죠?"

"우선, 사인을 밝히지 못했잖아요."

"시신에서 아무런 단서가 나오지 않을 때가 있어요. 아시잖아요. 그렇다고 완벽히 자연스러운 원인에 의한 사망이 아닌 게 되는 건 아니죠."

"게다가 이 사건에서 가장 자연스러운 원인은 누군가 그를 살해했다는 겁니다."

"그 사람이 검찰 측 증인인 건 알지만, 부검은 그런 정황 증거와 무관하게 정해진 절차에 따라 진행돼요. 우린 우리가 찾는 걸 찾지, 다른 걸 찾지 않아요. 병리학은 직감의 과학이 아니에요."

"과학이라고 하시니까 말인데요." 해리가 미아의 책상에 걸터앉으며 말했다. "과학은 가설 검증에 기초하지 않습니까? 가설을 세우고 참인지 거짓인지 검증하죠. 맞죠?"

미아 하르트비그센은 고개를 저었다. 맞는 말이 아니라서가 아니라 대화가 흘러가는 방향이 마음에 들지 않아서였다.

"제 가설을 말해볼까요." 해리가 순수한 미소로, 엄마에게 크리스마스 선물로 원자폭탄을 받고 싶다고 조르는 소년 같은 얼굴로 말했다. "아사예프는 당신이 일하는 방식을 정확히 꿰뚫고 당신이 아무것도 발견하지 못하게 하려면 무엇이 필요한지 잘 아는 누군가에게 살해당했습니다."

미아는 발을 바꿔 짚으면서 반대편 어깨를 해리 쪽으로 돌렸다. "그래서요?"

"그러려면 어떻게 했을 거 같아요, 미아?"

"저요?"

"수법을 아시잖아요. 당신이 범인이라면 당신 자신을 어떻게 속였을까요?"

"제가 용의자인가요?"

"추후 통지가 내려올 때까지는."

미아는 대꾸하려다가 해리가 웃는 걸 보고 그만두었다.

"흉기는 뭐죠?" 미아가 물었다.

"주사기."

"예? 왜죠?"

"마취제와 관계 있거든요."

"그렇군요. 약물이라면 거의 다 추적 가능해요. 특히 이 사건처럼 즉시 추적할 수 있던 경우라면 더더욱. 제가 보기에 유일한 선택지는……"

"선택지는?" 해리는 일이 자기 생각대로 흘러간다는 듯 빙긋 웃었다. 짜증 나는 남자다. 따귀를 올려붙일지 입을 맞출지 알 수 없는 유형.

"공기 분사예요."

"그게 뭐죠?"

"오래되었지만 여전히 최고인 수법이에요. 주사기에 공기를 주입해서 공기 방울을 혈관에 넣어 혈액의 흐름을 차단하는 방법. 심장이나 뇌 같은 신체 주요 장기로 혈액이 들어가지 못할 정도로 오래 차단되면 사망하는 거죠. 빠르고 화학물질도 남지 않고요. 혈전은 외부 개입 없이 몸속에서 저절로 생길 수도 있으니까요. 남은 건 사건 종결."

"바늘 자국이 남잖아요."

"아주 가느다란 바늘을 쓰면 보이지 않아요. 피부를 센티미터 단위로 샅샅이 살펴야 자국을 찾을 수 있겠죠."

해리의 얼굴이 밝아졌다. 소년은 원자폭탄인 줄 알고 선물상자를 뜯었다.

미아는 행복했다.

"그럼 조사해주셔야ㅡ"

"했어요." 이럴수가. "밀리미터 단위로. 정맥주사기까지 조사했어요. 거기로도 공기를 주입할 수 있으니까. 어디에도 모기 물린 자국 하나 없었어요." 미아는 해리의 눈에서 흥분한 빛이 꺼지는 걸 보았다. "미안하지만요, 우리도 의심스러운 죽음인 건 **알았어요.**" 미아는 과거형으로 힘주어 말했다. "전 이만 다음 강의를 준비해야 해서—."

"피부가 아닌 다른 곳은 어때요?" 해리가 물었다.

"네?"

"주삿바늘을 다른 데 꽂았다면요? 구멍 말예요. 입, 직장, 콧구멍, 귀."

"흥미로운 생각이긴 해도 코하고 귀에는 적당한 혈관이 거의 없어요. 직장은 가능하지만 그 부위에서는 주요 장기를 고립시킬 가능성이 낮고, 게다가 혈관을 찾으려면 아주 잘 알아야 해요. 입안의 혈관은 뇌로 가는 경로가 짧아서 빠르게 사망시킬 수 있지만 입은 우리가 항상 확인하는 부위예요. 게다가 입안은 전부 점막으로 덮여 있어서 주삿바늘이 들어가면 부풀어 올라 금방 눈에 띄죠."

미아는 해리를 보았다. 아직 해답을 찾으려고 열심히 머리를 굴리는 듯하더니 결국 단념한 듯 고개를 끄덕였다.

"다시 만나서 반가웠어요, 해리. 또 뭐 알아보고 싶은 거 있으면 들러요."

미아는 돌아서서 시험관 쪽으로 가서 손가락을 쫙 펼친 핏기 없는 회색 팔을 알코올에 집어넣었다.

"또…… 알아보고 싶다면." 미아는 해리가 중얼거리는 소리를 들었다. 깊은 한숨을 토해냈다. 정말 성가신 남자다.

"범인이 또 시도했을 수도 있잖아요." 해리가 말했다.

"정확히 어디요?"

"뇌로 가는 짧은 경로라고 했죠. 뒤에서. 주사 자국을 뒤에 숨겼을 수 있겠네요."

"뒤라면……?" 미아는 말끝을 흐렸다. 해리가 가리키는 쪽을 보았다. 눈을 감고 다시 한숨을 쉬었다.

"죄송합니다만." 해리가 말했다. "FBI 통계에 의하면 증인에 대한 부검의 경우 2차 부검에서 살인사건의 비율이 78퍼센트에서 94퍼센트로 올라간다고 해요."

미아 하르트비그센은 고개를 절레절레 흔들었다. 해리 홀레. 골칫덩어리. 초과근무. 직접 저지르지 않은 실수로 혹독한 비난을 받을 가능성이 높아짐.

"여기 세워주세요." 베아테 뢴이 말했다. 택시가 길가에 섰다.

그 트램은 벨하벤스 카페 거리의 정류장에 서 있었다. 트램 앞에 경찰차 한 대, 뒤에 두 대가 서 있었다. 비에른 홀름과 카트리네 브라트가 볼보 아마존에 기대어 있었다.

베아테가 요금을 내고 택시에서 뛰어내렸다.

"어때?"

"경관 셋이 트램에 타서 아무도 내리지 못하게 했어요. 우린 팀장님을 기다리고 있었고요."

"저건 2번이잖아. 난 12번이라고 했는데."

"마요르스투엔 교차로를 지나면서 번호를 바꿔 달았지만, 같은 차량이에요."

베아테는 급히 앞문으로 뛰어가서 거칠게 문을 두드리고 신분증을 들었다. 문이 콧방귀를 끼는 소리를 내며 열리고 베아테가 올라탔다. 안에 서 있던 제복 입은 경관에게 고갯짓했다. 경관은 헤클 러운트코흐 P30L 권총을 들고 있었다.

"따라와요." 베아테는 이렇게 말하고 빽빽이 들어찬 승객들을 헤치고 지나갔다.

중간까지 이동하며 승객들의 얼굴을 하나하나 뜯어보았다. 다 가갈수록 심장이 쿵쾅거리는 걸 느끼며 김 서린 창문에 적힌 낙 서를 발견했다. 경관에게 신호를 보내고 그 자리에 앉은 남자에게 말했다.

"실례합니다! 네, 당신."

베아테를 돌아본 남자는 울긋불긋 여드름 핀 얼굴로 겁먹은 표 정을 지었다.

"전…… 일부러 그런 게 아니라. 교통카드를 집에 놓고 나와서. 다신 안 그럴게요."

베아테는 눈을 감고 혼자 조용히 욕을 했다. 경관에게 계속 따라 오라고 고갯짓을 했다. 트램 끝까지 가도 성과가 없자 기사에게 뒷 문을 열라고 하고 트램에서 내렸다.

"예?" 카트리네가 말했다.

"없어요. 승객들한테 그자를 봤는지 조사해요. 한 시간만 지나도 잊어버릴 거예요. 벌써 잊어버렸을지도 모르지만. 혹시나 해서 말 하자면 사십 대에 키가 180센티미터 정도고 파란 눈의 남자예요. 그런데 지금은 눈이 살짝 찢어졌어요. 짧은 갈색 머리에 광대가 솟 았고 입술이 얇아요. 그자가 낙서한 창문은 아무도 건드리지 못하 게 하고, 지문이랑 사진 확보해요. 비에른?"

"네?"

"여기서 프롱네르 공원까지 정류장을 모두 찾아서 인근의 가게에서 일하는 사람들에게 인상착의가 비슷한 사람을 본 적이 있는지 알아봐. 이른 아침에 트램에 탔다면 정해진 일과가 있을 거야. 직장이든 학교든 헬스장이든 단골 커피숍이든, 어딘가로 가는 길이었던 거지."

"그럼 이제 기회가 좀 더 생겼네요." 카트리네가 말했다.

"그래요. 그래도 조심해, 비에른. 자네가 만난 사람들이 그자에게 몰래 경고하지 못하게 해. 카트리네는 경관을 차출해서 아침 일찍 트램에 태울 수 있는지 알아봐줘요. 일단 오늘은 여기서부터 프롱네르 공원까지 두 명을 태우세요. 발렌틴이 혹시 같은 길로 되돌아올 수도 있으니까요. 네?"

카트리네와 비에른이 경관들에게 임무를 배정하는 동안 베아테는 트램 창문을 보았다. 그자가 김 서린 창문에 그려놓은 선은 사라졌다. 프릴 레이스 비슷하게 생긴, 반복된 패턴이었다. 수직선에 이어서 동그라미가 있었다. 한 줄 다음에 다른 줄이 이어져서 사각형의 행렬을 이루었다.

중요한 건 아닐 수도 있었다.

하지만 해리가 자주 하던 말이 있다. "중요하지도 않고 관련이 없을 수도 있지만 모든 것에는 **뭔가** 의미가 있어. 그리고 우리는 빛이 있는 곳, **뭔가**가 보이는 곳부터 찾기 시작하는 거야."

베아테는 휴대전화를 꺼내 창문을 찍었다. 그러다 뭔가가 생각났다.

"카트리네! 이리 와봐요!"

카트리네는 그 소리를 듣고 나머지는 비에른에게 맡겼다.

"어젯밤 일은 어떻게 됐어요?"

"잘됐어요." 카트리네가 말했다. "오전에 껌을 검사실로 가져갔어요. 증거보관실 선반에 있던 성폭행 사건 파일 번호로 접수했어요. 현재는 경찰 살인사건에 비중을 두고 있긴 하지만 최대한 빨리 봐준다고 약속했어요."

베아테는 생각에 잠겨 고개를 끄덕였다. 손으로 얼굴을 쓸었다. "최대한 빠른 게 얼마나 빠른 거죠? 우리가 영광을 차지하겠다고 살인자의 DNA일 **수도 있는** 증거가 뒤로 밀리게 놔둘 순 없어요."

카트리네는 엉덩이에 손을 얹고 경관들에게 손짓하는 비에른을 보았다. "위에 있는 여자들 중 하나를 알아요." 카트리네가 거짓말했다. "전화해서 좀 다그쳐볼게요."

베아테는 카트리네를 보았다. 머뭇거리다 고개를 끄덕였다.

"그냥 발렌틴 예르트센이길 바란 게 아닌 거 맞습니까?" 스톨레 에우네가 말했다. 그는 창가에 서서 분주한 거리를 내려다보았다. 여기저기 바삐 오가는, 발렌틴 예르트센일 수도 있는 사람들. "착시는 수면부족일 때 흔히 나타나는 현상입니다. 지난 48시간 동안 얼마나 잤죠?"

"계산해볼게요." 베아테 뢴은 스톨레에게 세어볼 것도 없다는 투로 대꾸했다. "제가 전화드린 건 그자가 트램 창문에 그린 그림 때문이에요. 문자 받으셨죠?"

"네." 스톨레가 말했다. 열린 책상 서랍 속 휴대전화에 베아테의 문자메시지가 뜬 것은 상담을 막 시작하려던 무렵이었다.

사진 좀 봐주세요. 긴급. 전화할게요.

스톨레는 황당해하는 폐울 스타브네스의 얼굴을 정면으로 응시하며 **꼭** 받아야 하는 전화라고 말했다. 내심으로는 '당신의 징징거리는 넋두리보다 훨씬 중요한 일이야'라는 속뜻이 전해진 걸 보면서 변태 같은 쾌락을 느꼈었다.

"전에 심리학자들이 정신이상자의 낙서를 분석해서 그 사람의 무의식을 추론한다고 말씀하신 적 있잖아요."

"음, 아마 그라나다 대학교에서 예술을 통해 정신병리적 성격장애자들을 연구하는 방법론을 개발한 얘기였을 겁니다. 그런데 그때는 환자들한테 어떤 그림을 그리라고 미리 지시했어요. 그리고 이건 그림이라기보다는 글씨처럼 보이는군요." 스톨레가 말했다.

"그래요?"

"적어도 'i'랑 'o'는 보여요. 그림보다 훨씬 흥미롭죠."

"어떤 면에서요?"

"이른 아침에 잠이 덜 깬 채로 트램을 타고 가면서 적은 글은 무의식의 지배를 받거든요. 무의식에 대한 부분은 암호나 그림 퀴즈 같죠. 해석 불가능할 때도 있지만 의외로 단순하고 시시할 때도 있어요. 제 환자 중에 성폭행 당할까 봐 두려워하던 여자가 있었어요. 그 환자는 탱크 포신이 침실 창문을 뚫고 들어와 침대 발치에서 멈추는 꿈을 반복해서 꾸다가 잠에서 깼어요. 포구에 메모가 걸려 있었는데, P 플러스 N 플러스 15라고 적혀 있었어요. P+N+15=PENIS 이렇게 유치할 정도로 노골적인 암호를 스스로 풀지 못하는 게 이상해 보이겠지만, 우리 뇌는 진짜 생각을 위장할 때가 많죠. 위안이든 죄책감이든 공포든, 이런저런 이유로."

"i하고 o가 무슨 뜻일까요?"

"트램을 타니 따분하다는 뜻일 수도 있죠. 내 능력을 과대평가하지는 말아줘요, 베아테. 내가 심리학을 전공한 건 의사나 공학자가 되기엔 부족한 사람들에게 괜찮은 선택지로 보여서였어요. 생각 좀 해보고 다시 통화합시다. 지금은 환자가 있어요."

"알겠습니다."

스톨레는 전화를 끊고 다시 거리를 내다보았다. 길 건너, 보그스타베이엔 가로 100미터쯤 내려간 곳에 문신 가게가 있었다. 11번 트램은 보그스타베이엔으로 향하고, 발렌틴은 문신을 했다. 그를 확인해줄 문신. 아직 제거하지 않았다면. 혹은 수정하지 않았다면. 단순한 선 한두 개만 넣어도 그림은 크게 달라질 수 있다. 수직선에 반원을 더해서 D자를 만드는 것처럼. 혹은 o에 대각선을 그어서 ø를 만들거나. 스톨레는 창문에 대고 숨을 내쉬었다.

뒤에서 짜증 섞인 헛기침 소리가 들렸다.

스톨레는 메시지에 첨부된 사진에서 본 수직선과 동그라미를 김 서린 창문에 그렸다.

"상담료를 다 내지 않겠어요. 계속 그렇게―."

"저기요, 폐울?" 스톨레는 이렇게 말하면서 반원과 대각선을 더했다. 읽어보았다. 'Dø.' 죽는다. 그는 창문을 문질러 글씨를 지웠다. "이번 상담은 공짜예요."

22

리코 헤렘은 자기가 죽는 걸 알았다. 항상 알고는 있었다. 새로울 게 있다면 앞으로 서른여섯 시간 안에 죽는다는 사실이었다.

"탄저병입니다." 태국 의사가 다시 말했다. 탄저병, 'anthrax'에 적절한 'r' 발음이 들어간 미국 억양이었다. 눈이 가느다란 이 의사는 미국에서 의학을 공부했을 것이다. 그리고 외국인 거주자와 관광객만 받는 듯한 이 사설병원에서 진료를 볼 자격을 갖추었을 것이다.

"정말 유감입니다."

리코는 산소마스크 속에서 숨을 쉬었다. 그마저도 힘들었다. 서른여섯 시간. 의사가 서른여섯 시간이라고 말했다. 그리고 가까운 가족이나 친지에게 연락해주기를 원하느냐고 물었다. 가족들이 당장 비행기를 타면 그가 죽기 전에 도착할 수 있을지도 모른다. 아니면 신부님이라도. 그가 가톨릭 신자였던가?

의사는 당혹스러워하는 리코의 표정을 보고 추가 설명이 필요하다고 판단한 듯했다.

"탄저병은 세균에 의해 발병하는 병입니다. 폐에 있었어요. 며칠

전에 흡입하신 것 같습니다."

그래도 이해가 가지 않았다.

"소화기관에서 소화되거나 피부에 묻은 거라면 치료할 수도 있었을 텐데. 폐 속이라…….."

세균? 세균으로 죽는다고? 숨 쉬다 세균을 들이마셔서? 대체 어디에서?

이런 생각이 머릿속에 맴돌고, 의사의 말이 메아리처럼 이어졌다.

"어디였는지 짐작하시겠어요? 탄저균 노출 때문에 경찰이 궁금해할 겁니다."

리코 헤렘은 눈을 감았다.

"헤렘 씨, 잘 생각해보세요. 어쩌면 다른 사람들의 생명을 구할 수 있을지도…….."

다른 사람들. 하지만 그는 아니었다. 서른여섯 시간.

"헤렘 씨?"

리코는 알아들었다는 뜻으로 고개를 끄덕이고 싶었지만 그럴 수가 없었다. 문이 열렸다. 몇 사람의 발소리가 또각또각 들렸다. 여자의 숨 가쁜 목소리가 조용히 들려왔다.

"노르웨이 대사관에서 나온 카리 파르스타입니다. 최대한 빨리 왔습니다. 이분이……?"

"혈액이 순환을 멈췄습니다. 이제 쇼크 상태가 될 겁니다."

어디였더라? 택시가 방콕과 파타야 사이의 지저분한 길거리 식당 앞에 세워줬을 때, 거기서 먹은 음식에서였나? 땅에 구덩이를 파놓고 변소라고 부르던 그 냄새 나는 곳이었나? 아니면 호텔에서? 보통 세균은 그렇게 퍼지지 않나, 에어컨을 통해서? 그런데 의사가 초기 증상은 감기와 똑같다고 했고, 리코는 비행기에서도 감기에 걸려 있었다. 기내의 공기 중에 세균이 있었다면 다른 승객들도 같은 병에 걸렸을 것이다. 여자의 목소리가 더 낮게, 이번에는 노르웨이어로 들렸다.

"탄저병이라뇨. 세상에, 그런 건 생물학 무기에만 있는 줄 알았는데."

"전혀요." 남자의 목소리였다. "오는 길에 검색해봤는데요. 바실리러스 안트라시스, 탄저균. 잠복기가 몇 년일 수도 있어요. 센 놈이에요. 포자를 만들어서 퍼트리죠. 미국인들이 우편으로 받은 분말에 들어 있던 포자랑 동일해요. 기억나요? 십 년쯤 전에."

"누가 저 사람한테 탄저균이 든 편지를 보낸 걸까요?"

"어디서든 걸렸을 수 있지만 가장 흔한 예는 가축과 접촉하는 경우예요. 감염 경로는 결국 밝혀내지 못할 거예요."

하지만 리코는 알았다. 불현듯 선명해졌다. 그는 산소마스크에 손을 가져갔다.

"저 사람의 가까운 가족은 찾아봤어요?"

"네, 찾아봤죠."

"그냥 썩게 두래요."

"그래요? 소아성애자인가?"

"아뇨. 그래도 전적이 화려해요 어머, 움직여요."

리코는 가까스로 마스크를 떼고 말하려 했다. 하지만 거친 속삭임만 나왔다. 다시 해보았다. 금발 곱슬머리 여자가 걱정과 혐오가 뒤섞인 표정으로 그를 내려다보았다.

"선생님, 이거 혹시……."

"아뇨, 인간 사이에는 전염되지 않습니다."

전염되지 않는다. 그렇다면 그 혼자였다.

여자의 얼굴이 가까이 다가왔다. 리코 헤렘은 죽어가는 와중에도, 어쩌면 죽어가고 있기 때문에 탐욕스럽게 그녀의 향기를 맡았다. 그날 생선 가게에서 그랬던 것처럼 들이마셨다. 털장갑에서 젖은 털실 냄새와 분필 맛이 났지. 분말. 코와 입을 스카프로 감싼 남자. 그건 얼굴을 가리기 위해서가 아니었다. 미세한 포자가 공기 중에 날아다녔을 테니. "살 수도 있었을 텐데. 하지만 폐 속이라⋯⋯."

리코는 말하려고 안간힘을 쓰며 가까스로 발음했다. 세 마디. 순간 그것이 마지막 말이라는 생각이 들었다. 그러고는 42년 동안 지속된 병들고 괴로운 공연이 끝나고 막이 내리듯, 거대한 암흑이 내려와 리코 헤렘을 덮었다.

세찬 빗줄기가 들이닥칠 기세로 차 지붕을 때렸고, 카리 파르스타는 자기도 모르게 부르르 떨었다. 피부가 항상 땀에 젖어 있지만 우기가 끝나고 11월쯤 되면 괜찮아질 거라고들 했다. 대사관 사택에 있는 자기 방으로 어서 돌아가고 싶었다. 이렇게 파타야로 오는 출장이 싫었다. 이번이 처음은 아니었다. 인간쓰레기들을 상대하려고 이 일을 선택한 게 아니었다. 사실 정반대였다. 칵테일 파티에서 흥미롭고 지적인 사람들과 정치와 문화에 관해 고상한 대화를 나눌 줄 알았고, 개인적인 발전과 함께 굵직굵직한 현안들을 더잘 이해하게 될 줄 알았다. 이런 시시한 문제로 골머리를 썩일 게아니라. 노르웨이의 성범죄자들에게 좋은 변호사를 연결해주고 강제 추방을 당하게 해서 3성급 호텔 수준의 노르웨이 교도소로 보낼 방법을 찾는 추잡한 문제 말이다.

비가 내리기 시작할 때처럼 갑자기 멈추었고, 그들은 뜨거운 아스팔트에 떠 있는 수증기 구름을 뚫고 달렸다.

"혜렘이 뭐라고 했다고요?" 서기관이 물었다.

"발렌틴." 카리가 대답했다.

"아니, 그 뒤에요."

"잘 들리지 않았어요. 긴 단어. 두 단어였을지도 모르고요. 코모도처럼 들리던데."

"코모도?"

"뭐 그런 거요."

카리는 도로가에 줄줄이 서 있는 고무나무를 보았다. 집에 가고 싶었다. 고향 땅에 있는 집에.

23

　해리는 경찰대학 건물 복도에서 프란스 비더버그*의 그림을 지나 달렸다.

　그녀는 체육관 문 앞에 있었다. 딱 달라붙는 스포츠 장비를 갖추고 싸울 준비를 마쳤다. 팔짱을 끼고 문틀에 기대서서 눈으로 그를 쫓았다. 해리는 고개를 끄덕이려고 했지만 누가 "실예!"라고 불렀고, 그녀는 안으로 들어갔다.

　해리는 2층에서 문 안으로 고개를 내밀어 아르놀을 보았다.

　"강의는 어땠습니까?"

　"나쁘진 않았지만 학생들은 선생의 섬뜩한 사례를 더 듣고 싶어 하겠죠. 딱히 관련은 없더라도 실제 사례를 듣고 싶어하니까요." 아르놀은 아픈 발을 주무르며 말했다.

　"어쨌든 제 수업을 대신 맡아주셔서 감사합니다." 해리가 웃었다.

　"괜찮아요. 무슨 중요한 일이라도?"

　"병리학과에 볼일이 있어서요. 병리학자가 루돌프 아사예프의

---

* Frans Widerberg 노르웨이의 화가.

시신을 파내서 2차 부검하는 데 동의했어요. 그때 말씀해주신, 사망한 증인에 대한 FBI 통계로 설득했습니다."

"내가 쓸모가 있었다니 기쁘군요. 그나저나 손님이 또 오셨던데."

"혹시……."

"아뇨, 그라브셍 양도 아니고 지난번 그 동료들도 아니에요. 연구실에서 기다리라고 했어요."

"누구……?"

"아는 분인 거 같던데. 제가 커피를 드렸어요."

해리는 아르놀과 눈을 마주쳤다. 급히 고개를 끄덕이고 나갔다.

해리의 연구실에서 의자에 앉아 있는 남자는 별로 달라지지 않았다. 그저 골격에 살이 좀 붙고, 관자놀이 옆이 희끗희끗해졌다. 하지만 '주니어'라는 접미사에 걸맞은 소년 같은 앞머리와 어디서 빌려 입은 것 같은 슈트, 서류를 4초만 훑어도 법정에서 필요한 모든 단어를 인용할 수 있는 예리하고 눈치 빠른 눈빛은 여전했다. 요한 크론은 베아테 뢴에게 법률 자문을 해주는 사람으로, 노르웨이 법을 상대로도 이기는 변호사였다.

"해리 홀레." 요한은 청년 같은 목소리로 해리를 부르고 일어서서 손을 내밀었다. "오랜만이네요." 영어로 말했다.

"별로 오래된 것 같진 않은데요." 해리가 악수하면서 말했다. 티타늄 손가락으로 크론의 손바닥을 꾹 누르면서. "매번 나쁜 소식을 가져오시잖아요. 커피는 괜찮습니까?"

요한도 해리의 손을 맞잡았다. 꽉. 새로 붙은 살이 근육인 모양이었다.

"커피 좋네요." 요한이 사정을 다 안다는 듯 씩 웃었다. "늘 그렇듯 나쁜 소식을 가져왔습니다."

"네?"

"제가 사적으로 나서는 사람은 아니지만, 서류 작업에 들어가기 전에 얘기를 좀 하고 싶어서요. 당신 제자인 실예 그라브셍에 관해."

"내 제자라." 해리가 말했다.

"아닌가요?"

"어찌 보면 그렇죠. 그런데 그 학생이 마치 저랑 개인적으로 얽힌 것인 양 말씀하셔서."

"최대한 정확히 말해보죠." 요한이 입술을 내밀어 미소를 지었다. "그 친구가 경찰서로 가지 않고 저한테 바로 왔어요. 당신들이 서로 뒤를 봐줄까 봐 두려워하더군요."

"당신들?"

"경찰요."

"전 더 이상—."

"오랫동안 경찰에 몸담았고, 현재도 경찰대학 소속이니 경찰 조직에 속한 셈이죠. 중요한 건 그 친구가 이번 성폭행 사건을 신고하지 못하도록 경찰이 방해할까 봐 두려워한다는 겁니다. 경찰과 대립하면 장기적으로 진로에 문제가 생길까 봐 두려운 거죠."

"무슨 소릴 하는 겁니까, 크론 씨?"

"제 말이 명확히 전달되지 않았나요? 이 연구실에서 어젯밤 자정 직전에 당신이 실예 그라브셍을 강간했다는 말입니다."

요한은 침묵이 흐르는 동안 해리를 관찰했다.

"당신한테 불리할 수 있는 증거는 아니지만, 그다지 놀라는 기색이 없는 걸 보니 제 의뢰인의 주장에 신빙성이 있어 뵈는군요."

"그런 확인이 필요한 겁니까?"

요한이 손끝을 맞댔다. "이 일의 심각성을 아셔야 해요. 성폭행으로 신고당하고 대중에 공개되면 당신 인생은 뒤죽박죽이 될 겁니다."

해리는 법정에 선 요한을 상상해보았다. 재판. 비난하듯 피고석에 앉은 해리를 지목하는 모습. 실예가 대범하게 눈물을 훔치는 모습. 분노로 입을 벌린 참심원*의 표정. 방청석에 흐르는 냉랭한 기운. 법정을 스케치하는 화가가 끊임없이 내는 연필 소리.

"지금 제가 여기 앉아 있는 유일한 이유는, 경찰 두 명을 대동하고 당신에게 수갑을 채워 복도로 내보내서 당신 동료와 제자들이 보는 앞에서 지나가게 하지 않는 이유는 말입니다, 그렇게 처리하면 제 의뢰인도 그만한 대가를 치러야 하기 때문입니다."

"어떤?"

"아실 텐데요. 동료를 감옥에 보낸 여자로 평생 낙인 찍힐 테니까요. *끄나풀*이라고도 부르죠. 경찰 세계에서는 얼굴을 찌푸릴 만한 일이겠지요."

"영화를 너무 보셨군요, 크론 씨. 경찰은 성폭행 사건을 해결하고 싶어해요. 용의자가 누구든."

"어쨌든 재판은 당연히 젊은 여자에게 부담이 될 겁니다. 특히 중요한 시험을 앞둔 경우라면 더더욱. 학생이 바로 경찰서로 가지 않고 고민 끝에 저한테 온 터라, 법의학적 증거나 생물학적 증거가 이미 사라졌을 겁니다. 재판이 오래갈 수도 있다는 뜻이지요."

"그래서 당신이 **가진** 증거가 뭡니까?"

"타박상. 긁힌 자국. 찢어진 드레스. 제가 만약 이 연구실을 철저

---

* 참심제에서, 국민 가운데에서 선출되어 법관과 함께 재판 합의체를 구성하는 사람. 노르웨이 법원은 배심제와 참심제를 병용하고 있다.

히 조사해달라고 요청한다면 분명 동일한 드레스 조각이 나올 겁니다."

"만약?"

"네. 제가 꼭 나쁜 소식만 전하는 건 아닙니다, 홀레 씨."

"아?"

"다른 제안도 가져왔어요."

"악마의 제안이겠군요."

"똑똑한 분이잖아요. 저희 쪽에 증거가 없는 건 아실 테고. 이건 전형적인 성폭행 사건이에요, 그렇죠? 한쪽 말이 상대의 말과 대치되고 양쪽 모두 지는 싸움이죠. 피해자는 품행이 단정치 못하고 허위로 신고했다고 의심받고, 남자는 설사 무죄로 풀려난다 해도 상황을 모면했을 뿐이라고 의심받습니다. 양쪽 다 패하는 결과를 고려해서 실예 그라브셍이 제게 제안을 내놓았고, 저는 군말 없이 그 제안을 지지하기로 했습니다. 잠시 상대측 변호사라는 제 역할에서 벗어날게요. 당신에게도 이 제안을 받아들이라고 조언하고 싶군요. 그러지 않으면 실예가 당신을 신고하는 수밖에 없으니까요. 그 친구가 그 점을 분명히 했습니다."

"아?"

"네. 실예는 법과 질서를 수호하는 직업을 꿈꾸는 사람으로서 강간범을 처벌하는 게 시민의 의무라고 생각해요. 하지만, 당신한테는 다행스럽게도, 처벌을 꼭 판사만 내려야 하는 건 아니죠."

"그럼 어떤 면에서는 원칙에 입각한 거다?"

"제가 당신 입장이면 그렇게 빈정대지 않고 좀 더 고마운 마음을 가질 겁니다. 전 그 학생한테 당장 경찰에 신고하라고 조언했을 수도 있어요."

"그래서 원하는 게 뭡니까, 크론 씨?"

"간단히 말하면 당신이 경찰대학의 현재 자리에서 물러나고 다시는 경찰에서 일하거나 어떤 식으로든 경찰과 연결되지 않는다는 조건입니다. 실예가 당신에게 방해받지 않고 이 학교에서 평화롭게 계속 공부할 수 있도록요. 실예가 일을 시작할 때도 마찬가지이고요. 당신이 부정적인 말을 한마디라도 흘렸다가는 본 합의는 무효가 되고 이 성폭행 사건은 신고될 겁니다."

해리는 팔꿈치를 책상에 올리고 얼굴을 손에 얹었다. 이마를 문질렀다.

"합의 양식으로 서면합의서를 준비하겠습니다." 요한이 말했다. "당신이 사임하는 조건으로 실예는 입을 닫아줄 겁니다. 양측 모두 비밀유지가 전제 조건입니다. 하지만 당신이 비밀유지 조건을 깨트려도 실예에게 피해를 주기는 어려울 겁니다. 실예는 그저 당신한테 연민을 느껴서 이런 결정을 내린 거니까요."

"반면에 내가 이 합의서에 동의하면 유죄로 보이겠군요."

"피해를 제한하는 걸로 생각하세요, 홀레 씨. 당신 정도 경력이면 일자리는 쉽게 구할 수 있을 겁니다. 보험조사관 같은 거요. 경찰대학보다는 벌이가 괜찮을 겁니다. 정말이에요."

"그렇겠죠."

"좋아요." 요한이 휴대전화를 열었다. "앞으로 며칠간 일정이 어떻게 됩니까?"

"사실 내일도 가능해요."

"좋습니다. 그럼 2시에 제 사무실에서. 지난번 그 주소 기억하십니까?"

해리가 고개를 끄덕였다.

"좋습니다. 좋은 하루 보내세요, 홀레 씨!"

요한이 의자에서 벌떡 일어섰다. 무릎 들어올리기, 턱걸이, 벤치 프레스를 열심히 한 듯 보였다.

요한이 떠나고 해리는 손목시계를 보았다. 목요일이고, 이번 주에는 라켈이 하루 일찍 집에 오기로 했다. 17:30에 도착할 예정이었다. 해리는 공항에 마중 나가겠다고 했고, 라켈은 두 번이나 '아냐, 그럴 필요 없어'라고 의례적으로 사양한 끝에 고맙게 수락했다. 해리는 라켈이 함께 차를 타고 집으로 돌아오는 45분간의 드라이브를 좋아한다는 걸 알았다. 대화. 평온함. 아름다운 저녁의 서곡. 라켈은 들뜬 목소리로 헤이그 국제사법재판소 규정에서 오직 국가만 당사자가 될 수 있다는 것이 **사실상** 어떤 의미인지 설명했다. 창밖으로 시골 풍경이 지나가는 동안 UN의 법적 권력이나 권력의 부족에 관해 설명했다. 올레그에 관해, 올레그가 어떻게 지내는지, 올레그가 날마다 얼마나 더 좋아 보이는지, 예전의 올레그로 얼마나 많이 돌아왔는지 이야기했다. 올레그의 계획에 관해서도. 법을 공부하겠다는 계획. 경찰대학. 그리고 그들이 얼마나 운이 좋았는지. 행복이란 얼마나 깨지기 쉬운지에 관해서도.

그들은 말을 빙빙 돌리지 않고 머릿속에 떠오르는 대로 모두 털어놓았다. 거의 다. 해리는 얼마나 두려운지에 관해서는 말하지 않았다. 지키지 못할 약속을 하는 것이 얼마나 두려운지. 그들을 위해 그가 되고 싶고 되어야 할 인간이 되지 못하는 게 얼마나 두려운지. 그들도 그에게 같은 마음일지 몰라서 얼마나 두려운지. 그가 누군가로 인해 어떻게 행복해질 수 있는지 몰라 얼마나 두려운지.

그가 지금 라켈, 올레그와 함께하는 삶은, 거의 예외적인 상황이라 그조차도 믿기지 않고 끊임없이 도중에 잠에서 깨서 사라질 것만 같은, 믿기지 않을 만큼 아름다운 꿈 같았다.

해리는 얼굴을 문질렀다. 이제 끝날 때가 된 건지도. 꿈에서 깨어날 때가 된 건지도. 동정 없이 찌르는 햇살. 현실. 모든 것이 전과 같은 곳. 차갑고 딱딱하고 외로운 곳. 해리는 몸을 떨었다.

카트리네 브라트는 손목시계를 보았다. 9시 10분. 밖은 갑자기 푸근해진 봄날 저녁일지도 모른다. 지하실은 썰렁하고 축축한 겨울 저녁이었다. 비에른 홀름이 붉은 구레나룻을 긁적였다. 스톨레 에우네는 노트에 뭔가를 적고 있었다. 베아테 뢴은 하품을 참고 있었다. 모두 컴퓨터 앞에 둘러앉아 베아테가 트램 창을 찍은 사진을 들여다보고 있었다. 사진 속 그림에 관해 토론한 끝에 그 그림이 무엇을 의미하든 발렌틴을 잡는 데 도움이 되지는 않을 거라는 결론에 이르렀다.

이어서 카트리네가 그날 증거보관실에 누가 있었던 것 같았다는 얘기를 다시 꺼냈다.

"거기서 일하는 사람이었겠죠." 비에른이 말했다. "그래도, 맞아요. 불을 켜지 않은 건 이상한데."

"열쇠는 복제하기 쉬운 종류였어요." 카트리네가 말했다.

"저건 글자가 아닐 수도 있어요." 베아테가 말했다. "숫자일 수 있어요."

모두가 베아테를 돌아보았다. 베아테는 계속 컴퓨터를 보고 있었다.

"i하고 o가 아니라 1과 0. 2진법 부호처럼 1은 예, 0은 아니오. 그렇죠, 카트리네?"

"제가 프로그래머는 아니지만 맞기는 해요. 그리고 1은 on, 0은

off를 의미하기도 하고."

"1은 행동, 0은 무행동." 베아테가 말했다. "한다. 안 한다. 한다. 안 한다. 1. 0. 줄줄이."

"데이지 꽃잎처럼." 비에른이 덧붙였다.

그들은 말없이 앉아 있었고, 컴퓨터에서 팬이 돌아가는 소리만 들렸다.

"이 행렬은 0에서 끝나요." 스톨레가 말했다. "안 한다."

"그자가 할 일을 끝낸 거라면 자기 정류장에서 내려야 했어요."

"연쇄살인범이 살인을 그냥 멈추는 경우가 있어요." 카트리네가 말했다. "사라지는 거죠. 다시는 나타나지 않아요."

"그건 예외고요." 베아테가 말했다. "0이거나 0이 아니거나. 경찰 살인마가 멈출 거라고 생각하시는 분? 스톨레 박사님?"

"카트리네 말이 맞고 그런 일이 있기도 하지만 이자는 계속할 거 같아 두렵군요."

두렵다, 카트리네는 이 말을 생각하다가 머릿속 생각을 꺼낼 뻔했다. 그 반대일까 봐 두렵다는 말, 이제 거의 다 왔는데 놈이 갑자기 중단하고 사라져버릴까 봐 두렵다는 말. 위험을 감수할 가치가 있다는 말. 그래, 발렌틴을 잡기 위해서라면 최악의 경우 동료 하나쯤 희생당해도 괜찮다는 생각. 병적인 생각이겠지만 어쨌든 그런 생각이 들었다. 경찰이 한 명 더 죽어도 견딜 수 있을 것 같았다. 하지만 발렌틴이 빠져나가게 두는 건 절대로 용납할 수 없다. 카트리네는 입 모양으로 주문을 외웠다. 한 번 더, 이 개자식아. 스트라이크 한 번 더!

카트리네의 휴대전화가 울렸다. 번호를 보니 병리학과에서 온 전화였다.

"안녕하세요. 성폭행 사건에서 나온 껌 조각을 검사했는데요."

"네?" 카트리네는 피가 더 빨리 도는 느낌이 들었다. 이런저런 가설이야 어찌되든, 이건 구체적인 증거였다.

"아쉽지만 DNA를 검출할 수 없을 것 같아요."

"네?" 누가 얼음물 한 양동이를 퍼부은 느낌이었다. "그래도……
침이 잔뜩 묻었을 텐데요."

"그런 경우가 있긴 하죠. 물론 다시 확인해볼 수도 있지만 이번 경찰 살인사건과는…….'

카트리네는 전화를 끊었다. "껌에서는 아무것도 나오지 않았대요." 카트리네가 힘없이 말했다.

비에른과 베아테가 고개를 끄덕였다. 카트리네는 베아테에게서 안도감 비슷한 것을 본 것 같았다.

문에서 노크 소리가 들렸다.

"네!" 베아테가 답했다.

카트리네는 철문을 바라보다가 문득 그 사람이라는 확신이 들었다.

키 큰 금발 남자. 그가 생각을 고쳐먹은 것이다. 이런 험난한 상황에서 그들을 구하기 위해 그가 온 것이다.

철문이 열렸다. 카트리네는 욕을 했다. 군나르 하겐이었다. "어떻게 되어가나?"

베아테가 머리 위로 팔을 쭉 뻗었다. "오늘 오후에 11번이나 12번 트램에는 발렌틴이 없었고, 탐문수사에서도 이렇다 할 단서가 나오지 않았어요. 저녁에도 경관들을 트램에 배치해놓긴 했지만 내일 이른 아침에 거는 기대가 더 커요."

"경관을 트램에 배치하는 걸로 수사팀에서 문의가 들어와서 해결했어. 무슨 일이냐고, 경찰 살인사건과 관련이 있느냐고 묻더군."

"소문 참 빠르네요." 베아테가 말했다.

"무섭도록 빠르지." 군나르가 말했다. "이 일도 미카엘의 귀에 들어갈 거야."

카트리네는 컴퓨터 화면을 보았다. 패턴을 알아보는 것이야말로 그녀의 강점이었다. 그 덕에 지난번에 스노우맨을 추적할 수 있었다. 그럼. 1과 0. 한 쌍을 이룬 숫자 두 개. 혹시 10일까? 몇 번 함께 나오는 한 쌍의 숫자. 몇 번. 몇……

"그래서 오늘 저녁에는 미카엘한테 발렌틴에 관해 보고해야 돼."

"그럼 우리 팀은 어떻게 될까요?" 베아테가 물었다.

"발렌틴이 트램에 나타난 건 우리 탓이 아니야. 당연히 우리가 행동했어야 했어. 그걸로 우리 팀은 임무를 완수한 거고. 발렌틴이 살아 있다는 걸 확인한 덕에 주요 용의자가 된 거니까. 우리가 잡지 못하면 그자가 베르그슬리아의 그 집에 나타날 수도 있어. 이젠 다른 경찰들이 인계받을 거야."

"폴리티?" 카트리네가 말했다.

"뭐라고?" 군나르가 조용히 물었다.

"스톨레 박사님은 우리가 잠재의식에 있는 생각을 적는다고 했어요. 발렌틴은 10을 반복해서 썼어요. '많다'의 다른 표현으로 'poly'가 있죠. 그렇다면 폴리티*, 그러니까 그자가 경찰을 더 죽일 계획이라는 뜻일 수 있어요."

* politi, 노르웨이어로 경찰을 뜻한다.

"이 친구, 뭐라는 겁니까?" 군나르가 스톨레를 돌아보며 물었다.

스톨레 에우네는 어깨를 으쓱했다. "그자가 트램 창문에 끼적인 낙서를 해독하는 중이었습니다. 저는 처음에 그자가 '죽는다'라고 적었다고 생각했죠. 그런데 그자가 그냥 1과 0을 적은 거라면? 인간의 뇌는 4차원 미로와도 같아요. 누구나 그 안에 가봤지만 아무도 길을 모르죠."

카트리네는 오슬로의 거리를 지나 그뤼네르뢰카의 경찰 아파트로 가는 길에 주변의 일상을 알아채지 못했다. 한껏 들뜬 사람들이 왁자하게 웃으며 짧은 봄과 짧은 주말과 짧은 인생이 끝나기 전에 소중한 시간을 찬미하기 위해 서두르는 모습을 보지 못했다.

이제 알았다. 이런 바보 같은 '암호'에 왜 그렇게 집착했는지. 상황에 일관성이 있기를, 어떤 의미가 있기를 바랐기 때문이다. 무엇보다도 그들에게는 달리 시도해볼 방법이 없었기 때문이다. 그래서 죽은 말에 채찍질을 한 것이다.

카트리네는 눈 앞의 인도에 시선을 고정한 채 마음속으로 주문을 외우며 발을 쿵쿵 굴렀다. '한 번 더, 이 개자식아. 스트라이크 한 번 더!'

해리는 그녀의 긴 머리를 잡았다. 윤기 나는 짙은 색 머리는 풍성해서 꼭 밧줄을 잡은 것 같았다. 그녀의 머리카락을 잡아당겨 머리를 젖히게 하고 활처럼 휜 날씬한 등을 보고, 벌겋게 달아오르며 땀을 흘리는 살갗 속에 뱀처럼 구부러진 척추를 내려다보았다. 다시 찔렀다. 그녀가 가슴 깊은 곳에서 올라오는 낮은 주파수의 으르렁거림 혹은 분노와 좌절의 외침처럼 신음했다. 그들의 섹스는 때로 느린 춤처럼, 발을 끌며 느리게 걷듯이 조용하고 평온하고 나른했다. 때로는 격투기 같았다. 오늘 밤처럼. 그녀의 음탕한 욕정이 더 큰 욕정을 낳았다. 지금처럼. 그리고 석유를 부어 불길을 잡으려는 것처럼, 불길이 점점 번지고 걷잡을 수 없이 타올라서, 그는 종종 젠장, 이거 좋게 끝날 수가 없겠군, 하고 생각했다.

그녀의 드레스가 침대 옆 바닥에 널려 있었다. 빨간색. 빨간색을 입은 그녀는 죄악에 가깝게 매력적이었다. 맨발. 아니, 맨발인 적이 없는데. 해리는 몸을 구부리며 그녀의 향기를 맡았다.

"멈추지 마." 그녀가 신음했다.

오피움. 라켈이 그 향수의 씁쓸한 향기는 아랍나무 껍질에서 나오는 땀이라고 말해준 적이 있다. 아니, 땀이 아니라 눈물이었다. 금지된 사랑 때문에 아라비아로 도망친 공주의 눈물. 뭐라 공주. 공주의 삶은 비참하게 끝났지만 입생로랑은 그 눈물에 리터당 거금을 지불했다.

"멈추지 마, 잡아……."

그녀는 그의 손을 잡고 자기 목에 댔다. 그는 조심스럽게 움켜잡았다. 가느다란 목에서 혈관과 긴장된 근육이 느껴졌다.

"더 세게! 더 세—."

그녀가 시키는 대로 하자 말이 끊겼다. 그가 그녀의 뇌로 가는 산소의 흐름을 막고 있다. 이건 그녀의 것이다. 그녀의 말대로 해주면 그녀가 쾌감을 느낄 걸 알기에 그 역시 흥분하는 것이다. 하지만 이번엔 뭔가 달랐다. 그녀가 그의 힘에 제압당하는 느낌. 그가 원하는 대로 그녀에게 할 수 있다는 느낌. 그는 침대 옆 드레스를 보았다. 빨간 드레스. 마음속에 쌓여서 더 숨기지 못할 것 같다. 그는 눈 감고 그녀를 상상했다. 그녀가 엎드린 채로 천천히 그를 돌아보는 사이 머리카락 색이 바뀌었다. 그는 그녀가 누구인지 보았다. 눈이 뒤로 넘어가고 멍투성이 목은 검시관도 손전등을 끌 만큼 도드라졌다.

해리는 손을 풀었다. 하지만 라켈은 이미 도달했다. 몸이 팽팽히 긴장한 채 바닥에 떨어지기 직전의 사슴처럼 떨고 있었다. 그리고 죽었다. 이마를 매트리스에 박고, 입에서 쓸쓸한 흐느낌이 흘러나 왔다. 그녀는 그렇게, 기도하는 사람처럼 무릎을 꿇고 엎드렸다.

해리가 그녀의 몸에서 빠져나왔다. 그녀가 훌쩍이며 책망하듯 그를 돌아보았다. 다른 때는 빼기 전에 그녀가 떨어질 준비를 할 때까지 기다려준 그였다.

해리는 그녀의 목에 얼른 입을 맞추고 침대에서 빠져나와 그녀가 어느 공항에서인가 사다준 폴스미스 팬티를 찾아서 손을 더듬었다. 의자에 걸려 있던 랭글러 청바지에서 카멜을 찾았다. 아래층 거실로 내려갔다. 의자에 앉아 창밖을 내다보았다. 밤이 깊었지만 하늘을 배경으로 홀멘콜렌 산의 실루엣이 보이지 않을 정도로 어둡지는 않았다. 담배에 불을 붙였다. 잠시 후 뒤에서 그녀의 발소리가 들렸다. 머리와 목을 어루만지는 손길이 느껴졌다.

"무슨 일 있어?"

"아니."

그녀는 의자 팔걸이에 걸터앉아 그의 목에 코를 묻었다. 그녀의 몸은 아직 뜨겁고 라켈의 냄새와 섹스의 냄새가 났다. 뮈라 공주의 눈물 냄새도.

"오피움." 그가 말했다. "향수로는 이상한 이름이야."

"마음에 안 들어?"

"아니, 좋아." 해리는 천장에 연기를 뿜었다. "그런데 좀…… 단호해."

라켈은 고개를 들었다. 그를 보았다. "지금 그 얘길 하는 거야?"

"전에는 그 생각을 해본 적이 없어. 지금도 딱히 생각하는 건 아니고."

"술 때문이야?"

"뭐?"

"혹시 향수에 든 알코올이……?"

해리는 고개를 저었다.

"그래도 뭔가 있어. 난 당신을 알아, 해리. 걱정거리가 있고 어딘가 불안해 보여. 담배 피우는 걸 봐도 그래. 이 세상에 남은 마지막 물 한 방울처럼 빨아들이잖아."

해리가 미소 지었다. 소름이 돋은 그녀의 등을 어루만졌다. 라켈은 그의 뺨에 가볍게 입을 맞추었다. "술을 참아서 그런 게 아니라면 다른 일이 있네."

"다른 일?"

"경찰 일."

"아, 그거." 그가 말했다.

"경찰 살인사건이 있었잖아?"

"베아테가 날 설득하러 왔었어. 당신하고 먼저 얘기했다면서."

라켈이 고개를 끄덕였다.

"당신은 괜찮다고 했다며." 해리가 말했다.

"당신 뜻에 달려 있다고 했지."

"우리 약속 잊었어?"

"아니, 잊지 않았지. 그래도 내가 당신한테 약속을 지키라고 강요할 수는 없어, 해리."

"내가 수락하고 수사에 합류하기라도 하면 어쩌려고?"

"그럼 당신이 우리 약속을 깬 거지."

"그 결과는?"

"당신과 나와 올레그한테? 우린 끝날 가능성이 커지겠지. 경찰 셋이 살해된 사건 수사에는? 그쪽은 성공할 가능성이 커지겠지."

"음. 전자는 확실해, 라켈. 그런데 후자는 많이 의심스러워."

"그럴지도. 그런데 당신이 경찰에 합류하든 안 하든 우린 어차피 끝날 수도 있다는 거 알잖아. 함정이 몇 개 있어. 하나는 당신이 암벽을 타기 시작했다는 거야. 선천적으로 해야 하는 일을 못하니까 그러는 거겠지. 가을 사냥철에 맞춰서 헤어지는 남자들이 있다더라."

"엘크 사냥. 그래도 다른 여자를 찾아 떠나는 것보다는 낫다는 거지?"

"그래, 각자 자기 입맛에 맞게 찾아가는 거라고 해야 하겠지."

해리는 담배를 빨았다. 두 사람은 장을 보러 가기 전에 상의하는 사람들처럼 조용하고 차분하게 대화했다. 이게 그들의 대화법이라고 해리는 생각했다. 라켈이 좋아하는 방식. 해리는 그녀를 끌어당겼다. 그녀의 귀에 속삭였다.

"당신을 지켜주고 싶어, 라켈. 이걸 지키고 싶어."

"그래?"

"응. 이게 좋아. 내가 아는 최고야. 나를 건드리는 게 뭔지 당신도 알잖아. 스톨레 박사님의 진단을 기억할 거야. OCD 경계선의 중독성 성격. 술이든 사냥이든 마찬가지야. 내 마음이 같은 리듬을 타기 시작해. 저 문을 여는 순간 난 거기로 빨려들고 말 거야, 라켈.

난 거기로 가고 싶지 않아. **여기** 있고 싶어. 젠장, 그런데 지금 거기로 가고 있어. 그 얘길 하는 거야! 올레그랑 당신을 위해서가 아니야. 날 위해 하는 거야."

라켈이 그의 머리를 어루만졌다. "우리 다른 얘기 하자."

"응. 그래서 올레그는 일찍 나올 거래?"

"응. 이젠 금단증상도 없어. 그 어느 때보다 의욕이 있어 보이고……. 있지, 해리?"

"응."

"올레그가 그날 밤 일 얘기해줬어." 라켈은 계속 그를 어루만졌다. 해리는 그 손이 영원히 그렇게 어루만져주기를 원했다.

"그날 밤?"

"알잖아. 의사가 당신에게 응급처치를 해준 그날 밤."

"아, 걔가 그 얘길 해?"

"나에겐 아사예프의 마약상한테 총을 맞았다고 했었잖아."

"어찌 보면 맞는 말이야. 올레그도 그들 중 하나였잖아."

"예전 버전이 더 낫네. 올레그가 뒤늦게 현장에 가서 당신이 심하게 부상당한 걸 보고 아케르셀바 강을 따라 응급실까지 뛰어갔다는 얘기."

"당신도 그 얘길 진심으로 믿은 적은 없잖아?"

"올레그가 그리로 뛰어 들어가서 의사에게 총을 겨누고 같이 가자고 했다더라."

"그 의사는 내 상태를 보고 올레그를 용서했고."

라켈이 고개를 저었다. "올레그가 나머지 얘기도 해주고 싶었을 거야. 그런데 그 몇 달 동안의 일들이 잘 기억이 안 난대."

"헤로인에 그런 효과가 있어."

"당신이 그 공백을 메워줄 수 있을 것 같은데. 어때?"

해리는 담배를 빨고 잠시 참았다. 그리고 연기를 내뱉었다. "가능한 한 적게 말하고 싶어."

라켈은 그의 머리카락을 당겼다. "그때는 당신 말을 믿었어. 믿고 **싶었으니까**. 세상에, 해리, 올레그가 당신을 쏘다니. 갠 감옥에 가야 해."

해리는 고개를 저었다. "사고였어, 라켈. 다 지난 일이야. 경찰이 오데사를 찾아내지 못하면 아무도 올레그를 구스토 한센 살인사건이나 다른 누군가와 연결하지 못해."

"무슨 소리야? 그 사건에서는 무죄를 받았는데. 올레그가 그 일과도 관련이 있다는 거야?"

"라켈."

"무슨 소리야, 해리?"

"정말 알고 싶어, 라켈? 정말로?"

라켈은 대답하지 않고 해리를 보았다.

해리는 기다렸다. 창밖을 내다보았다. 아무 일도 일어나지 않는 이 조용하고 평온한 마을을 둘러싼 산의 검은 윤곽을 보았다. 이곳은 이 도시가 자리 잡은 휴화산의 가장자리였다. 어떻게 보느냐에 달려 있다. 무엇을 아는지에 달려 있다.

"아니." 라켈이 어둠 속에서 속삭였다. 그의 손을 잡아 자기 뺨에 대면서.

아무것도 모르고 행복하게 사는 편이 쉽다고 해리는 생각했다. 그냥 억누르면 될 일이다. 오데사가 잠긴 장식장 안에 놓여 있거나 놓여 있지 않은 것을 억누르기. 그의 책임이 아닌 세 번의 살인사건을 억누르기. 빨간 드레스를 허리까지 걷어 올린 채 거부당한 학생의 증오에 찬 눈빛을 억누르기. 그랬던가?

해리는 담배를 비벼 껐다.

"이제 들어가서 잘까?"

새벽 3시, 해리는 깜짝 놀라 잠이 깼다.

또 그녀 꿈을 꾸었다. 꿈속에서 그는 어떤 방에 들어가서 그녀를 보았다. 그녀가 바닥의 지저분한 매트리스 위에 누워 커다란 가위로 입고 있던 빨간 드레스를 잘랐다. 옆에 있는 휴대용 TV 화면에 그녀의 행동이 2초의 시차를 두고 나왔다. 방 안을 둘러보았지만 카메라는 어디에도 없었다. 그녀가 번쩍이는 가위 날을 하얀 허벅지 안쪽에 대고 다리를 벌리고 속삭였다.

"하지 마요."

해리는 등 뒤로 손을 더듬어서 그가 들어오고 닫힌 문의 손잡이를 찾았다. 문이 잠겨 있었다. 그러다 자신이 알몸으로 그녀에게 다가가는 걸 보았다.

"하지 마요."

TV에서 나오는 메아리처럼 들렸다. 2초 늦게.

"열쇠를 찾으려고." 해리는 이렇게 말했지만 마치 물속에서 말하는 것처럼 들렸고, 그녀에게는 아예 들리지 않는 걸 알았다. 그녀는 손가락 두 개, 세 개, 네 개를 자신의 질 속으로 집어넣었고, 이윽고 가느다란 손이 안으로 쑥 미끄러져 들어갔다. 그는 그녀에게 한발 다가갔다. 그리고 그 손이 총을 꺼내들고 나온 걸 보았다. 그를 겨누었다. 번들거리며 물이 뚝뚝 떨어지는 총에 탯줄처럼 전선이 매달려 그녀의 몸속으로 이어졌다. "하지 마요." 그녀가 말했지만 그는 이미 그 앞에 무릎을 꿇고 몸을 앞으로 숙였다. 선득하고 기분 좋은 총이 이마에 닿았다. 그는 속삭였다.

"할 거야."

24

테니스코트에는 아무도 없었다. 비에른 홀름의 볼보 아마존이 프롱네르 공원 앞에 섰다. 정문 앞에 경찰차가 서 있었다.

베아테는 급히 차에서 내렸다. 한숨도 못 잤지만 정신은 말짱했다. 남의 침대에서 자는 건 힘들다. 아직도 그를 남으로 생각했다. 그의 몸은 알지만, 그의 마음과 습관과 생각은 여전히 요령부득이지만 더 이상의 인내심이나 호기심이 남아 있는지 의문이었다. 그래서 그의 침대에서 일어난 아침마다 스스로에게 물었다. '너 계속 여기 올 거니?'

차에 기대어 서 있던 사복 차림의 경관 둘이 몸을 일으켜 베아테에게 다가왔다. 앞자리에는 제복을 입은 경관 둘이 앉아 있고 뒷자리에 남자 하나가 있었다.

"그자예요?" 베아테는 심장박동이 아주 빠르게 뛰는 걸 느꼈다.

"네." 사복 차림의 경관이 대답했다. "몽타주가 훌륭해요. 아주 똑같던데요."

"트램은요?"

"보냈습니다. 승객이 꽉 차 있었어요. 그래도 여자 한 분에게 진술을 자세히 받아냈습니다. 말썽이 좀 있어서요."

"네?"

"경찰 신분증을 내밀면서 같이 가자고 하니까 놈이 도망치려고 난동을 부렸거든요. 통로로 튀어나와 유아차를 잡고 막았어요. 트램을 세우라고 소리를 지르면서."

"유아차를요?"

"예, 믿기지 않으실 거예요. 정말이지 고약하지 않아요?"

"그놈이 더한 짓을 했을까 봐 걱정이네요."

"아뇨, 아침 러시아워에 유아차를 끌고 트램에 타는 것 말입니다."

"휴. 그래요. 그래서 그자를 체포했습니까?"

"아기 엄마가 비명을 지르며 놈의 팔을 잡아줘서 한 대 갈길 수 있었어요." 경관은 피가 나는 오른쪽 손마디를 보여주었다. "이걸로도 충분한데 총까지 들고 설칠 필요가 없지 않나요?"

"좋아요." 베아테는 진심처럼 말하려고 애썼다. 몸을 숙여 뒷좌석을 보려 했지만 아침 햇살 때문에 차창에 반사된 자신의 모습 아래 검은 실루엣만 보였다. "창문 좀 내려줄래요?"

창문이 소리 없이 내려가는 사이 베아테는 호흡을 가다듬었다.

그를 단박에 알아보았다. 그는 그녀를 보지 않고 정면을 향한 채 게슴츠레하게 뜬 눈으로 오슬로의 아침을 응시했다. 깨기 싫은 꿈속을 헤매는 것처럼.

"몸수색은 했습니까?" 베아테가 물었다.

"미지와의 조우였죠." 사복 경찰이 씩 웃었다. "아뇨, 무기는 없었어요."

"아니, 마약이 있는지 수색했느냐고요. 호주머니는 확인했어요?"

"어, 아뇨. 그걸 왜요?"

"이자는 크리스 레디, 일명 아디다스이니까요. 스피드를 팔다가 잡혀서 몇 번 유죄 판결을 받았잖아요. 도망치려고 했다면 뭔가 가지고 있다는 뜻이겠죠. 그러니 어서 뒤져봐요."

베아테 뢴은 똑바로 서서 볼보 아마존으로 돌아갔다.

"저분은 지문을 조사하시는 줄 알았는데요." 사복 경찰이 뒤에 합류한 비에른 홀름에게 말하는 소리가 들렸다. "약쟁이를 알아보실 줄은 몰랐네요."

"오슬로 경찰 기록보관소에 기록된 사람이면 다 알아보는 분이에요." 비에른이 말했다. "다음에는 좀 더 철저히 수색하시죠. 네?"

비에른이 차에 타서 베아테를 흘끔 보았다. 베아테는 팔짱을 끼고 씩씩거리며 앞만 보았다. 성질 고약한 늙은 암소처럼 보이리라는 걸 스스로도 알고 있었다.

"그자는 일요일에 체포할 거예요." 비에른이 말했다.

"그럼 좋겠네." 베아테가 말했다. "베르그슬리아는 준비 다 됐나?"

"델타가 정찰을 마치고 잠복할 위치를 파악했어요. 사방이 숲이라 단순하대요. 이웃집에도 들어가 있고요."

"과거의 미제사건 수사에 가담한 경찰들한테는 다 알렸지?"

"네. 다들 전화기 옆에 붙어 있다가 전화가 오면 신고하기로 했어요."

"자네도 마찬가지야, 비에른."

"팀장님도요. 참, 그 사건에 해리는 왜 없었죠? 그때 강력반 형사였잖아요."

"음, 그때 좀 안 좋았어."

"술 때문에요?"

"카트리네는 어쩌고 있어?"

"베르그슬리아의 숲속에, 그 집이 잘 보이는 위치에 잠복해 있어요."

"카트리네가 거기 있는 동안 휴대전화로 계속 연락하고 싶어."

"그렇게 전할게요."

베아테는 손목시계를 보았다. 09:16. 그들은 차를 몰고 토마스 헤프티에스 가와 뷔그되위 알레로 내려갔다. 경찰청사로 가는 가장 빠른 길이라서가 아니라, 경치가 가장 좋은 길이어서였다. 그리고 시간을 때우기에도 좋았다. 베아테는 다시 손목시계를 보았다. 09:22. 이틀 후면 일요일. D데이이다.

심장이 여전히 빠르게 뛰었다.

벌써부터 빠르게 뛰었다.

요한 크론은 해리를 접수처에서 기다리게 하고 평소처럼 약속 시간에 4분 늦게 나왔다. 접수원에게 쓸데없어 보이는 지시사항을 두어 가지 전하고 나서야 접수처에 앉아 있는 두 사람을 보았다.

"홀레 씨." 요한은 해리의 얼굴을 재빨리 살피며 기분과 태도를 진단한 후 손을 내밀었다. "변호사님과 같이 오셨군요."

"이분은 아르놀 폴케스타예요." 해리가 말했다. "제 동료 교수입니다. 여기서 진술하고 합의한 내용의 증인이 되어달라고 부탁드리고 모시고 왔습니다."

"현명하시네요, 아주 현명해요." 요한은 이렇게 말했지만 그의 말투나 표정에는 진심이 묻어나지 않았다. "어서요, 들어오세요."

요한은 앞장서면서 의외로 작고 여성스러운 손목시계를 재빨리 보았고, 해리는 그 행동이 무슨 말을 하는지 알아들었다. '난 바쁜 변호사라 이런 자잘한 사건에 쓸 시간이 많지 않다.' 회사 중역 사무실 크기의 사무실에서는 가죽 냄새가 났는데, 책장 선반에 연도 순으로 가득 꽂힌 〈노르웨이 법률 저널〉에서 나는 냄새 같았다. 그리고 향수 냄새. 실예 그라브셍이 반은 그들을 향하고 반은 요한 크론의 거대한 책상을 향한 채 앉아 있었다.

"멸종위기종이죠?" 해리는 이렇게 물으며 책상을 어루만지고 자리에 앉았다.

"일반 티크나무예요." 요한이 열대우림 뒤 운전석에 앉으며 답했다.

"어제는 일반, 오늘은 멸종이죠." 해리가 실예 그라브셍에게 고개를 까닥했다. 실예는 고개를 돌리면 안 되기라도 하는 양 눈꺼풀을 천천히 감았다가 다시 뜨는 걸로 대꾸를 대신했다. 머리를 포니테일로 질끈 동여매서 눈이 평소보다 더 가늘어 보였다. 실예는 그 사무실에서 일하는 직원처럼 보이는 정장을 입었다. 차분해 보였다.

"그럼 시작할까요?" 요한 크론이 손끝을 맞대고 평소의 자세를 잡았다. "그라브셍 양은 문제의 그날 밤 자정 무렵에 경찰대학의 당신 연구실에서 성폭행을 당했다고 진술했습니다. 지금까지 나온 증거는, 할퀸 자국과 타박상과 찢어진 드레스입니다. 모두 사진을 찍어둬서 법정에서 증거로 쓰일 수 있습니다."

요한은 실예를 흘낏하며 긴장되어 평정심을 잃지는 않았는지 살핀 후 다시 말을 이었다.

"성폭력위기센터의 진단서에는 사실 자상이나 타박상이 나오지 않았지만 원래 그런 건 잘 나오지 않습니다. 심한 폭행도 15퍼센트에서 30퍼센트 정도의 경우에만 나옵니다. 정액 흔적도 없습니다. 당신이 침착하게 외부에, 정확히 말하면 그라브셍 양의 배에 사정한 후 옷을 입으라고 하고 문으로 끌고 가서 내보냈으니까요. 안타깝게도 그라브셍 양은 당신만큼 침착하지 못해서 정액을 증거로 남기지 못했습니다. 샤워기 아래에서 몇 시간이고 울면서 더러움의 증거를 깨끗이 씻어내려고만 했으니까요. 젊은 여자로서는 그리 놀랍지도 않고, 어쩌면 당연하고 정상적인 반응입니다."

요한의 말투에는 분노로 떨리는 목소리가 섞여 있었지만 해리의 귀에는 진심으로 들리지 않고 이런 증언이 법정에서 얼마나 유효할지 검증하기 위해 계획된 것으로 들렸다.

"하지만 성폭력위기센터 담당자가 피해자의 심리 상태를 몇 줄로 기술해야 합니다. 성폭행 피해자의 행동을 오래 봐온 전문가들이라 법정도 그분들의 진술을 상당히 존중합니다. 그리고 이번 사건에서는 심리 관찰이 제 의뢰인의 진술을 뒷받침합니다."

요한의 얼굴에 미안하다는 듯한 미소가 번졌다.

"다만 증거를 더 자세히 말씀드리기 전에 지난번 제 제안을 생각해보셨는지 다시 한번 확인하죠, 홀레 씨. 제 제안을 받아들이는 게 맞겠다고 판단하셨는지, 모두를 위해 그러셨기를 바랍니다만. 여기 합의서가 있습니다. 굳이 말씀드릴 필요는 없겠지만 이 합의서는 기밀로 남을 겁니다."

요한은 해리에게 검은 가죽 서류철을 내밀며 아르놀 폴케스타를 흘끔 보았고, 아르놀은 천천히 고개를 끄덕였다.

해리는 서류철을 펼치고 A4 용지를 훑었다.

"음. 경찰대학에서 사직하고 경찰 업무나 경찰과 관련된 자리는 모두 포기한다. 그리고 어떤 상황에서든 실예 그라브셍과 대화하거나 실예 그라브셍에 대해 말하지 않는다. 제가 서명만 하면 되는군요."

"그리 복잡한 얘기는 아니라 이미 계산을 끝내고 정답을 찾으셨다면⋯⋯."

해리는 고개를 끄덕였다. 얼어붙은 듯 핏기도 없고 표정도 없이 가만히 앉아서 그를 돌아보는 실예 그라브셍을 보았다.

아르놀이 조용히 헛기침을 했고, 요한은 온화한 눈길로 그를 돌아보며 세심하게 계획된 태평한 몸짓으로 손목시계를 바로잡았다. 아르놀이 노란 서류철을 꺼냈다.

"그게 뭐죠?" 요한이 한쪽 눈썹을 올리며 받았다.

"이번 합의에 관한 우리 쪽 제안서입니다." 아르놀이 말했다. "보시면 알겠지만 우리는 실예 그라브셍이 즉각 경찰대학을 그만두고 어떤 상황에서든 경찰 업무나 경찰과 관련된 자리에 지원하지 않을 것을 제안합니다."

"지금 농담하시는⋯⋯."

"또 어떤 상황에서도 다시는 해리 홀레에게 연락할 수 없습니다."

"황당하군요."

"대신 우리는―모든 당사자를 참작해서― 경찰대학 직원에 대한 허위 고발과 협박 시도를 법적으로 추궁하지는 않을 생각입니다."

"그러시다면 법정에서 뵙죠." 요한이 상투적으로 들리지 않으려고 주의하면서 말했다. "결국 당신이 힘들어진다고 해도 기소할 생각입니다."

아르놀은 어깨를 으쓱했다. "그렇다면 조금 실망하실까 걱정이 되네요, 크론 씨."

"누가 실망할지는 두고 봅시다." 요한은 이미 일어서서 재킷 단추를 채우며 다음 회의에 가야 한다는 티를 내다가 해리와 눈이 마주쳤다. 그리고 주저했다.

"무슨 뜻입니까?"

"수고롭겠지만 그 제안서 뒤에 첨부한 서류를 봐주시죠." 아르놀이 말했다.

요한은 서류철을 펼쳤다. 휙휙 넘기며 읽었다.

"보시다시피 그쪽 의뢰인은 경찰대학에서 성폭행 관련 강의를 들었습니다. 그 강의에서는 특히 성폭행 피해자가 심리적으로 어떻게 반응하는지 상세히 다룹니다." 아르놀이 말했다.

"그렇다고 해서—"

"반론은 나중에 하고 서류부터 넘겨보시죠, 크론 씨? 거기 보면 지금은 비공식이지만 서명된 목격자 진술서가 있을 겁니다. 문제의 그 시간에 정문 앞에 있다가 경찰대학에서 나오는 그라브셍 양을 목격한 남학생의 진술입니다. 그 학생은 그라브셍 양이 겁을 먹었다기보다는 화가 난 얼굴로 나왔다고 진술했어요. 찢어진 드레스에 관한 언급은 없고요. 오히려 옷도 제대로 입고 상처도 없는 듯 보였다고 합니다. 그리고 자기가 그라브셍 양을 눈여겨봤다고 인정했습니다." 아르놀은 실예 그라브셍을 돌아보았다. "학생한테는 칭찬인 것 같은데……."

실예는 아까처럼 미동도 없이 앉아 있었지만 얼굴이 붉어지고 눈을 연신 깜빡였다.

"보시다시피 해리 홀레는 그라브셍 양이 그 학생을 지나친 뒤

최장 1분 즉 60초 내에 그 학생에게 갔습니다. 이후 그 학생과 계속 같이 있었고, 제가 도착해서 해리를 과학수사과로 데려갔습니다. 그건—." 아르놀은 고갯짓으로 가리켰다. "다음 쪽에, 거기, 네."

요한은 그 부분을 읽고 의자에 주저앉았다.

"그 보고서에 따르면 해리에게는 방금 성폭행을 저지른 남자에게 나타나는 징후가 전혀 나오지 않았습니다. 손톱 밑에 피부조직도 없고, 손이나 성기에서 타인의 성기 분비물이나 음모도 나오지 않았습니다. 따라서 할퀴고 삽입했다는 그라브셍 양의 진술이 거짓이 됩니다. 게다가 해리의 몸에는 그라브셍 양과 실랑이를 벌인 흔적이 전혀 없었습니다. 두 사람의 접촉을 나타내는 유일한 증거는 해리의 옷에 붙은 머리카락 두 올이 전부입니다. 그런데 이건 그라브셍 양이 해리에게 몸을 숙이면 나올 법한 증거에 지나지 않습니다. 그건 3쪽에 있습니다."

요한은 고개를 들지 않고 서류를 넘겼다. 눈으로 서류를 훑더니 3초 후 입모양으로 욕설을 내뱉었다. 해리는 전설이 사실임을 확인했다. 노르웨이 법조계에서 요한 크론만큼 A4 서류를 빨리 읽는 사람은 없다는 전설.

아르놀이 말했다. "끝으로, 그쪽에서 강간당했다고 주장하는 시간으로부터 30분 후 사정한 해리의 정액 양을 보면 4밀리미터로 나옵니다. 30분 내에 2차 사정을 한다면 그 양은 10분의 1에도 못 미칩니다. 따라서 해리 홀레가 매우 특별한 고환을 가진 사람이 아닌 이상, 그라브셍 양이 주장하는 시간에는 사정하지 않았습니다."

침묵이 흐르는 동안 해리는 밖에서 들어오는 자동차 경적 소리와 고함 소리, 이어서 웃음소리와 욕하는 소리를 들었다. 도로가 꽉 막힌 듯했다.

"그리 복잡할 건 없습니다." 아르놀이 수염 속에서 머뭇머뭇 미소 지었다. "그럼, 계산을 끝내셨으면—."

유압식 브레이크가 풀리는 소리. 실예 그라브셍이 일어서는 소리가 나고 곧이어 밖으로 나간 후 문이 쾅 하고 닫히는 소리가 났다.

요한은 잠시 고개를 숙이고 앉아 있었다. 다시 고개를 들면서 해리를 보았다.

"사과드리죠. 피고 측 변호인으로서 의뢰인들이 곤경에서 빠져나가려고 거짓말하는 경우가 있습니다. 하지만 이번엔…… 제가 상황을 더 잘 읽어냈어야 했습니다."

해리는 어깨를 으쓱했다. "저 친구를 잘 모르시잖아요."

"네. 그래도 당신은 알죠. 오래 알고 지냈으니 당신을 **알았어야죠.** 그라브셍 양에게 합의서에 서명하라고 할게요."

"저 친구가 안 하겠다면?"

"무고죄로 어떤 대가를 치르는지 알려줘야죠. 경찰대학에서 공식적으로 제명되는 것도. 그라브셍 양이 어리석지 않다는 거, 아시잖아요."

"알죠." 해리가 한숨을 내쉬며 일어섰다. "알아요."

밖에서 교통체증이 풀리기 시작했다.

해리와 아르놀 폴케스타는 카를 요한스 거리를 따라 걸었다.

"고맙습니다." 해리가 말했다. "그런데 어떻게 모든 상황을 그렇게 빨리 파악해서 준비하셨는지 의문이네요."

"내게 OCD가 좀 있거든요." 아르놀이 미소를 지었다.

"네?"

"강박장애요. 이런 성향은 일단 결정하면 일사천리예요. 행위 그 자체가 결과보다 중요하거든요."

"강박장애가 뭔지는 저도 좀 알아요. 심리학자 친구가 있는데 저더러 반쯤은 그쪽으로 가 있다고 했거든요. 제가 궁금한 건, 목격자가 필요하고 직접 과학수사과에 가야 한다는 걸 어떻게 그렇게 빨리 판단하셨느냐는 겁니다."

아르놀 폴케스타는 빙긋 웃었다. "이런 얘기를 해도 될지 모르겠네요, 해리."

"해보세요."

"할 수 있는 범위 안에서 말해보죠. 예전에 경찰 두 명이 어떤 사람을 의식을 잃을 정도로 때려서 신고당할 뻔한 사건에 관여한 적이 있어요. 결국 그들은 방금 우리가 한 것과 비슷한 조치로 무사히 빠져나갔어요. 그중 한 경찰이 자기네한테 불리한 증거를 없앴거든요. 남은 증거가 부족해서 피해자의 변호사가 승산이 없으니 고소를 취하하자고 했고요. 이번에도 같은 상황이 벌어질 거라고 생각한 겁니다."

"어째, 제가 사실은 그 애를 성폭행한 것처럼 들리네요, 아르놀."

"미안해요." 아르놀이 웃었다. "이런 일이 일어날 거라고 어느 정도는 예상했어요. 워낙 시한폭탄 같은 학생이라. 그런 학생은 수업에 들어오기 전에 심리검사로 걸러졌어야 했어요."

그들은 에레르토르게를 가로질렀다. 해리의 머릿속에서 이미지들이 깜빡거렸다. 젊은 시절 어느 오월에 웃음을 터트리던 여자친구의 얼굴. 크리스마스 주전자 앞에 서 있던 구세군. 추억이 가득한 도시.

"그런데 그 두 경찰이 누굽니까?"

"한 명은 꽤 높은 자리에 올라갔죠."

"그래서 저한테 말해주지 않는 건가요? 당신도 그 일에 가담했기 때문에? 양심의 가책으로?"

아르놀 폴케스타는 어깨를 으쓱했다. "정의를 위해 당당히 나서지 않는 사람이라면 양심의 가책을 느껴야죠."

"음. 폭력 전과가 있고 증거를 태워 없애는 걸 좋아하는 경찰이라면. 후보가 많진 않군요. 혹시 우리가 이야기하는 경찰이 트룰스 베른트센은 아니겠죠?"

아르놀 폴케스타는 아무 말도 하지 않았지만, 땅딸막한 몸이 움찔하는 걸로 충분한 대답이 되었다.

"미카엘 벨만의 그림자. 꽤 높이 올라갔다는 게 그 뜻이군요?" 해리는 아스팔트에 침을 뱉었다.

"우리 다른 얘기 할까요?"

"네, 그러죠. 점심은 슈뢰데르?"

"그 집에 버거가 있죠. 방도 있고."

"많이 보던 거로군, 리타." 태운 버거 위에 허연 양파튀김을 얹은 음식 두 접시를 내려놓은 웨이트리스에게 해리가 말했다.

"여긴 변한 게 없잖아요." 웨이트리스가 웃으면서 갔다.

"트룰스 베른트센, 그렇군요." 해리가 어깨 너머를 돌아보면서 말했다. 금연이 된 지 오래 됐는데도 여전히 담배 냄새가 나는 네모난 방 안에는 거의 그와 아르놀밖에 없었다. "사실 그자가 오래전부터 경찰 내부에서 버너로 활동했던 것 같아요."

"아?" 아르놀은 앞에 놓인 동물 사체를 의심스러운 눈으로 살폈다. "그럼 미카엘 벨만은 어떤가요?"

"미카엘은 당시 마약반 책임자였어요. 미카엘이 루돌프 아사예 프라고, 헤로인과 유사한 신종 마약인 바이올린을 팔던 자와 모종 의 거래를 했죠. 미카엘은 아사예프에게 오슬로 독점권을 주고 그 대가로 오슬로 거리에서 마약 거래와 약쟁이를 몰아내고 OD를 줄 여주겠다는 약속을 받아냈어요. 그 덕에 미카엘이 좋아 보였어요."

"좋아 보인 나머지 경찰청장 자리까지 꿰찼군요?"

해리는 머뭇거리며 버거를 한 입 베어 물고 '아마도'라는 뜻으로 어깨를 으쓱했다.

"그런데 그런 걸 알면서 왜 알리지 않은 겁니까?" 아르놀 폴케스 타는 고기였으면 좋겠다고 생각하며 그 음식을 조심스레 잘랐다. 자르다 말고 해리를 보았다. 해리는 멍한 눈으로 마주 보며 씹고 또 씹었다. "정의를 위한 투쟁 말인가요?"

해리는 음식을 삼키고 냅킨으로 입을 닦았다. "증거가 없어요. 게다가 전 이제 경찰도 아니고요. 제 일이 아니었어요. 지금도 저 와는 상관없는 일이에요, 아르놀."

"그래요, 그런 것 같군요." 아르놀은 포크로 버거 덩어리를 찌르 고 들어서 살폈다. "그런데 이게 당신 일이 아니고 당신은 이제 경 찰이 아니라면 병리학자가 왜 당신한테 루돌프 아사에프라는 사람 의 부검보고서를 보냈을까요?"

"음. 보셨군요?"

"당신 우편물을 가져다주면서 보게 된 겁니다. 제가 오지랖이 넓 은 사람인 탓도 있고요."

"어땠던가요?"

"아직 뜯진 않았습니다."

"보세요. 안 물어요."

"당신한테도 같은 말을 해주고 싶군요, 해리."

해리는 웃었다. "안구 뒤쪽을 검사했는데 우리가 찾던 게 나왔어요. 큰 혈관에 작은 구멍. 아사예프가 혼수상태일 때 누군가 안구를 옆으로 밀고 눈 가장자리에 공기 방울을 주입한 겁니다. 당장 시력상실이 오고 뇌에 추적 불가능한 혈전이 생겼죠."

"이젠 정말 이걸 먹고 싶어지는군요." 아르놀이 얼굴을 찡그리며 포크를 내려놓았다. "아사예프가 살해당했다는 걸 밝혀냈다는 겁니까?"

"아뇨. 사인은 여전히 판단 불가예요. 다만 그 흔적은 **일어났을 지도 모를** 일을 입증해주죠. 물론 누가 어떻게 병실에 들어갔는지는 여전히 오리무중이에요. 당직 경관은 공기를 주입했을 시간에 아무도 그 앞을 지나가지 않았다고 주장했고. 의사든 누구든."

"밀실 미스터리로군요."

"그보다 더 단순할 수도 있죠. 그저 경관이 자리를 벗어났거나 잠이 들었고, 당연하게도 그 사실을 시인하지 않았거나. 혹은 그 경관이 직접적으로든 간접적으로든 살인에 가담했거나."

"그 경관이 무단이탈했거나 잠이 들었다면 범인이 우연한 기회를 틈탔다는 건데, 과연 그럴까요?"

"아뇨, 아르놀, 그건 아니겠죠. 다만 그 경관이 자리를 이탈하도록 유혹을 받았을 수는 있어요. 아니면 약에 취했다든가."

"아니면 뇌물을 받았다든가. 그 경관을 심문해야겠군요!"

해리는 고개를 저었다.

"왜 안 됩니까?"

"첫째, 전 이제 경찰이 아니에요. 둘째, 그 경관은 죽었어요. 드람멘 외곽에서 차에 탄 채로 살해당한 경찰이 바로 그 사람이죠." 해리는 자기 자신에게 하듯 고개를 끄덕이고는 커피잔을 들어 한 모금 마셨다.

"젠장!" 아르놀이 몸을 앞으로 내밀었다. "그럼 셋째는 뭐죠?"

해리는 리타에게 계산서를 달라고 손짓했다. "제가 셋째가 있다고 했나요?"

"첫째, 둘째, 하니까 셋째도 있는 줄 알았죠. 목록이라도 읊을 것처럼 말해서."

"그렇군요. 제가 국어 공부 좀 해야겠네요."

아르놀은 고개를 갸웃했다. 그리고 해리는 그의 눈에서 질문을 보았다. 추후 조사하지 않을 사건이라면 왜 나한테 이런 얘기를 해주는 겁니까?

"어서 드세요." 해리가 말했다. "저 수업 있어요."

해가 옅은 색 하늘을 미끄러지듯 가로지르고 지평선에 사뿐히 닿아 구름을 주황색으로 물들였다.

트룰스 베른트센은 차에 앉아 경찰 무선을 건성으로 들으며 어둠이 내리기를 기다렸다. 저 위로 집집마다 하나둘씩 불이 켜지기를 기다렸다. 그녀를 볼 수 있기를 기다렸다. 그냥 잠깐 스치는 것만도 괜찮았다.

모종의 음모가 꾸며지고 있었다. 통신에서 그런 소리가 들렸다. 평소의 차분하고 규칙적인 일상과 함께 무슨 일인가 벌어지는 소리. 짧고 강렬한 보고가 산발적으로 들어오는 걸 보면 필요 이상으로 무선을 쓰지 말라는 지시가 내려온 것 같았다. 그리고 분명 무선으로 말하지 않은 내용에 더 많은 것이 있었다. 말하지 않는 방식에도. 표면적으로는 경찰의 감시와 교통 상황에 관해 스타카토로 전달하는 문장이지만 주소나 시간이나 구체적인 이름이 언급되지 않았다. 경찰 주파수가 오슬로에서 네 번째로 인기 있는 무선이라고는 하지만 그것도 암호화되기 전의 일이다. 그런데도 오늘 밤 그들은 뭔가를 노출시킬까 봐 겁내는 듯 조심스럽게 소통했다.

그들의 목소리가 다시 나왔다. 트룰스는 볼륨을 높였다.

"제로 원. 델타 투 제로. 모두 조용하다."

델타, 정예요원. 무장 작전.

트룰스는 쌍안경을 들었다. 거실 창문에 초점을 맞추었다. 새 집으로 이사한 후 그녀를 보는 게 더 어려워졌다. 거실 앞 테라스가 시야를 가렸다. 예전 집에서는 숲에서 바로 침실이 보였다. 그녀가 소파에서 다리를 구부리고 앉아 있는 모습이 잘 보였다. 맨발로. 얼굴로 흘러내린 금발 곱슬머리를 쓸어 넘기던 모습. 마치 누가 지켜보는 걸 안다는 듯. 너무나도 아름다워서 눈물이 날 것 같았다.

오슬로 피오르의 하늘이 주황색에서 붉은색으로, 다시 보라색으로 물들었다.

그날 밤 트룰스가 오케베르그베이엔의 이슬람 사원 앞에 차를 세웠을 때는 칠흑같이 어두웠다. 경찰청사로 내려가 혹시라도 당직 경관이 보고 있을까 봐 신분증을 대고 중앙홀로 난 문을 열고 천천히 증거보관실로 내려갔다. 3년째 지니고 다니는, 복사한 열쇠로 증거보관실 문을 열었다. 야간투시경을 썼다. 이렇게 하기 시작한 건 아사예프 밑에서 버너로 일하면서 전등을 켰다가 경비에게 의심을 산 적이 있어서였다. 트룰스는 민첩하게 움직이며 날짜로 증거품 상자를 찾아서 칼스네스의 머리에서 발견된 9밀리미터 탄환이 든 봉지를 열어 재킷 주머니에 넣고 가져온 탄환으로 바꿔 넣었다.

그런데 이상하게도 혼자가 아니라는 느낌이 들었다.

트룰스는 울라를 보았다. 울라도 그런 느낌이 들었을까? 그래서 이따금 읽고 있던 책에서 눈을 들어 창밖을 보았던 걸까? 밖에 뭔가 있는 것처럼. 자기를 기다리는 뭔가가.

무선에서 다시 말소리가 나왔다.

그들이 무슨 말을 하는지 알았다.

그들이 무슨 계획을 세우는지 알아들었다.

25

드디어 D데이가 밝았다.

워키토키가 조용히 지글거렸다.

카트리네 브라트는 텐트용 깔개 위에서 몸을 뒤틀었다. 다시 쌍안경을 들고 베르그슬리아의 그 집에 초점을 맞추었다. 집은 컴컴하고 조용했다. 24시간 가까이 그랬다.

무슨 일이 일어나야 했다. 세 시간만 지나면 날짜가 바뀐다. 다른 날이 된다.

카트리네는 몸을 떨었다. 사실 이보다 더 나빴을 수도 있었다. 낮에는 기온이 9도 정도이고 비도 내리지 않았다. 그러나 해가 넘어가자 기온이 뚝 떨어져서 겨울 내의와 패딩 재킷으로 중무장했는데도 한기가 들었다. 패딩을 산 매장 점원 말로는 '유럽 기준이 아니라 미국 미터법으로 800'이라던 패딩이다. 무슨 단열재 같은 것이 함유되어 있다고 했다. 깃털이라고 했던가? 지금은 800보다 더 따뜻한 걸로 챙겨올걸 그랬나 하는 아쉬운 마음이 들었다. 남자의 품속에 파고드는 것처럼 포근한 걸로…….

그 집 안에는 아무도 배치되지 않았다. 드나들다 눈에 띨 위험을 없애기 위해서였다. 정찰대도 차를 멀찌감치 세워놓고 약간 거리를 두고 은밀히 이동했고, 한 번에 세 명 이상 같이 다니지 않고 항상 사복 차림이었다.

카트리네가 맡은 지점은 베르그슬리아 숲에서 약간 경사진 언덕으로, 델타가 잠복하는 위치에서 약간 떨어져 있었다. 델타의 위치를 알지만 쌍안경으로 보아도 아무것도 보이지 않았다. 보이지는 않지만 명사수 네 명이 사방에서 그 집을 겨냥하고 열한 명의 요원이 8초 안에 급습할 수 있도록 대기하는 중이었다.

카트리네는 다시 손목시계를 보았다. 이제 2시간 58분 남았다.

그들이 밝혀낸 바로는, 과거의 미제사건은 그날이 다 끝나갈 때 발생했지만 시신이 2킬로그램도 안 되는 조각으로 잘릴 때 사망한 상태였는지는 판단하기 어려웠다. 어쨌든 지금까지는 모방 살인 시각이 원래 사건 시각과 일치했으므로 아직 아무 일이 없는 것은 어찌 보면 예상된 상황이었다.

서쪽에서 구름이 흘러오고 있었다. 건조한 날씨로 예보되었지만 날이 어두워지면서 시야가 나빠졌다. 그래도 날이 풀릴 수도 있다. 침낭을 가져왔어야 했다. 휴대전화 진동이 울렸다. 전화를 받았다.

"어떻게 됐어요?" 베아테였다.

"여긴 보고할 게 없네요." 카트리네가 목덜미를 긁적이며 말했다. "지구온난화가 사실이라는 것만 빼고. 깔따구가 다 있어요. 삼월에."

"모기 아니고요?"

"아뇨, 깔따구예요. 얘네가…… 음, 베르겐에는 엄청 많거든요. 흥미로운 전화는 왔어요?"

"아뇨. 그냥 치즈 두들스랑 펩시 맥스랑 개브리얼 번요. 아니, 저 사람은 핫한 거예요, 아님 그냥 나이 많은 소년이에요?"

"핫하죠. 지금 〈인 트리트먼트*〉 봐요?"

"첫 번째 시즌이에요. 3번 디스크."

"칼로리랑 DVD에 굴복하실 줄은 몰랐네요. 요가 레깅스는 어쩌 시려고요?"

"신축성이 좋은 거예요. 애가 집에 없어서 저도 좀 누려야겠어 요."

"교대할까요?"

"아뇨. 왕자님이 전화하실지 모르니 이만 끊을게요. 계속 연락 줘요."

카트리네는 휴대전화를 워키토키 옆에 놓았다. 쌍안경을 들고 그 집 앞 도로를 살폈다. 이론상 범인은 어느 쪽에서든 나타날 수 있다. 물론 전철이 막 지나간 선로 양 옆의 울타리를 넘어 가로질 러갈 가능성은 없었지만 담플라센에서 온다면 여러 갈래 길 중에 서 숲을 가로질러 올 수도 있었다. 특히 지금처럼 구름이 잔뜩 껴 서 점차 어두워지는 날에는 베르그슬리아를 따라 이웃집들 정원을 통해 들어갈 수도 있었다. 도로로 가지 못할 이유가 없다고 자신한 다면 말이다. 누군가 낡은 자전거를 타고 양옆으로 비틀거리며 언 덕을 오르고 있었고, 정신이 말짱해 보이지는 않았다.

해리는 오늘 밤 뭘 하고 있을까.

해리는 바로 앞에서 마주 앉아 있어도 뭘 하는지 잘 모르겠는 사 람이었다. 비밀스러운 해리. 그는 누구와도 달랐다. 심장을 옷소매 에 달고 다니는 듯 속히 훤히 보이는 비에른 홀름 같은 사람과는

---

* In Treatment. 정신과의사와 그의 환자들 이야기를 다루는 미국 드라마.

달랐다. 어제 비에른이 다른 경찰들처럼 혹시 모를 전화를 기다리는 동안 메를레 하가르의 음반을 틀겠다고 했다. 스크레이아의 가정식 엘크 버거를 먹겠다고도 했다. 카트리네가 코를 찡긋거리자, 비에른은 이번 일이 끝나면 어머니의 엘크 버거와 감자튀김을 같이 먹으면서 베이커즈필드 사운드의 비밀을 알려주겠다고 했다. 그가 가진 음반은 그게 다일 것이다. 두말할 것 없이 독신일 것이다. 카트리네가 정중하게 사양하자 그는 그런 제안을 한 걸 후회하는 눈치였다.

트룰스 베른트센은 차를 몰고 크바드라투렌을 지나갔다. 거의 매일 밤 하던 대로. 여기저기 슬슬 오르내리면서 그 구역을 구석구석 누볐다. 드로닝엔스 가, 키르케 가, 스키페르 가, 네드레 슬로츠 가, 톨부 가.

무전기에서 의미없이 지껄이는 소리가 나왔다. 그, 트룰스 베른트센을 위한, 그들이 안으로 들이고 싶어하지 않는 자를 위한 암호였다. 그 멍청이들은 자기네 계획이 성공해서 그가 알아듣지 못하는 줄 안다. 하지만 트룰스 베른트센은 속지 않았다. 그는 백미러를 바로잡고 옆자리의 재킷 위에 놓인 근무용 권총에 눈길을 던졌다. 늘 그렇듯 오히려 반대였다. 그가 그들을 속이는 거였다.

거리의 여자들은 그를 무시했다. 그녀들은 그의 차를 알아보고 자기네 서비스를 사주지 않을 걸 알았다. 화장하고 꽉 끼는 바지를 입은 소년이 주차금지 표지판 기둥을 잡고 폴 댄서처럼 빙 돌면서 트룰스에게 엉덩이를 내밀고 입술을 내밀자 트룰스는 가운뎃손가락을 내밀어 응수했다.

어둠이 조금 더 짙어진 것 같았다. 트룰스는 앞유리 쪽으로 몸을 기울여 하늘을 올려다보았다. 서쪽 하늘에서 구름이 흘러오고 있었다. 그는 신호등 앞에 멈췄다. 다시 조수석을 흘깃 보았다. 그는 번번이 그들을 속였고, 다시 속이려 했다. 여긴 그의 도시이고, 누구도 여기에 올 수 없으며 그에게서 이 도시를 빼앗을 수 없다.

트룰스는 조수석 사물함에 총을 넣었다. 살인 흉기. 오래전이었지만 지금도 그의 얼굴을 떠올릴 수 있었다. 르네 칼스네스. 나약한 성도착자의 이목구비를 그려볼 수 있었다. 트룰스는 핸들을 주먹으로 내리쳤다. 저놈의 신호등, 빨리 바뀌라고!

처음에는 경찰봉으로 때렸다.

그러다 그자의 총을 뽑았다.

얼굴이 짓뭉개져 피가 흐르는데도, 트룰스는 애원하는 그자의 얼굴을 보고 구멍 난 자전거 타이어처럼 쌕쌕거리며 간청하는 목소리를 들었다. 말이 아닌, 무용한 소리.

트룰스는 그의 코에 총을 박아 방아쇠를 당기고, 그의 몸이 움찔하는 걸 보았다. 영화 같았다. 그리고 차를 절벽으로 굴려서 떨어뜨렸다. 그길로 한참 내려와서 경찰봉을 깨끗이 닦아 숲속에 던졌다. 경찰봉은 집에, 침실 벽장에 몇 개 더 있으니까. 총기와 야간투시경, 방탄조끼, 경찰은 증거보관실에 있는 줄 아는 매르클린 라이플까지 있었다.

트룰스는 터널 몇 개를 지나 오슬로의 중심부로 들어왔다. 우파의 자동차 로비스트들은 최근에 건설된 터널을 수도의 필수적인 동맥이라고 불렀다. 그에 맞서 환경운동 로비 단체의 대표는 신축 터널을 이 도시의 창자라고 불렀다. 맞는 말이었다. 꼭 필요한 것이기도 하고, 똥이 지나다니는 길이기도 하다.

트룰스는 지선도로와 원형 교차로를 능숙하게 빠져나갔다. 도로 표지판이 오슬로의 관행대로 붙어 있어서 여기 사람이 아니면 교통부의 장난에 휘둘리기 십상인 길이었다. 이어서 그는 높은 곳에 올라갔다. 이스트 오슬로. 그의 구역. 무전기를 들어보니 그들은 토끼몰이를 하고 있었다. 그중 한 목소리가 철커덩거리는 소리에 덮였다. 지하철이었다. 멍청이들. 그가 그런 시시한 암호를 풀지 못할 줄 안단 말인가? 그들은 베르그슬리아에 있다. 그 노란집 앞에 있었다.

해리는 침대에 누워서 담배 연기가 천장으로 천천히 동그랗게 말려 올라가는 걸 보았다. 연기가 형체와 얼굴을 만들었다. 해리는 그들이 누군지 알았다. 하나하나 이름까지 댈 수도 있었다. 죽은 경관의 사회. 훅, 입김을 불자 그들이 사라졌다. 해리는 결정을 내렸다. 정확히 언제인지는 몰라도 그 결정으로 모든 것이 달라지리라는 건 알았다.

한동안 그는 그리 위험한 건 아니다, 괜히 오버하는 거다, 하며 자기 자신을 설득하려 했지만 오랜 세월 알코올중독자로 살아봐서 잘 알았다. 대가를 잘못 판단하고 별것 아닌 걸로 치부하는 어리석은 자의 선택을. 이제 마음속에 있는 말을 입 밖에 꺼내면 옆에 누운 여자와의 관계는 완전히 달라질 것이다. 해리는 그게 두려웠다. 입속으로 그 말을 굴려보았다. 지금이 아니면 절대 하지 못할 말.

해리는 심호흡을 했지만 그때 그녀가 끼어들었다.

"나도 한 모금 빨아도 돼?" 라켈이 중얼거리며 그에게 파고들었다. 벗은 몸의 살결이 벽난로 불빛으로 물들었다. 은은한 그 빛을 앞으로 살면서 느닷없이 그리워하게 되리라. 이불 속은 따뜻하고 이불 밖은 추웠다. 하얀 시트, 늘 하얀 리넨 시트, 그 무엇도 꼭 이렇게 차갑지는 않았다.

해리는 라켈에게 카멜 담배를 건넸다. 라켈이 어색하게 담배를 잡고 볼을 빵빵하게 부풀려 실눈으로 담배를 노려보는 특유의 모습, 담배에서 눈을 떼지 않아야 안전하다는 듯 집중하는 모습을 지켜보았다. 해리는 그가 가진 전부를 생각해보았다.

그가 잃을 전부를.

"내일 공항에 데려다줄까?" 그가 물었다.

"그럴 거 없어."

"알아. 그래도 첫 수업이 늦게 시작해서."

"그럼 데려다줘." 라켈은 그의 뺨에 입을 맞추었다.

"두 가지 조건이 있어."

라켈은 옆으로 돌아누워 다소 놀란 얼굴로 그를 보았다.

"우선, 앞으로도 그렇게 사춘기 소녀가 파티에서 담배 피우듯이 피워줘."

라켈은 나직이 키득거렸다. "노력해볼게. 두 번째는?"

해리는 마른침을 삼켰다. 이 순간을 인생의 마지막 행복한 순간으로 기억할지도 몰랐다.

"아마……"

아, 젠장.

"약속을 깨야 할 거 같아. 사실은 나 자신에게 한 약속이지만 당신한테도 영향을 줄 것 같아."

해리는 어둠 속에서 라켈의 호흡이 달라지는 소리를 들었다기보다는 느꼈다. 호흡이 가빠지고 거칠어졌다. 두려움.

카트리네가 하품을 했다. 손목시계를 보았다. 야광 초침이 초읽기에 들어갔다. 과거 미제사건의 수사관들 중 누구도 전화를 받았다고 보고하지 않았다.

데드라인이 다가오면서 긴장이 증폭되는 느낌이 들었어야 하지만 정반대였다. 카트리네는 애써 긍정적으로 생각하면서 실망감을 달래려 했다. 집에 돌아가 몸을 담글 뜨거운 욕조를 생각했다. 침대를. 내일 이른 아침에 마실 커피를. 새로운 가능성을 열어줄 또 다른 하루를. 늘 새로운 무언가가 있었고, 그래야만 했다.

3번 순환도로의 헤드라이트 불빛이 보였다. 불가해할 정도로 정신 없이 흘러가는 오슬로의 삶이 보였다. 구름의 장막이 달빛을 가리자 어둠이 더 짙어졌다. 카트리네는 돌아보려다 순간 몸이 굳었다. 소리. 우지직. 나뭇가지. 바로 여기.

카트리네는 숨을 참고 가만히 귀를 기울였다. 그녀가 잠복한 위치는 빽빽한 수풀에 둘러싸여 범인이 선택할 만한 어느 길에서도 보이지 않았다. 게다가 그쪽 산길에는 나뭇가지가 없었다.

다시 우지직. 이번엔 더 가까이서 들렸다. 카트리네는 자기도 모르게 입을 벌렸다. 혈관을 따라 요동치며 흘러가는 혈액에 산소가 더 필요한 것처럼.

카트리네는 워키토키에 손을 뻗었다. 그런데 손이 닿지 않았다.

그가 번개처럼 빠르게 움직인 듯했다. 그럼에도 카트리네의 목덜미에 닿는 숨결이 차분하고 귓가에 속삭이는 음성은 냉정을 잃지 않고 쾌활하기까지 했다.

"무슨 일 있나?"

카트리네는 그를 돌아보고 숨을 길게 몰아쉬었다. "없어요."

미카엘 벨만이 쌍안경을 들고 저 아래 노란 집을 보았다. "델타는 저기 철로 안에 두 군데에서 잠복 중이지?"

"네. 어떻게—?"

"작전 지도를 한 부 받았어." 미카엘이 말했다. "그래서 여기 이 잠복 위치도 안 거고. 잘도 숨었군." 미카엘은 자기 이마를 쳤다. "이런 적 없는데. 삼월에 모기라니."

"깔따구예요." 카트리네가 말했다.

"틀렸어." 미카엘 벨만이 쌍안경을 들여다보며 말했다.

"하긴, 우리 둘 다 맞아요. 깔따구는 모기랑 비슷하고 몸집만 훨씬 작아요."

"자네가 틀렸—."

"녀석들 중 일부는 너무 작아서 사람 피를 빨아먹지 않고 다른 곤충의 피를 빨아먹어요. 아니, 다른 곤충의 체액이죠." 카트리네는 자기가 긴장해서 지껄이는 건 알았지만 왜 긴장한지는 몰랐다. 그가 경찰청장이기 때문일 수도 있었다. "물론 곤충에게는—."

"—아무 일도 없다는 거 말이야. 저 집 앞에 차가 한 대 섰어. 누가 나와서 집으로 가는군."

"그리고 만약 깔다구가…… 뭐라고요?"

카트리네는 그에게 쌍안경을 빼앗았다. 경찰청장이건 뭐건 이건 그녀의 임무였다. 그의 말이 맞았다. 가로등 불빛 아래 누군가가 벌써 대문을 지나 현관으로 걸어가고 있었다. 붉은 옷을 입고 잘 보이지 않는 뭔가를 들고 있었다. 카트리네는 입이 바싹 타들어갔다. 그자였다. 그 일이 일어나고 있었다. 지금 일어나고 있었다. 카트리네는 휴대전화를 잡았다.

"난 약속을 가볍게 깨지 않아." 해리가 말했다. 다시 건네받은 담배를 보며 마지막으로 한 모금 길게 빨 수 있는 양이 남았으면 좋겠다고 생각했다. 그 한 모금이 필요했다.

"어떤 약속인데?" 라켈이 힘없이 작은 목소리로 물었다. 외로운 목소리.

"나 자신에게 한 약속……." 해리가 입술로 필터를 꽉 물었다. 그리고 빨아들였다. 연기를 음미했다. 담배 끝부분, 어떤 기묘한 이유로 첫 모금의 맛과는 전혀 다른 맛. "……당신한테 절대로 결혼해 달라고 하지 않겠다던 약속."

침묵이 흐르고 세찬 바람에 낙엽수가 바스락거리는 소리가 마치 흥분과 충격으로 웅성거리는 청중의 소리처럼 들렸다.

라켈의 대답이 들렸다. 짧은 워키토키 메시지처럼.

"다시 말해봐."

해리는 목청을 가다듬었다. "라켈, 나랑 결혼해줄래?"

바람은 계속 이동했다. 그리고 남은 건 침묵, 평온뿐이었다. 밤. 그 밤의 한가운데에 해리와 라켈이 있었다.

"당신, 지금 내 다리를 잡아당기고 있어?" 라켈은 그에게서 떨어졌다.

해리는 눈을 감았다. 무한히 떨어지는 느낌. "농담하는 거 아니야."

"정말?"

"농담을 왜 해? 농담이면 **좋겠어**?"

"우선, 해리, 당신은 유머감각이 형편없어."

"인정."

"둘째, 난 올레그 생각도 해야 돼. 당신도 마찬가지고."

"결혼을 생각할 때 올레그를 얻는 게 가장 큰 기쁨이야."

"셋째, 내가 결혼하고 싶어도 그러려면 수많은 법적 제약이 따라. 당장 이 집만 해도—."

"재산은 따로 소유하면 어떨까 해. 내 재산을 당신한테 손쉽게 떠넘기는 건 말도 안 되지. 많은 걸 약속해주지는 못해도 세상에서 가장 고통 없는 이혼은 약속할 수 있어."

라켈이 웃었다. "우리 이대로도 잘 지내잖아, 해리?"

"그래, 잃을 것만 많아질 거야. 그리고 네 번째는?"

"넷째, 프러포즈는 이렇게 하는 거 아냐, 해리. 침대에서 담배를 피우며 하다니."

"음, 무릎을 꿇으려면 바지부터 입어야겠지."

"그래."

"그래, 바지 입어야 돼? 아님 그래, 내가—?"

"알았다고, 이 바보! 당신하고 결혼하고 싶다고!"

오랜 세월 경찰로 살면서 무수히 연습된 자동반응이 나왔다. 몸을 옆으로 돌려 손목시계를 보았다. 시간을 확인하는 반응. 23:11. 보고서 쓸 때의 핵심 항목. 사건 현장에 도착할 때, 범인을 체포할 때, 총을 발사할 때의 핵심 항목이었다.

"맙소사." 라켈이 웅얼거리는 소리가 들렸다. "내가 지금 뭐라고 한 거지?"

"숙려기간은 5초면 끝나." 해리가 라켈을 돌아보았다.

라켈의 얼굴이 바짝 다가와서 커다란 눈망울의 흐릿한 반짝임밖에 보이지 않았다.

"시간 끝." 해리가 말했다. "그럼 어떻게 웃어야 맞는 거지?"

해리는 프라이팬에 깨트린 달걀처럼 얼굴에 번져가는 미소를 느꼈다.

✖✖✖

베아테는 소파 팔걸이에 다리를 올리고 개브리얼 번이 의자에 앉은 채 불편하게 꼼지락거리는 장면을 보았다. 눈썹과 아일랜드 억양 때문이었다. 미카엘 벨만 같은 눈썹, 시인의 운율. 그녀가 만나는 그 남자에게는 이런 면이 전혀 없지만 문제는 그게 아니었다. 그에게는 이상한 면이 있었다. 우선 강렬한 뭔가가 있었다. 그리고 그는 오늘 밤 그녀가 집에 혼자 있다면서 그가 이 집에 오면 안 되는 이유를 이해하지 못했다. 그리고 그의 배경이 있었다. 그가 들려준 말들은 나중에 보면 앞뒤가 맞지 않았다.

어쩌면 그렇게 이상한 건 아닐 수도 있었다. 그냥 그녀에게 좋은 인상을 주려고 조금 과장한 걸 수도 있다.

문제는 **그녀**에게 있을 수도 있었다. 여하튼 구글에서 그를 찾아보았다. 아무것도 나오지 않았다. 그래서 대신 개브리얼 번을 찾아봤다. 개브리얼이 테디베어 눈알 박는 일을 했다는 글을 흥미롭게 읽다가 그녀가 찾던 정보를 발견했다. 배우자: 엘런 버킨(1988 – 1999). 개브리얼도 그녀처럼 배우자를 먼저 떠나보낸 줄 알았다가, 결혼이 끝난 것일 수도 있겠다는 생각이 들었다. 그렇다면 개브리얼은 그녀보다 더 오래 혼자 살았을 것이다. 아니면 위키피디아에 업데이트가 안 된 건가?

화면에서 여자 환자가 멋대로 추파를 던졌다. 개브리얼은 잠시 곤혹스러운 듯 미소를 짓더니 다시 온화한 눈빛으로 바라보며 별 것 아닌 말을 했지만, 그 말이 예이츠의 시처럼 들렸다.

테이블 위에서 무언가가 번쩍거리자 베아테는 심장이 멎는 줄 알았다.

휴대전화였다. 전화가 울리고 있었다. 그자일 수도 있었다. 발렌틴.

베아테는 전화기를 들고 발신자를 보았다. 한숨을 쉬었다.

"네, 카트리네?"

"그자가 왔어요."

베아테는 흥분한 목소리를 듣고 그 말이 사실인 걸 알았다. 놈이 미끼를 한입 문 것이다.

"말해요……."

"현관 앞에 서 있어요."

현관 앞이라고! 그렇다면 한입 이상이다. 저녁상에 오를 생선 한 마리였다. 어쨌든 그들이 그 집을 완전히 에워싸고 있었다.

"그냥 저기 서서 머뭇거리고 있어요."

배경에서 워키토키 소리가 들렸다. 당장 잡아, 당장 잡아. 카트리네가 그 소리에 답했다. "들어가라는 명령이 떨어졌어요."

베아테는 배경에서 누군가의 말소리를 들었다. 귀에 익은 목소리였지만 누구인지 특정할 수 없었다.

"지금 급습하고 있어요." 카트리네가 말했다.

"자세히 말해줘요."

"델타. 전원 검은색 차림이에요. 자동소총을 들고. 맙소사, 저 사람들이 뛰어가는 게……."

"색깔은 됐고, 내용을요."

"네 명이 뛰어 올라가요. 놈에게 불빛을 비춰서 앞을 못 보게 하고요. 다른 요원들은 잠복한 채로 뒤에 누가 더 있는지 살피고 있어요. 놈이 들고 있던 걸 떨어뜨렸는데……."

"무기를 들고 있었—?"

고음의 날카로운 벨소리. 베아테가 신음했다. 초인종.

"시간이 없어요. 요원들이 벌써 덮쳤어요. 놈을 바닥에 깔아뭉갰어요."

됐어!

"몸수색을 하는 것 같아요. 요원들이 뭔가를 들어 올려요."

"무기요?"

초인종이 다시 울렸다. 강렬하고 고집스럽게.

"리모컨 같은데요."

"어허! 폭탄?"

"모르겠어요. 어쨌든 놈을 잡았어요. 요원들이 상황을 통제했다는 신호를 보내요. 잠깐……."

"문 열어줘야 돼요. 다시 전화할게요."

베아테는 소파에서 벌떡 일어섰다. 문으로 뛰어갔다. 그에게 이런 방문은 받아줄 수 없고 혼자 있고 싶다고 말한 게 진심이란 걸 어떻게 설명할지 고민했다.

문을 열면서 얼마나 멀리 와버렸는지 생각했다. 아버지가 다니던 경찰학교를 나온, 조용하고 수줍고 자아비판적인 소녀에서 자기가 원하는 게 뭔지 알 뿐 아니라 원하는 걸 이루기 위해 뭘 해야 하는지도 아는 여인이 되었다. 길고도 가끔은 험난한 길이었지만 한 걸음 한 걸음 내디딜 때마다 보상이 주어졌다.

베아테는 앞에 서 있는 남자를 보았다. 남자의 얼굴에 반사된 빛이 그녀의 망막에 닿아 시각 신호로 변환되고 방추상회에 데이터로 입력되었다.

뒤에서 개브리얼 번의 차분한 목소리가 들렸다. 이렇게 말하는 것 같았다. "겁먹지 말아요."

순간 그녀의 뇌가 앞에 있는 얼굴을 인식했다.

✳✳✳

해리는 오르가즘에 도달하는 걸 느꼈다. 그의 오르가즘. 달콤하고 달콤한 고통, 허리와 복부의 근육이 팽팽해지는 느낌. 그는 보이는 것에 문을 닫고 자신의 눈을 떴다. 아래에 누워 있는 라켈을 보았다. 그녀가 멀건 눈으로 쳐다보았다. 그녀의 이마의 핏줄이 불거졌다. 그가 밀어 넣을 때마다 그녀의 몸과 얼굴이 뒤틀렸다. 무슨 말을 하려는 것 같았다. 그녀가 절정에 이르기 전에 짓던 고통스럽고 괴로운 표정이 아니었다. 다른 무언가, 그 눈에 비친 공포는 이 방에서 딱 한 번 본 적이 있는 표정이었다. 그녀가 그의 손목을 부여잡고 목에서 떼려 했다.

그는 기다렸다. 이유는 모르지만 손아귀의 힘을 풀지 않았다. 그녀의 몸이 저항하는 느낌이 들고 눈이 불거지는 게 보였다. 마침내 풀어주었다.

그녀가 헉헉거리며 숨을 들이마시는 소리가 들렸다.

"해리……." 거칠고 알아들을 수 없는 소리였다. "뭐 하는 짓이야?"

해리는 그녀를 내려다보았다. 대답하지 않았다.

"당신……" 그녀가 기침을 했다. "그렇게 오래 잡고 있으면 안 되잖아!"

"미안. 내가 좀 흥분했어."

이어서 그게 올라오는 느낌이 들었다. 오르가즘이 아니라 그 비슷한 무언가. 가슴 통증이 목으로 올라와 눈 뒤로 넘어가는 느낌.

해리는 그녀 옆에 푹 쓰러졌다. 얼굴을 베개에 묻었다. 눈물이 날 것 같았다. 옆으로 돌아누워 그녀에게서 멀리 떨어져 심호흡을 하며 눈물을 삼켰다. 대체 어떻게 된 거지?

"해리?"

그는 대답하지 않았다. 대답할 수 없었다.

"무슨 일 있어, 해리?"

해리는 고개를 저었다. "그냥 피곤해서." 베개에 얼굴을 묻은 채 대답했다.

라켈이 그의 목을 잡고 부드럽게 쓰다듬다가 그의 가슴으로 내려와 그의 등을 끌어안았다.

그리고 해리는 항상 어느 시점에는 생각하게 될 줄 알았던 질문을 생각했다. 어떻게, 이토록 깊이 사랑하는 사람에게, 자신 같은 사람과 인생을 함께하자고 말할 수 있을까?

카트리네는 입을 벌린 채 워키토키의 격한 대화를 들었다. 뒤에서 미카엘 벨만이 욕을 하고 있었다. 현관 앞에 서 있던 남자가 들고 있던 건 리모컨이 아니었다.

"카드 단말기예요." 거친 음성이 가쁜 숨을 몰아쉬며 말했다.

"그럼 가방엔 뭐가 있나?"

"피자요."

"뭐?"

"망할 배달원 같습니다. 피자엑스프레센에서 일한다고 합니다. 45분 전에 이 주소로 배달해달라는 주문을 받았답니다."

"알았다. 확인해보겠다."

미카엘 벨만은 몸을 숙여 워키토키를 잡았다.

"미카엘 벨만이다. 놈이 지뢰를 제거하려고 피자 배달부를 보냈어. 놈이 이 구역에 있으면서 어떤 일이 벌어지는지 볼 수 있다는 뜻이야. 탐지견 있나?"

침묵. 지글거리는 소리.

"U05입니다. 탐지견은 없습니다. 15분 안에 준비할 수 있습니다."

미카엘은 다시 조용히 욕을 하고 통화 버튼을 눌렀다. "얼른 데려와. 투광조명등과 열화상 카메라도 준비해. 알았나."

"알겠습니다. 헬리콥터 요청. 그런데 헬리콥터에 열화상 카메라는 없는 것 같습니다."

미카엘은 눈을 감고 '멍청이'라고 중얼거리고는 대답했다. "있다. 장착되어 있으니 놈이 숲에 숨어 있다면 우리가 찾을 수 있다. 전원 출동시켜서 숲 북쪽과 서쪽으로 그물망을 던져라. 놈이 달아나면 그쪽으로 간다. 전화번호가 뭔가, U05?"

미카엘은 통화 버튼을 놓고 카트리네에게 신호를 보냈다. 그녀는 전화기를 들고 기다리다가 U05가 불러준 번호를 눌러 미카엘에게 건넸다.

"U05? 시베르트 폴카이드? 이봐, 이번 작전이 실패로 흘러가고 있어. 인원이 부족해서 숲을 제대로 수색할 수 없으니 모험을 걸어보자고. 놈이 우리가 여기 있다고 의심하는 걸 보면 우리 주파수를 잡았을 가능성이 있다. 열화상 카메라가 정말 없다고 해도 놈이 지금 우리가 북서쪽으로 수색할 거라고 믿는다면 그럼……." 미카엘이 잠시 저쪽 말을 들었다. "그거야. 경관들을 동쪽에 배치해. 그래도 아직 놈이 저 집에 올 가능성이 남아 있으니 두 명 정도는 뒤에 배치해서 지키게 하고."

미카엘은 통화를 마치고 전화기를 넘겼다.

"무슨 생각 하십니까?" 카트리네가 물었다. 휴대전화 화면이 꺼지고 그의 얼굴의 색조 빠진 하얀 줄무늬가 어둠 속에서 떨리는 것 같았다.

"우리가 허를 찔렸다는 생각." 미카엘이 말했다.

26

그들은 7시에 오슬로를 떠났다.

시내로 들어가는 러시아워 차량 행렬이 침묵 속에 서 있었다. 차 안의 두 사람은 9시 전에는 꼭 필요한 말이 아니면 하지 않는다는 오랜 암묵적 조약을 지키고 있었다.

톨게이트를 지나는 사이 보슬비가 내렸고, 와이퍼는 빗물을 제거하기보다는 흡수하는 것처럼 보였다.

해리는 라디오를 켜서 다른 뉴스 채널로 돌려봤지만 아무 소식도 나오지 않았다. 오늘 아침이면 모든 웹사이트와 방송국에 퍼졌어야 할 뉴스였다. 베르그슬리아의 체포 소식, 경찰 살인사건 용의자가 구금되었다는 소식. 노르웨이와 알바니아의 경기 소식과 파바로티와 팝스타가 듀엣으로 노래했다는 소식이 끝나자, 해리는 급히 라디오를 껐다.

카리하우겐을 향해 언덕을 오르는 길, 라켈은 여느 때처럼 기어를 잡고 있는 해리의 손에 손을 얹었다. 해리는 라켈이 무슨 말이라도 해주기를 기다렸다.

잠시 후면 일주일 동안 떨어져 지내야 하는데, 라켈은 아직 지난 밤의 프러포즈에 관해 아무 말도 하지 않았다. 의심하는 걸까? 라켈은 마음에 없는 말은 못하는 부류였다. 뢰렌스코그로 빠지면서 문득 오히려 라켈이 **그**가 의심하고 있다고 생각할지도 모른다는 생각이 들었다. 침묵의 바다에 묻어버리면 그 일은 일어나지 않은 게 될 거라고. 그저 뒤숭숭한 꿈으로 기억될 거라고. 젠장, 어쩌면 실제로 그런 꿈을 꾼 건지도 몰랐다. 아편을 피우던 시절에 정말로 일어난 줄 알았던 일들을 말하다가 남들이 의아한 표정을 짓는 걸 본 적이 있었다.

릴레스트룀으로 나가면서 그는 침묵의 조약을 깼다. "유월은 어때? 21일이 토요일이야."

흘끔 돌아보니 라켈은 창밖에 펼쳐진 들판을 바라보고 있었다. 침묵. 젠장, 후회하고 있는 건가. 그녀는—.

"유월 좋아. 그런데 21일은 금요일일걸." 그녀의 말투에서 미소가 묻어났다.

"크게 할까, 아님……?"

"아님 우리 둘하고 증인들만?"

"그러고 싶어?"

"당신이 결정해. 다만 최대 인원은 열 명까지. 접시도 모자라잖아. 각자 다섯 명씩 해도 당신 연락처에 있는 사람들 전부 부를 수 있을걸."

해리는 웃었다. 잘될 것 같았다.

"그리고 혹시 올레그를 들러리로 세우자고 할까 봐 하는 말인데, 걔 바빠요."

"알았어."

해리는 출국장 터미널에 차를 세우고 트렁크를 연 채로 라켈에게 키스했다.

공항에서 돌아오는 길에 외위스테인에게 전화했다. 술친구이자 하나 남은 어릴 적 친구인 택시기사가 술 취한 목소리로 전화를 받았다. 사실 해리는 그의 취하지 않은 목소리가 어떤지 몰랐다.

"들러리? 젠장, 해리, 나 감동 먹었다. 네가 **나한테** 부탁을 다 하다니. 젠장, 실실 웃음이 나네."

"6월 21일. 그날 일정 있냐?"

외위스테인이 해리의 농담에 킬킬거렸다. 킬킬거리는 웃음이 기침소리로 바뀌었다. 그 소리가 다시 병에서 콸콸 따르는 소리로 변했다. "감동 먹었어, 해리. 그래도 대답은 노야. 너한테 필요한 사람은 성당에서 똑바로 서 있을 수 있고 피로연에서는 발음이 웬만큼 똑똑히 나오는 사람이야. 그리고 나한테 필요한 건 매력적인 여자랑 같은 테이블에 앉는 것과 공짜 술을 마시고도 아무 책임을 지지 않는 거고. 최고로 좋은 슈트를 입고 갈게."

"거짓말, 슈트 입은 적 없잖아, 외위스테인."

"그러니 아직 멀쩡하지. 쓸 일이 없었으니까. 네 친구들처럼, 해리. 가끔 전화 정도는 할 수 있는 거 아니냐."

"그렇지."

해리는 전화를 끊고 시내까지 차들이 빽빽이 늘어선 도로를 달리며 들러리로 적합한 후보의 짧은 명단을 훑었다. 정확히 말하면 한 명이었다. 해리는 베아테 뢴의 번호를 눌렀다. 5초 후 음성으로 넘어가서 메시지를 남겼다.

차량 행렬이 달팽이처럼 느릿느릿 기어갔다.

해리는 비에른 홀름의 번호를 눌렀다.

"와, 해리."

"베아테는 근무 중인가?"

"오늘 쉬시는 날인데요."

"베아테가? 쉴 사람이 아닌데. 감기라도 걸렸나?"

"모르겠어요. 어젯밤에 카트리네한테 문자를 보냈대요. 아프다고. 베르그슬리아 소식은 들으셨어요?"

"아, 그건 잊고 있었네." 해리는 거짓말을 했다. "그래서?"

"놈이 나타나지 않았어요."

"안 됐군. 계속 수고해. 베아테의 집 전화로 연락할게."

해리는 전화를 끊고 베아테의 집으로 전화했다.

2분 동안 신호가 가는데도 응답이 없자 해리는 손목시계를 보았다. 수업까지 아직 시간이 남았고, 옵살은 학교로 가는 길목에 있었다. 그는 헬스퀴르에서 빠져나갔다.

베아테는 그 집을 어머니에게 물려받았다. 해리가 어릴 때 살던 옵살의 집이 생각나는 집이었다. 1950년대의 전형적인 목조가옥으로, 사과밭이 더 이상 상류층의 전유물이 아니라고 믿던 신흥 중산층을 위한, 소박한 상자 같은 주택이었다.

쓰레기차가 집 앞의 쓰레기통을 찾아 이동하는 우르릉 소리 말고는 사방이 고요했다. 모두 직장에, 학교에, 유치원에 가 있었다. 해리는 차를 세우고 대문으로 들어가 울타리 옆에 서 있는 어린이 자전거와 검은 비닐봉지가 삐져나온 쓰레기통, 그네를 지나서 현관 앞 계단을 뛰어올라 눈에 익은 나이키 운동화 옆에 섰다. 베아테와 아들의 이름이 찍힌 도자기 문패 아래 초인종을 눌렀다.

기다렸다.

다시 눌렀다.

이층에 침실로 보이는 방의 창문이 하나 열려 있었다. 해리는 그녀의 이름을 불렀다. 쓰레기차가 쓰레기를 으스러뜨리고 다지는 요란한 엔진 피스톤 소리를 내면서 점점 가까이 다가오는 바람에 그의 목소리가 들리지 않을 수도 있었다.

해리는 문을 열어보았다. 열렸다. 안으로 들어갔다. 이층을 향해 다시 불렀다. 대답이 없었다. 내내 마음속에 도사리던 불안감을 더는 모른 척할 수 없었다.

아까 뉴스가 나오지 않았을 때부터.

그녀가 전화를 받지 않았을 때부터.

해리는 이층으로 성큼성큼 올라가서 방마다 열어보았다.

비어 있었다. 아무도 건드리지 않은 그대로.

다시 계단을 뛰어내려와 거실로 갔다. 거실 문간에 서서 눈으로 훑었다. 곧장 들어가지 않은 이유를 정확히 알았지만 입 밖으로 꺼내고 싶지는 않았다.

범죄 현장일 수도 있는 곳을 보고 있다고 스스로에게조차 말하고 싶지 않았다.

전에도 이 집에 와본 적이 있지만 지금은 더 횅해 보였다. 아침 햇살 때문일 수도 있고, 그냥 베아테가 여기 없어서일 수도 있었다. 그의 눈길이 테이블에 머물렀다. 휴대전화.

해리는 숨을 몰아쉬며 자기가 얼마나 크게 안도하는지 깨달았다. 잠깐 근처 가게에 다녀오느라 휴대전화도 놓고 문도 잠그지 않고 나간 모양이었다. 아스피린 같은 걸 사러 약국에 간 것이다. 그래, 분명 그런 것이다. 현관 앞의 나이키 운동화가 생각났다. 그게 뭐? 여자들은 신발을 몇 켤레씩 두고 번갈아 신지 않던가. 잠깐 기다리면 돌아올 것이다.

해리는 체중을 다른 발로 옮겨 실었다. 소파가 유혹했지만 아직 들어가지 않았다. 눈으로 바닥을 살폈다. TV 앞 테이블 옆에 짙은 색으로 변색된 부분이 있었다.

러그를 치운 것 같았다.

최근에.

셔츠 속 살갗이 간질거렸다. 맨몸으로 땀 흘리며 잔디밭에서 구르다 들어온 것처럼. 해리는 쭈그려 앉았다. 쪽모이세공 마룻바닥에서 옅은 암모니아 냄새가 났다. 그가 잘못 아는 게 아니라면 나무 바닥은 암모니아를 좋아하지 않았다. 그는 일어서서 등을 폈다. 복도를 지나 주방으로 갔다.

비어 있었다. 정돈된 채.

냉장고 옆 높다란 벽장을 열었다. 1950년대에 지어진 집에는 물건을 어디에 보관하라고 명시된 규정집이라도 있는 것 같았다. 식품, 도구, 중요한 서류, 여기서는 청소용품까지. 벽장 맨 아래 칸에 양동이와 모서리를 얌전하게 접은 헝겊이 있고, 첫 번째 칸에는 걸레 세 장과 흰색 쓰레기봉투 밀폐형과 개방형이 한 두루마리씩 있었다. 크리스탈 초록색 비누 한 통. 보나 광택제 한 통. 그는 몸을 숙여 라벨을 읽었다.

쪽모이세공 마룻바닥용. 암모니아 성분은 들어 있지 않았다.

천천히 일어섰다. 가만히 귀를 기울이며 서 있었다. 냄새를 맡았다.

예전만큼은 아니지만 냄새를 모두 흡수하고 눈에 보이는 장면을 모두 기억에 저장하려 했다. 첫인상. 그가 수업시간에 거듭 강조하는 부분이다. 사건 현장의 첫인상이 얼마나 중요하고 올바른 정보가 되는지에 관해, 감식반의 건조한 사실에 의해 퇴색하고 반박당하기 전에, 아직 감각이 온전히 깨어 있는 동안 정보를 수집해야 하는 이유에 대해 학생들에게 항상 강조했다.

해리는 눈을 감고 그 집이 들려주는 이야기, 그가 간과한 세세한 정보, 그가 궁금해하는 정보를 들려주는 목소리에 귀를 기울였다.

하지만 그 집이 아무리 말해주려고 해도 열린 현관문으로 들어오는 쓰레기차 소리에 먹혔다. 쓰레기를 치우는 남자들의 말소리, 대문이 열리는 소리, 유쾌한 웃음소리가 들렸다. 태평한 소리. 아무 일도 없는 양. 어쩌면 정말로 아무 일도 없었을지도 몰랐다. 어쩌면 베아테는 금방 돌아와서 코를 훌쩍이며 목도리를 단단히 여미다가 그를 발견하고 얼굴이 환해지며 놀라면서도 행복해하는 표정을 지을 것이다. 그리고 라켈과의 결혼식 증인이 되어줄 수 있는지 물어보면 더 놀라고 행복한 표정을 지을 것이다. 그러고는 웃음을 터트리다가 누가 자기를 바라볼 때 항상 그랬듯이 귀까지 빨개질 것이다. 스스로를 고통의 집, 경찰청사 비디오 판독실에 유폐시킨 여자. 12시간씩 앉아서 한 치의 오류도 없이 은행 CCTV에 잡힌 복면강도를 식별하는 여자. 과학수사과를 이끄는 여자. 인기 있는 상사. 해리는 마른침을 삼켰다.

꼭 장례식 추도사를 위해 적어놓은 메모처럼 들렸다.

그만, 오는 중이라니까! 해리는 숨을 깊이 들이마셨다. 대문이 쾅 닫히고 쓰레기차 엔진이 돌아가는 소리가 나기 시작했다.

그의 생각도 돌아가기 시작했다. 세세한 부분. 어긋난 부분.

그는 벽장을 들여다보았다. 반쯤 사용한 흰색 쓰레기봉투 한 두루마리.

쓰레기통에서 삐져나온 봉투는 검은색이었다.

해리는 급히 움직였다.

복도를 내달려 밖으로 나가서 대문으로 내려갔다. 있는 힘껏 뛰었지만 심장이 앞서나갔다.

"멈춰요!"

청소부가 고개를 들었다. 청소부는 쓰레기차 뒤 발판에 한 발을 올리고 있었고, 트럭은 이미 옆집으로 이동하고 있었다. 트럭 안에서 강철 턱이 쓰레기를 씹어먹는 소리가 마치 해리의 머릿속에서 들리는 소리 같았다.

"멈추라니까!"

해리는 대문을 뛰어넘어 아스팔트에 두 발로 착지했다. 청소부도 곧바로 반응하며 빨간색 정지 버튼을 누르고 트럭 옆에 섰고, 트럭이 화가 난 듯 으르렁거리면서 멈추었다.

분쇄기도 잠잠했다.

청소부가 그를 빤히 보았다.

해리는 천천히 그에게 다가가 벌어진 강철 턱을 보았다. 코를 찌르는 악취가 났지만 무슨 냄새인지 알 수 없었다. 반쯤 으스러지고 찢어진 쓰레기봉투에서 물이 새어 나오고 금속성의 붉은색으로 얼룩진 것만 보였다.

"사람들이 생각이 없다니까." 청소부가 중얼거렸다.

"무슨 일이야?" 운전수가 고개를 내밀고 물었다.

"누가 또 개를 내버렸나 봐." 청소부가 소리쳤다. 그리고 해리를 보았다. "그쪽 겁니까?"

해리는 대꾸하지 않고 플랫폼으로 올라가 반쯤 벌어진 유압식 강철 턱 안으로 들어갔다.

"이봐요! 그러면 안 돼요! 위험해—"

해리는 그의 손을 뿌리쳤다. 붉은 곤죽에 발이 미끄러져서 팔꿈치와 턱이 미끄러운 금속 바닥에 부딪히면서 하루 묵은 피의 익숙한 맛과 냄새를 알아챘다. 무릎으로 겨우 딛고 일어나 봉지를 찢었다.

쏟아져 나온 내용물이 기울어진 트럭 바닥에서 흘러내렸다.

"세상에!" 뒤에서 청소부가 쉿소리로 외쳤다.

해리는 두 번째 봉지도 찢었다. 세 번째도.

청소부가 뛰어내려 토하고 아스팔트 바닥에 토사물이 튀는 소리
가 들렸다.

네 번째 봉투에서 해리가 찾던 것이 나왔다. 시신의 나머지 부분
은 다른 사람 것일 수도 있었다. 하지만 이건 아니었다. 금발머리,
다시는 빨개지지 못할 창백한 얼굴. 한번 본 사람은 누구든 반드시
알아보던 눈이 공허하게 노려보고 있었다. 얼굴이 갈기갈기 찢겨
있었지만 의심할 수 없었다. 그는 제복 단추를 녹여 만든 귀걸이에
손을 댔다.

너무나 고통스러워서, 너무나도, 너무나도 고통스러워서 숨이
쉬어지지 않고, 너무나도 고통스러워서 침이 빠진 채 죽어가는 벌
처럼 몸을 웅크렸다.

그의 귀에도 그의 입술 새로 새어나오는 소리가 들렸다. 낯선 사
람의 소리처럼, 길게 울부짖는 그 소리가 조용한 동네를 휘감았다.

PART 4

27

베아테 뢴은 감레뷔엔 묘지에, 아버지 옆에 묻혔다. 그녀의 아버지가 거기 묻힌 건 감레뷔엔 성당 교구민이어서가 아니라 경찰청사에서 가장 가까운 묘지이기 때문이었다.

미카엘 벨만은 넥타이를 매만졌다. 울라의 손을 잡았다. 울라와 같이 온 건 홍보 컨설턴트의 조언을 따른 것이다. 경찰청 최고위직에 오른 그로서는 마지막 살인사건 이후 처지가 급격히 위태로워져 도움이 필요했다. 컨설턴트는 그가 경찰청장으로서 개인적인 헌신과 공감을 더 많이 보여주어야 한다면서 지금까지는 다소 지나치게 업무적으로만 비춰졌다고 말했다. 울라가 나섰다. 당연했다. 세심하게 고른 장례식 의상을 차려입은 울라의 모습이 눈부시게 아름다웠다. 좋은 아내였다. 그 사실을 절대 잊지 않으리라. 오래도록.

신부는 자기가 중요한 질문이라고 생각하는 문제에 관해, 인간이 죽으면 어떻게 되는지에 관해 늘어놓았다. 물론, 그런 건 중요한 문제가 아니었다. 베아테가 죽기 전에 무슨 일이 있었고, 누가 베아테를 죽였는가. 이것이 중요했다. 지난 여섯 달 동안 베아테와 다른 세 경찰을 죽인 자가 누구인가.

언론에도 중요한 질문이었다. 최근 며칠간 언론은 과학수사과의 명석한 두뇌에 경의를 표하고 충격적일 정도로 미숙한 신임 경찰청장을 비난했다.

오슬로 시의회에도 중요한 질문이었다. 시의회는 미카엘을 소환해 경찰 살인사건을 수사하는 방식에 관해 설명을 요구했다. 시의회는 자신들이 가진 힘을 더는 아끼지 않을 거라는 의사를 분명히 밝혔다.

그리고 공식 수사팀이든 보일러실의 소규모 수사팀이든, 양쪽 모두에게도 중요한 질문이었다. 소규모 수사팀은 군나르 하겐이 미카엘 벨만에게 알리지 않은 채 꾸린 조직이지만 발렌틴 예르트센에 관한 구체적인 단서를 발견하면서 이제 미카엘에게 인정받은 상태였다. 이 수사팀의 약점은, 발렌틴이 살인을 저질렀을 거라는 가설이 순전히 그가 살아 있는 걸 본 목격자의 주장에 의존한다는 점이었다. 이제 그 목격자는 제단 앞 관 속에 누워 있었다.

감식반과 수사팀과 부검의의 보고서에는 전체 그림을 그릴 수 있을 만큼의 구체적인 정보가 없지만, 이제껏 밝혀진 사실은 모두 과거 베르그슬리아 미제사건 보고서와 일치했다.

따라서 나머지도 동일할 것으로 가정한다면 베아테 뢴은 상상할 수 있는 최악의 방식으로 살해당했을 것이다.

부검 결과, 신체 어느 부위에서도 마취제 성분이 검출되지 않았다. 부검의 보고서에는 "근육과 피하조직에서 다량의 내출혈", "조직에서 감염에 대한 염증 반응" 같은 문구가 있었다. 해석하자면 베아테 뢴은 신체 부위가 잘려나가는 순간뿐 아니라 불행히도 그 뒤로도 한동안 생존해 있었다는 뜻이다.

절단면을 보면 신체 부위를 도려내는 데 전기톱이 아니라 바요넷을 사용한 것으로 보였다. 과학수사과는 바이메탈 날이라는, 14센티미터 길이에 미세한 톱니가 달려 뼈까지 자를 수 있는 날이 사용된 것으로 추정했다. 비에른 홀름은 그의 고향에서 사냥꾼들이 엘크 날이라고 부르는 날이라고 했다.

베아테 뢴은 거실 테이블에서 토막 났을 가능성이 있었다. 테이블 상판에 유리가 덮여 있어서 나중에 닦아내기 쉬운 곳이므로. 범인은 암모니아와 검은 쓰레기봉투를 직접 가져왔을 수 있다. 현장에서 둘 중 어느 하나도 발견되지 않았다.

쓰레기차에서 피에 젖은 러그 조각도 나왔다.

하지만 지문이나 족적, 섬유, 머리카락, 혹은 그 집의 것이 아닌 DNA 자료는 전혀 발견되지 않았다.

무단침입 흔적도 없었다.

카트리네 브라트는 베아테 뢴이 초인종이 울려서 전화를 끊었다고 말했다.

베아테 뢴이 자발적으로, 더욱이 작전 수행 중에 낯선 사람을 집에 들였을 가능성은 희박해 보였다. 따라서 그들은 범인이 흉기로 베아테를 위협해서 안으로 밀고 들어왔다는 가설을 세웠다.

그리고 물론 제2의 가설도 세웠다. 모르는 사람이 아니라는 가설이었다. 베아테가 튼튼한 문에 방범체인까지 달았기 때문이다. 그리고 긁힌 자국이 많은 걸로 봐서는 평소에 체인을 자주 채웠을 것이다.

미카엘은 줄줄이 앉아 있는 조문객들을 보았다. 군나르 하겐, 비에른 홀름, 카트리네 브라트. 나이 든 부인과 그 옆에 베아테의 아들로 보이는 작은 남자아이. 베아테를 빼닮은 아이였다.

또 하나의 유령, 해리 홀레. 라켈 페우케. 흑갈색 머리에 짙은 색의 반짝이는 눈동자의 그 여인은 울라만큼이나 아름다웠다. 홀레 같은 남자가 어떻게 저런 여자를 차지할 수 있었는지 이해되지 않았다.

조금 떨어진 뒤에 이사벨레 스퀘옌이 있었다. 오슬로 시의회가 마땅히 참석해야 하는 자리였다. 안 그러면 언론에서 질타를 받을 터였다. 성당 안으로 들어오기 전에 이사벨레가 그를 한쪽으로 불러 울라가 함께 온 것도 무시한 채 자기 전화를 언제까지 피할 생각이냐고 따져 물었다. 미카엘은 다 끝난 일이라고 거듭 말했다. 그러자 이사벨레는 벌레를 밟아 죽이기 전에 바라보듯 그를 노려보며 자기는 차는 사람이지 차이는 사람이 아니라고 말했다. 그리고 그가 곧 알게 될 거라고 말했다. 미카엘은 등에 꽂히는 시선을 느끼며 울라에게 돌아가 팔을 내주었다.

그밖에는 친척과 친구와 주로 경찰복 입은 동료들로 보이는 사람들이 성당 안을 메웠다. 조문객들이 최선을 다해 서로를 위로하는 소리가 들렸다. 고문당한 흔적도 없고 혈액이 많이 손실되지 않았으니 곧바로 의식을 잃었을 거라며 서로를 위로했다.

아주 잠깐 미카엘은 누군가와 눈이 마주쳤다. 그리고 얼른 못 본 척하고 시선을 피했다. 트룰스 베른트센. 저 자식이 여기서 뭐 하는 거지? 베아테 뢴의 크리스마스카드 명단에도 들어가지 못할 놈이 아닌가. 울라가 그의 손을 살짝 잡으며 의아한 표정으로 바라보자, 그는 얼른 미소를 지어주었다. 좋다. 어차피 죽음 앞에서는 우리 모두 동료이니까.

카트리네는 잘못 알았다. 눈물이 다 말라버린 게 아니었다.

베아테가 발견된 후 몇 번 울면서 눈물이 말라버린 줄 알았다. 그러나 그게 아니었다. 한참 흐느껴 우느라 아픈 몸에서 눈물을 짜냈다.

울다 지쳐 토할 때까지 울었다. 울다 지쳐 잠들 때까지 울었다. 자다 깨서 눈을 뜬 순간부터 울었다. 이제 다시 눈물이 났다.

잠들면 악몽에 시달렸다. 자신이 악마와 맺은 계약 때문에 고통스러웠다. 발렌틴을 잡을 수만 있다면 동료 한 명쯤 기꺼이 내주겠다던 계약. 주문까지 외우며 비준했던 계약. '한 번 더, 이 개자식아. 스트라이크 한 번 더!'

카트리네는 흐느껴 울었다.

흐느끼는 소리에 트룰스 베른트센은 흠칫 놀라 똑바로 앉았다. 깜빡 졸았다. 싸구려 양복을 입고 낡은 신도석에 앉아 있어서 하마터면 바닥으로 미끄러질 뻔했다.

트룰스는 제단 뒤의 그림을 노려보았다. 예수의 머리에서 햇살이 퍼져나가는 그림. 헤드라이트. 죄 사함. 천재의 솜씨로 그린 그림. 종교는 그리 잘 팔리지 않았다. 일단 더 유혹적인 것에 굴복할 돈이 있으면 십계명에 복종하기는 쉽지 않다. 그래서 종교는 이렇게 그럴듯하게 믿을 정도의 개념을 내놓은 것이다. 매출만큼 외상도 많은 영업 전략이라서 구원이 공짜처럼 느껴질 정도였다. 하지만 사람들은 외상을 긋듯 무절제하고 무관심하게 각자의 소중한 삶을 위해 죄를 지었다. 어차피 믿으면 다 되니까. 그래서 중세에는 종교가 엄격해져야 했다. 채권 추심 절차를 보완해야 했다. 지옥을 고안하고 사람들이 불에 타 죽는 형벌을 상상했다. 그리고 짠! 고객들을 겁주어서 다시 교회로 돌려보내고 이제 결제를 하라고 요구했다. 교회는 막대한 부를 축적했고, 교회로서는 다행스럽게도 그 일을 환상적으로 해냈다. 이것이 이 문제에 대한 트룰스의 솔직한 견해였다. 비록 그는 죽을 것이고 죄를 용서받지 못할 것이고 지옥 같은 건 없다고 믿지만. 혹시라도 그가 잘못 안 거라면……. 그는 깊은 수렁에 빠져 있고, 그것만큼은 분명했다. 용서할 수 있는 일에는 한계가 있어야 했고, 예수님도 트룰스가 저지른 한두 가지 죄는 상상도 못 하셨을 것이다.

해리는 똑바로 앞만 보았다. 그는 다른 어딘가에 있었다. 그 고통의 집에서 베아테가 이리저리 손짓하며 설명했다. 베아테의 집에서 빠져나오지 못하는 중에 라켈이 속삭이는 소리가 들렸다.

"하겐과 다른 분들을 도와드려야 해, 해리."

해리는 움찔했다. 놀란 얼굴로 라켈을 보았다.

라켈은 사람들이 이미 제단에 올라가 관 옆에 자리 잡고 서 있는 쪽으로 고갯짓했다. 군나르 하겐, 비에른 홀름, 카트리네 브라트, 스톨레 에우네, 잭 할보르센의 형. 군나르는 해리에게 그중에 두 번째로 키가 큰 잭 할보르센의 형 옆에서 관을 들라고 말해둔 터였다.

해리는 자리에서 일어나 서둘러 통로로 내려갔다.

하겐과 다른 분들을 도와드려야 해.

마치 라켈이 어젯밤에 한 말이 메아리처럼 울리는 것 같았다.

해리는 그들과 보일 듯 말 듯 목례를 주고받았다. 관 옆의 빈자리에 들어가 섰다.

"셋을 셀게요." 군나르가 조용히 말했다.

오르간 소리가 강렬히 증폭되어 울렸다.

그들은 베아테 뢴을 햇빛 속으로 데리고 나갔다.

유스티센 카페는 장례식에서 온 사람들로 가득했다.

스피커에서는 해리가 전에도 이 카페에서 들었던 노래가 요란하게 흘러나왔다. 바비 풀러 포의 'I Fought the Law(나는 법과 싸웠다)'라는 노래였다. 노래는 점차 낙관적인 분위기로 흐르면서……
"법이 이겼다"로 끝났다.

해리는 라켈을 공항고속철도까지 데려다주었고, 그러는 동안 옛 동료 몇이 인사불성으로 취했다. 해리는 옛 동료들이 침몰하는 배에 탄 선원들처럼 미친 듯이 술을 퍼마시는 걸 맨정신으로 지켜보았다. 바비 풀러와 함께 법이 이겼다고 테이블마다 울부짖었다.

해리는 카트리네 브라트와 관을 든 사람들이 앉아 있는 테이블을 향해 곧 돌아오겠다는 신호를 보내고 화장실로 갔다. 소변을 보기 시작할 때 누가 옆에 와서 섰다. 그 사람이 지퍼를 내리는 소리가 들렸다.

"여긴 경찰들이 모이는 곳인데." 그 사람이 코를 쿵쿵거리며 말했다. "여기서 뭘 하십니까?"

"오줌 쌉니다." 해리가 눈도 들지 않고 말했다. "그럼 그쪽은? 태우는 중인가?"

"그건 다 확인됐잖아요, 해리."

"그랬다면 이렇게 멀쩡히 나다니지 못했겠지, 트룰스."

"신경 끄시지." 트룰스 베른트센이 꿀꿀거리며 다른 한 손으로 변기 위 벽을 짚었다. "당신을 살인범으로 밀고할 수도 있어. '컴 애즈 유 아' 술집에서 그 러시아인 말야. 경찰 모두가 당신 짓인 걸 알지만 증거를 댈 수 있는 건 나 하나야. 그래서 당신도 나랑 마주치기 싫어하는 거잖아."

"내가 아는 건, 그 러시아인이 날 죽이려던 마약상이란 거야. 그 래도 네가 그자보다는 운이 좋을 거라고 믿는다면 어디 계속해보 시지. 경찰을 두들겨 팬 전력도 있잖아."

"뭐?"

"너랑 미카엘. 그 게이 경찰, 맞지?"

트룰스가 씩씩대며 열을 내다가 애써 분을 삭이는 소리가 들렸다.

"또 술 마시나, 해리?"

"음." 해리가 단추를 채우며 말했다. "경찰 혐오자들의 시절이 맞나보군." 해리는 세면대로 갔다. 거울 속에서 아직 소변을 보지 못하는 트룰스가 보였다. 해리는 손을 씻고 물기를 닦았다. 문으로 갔다. 트룰스가 씩씩거리며 말했다.

"나대지 마. 정말이야. 네놈이 날 잡으면 같이 끌고 들어갈 테니 까."

해리는 밖으로 나갔다. 바비 풀러의 노래가 끝나갔다. 불현듯 어 떤 생각이 스쳤다. 우리네 인생이 얼마나 우연으로 점철되어 있는 지. 바비 풀러는 1966년에 자기 차에서 휘발유를 뒤집어쓴 채 시 신으로 발견되었고, 누군가는 그가 경찰에게 살해당했다고 믿었 다. 당시 그는 스물세 살이었다. 르네 칼스네스와 같은 나이.

다른 노래가 시작되었다. 슈퍼그래스의 'Caught by the Fuzz. (짭새한테 걸렸어).' 해리는 미소를 지었다. 보컬인 가즈 쿰스가 짭새 한테 잡혀 비밀을 털어놓으라고 종용받은 상황을 노래했는데, 이 십 년 후 경찰들이 자신들에게 바치는 곡으로 이 노래를 틀다니. 유감입니다, 가즈.

해리는 주위를 둘러보았다. 어제 라켈과 한참 동안 나눈 대화를 떠올렸다. 그가 삶에서 외면하고 회피하고 빠져나갈 수 있는 모든 것에 관해. 그리고 피할 수 없는 것에 관해. 이것이 인생이고 존재의 의미이므로. 나머지는 모두—사랑이든 평화든 행복이든— 그냥 따라오는 것이고, 나머지를 얻으려면 이것이 전제되어야 했다. 주로 라켈이 대화를 이끌었고, 그에게 이걸 해야 한다고 설득했다. 베아테의 죽음의 그림자가 길게 드리워져서 약속한 유월의 그날을 덮었다. 유월의 햇살이 아무리 히스테리를 부리며 빛난다고 해도. 할 일을 해야 했다. 둘 다를 위해. 모두를 위해.

해리는 사람들을 헤치고 관을 든 사람들이 모여 앉은 테이블로 갔다.

군나르가 일어나 그를 위해 남겨둔 의자를 꺼냈다. "그래서?" 군나르가 물었다.

"할게요." 해리가 말했다.

트룰스는 소변기 앞에서 해리가 남긴 말에 반쯤 얼어붙은 채 서 있었다. 경찰 혐오자들의 시절이 맞나 보군. 저 인간이 뭘 알고 하는 소린가? 설마! 저자는 아무것도 몰라. 어떻게 알아? 확실히 알았다면 저런 식으로 도발하듯 툭 던지지는 않았겠지. 그런데 크리포스의 게이, 우리가 두들겨 팬 그 자식 일을 분명 알고 있어. 그걸 어떻게 알았지?

그 게이는 미카엘에게 들이대다가 화장실에서 키스까지 하려고 했다. 미카엘은 누가 봤을지도 모른다고 했다. 그들은 그자를 보일러실로 끌고 가서 머리에 후드를 뒤집어씌웠다. 트룰스가 그자를 때렸다. 미카엘은 구경만 했다. 언제나 그랬듯이. 너무 멀리 나가려 할 때 미카엘이 끼어들어 오히려 트룰스를 말렸다. 아니, 이미 너무 멀리 나갔다. 그들이 보일러실에서 나갈 때 그자는 바닥에 쓰러져 있었다.

미카엘은 두려워했다. 심하게 다친 그가 그들을 신고할지도 몰랐다. 그래서 트룰스는 처음으로 '버너'로서 증거를 태웠다. 그들은 경광등을 번쩍거리며 급히 유스티센으로 달려가, 바 앞에 늘어선 긴 줄을 제치고 30분 전에 가져간 무알코올 맥주 두 잔 값을 내겠다고 말했다. 바텐더는 고개를 끄덕이며 정직한 친구들이 있어서 좋다고 말했고, 트룰스는 바텐더가 기억할 만큼 두둑하게 팁을 주었다. 두 사람은 술을 주문한 날짜와 시간이 찍힌 영수증을 받아 들고 차를 타고 과학수사과로 갔고, 그곳에는 트룰스가 알기에 수사관이 되고 싶어 안달이 난 신참이 있었다. 그 신참에게 누가 그들에게 폭행죄를 뒤집어씌울 수도 있다면서 그들이 깨끗하다는 걸 확인해달라고 했다. 신참은 그들의 옷을 간단히 검사하고 DNA도 혈액도 나오지 않았다고 확인해주었다. 트룰스는 미카엘을 집에 데려다주고 다시 크리포스의 보일러실로 내려갔다. 게이 자식은 거기 없었지만 기어서 나간 핏자국이 남아 있었다. 그러니 아무 문제도 없을 터였다. 그래도 트룰스는 혹시 모를 증거를 말끔히 없애고 하브넬라게레 빌딩으로 가서 경찰봉을 바다에 던졌다.

이튿날 동료 경찰이 미카엘에게 전화했다. 병원에 있는 게이가 전화해서 미카엘과 트룰스를 중상해죄로 신고하겠다고 말했다고 전했다. 트룰스는 병원으로 달려가 의사가 회진을 돌고 돌아갈 때까지 기다렸다가 그 게이한테 가서 이젠 증거도 사라졌으니 만약 한 마디라도 발설하거나 다시 근무하러 나오면 그의 앞날도 끝장날 거라고 협박했다.

그뒤로 다시는 크리포스의 그 게이를 본 적도, 소식을 들은 적도 없었다. 모두 그, 트룰스 베른트센의 노고의 결과였다. 미카엘 벨만, 개자식. 트룰스가 그 개자식을 구한 것이다. 적어도 지금까지는. 그런데 지금 해리가 그 사소한 사건을 알고 있었다. 그리고 해리는 어디로 튈지 모르는 작자였다. 위험할 수 있었다. 해리는 그럴 수 있었다. 지나치게 위험할 수 있었다.

트룰스 베른트센은 거울에 비친 자기를 관찰했다. 테러리스트. 맞다. 그랬다.

이제 막 시작했다.

트룰스는 밖으로 나가서 사람들 틈에 섞였다. 마침 미카엘 벨만이 연설을 맺고 있었다.

"……베아테 뢴은 우리 경찰이 모범으로 삼아야 할, 보다 강인한 면모를 가진 분이었습니다. 이제는 우리가 보여주어야 합니다. 고인이 원하는 방식으로 고인을 기리기 위해서는 이 방법밖에 없습니다. 범인을 잡아서 증명해야 합니다. 스콜!"

트룰스는 어릴 적 친구를 바라보았다. 그 자리의 모두가 족장의 명령에 따라 하늘 높이 창을 찌르듯이 술잔을 높이 들었다. 트룰스는 상기되고 진지하고 결의에 찬 얼굴들을 보았다. 미카엘은 모두가 한마음인 걸 확인한 듯 고개를 끄덕였고, 그 순간에, 자신의 연설에, 그들의 사기를 고취시킨 무언가에, 그의 말이 그 안에 모인 모두에게 주는 울림에 감동한 듯했다.

트룰스는 다시 화장실 앞으로 가서 슬롯머신 옆에 서서 공중전화 구멍에 동전을 넣고 수화기를 들었다. 교환대 번호를 눌렀다.

"경찰입니다."

"익명으로 제보하려고요. 르네 칼스네스 사건에서 나온 탄환에 관한 겁니다. 그게 어느 총에서 나, 나, 나온 건지……" 트룰스는 통화 내용이 녹음되어 나중에 다시 재생되는 걸 알기에 똑똑히 발음하려고 노력했다. 하지만 혀가 말을 듣지 않았다.

"그렇다면 강력반이나 크리포스 수사관과 통화하셔야 됩니다." 교환원이 말했다. "그런데 오늘은 다들 장례식에 가셨어요."

"알아요!" 트룰스는 이렇게 대꾸하면서 목소리가 불필요하게 커진 걸 알았다.

"아신다고요?"

"네. 저기―."

"유스티센 카페에서 전화하시는 거군요. 거기서 그분들을 찾아가세요."

트룰스는 전화기를 노려보았다. 자기가 취한 걸 알았다. 큰 실수를 저지른 걸 알았다. 이 통화를 조사해서 유스티센에서 걸려온 전화인 게 밝혀지면 여기 모인 경관들을 소집하고 테이프를 틀어서 누구 목소리인지 아는 사람이 있는지 확인하면 될 일이었다. 그러면 막대한 위험이 될 터였다.

"장난이에요." 트룰스가 말했다. "죄송해요, 다들 맥주를 너무 많이 마셨나 봐요."

트룰스는 전화를 끊고 그 자리를 떴다. 어느 쪽으로도 고개를 돌리지 않고 곧장 나갔다. 하지만 문을 열고 차가운 비바람이 들이치자 멈춰 섰다. 안을 돌아보았다. 미카엘이 동료의 어깨에 손을 얹었다. 사람들이 멍청한 해리 홀레 주위에 모여 있었다. 그중 한 여자는 해리를 끌어안기까지 했다. 트룰스는 다시 돌아섰다. 내리는 비를 보았다.

그는 정직당했다. 소외당했다.

어깨에 누군가의 손이 닿았다. 돌아보았다. 얼굴이 흐릿했다. 꼭 물속에서 보는 것처럼. 그렇게 취했던가?

"괜찮아." 그 얼굴이 다정한 목소리로 대답하면서 그의 어깨를 꽉 잡았다. "사라지는 거. 오늘은 다들 그런 느낌이야."

트롤스는 반사적으로 몸을 휙 빼서 그 손을 치우고 밤 속으로 걸어 나갔다. 쿵쿵 걸으면서 재킷의 어깨가 비에 젖는 느낌이 들었다. 다 꺼져. 저 인간들, 다 꺼지라고 해.

28

누가 회색 철문 앞에 종이를 붙여놓았다. 보일러실.

보일러실에서 군나르 하겐이 손목시계로 오전 7시가 막 지난 걸 보고 눈을 들어 네 사람 다 왔는지 확인했다. 다섯 번째 사람은 영원히 오지 못할 테지만 그 자리를 비워두었다. 새로 온 멤버는 경찰청사 위층 회의실에서 의자를 하나 가져왔다.

군나르 하겐이 한 사람 한 사람을 둘러보았다.

비에른 홀름은 전날 심하게 타격을 입은 몰골이었고, 카트리네 브라트도 마찬가지였다. 스톨레 에우네는 평소처럼 트위드 재킷에 나비넥타이까지 똑 떨어지게 차려입었다. 군나르 하겐은 새 멤버를 유독 찬찬히 뜯어보았다. 군나르는 간밤에 해리보다 먼저 유스티센을 떠났고, 그때까지 해리는 커피와 음료수만 마시고 있었다. 하지만 저기 앉은 해리는 창백하고 수염도 깎지 않아 꺼칠한 얼굴로 눈을 감고 있었다. 군나르는 해리가 끝까지 잘 버텼을지 확신이 서지 않았다. 이 팀에 필요한 사람은 형사 해리 홀레이지, 알코올 의존증 환자가 아니었다.

군나르는 화이트보드를 보았다. 해리를 위해 모두가 함께 지금까지의 사건 개요를 화이트보드에 정리해놓았다. 피해자 이름이 타임라인을 따라 한 줄로 적혀 있고, 사건 현장과 발렌틴 예르트센이라는 이름과 날짜가 적혀 있고, 화살표가 과거 미제사건의 날짜를 가리켰다.

"그래." 군나르가 운을 뗐다. "마리달렌, 트리반, 드람멘, 그리고 마지막은 피해자의 집. 과거 미제사건을 수사한 경찰 네 명, 동일한 날짜, 그중 세 건은 동일한 사건 현장. 미제사건 중 세 사건은 전형적인 성적 동기에 의한 살인사건이고, 범행 시간의 간격이 멀지만 그래도 서로 연결되어 있어. 다만 드람멘 사건은 예외로 피해자가 남자인 르네 칼스네스이고 성폭행을 나타내는 단서가 전혀 없어. 카트리네?"

"발렌틴 예르트센이 과거 미제사건 네 건과 경찰 살인사건 네 건 모두를 저질렀다고 가정한다면 르네 칼스네스는 흥미로운 예외가 됩니다. 이 사람은 동성애자이고 비에른과 제가 드람멘의 클럽에서 탐문수사로 만나본 사람들 말로는 꽤 문란한 편이었던 것 같아요. 자기한테 푹 빠진, 나이 든 파트너들을 슈가대디처럼 이용했을 뿐 아니라, 클럽에서도 틈만 나면 돈을 받고 성을 팔았고요. 돈이 되는 건 뭐든 다 했어요."

"그러니 그딴 식으로 처신하면서 일하다가 살해 위험을 키운 작자예요." 비에른 홀름이 말했다.

"맞아." 군나르가 말했다. "하지만 그렇다면 범인이 동성애자일 수도 있다는 뜻이야. 양성애자이든가. 스톨레 박사님?"

스톨레 에우네가 헛기침을 했다. "발렌틴 예르트센 같은 성범죄자는 성적 취향이 복잡한 경우가 많습니다. 이들을 자극하는 요인은 대개 통제 욕구와 가학증과 피해자의 성별이나 연령에 제약을 두지 않는 욕구입니다. 그런데 르네 칼스네스의 범인에게는 질투가 작용했을 가능성이 있습니다. 성폭행 흔적이 없다는 점에서 짐작해볼 수 있어요. 분노도 작용했고요. 르네 칼스네스는 과거 미제사건 피해자들 중에서 유일하게 이번 경찰 살인사건과 마찬가지로 둔기에 맞아 사망했어요."

잠시 침묵이 흐르고 모두 해리 홀레를 보았다. 해리는 거의 눕다시피 의자에 기대앉아 눈을 감은 채 손을 포개어 배에 얹었다. 카트리네 브라트는 그가 잠든 줄 알았다. 그런데 갑자기 그가 기침을 했다.

"발렌틴 예르트센과 르네 칼스네스의 연결점을 찾아낸 사람 있습니까?"

"아직은 없어요." 카트리네가 말했다. "둘이 통화한 적도 없고, 드람멘의 그 클럽에서 결제한 신용카드 기록도 없고 발렌틴이 르네 칼스네스 근처에 있었음을 보여주는 전자 흔적이 전혀 없어요. 그리고 르네 칼스네스를 아는 사람 중 누구도 발렌틴이라는 이름을 들어봤거나 발렌틴과 닮은 사람을 본 적이 없고요. 그렇다고 꼭 못 봤다는 건 아니지만……."

"아니지, 물론." 해리는 눈을 감으며 말했다. "그냥 궁금해서."

보일러실에 침묵이 감돌고 모두가 해리를 보았다.

해리가 한쪽 눈을 떴다. "왜요?"

아무도 대답하지 않았다.

"제가 무슨 공중부양을 하거나 물 위를 걷거나 물을 포도주로 만들기라도 할 줄 아셨습니까." 해리가 말했다.

"아뇨, 아뇨, 아뇨." 카트리네가 말했다. "여기 앞 못 보는 네 사람의 눈만 뜨게 해주시면 돼요."

"그것도 못 해."

"지도자는 추종자들에게 뭐든 가능하다는 믿음을 심어줘야 하는 거 아닌가요." 비에른 홀름이 말했다.

"지도자?" 해리가 웃으며 의자에서 몸을 일으켰다. "여기 계신 분들한테 제 지위를 알리지 않았나요?"

군나르 하겐이 목청을 가다듬었다. "해리한테는 경찰 지위나 권한이 없어. 자문으로 온 거야, 스톨레 박사님처럼. 그러니까 영장도 신청할 수 없고 무기를 소지하거나 체포할 수도 없어. 작전을 지휘할 수도 없지. 이 규정은 반드시 따라야 해. 우리가 발렌틴을 체포하고 증거도 잔뜩 확보했는데 피고 측 변호인이 수사가 규정대로 진행되지 않은 걸 알아낸다고 생각해봐."

"자문이라……." 스톨레 에우네가 얼굴을 찡그리며 파이프에 담배를 채웠다. "시급을 주고 심리학자를 얼간이로 보이게 만든다는 말이 있더군요. 그러니 주어진 시간을 최대한 활용합시다. 어디 똑똑한 얘기 좀 해봐요, 해리."

해리가 어깨를 으쓱했다.

스톨레 에우네가 쓴웃음을 지으며 불을 붙이지 않은 파이프를 입에 물었다. "우리가 내놓을 수 있는 가장 영리한 얘기는 다 나왔어요. 그리고 한동안 틀에 박힌 생각만 했어요."

해리는 자기 손을 보았다. 한참 지나서 숨을 깊이 들이마셨다.

"이게 얼마나 영리한 말인지도 모르겠고, 아직은 설익은 생각이긴 한데요, 제 생각엔……." 해리는 고개를 들어 동그랗게 뜬 네 쌍의 눈과 마주쳤다.

"발렌틴이 용의자라는 건 알아요. 문제는 우리가 그자를 찾을 수 없다는 거죠. 그러니 새로운 용의자를 찾아보면 어떨까 합니다."

카트리네 브라트는 자기 귀를 의심했다. "네? 범행이 의심되지도 **않는** 사람을 용의자로 삼자고요?"

"의심스럽지 않은 사람을 찾자는 게 아니라, 가능성을 다양하게 열어놓고 의심하자는 거야. 그리고 자원을 집중하는 정도에 따라 확률의 정도를 따져서 의심을 확인하거나 기각하는 거야. 우리는 글리제 581d라는, 해당 태양계의 태양에서 완벽한 거리만큼 떨어져 있어서 물이 끓지도 얼지도 않는 행성보다는 달에 생명이 존재할 가능성이 떨어진다고 보지. 그런데도 달부터 확인하잖아."

"해리 홀레의 네 번째 계명." 비에른 홀름이 말했다. "빛이 있는 곳부터 찾아보라. 아니, 다섯 번째였던가?"

군나르가 헛기침을 했다. "우리 임무는 발렌틴을 찾는 거야. 나머지는 정식 수사팀이 맡을 거고. 미카엘 벨만이 다른 건 허락하지 않을 거야."

"정중히 부탁드릴게요." 해리가 말했다. "미카엘은 꺼지라고 하세요. 제가 여기 계신 분들보다 더 똑똑한 건 아니지만, 새로 들어왔으니 이 사건에 새로운 관점을 제시할 수는 있습니다."

카트리네가 코웃음을 쳤다. "거짓말. '더 똑똑하지 않다'는 거 진심이 아니잖아요."

"어, 그래. 그래도 겸손한 척 좀 합시다" 해리가 눈썹 하나 까딱하지 않고 말했다. "처음부터 다시 시작합시다. 동기. 사건을 해결하지 못한 경찰을 죽이고 싶어하는 사람은 누구일까요? 이 질문이 모든 사건의 공통분모 아닌가요? 어서, 말해봐요."

해리는 팔짱을 끼고 다시 눕듯이 의자에 기대 눈을 감았다. 기다렸다.

비에른 홀름이 먼저 침묵을 깼다. "피해자의 가족, 친척들."

카트리네가 거들었다. "경찰이 믿어주지 않거나 제대로 수사하지 않은 성폭행 사건의 피해자들. 범인이 성적 동기로 저지른 살인 사건을 해결하지 못했다는 이유로 경찰을 처벌하는 거예요."

"르네 칼스네스는 성폭행당하지 않았어." 군나르가 말했다. "그리고 내가 만약 내 사건이 제대로 수사되지 않아서 누굴 죽이고 싶다면 그 사건과 관련된 경찰을 죽이겠지, 다른 모든 경찰을 죽이려 하지는 않을 거야."

"계속 의견을 내보세요. 다 내놓고 하나씩 제거하죠." 해리가 똑바로 일어나 앉으며 말했다. "스톨레 박사님?"

"억울하게 유죄 판결을 받은 사람들." 스톨레가 말했다. "이런 사람들은 옥살이를 하고 사회적으로 낙인찍히고 직장도 잃고 자존감도 잃고 남들의 존중을 잃어요. 자부심을 잃은 사자가 가장 위험한 법이죠. 이들은 책임을 느끼지 못하고 증오와 비통에 빠져요. 그리고 어떤 식으로든 삶의 가치가 떨어지면 위험을 무릅쓰고 복수하려고 합니다. 무리 지어 다니면서 사는 동물로서 더 잃을 게 없다고 느끼는 겁니다. 고통을 준 자들에게 고통을 되갚아주는 것이 이들이 매일 아침 눈을 뜨는 이유가 됩니다."

"복수하는 테러리스트군요, 그럼." 비에른 홀름이 말했다.

"좋아요." 해리가 말했다. "그럼 피의자가 자백하지 않고 아직 형이 확정되지 않은 성폭행 사건을 모두 조사합시다. 그리고 당사자가 형기를 마치고 출소한 사건도."

"피의자가 아닐 수도 있어요." 카트리네가 말했다. "피의자라면 아직 교도소에 들어가 있거나 자포자기하고 목숨을 끊었을 수도 있어요. 여자친구나 형이나 아버지가 복수를 맹세했겠죠."

"사랑." 해리가 말했다. "좋아."

"에이, 그건 아니죠." 비에른이 끼어들었다.

"왜지?" 해리가 물었다.

"사랑이라뇨?" 비에른이 날카롭게 되물으며 얼굴을 기괴하게 일그러뜨렸다. "이렇게 선혈이 낭자한 사건이 **사랑**하고 관계가 있다고 생각해요?"

"사실, 그렇게 생각해." 해리가 다시 의자에서 미끄러져 내려가며 눈을 감았다.

비에른이 얼굴이 시뻘개져서 일어섰다. "사이코 연쇄살인마가 사랑 때문에 이런 짓을……." 그가 갈라진 목소리로 말하며 빈 의자에 고갯짓했다. "이런 짓을……."

"지금 자네를 봐." 해리가 한쪽 눈을 뜨면서 말했다.

"네?"

"자네 자신을 돌아보고 느껴봐. 격분하고 증오하고 그 잔악한 인간이 목매달려 죽어가며 고통받는 걸 보고 싶잖아. 안 그래? 자네도 우리처럼 거기 앉아 있던 여자를 사랑했으니까. 그러니 자네가 느끼는 증오의 어머니는 사랑이야. 증오가 아니라고. 자네가 무슨 짓이든 하고 싶게 만들고 그 손으로 죄를 짓게 만드는 힘은. 앉아."

비에른은 앉았다. 그리고 해리가 일어섰다.

"최근에 일어난 살인사건에서도 그 점이 걸렸어요. 범인이 과거의 미제사건을 재현하기 위해 어디까지 갈지. 범인이 기꺼이 감수하려는 위험이 어디까지인지. 모든 정황을 고려할 때 모든 사건 뒤에 단지 피에 굶주린 충동과 증오만 있을지 의심스러워요. 피에 굶주린 살인마들은 매춘부나 아이들이나 그밖에 손쉬운 상대를 죽여요. 사랑 없이 증오로만 불타는 자들은 그렇게 극단까지 가지 않습니다. 이번에는 증오보다는 사랑하는 사람을 찾아야 할 것 같습니다. 결국 문제는 발렌틴 예르트센에 관해 우리가 아는 정보로 볼 때 과연 그자가 그만큼 사랑할 수 있느냐는 겁니다."

"또 모르지." 군나르 하겐이 말했다. "우리가 발렌틴 예르트센을 다 아는 건 아니니까."

"음. 다음 미제사건 날짜가 언제죠?"

"약간 간격이 있어요." 카트리네가 말했다. "5월. 19년 전의 사건이 한 건 있어요."

"한 달 이상 남았군." 해리가 말했다.

"네, 그런데 이 사건에는 성적 요소가 없어요. 가정불화에 가까워요. 그래서 제가 실례를 무릅쓰고 살인사건과 유사한 실종 사건까지 조사해봤거든요. 오슬로에서 여자애 하나가 사라진 사건이 있었어요. 그 애가 보이지 않은 지 2주가 지난 뒤에 실종자로 접수됐어요. 더 일찍 신고하지 않은 이유는 친구들 몇 명한테 저가항공으로 태양으로 떠날 거라고, 자기한테는 시간과 공간이 필요하다고 문자메시지를 보내서였어요. 친구들은 답장을 보내도 답이 없어서 전화까지 안 받고 잠수하겠다는 뜻인 줄 알았다고 했고요. 실종 신고가 들어오고 경찰이 모든 항공사를 조사했지만 그 애는 아무 비행기에도 타지 않았어요. 그야말로 흔적도 없이 사라진 거죠."

"전화는요?" 비에른 홀름이 물었다.

"기지국에 마지막으로 잡힌 신호가 오슬로 시내에서 끊겼어요. 배터리가 나갔을 수도 있어요."

"음." 해리가 말했다. "그 문자. 아프다고 보낸……."

비에른과 카트리네가 천천히 고개를 끄덕였다.

스톨레 에우네가 한숨을 쉬었다. "누가 자세히 설명 좀 해줘요."

"베아테도 그 소녀와 같은 상황이었다는 뜻이에요." 카트리네가 말했다. "제가 베아테한테 아프다는 문자를 받았거든요."

"역시." 군나르가 말했다.

해리가 천천히 고개를 끄덕였다. "그러니까 범인이 피해자의 최근 통화 기록을 확인하고 짧은 메시지를 보내서 경찰의 추적을 지연시켰을 수 있다는 겁니다."

"그래서 사건 현장에서 단서를 찾는 게 어려워진 거죠." 비에른이 말했다. "범인이 반복 행동을 보이는군요."

"그 문자가 전송된 날짜는 언제야?"

"3월 25일요." 카트리네가 답했다.

"오늘이에요." 비에른이 말했다.

"음." 해리는 턱을 문질렀다. "성적 동기로 저질렀을 수 있는 살인사건과 날짜는 나왔는데 위치가 없어. 그 사건에 참여한 경찰이 누구지?"

"수사가 개시되지도 않았어요. 실종으로 남아 있고 살인사건으로 넘어가지 않았거든요." 카트리네가 노트를 보았다. "그런데 결국 강력반으로 넘어가서 어느 경찰의 사건 리스트에 올라갔네요. 여기 계시네요."

"나?" 해리가 인상을 찡그렸다. "내 사건은 다 기억하는데."

"스노우맨 직후였어요. 그때 홍콩으로 도망쳐서 돌아오지 않았잖아요. 스스로 실종자 명단에 올라가셨죠."

해리는 어깨를 으쓱했다. "좋아. 비에른, 이따 실종 수사팀에 가서 이 사건에 관해 아는 게 있는지 알아봐. 그리고 낮에 누가 초인종을 누르거나 이상한 호출이 갈 수도 있으니 다들 주의하라고 알리고. 알았나? 이 사건을 끝까지 파봐야 할 것 같군. 시신도 없고 사건 현장도 없지만." 해리는 손뼉을 쳤다. "자, 누가 커피 좀 돌리지?"

"음." 카트리네가 의자에 눌러 앉아 다리를 쭉 뻗고 눈을 감고 턱을 문지르며 걸걸한 목소리로 말했다. "새로 오신 자문께서 돌리셔야 될 것 같네요."

해리는 입을 벌리려다 고개를 끄덕이며 벌떡 일어났고, 베아테가 발견된 후 처음으로 보일러실에 웃음소리가 들렸다.

상황의 심각성이 시청 회의실을 무겁게 짓눌렀다.

미카엘 벨만은 회의석상 맨 끝에 앉아 있었고, 시의회 의장이 상석에 앉았다. 미카엘은 시의회 의원들 이름을 거의 다 알았다. 경찰청장으로 임명되고 가장 먼저 한 일이었다. 이름 외우기. 그리고 얼굴 익히기. "체스 말을 모르면 체스를 둘 수 없어. 말이 뭘 할 수 있고 뭘 할 수 없는지 배워야 해." 전임 청장이 물러나면서 해준 말이었다.

경험 많은 청장이 선의로 해준 조언이었다. 그런데 은퇴한 청장이 왜 지금 이 자리에, 이 회의실에 와 있는 거지? 자문 같은 걸로 불려온 건가? 체스를 얼마나 많이 둬봤든 의장석에서 두 자리 건너에 앉아 있는 키 큰 금발 여자 같은 말은 다뤄본 적이 없을 텐데. 지금 발언하는 저 여자. 여왕. 사회복지위원회 의원. 이사벨레 스퀘엔. 차인 여자. 이사벨레는 회의록이 기록된다는 걸 잘 아는 사람답게 냉랭하고 사무적인 말투로 말했다.

"우리는 오슬로 경찰이 이번 살인사건을 자력으로 막지 못하는 걸 지켜보면서 나날이 불안해하고 있습니다. 한동안 언론으로부터 당연하게도 과감한 조치를 취하라는 압박을 받았지만 사실 더 큰 문제는 오슬로 시민들이 인내심을 잃었다는 겁니다. 당국에 대한, 경찰과 시의회에 대한 시민들의 신뢰가 서서히 무너지는 걸 그냥 지켜만 볼 수는 없습니다. 그리고 이건 제 책임 소관이라 오늘 이렇게 비공식 청문회를 열었습니다. 경찰청장의 해결책을, 그런 게 있을 것으로 믿습니다만, 우리 시의회가 평가하고 다른 대안들도 검증해보고자 합니다."

미카엘 벨만은 진땀을 흘리며 앉아 있었다. 경찰복을 입고 땀 흘리는 건 싫었다. 전임 청장과 눈을 마주치려 했지만 소용이 없었다. 저 양반이 대체 여기에서 뭘 하는 거지?

"그리고 최대한 개방적이고 혁신적인 대안을 내놓아야 한다고 생각합니다." 이사벨레 스퀘엔이 진지한 어조로 말을 이었다. "물론 젊은 신임 청장에게는 버거운 사건일 수 있다는 건 충분히 이해합니다. 경험과 통상적인 절차가 필요한 심각한 사건이 재임 초기에 터진 건 사실 청장 개인으로서는 불행한 일이죠. 전임 청장이 아직 자리에 계실 때 이번 사건이 터졌다면 더 나았을 겁니다. 연륜도 있고 그간 좋은 성과를 많이 올리신 분이니까요. 여기 계신 분들도 차라리 그랬다면 좋았을 거라고 생각하시리라 믿습니다. 두 분 청장님을 포함해서요."

미카엘 벨만은 방금 자기가 제대로 들은 건지 의심스러웠다. 저 여자 말이…… 그러니까 저 말이……?

"그렇죠, 벨만 씨?"

미카엘 벨만은 목청을 가다듬었다.

"잠깐만요, 말을 잘라서 죄송한데요." 이사벨레 스퀘엔은 이렇게 말하고 프라다 독서용 안경을 코끝에 걸치고 앞에 놓인 서류를 내려다봤다. "이번 사안으로 지난번에 소집된 회의의 회의록을 지금

보고 있는데요, 그때 이렇게 말씀하셨더군요. '시의회에 저희가 이 사건을 통제하고 있고 조속히 해결책을 낼 거라고 자신 있게 말씀 드릴 수 있습니다.'" 이사벨레는 안경을 벗었다. "여기 계신 분들뿐 아니라 청장님 시간도 절약하기 위해, 다들 시간이 없어 보이니까요, 지난번에 하신 말씀은 생략하고 지금까지 진행된 과정과는 다르게 더 나은 결실을 맺기 위해 뭘 어떻게 하실 생각인지 말씀해주시겠습니까?"

미카엘은 어깨를 돌렸다. 땀에 젖은 셔츠가 등에서 떨어지기를 바라면서. 망할 땀. 망할 년.

저녁 8시였다. 해리는 피곤한 몸으로 경찰대학의 잠긴 문을 열었다. 집중하는 연습을 안 한 지 오래 된 모양이었다. 그들은 그리 멀리 나아가지 못했다. 보고서를 훑어보며 이미 열 번도 넘게 해본 생각이나 하면서 같은 자리를 맴돌았고, 벽에 머리를 찧으며 그 벽이 곧 무너지기를 바랐다.

해리는 청소부에게 고개를 끄덕이고 계단을 뛰어올랐다.

몸은 피곤하지만 정신은 말짱했다. 조금 들떠 있었다. 아직 더 일할 수 있었다.

아르놀의 연구실 앞을 지나면서 자기 이름이 불리는 소리를 들었다. 다시 돌아와서 연구실 안으로 고개를 내밀었다. 아르놀이 형클어진 머리를 하고 손에 깍지를 끼고 있었다. "다시 진짜 경찰이 된 소감이 어떤지 궁금해서요."

"좋아요. 마지막 범죄 수사 시험지를 채점해야 해서요."

"그건 걱정 마세요. 여기 있어요." 아르놀이 앞에 놓인 서류더미를 톡톡 쳤다. "범인이나 꼭 잡으세요."

"그래요, 아르놀. 고맙습니다."

"그나저나 누가 침입한 일이 있어요."

"침입요?"

"체육관요. 장비 보관함이 털렸는데, 가져간 건 경찰봉 두 개밖에 없어요."

"저런. 현관으로요?"

"그쪽엔 침입 흔적이 없어요. 그러니 내부자 소행 같아요. 아니면 여기서 일하는 누가 몰래 들여 보내주었거나 출입증을 빌려줬거나."

"알아낼 방법이 없을까요?"

아르놀은 어깨를 으쓱했다. "여긴 훔쳐갈 게 많지 않아서 복잡한 출입 절차나 CCTV나 24시간 감시요원 같은 데 예산을 쓰지 않거든요."

"무기나 마약이나 금고는 없어도, 경찰봉 말고도 현금으로 바꿀 만한 물건들이 있을 텐데요?"

아르놀이 히죽히죽 웃었다. "방에 가서 컴퓨터나 무사한지 보세요."

해리는 연구실로 가서 아무도 건드리지 않은 걸 확인하고 자리에 앉아 뭘 할지 생각했다. 시험지를 채점하려고 저녁 시간을 비워둔 데다 집에는 갖가지 그림자들만 기다리고 있었다. 고민에 대답하듯 휴대전화가 진동했다.

"카트리네?"

"네. 뭔가 나왔어요." 카트리네가 흥분해서 말했다. "베아테하고 제가 이르야라고 발렌틴한테 지하실 방을 빌려준 여자를 만난 거 기억해요?"

"그자에게 거짓 알리바이를 대준 여자?"

"네. 그 여자가 지하실 방에서 사진을 찾았다고 했거든요. 강간하고 학대하는 사진요. 그중 한 사진에서 발렌틴의 신발이랑 벽지를 알아봤고요."

"음. 그러니까……."

"……가능성이 크진 않지만 거기가 범죄 현장일 **수도 있어요.** 새 집주인한테 연락해보니 그 집을 잠가두고 가족들하고 근처에서 지낸대요. 우리한테 열쇠를 빌려주고 그 집을 조사하게 해주겠대요."

"발렌틴을 찾지 않는 쪽으로 합의가 된 줄 알았는데."

"전 빛이 있는 곳을 찾기로 한 줄 알았는데요."

"졌어, 똑똑한 카트리네. 빈데렌이라면 여기서 가까워. 주소 있나?"

해리는 주소를 받았다.

"걸어갈 만한 거리군. 내가 당장 그쪽으로 가지. 올 건가?"

"네, 어찌나 긴장했는지 식사도 걸렀네요."

"알았어. 준비되면 와."

8시 45분. 해리는 포석 깔린 길을 따라 빈 집으로 들어갔다. 벽 앞에 쓰다만 페인트통과 비닐 두루마리가 있고 방수포 밑으로 널빤지가 튀어나와 있었다. 해리는 집주인이 일러준 대로 작은 돌계단을 내려가 뒤뜰의 포석을 가로질렀다. 지하실 방의 잠긴 문을 열자마자 풀과 페인트 냄새가 훅 끼쳤다. 그런데 다른 냄새도 섞여 있었다. 집주인이 그 냄새 때문에 집을 수리하기로 한 거라고 말한 냄새. 어디서 나는지 찾지 못했다고 했다. 그 냄새가 집 전체에 배어 있었다. 방제업체를 불렀는데, 그런 지독한 냄새는 죽은 쥐 한 마리에서 나는 게 아니라면서 마루를 들어내고 벽을 뜯어서 찾아야 한다고 했다는 것이다.

해리는 스위치를 눌러 전등을 켰다. 복도 바닥에 투명 비닐이 덮여 있고, 그 위로 회색의 묵직한 부츠 자국이 어지러이 찍혀 있고, 나무상자에 공구와 망치와 쇠지렛대와 페인트 얼룩이 묻은 드릴이 가득 들어 있었다. 목재 벽을 뜯어놔서 내부 단열재가 드러났다. 지하실 방은 복도와 함께 작은 주방과 욕실과 거실이 있고 커튼을 가려서 침실을 나눈 구조였다. 공사가 아직 침실까지는 진행되지 않은 듯했다. 침실에는 다른 공간에서 옮겨놓은 가구가 쌓여 있었다. 가구에 먼지가 앉지 않도록 구슬로 만든 커튼을 치우고 무광의 두꺼운 비닐 커튼을 달아놔서 꼭 도살장이나 냉장실이나 저지선을 둘러친 사건 현장이 떠오르는 분위기였다.

해리는 화학약품과 부패의 냄새를 마셨다. 그리고 방제업체에서 한 말처럼 이건 죽은 쥐 한 마리의 냄새가 아니라고 판단했다.

침대를 한구석으로 밀어놓고 가구를 잔뜩 들여놔서 그 방에서 어떻게 성폭행이 일어나고 소녀들 사진을 어떻게 찍었을지 그림이 그려지지 않았다. 카트리네가 정보를 더 캐낼 수 있을까 싶어서 이르야를 만나러 간다고는 했지만 만약 발렌틴이 경찰 살인사건의 범인이라면 한 가지는 분명했다. 그자가 여기서 지낸 증거를 남기지 않았을 거라는 점. 해리는 바닥부터 천장까지 침실을 훑어보고 다시 내려와서 유리창에 비친 자기를 지나 어둠이 깔린 뒤뜰을 내다보았다. 밀실공포를 일으킬 것만 같았지만 실제로 이 방이 범죄 현장이었다고 해도 그에게는 아무 말도 들려주지 않았다. 어쨌든 시간이 많이 흐르고 그사이 이 방에서 다른 많은 일이 일어났으리

라. 남은 건 벽지밖에 없었다. 그리고 이 냄새.

해리는 방 안을 이리저리 살피다가 다시 천장을 보았다. 천장을 가만히 쳐다보았다. 밀실공포. 왜 여기서는 이런 느낌이 드는데 거실에서는 안 들지? 192센티미터의 그는 천장으로 팔을 뻗었다. 손끝이 겨우 닿았다. 석고판이었다. 다시 거실로 나가 똑같이 팔을 뻗었다. 천장이 닿지 않았다.

침실 천장을 내린 것이다. 1970년대에 난방비를 아끼기 위해 흔히 쓰던 방법이었다. 원래 천장과 새 천장 사이에는 공백이 생긴다. 뭔가 숨길 수 있는 공간.

해리는 복도로 나가 공구상자에서 쇠지렛대를 꺼내 침실로 돌아왔다. 창문을 바라보다 순간 얼어붙었다. 눈이 저절로 움직임에 반응한 것이다. 2초간 가만히 서서 그쪽을 쳐다보며 귀를 기울였다. 아무것도 없었다.

해리는 다시 천장을 살펴보았다. 지렛대를 끼울 자리는 없지만 석고판은 무른 재질이라 넓게 떼어냈다가 나중에 다시 그 자리에 끼워놓고 충전재로 붙여서 천장 전체를 새로 칠하면 되었다. 솜씨 좋은 사람이 반나절만 하면 충분한 공사였다.

해리는 의자에 올라가서 지렛대로 천장을 겨냥했다. 군나르 말이 맞았다. 경찰 신분증도 없고 수색 영장도 없는 사람이 집주인 동의도 없이 천장을 뜯으면 설사 거기서 증거가 나온다고 해도 법정에서 기각될 터였다.

해리는 지렛대를 휘둘렀다. 지렛대가 맥없이 신음하며 천장을 뚫었고, 하얀 석고가 얼굴에 후드득 쏟아졌다.

해리는 형사가 아니라 민간인 자문일 뿐이고 수사팀의 정식 구성원도 아니었다. 따라서 이런 기물 파손 행위로 자칫 책임을 추궁당하고 유죄 판결을 받을 수도 있었다. 그래도 기꺼이 대가를 치를 생각이었다.

눈을 감고 지렛대를 뺐다. 어깨와 이마에 석고 가루가 떨어졌다. 그리고 악취가 났다. 그 위는 냄새가 더 지독했다. 해리는 지렛대를 다시 찍어 구멍을 넓혔다. 구멍으로 머리를 집어넣으려고 의자에 올려놓고 발을 디딜 만한 물건을 찾았다.

그때 그것이 다시 나타났다. 창가의 움직임. 해리는 의자에서 뛰어내려 창가로 뛰어가서 손차양으로 빛을 가리고 유리창에 바짝 기댔다. 하지만 창밖의 어둠 속에 보이는 거라고는 사과나무들의 검은 실루엣뿐이었다. 나뭇가지가 흔들리고 있었다. 바람이 세졌나?

다시 방 안을 돌아보다 큼직한 이케아 플라스틱 상자를 찾아서 의자에 올려놓고 그 위에 올라서려는 순간 복도에서 소리가 났다. 딸깍. 해리는 가만히 서서 귀를 기울이며 기다렸다. 더는 아무 소리도 들리지 않았다. 그냥 별것 아니라고 생각했다. 바람이 불어서 낡은 목조 주택이 삐걱거리는 소리일 거라고 생각했다. 그는 플라스틱 상자에 올라가서 중심을 잡고 서서 조심스럽게 팔을 뻗어 손바닥을 천장에 대고 석고판 구멍 속으로 머리를 들이밀었다.

악취가 진동해서 눈물이 났다. 숨을 참는 데 집중해야 했다. 익숙한 악취였다. 사체가 부패하는 과정에서 건강에 해로워 보이는 가스가 나오는 단계였다. 그렇게 지독한 악취는 평생 딱 한번 맡아봤다. 어두운 지하실에서 2년간 비닐에 싸여 숨겨져 있던 시체를 찾아 비닐에 구멍을 뚫었을 때였다. 이건 쥐 한 마리도 아니고 쥐 일가족도 아니었다. 그 위는 컴컴하고 그의 머리가 구멍을 막아 빛이 새어들지 않았지만 눈앞에 어떤 형체가 어렴풋이 보였다. 해리는 동공이 서서히 커져서 미약한 빛까지 모두 활용할 수 있을 때까지 기다렸다. 그러다 보았다. 드릴이었다. 아니, 전기톱이었다. 그런데 다른 뭔가가, 그 뒤로 잘 보이지 않는 뭔가가 있었다. 어떤 물체가 있는 것만 알 수 있었다. 뭔가…… 목구멍이 조여들었다. 소리. 발소리. 아래서.

해리는 머리를 다시 빼려고 했지만 그사이 구멍이 좁아진 것만 같았다. 목 주위가 더 좁아져서 죽음의 공기 속에 밀폐된 것만 같았다. 공포가 일었다. 그는 목과 구멍 사이에 손가락을 밀어넣어 석고판을 뜯었다. 그리고 머리를 아래로 뺐다.

발소리가 멈췄다.

목 부위의 맥박이 요동쳤다. 일단 완전히 진정될 때까지 가만히 기다렸다. 그리고 주머니에서 라이터를 꺼내 구멍 속으로 손을 넣고 라이터를 켜서 다시 머리를 집어넣으려는 순간 뭔가가 눈에 들어왔다. 침실과 거실을 가르던 비닐 커튼. 커튼에 뭔가가 어른거렸다. 사람 그림자. 커튼 뒤에서 누가 그를 지켜보고 있었다.

해리는 헛기침을 했다. "카트리네?"

대답이 없었다.

해리는 급히 눈으로 바닥에 던져둔 쇠지렛대를 찾았다. 지렛대를 발견하고 최대한 조용히 바닥에 내려섰다. 한 발을 옮기다 커튼이 옆으로 움직이는 소리를 듣고 지렛대까지 갈 시간이 부족한 걸 알았다. 쾌활한 목소리가 들렸다.

"또 만났네요."

해리는 눈을 들었다. 흐린 불빛 속에서 몇 초가 지나서야 그 얼굴을 알아보았다. 그는 조용히 욕을 했다. 그는 머릿속으로 앞으로 몇 초 동안 상황이 어떻게 흘러갈지 가능한 시나리오를 떠올리면

서 속으로 이렇게 물었다. 이제 어떻게 되는 걸까? 하지만 대답은
찾지 못했다.

29

그녀는 어깨에 멘 가방이 그냥 흘러내리게 놔두었다. 가방이 보기보다 무겁게 쿵 하고 떨어졌다.

"여기서 뭐 하는 거야?" 해리가 무뚝뚝하게 물으면서 전에도 똑같이 물었던 기억을 떠올렸다. 대답도 그때와 같았다.

"훈련을 좀 했어요. 무술."

"그걸 묻는 게 아니잖아, 실예."

"아니, 맞아요." 실예 그라브셍이 한쪽 엉덩이를 앞으로 내밀며 말했다. 얇은 운동복 탑과 검은색 레깅스를 입고 운동화를 신고 머리를 하나로 묶고 음흉한 미소를 지었다. "훈련이 끝나고 나오다가 학교에서 나가시는 걸 봤죠. 미행했어요."

"왜?"

실예는 어깨를 으쓱했다. "한 번 더 기회를 드릴까 해서?"

"무슨 기회?"

"당신이 원하는 걸 할 기회."

"그게 뭔데?"

"그걸 꼭 내 입으로 말해야 돼요?" 실예는 고개를 갸우뚱했다.

"요한 크론의 사무실에 갔을 때 당신 얼굴에서 읽었어요. 포커페이스가 안 되시던데. 나랑 자고 싶잖아요."

해리는 가방을 향해 고갯짓을 했다. "그 훈련, 죽검을 들고 닌자 놀이라도 하는 건가?" 목이 말라서 목소리가 갈라졌다.

실예 그라브셍은 방 안을 둘러보았다. "비슷해요. 여기 침대도 있네요." 가방을 들고 해리를 지나쳐 의자를 끌어냈다. 가방을 침대 위에 올려놓고 중간에 있는 커다란 소파를 옮기려 했지만 소파가 꿈쩍도 하지 않았다. 몸을 앞으로 숙여서 소파 등받이를 잡고 당겼다. 해리는 그녀의 운동복 탑이 올라가 드러난 엉덩이와 허벅지의 탄탄한 근육을 보고 나직한 신음소리를 들었다. "좀 도와주지 않을래요?"

해리는 침을 삼켰다.

젠장, 젠장, 젠장.

실예의 등에서 하나로 묶은 금발이 출렁거렸다. 망할 손잡이처럼. 머리가 엉덩이 사이에 멈췄다. 그녀가 움직이다 말고 그대로 서 있었다. 뭔가 눈치챈 듯이. 알아챈 것이다. 해리가 무슨 생각을 하는지.

"이렇게?" 실예가 속삭였다. "이렇게 해주길 원해요?"

해리는 대답하지 않았고, 아래가 발기되었다. 주먹으로 배를 맞고 뒤늦게 통증이 올라오듯이 아랫도리의 한 지점에서 그 느낌이 뻐근하게 퍼졌다. 머릿속이 흥분해서 거품이 팡팡 터지고 그 소리가 점점 커지는 것 같았다. 그는 한 걸음 다가갔다. 그러다 멈춰섰다.

실예는 고개를 반쯤 돌리고 시선을 바닥에 두었다.

"뭘 기다려요?" 실예가 속삭였다. "제가…… 저항해주길 원해요?"

해리는 침을 삼켰다. 자제력을 완전히 잃지는 않았다. 스스로 뭘 하는지 인식했다. 이게 그였다. 그는 이런 사람이었다. 지금은 스스로 큰소리로 그렇게 할 거라고 말하지만. 원하지 않아?

"그래." 그의 입에서 대답이 나왔다. "날 멈춰줘."

그녀가 엉덩이를 들었다. 동물 세계의 의식 같았다. 어쩌면 이렇게 하도록 설계되어 있을지 모른다는 생각. 그는 그녀의 허리에서 잘록하게 들어간 부분에 손을 대고 레깅스 위로 드러난 땀에 젖은 맨살을 만졌다. 레깅스의 고무줄 속에 손가락 두 개를 넣었다. 이제 그걸 끌어내리기만 하면 되었다. 그녀는 한손으로 의자 등받이를 잡고 다른 손으로 침대를, 그 위의 가방을 짚었다. 가방이 열려 있었다.

"해볼게요." 그녀가 속삭였다. "해볼게요."

해리는 길게 떨리는 숨을 들이마셨다.

그러다 어떤 움직임이 느껴졌다. 순식간이라 대응할 틈이 없었다.

"무슨 일이야?" 울라가 미카엘의 코트를 붙박이장에 걸면서 물었다.

"무슨 일이 있어야 되나?" 미카엘이 손바닥으로 얼굴을 쓸면서 물었다.

"뭔데?" 울라가 앞장서서 거실로 가면서 다시 물었다. 미카엘을 소파에 앉혔다. 그리고 옆에 섰다. 어깨와 목이 연결된 부위에 손을 올리고 손끝으로 승모근 가운데를 찾아서 꽉 잡았다. 그가 신음 소리를 냈다.

"왜?" 울라가 말했다.

미카엘이 한숨을 쉬었다. "이사벨레 스퀘엔. 그 여자가 현재 사건이 해결될 때까지 전임 청장의 지원을 받자고 제안했어."

"그래. 그래서 무슨 문제라도 돼? 당신도 인력이 더 필요하다며."

"사실상 전임 청장이 실질적인 청장 노릇을 하고, 나는 커피나 타라는 거지. 불신임 투표나 마찬가지인 셈이야, 나로선 받아들일 수밖에 없어. 무슨 뜻인지 알 거야."

"그래도 임시로 그러는 거 아냐?"

"그다음에는? 전임이 지휘하는 동안 사건이 해결되면? 그럼 시의회가 이제 청장 자리를 다시 나한테 돌려주려고 하겠어? 아야!"

"미안, 여기만 아픈 거야. 긴장 좀 풀어, 여보."

"그 여자가 나한테 복수하는 거야. 버림받은 여자들이…… 아야!"

"어머, 아픈 데를 또 건드렸나?"

미카엘은 그녀의 손에서 빠져나가려고 몸을 비틀었다. "제일 짜증 나는 건 내가 할 수 있는 게 없다는 거야. 그 여자는 이런 게임의 선수야. 난 초짜고. 시간만 좀 있으면 좋겠는데. 동맹을 맺을 시간, 누가 누구 등을 긁고 있었는지 파악할 시간 말이야."

"당신이 가진 동맹을 활용해야지." 울라가 말했다.

"중요한 동맹은 다 그 여자 쪽이야." 미카엘이 말했다. "빌어먹을 정치인들, 그 작자들은 우리처럼 결과를 생각하지 않는다니까. 그 작자들은 표만 생각해. 멍청한 유권자들한테 어떻게 보일지만 걱정한다니까."

미카엘은 고개를 숙였다. 울라가 다시 손을 움직였다. 이번에는 부드러웠다. 부드럽게 마사지하면서 그의 머리를 어루만졌다. 미카엘은 생각이 흐르는 대로 두다가 갑자기 멈칫했다. 다시 올라가 한 말로 돌아갔다. 당신이 가진 동맹을 활용해야지.

해리는 앞이 보이지 않았다. 반사적으로 실례를 늬주고 돌아섰다. 플라스틱 커튼이 한쪽으로 걷히고, 하얀 빛이 눈에 들어왔다. 그는 손을 눈 위에 댔다.

"미안." 귀에 익은 목소리가 들리고 손전등이 내려갔다. "손전등 가져왔어요. 그렇게 놀랄 것까지는……."

해리는 허파를 쥐어짜듯 신음소리를 냈다. "젠장, 카트리네, 깜짝 놀랐잖아! 어…… 우리."

"아, 그래, 그 학생 아니에요?…… 경찰대학에서 봤어요."

"저 이제 거기 안 다녀요." 실예가 따분해 보일 만큼 태연하게 말했다.

"아? 그럼 여기서 뭐 하는……?"

"가구 옮겨." 해리가 급히 코를 훌쩍이며 천장의 구멍을 가리켰다. "딛고 올라갈 거, 좀 더 튼튼한 게 있나 보려고."

"밖에 사다리 있던데요." 카트리네가 말했다.

"그래? 가서 가져올게." 해리는 급히 카트리네를 지나쳐 거실로 나갔다. 젠장, 젠장, 젠장. 빌어먹을.

발판 사다리가 페인트통 틈에서 벽에 기대어 있었다.

완벽한 침묵이 흐르는 동안 해리가 다시 침실로 돌아와 안락의자를 치우고 구멍 아래 알루미늄 사다리를 놓았다. 누구도 먼저 입을 열 생각이 없어 보였다. 두 여자가 팔짱을 끼고 무표정한 얼굴로 서 있었다.

"무슨 냄새예요?" 카트리네가 물었다.

"손전등 줘봐." 해리가 사다리를 올라가면서 말했다. 석고판을 더 뜯어내고 손전등을 안에 넣고 고개를 들이밀었다. 초록색 전기 톱으로 손을 뻗었다. 톱날이 부러져 있었다. 손가락 두 개 사이에 전기톱을 끼워서 카트리네에게 건넸다. "조심해. 지문이 있을 수 있어."

해리는 손전등으로 다시 안을 비추었다. 가만히 바라보았다. 사체가 모로 누운 채 옛 천장과 새 천장 사이에 끼어 있었다. 해리는 자기가 여기서 죽음과 썩어가는 살의 악취를 맡아야 마땅한지 생각했다. 썩어가는 살 냄새를 맡아도 쌌다. 그는 아주 많이 병든 인간이었다. 당장 처단당하지 않을 거라면 도움이 필요했다. 정말로 그 짓을 하려고 했나? 아니면 중단하려고 했나? 아니면 그가 중단했을 **수도 있다**는 생각은 그저 의심이 싹트게 만들려고 고안한 장치일 뿐일까?

"뭐가 보여요?" 카트리네가 물었다.

"보여." 해리가 말했다.

"감식반을 불러야 돼요?"

"경우에 따라서."

"무슨 경우요?"

"강력반에서 이 죽음을 조사하고 싶은지에 따라."

30

"말하기가 조금 힘들어요." 해리는 창턱에 담배를 비벼 끄고 스포르바이스 가로 향한 창문을 열어둔 채 자리로 돌아갔다. 스톨레 에우네는 새벽 6시에 또다시 골치 아픈 상황에 처했다는 해리의 전화를 받고 8시에 첫 환자가 오기 전에 잠깐 들르라고 했다.

"전에도 골치 아픈 문제로 상담한다면서 왔었잖아." 스톨레가 말했다. 해리가 아는 스톨레는 강력반 사람들이 힘든 일이 있을 때 찾아가 상담하는 심리학자였다. 꼭 그의 전화번호를 알아서만이 아니라, 강력반의 일상이 어떤지 잘 아는 몇 안 되는 심리학자였기 때문이다. 또 입이 무거운 사람이라고 믿기 때문이었다.

"그랬죠. 그런데 그때는 술 문제였잖아요." 해리가 말했다. "이번엔…… 좀 달라요."

"그런가?"

"다르지 않나요?"

"나한테 먼저 전화한 건 비슷한 문제라고 생각해서인 거 같은데."

해리는 한숨을 쉬고 의자에 앉은 채 몸을 앞으로 숙여서 깍지 긴 손에 이마를 댔다. "그럴 수도. 항상 최악의 순간에 술을 마시고 싶

412

었던 거 같아요. 가장 정신이 말짱해야 하는 순간에 굴복해버렸어요. 내 안에 악마가 살면서 모든 걸 망치고 싶어하는 것처럼. 내가 망하기를 바라는 것처럼."

"그게 악마들이 하는 일이지." 스톨레가 하품을 숨기며 말했다.

"그렇다면 이번 놈은 일을 참 잘하네요. 여자를 강간할 뻔했으니."

스톨레는 더 이상 하품하지 않았다. "뭐라고 했나? 그게 언제야?"

"어젯밤. 경찰대학에서 제 수업을 들었던 여학생이에요. 발렌틴이 살던 방을 수색할 때 그 애가 나타났어요."

"뭐?" 스톨레가 안경을 벗었다. "뭘 찾았나?"

"날이 부러진 전기톱요. 거기 있은 지 몇 년은 됐을 거예요. 천장 내리는 공사를 하던 중에 떨어뜨렸을 수도 있지만 톱니 모양을 베르그슬리아에서 나온 톱과 비교하고 있어요."

"다른 건?"

"없어요. 아, 있다. 죽은 오소리."

"오소리?"

"네. 거기서 동면하던 중이었나 봐요."

"허허. 여기도 오소리가 들어온 적이 한 번 있었지. 다행히 정원까지 들어왔지만. 심하게 물린 상처가 있더군. 그럼 동면 중에 죽은 건가?"

해리가 웃었다. "관심 있으시면 감식반을 불러드릴게요."

"미안하네, 난……." 스톨레는 고개를 저으며 다시 안경을 썼다. "그 여자가 오고 자네가 성폭행을 하고 싶어졌다, 이 말인가?"

해리는 팔을 머리 위로 들었다. "불과 얼마 전에 세상에서 제일 사랑하는 여자한테 프러포즈를 했어요. 같이 행복하게 잘사는 거 말고는 더 바라는 게 없었어요. 그런데 이런 생각을 입 밖에 내자마자 악마가 튀어나와서…… 그래서…….” 다시 팔을 내렸다.

“왜 그만두는 거지?”

“여기 앉아서 악마 타령이나 하고 있으니 박사님이 무슨 말씀을 하실지 알 것 같아서요. 제가 모든 책임을 회피하려 한다고 하시겠죠.”

“아닌가?”

“물론 맞아요. 똑같은 놈이 새 옷으로 갈아입고 나타나는 거죠. 그놈이 짐 빔인 줄 알았어요. 같은 놈이 젊어서 돌아가신 어머니나 경찰 일의 중압감이라는 이름을 달고 나타나는 줄 알았어요. 테스토스테론이든 알코올 유전자든. 다 맞을 수도 있지만 놈의 옷을 벗기면 여전히 해리 홀레예요.”

“그리고 그 해리 홀레가 어젯밤에 그 여자를 강간할 뻔했단 말이군.”

“한동안 그 꿈을 꿨어요.”

“강간하는? 아무나?”

“아뇨. 그 여자. 그 여자가 해달라고 부탁했어요.”

“자기를 강간해달라고? 엄밀히 말하면 그건 강간이 아니지 않아?”

“처음엔 그냥 섹스를 원한다고 했어요. 절 도발했지만 상상조차 할 수 없었어요. 경찰대학 제자니까요. 그러다 그 애를 강간하는 상상이 시작됐어요. 전…….” 해리는 손으로 얼굴을 쓸었다. “제 안에 그런 게 있는지 몰랐어요. 난 강간범이 아닌데. 제가 어떻게 된 걸까요, 박사님?”

“그 여자를 강간하고 싶은 욕구도 있고 기회도 있었지만 하지 않기로 했다는 거지?"

"누가 들어왔거든요. 이게 강간일까요? 모르겠어요. 그 애가 절 역할놀이에 끌어들인 거 같아요. 그리고 전 그 역할을 받아들이고 싶었어요. 기꺼이."

"그렇군. 그래도 아직은 강간으로 보이지 않는군."

"법적으로는 그렇겠죠. 하지만……."

"하지만 뭐?"

"하지만 일단 시작한 후에 그 애가 거부한다면 제가 그만뒀을지 모르겠어요."

"몰라?"

해리는 어깨를 으쓱했다. "진단이 나왔나요, 박사님?"

스톨레는 손목시계를 보았다. "좀 더 들어봐야 알겠지만 지금은 환자가 기다리고 있어."

"또 상담받으러 올 시간 없어요. 우린 살인범을 잡아야 되잖아요."

"사정이 그렇다면." 스톨레는 의자에 앉은 채 불룩한 배를 앞뒤로 흔들었다. "나한테 성급하게 결론을 요구할 수밖에 없겠군. 자네가 날 찾아온 건 정체 모를 어떤 감정이 느껴져서겠지. 그걸 확인할 수 없는 이유는 그 감정이 다른 뭔가로 위장하려고 해서고. 실제로 느껴지는 감정은, 그건 자네가 느끼고 **싶지 않은** 감정일 테니까. 전형적인 부정이야. 스스로 동성애자인 걸 받아들이려 하지 않는 남자들처럼."

"제가 강간범이 될 수 있다는 사실을 부정하지 않아요! 솔직히 물어보는 거예요."

"자네는 강간범이 아니야, 해리. 사람이 하루아침에 그렇게 되지는 않지. 둘 중 하나로 보여. 둘 다일 수도 있고. 하나는 자네가 그 여자한테 어떤 형태로든 일종의 공격성을 느낄 수 있다는 거야. 사실은 자네의 자제력을 테스트하는 거지. 시쳇말로 처벌 섹스. 맞는 거 같나?"

"음. 아마도. 다른 하나는 뭐죠?"

"라켈."

"네?"

"자네가 끌린 건, 강간도 그 여자도 아니야. 부정한 일에 끌린 거야. 라켈한테 부정을 저지르는 거."

"박사님 정말―."

"진정하게. 자네도 다 아는 걸 대신 말해줄 사람을 찾아온 거 아닌가? 명확히 표현해줄 사람 말이야. 자네가 직접 말할 수는 없으니까. 그런 걸 느끼고 싶지 않으니까."

"그런 게 뭔데요?"

"라켈에게 충실한 걸 두려워하는 감정. 결혼을 생각하기만 해도 극심한 공포에 휩싸이는 느낌."

"왜 그런 거죠?"

"오래 알고 지낸 내가 자네를 조금 안다고 말할 수 있다면 말이지만, 자네는 남을 책임지는 데에 공포를 느끼는 것 같아. 안 좋은 경험이 있으니……."

해리는 마른침을 삼켰다. 가슴속에서 뭔가가 자라는 느낌, 악성 종양이 급속히 커지는 느낌이었다.

"자네는 주변에서 누군가 자네한테 의지할 때 술을 입에 대지. 어차피 책임지지 못할 테니 그냥 다 망치고 **싶은** 거지. 카드로 만든 집이 거의 완성되었는데 감당 안 될 만큼 부담이 커져서 계속 나아가는 대신 그냥 부숴버리는 거야. 패배감을 감당하기 위해. 이게 자네가 지금 하는 일인 것 같네. 라켈에게 최대한 빨리 실망을 안겨주는 거. 어차피 벌어질 일이라고 확신하니까. 고통을 오래 끄는 걸 견딜 수 없어서 선수 치는 거야. 카드로 만든 집을 부수는 거지. 자네가 생각하는 라켈과의 관계가 그러니까."

해리는 무슨 말인가 하고 싶었다. 하지만 덩어리가 올라와 목구멍으로 꽉 막아서 겨우 한마디 뱉었다. "파괴적이네요."

"자네는 천성이 건설적인 사람이야, 해리. 그냥 두려운 거야. 상처가 커질까 봐 두려운 거지. 자네와 라켈에게."

"전 겁쟁이로군요. 결국 그 말 아닌가요?"

스톨레는 해리를 가만히 바라보면서 숨을 들이쉬었다. 그 말을 바로잡아주려다가 그만두었다.

"맞아, 자네는 겁쟁이야. 겁이 나는 건 간절히 원해서이겠지. 자네는 라켈을 원하고, 라켈과 같은 배에 타기를 원하고, 라켈을 돛대에 묶어놓고 싶고, 그 배를 타고 가다가 함께 가라앉기를 바라지. 이게 자네의 마음이야. 자네가 약속이란 걸 하는 희귀한 경우의 마음. 그 노래가 어떻게 되지?"

해리는 후퇴하거나 굴복하지 않는 것에 관한 노래를 웅얼거렸다.

"그래 그거, 그게 자네야."

"그게 저군요." 해리가 나직이 말했다.

"잘 생각해보고 이따 오후에 보일러실에서 회의 끝나고 다시 얘기하지."

해리는 고개를 끄덕이고 일어섰다.

복도에서 운동복 차림의 남자가 초조하게 다리를 떨고 땀을 흘리며 앉아 있었다. 남자는 손목시계를 보고 해리에게 눈을 흘겼다.

해리는 스포르바이스 가로 나갔다. 밤새 한숨도 못자고 아침식사도 걸렀다. 뭔가가 필요했다. 그게 뭔지 생각했다. 술. 그 생각을 애써 누르고 보그스타베이엔 가로 접어들기 전에 있는 카페에 들어갔다. 트리플 에스프레소를 주문했다. 카운터에서 단숨에 잔을 비우고 한 잔 더 주문했다. 뒤에서 조용히 웃는 소리가 들렸지만 돌아보지 않았다. 두 번째 잔은 천천히 마셨다. 옆에 놓인 신문을 집었다. 1면 광고를 보고 휙휙 넘겼다.

로게르 엔뎀 기자는 시의회가 경찰 살인사건과 관련해서 경찰청 조직개편을 감행할 것으로 내다봤다.

스톨레는 페울 스타브네스를 불러들였다. 페울이 한구석에 가서 마른 티셔츠로 갈아입는 동안 스톨레는 책상 뒤에서 자리를 잡았다. 그 틈에 마음껏 하품을 하고 첫 번째 서랍을 열어 휴대전화가 잘 보이게 놓았다. 그리고 눈을 들었다. 환자의 벗은 등이 보였다. 그가 상담에 자전거를 타고 오기 시작한 이후로 상담실에서 티셔츠를 갈아입는 게 일상이 되었다. 그는 항상 등을 돌리고 갈아입었다. 달라진 게 있다면 해리가 담배를 피우느라 열어둔 창문이 아직 열려 있다는 것뿐이었다. 스톨레 에우네가 유리창에 비친 페울 스타브네스의 맨 가슴을 볼 수 있는 각도로 빛이 떨어졌다.

페울은 급히 티셔츠를 내리고 돌아섰다.

"상담시간을 좀 더—."

"—준수해야겠죠." 스톨레가 말했다. "인정합니다. 다시는 이런 일이 없게 하죠."

페울이 고개를 들었다. "무슨 문제라도 있습니까?"

"전혀. 다른 날보다 조금 일찍 일어나서요. 창문은 그대로 두시죠. 공기 좀 들어오게."

"여긴 공기가 **많은데요.**"

"그럼 좋으실 대로."

폐울은 창문을 닫으려 했다. 그러다 멈칫했다. 가만히 창문을 보고 서 있었다. 그리고 천천히 돌아섰다. 옅은 미소를 띤 채로.

"숨 쉬기가 곤란하신가 봐요?"

스톨레 에우네는 가슴과 팔에 통증을 느꼈다. 익숙한 심장발작 증상이었다. 이번에는 심장발작이 아니었다. 순전한, 완전한 공포였다.

스톨레 에우네는 짐짓 침착한 척 묵직한 음성으로 말했다.

"지난 시간엔 'Dark Side of the Moon'을 이란 곡을 틀었던 얘기를 다시 했군요. 아버지가 방에 들어와 앰프를 끄자 당신은 붉은 빛이 죽어가는 걸 봤어요. 당신이 생각하는 여자도 죽어갔고요."

"그 여자가 벙어리가 됐다고 했죠." 페울 스타브네스가 신경질적으로 말했다. "죽었다고는 하지 않았는데요. 그건 달라요."

"그래요, 그렇군요." 스톨레 에우네는 가만히 서랍 속 전화기로 손을 뻗었다. "그 여자가 말하면 좋을 것 같았나요?"

"모르겠어요. 땀을 많이 흘리시네. 어디 안 좋으세요, 박사님?"

페울이 다시 조롱하는 투로 물으며 희미하게 기분 나쁜 미소를 지었다.

"괜찮아요. 고마워요."

스톨레는 휴대전화에 손끝을 댔다. 환자에게 말을 시켜서 문자를 입력하는 소리가 들리지 않게 해야 했다.

"그런데 결혼생활에 관해서는 얘기한 적이 없군요. 부인을 어떻게 생각하십니까?"

"딱히 할 말이 없어요. 그건 왜 물으시죠?"

"당신하고 가까운 사람이니까요. 가까운 사람들을 싫어하는 거 같군요. 당신이 잘 쓰는 말로는 '경멸'하는 것 같네요."

"그래도 내 말을 듣긴 들으셨나 봐요?" 페울이 침울하게 웃었다. "내가 사람들을 경멸하는 건 다들 나약하고 멍청하고 가진 돈도 없어서예요." 더 크게 웃었다. "세 가지가 다 없어서. 참, X는 치료가 됐나요?"

"네?"

"그 경찰 말예요. 화장실에서 다른 경찰한테 키스하려고 했다던 동성애자. 그 친구는 좋아졌습니까?"

"아뇨, 딱히." 스톨레 에우네는 문자를 입력하면서 소시지처럼 굵은 손가락을 원망했다. 긴장한 탓에 더 부은 것 같았다.

"그렇다면, 내가 그 친구랑 비슷하다면서 왜 난 치료할 수 있다고 보시는 겁니까?"

"X는 조현병이었어요. 여러 목소리를 들었죠."

"내가 그 친구보다는 낫다는 겁니까?" 페울이 씁쓸하게 웃는 사이 스톨레는 문자를 입력했다. 환자가 말을 이어가는 동안 입력하고, 신발을 바닥에 긁어서 입력하는 소리를 감추려 했다. 한 글자. 하나 더. 빌어먹을 손가락. 다 됐어. 그러다 환자가 말을 멈춘 걸 알았다. 그 환자, 페울 스타브네스. 어디서 그 이름을 갖다 붙였든 간에. 새 이름은 언제든 붙일 수 있다. 아니면 예전 이름을 없앴든가. 하지만 문신은 쉽지 않다. 가슴을 다 덮은 커다란 문신이라면 더더욱.

"왜 땀을 흘리시는지 알아요." 환자가 말했다. "제가 옷 갈아입을 때 창문에 비친 걸 봤잖아요."

스톨레 에우네는 가슴 통증이 심해지는 걸 느꼈다. 심장이 더 빠르게 뛸지, 그냥 멈출지 결정하지 못한 것 같았다. 스톨레는 그저 상대가 무슨 소리를 하는지 모르겠다는 표정이 나와주기만을 바랐다.

"뭘요?" 스톨레는 큰소리로 물었고, 그 소리에 전송 버튼을 누르는 소리가 묻혔다.

환자는 티셔츠를 목까지 올렸다.

소리 없이 비명을 지르는 얼굴이 환자의 가슴에서 스톨레를 쳐다보았다.

악마의 얼굴.

"좋아. 가자." 해리는 전화를 귀에 대고 두 번째 커피를 들이켰다.

"전기톱에서 발렌틴 예르트센의 지문이 나왔어요." 비에른 홀름이 말했다. "톱날의 잘린 면도 일치하고요. 베르그슬리아에서 쓰인 거랑 같은 날이에요."

"그럼 발렌틴 예르트센이 전기톱 살인마로군." 해리가 말했다.

"그런 것 같아요." 비에른 홀름이 말했다. "이상한 건 발렌틴 예르트센이 살인 흉기를 버리지 않고 집 안에 숨겼다는 거예요."

"또 쓸 계획이었던 거야." 해리가 말했다.

해리는 전화기의 진동을 느꼈다. 문자메시지. 그는 액정을 보았다. 발신자는 S, 스톨레 에우네. 해리는 문자를 읽고 또 읽었다.

발렌틴 여기 있음 sos

"비에른, 스포르바이스 가 스톨레 에우네 박사님 상담실로 경찰차 보내. 발렌틴이 거기 있어."

"여보세요? 해리? 여보세요?"

해리는 이미 달리고 있었다.

31

"들키는 건 항상 곤란하다니까." 환자가 말했다. "그런데 발견한 사람이 더 곤란할 때가 있어요."

"뭘 들킨다는 겁니까?" 스톨레가 침을 삼키며 말했다. "그거 문신이잖아요. 그래서요? 문신하는 게 죄도 아니잖아요. 많은 사람이……." 스톨레는 악마의 얼굴을 향해 고개를 까딱했다. "그런 문신을 하죠."

"그래요?" 환자가 티셔츠를 내리며 말했다. "그래서 이걸 보고 그렇게 사색이 되신 겁니까?"

"무슨 말인지 모르겠군요." 스톨레가 긴장한 목소리로 말했다. "그럼, 아버지 얘기를 한번 해볼까요?"

환자가 웃음을 터트렸다. "그거 아세요, 선생님? 처음 여기 왔을 때 절 몰라보시기에, 뿌듯해해야 할지 실망해야 할지 모르겠더군요."

"몰라보다니요?"

"우리 만난 적 있잖아요. 내가 성범죄로 잡혀 들어갔을 때 내 정신이 온전한지 아닌지 진단하러 오셨잖아요. 하긴 그런 사건을 수

백 번은 접하셨을 테니. 그때 45분밖에 안 걸리긴 했어요. 그래도 난 왠지 선생님한테 깊은 인상을 줬으면 했는데."

스톨레는 환자를 응시했다. 앞에 앉은 저자의 심리평가를 한 적이 있다고? 모든 걸 기억하는 건 불가능하지만 그래도 얼굴 정도는 기억한다.

스톨레는 환자를 찬찬히 뜯어보았다. 턱 밑에 작은 흉터가 두 개 있었다. 역시나. 주름 제거 수술을 한 정도로 보이기는 하지만, 베아테는 발렌틴 예르트센이 성형수술로 얼굴을 완전히 바꾼 것 같다고 했다.

"그런데 선생님은 나한테 강한 인상을 줬어요. 날 **이해해줬거든요.** 사소한 부분에 현혹되지 않고 계속 파고들었어요. 정확한 질문을 던지면서. 나쁜 일들에 관해. 뭉친 데를 정확히 짚어내는 솜씨 좋은 마시지사처럼. 고통을 정확히 찾아냈어요. 그래서 이렇게 다시 찾아왔어요. 다시 그걸 찾아주기를 원해서, 망할 종기를 다시 찾아서 절개해 꺼내주기를 원해서. 할 수 있겠어요? 혹시 그런 열정을 잃어버렸나요?"

스톨레는 목청을 가다듬었다. "당신이 내게 거짓말한다면 불가능해요, 페울."

"거짓말한 거 없어요. 직업이랑 아내 얘기 정도만 지어낸 거고. 나머지는 다 사실이에요. 참, 이름이랑. 그것 말고는……."

"핑크플로이드. 그 소녀는?"

앞에 앉은 남자는 손바닥을 펼치며 미소를 지었다.

"또, 이런 얘기를 왜 지금 하는 겁니까, 페울?"

"계속 그렇게 부르지 않아도 돼요. 원하시면 발렌틴이라고 부르세요."

"발, 뭐요?"

환자가 킬킬 웃었다. "죄송한데, 연기 참 못 하시네요. 내가 누군지 알잖아요. 창문에 비친 문신을 보자마자 알아봤으면서."

"내가 뭘 알아봤다는 겁니까?"

"내가 발렌틴 예르트센이란 거. 당신들이 찾는 사람."

"당신들? 찾다니요?"

"여기 앉아서 선생님이 어떤 경찰하고 발렌틴 예르트센이 트램 창에 끼적인 낙서에 관해 얘기하는 거 다 들었잖아요. 그때 내가 짜증 내니까 그 시간은 공짜로 해주신다고 하고선, 기억 안 나요?"

스톨레는 2초쯤 눈을 감았다. 눈을 감아서 모든 것을 차단했다. 속으로 해리가 어서 와주길 빌었다. 아직 그리 멀리 가지 않았을 텐데.

"그래서, 그 얘길 듣고 여기 올 때 트램 대신 자전거를 타기 시작한 거예요." 발렌틴 예르트센이 말했다. "트램을 감시할 것 같아서."

"그런데도 계속 왔군."

발렌틴은 어깨를 으쓱하고 배낭에 손을 넣었다. "헬멧하고 고글을 쓰면 누군지 거의 못 알아보니까. 그리고 당신이 날 전혀 의심하지 않으니까. 내가 페울 스타브네스인 줄 알았으니까. 이젠 됐나? 게다가 나한테 이 상담이 꼭 필요하기도 했고. 이제 상담을 중단해야 해서 참 아쉽긴 한데……."

스톨레는 발렌틴 예르트센이 배낭 속에서 손을 빼는 걸 보고 숨이 턱 막혔다. 빛을 받은 금속이 번쩍했다.

"이걸 서바이벌 나이프라고 부르는 거 아냐?" 발렌틴이 말했다. "선생한테는 좀 적절치 못한 이름이군. 그래도 용도가 다양하니까. 이래서……" 그는 손끝으로 삐죽삐죽한 날을 쓸었다. "……사람들이 혼란스러워하는 거지. 사람들은 이게 그냥 섬뜩하다고만 생각해. 그런데 그거 아나?" 발렌틴은 다시 흐릿하게 기분 나쁜 미소를 지었다. "사람들 생각이 맞아. 이 칼을 목에 스윽 찔러 넣으면, 이렇게…… 피부에 딱 걸려서 찢어지거든. 이어서 그 속에 든 게 찢어져. 혈관을 감싼 얇은 막 같은 거. 그리고 대동맥을 누르면…… 아주 가관이지. 정말이야. 그래도 너무 겁먹지 마요. 선생은 알아채지도 못할 테니, 정말이야."

스톨레는 어지러웠다. 그냥 심장발작을 일으키면 좋겠다고 생각했다.

"그러니 딱 하나 남았군, 스톨레. 이제 다 끝났으니 스톨레라고 불러도 되지? 내 진단이 뭐야?"

"진단이라……."

"진단. 그리스어로 '지식을 통해서'라는 뜻 맞나? 내가 어디가 어떻게 잘못된 거냐고, 스톨레?"

"나도…… 나도 몰라. 난ㅡ."

갑자기 상대가 날렵하게 움직였다. 스톨레 에우네는 피하려 했어도 손가락 하나 까딱하지 못했을 것이다. 발렌틴이 눈앞에서 사라졌다가 순식간에 등 뒤에서, 귓가에 속삭였다.

"잘 알잖아, 스톨레. 평생 나 같은 인간들을 상대했을 테니. 뭐 꼭 나랑 같지는 않더라도, 당연한 거지만, 나랑 비슷한 인간들 말이야. 하자 있는 종자들."

이제는 칼이 보이지 않았다. 그냥 느껴졌다. 덜덜 떨리는 이중턱에 칼날이 닿은 걸 느끼면서 코로 거칠게 숨을 내쉬었다. 인간이 그렇게 빨리 움직일 수 있다니 자연을 거스르는 일처럼 보였다. 죽고 싶지 않았다. 살고 싶었다. 다른 생각을 할 틈이 없었다.

"당신은…… 당신에겐 문제가 없어, 페울."

"발렌틴이라니까. 예의 좀 갖추시지. 내가 여기 이렇게 당신 몸에서 피를 빼서 내 거기에 묻힐 준비를 하고 서 있잖아?" 발렌틴은 스톨레의 귀에 대고 웃었다. "어서. 진단."

"완전히 미친 거지."

둘 다 고개를 들었다. 그 말이 들려온 문 쪽을 보았다.

"시간 다 됐어. 나갈 때 계산해, 발렌틴."

금발에 키 크고 어깨가 벌어진 형체가 문 앞을 꽉 채운 채 안으로 들어왔다. 그가 뒤에 뭔가를 끌고 들어왔는데 스톨레는 잠시 후에야 그게 뭔지 알았다. 대기실 소파 위에 놓여 있던 역기였다.

"물러서, 경찰 양반." 발렌틴이 으르렁거렸다. 스톨레는 칼이 목을 누르는 느낌을 받았다.

"경찰차가 오고 있어, 발렌틴. 다 끝났어. 그분을 풀어줘."

발렌틴은 바깥 거리로 열려 있는 창문을 향해 고갯짓했다. "사이렌 소리는 안 들리는데. 꺼져. 아님 당장 이자를 죽일 거야."

"못할걸." 해리 홀레가 역기의 봉을 들면서 말했다. "그분이 없으면 널 보호해줄 사람이 없으니까."

"그렇다면." 발렌틴이 대꾸했다. 스톨레는 팔이 뒤로 꺾인 채 일으켜 세워졌다. "여기 선생을 데려가지. 나랑 같이."

"대신 날 데려가." 해리 홀레가 말했다.

"왜 그래야 하지?"

"인질로는 내가 나으니까. 그분은 겁먹고 정신을 잃을 수 있잖아. 또 날 데려가면 내가 무슨 수를 쓸지 걱정하지 않아도 돼."

침묵. 창밖에서 어렴풋이 소리가 들렸다. 사이렌 소리일 수도 있고 아닐 수도 있었다. 칼날의 압박이 느슨해졌다. 그러다, 스톨레가 다시 숨을 마시려는 순간 따끔하면서 뭔가가 툭하고 잘리는 소리가 들렸다. 그것이 바닥에 떨어졌다. 나비넥타이.

"한 번만 더 움직이면……." 목소리가 귀에 대고 으르렁거리더니 다시 해리를 향해 말했다. "정 그러시다면, 경찰 양반. 하지만 일단 그 역기부터 내려놓으시지. 그리고 벽을 보고 돌아서. 다리를 벌리고—."

"어떻게 하는지는 나도 알아." 해리는 역기 봉을 놓고 뒤로 돌아서서 손바닥을 벽에 높이 짚고 다리를 벌렸다.

스톨레는 자신의 팔을 잡은 힘이 풀리는 걸 느꼈다. 순식간에 발렌틴이 해리 뒤에 서서 팔로 등을 누르고 칼을 목에 댔다.

"갑시다, 잘생긴 친구." 발렌틴이 말했다.

그들은 문을 나섰다.

스톨레는 드디어 숨을 쉴 수 있었다.

창밖에서 사이렌 소리가 바람 소리에 섞여 커졌다가 작아졌다.

해리는 발렌틴과 함께 머리가 둘 달린 트롤처럼 접수원에게 다가가 한 마디도 없이 지나치면서 접수원의 겁에 질린 얼굴을 보았다. 계단에서 조금 천천히 걸으려고 했지만 곧 옆구리를 찌르는 통증이 느껴졌다.

"무슨 짓이든 하려고 하면 이 칼이 당신 신장에 더 깊이 박힐 거야."

해리는 속도를 높였다. 아직은 피의 온도가 피부의 체온과 같아서 흐르는 느낌이 들지 않았지만 셔츠 속으로 피가 흐르는 걸 알았다.

그들은 1층으로 내려왔고, 발렌틴이 발로 문을 걸어차서 해리를 먼저 밀쳤다. 그러는 동안에도 칼은 내내 해리의 몸에 닿아 있었다.

그들은 스포르바이스 가로 나왔다. 사이렌 소리가 들렸다. 선글라스 낀 남자와 개가 그들에게 다가왔다. 흘깃거리지도 않은 채 흰색 지팡이로 캐스터네츠처럼 인도를 톡톡 치면서 지나갔다.

"저기 서." 발렌틴이 주차금지 표지판 기둥을 가리켰다. 기둥에는 산악자전거가 자물쇠에 채워져 있었다.

해리는 기둥 옆에 섰다. 셔츠가 끈적거리고 옆구리가 욱신거렸다. 칼이 등을 눌렀다. 열쇠와 자전거 자물쇠가 짤랑거리는 소리가 들렸다. 사이렌이 점점 다가왔다. 잠시 후 옆구리에 칼이 닿는 느낌이 사라졌다. 하지만 도망치려 하기도 전에 머리가 뒤로 젖혀지더니 목이 뭔가에 붙들린 느낌이 들었다. 눈에서 불꽃이 번쩍하더니 머리가 기둥에 부딪히고 숨이 가빠졌다. 열쇠가 다시 짤랑거렸다. 압박이 느슨해지자 당장 손을 들어 목과 목을 동여맨 것 사이에 손가락 두 개를 집어넣었다. 젠장.

저 앞에서 발렌틴이 자전거를 타고 휙 지나갔다. 고글을 쓴 채로 손가락 두 개를 헬멧에 대고 인사하고는 페달을 밟았다.

해리는 검은 배낭이 길을 따라 멀어지는 걸 보았다. 사이렌은 두 블록도 떨어지지 않았다. 자전거를 탄 사람이 지나갔다. 헬멧, 검은 배낭. 하나 더. 헬멧은 쓰지 않았지만 검은 배낭을 멘 사람. 하나 더. 젠장, 젠장, 젠장. 사이렌 소리가 꼭 머릿속에서 윙윙거리는 것처럼 들렸다. 해리는 눈을 감고 그리스의 오래된 논리 문제를 떠올렸다. 무언가가 다가오는데 1킬로미터 떨어져 있고 2분의 1킬로미터, 3분의 1킬로미터, 4분의 1, 100분의 1, 수열이 무한한 것이 참이라면 절대로 다가오지 않는다는 문제.

32

"그래서 그냥 자전거 자물쇠로 기둥에 목이 묶인 채 서 있었다고요?" 비에른 홀름이 믿기지 않는다는 듯 물었다.

"빌어먹을 주차금지 표지판." 해리는 빈 커피잔을 보면서 말했다.

"역설적이네요." 카트리네가 말했다.

"사람을 보내서 펜치를 가져오게 해야 했어."

보일러실 문이 열리고 군나르 하겐이 성큼성큼 들어왔다. "방금 소식 들었어. 어떻게 된 거야?"

"순찰차가 그 지역을 돌면서 놈을 찾고 있어요." 카트리네가 말했다. "자전거 탄 사람을 일일이 세워서 검문하는 중이에요."

"지금쯤이면 벌써 자전거를 버리고 택시를 잡아타든 대중교통을 타든 했겠지." 해리가 말했다. "발렌틴은 적어도 멍청하진 않아."

군나르는 아직 숨이 가쁜 채로 의자에 털썩 앉았다. "단서는 남겼나?"

침묵.

그는 책망하는 얼굴들을 보고 놀라서 물었다. "뭔데?"

해리가 헛기침을 했다. "베아테의 의자에 앉으셨네요."

"내가?" 군나르가 벌떡 일어섰다.

"운동복 셔츠를 남겼어요." 해리가 말했다. "비에른이 과학수사과에 보냈고요."

"땀, 머리카락, 살라미 냄새가 나는 셔츠까지." 비에른이 말했다. "하루 이틀이면 페울 스타브네스가 발렌틴 예르트센인지 확인될 거예요."

"다른 건 없고?" 군나르가 물었다.

"지갑도, 휴대전화도, 노트도, 다이어리도, 이후 살인 계획이 적혀 있을 만한 건 전혀 없었어요. 이것만 있었어요." 해리가 말했다.

군나르가 해리가 건넨 물건을 별 생각 없이 받아 들었다. 큐팁 면봉 세 개가 든, 뜯지 않은 작은 비닐봉지였다.

"이걸로 뭘 하려고 했을까?"

"누굴 죽이려고?" 해리가 짧게 말했다.

"그거 귀 청소용이에요." 비에른 홀름이 말했다. "사실은 귀를 긁는 용도 아닌가요? 피부가 자극을 받으면 더 많이 긁어서 귀지가 더 많이 생기고, 그러면 갑자기 면봉이 더 많이 필요해지죠. 귀를 위한 헤로인이랄까."

"화장하는 용도이거나." 해리가 말했다.

"어?" 군나르가 비닐봉지를 살펴보며 말했다. "그 말은…… 놈이 화장을 한다는 건가?"

"음, 가면 같은 거예요. 놈은 성형수술을 했어요. 스톨레 박사님이 가까이서 보셨잖아요."

"그 생각은 못했지만 자네 말이 맞을 수 있어."

"꼭 마스카라랑 아이라이너를 많이 칠해야만 달라 보이는 건 아니거든요." 카트리네가 말했다.

"좋아." 군나르가 말했다. "페울 스타브네스라는 이름에 관해서 는 알아낸 거 있나?"

"거의 없어요." 카트리네가 말했다. "그자가 스톨레 박사님한테 준 생년월일로는 페울 스타브네스라는 이름으로 주민등록에 올라 온 사람이 없어요. 같은 이름이 두 명밖에 없는데 오슬로 외곽에서 경찰이 신분을 확인해줬어요. 그자가 준 주소지에 사는 노부부는 페울 스타브네스든 발렌틴 예르트센이든 들어본 적이 없다고 하고 요."

"환자 연락처 정보는 자주 확인하지 않습니다." 스톨레가 말했 다. "그리고 그 환자는 상담이 끝날 때마다 상담료를 냈어요."

"호텔." 해리가 말했다. "기숙사, 호스피스. 이런 데는 고객들을 데이터베이스에 기록해요."

"확인할게요." 카트리네가 회전의자에 앉은 채 돌아서 자판을 두드렸다.

"그런 게 인터넷에 올라온다고?" 군나르가 미심쩍은 듯 물었다.

"아뇨." 해리가 말했다. "카트리네는 지금 없으면 좋겠다고 생각 할 만한 검색 엔진으로 찾는 거예요."

"왜지?"

"그런 검색 엔진에서는 세계 최고의 방화벽도 무용지물로 만드 는 수준의 코드에 접근할 수 있거든요." 비에른 홀름이 카트리네의 어깨 너머로, 유리 위에서 도망치는 바퀴벌레들의 발소리처럼 요 란하게 키보드를 두드리는 손가락을 넘겨보며 말했다.

"어떻게 그런 게 가능하지?" 군나르가 물었다.

"방화벽이 사용하는 코드랑 동일하거든요." 비에른이 말했다.

"검색 엔진이 벽인 거죠."

"별로예요." 카트레네가 말했다. "페울 스타브네스는 어디에도 없어요."

"그래도 어디선가 지내기는 할 거 아냐." 군나르가 말했다. "페울 스타브네스라는 이름으로 아파트를 빌리진 않았어? 그거 좀 확인해봐."

"그자가 평범한 세입자겠어요?" 카트리네가 말했다. "요즘은 집주인들이 세입자를 심사해요. 구글에서 검색해보고 납세 기록까지 다 확인해요. 게다가 발렌틴은 자기 이름이 어디에서도 검색되지 않는 게 드러나면 의심을 사리라는 걸 알았을 거예요."

"호텔이야." 해리가 자리에서 일어나 화이트보드 앞으로 갔다. 군나르는 자유연상으로 화살표와 단서를 복잡하게 적어놓은 도표로 보다가 이내 살인사건 피해자들의 이름인 걸 알았다. 그중 하나는 B라고만 적혀 있었다.

"호텔 얘기는 아까 했잖아요." 카트리네가 말했다.

"면봉 세 개." 해리가 군나르 쪽으로 몸을 숙여 비닐봉지를 다시 가져갔다. "이런 건 일반 상점에서 팔지 않아요. 호텔 욕실에, 미니어처 샴푸와 컨디셔너 옆에 놓이는 거예요. 다시 찾아봐, 카트리네. 이번엔 유디스 요한센으로."

15초도 안 돼서 검색이 끝났다.

"없어요." 카트리네가 말했다.

"젠장." 군나르가 말했다.

"아직 끝나지 않았어요." 해리가 비닐봉지를 살펴보며 말했다. "여기 제조업체 이름은 없지만 큐팁 면봉은 주로 플라스틱 막대인데 이건 나무예요. 제조업체와 이 물건을 공급받는 오슬로 호텔들을 추적할 수 있어요."

"호텔 공급업체라." 카트리네는 곤충처럼 가느다란 손가락을 다시 날렵하게 움직였다.

"전 이만 가보겠습니다." 스톨레가 일어서며 말했다.

"배웅해드릴게요." 해리가 말했다.

"당신들은 그자를 못 찾아." 스톨레가 경찰청사 앞에서 차갑고 쩽한 봄 햇살이 내리비치는 보츠 공원을 바라보며 말했다.

"**우리** 아닌가요?"

"아마도." 스톨레가 한숨을 쉬었다. "내가 하는 일이 별로 없는 거 같아서."

"하는 일이라뇨?" 해리가 말했다. "박사님 혼자 발렌틴을 잡아오셨잖아요."

"그자는 도망쳤어."

"놈의 가명이 다 알려졌어요. 우리가 놈에게 가까이 다가가고 있는 거예요. 왜 놈을 못 잡을 거라고 생각해요?"

"자네도 봤잖아. 어떤 것 같나?"

해리는 고개를 끄덕였다. "놈이 그랬잖아요. 박사님을 찾아간 건 박사님이 놈의 심리를 평가해서라고. 그때 박사님도 놈이 법적으로 온전한 정신 상태라는 결론에 이르지 않았나요?"

"그랬지. 하지만 알다시피 심각한 성격장애자들도 유죄 판결을 받을 수 있어."

"박사님이 평가한 건 범행 당시의 극단적 조현병, 정신증 같은 거였잖아요?"

"그렇지."

"하지만 놈은 조울증이나 사이코패스였을 수 있어요. 정정하면

2형 양극성 성격장애 혹은 소시오패스요."

"정정한 그 용어도 요즘 사회에서는 또 거슬리는 용어야." 스톨레는 해리가 내민 담배를 받았다.

해리는 양쪽에 불을 붙였다. "박사님이 경찰 자문인 줄 알고도 놈이 찾아온 건 다행이에요. 그런데 박사님이 자기를 쫓는 수사에 자문하는 줄 알면서도 계속 찾아간 것도 그럴까요?"

스톨레는 담배를 빨면서 어깨를 으쓱했다. "내가 유능한 심리치료사라 위험을 감수하면서까지 찾아왔나 보지."

"다른 의견은?"

"음, 위험 추구 성향이 강한 자일 수 있어. 연쇄살인범 다수가 이런저런 구실로 수사에 깊이 관여한 경찰들을 찾아가거든. 경찰을 속이는 짜릿한 승리감을 맛보려고."

"발렌틴은 박사님이 문신을 알아볼 줄 알면서도 티셔츠를 벗었어요. 그건 살인사건 용의자라면 아주 위험한 짓이에요."

"무슨 뜻인가?"

"흠, 그래요, 무슨 뜻일까요?"

"놈이 무의식중에 잡히기를 갈망한다는 말이군. 놈은 내가 자기를 알아봐주길 바란 거야. 내가 알아봐주지 못하니까 무의식중에 문신을 노출시켜서 나를 도와준 거고."

"그럼 일단 목적을 달성했으니 필사적으로 도망치려 한 거라고요?"

"그다음엔 의식이 넘겨받은 거지. 그 덕에 경찰 살인사건을 새로운 관점에서 보게 됐지. 발렌틴의 살인은 강박 행동이야. 그자는 무의식중에 누가 자기를 멈춰주기를, 처벌이나 구마의식을 해주기를 원하고, 누가 자기 안의 악마를 멈춰주기를 바라는 거야. 과거의 미제 살인사건에서 우리가 자기를 잡지 못하니까 연쇄살인범들이 흔히 그렇듯이 체포될 위험을 키우는 거야. 첫 번째 라운드에서 자기를 잡지 못한 경찰을 표적으로 삼았어. 경찰에 대한 범죄에는 자원이 무한정 투입된다는 걸 알고서. 결국에는 수사에 참여한다는 걸 아는 누군가에게 문신을 보여준 거고. 자네가 잘 맞혔어, 해리."

"음, 맞혔다고 좋아할 수 있을지 모르겠네요. 좀 더 단순한 설명은 어떨까요? 발렌틴이 우리가 기대하는 것만큼 철두철미하지 않은 사람이라서 그런 거라면. 우리가 기대하는 만큼 두려움도 없어서 그런 거라면."

"무슨 소린지 모르겠군."

해리는 담배를 한 모금 빨았다. 연기를 내뱉고 다시 코로 마셨다. 홍콩에서 허여멀건한 독일인 디제리두 연주자에게 배운 기법이었다. '담배 연기를 내뱉으면서 동시에 다시 들이마시는 거야, 친구. 그럼 담배를 두 번 피울 수 있지.' 그 독일인이 해준 말이었다.

"일단 집에 가서 쉬세요. 고생하셨어요." 해리가 말했다.

"고맙지만 난 여기 심리학자야, 해리."

"살인범이 목에 칼을 들이댔는데도? 죄송하지만 박사님, 그런 건 이성으로 처리하지 못해요. 악몽을 꿀 거예요. 제가 겪어봐서 알아요. 그러니 동료 말을 들으시죠. 그리고 이건 명령이에요."

"명령?" 스톨레의 얼굴이 미소를 지으려는 듯 씰룩거렸다. "이젠 자네가 보스인가, 해리?"

"그걸 의심한 적 있어요?" 해리가 주머니에 손을 넣었다. 휴대전화를 꺼냈다. "네?"

해리는 반쯤 피우다 만 담배를 바닥에 던졌다. "그거 알아봐줄래? 박사님, 뭔가 나왔대요."

스톨레 에우네는 해리가 문 안으로 들어가는 걸 보았다. 그리고 아스팔트 위에서 아직 연기가 나는 담배를 보았다. 가만히 신발로 눌렀다. 발을 비볐다. 얇은 가죽 밑창으로 담배가 짓이겨지는 느낌이 전해졌다. 분노가 치밀었다. 더 세게 비벼 껐다. 필터와 재와 종이와 담배를 아스팔트에 짓뭉갰다. 자기가 피우던 담배도 떨어뜨리고 같은 동작을 반복했다. 기분이 좋으면서 나빴다. 소리를 지르고 때리고 웃고 울고 싶었다. 담배의 모든 미묘한 맛을 맛보았다. 살아 있는 느낌이었다. 엿같이 살아 있는 느낌.

"강에—롤브스 가의 카스바 호텔이에요." 해리가 채 문을 닫기도 전에 카트리네가 말했다. "대사관이 주요 고객이고요. 대사관에서 직원들한테 장기 숙소를 마련해주기 전에 임시로 이 호텔을 잡아준대요. 합리적인 가격으로, 작은 방을."

"음. 왜 이 호텔이지?"

"이런 큐팁 면봉을 공급받는 데다 시내 오른편에서 12번 트램이 지나는 길에 위치한 호텔은 여기밖에 없어요." 비에른이 말했다. "제가 전화해봤는데, 스타브네스든 예르트센이든 요한센이든 숙박부에 기록이 없대요. 그런데 베아테가 그려준 몽타주를 팩스로 보냈거든요."

"그랬더니?"

"프런트 직원이 그런 사람이 있다고 확인해줬어요. 벨라루스 대사관의 사비츠키라는 사람요. 원래는 슈트를 입고 출근하더니 요새 운동복을 입고 나갔대요. 자전거도 타고."

해리는 이미 전화기를 들었다. "경정님? 델타가 필요해요. 당장."

33

"그래서 나한테 그걸 해달라고?" 트룰스가 맥주잔을 들며 말했다. 그들은 캄펜 비스트로에 앉아 있었다. 미카엘이 아주 괜찮은 식당이라고 말하던 곳이었다. 오슬로 동부에서 **중요한** 사람들, 돈보다 문화 자본을 더 많이 소유한 사람들, 학생 시절처럼 살아야 할 만큼 월급을 적게 받으면서도 궁색해 보이지 않는 특권 집단에 속하는 부류가 즐겨 찾는 세련된 가게였다.

트룰스는 평생 오슬로 동부에서 살았지만 이런 데가 있는 줄도 몰랐다. "내가 왜?"

"정직 말인데." 미카엘이 남은 미네랄워터를 컵에 따르며 말했다. "그거 철회해줄게."

"아?" 트룰스는 미카엘을 미심쩍은 눈으로 보았다.

"응."

트룰스는 맥주를 한 모금 마셨다. 거품이 한참 전에 꺼졌는데도 손등으로 입을 닦았다. 괜히 여유를 부렸다. "그렇게 쉬운 일을 왜 진즉에 하지 않았어?"

미카엘은 눈을 감고 숨을 들이마셨다. "그렇게 쉬운 건 아니지만 해주고 싶은 거지."

"왜?"

"네가 도와주지 않으면 난 끝장나니까."

트룰스가 킬킬거렸다. "이렇게 순식간에 처지가 뒤집히니 이상한데. 응, 미카엘?"

미카엘 벨만은 양옆을 흘끔거렸다. 손님은 가득했지만, 경찰들은 잘 오지 않는 곳이고 트룰스와 같이 있는 게 남들 눈에 띄면 안 되기 때문에 이 집을 골랐다. 그리고 트룰스도 눈치챈 것 같았다. 그래서 뭐?

"어쩔래? 다른 사람한테 부탁할 수도 있어."

트룰스가 크게 웃었다. "퍽이나!"

미카엘은 다시 주위를 살폈다. 트룰스에게 목소리를 낮추라고 말하고 싶지는 않았다. 하지만…… 예전에는 트룰스가 어떻게 나올지 예상할 수도 있고, 트룰스를 잘 구슬려서 원하는 일을 시킬 수도 있었다. 그런데 트룰스가 변했다. 어린 시절의 이 친구에게는 불길한 구석, 사악하고 예측 불가능한 구석이 있었다.

"대답해줘. 급한 거야."

"좋아." 트룰스가 잔을 비우며 말했다. "정직이 풀리면 좋지. 그리고 하나 더 필요해."

"뭔데?"

"울라의 팬티 한 장만. 세탁하지 않은 걸로."

미카엘은 트룰스를 빤히 응시했다. 취했나? 아니면 촉촉한 눈에 어렴풋이 보이던 포악성이 이제 영구히 제대로 형태를 잡은 건가?

트룰스는 더 크게 웃으면서 테이블에 탁 하고 술잔을 내려놓았다. 중요한 사람들 몇이 돌아보았다.

"그……" 미카엘이 말했다. "그래 한번 해볼—."

"농담이야, 이 친구야!"

미카엘은 피식 웃었다. "나도. 그럼 너 한다는……?"

"야, 우리 어릴 때부터 친구잖아, 안 그래?"

"그럼. 얼마나 고마운지 몰라, 트룰스." 미카엘이 미소를 쥐어 짰다.

트룰스가 테이블 너머로 손을 내밀었다. 미카엘의 어깨를 무겁게 눌렀다.

"그럼, 알지."

너무 무거운데, 미카엘은 생각했다.

정찰대도 없고, 평면도를 조사해서 출구나 퇴로를 찾지도 않고, 델타의 전지형 차량이 진입할 지점의 도로를 경찰차가 빙 둘러서 차단하지도 않았다. 이동하면서 간략히 상황을 보고했다. 델타의 리더 시베르트 폴카이드가 악을 쓰며 명령하고 뒤에는 중무장한 남자들이 묵묵히 듣고 있었다. 알아들었다는 뜻이다.

촌각을 다투는 상황이었다. 세계 최고의 작전을 펼친다고 해도 용의자가 도주한 뒤라면 아무 소용이 없다.

해리는 9인승 차량 뒷자리에 타고 가만히 듣고 있으면서 델타에게는 세계 두 번째나 세 번째의 작전이 없다는 것을 알았다.

우선 시베르트는 해리에게 발렌틴이 무장을 했을지 물었다. 해리는 르네 칼스네스를 살해할 때 총이 쓰였다고 답해주었다. 그러다 베아테도 총으로 위협당했을 거란 생각이 들었다.

해리는 앞에 앉은 남자들을 보았다. 무장 작전에 자원한 경찰들. 그들이 초과근무로 받는 대가가 무엇인지, 사실 얼마 안 된다는 걸 알았다. 납세자들이 델타에 무엇을 요구할 수 있다고 여기는지, 또 그 요구가 얼마나 과도한지도 알았다. 뒤늦게 델타 요원들이 더 큰 위험에 뛰어들지 않았다거나, 닫힌 문 너머의 상황이나 납치당한 비행기 안이나 숲으로 둘러싸인 해변의 상황을 직감으로 알아채서 국민에게 알려주지 않았다거나, 더 빨리 돌진하지 않았다고 질타당하는 경우가 얼마나 많은가? 델타 요원은 1년에 평균 네 차례, 24년간 100번 정도 작전을 수행하는데, 빈도를 보면 작전을 수행하다 사망할 수도 있다는 뜻이었다. 그럼에도 여전히 핵심은 사선에서 피살당하면 작전이 실패할 뿐 아니라 다른 요원들을 위험에 빠트릴 가능성이 높아진다는 것이다.

"엘리베이터는 한 대밖에 없다." 시베르트가 악을 썼다. "2번, 3번, 너희는 엘리베이터를 탄다. 4번, 5번, 6번, 너희는 중앙계단으로 진입한다. 7번, 8번, 너희는 비상계단으로 들어간다. 홀레 씨, 당신하고 나는 놈이 창문으로 도주할 수도 있으니 외부에서 지킵니다."

"전 총이 없는데요." 해리가 말했다.

"자, 받아요." 시베르트가 글록 17을 건넸다.

해리는 받아든 총에서 묵직함과 균형감을 느꼈다.

해리는 총기에 열광하는 사람들을 이해하지 못했다. 자동차에 열광하는 사람이나 음향기기에 맞게 집을 짓는 사람들을 이해하지 못하는 것과 마찬가지였다. 그렇다고 총을 잡는 데 거부감이 든 적도 없었다. 작년까지는. 마지막으로 총을 잡은 때가 생각났다. 선반에 있는 오데사도. 해리는 애써 이런 생각을 떨쳐냈다.

"왔다." 시베르트가 말했다. 차는 그 동네의 다른 집들과 똑같이 생긴 화려한 4층 벽돌 건물 대문 앞 한적한 거리에 멈추었다. 해리가 알기로, 그 동네의 일부는 유서 깊은 부자들의 집이고 다른 일부는 새로이 돈을 벌어 부자가 되었지만 고풍스러운 저택처럼 보이기를 원하는 사람들의 집이었다. 대사관과 대사들의 거주지와 광고업체와 음반회사와 소규모 해운회사도 있었다. 대문 기둥의 황동 명판에 그들이 찾는 주소가 새겨져 있었다.

시베르트는 손목시계를 들었다. "무선통신."

요원들이 돌아가며 자기 번호를 댔다. 헬멧에 흰 페인트로 적힌 숫자와 동일한 번호였다. 발라클라바를 얼굴로 내렸다. MP5 기관총에 벨트를 단단히 채웠다.

"하나에 들어간다. 다섯, 넷……."

해리는 자신의 아드레날린인지 다른 사람들의 아드레날린인지 모른 채 어렴풋이 장난감 총으로 발사한 종이화약 같은 씁쓸하고 짭짤한 맛을 느꼈다.

문이 열리고 검은색 등이 장벽을 이룬 채 대문으로 뛰어 들어가 10미터쯤 달려서 모두가 문 안으로 삼켜졌다.

해리는 뒤따라 내려서 방탄조끼를 매만졌다. 조끼 속은 이미 땀으로 푹 젖었다. 시베르트가 차 열쇠를 빼고 조수석에서 뛰어내렸다. 간혹 급습당한 범인들이 차 열쇠가 꽂힌 경찰차로 뛰어드는 경우가 있었다. 해리는 글록을 시베르트에게 다시 넘겼다.

"최근에 허가증을 받지 못했어요."

"그럼 임시 허가증을 드릴게요." 시베르트가 말했다. "긴급 상황. 경찰 규정에 관련 조항이 있을 겁니다. 아마도."

해리가 총을 장전하고 자갈길을 따라 성큼성큼 걸어갈 때 칠면조처럼 목이 구부정한 젊은 남자가 뛰어나왔다. 목울대가 방금 삼킨 것처럼 아래위로 오르내렸다. 해리는 검은 재킷의 옷깃에 새겨진 이름을 보고 아까 통화한 프런트 직원의 이름과 일치하는 걸 확인했다.

프런트 직원은 해리와 통화하면서 투숙객이 방에 있는지, 호텔 안 다른 곳에 있는지 잘 모르겠지만 확인해보겠다고 말했다. 해리는 절대 그러지 말라고 지시했다. 평소처럼 일하면서 아무 일 없는 것처럼 행동하면 그도 다른 누구도 다치지 않을 거라고 일러두었다. 검은 복장에 완전무장한 일곱 명의 남자들을 보고도 아무 일 없는 것처럼 행동하기란 쉽지 않을 터였다.

"저분들한테 마스터키를 드렸습니다." 프런트 직원이 동유럽 억양으로 말했다. "저더러 나가라고 하시고는—."

"우리 차량 뒤로 가 계세요." 시베르트가 엄지로 뒤를 가리키며 속삭였다. 해리는 그들을 뒤로하고 총을 들고 건물 뒤편으로 갔다. 응달에 사과나무들이 옆 건물의 담장까지 죽 늘어서 있었다. 노인이 테라스에 나와 앉아서 〈데일리 텔레그래프〉를 보고 있었다. 노인은 신문을 내려놓고 안경 너머로 빼꼼히 쳐다보았다. 해리는 방탄조끼에 '경찰'이라고 찍힌 노란 글씨를 가리키고 손가락을 입에 댔다. 노인이 고개를 까딱하는 걸 확인하고는 4층 창문에 집중했다. 프런트 직원이 벨라루스에서 온 투숙객의 방이라고 일러준 방이 위치한 곳이었다. 복도 끝 방이고 창문이 뒤뜰로 나 있었다.

해리는 이어폰을 고쳐 끼고 기다렸다.

몇 초 후 시작되었다. 충격탄이 터지는 둔중한 폭발음이 나고는 이어서 유리창이 철렁이는 소리가 났다.

해리는 기압 자체는 방 안에 있는 사람들의 귀를 먹먹하게 하는 정도에 불과하다는 걸 알았다. 하지만 폭발과 함께 강렬한 불빛이 쏟아지고 요원들이 급습하면 아무리 훈련된 사람이라도 처음 3초

동안은 멍하니 마비된다. 델타에게는 그 3초가 필요했다.

해리는 기다렸다. 이어폰에서 착 가라앉은 목소리가 나왔다. 예상대로였다.

"406호 접수. 아무도 없다."

그리고 이어지는 말에 해리는 욕을 했다.

"놈이 짐을 챙기러 다녀간 것 같다."

해리가 406호 앞 복도에서 팔짱을 끼고 서 있을 때 카트리네와 비에른이 도착했다.

"잘 던졌는데. 골대에 맞았나요?" 카트리네가 물었다.

"빈 골대에서 놓쳤어." 해리가 고개를 저었다.

그들은 해리를 따라 방 안으로 들어갔다.

"놈이 곧장 이리로 와서 짐을 다 챙겨서 떠났어."

"다요?" 비에른이 물었다.

"휴지통에서 나온 면봉 두 개랑 트램 승차권 두 장 빼고 전부. 그리고 우리가 이길 것 같았던 축구경기 티켓 쪼가리랑."

"우리?" 비에른이 평범한 호텔방을 둘러보며 물었다. "발레렝가요?"

"노르웨이. 슬로베니아 대항이라고 적혀 있어."

"우리가 이겼죠." 비에른이 말했다. "리세가 추가시간에 골을 넣었잖아요."

"어휴. 남자들은 어떻게 그런 걸 다 기억해요?" 카트리네가 고개를 절레절레 흔들었다. "브란이 작년에 리그에서 우승했는지 강등됐는지도 기억이 안 나는데."

"난 그 정도는 아니에요." 비에른이 말했다. "그날이 기억나는 건 경기 내내 지루하다가 내가 호출을 받고 나서 리세가—."

"어쨌든 기억하는 거잖아요. 레인맨. 그—."

"여기." 그들은 티켓을 보고 있던 해리를 돌아보았다. "왜였는지 기억나, 비에른?"

"네?"

"호출?"

비에른 홀름은 한쪽 구레나룻을 긁적였다. "글쎄요, 초저녁이었는데……."

"됐어." 해리가 말했다. "마리달렌에서 발생한 에를렌 베네슬라 살인사건이 일어난 날이야."

"그랬나요?"

"그날 저녁에 노르웨이가 울레볼 경기장에서 시합을 했거든. 여기 이 티켓에 그날 날짜가 찍혀 있군. 7시."

"아하." 카트리네가 말했다.

비에른 홀름이 짜증스러운 표정을 지었다. "그 말만은 말아줘요, 해리. 발렌틴 예르트센이 그 경기장에 있었다는 말. 그자가 거기 있었다면—."

"—범인일 수가 없죠." 카트리네가 말을 받았다. "우린 그자가 범인이길 간절히 바라고요, 해리. 그러니 이제 힘 나는 말 좀 해줘요."

"좋아." 해리가 말했다. "왜 이 티켓은 면봉이랑 트램 티켓과 함께 휴지통에 들어 있지 않았을까? 놈은 왜 다른 건 싹 치우고 이것만 책상에 놓고 갔을까? 정확히 우리가 찾아볼 만한 곳에."

"알리바이를 남긴 거군요." 카트리네가 말했다.

"우리가 여길 수색할 줄 알고 두고 간 거야." 해리가 말했다. "그러면 우리가 갑자기 의심에 사로잡혀 뭘 해야 할지 모르게 된다는 걸 아는 거지. 물론, 이게 놈이 거기 있었다는 증거는 못 돼. 오히려 놈이 그날 진짜로 축구경기를 보러 갔다면 그거야말로 놀랄 일이지. 관중이 서로를 기억하지 못하는 경기장에 있었던 것도 그렇고, 그날 티켓을 보관하고 있는 것도 그렇고."

"티켓에 좌석번호가 있네요." 카트리네가 말했다. "옆자리와 뒷자리에 앉은 사람들이 그날 거기에 누가 있었는지 기억할 수도 있잖아요. 아니면 그 자리에 아무도 앉지 않았다든가. 좌석번호를 검색해볼게요. 혹시라도―."

"해봐." 해리가 말했다. "전에 극장이나 영화관에서 관객의 알리바이를 확인해본 적이 있는데 사람들은 사나흘만 지나도 주변에 누가 있었는지 전혀 기억하지 못하더군."

"맞아요." 카트리네가 체념한 듯 말했다.

"이건 국제 경기잖아요." 비에른이 말했다.

"그게 왜?" 해리가 욕실로 가면서 물었다. 바지 지퍼를 반쯤 내린 채였다.

"국제 경기는 FIFA의 규칙과 규정을 준수하거든요." 비에른이 말했다. "훌리건 때문에."

"맞아." 해리가 욕실 문 안에서 소리쳤다. "잘했어, 비에른!" 그리고 문을 닫았다.

"왜요?" 카트리네가 소리쳤다. "무슨 얘기예요?"

"CCTV." 비에른이 말했다. "FIFA에서 혹시 모를 소요에 대비해서 주최 측에 관객을 영상으로 찍어두게 해요. 훌리건이 기승을 부리던 1990년대에 경찰이 말썽을 일으킨 사람들을 찾아내서 벌금을 매기기 위해 도입된 규정이에요. 경기 내내 고화질 카메라로 관중석을 촬영하니까 모든 사람의 얼굴을 확대해서 확인할 수 있어요. 우리한테는 발렌틴이 앉았던 구역과 열과 좌석번호가 있어요."

"거기 앉지 **않았어요!**" 카트리네가 소리쳤다. "그자가 화면에 잡혔을 리 없잖아요? 그럼 우린 다시 원점으로 돌아가야 된다고요."

"물론 영상이 삭제됐을 수도 있어요." 비에른이 말했다. "그날 경기 중에 별일이 없었고, 데이터 보관 지시어로 보관 가능 기간이 지정돼서—."

"데이터 보관 지시어라……".

"이미지가 전자 방식으로 저장되면 삭제 버튼만 누르면 파일이 삭제되거든요."

"파일을 영구히 삭제하는 건 운동화에서 개똥을 떼어내는 것과도 같아요. 어렵죠. 성도착자가 하드드라이브를 깨끗이 지웠다고 자신하며 자발적으로 제출한 컴퓨터에서 아동 포르노가 나오곤 하잖아요. 발렌틴 예르트센이 그날 저녁에 경기장에 있었는지 반드시 찾아낼게요. 에를렌 베네슬라의 추정 사망 시간이 언제였죠?"

화장실에서 물 내리는 소리가 났다.

"7시에서 8시 반 사이예요." 비에른이 말했다. "그러니까 경기 시작 직후, 헨릭센이 동점 골을 넣은 다음이죠. 에를렌 베네슬라도 마리달렌에서 환호성을 들었을 거예요. 현장이 울레볼 경기장에서 멀지 않았잖아요?"

욕실 문이 열렸다. "그럼 마리달렌에서 살인하고 경기장에 도착했을 수도 있겠군." 해리가 마지막 단추를 채웠다. "경기장에 들어가서는 주위 사람들이 기억할 만한 행동을 했을 수도 있어. 알리바이를 위해."

"발렌틴은 경기장에 없었다니까요." 카트리네가 말했다. "만약 거기 있었다면, 제가 그 빌어먹을 영상을 처음부터 끝까지 뒤져서 놈이 몇 번이나 의자에서 엉덩이를 뗐는지 확인할게요. 알리바이? 웃기시네."

커다란 단독주택 위로 정적이 감돌았다.

노르웨이 주식회사에서 퇴근하는 볼보와 아우디가 폭풍처럼 몰려오기 직전의 정적이라고, 트룰스 베른트센은 생각했다.

트룰스는 초인종을 누르고 주위를 둘러보았다.

근사하게 조성된 정원. 정성껏 손질된 공간. 은퇴한 경찰청장이라면 이런 걸 손질할 여유가 있겠군.

문이 열렸다. 그는 부쩍 늙어 보였다. 예리한 푸른 눈은 그대로였지만, 목 주위 피부가 늘어지고 등이 꼿꼿하지 않았다. 트룰스의 기억에 인상적으로 남아 있는 그 사람이 아니었다. 낡은 평상복 때문인지도 몰랐다. 어쩌면 직장을 떠나 더는 정신 똑바로 차리고 살아야 할 이유가 없어진 탓인지도 몰랐다.

"오륵크림의 베렌첸이라고 합니다." 트룰스는 신분증을 내밀며 그 노인이 베른트센을 베렌첸으로 볼 수도 있을 거라고 생각했다. 빠져나갈 구멍을 마련하려고 거짓말을 한 것이다. 하지만 전임 청장은 신분증을 보지도 않고 고개를 까딱했다. "언젠가 본 거 같은데. 무슨 일인가, 베렌첸?"

그는 트룰스를 집 안에 들일 생각이 없어 보였다. 트룰스는 그래도 괜찮았다. 아무도 그들을 보지 못하는 데다 주변 소음도 적었다.

"아드님 손드레의 일입니다."

"걔가 왜?"

"저희가 알바니아인 포주 체포 작전을 수행하면서 크바드라투렌에서 동향을 살피며 사진을 찍었습니다. 매춘부를 태우는 차량을 확인해서 차주를 불러 조사하고, 매춘부에 관한 정보를 넘기면 감형을 제안할 목적으로요. 그런데 저희가 촬영한 차량 중에 아드님 소유의 차량이 있었습니다."

청장은 숱 많은 눈썹을 올렸다. "그게 무슨 소린가? 손드레가? 말도 안 돼."

"저도 그렇게 생각합니다. 그래도 청장님께 미리 말씀드리고 싶었습니다. 뭔가 오해가 있었거나 아드님이 태운 여자가 매춘부도 아닌 것 같으면 사진을 폐기하겠습니다."

"손드레는 결혼해서 행복하게 살고 있어. 내가 걜 키웠어. 옳고 그름을 아는 애야. 정말이야."

"아무렴요. 청장님도 저희와 같은 생각이신지 확인하고 싶었을 뿐입니다."

"아니, 그 애가 왜 그런 짓을……." 트롤스 앞에 선 남자는 상한 포도알을 씹는 듯 얼굴을 찌푸렸다. "……길에서 성을 산단 말인가? 감염 위험도 있고. 자식들도 있는데. 아냐, 아냐, 아냐."

"그럼 굳이 추적해서 확인할 이유가 없다는 데에 의견이 일치하는 것 같군요. 설사 그 여자를 매춘부로 볼 만한 이유가 있다고 해도 아드님이 다른 사람한테 차를 빌려줬을 수도 있으니까요. 운전자 사진은 없습니다."

"그럼 증거가 없는 거로군. 그래, 이건 그냥 없던 일로 하는 게 좋겠네."

"고맙습니다. 말씀하신 대로 하겠습니다."

경찰청장은 천천히 고개를 끄덕이며 트롤스를 찬찬히 살폈다.

"오릌크림의 베렌첸이라고 했나?"

"맞습니다."

"고맙네, 베렌첸. 자네들, 일을 잘하는군."

트룰스는 활짝 웃었다. "최선을 다하고 있습니다. 그럼, 안녕히 계십시오."

"뭐라고 했어요?" 카트리네가 검은 화면을 보면서 물었다. 보일러실의 공기는 답답해서 탈수증이 일어날 지경이었지만, 바깥은 어느새 오후였다.

"데이터 보관 지시어 때문에 관중의 이미지가 삭제됐을 가능성이 높다고 했죠?" 비에른이 말했다. "보시다시피 내 말이 맞았어요."

"그리고 **내가** 뭐라고 했죠?" 카트리네가 말했다.

"파일은 운동화에 묻은 개똥 같다고 했지." 해리가 말했다. "제거하는 게 불가능하다고."

"**불가능**하다고는 안 했어요." 카트리네가 말했다.

보일러실팀의 네 사람이 카트리네의 컴퓨터 앞에 둘러앉았다. 해리가 스톨레에게 와달라고 전화했을 때 스톨레는 안도한 목소리로 대답했다.

"어렵다고 했죠." 다시 카트리네가 말했다. "어디엔가 거울상이 남아 있거든요. 컴퓨터를 잘 아는 남자라면 찾아낼 수 있어요."

"여자는요?" 스톨레가 말했다.

"못 해요." 카트리네가 말했다. "여자는 주차도 못하고 축구 결과도 못 외우고 컴퓨터로 귀찮은 걸 배우고 싶어하지도 않거든요. 이런 건 밴드 티셔츠를 입고 성생활도 거의 없는 괴짜 남자들이나 할 줄 알죠. 석기시대부터 그랬잖아요."

"그럼 못 한다는—."

"제가 컴퓨터 전문가는 아니라는 말이에요, 스톨레 박사님. 검색 엔진에서 노르웨이축구협회를 검색했지만 모든 기록이 삭제됐어요. 여기서부터는 제가 할 수 있는 작업이 아닌 거 같아요."

"거봐요, 내 말을 들었으면 시간을 절약했을 텐데요." 비에른이 말했다. "그럼 이제 뭘 하죠?"

"아무 작업도 못 한다는 건 아니에요." 카트리네가 계속 스톨레에게 설명했다. "보시다시피 저한테는 몇 가지 장점이 있잖아요. 여성스러운 매력과 여성스럽지 않게 척척 해내는 추진력과 창피를 모르는 자세 같은 거. 이런 게 있으면 괴짜들의 세계에서 유리할 수 있어요. 사실 이 검색 엔진을 소개해준 친구가 사이드컷이라는 인도인 IT 작업자를 연결해줬어요. 그래서 제가 한 시간 전에 하이데라바드에 전화해서 그 사람을 끌어들였어요."

"그리고?"

"여기 영상이 있네요." 카트리네는 엔터 키를 눌렀다.

화면이 켜졌다.

모두가 지켜보았다.

"저기 있군." 스톨레가 말했다. "외로워 보이는군."

발렌틴 예르트센, 일명 폐울 스타브네스가 팔짱을 끼고 앉아 있었다. 경기를 보고 있지만 경기에는 관심이 없어 보였다.

"젠장!" 비에른이 나직이 욕했다.

해리가 카트리네에게 재생 속도를 높이라고 재촉했다.

카트리네가 버튼을 누르자 발렌틴 예르트센 주변의 관중이 휙휙 움직이고 오른쪽 하단의 시계와 카운터도 빠르게 돌아갔다. 그런데도 발렌틴 예르트센만은 그 자리에 가만히, 살아 있는 군중 속에서 홀로 정물처럼 앉아 있었다.

"더 빨리." 해리가 말했다.

카트리네가 다시 버튼을 눌렀고, 주변의 관중은 더 활동적으로 몸을 앞뒤로 흔들고 일어서고 허공에 팔을 던지고 밖으로 나갔다가 핫도그나 커피를 들고 돌아왔다. 그러다 파란색 빈 좌석들이 반짝거렸다.

"1대1. 하프타임이에요." 비에른이 말했다.

경기장이 다시 가득 찼다. 관중의 움직임이 더 많아졌다. 화면 구석의 시계가 빠르게 돌아갔다. 관중의 머리가 흔들리며 화가 난 듯 보였다. 갑자기 허공에 팔을 던지더니 2초간 화면이 얼어붙은 듯 보였다. 그러다 일제히 벌떡 일어나 환호성을 지르고 껑충껑충 뛰고 서로 부둥켜안았다. 딱 한 사람만 빼고.

"리세가 추가시간에 페널티킥을 넣었거든요." 비에른이 말했다.

그리고 끝났다.

관중이 자리를 떠났다. 발렌틴은 모두가 떠날 때까지 꼼짝 않고 그 자리에 앉아 있었다. 그러다 일어서서 나갔다.

"줄 서는 거 싫어하나 보네요." 비에른이 말했다.

화면이 다시 검게 변했다.

"그럼." 해리가 말했다. "우리가 뭘 본 거지?"

"내 환자가 축구경기 관람한 걸 봤지." 스톨레가 말했다. "그 환자, 다음 상담에는 오지 않을 것으로 보이는군. 그럼에도 저 친구를 제외한 모두가 즐거워한 경기였던 걸로도 보이는군. 내가 저 친구 몸짓언어를 좀 아는데, 확실히 경기에 흥미를 느끼지 못하는 것 같아. 자연스럽게 이런 의문이 드는군. 축구경기는 대체 왜 보러

간 걸까?"

"게다가 저자는 아무것도 먹지 않고 화장실에도 가지 않고 경기 내내 자리를 지키고 앉아 있었어요." 카트리네가 말했다. "소금기둥처럼 가만히 앉아 있었다고요. 소름 돋지 않아요? 우리가 이 영상을 확인할 걸 알고 자신의 알리바이를 10초도 놓치지 않기를 바라는 것처럼."

"놈이 휴대전화로 전화만 걸었어도." 비에른이 말했다. "화면을 확대해서 전화번호를 확인할 수 있을 텐데요. 아니면 전화한 순간의 시간을 확인해서 울레볼 경기장 기지국에서 발신한 통화와 대조해보면—."

"전화하지 않았어." 해리가 말했다.

"그래도 만약—."

"전화하지 않았어, 비에른. 발렌틴 예르트센이 울레볼에서 경기를 관람한 동기가 뭐든 마리달렌에서 에를렌 베네슬라가 살해당한 시간에 경기장에 앉아 있었던 건 사실이야. 그리고 다른 사실은……" 해리는 모두의 머리 위로 아무것도 없는 흰 벽돌 벽을 보았다. "……우리가 다시 원점으로 돌아왔다는 것이지."

34

에우로라는 그네에 앉아 배나무 잎 사이로 스며드는 햇살을 보았다. 아빠는 배나무라고 했지만 배가 열리는 걸 본 사람은 없었다. 에우로라는 열두 살이고 그네를 타기엔 너무 컸고 아빠의 말을 곧이곧대로 믿기에도 너무 커버렸다.

에우로라가 학교에서 돌아와 숙제를 마치고 정원으로 나온 사이 엄마는 장을 보러 나갔다. 아빠는 저녁식사 시간까지 집에 오지 않을 것이다. 요즘 아빠는 다시 늦게까지 일하기 시작했다. 에우로라와 엄마한테 이제는 다른 아빠들처럼 일찍 퇴근하겠다고, 저녁에 경찰서 일을 하지 않고 상담소에서 심리치료만 하겠다고 약속해놓고선. 하지만 지금은 다시 경찰서에서 일한다. 엄마도 아빠도 정확히 무슨 일이 일어나는지 말해주지 않았다.

에우로라는 아이팟에서 듣고 싶은 노래를 찾았다. 리한나가 그녀를 원한다면 와서 함께 걸어야 한다고 노래했다. 에우로라는 긴 다리를 뻗어 그네의 속도를 올렸다. 다리가 길어져서 그네 밑으로 접거나 위로 뻗어 올리지 않으면 땅에 끌렸다. 좀 있으면 엄마만큼 커지겠지. 에우로라는 고개를 젖혔고, 긴 머리카락의 무게가 느껴졌다. 아주 좋았다. 눈을 감고 나무와 그넷줄 위의 해를 향해 고개를 든 채로 리한나의 노래를 들었다. 그네가 아래로 내려올 때마다 나뭇가지가 걸리는 소리가 들렸다. 다른 소리도 들렸다. 대문이 열리는 소리와 자갈이 밟히는 소리.

"엄마." 에우로라는 눈을 뜨고 싶지 않고 기분 좋게 따스한 햇살에서 얼굴을 돌리고 싶지도 않아서 그냥 엄마를 부르기만 했다. 그런데 대답이 들리지 않았다. 문득 차가 멈추는 소리도 나지 않고 엄마의 작은 파란색 차에서 분주히 웽웽거리는 소리도 들리지 않았다는 생각이 들었다.

에우로라는 뒤꿈치를 땅에 끌어 속도를 늦추고 그네를 멈추었지만 아직 눈을 감은 채였다. 음악과 햇살과 몽상의 아름다운 비눗방울을 터트리고 싶지 않았다.

얼굴에 그림자가 드리운 느낌이 드는 동시에 추운 날 구름이 해를 가릴 때처럼 갑자기 서늘해졌다. 눈을 떠 보니 누군가가 서서 내려다보고 있었다. 하늘을 배경으로 해가 있던 자리에 둥근 후광을 두른 검은 형체만 보였다. 에우로라는 잠시 눈을 깜빡이며 순간 뇌리를 스친 생각에 어리둥절해졌다.

예수님이 오신 건가. 지금 여기 서 계신 건가. 그렇다면 엄마와 아빠 말이 틀렸다는 뜻이다. 하느님은 정말로 계시고, 우리의 모든 죄를 용서하신 거였다.

"안녕, 꼬마 아가씨." 목소리가 들렸다. "이름이 뭐니?"

예수님도 어쩔 수 없으면 노르웨이어를 하시나 보다.

"에우로라예요." 에우로라는 형체의 얼굴을 더 잘 보려고 한쪽 눈을 감았다. 수염도 없고 긴 머리도 없었다.

"아빠, 집에 계시니?"

"회사 가셨어요."

"그렇구나. 그럼 너 혼자니, 에우로라?"

에우로라는 대답할 뻔했다. 그러다 문득 말문이 막혔다. 알 수 없는 무언가가 말문을 막았다.

"누구세요?" 에우로라는 대답 대신 이렇게 물었다.

"너희 아빠랑 얘기하려고 온 사람이야. 그런데 너랑 얘기해도 돼. 우리 둘만 있으니까. 그래도 될까?"

에우로라는 대답하지 않았다.

"무슨 음악 들어?" 남자가 아이팟을 가리키며 물었다.

"리한나요." 에우로라는 그네를 뒤로 밀면서 말했다. 남자의 그늘에서 벗어나기 위해서가 아니라 남자를 더 잘 보려고.

"아, 그래. 우리 집에 그 친구 CD 많은데. 빌려갈래?"

"갖고 있지 않은 건 스포티파이 스트리밍으로 들어요." 에우로라는 남자가 평범해 보이고 예수님하고 전혀 닮지 않았다고 판단했다.

"아, 그래, 스포티파이." 남자는 몸을 숙였다. 에우로라의 키만큼이 아니라 더 낮게. 그편이 나았다. "그럼 좋아하는 음악을 다 들을 수 있겠네."

"거의 다요." 에우로라가 말했다. "그런데 무료 버전이라 중간에 광고가 많이 나와요."

"그게 싫으니?"

"말 많은 건 싫죠. 느낌이 깨지니까."

"말도 하고 최고의 노래가 담긴 음반이 있는 거 아니?"

"아뇨." 에우로라는 고개를 갸우뚱하며 그 남자가 왜 부드럽게 말하는지 의아해하면서 어쩐지 그 사람의 평소 말투가 아닌 것 같다고 생각했다. 친구 에밀리가 좋아하는 옷을 빌려달라고 말할 때 같은 말투였다. 에우로라는 방이 엉망으로 어질러져 있어서 빌려주고 싶지 않았다. 옷이 어디 있는지 찾을 수가 없었다.

"핑크플로이드를 들어보렴."

"누군데요?"

남자는 주위를 둘러보았다. "안에, 컴퓨터 있는 데로 가면 보여줄게. 아빠를 기다리면서."

"철자를 알려주세요. 외울게요."

"보여주는 게 제일 좋지. 그러면서 아저씨가 물도 마실 수 있고."

에우로라는 남자를 보았다. 지금은 남자가 몸을 낮추어서 햇빛이 다시 얼굴을 비추었지만, 햇살이 더는 따뜻하지 않았다. 이상했다. 에우로라는 그네에 앉은 채 몸을 젖혔다. 남자가 미소 지었다. 이빨 사이에 뭔가 반짝였다. 혀끝을 대고 있다가 뺀 것처럼.

"어서." 남자가 일어서며 말했다. 남자는 자기 머리 높이에서 그넷줄을 잡았다.

에우로라는 그네에서 미끄러져 남자의 팔 아래에 착지했다. 그리고 집으로 걸어갔다. 뒤에서 남자의 발소리가 들렸다. 말소리도.

"너도 좋아할 거야, 에우로라. 정말이야."

온화한 목소리, 신부님이 견진성사를 집도할 때처럼. 이건 아빠의 표현이었다. 혹시 정말 예수님일까? 예수님이든 아니든 집에 들이고 싶지는 않았다. 에우로라는 계속 걸었다. 아빠한테는 뭐라고 하지? 아빠가 아는 아저씨가 물 한 잔 마시러 들어온다는데 못 들어오게 했다고 해야 하나? 아니, 그럴 수는 없었다. 걸음을 늦추어 생각할 시간을 벌어서 남자를 집에 들이지 않을 핑계를 짜내려 했다. 하지만 생각나는 말이 없었다. 게다가 걸음을 늦추자 남자가 가까이 다가와서 숨소리가 들렸다. 거칠었다. 그네에서 고작 몇 걸음 걷고 숨이 찬 것처럼. 그리고 입에서 이상한 냄새가, 매니큐어 지우는 약 같은 냄새가 났다.

현관 앞 계단까지는 이제 다섯 걸음 남았다. 핑계. 두 걸음. 계단. 어서. 없어. 현관 앞에 다 왔다.

에우로라가 침을 삼켰다. "잠긴 거 같아요. 밖에서 기다려야 돼요."

"뭐?" 남자가 계단 위에서 두리번거렸다. 울타리 뒤 어딘가에 아빠가 있나 찾아보는 것처럼. 아니면 이웃 사람이라도. 남자의 팔에서 나는 열기가 느껴지고 남자가 에우로라의 어깨 너머로 팔을 뻗어 현관 손잡이를 내렸다. 문이 열렸다.

"저기, 계십니까?" 남자의 숨소리가 더 가빠졌다. 목소리도 가볍게 떨렸다. "우리가 운이 좋았네."

에우로라는 현관을 보았다. 어두운 복도를 바라보았다. 물 한 잔만. 그리고 관심도 없는, 말소리가 담겨 있다는 노래. 멀리서 잔디 깎는 기계 소리가 들렸다. 화가 나고 과격하고 고집스러운 소리. 에우로라는 집 안으로 들어갔다.

"저기요……." 에우로라는 무슨 말을 하려다 말았다. 순간 남자가 어깨에 손을 얹었는데 선을 넘은 느낌이었다. 셔츠 끝, 피부가 드러난 부위에 얹어진 손에서 열이 느껴졌다. 에우로라의 작은 심장이 쿵쾅거렸다. 다시 잔디 깎는 기계 소리가 났다. 그런데 잔디 깎는 기계가 아니라 신나게 윙윙 돌아가는 작은 엔진 소리였다.

"엄마!" 에우로라는 소리를 지르고 남자의 손아귀에서 겨우 빠져나와 계단 네 개를 한꺼번에 뛰어내려 자갈길을 내달렸다. 그리고 어깨 너머로 돌아보며 소리쳤다.

"장 본 거 같이 날라드려야 돼요."

에우로라는 대문으로 뛰어가며 뒤따라오는 발소리에 귀를 기울였지만 자기 운동화에 밟히는 자갈 소리에 귀가 먹먹할 정도였다. 그리고 대문을 앞에 서서 문을 잡고 열면서 엄마가 차고 앞의 작은 파란 차에서 내리는 걸 보았다.

"안녕, 우리 딸." 엄마가 약간 놀란 듯 웃었다. "엄청 빨라졌네."

"누가 아빠를 찾아왔어요." 돌아보니 자갈길은 생각보다 길었다. 어쩐지 숨이 찼다. "계단에 있어요."

"어?" 엄마는 뒷좌석에 있던 봉지 하나를 건네고 문을 닫고 같이 대문으로 들어갔다.

계단에는 아무도 없었지만 현관문이 열려 있었다.

"그 아저씨가 들어가셨니?" 엄마가 물었다.

"모르겠어요." 에우로라가 말했다.

그들은 집으로 들어갔다. 에우로라는 열린 문 앞에 서 있고, 엄마는 거실을 지나 주방으로 들어갔다.

"계세요?" 엄마가 부르는 소리가 들렸다. "계세요?"

그리고 엄마가 장바구니 없이 복도로 나왔다.

"아무도 없는데, 에우로라."

"여기 있었어요. 정말이에요!"

엄마는 깜짝 놀라 딸을 보고 웃었다. "그럼 있었지, 우리 딸. 엄마가 왜 네 말을 안 믿겠어?"

에우로라는 대답하지 않았다. 무슨 말을 해야 할지 몰랐다. 예수님이 오신 건지도 모른다고 어떻게 설명할 수 있을까? 성령님이나. 어쨌든 아무나 볼 수 있는 사람은 아니었다.

"중요한 일이라면 또 오시겠지." 엄마가 주방으로 돌아가며 말했다.

에우로라는 복도에 서 있었다. 달콤하고 퀴퀴한 냄새가 아직 남
아 있었다.

35

"아니, 집에 들어는 가시는 겁니까?"

아르놀 폴케스타는 신문에서 고개를 들었다. 그리고 문간에 기대어 선 키 큰 남자를 보고 미소를 지었다.

"아뇨, 나도 안 갑니다, 해리."

"9시가 넘었는데 아직 계시네요."

아르놀은 허허 웃으며 신문을 정리했다. "안 그래도 들어가려던 참이었어요. 이제 들어오셨으니 얼마나 계실 겁니까?"

"오래는 안 있어요." 해리는 긴 다리로 성큼성큼 나무 의자로 가서 앉았다. "게다가 주말을 함께 보낼 여자도 없네요."

"아, 그래요? 전 주말에 **피할** 수 있는 전부인이 있습니다만."

"그래요? 몰랐네요."

"실은 동거인이었어요."

"커피 있어요? 어떻게 된 건데요?"

"커피 떨어졌어요. 우리 중 한 사람이 청혼을 당연한 수순인 줄 아는 끔찍한 착각에 빠진 거죠. 거기서부터 내리막이었고. 청첩장을 다 돌리고 나서 내가 그만두자고 하자 그녀가 떠났어요. 그렇게는 살 수 없다면서. 나한테는 최선이었죠."

"음." 해리는 엄지와 중지로 눈을 닦았다.

아르놀은 일어나서 벽에 걸린 재킷을 꺼냈다. "보일러실 쪽은 진도가 안 나가나 봐요?"

"음, 오늘은 차질이 있었어요. 발렌틴 예르트센이……."

"네?"

"우린 그자가 전기톱 살인마라고 보거든요. 그런데 그자가 모든 경찰을 살해한 범인은 아니었어요."

"확실해요?"

"적어도 혼자 한 건 아니에요."

"범인이 여럿일 수 있다는 건가요?"

"카트리네의 생각은 그래요. 하지만 사실 성적 동기로 저지른 살인사건의 98.6퍼센트에서 범인은 한 명이에요."

"그럼……."

"카트리네가 주장을 굽히지 않아요. 트리반 소녀 살인사건은 십중팔구 범인이 남자 두 명일 거라고 주장하고요."

"토막 난 시신이 몇 킬로미터씩 떨어져서 발견된 그 사건 말입니까?"

"네. 발렌틴이 누구하고 같이 저질렀을 거라는군요. 경찰 수사에 혼선을 주려고."

"범인들이 돌아가면서 살인을 저지르고, 서로 알리바이를 보장해준다?"

"예. 예전에도 그런 일이 있었더군요. 1960년대에 미국 미시건 주에서 과격한 폭력범인 전직 경찰 둘이 같이 다녔어요. 패턴을 정해놓고 매번 그 패턴에 따라 범행을 저질러서 전형적인 연쇄살인으로 보이게 만들었죠. 일종의 모방 범죄였어요. 둘 다 앞사람이 저지른 범행을 모방했으니까요. 각자 자기만의 병적인 취향이 있어서 결국 FBI의 관심을 끌었죠. 그런데 첫 번째 범인과 두 번째 범인이 몇 차례 사건에서 빈틈없는 알리바이를 가지고 있어서 자연히 용의선상에서 제외됐어요."

"똑똑하군. 그렇다면 이번 사건에서 그 비슷한 상황이 벌어졌다고 보지 않는 이유는 뭡니까?"

"구십팔—"

"—점 육 퍼센트. 그걸 너무 철썩같이 믿으시는 거 아닙니까?"

"지난번에 중요한 증인이 자연스럽지 않은 이유로 사망하는 비율에 관해 말씀해주신 통계를 근거로, 제가 아사예프가 자연사하지 않았다는 걸 알아낸 덕택이지요."

"그래도 아직 그 사건에 관해서는 아무것도 안 했잖습니까?"

"네. 그 사건은 일단 제쳐둘 겁니다, 아르놀. 이게 더 급하니까." 해리는 머리를 벽에 기댔다. 눈을 감았다. "우린 생각의 흐름이 일치해요. 교수님하고 저요. 전 지금 몹시 지쳤고 도움을 청하려고 곧장 이리로 온 거예요."

"나요?"

"다시 원점으로 돌아왔거든요. 교수님 뇌에는 저한테 없는 뉴런이 몇 개 있거든요."

아르놀은 다시 재킷을 벗어 의자 등받이에 단정히 걸어놓고 자리에 앉았다.

"해리?"

"네?"

"이게 얼마나 기분 좋은 부탁인지 모를 겁니다."

해리는 씁쓸한 미소를 지었다. "그럼 좋아요. 동기."

"동기. 그래요, 그게 원점이죠."

"우리가 서 있는 곳이죠. 범인의 동기가 뭘까요?"

"일단 커피부터 찾아볼까요."

해리가 커피 한 잔을 다 마시고 두 번째 잔도 거의 비우면서 말을 맺자 아르놀이 입을 열었다.

"르네 칼스네스 살인사건이 중요해 보이는군요. 예외라서, 딱 들어맞지 않아서요. 들어맞기도 하고 아니기도 하고. 과거의 미제사건과는 딱 들어맞지가 않아요. 성별, 가학증, 칼을 쓰는 면에서. 뭉툭한 흉기로 두부와 안면을 가격한 점에서는 경찰 살인사건하고 더 맞아요."

"계속하세요." 해리가 컵을 내려놓으며 말했다.

"르네 칼스네스 사건은 나도 잘 기억해요. 그 사건이 일어났을 때 강연하러 샌프란시스코에 가 있었는데요, 그때 묵은 호텔에 방마다 〈게이제트〉가 배달되었죠."

"게이 신문요?"

"노르웨이 같은 작은 나라에서 발생한 살인사건을 1면 톱으로 다루면서, 동성애 남자에 대한 증오 범죄라고 규정하더군요. 재밌는 건 나중에 보니 노르웨이 신문 어디에서도 증오 범죄를 언급하지 않았다는 겁니다. 그때는 그 미국 신문이 얼마나 성급하게 단정적으로 그런 결론에 이르렀는지 의아해하면서 기사를 다 읽은 기억이 나요. 기사를 쓴 기자는 그 사건에 증오 범죄의 전형적인 특징이 전부 들어 있다고 하더군요. 자신의 성적 취향을 그렇게 도발적으로 드러내는 동성애자를 골라 외진 곳으로 유인해서 제의적이고 광적인 폭력을 가했다는 점에서요. 범인에게는 총도 있었지만 칼스네스를 그냥 쏴버리기에는 뭔가 아까웠다는 겁니다. 그래서 얼굴부터 없애야 했다는 거죠. 매력적이고 여성스러운 얼굴을 짓 뭉개서 자신의 동성애 혐오를 해소해야 했던 게 아닐까? 이건 사전에 계획된 범행이다, 구체적인 계획이 있었다, 동성애 살인이다. 이게 그 기자의 결론이었어요. 그런데 말입니다. 실은 나도 아주 터무니없는 결론은 아니라고 봤어요."

"음. 말씀하신 대로 '동성애 살인'이라면 전혀 맞아떨어지지가 않는데요. 다른 피해자 중 누구도, 과거의 미제사건이든 최근의 경찰 살인사건이든, 동성애자로 볼 만한 단서가 없거든요."

"그럴 수도 있죠. 하지만 흥미로운 게 하나 있어요. 과거의 미제 사건 중에 르네 칼스네스 사건이 최근에 살해당한 경찰들과 연결 되는 유일한 사건이라고 했죠?"

"좁은 경찰 사회에서는요. 같은 사람과 마주칠 때가 많죠. 대단 한 우연도 아니에요."

"그럼에도 그게 중요하다는 감이 와요."

"지금 너무 엉뚱한 쪽으로 떠 계신 거 같은데요, 아르놀."

붉은 수염의 아르놀은 상처받은 표정으로 등을 세우고 앉았다. "내가 뭐 틀린 말을 했나요?"

"감이 온달까. 그 감이란 게 적절한 논거를 갖추는 지점에 이르 면 그때 말씀드릴게요."

"그 지점에 이르는 사람이 많지 않아서?"

"맞아요. 계속하세요, 그래도 발은 땅에 붙이고 계시고요."

"좋아요. 그런데 지금 당신이 내 말에 동의한다는 감이 온다고 말하는 건 괜찮아요?"

"아마도."

"그럼 난 도박을 해볼 테니, 당신은 인력과 자원을 총동원해서 동성애자 경관을 살해한 범인을 찾으세요. 그러면 적어도 한 가지 사건은 해결할 수 있잖아요. 잘하면 경찰 살인사건을 모두 해결하는 거고."

"음." 해리는 커피를 다 마시고 일어섰다. "고마워요, 아르놀."

"고마워요. 나 같은 무면허 경찰은 누가 의견을 물어주기만 해도 행복해지거든요. 말이 나와서 말인데, 아까 로비에서 실예 그라브셍을 만났어요. 통행증을 내고 있던데. 그 학생…… 참 물건이에요."

"학생대표라서."

"예. 여하간 그 학생이 당신에 관해 묻더군요. 아무 말도 안 해줬어요. 그러더니 당신이 가짜라고 하더군요. 당신 상사가 그랬다면서요. 사건 해결 비율이 100퍼센트라는 건 날조된 거라고. 구스토 한센 얘기를 하더라고요. 그 말이 사실입니까?"

"음. 비슷해요."

"비슷해요? 그게 무슨 뜻이에요?"

"그 사건을 수사했는데 아무도 체포하지 않았거든요. 그 학생은 어때 보이던가요?"

아르놀 폴케스타는 한쪽 눈을 감고 총을 겨누듯이 해리의 얼굴을 살폈다.

"알 게 뭡니까. 실예 그라브셍은 이상한 여자예요. 외케른에서 사냥 연습을 같이 하자더군요. 뜬금없이."

"음. 그래서 뭐라고 하셨습니까?"

"눈도 나쁘고 손도 떨린다고 둘러댔어요. 사실이기도 하고. 표적

466

이 뭐가 됐든 50센티미터 앞에는 있어야 맞힐 수가 있으니까. 알았다고는 하던데 또 그런 생각이 들더라고요. 이제 경찰 사격 테스트를 통과할 필요도 없는데 갑자기 왜 사격 훈련장엘 같이 가자는 거지?"

"음. 그냥 총 쏘고 싶어서 사격하는 사람들도 있잖아요."

"자기 마음이긴 한데." 아르놀이 일어서면서 말했다. "그나저나 그 학생은 좋아 보였어요."

해리는 아르놀이 다리를 절면서 나가는 걸 보았다. 잠시 생각에 잠겼다가 네드레 에이케르의 경찰서장 번호를 찾았다. 그리고 경찰서장과 나눈 대화를 되새김질했다. 베르틸 닐센이 이웃 관할지인 드람멘에서 일어난 르네 칼스네스 살인사건 수사에 참여하지 않은 건 사실이었다. 그런데 베르틸 닐센이 근무할 때 에이케르사가 근처의 강에 차가 빠져 있다는 신고가 들어왔고, 관할이 애매해서 베르틸 닐센이 현장에 나타났다고 했다. 또한 땅이 부드러워서 타이어 자국을 온전히 발견할 수도 있었는데, 닐센이 와서 다 헤집고 다닌 바람에 드람멘 경찰서와 크리포스가 그들을 호되게 질책했다고 했다. "그러니 그 사람이 수사에 간접적으로 영향을 미쳤다고 볼 수는 있죠."

10시경이었다. 해가 서쪽 푸른 언덕으로 넘어간 지 한참 지나서 스톨레 에우네는 차고에 주차하고 자갈길을 걸어 집으로 걸어갔다. 주방에도 거실에도 불이 켜져 있지 않았다. 이상할 건 없었다. 아내는 일찍 잠들 때가 많았으니.

무릎 관절에 체중이 느껴졌다. 젠장, 몹시 지치는군. 힘든 하루였다. 아내가 아직 잠들지 않았으면 좋으련만. 그럼 얘기를 나눌 수 있을 텐데. 그러면 마음을 가라앉힐 수 있을 텐데. 그는 해리 말대로 하고 동료 치료사에게 연락했다. 칼로 공격당한 사건에 관해 얘기했다. 죽을 뻔했던 일에 관해. 그 모든 걸 끝내고 나니 잘 시간이었다. 자는 게 **허락된** 시간이었다.

스톨레는 문을 열었다. 에우로라의 재킷이 걸려 있는 걸 보았다. 새로 산 옷. 세상에, 어쩌나 빨리 크는지. 그는 신발을 벗어던졌다. 가만히 서서 고요한 집 안의 소리를 들었다. 딱히 뭐라 말할 수는 없지만 평소보다 더 조용한 느낌이 들었다. 어떤 소리가 사라졌다. 원래는 있는 줄도 몰랐던 소리.

그는 2층으로 올라갔다. 한 칸씩 오를 때마다 발이 느려졌다. 짐을 잔뜩 신고 언덕을 오르는 스쿠터처럼. 건강을 돌보고 10킬로그램 정도는 몸에서 덜어내야 했다. 그러면 잠도 잘 오고 기분도 좋아지고 일하는 데도 좋고 기대수명도 올라가고 성생활도 좋아지고 자존감도 높아지고…… 한마디로 다 좋아질 텐데. 하지만 그가 그렇게 할 리 없었다.

그는 터덜터덜 에우로라의 방 앞을 지나갔다.

가다 말고 멈춰서 머뭇거렸다. 다시 돌아왔다. 방문을 열었다.

그냥 딸이 자는 걸 보고 싶었다. 늘 그랬듯이. 얼마 안 가면 그러는 게 당연하지 않은 날이 올 것이다. 이미 딸이 어떤 일들에, 사적인 부분에 눈을 뜬 것 같았다. 그렇다고 아직 아빠가 있을 때 옷을 벗는 걸 꺼리지는 않지만, 생각 없이 활개치고 돌아다니지도 않았다. 그런 행동이 이제 딸에게 자연스럽지 않은 걸 알자 그에게도 자연스럽지 않아졌다. 그래도 아직은 이러고 싶었다. 딸이 평화롭고 안전하게, 그가 오늘도 밖에서 겪은 온갖 세상사로부터 보호받으며 잠들어 있는지 보고 싶었다.

그러다 관두었다. 어차피 내일 아침식사하면서 볼 텐데.

그는 한숨을 쉬며 문을 닫고 욕실로 갔다. 옷을 벗어 들고 침실로 가서 의자에 걸어놓고 침대로 들어가려는데 다시 그 생각이 스쳤다. 정적. 무슨 소리가 빠진 거지? 냉장고 소린가? 평소 열어두는 환기구 소린가?

더 생각하기 귀찮아서 이불 속으로 파고들었다. 잉그리드의 머리카락이 비죽 튀어나와 있었다. 아내를 만지고 싶었다. 그냥 머리를 쓰다듬고 등을 어루만지고 아내가 **거기** 있는 걸 느끼고 싶었다. 하지만 아내는 잠귀가 밝고 중간에 깨는 걸 싫어했다. 그는 그냥 눈을 감으려다가 생각을 바꾸었다.

"잉그리드?"

대답이 없었다.

"잉그리드?"

침묵.

기다릴 수 있었다. 그는 다시 눈을 감았다.

"응?" 그녀가 돌아누웠다.

"아무것도 아냐." 그는 중얼거렸다. "그냥…… 이번 사건이…….'

"하기 싫다고 해요."

"누군가는 해야 돼." 상투적인 말로 들렸다.

"당신보다 더 잘하는 사람은 못 찾겠지."

스톨레는 눈을 떴다. 아내를 보고 따뜻하고 둥그런 뺨을 어루만졌다. 이따금, 아니 자주 아내보다 더 나은 존재는 없었다.

스톨레 에우네는 눈을 감았다. 그리고 그것이 찾아왔다. 잠. 의식상실. **진짜** 악몽.

36

비가 한바탕 퍼붓고 지나갔다. 아직 젖어 있는 지붕 위로 아침 햇살이 반짝였다.

미카엘 벨만은 초인종을 누르고 주위를 둘러보았다.

잘 손질된 정원. 나이 먹으면 이런 걸로 소일하면서 살겠지.

문이 열렸다.

"미카엘! 어서 오게나."

그는 부쩍 늙어 보였다. 예리한 푸른 눈은 여전하지만 그래도 나이가 들었다.

"들어오게."

미카엘은 젖은 신발을 도어매트에 닦고 안으로 들어갔다. 집 안에서 어린 시절의 냄새, 어떤 냄새라고 딱 꼬집어 말하기 어려운 냄새가 났다.

그들은 거실에 앉았다.

"혼자 계시네요." 미카엘이 말했다.

"집사람이 지금 큰애 집에 가 있거든. 손자들한테 할머니 손길이 필요해서. 집사람이 푸근한 사람이거든." 그가 활짝 웃었다. "실은 자네한테 연락해야지, 하고 있었네. 시의회에서 아직 최종 결정을 내리지는 않았지만 우리 둘 다 그쪽에서 뭘 원하는지 아니까 일단 우리끼리 어떻게 할지 의논하는 게 좋겠다 싶었어. 일을 어떻게 분담할지, 그런 거 말이네."

"네." 미카엘이 말했다. "혹시 커피 좀 마실 수 있을까요?"

"뭐라고?" 나이 든 남자의 이마에서 숱 많은 눈썹이 한껏 올라갔다.

"얘기가 길어질 거라면 커피 한잔하면 좋지 않을까요?"

상대가 미카엘을 살펴보았다. "그래, 그래, 물론이지. 그럼, 일단 주방으로 가서 앉지."

미카엘은 그를 따라갔다. 가족사진이 빼곡히 놓인 탁자와 거실 장식장을 지나쳤다. 노르망디 상륙작전 직전, 해변에 쳐진 허술한 바리케이드, 외부 공격을 기다리는 엉성한 보루를 연상시켰다.

주방은 현대적인 분위기를 건성으로 흉내 낸 정도였다. 주방에 필요한 최소한만 갖추자고 주장하는 며느리와 고장 난 냉장고 외에는 아무것도 바꾸고 싶어하지 않는 안주인의 고집이 적당한 선에서 타협한 모양새였다.

나이 든 남자가 불투명 유리창이 달린 장식장 높은 칸에서 커피통을 꺼내 고무밴드를 벗기고 노란 스푼으로 양을 재는 동안, 미카엘 벨만은 식탁 앞에 앉아 녹음장치를 올려놓고 재생 버튼을 눌렀다. 트룰스의 목소리가 금속성으로 가늘게 울렸다. '설사 그 여자를 매춘부로 볼 만한 이유가 있다고 해도 아드님이 다른 사람한테 차를 빌려줬을 수도 있으니까요.'

전임 경찰청장의 목소리는 더 멀리서 들렸지만 잡음이 없어서 말소리는 또렷했다. '그럼 증거가 없는 거로군. 그래, 이건 그냥 없

던 일로 하는 게 좋겠네.'

미카엘은 스푼에서 커피가 떨어지는 걸 보았다. 나이 든 남자는 누가 뒤통수에 총을 겨누기라도 한 것처럼 움찔하고는 그대로 얼어붙었다.

다시 트룰스의 목소리가 나왔다. '고맙습니다. 말씀하신 대로 하겠습니다.'

'오륵크림의 베렌첸이라고 했나?'

'맞습니다.'

'고맙네, 베렌첸. 자네들, 일을 잘하는군.'

미카엘은 정지 버튼을 눌렀다.

전임 경찰청장이 천천히 돌아보았다. 얼굴에 핏기가 사라졌다. 허옇게 질렸군, 미카엘은 속으로 생각했다. 사망 선고를 받은 사람의 낯빛이었다. 노인의 입술이 몇 번 씰룩였다.

"무슨 말씀을 하실지 알 것 같습니다." 미카엘이 말했다. "'이게 뭔가?'라고 묻고 싶으신 거죠? 전임 경찰청장이 자신의 아들만은 이 나라의 일반 국민과 같은 수사와 소송을 거치지 않게 하려고 공무원에게 압력을 가하는 내용입니다."

노인의 목소리가 사막의 바람처럼 들렸다. "내 아들은 거기 가지도 않았어. 손드레한테 물어봤어. 차는 엔진에 불이 나서 1월부터 계속 차고에 들어가 있었다고. 그 애가 거기 간 건 불가능해."

"그러면 조금이라도 해명이 될까요?" 미카엘이 말했다. "애초에 아들을 비호할 필요도 없었네요. 이제 언론과 시의회가 청장님께서 어떻게 경찰을 타락시키려 했는지 알게 될 겁니다."

"차랑 매춘부 사진도 애초에 없었지?"

"지금은 없죠. 어차피. 사진을 폐기하라고 명령하셨잖아요. 또 혹시 압니까, 그게 1월 이전에 찍힌 사진일 수도 있잖아요?" 미카엘이 미소 지었다. 웃고 싶지 않았지만 웃음이 비어져 나왔다.

노인의 얼굴에 혈색이 돌아오고 중저음의 목소리도 돌아왔다. "이런 짓을 하고도 무사할 줄 아나, 미카엘?"

"모르겠습니다. 전 그저 시의회가 부패한 사람을 경찰청장 자리에 다시 앉히고 싶어하지 않을 거라는 것만 압니다."

"원하는 게 뭔가, 미카엘?"

"**청장님이** 뭘 원하시는지 스스로 물어보시는 게 나을 텐데요. 훌륭하고 정직한 경찰로 명예롭게 남아서 여생을 평화롭고 조용히 보내시는 건가요? 그럼 우리 입장이 서로 크게 다르지 않네요. 제가 원하는 것도 바로 그거니까요. 전 경찰청장으로서 평화롭고 조용히 일하면서 빌어먹을 사회복지시의회 의원의 참견 없이 경찰 살인사건을 해결하고 싶고, 훌륭한 경찰로 이름을 날리고 싶습니다. 우리가 이걸 어떻게 얻어낼까요?"

미카엘은 노인이 정신을 수습하고 이야기를 따라올 수 있을 때까지 기다려주었다.

"청장님께서 시의회에 이렇게 말씀해주시면 좋겠군요. 이 사건을 자세히 검토하면서 다들 전문적으로 일하는 모습에 감명받았고, 청장님이 중간에 개입해서 권한을 위임받아야 할 이유를 찾지 못했다고요. 그러다 자칫 사건을 신속히 해결할 가능성이 줄어들까 봐 우려된다고요. 또 이 사건에 대한 사회복지위원회 의원의 판단에 의문이 든다고도 말씀하세요. 경찰 수사는 해당 절차에 따라 진행되어야 하고 단기적인 생각으로 인한 위험을 피해야 하는데, 시의원은 거의 무릎반사 방식으로 대처하려 하는 것 같다고요. 현재 상황에 모두가 압박을 느끼지만, 정치에서든 일반 직장에서든 리더의 요건은 가장 중요한 순간에 냉정을 잃지 않는 거라고요. 그러니 청장님께서 보시기에 신임 청장이 아무런 방해도 받지 않고 수사에 집중하는 것이 성공의 확률을 높이는 지름길이므로 제안받은 자리에서 물러나겠다고 말씀하시지요."

미카엘은 안주머니에서 봉투 하나를 꺼내 테이블 위로 밀었다.

"시의회 의장에게 보내는 이 개인 서신에 이런 내용이 간략히 적혀 있습니다. 청장님은 그냥 서명만 해서 우편으로 보내면 됩니다. 보시다시피 우표도 붙어 있습니다. 그나저나 이 녹음 내용은 제가 시의회로부터 만족할 만한 답변을 받을 때까지 청장님께서 보관하셔도 됩니다." 미카엘은 주전자를 향해 고개를 까딱했다. "저건 어떻게 돼가고 있습니까? 커피 마실 수 있나요?"

해리는 커피를 들이켜고 그의 도시를 찬찬히 둘러보았다.

구내식당이 경찰청사 꼭대기 층에 있어서 에케베르그와 피오르와 비에르비카의 새로 떠오르는 구역들이 한눈에 보였다. 그래도 그는 오래된 주요 지형지물부터 찾아보았다. 점심시간에 여기 앉아서 사건을 새로운 각도로 바라보고 다른 시각으로 바라보고 새로운 관점으로 조망하면서 담배와 술에 대한 지독한 갈망에 시달리면서도, 검증 가능한 새로운 가설을 하나라도 찾아내기 전까지는 절대로 담배를 피우러 테라스로 나가지 않겠다고 다짐한 적이 얼마나 많았던가.

그 시절이 그리웠구나, 하는 생각이 들었다.

가설. 그냥 상상으로 세운 가설이 아니라 검증하고 대응할 수 있는 사실에 기초한 가설.

해리는 커피잔을 들었다가 다시 내려놓았다. 뭐든 생각나기 전에는 이것도 마시지 말자. 동기. 오랫동안 아무런 진전도 없이 여기저기 찔러봤으니 이제 다른 데서 새롭게 시작할 때일 수 있다. 빛이 있는 어딘가에서.

의자가 끌리는 소리. 해리는 고개를 들었다. 비에른 홀름. 비에른이 커피를 흘리지 않고 가만히 컵을 내려놓고는 라스타 비니를 벗어 빨간 머리를 헝클어뜨렸다. 해리는 건성으로 그를 보았다. 두피에 바람 좀 쏘이려고 저러나? 아니면 머리털을 머리통에 딱 붙인 것 같은 낯익은 헤어스타일, 그의 세대는 싫어하지만 올레그는 좋아할 법한 스타일을 피하려고 저러는 건가? 앞머리가 뿔테 안경 위의 땀 젖은 이마에 달라붙었다. 책벌레나 게임광이나 루저에 아웃사이더인 척하는 자의식에 빠진 도시인. 놈도 저런 모습일까? 그들이 쫓는 놈도? 아니면 대도시에 사는 발그레한 얼굴의 시골 청년, 물 빠진 청바지에 실용적인 신발을 신고 머리는 근처 미용실에서 다듬고 자기 차례가 오면 집 앞 계단을 청소하고 예의바르고 남을 기꺼이 도와주려고 해서 누구에게도 싫은 소리를 듣지 않는 부류일까? 검증 가능하지 않은 가설들이다. 아직 커피를 마실 자격이 없다.

"네?" 비에른이 이렇게 말하고는 커피를 벌컥벌컥 들이켰다.

"음……." 해리는 비에른에게 왜 시골 청년은 레게 비니를 쓰고 카우보이모자는 쓰지 않느냐고 물은 적이 없었다. "르네 칼스네스 사건을 보다 면밀히 들여다봐야 할 것 같아. 동기는 제쳐두고 법의학적 사실만 보자고. 그가 살해당한 총알이 있어. 9밀리미터. 세계에서 제일 흔한 구경이야. 누가 쓸까?"

"아무나. 진짜 아무나요. 우리도 쓰잖아요."

"음. 평화로운 시대에는 세계 모든 살인사건의 4퍼센트가 경찰에 의한 사건인 거 아냐? 제3세계에서는 이 수치가 9퍼센트로 올라가고. 그덕에 우리 경찰은 세계에서 가장 치명적인 직업군이 되지."

"와." 비에른이 말했다.

"농담하시는 거예요." 카트리네가 말했다. 그녀는 의자를 빼고 김이 나는 차가 담긴 커다란 컵을 테이블에 내려놓았다. "사람들이 통계를 댈 때, 72퍼센트는 즉석에서 수치를 지어낸대요."

해리가 웃었다.

"뭐가 웃겨요?" 비에른이 물었다.

"농담이잖아." 해리가 말했다.

"왜요?" 비에른이 물었다.

"직접 물어봐."

비에른은 카트리네를 보았다. 그녀는 빙긋 웃으며 찻잔을 저었다.

"모르겠는데요!" 비에른이 해리를 노려보며 말했다.

"그게 핵심이야. 카트리네가 72퍼센트라는 수치를 지어냈잖아."

비에른은 어리둥절해하며 고개를 절레절레 흔들었다.

"역설 같은 거지." 해리가 말했다. "모든 그리스인은 거짓말을 한다고 말하는 그리스인처럼."

"그렇다고 그게 사실이 아닌 건 아니에요." 카트리네가 말했다. "72퍼센트는 맞아요. 그래서 범인을 경찰로 보신다는 거죠, 해리?"

"그런 말은 안 했는데." 해리가 깍지 낀 손으로 뒤통수를 받치고 미소를 지었다. "난 그냥—"

해리는 말을 끊었다. 순간 머리털이 쭈뼛 섰다. 목덜미의 꽤 자란 머리털. 가설. 그는 컵을 내려다보았다. 이제 간절히 커피를 마시고 싶었다.

"경찰이라." 해리는 다시 이 말을 꺼내고 눈을 들어 자신을 바라보는 두 경찰을 보았다. "르네 칼스네스는 경찰한테 살해당했어."

"네?" 카트리네가 말했다.

"그게 우리 가설이야. 9밀리미터 구경이라면, 근무용으로 흔히 쓰이는 헤클러운트코흐에 넣는 탄환이야. 사건 현장에서 멀지 않은 곳에서 경찰봉이 발견됐고, 과거의 미제사건과 경찰 살인사건이 유일하게 연결되는 지점이야. 경찰 피해자들은 얼굴이 뭉개졌지. 과거의 미제사건은 주로 성적 동기에 의한 살인이었지만 르네 칼스네스 사건은 혐오 범죄야. 사람들이 왜 혐오할까?"

"다시 동기로 돌아왔네요, 해리." 비에른이 말했다.

"어서, 왜일까?"

"질투." 카트리네가 말했다. "굴욕감을 느끼고 거부당하고 버려지고 조롱당하고 부인이나 자식이나 형제나 자매에게서 장래성이나 자부심을 강탈당한 것에 대한 복수."

"잠깐, 바로 그 지점." 해리가 말했다. "우리 가설은 범인이 경찰과 연결되어 있다는 거야. 그리고 이 가설을 토대로 칼스네스 사건을 다시 파헤쳐서 그를 살해한 자가 누구인지 밝혀야 해."

"좋아요." 카트리네가 말했다. "그런데 단서가 몇 개 있다고는 해도 갑자기 우리가 경찰을 쫓아야 할 이유를 전 아직 잘 모르겠는데요."

"더 나은 가설이 나오지 않는다면, 다섯, 넷……." 해리가 두 사람을 추궁하듯 바라보았다.

비에른이 툴툴거리며 말했다. "그쪽으론 가지 말죠, 해리."

"뭐?"

"다른 경관들이 우리가 내사할 거라는 말을 들으면—."

"그건 감수해야 돼." 해리가 말했다. "당장 맨 밑바닥으로 내려가서 어디서든 다시 시작해야 돼. 최악의 경우 미제사건을 해결하는 거고. 잘하면—."

카트리네가 말을 받았다. "—베아테를 죽인 범인을 잡는 거죠."

비에른은 아랫입술을 깨물었다. 그리고 어깨를 으쓱하고는 자기도 같이 하겠다는 뜻으로 고개를 끄덕였다.

"좋아." 해리가 말했다. "카트리네, 자네는 화기 등록기록부를 조사해서 누락되거나 도난당한 신고가 들어온 기록이 있는지 확인하고, 르네 칼스네스가 경찰 내부의 누구하고 연락했는지 조사해봐. 비에른, 자네는 우리가 세운 가설의 관점에서 법의학적 증거를 다시 살펴보고 새로운 게 있는지 알아봐."

비에른과 카트리네가 일어섰다.

해리는 그들이 문 쪽으로 가는 걸 바라보다가 다른 테이블에서 정식 수사팀 경관들이 서로 눈길을 주고받는 것을 보았다. 누가 무슨 말을 하자 모두 웃음을 터트렸다.

해리는 눈을 감고 감각의 소리에 귀를 기울였다. 탐색했다. 그게 뭘까, 무슨 일이 일어난 걸까? 그리고 해리는 카트리네가 던진 질문과 같은 질문을 스스로에게 던져보았다. 그들이 경찰을 쫓는 게 왜 그렇게 당연해 보이지? 뭔가가 있기 때문이다. 그는 정신을 집중하고 모든 것을 차단했다. 그 뭔가가 꿈처럼 사라지기 전에 서둘러야 했다. 가만히 내면에 침잠해서 손전등도 없이 심해로 내려간 잠수부처럼 무의식의 어둠을 더듬었다. 뭔가가 손에 잡히는 느낌이었다. 카트리네의 메타 농담과 관련된 뭔가. 메타. 그 자체에 주석 달기. 논점을 증명하기. 범인은 논점을 증명하려는 건가? 뭔가 잡힐 듯 잡히지 않고 한순간 그 자신의 부력에 의해 떠올라 빛으로 나왔다. 눈을 뜨자 소리가 돌아왔다. 접시 부딪히는 소리, 사람들의 말소리, 웃음소리. 젠장, 젠장, 젠장. 거의 닿았는데, 너무 늦었다. 그 농담이 뭔가를 말해주고 내면 깊은 곳의 뭔가를 건드린 것만 알았을 뿐이다. 아직은 이해할 수 없지만 저절로 수면 위로 떠오르기를 바라는 수밖에 없었다. 그럼에도 그것은 뭔가를, 방향을, 출발점을 제시했다. 검증 가능한 가설. 해리는 커피를 쭉 들이켜고 일어나 담배를 피우러 테라스로 나갔다.

비에른 홀름은 증거보관실 카운터에서 플라스틱 상자 두 개를 받고, 상자 안에 든 증거품 목록에 서명했다.

상자를 브륀의 과학수사과로 가져가 과거 미제사건의 증거품이 담겨 있는 상자를 조사했다.

처음에 의문이 든 증거품은 르네 칼스네스의 머리에서 나온 총알이었다. 그 총알은 살과 연골과 뼈를 관통한 후 심하게 찌그러진데다 애초에 상당히 무른 재질이기도 했다. 그리고 오랜 세월 상자에 들어 있었는데도 푸르게 녹슬지 않아서 의문이 들었다. 시간이 흘렀어도 총알에 눈에 띄는 흔적이 남지 않았을 뿐만 아니라 유난히 새것처럼 보였다.

비에른은 현장 사진을 휙휙 넘겼다. 그리고 부러진 광대뼈가 튀어나온 관통상 부위를 확대한 사진에서 멈췄다. 반짝이는 하얀 뼈에 검은 얼룩이 있었다. 그는 확대경을 꺼냈다. 구멍처럼, 치아에 생기는 구멍과 비슷해 보이지만 원래 광대뼈에는 검은 구멍이 생기지 않는다. 박살 난 차에서 튄 기름때일까? 강물에 있던 썩은 나뭇잎 조각이나 강바닥의 진흙일까? 그는 부검 보고서를 꺼냈다.

죽 훑어보다가 이런 대목을 발견했다.

'상악동에 소량의 검은 페인트가 박혀 있음. 출처 불명.'

뺨에 **페인트**. 부검의들은 설명할 수 있는 정보 이상은 적지 않고 오히려 조금 적게 적는다.

비에른은 사진을 넘기다가 차량 사진을 발견했다. 빨간색이었다. 그러므로 차량 광택제는 아니었다.

비에른은 앉은 자리에서 큰 소리로 불렀다. "킴 에리크?"

6초 후 문에서 머리가 나타났다. "부르셨어요?"

"응. 드람멘에서 안톤 미테트 사건의 감식반으로 나갔었지? 그 때 검은 페인트가 나왔나?"

"페인트요?"

"뭉툭한 도구 같은 데서 떨어졌을 수도 있어. 이렇게 치면……." 비에른은 가위바위보를 하듯 주먹을 위아래로 휘두르며 보여주었다. "살이 찢어지고 광대뼈가 부러져 튀어나왔는데, 그 상태로 삐죽빼죽한 절단면을 뭉툭한 도구로 계속 때리면 그 도구가 뭐든 페인트가 떨어지는 거지."

"아뇨."

"알았어. 고마워."

비에른 홀름은 두 번째 상자, 안톤 미테트 사건 증거품이 담긴 상자의 덮개를 잡았다가 과학수사과의 젊은 경관이 아직 문 앞에 서 있는 걸 알아챘다.

"왜?" 비에른은 고개도 들지 않고 물었다.

"남색이었어요."

"뭐?"

"페인트요. 그리고 광대뼈가 아니라 턱뼈였어요, 골절 부위 말이에요. 저희가 분석했는데요, 그냥 철제 도구에 쓰이는 일반 페인트였어요. 잘 발리고 녹슬지 않는 거요."

"그게 어떤 도구였을지에 대한 의견이 있나?"

비에른이 보기에 문 앞에 서 있는 킴 에리크의 몸이 실제로 부풀어 오르는 것 같았다. 그가 직접 가르친 후배였다. 지금 사수가 견습생에게 '의견'이 있느냐고 물은 것이다.

"그걸 알아내는 건 불가능합니다. 어디에나 쓰이는 흔한 페인트라서요."

"좋아, 됐네."

"그런데 의견이 있습니다."

젊은 경관은 당장이라도 의견을 쏟아낼 기세였다. 얘기가 길어질 것 같았다.

"말해봐."

"잭요. 모든 차량에 잭이 구비되어 있는데, 그 차 트렁크에는 그게 없었거든요."

비에른이 고개를 끄덕였다. 차마 말할 용기가 나지 않았다. "그차는 폭스바겐 샤란, 2010년형이야, 킴 에리크. 검색해보면 잭이 구비되지 않는 몇 안 되는 모델 중 하나인 걸 알 수 있을 거야."

"아." 젊은 경관의 얼굴이 구멍 난 비치볼처럼 쪼그라들었다.

"그래도 도와줘서 고맙네, 킴 에리크."

그는 물론 잘될 것이다. 하지만 몇 년은 걸릴 것이다.

비에른은 안톤 미테트 사건의 증거품 상자를 차근차근 살펴보았다.

그의 머릿속을 휘젓는 물건이 하나 더 있었다.

비에른은 상자 덮개를 덮고 복도 끝 사무실로 갔다. 열린 문에 노크했다. 번쩍이는 머리를 보고 눈을 깜빡이며 잠시 어리둥절해하다가 거기 앉아 있는 사람을 알아보았다. 로아르 미트스투엔. 과학수사과 경관들 중 가장 연장자이고 경험 많은 사람이었다. 한때는 나이도 어린 데다 여자인 상관 밑에서 일하는 걸로 갈등을 빚었던 인물이다. 하지만 베아테 뢴이 과학수사과 역사상 최고의 인재인 걸 확인한 후 갈등은 해소되었다.

로아르는 딸이 교통사고로 사망한 후 몇 달간 병가를 냈다가 최근에 다시 복귀했다. 딸은 친구들과 암벽등반을 하러 갔다가 오슬로 동부의 집으로 돌아오는 길에 사고를 당했다. 딸의 자전거는 도로변 배수로에서 발견되었다. 뺑소니 운전자는 아직 찾지 못했다.

"안녕하세요, 로아르."

"잘 지냈나, 비에른." 로아르는 회전의자에 앉은 채 돌아서 어깨를 으쓱하고 미소를 지으며 애써 기운을 끌어내려 했지만 기운이 없어 보였다. 업무에 복귀했을 때 비에른은 그의 얼굴이 퉁퉁 부어서 잘 알아보지 못했다. 항우울제의 흔한 부작용 같았다.

"경찰봉이 원래 검은색이었나요?"

과학수사과 경관들은 뜬금없이 세부적인 질문이 날아오는 데 이골이 난 사람들이라, 로아르는 눈썹을 올리지도 않았다.

"물론 어두운 계열이지." 로아르도 비에른처럼 외스트레 토텐에서 자랐지만 둘이 있을 때만 어릴 때 사투리가 나왔다. "그런데 1990년대에 잠깐 파란색으로 바뀐 적이 있었던 거 같아. 참 성가신 일이지."

"뭐가요?"

"색깔을 바꾸는 거, 진득하게 한 가지로 정착하지 못하고. 경찰차만 해도 그래. 검은색에 흰색이다가 흰색에 빨강과 파랑 줄무늬가 들어갔다가 요새는 또 흰색에 검정과 노랑 줄무늬가 있잖아. 이렇게 오락가락하면 브랜드 이미지만 약해지지. 드람멘의 저지선 테이프처럼."

"저지선 테이프가 왜요?"

"킴 에리크가 그러더군. 안톤 미테트 사건 현장에 갔다가 저지선 테이프를 보고 과거 미제사건에서 가져온 줄 알았다고. 그 친구가…… 나랑 같이 그 사건을 맡았는데, 이름을 자꾸 까먹네. 그 동성애자……."

"르네 칼스네스."

"그런데 킴 에리크 같은 젊은 친구는 예전 경찰 저지선 테이프가 연푸른색에 흰색인 건 모를 텐데." 로아르는 괜한 말을 할까 두려운 듯 얼른 덧붙였다. "그래도 킴 에리크는 잘될 거야."

"제 생각도 그래요."

"좋아." 로아르는 턱 근육을 움찔거리며 생각에 잠겼다. "그럼 우린 생각이 같군."

비에른은 사무실로 돌아오자마자 카트리네에게 전화해서 경찰청 2층으로 올라가서 경찰봉 페인트를 조금 벗긴 다음 메모를 첨부해 브륀의 과학수사과로 보내달라고 부탁했다.

그리고 정신을 차려보니 발이 저절로 복도 끝 방으로, 항상 조언을 구하러 가던 방으로 간 걸 깨달았다. 사건에 몰두하느라 이제 그녀가 거기 없다는 걸, 이제는 그곳이 로아르 미트스투엔의 방인 걸 잊어버린 것이다. 문득 로아르를 이해할 수 있을 것 같았다. 누군가를 잃는 것이 얼마나 골수가 빠져나가서 아무것도 할 수 없고 아침에 일어나는 것조차 무의미하게 느껴지는 일인지. 비에른은 애써 생각을 떨쳐냈다. 로아르의 퉁퉁 부은 얼굴을 밀어냈다. 여기에 뭔가 있었다. 그걸 느낄 수 있었다.

해리와 카트리네와 비에른은 바다 건너 호베되야와 그레스홀멘의 섬들이 보이는 오페라하우스의 지붕에 앉아 있었다.

해리의 제안이었다. 다들 맑은 공기를 좀 마셔야 할 것 같았다. 구름 낀 훈훈한 저녁, 관광객들이 돌아간 지 오래라서 대리석 지붕 전체가 그들 차지였다. 비스듬한 지붕이 오슬로 피오르로 빠져드는 지점에도 아무도 없었다. 에케베르그 산과 하브넬라게레 빌딩과 비페탕엔에 정박된 덴마크 페리의 불빛으로 피오르가 반짝거렸다.

"경찰 살인사건을 처음부터 다시 검토해봤는데요." 비에른이 말했다. "미테트 말고도 베네슬라랑 닐센에게서도 페인트가 미량 나왔어요."

"잘했어, 비에른." 해리가 말했다.

"미테트 사건 현장에서 나온 저지선 테이프도 남아 있고요. 칼스네스 사건 현장에서 나온 게 아닌 건 분명해요. 당시에는 그런 종류를 쓰지 않았거든요."

"그 전날 쳐둔 테이프야." 해리가 말했다. "범인은 안톤 미테트한테 전화해서 현장으로 오라고 했어. 안톤은 과거의 미제사건 현장에서 또 경찰이 살해당한 줄 안 거고. 그래서 안톤이 현장에 도착해서 경찰 저지선 테이프를 보고 아무 의심도 하지 않은 거지. 범인은 경찰복을 입고 있었을 수도 있어."

"젠장." 카트리네가 말했다. "전 하루 종일 르네 칼스네스와 경찰들을 교차 확인했는데 아무것도 못 찾았어요. 그런데 여기선 뭔가 나온 거 같네요."

카트리네가 담배에 불을 붙이는 해리를 들뜬 얼굴로 바라보았다.

"그럼 이제 어떻게 할까요?" 비에른이 물었다.

"이제." 해리가 말했다. "근무용 권총을 회수해서 우리가 확보한 총알과 일치하는지 확인하면 돼."

"어떤 거요?"

"전부 다."

그들은 말없이 해리를 보았다.

"'다'라는 게 무슨 뜻이에요?" 카트리네가 물었다.

"경찰에 있는 근무용 권총 모두. 일단 오슬로부터 시작해서 외스틀란, 그리고 필요하면 전국으로 확대해."

다시 침묵이 흐르고 갈매기 한 마리가 시커먼 하늘에 날카로운 비명을 질렀다.

"농담이죠?" 비에른이 혹시나 하고 물었다.

해리의 입술에서 담배가 까닥거리며 '아니'라는 대답이 나왔다.

"말도 안 돼요. 그건 생각지도 마세요." 비에른이 말했다. "다들 무슨 탄도학 실험이 5분이면 끝나는 줄 알아요. 드라마 〈CSI〉에서는 그래 보이니까요. 하긴 경찰들조차 그러는 줄 아니까. 사실 총 하나 검사하는 데 거의 하루를 잡아먹어요. 그런데 전부 다? 오슬로만 해도…… 전부 몇 명이더라?"

"천팔백칠십이 명." 카트리네가 말했다.

다들 황당한 얼굴로 그녀를 보았다.

카트리네는 어깨를 으쓱했다. "오슬로 경찰청 연례 보고서에서 읽었어요."

그들이 여전히 황당해하는 시선으로 카트리네를 보았다.

"TV는 고장 나고 잠은 안 와서요, 됐어요?"

"아무튼." 비에른이 말했다. "인력이 없어요. 불가능해요."

"중요한 건 방금 자네가 한 말처럼 경찰들조차 5분이면 되는 줄 안다는 거야." 해리가 밤하늘에 담배 연기를 내뿜었다.

"네?"

"이런 작업이 가능하다고 믿는다는 게 핵심이야. 범인이 총을 검사받아야 한다는 말을 들으면 어떻게 나올까?"

"교활한 악마 같으니." 카트리네가 말했다.

"네?" 비에른이 말했다.

"최대한 빨리 분실이나 도난 신고를 하겠죠." 카트리네가 말했다.

"우린 그거부터 보면 되고." 해리가 말했다. "범인이 한발 앞서 갈 수도 있으니까, 우리는 칼스네스 사건부터 모든 분실 신고 총기 리스트를 만드는 걸로 시작할 거야."

"문제가 하나 있어요." 카트리네가 말했다.

"응." 해리가 대답했다. "청장이 이런 명령을 내리는 데 동의해 줄 거냐는 거지? 사실상 자기 밑에 있는 모든 경찰을 의심하는 셈이 되니까. 언론이 신나서 떠들 거라고 생각하겠지." 해리는 엄지와 검지로 허공에 직사각형을 그렸다. "경찰청장이 자기 부하들을 의심한다, 경찰 고위간부가 미쳐간다."

"설마 그럴까요." 카트리네가 말했다.

"음." 해리가 말했다. "미카엘을 어떻게 보든 자유지만 그자는 어리석지 않아 어느 쪽이 자기한테 유리한지 꿰뚫어보지. 우리가 범인이 경찰이라고 주장하고 미카엘이 우리를 지지하든 아니든 조만간 범인을 잡아들이겠다고 말한다면? 경찰청장인 그가 순전히 비겁한 마음에 수사 과정을 지연시키려 한 게 드러나면 자신에게 얼마나 불리할지 알 거야. 그러니 미카엘한테는 부하들을 수사하면 오히려 경찰이 숨기는 것 하나 없이 어떤 부패가 드러나더라도 모든 노력을 기울이는 모습으로 비춰질 거라고 설득하면 돼. 용기와 리더십과 민첩성과 온갖 좋은 걸로 비춰질 거라고 말하면 돼."

"그런 걸로 그 사람을 설득할 수 있을 것 같아요?" 카트리네가 콧방귀를 뀌었다. "제가 알기론 해리 홀레는 그 사람이 싫어하는 사람들 명단에서 꽤 위쪽에 있을 텐데요."

해리는 고개를 저었다. "그럴 줄 알고 군나르 하겐 경정을 보냈어."

"그럼 그게 언제가 될까요?" 비에른이 물었다.

"우리가 얘기하는 지금." 해리가 담배를 보면서 말했다. 이미 필터 앞까지 타들어갔다. 담배를 던져서 담뱃불이 어둠 속에 호를 그리며 번쩍거리는 대리석 지붕에 떨어져 튕기는 걸 보고 싶다는 생각이 들었다. 담배가 떨어져 검은 바다로 굴러 들어가면서 순식간에 꺼지는 걸 보고 싶었다. 그런데 왜 그렇게 하지 않는 걸까? 도시를 오염시킨다는 생각 때문일까, 그가 도시를 오염시키는 걸 지켜보는 사람들에게 반감을 살까 봐 그런 걸까? 행위 그 자체 때문일까, 처벌 때문일까? 그가 컴 애즈 유 아에서 죽인 그 러시아인은 단순한 문제였다. 정당방위였다. 러시아인에게든 그에게든. 하지만 이른바 구스토 한센 미제사건은 선택의 여지가 있었다. 그런데 평소 그를 따라다니는 유령들 중에서 계집애처럼 예쁘장한 얼굴에 뱀파이어 이빨을 가진 청년은 본 적이 없다. 미제사건은 무슨.

해리는 담배를 튕겼다. 아직 꺼지지 않은 담배가 어둠 속으로 날아가 사라졌다.

37

아침 햇살이 오슬로 시청의 작은 창문을 가린 블라인드 틈새로 새어 들어왔다. 의장이 회의를 시작한다는 뜻으로 헛기침을 했다.

회의석상에는 각자의 책임을 맡은 의원 아홉 명과 전임 경찰청장이 둘러앉았다. 전임 청장은 경찰 살인사건 혹은 언론이 끈질기게 '경찰 킬러' 사건이라고 부르는 이 사건을 어떻게 해결할지 보고하도록 소환되었다. 의례적인 절차는 짧게 끝났다. 간단히 의사록을 발표하고 합의의 목례를 나누고 나서 비서가 확인하고 기록했다.

이어서 의장이 오늘의 안건으로 넘어갔다.

전임 청장은 눈을 들어 격려해주듯 연신 고개를 끄덕이는 이사벨레 스퀘옌을 보고는 입을 열었다.

"고맙습니다, 의장님. 오늘 저는 여러 의원님들의 시간을 많이 빼앗지는 않을 생각입니다."

전임 청장은 이사벨레를 흘깃 보았다. 불길한 첫 마디에 맥이 빠진 표정이었다.

"지난번에 요청하신 대로 이 사건을 찬찬히 검토했습니다. 현재 경찰의 대처 방식과 수사과정, 리더십, 그리고 이번 사건에 시도되었을 전략과 실행 과정까지 전부 검토했습니다. 이사벨레 스퀘옌 의원님 말씀을 빌리자면, 시도했을지는 모르나 제대로 실행되지 않은 것이 명백한 전략 말입니다."

이사벨레 스퀘옌이 불쑥 요란하게 웃음을 터트렸다가 조금 소리를 줄였다. 혼자만 웃는 걸 알아챈 듯했다.

"오랜 세월 경찰에 몸담으면서 쌓아온 경험을 토대로 심사숙고한 끝에 확고한 결론에 이르렀습니다."

전임 청장은 이사벨레가 고개를 끄덕이는 걸 보았다. 번득이는 눈빛이 어쩐지 짐승 같다는 생각이 들었다. 어떤 짐승인지는 몰라도.

"어떤 경찰이 한 사건을 해결했다고 해서 그 사람이 꼭 유능하다고 말할 수는 없습니다. 마찬가지로 한 사건을 해결하지 못했다고 해서 꼭 무능하다고 말할 수도 없습니다. 현직 경찰들, 그중에서도 특히 미카엘 벨만이 그동안 해온 일을 검토해보니 저라고 달리 어떻게 접근했을지 모르겠더군요. 아니, 더 솔직히 말하면 지금만큼도 하지 못했을 것 같습니다."

그는 이사벨레의 입이 벌어지는 걸 보고 뜻밖에도 묘한 가학적 쾌감을 느끼면서 말을 이었다.

"범죄 수사 기법은 발전합니다. 우리 사회의 다른 모든 분야처럼 말이죠. 제가 보기에 미카엘 벨만과 경관들은 새로운 방법과 기술의 발전을 따라잡아 적절히 활용할 줄 압니다. 저와 제 동료들이었다면 따라잡지도 못했을 겁니다. 미카엘 벨만은 경찰 조직에서 두터운 신망을 얻었고 경관들에게 훌륭하게 동기를 불어넣었으며 스칸디나비아의 다른 국가들에서도 경찰의 모범으로 칭송받을 만한 체계적인 수사를 했습니다. 이사벨레 스쿠엔 의원님께서 이해하실지 모르지만 미카엘 벨만은 리옹의 인터폴 회의에서 이번 사건과 관련하여 범죄 수사와 조직 운용에 관한 강연을 요청받았습니다. 이사벨레 스쿠엔 의원님은 미카엘 벨만이 이번 사건에 함량 미달이고 청장이 되기에는 너무 어리다고 여기시는 것 같습니다. 하지만 미카엘 벨만은 장래성 있는 인재일 뿐 아니라 현재도 충분히 잘하고 있습니다. 한마디로 미카엘 벨만은 현재 상황에 꼭 필요한 적임자입니다, 의장님. 굳이 제가 나설 필요가 없다는 말씀입니다. 이것이 제가 내린 확고한 결론입니다."

전임 청장은 손에 든 서류를 정리하고는 재킷의 맨 윗 단추를 채웠다. 이날을 위해 신중히 골라 입은 재킷으로, 연금수급자들이 좋아하는, 품이 넉넉한 트위드 재킷이었다. 그는 자리에서 일어서려면 공간이 필요하다는 듯 의자를 뒤로 밀어 바닥에 긁히는 소리를 냈다. 이사벨레가 입을 떡 벌리고, 도무지 믿기지 않는다는 얼굴로 그를 노려보는 게 보였다.

전임 청장은 의장이 말을 시작하려고 숨을 고르는 소리가 날 때까지 기다렸다. 마지막 행동으로 넘어가기 위해. 피날레. 최후의 일격.

"그리고 한 말씀 더 드려도 된다면, 경찰 살인사건 같은 심각한 사건에 대한 시의회의 역량과 조직 운용의 문제와도 관련된 얘기라서요. 의장님⋯⋯."

의장은 항상 웃는 상이고, 그의 숱 많은 눈썹은 항상 눈 위에 아치형으로 높이 붙어 있지만 지금은 아래로 내려와 성난 시선 위에 희끗희끗한 차양처럼 튀어나와 있었다. 전임 청장은 의장이 고개를 끄덕이기를 기다렸다.

"……이번 사건으로 시의회 의원도 개인적으로 막중한 압박을 받는 건 이해합니다. 어쨌든 시의회에서 책임질 영역이고 언론이 대대적으로 보도하는 사건이니까요. 그렇다고 시의회에서 경찰청장을 자르려고 시도하는 식으로 압력을 행사하고 불안을 조성하면 문제가 더 커질 것으로 사료됩니다. 과연 시의회는 본분에 맞게 일하고 있는가? 이번에 새로 선출된 시의회에 지나치게 부담스러운 상황일 수 있는 건 저도 물론 이해하는 바입니다. 다년간 경험이 쌓이고 통상적인 절차를 숙지해야 하는 사건이 새 시의회의 임기 초기에 터진 건 사실 불행한 일이지요."

의장이 전에 나온 이 표현을 기억하고 움찔하는 게 보였다.

"이번 사건이 지난번 시의회 회의에 상정되었다면 좀 더 잘 풀렸을 텐데요. 다년간의 경험과 다양한 성과를 고려하면 말입니다."

전임 청장은 이사벨레의 얼굴이 허옇게 질리는 걸 보았다. 지난번 회의에서 자기가 미카엘을 향해 한 말인 걸 알아들은 것이다. 솔직히 이렇게 재미난 광경을 본 지도 오래 되었다.

전임 청장은 이렇게 말을 맺었다. "이것이 여기 계신 모든 분, 현재 시의회 의원들을 포함해 모든 분이 바라는 바이리라 믿습니다."

"분명하고 솔직한 의견을 주셔서 감사합니다." 의장이 말했다. "다른 대안이 없다는 말씀으로 들리는군요."

전임 청장은 고개를 끄덕였다. "그렇습니다. 하지만 제가 실례를 무릅쓰고 제 자리를 채워주시길 바라는 분을 지금 회의실 앞에 모셨습니다. 그분이 여러분의 요구를 들어드릴 겁니다."

전임 청장은 자리에서 일어나 짧게 목례하고 문으로 향했다. 이사벨레 스퀘엔이 쏘아보는 시선에 트위드 재킷의 견갑골 사이에 구멍이 생길 것만 같았다. 상관없었다. 어차피 그에게는 아무 계

획이 없으니 이사벨레가 함부로 무너뜨릴 수도 없다. 오늘 밤 그
가 와인잔을 앞에 놓고 흐뭇하게 곱씹을 대목은 바로 그가 텍스트
에 교묘히 끼워 넣은 두 마디가 될 것이다. 그 두 마디에 시의회가
필요로 하는 모든 숨은 뜻이 담겨 있었다. 하나는 "경찰청장을 자
르려고 시도하는"에 끼워 넣은 '시도'라는 말이었다. 다른 하나는
"현재 시의회"에 넣은 '현재'라는 말이었다.

회의실 문이 열리자 미카엘 벨만이 일어섰다.
"자네 차례야." 트위드 재킷을 입은 노인은 미카엘을 지나쳐 엘
리베이터로 걸어가면서 흘끔 돌아보지도 않았다.
미카엘은 노인의 입가에 엷은 미소가 번지는 걸 보고 순간 잘못
본 줄 알았다.
미카엘은 마른침을 삼키고 숨을 깊이 들이쉬고는 불과 얼마 전
에 너덜너덜하게 도살당했던 그 방으로 들어갔다.
기다란 회의석에 아홉 개의 얼굴이 빙 둘러앉아 있었다. 그중 여
덟 개는 묘하게 들뜬 표정으로, 1막이 성황리에 끝난 후 2막이 시
작되기를 기다리는 관객들 같았다. 나머지 하나는 이상할 정도로
창백했다. 어찌나 창백한지, 언뜻 그 여자인 것도 몰라볼 뻔했다.
도살자.
14분 후 미카엘은 설명을 마쳤다. 시의회에 그의 계획을 제시했
다. 이렇게 설명했다. 경찰이 끈질긴 인내심으로 대단한 성과를 냈
고, 체계적으로 접근해서 수사에 돌파구를 마련했다. 새로운 돌파
구는 반가우면서도 고통스럽다. 범인이 경찰 내부의 인물일 가능
성이 있기 때문이다. 하지만 그런 가능성을 무시할 수는 없다. 경
찰은 모든 돌을 뒤집어보고 그 밑에서 뭐가 나오든 낱낱이 파헤치

492

려는 의지가 확고하다는 점을 국민에게 알려야 한다. 경찰이 비겁하지 않음을 알려야 한다. 폭풍우를 맞이할 준비가 되어 있지만 이럴 때일수록 용기와 진정한 리더십과 기민한 정신력이 요구된다. 경찰청뿐 아니라 시의회도 마찬가지다. 그 자신은 당당히 책임을 떠안을 준비가 되어 있지만 시의회도 결연한 의지를 보여주어야 한다.

미카엘은 마지막 대목에서는 조금 건방지게 들릴 수도 있는 걸 알아챘다. 어젯밤에 그의 집 거실에서 군나르 하겐이 말했을 때보다 더 건방지게 들렸다. 그래도 의원들 몇몇의 마음이 움직인 듯했다. 그중 두 여자는 그가 마지막 의견을 힘주어 말할 때 얼굴이 상기되기까지 했다. 마지막에 그는 왕자님이 구두를 가지고 신데렐라를 찾아다니듯이 전국 모든 경찰의 근무용 권총을 살인사건 증거품 탄환과 대조할 것이고 맨 먼저 그의 총을 제출해서 탄도학 검사를 받을 생각이라고 밝힌 터였다.

하지만 지금은 여자들한테 얼마나 잘 통했느냐가 중요한 게 아니라 의장이 어떻게 받아들였느냐가 중요했다. 그는 포커페이스를 꽤 잘 유지했다.

트룰스 베른트센은 휴대전화를 주머니에 넣고 태국 여자에게 고갯짓으로 커피를 한 잔 더 주문했다.

태국 여자는 생긋 웃고 갔다.

친절한 태국인들. 일부 노르웨이인 종업원들과는 달랐다. 그런 애들은 게으르고 기분이 오락가락하고 자기 할 일을 하는 게 억울한 표정이었다. 토르쇼브에서 이 작은 식당을 운영하면서 그가 눈썹 하나만 까딱하면 쪼르르 달려오는 태국인 가족들과 달랐다. 맛

대가리 없는 스프링롤이나 커피를 먹고 계산할 때 이들은 입이 귀에 걸린 것처럼 웃으면서 그가 마치 하늘에서 강림한 위대한 백인 하느님이라도 되는 양 손바닥을 맞대고 연거푸 절했다. 막연히 태국에 가볼까 하는 생각이 들었다. 하지만 그런 날은 오지 않을 터였다. 그는 다시 일하고 싶었다.

방금 미카엘이 전화해서 그들의 계략이 성공했다고 알렸다. 곧 정직도 풀릴 거라고 했다. 미카엘은 '곧'이 정확히 언제인지 구체적으로 답해주지 않고 그냥 '곧'이라고만 되풀이했다.

커피가 나와서 한 모금 마셨다. 맛이 썩 좋지 않았지만 솔직히 그는 남들이 좋은 커피라고 하는 맛을 딱히 좋아하지 않는 것 같았다. 오래된 커피메이커로 내린 맛이 났다. 종이 필터와 플라스틱과 볶은 지 오래된 원두의 기름 맛 같았다. 덕분에 이 식당에 손님이 없는 건지도 몰랐다. 커피는 다른 데서 마시고 느지막이 와서 싸구려 음식으로 식사를 하거나 포장해 갔다.

태국 여자가 구석의 테이블로 가서 앉았다. 이 집 가족들이 모여 앉아 청구서 같은 걸 들여다보고 있었다. 왱왱거리는 낯선 언어가 들렸다. 트룰스는 한 마디도 알아듣지 못하지만 그 언어가 마음에 들었다. 그들과 가까이 앉고 싶었다. 그들이 웃어주면 덩달아 사람 좋게 고개를 끄덕여주고 싶었다. 그 공동체의 일원이 되고 싶었다. 그래서 이 집에 오는 건가? 트룰스는 생각을 떨쳐냈다. 다시 당면한 문제에 집중했다.

미카엘의 통화 내용 뒷부분.

그들이 근무용 권총을 제출해야 한다는 말.

미카엘은 경찰 살인사건과 관련해서 경찰의 모든 총기를 조사하기로 했다면서 자기도—위아래 할 것 없이 모두에게 적용되는 명령임을 몸소 보여주기 위해— 오전에 총을 제출했다고 했다. 트룰스도 비록 정직 상태이기는 하지만 가급적 빨리 총을 제출해야 한다고 했다.

르네 칼스네스에게 박힌 총알 때문일 것이다. 경찰의 총에서 나온 것이라고 추정한 모양이었다.

트룰스는 크게 걱정하지 않았다. 총알을 바꿔치기해놓았을 뿐 아니라 그가 쓰던 총은 이미 도난 신고를 해두었다. 사실은 한동안, 정확히 1년을 기다렸다. 아무도 그 총을 르네 칼스네스 사건과 연결하지 않을 때까지. 그다음 쇠지렛대로 자기 집 문을 뜯어서 강도를 당한 것처럼 꾸미고 도난 신고를 했다. 도난당한 품목 목록을 작성해서 보험회사에서 4천 크로네도 받아냈다. 게다가 근무용 권총도 새로 지급받았다.

그건 문제가 되지 않았다.

문제는 증거품 상자에 들어 있는 총알이었다. 그때만 해도 괜찮은 계획으로 보였다. 왜 그랬을까? 그런데 이제는 미카엘 벨만이 필요해졌다. 미카엘이 정직 처분을 받으면 트룰스의 정직을 풀어줄 수 없을 테니까. 어쨌든 다시 손쓰기에는 이미 늦었다.

정직 상태.

트룰스는 이 개념을 떠올리며 킬킬거리고는 커피잔을 들어 앞에 놓인 선글라스에 비친 자신에게 건배했다. 그러다 태국인들이 이상한 눈으로 쳐다보는 걸 보고는 자기가 너무 크게 웃었나 보다고 생각했다.

"공항에 마중갈 수 있을지 모르겠네." 해리는 원래 공원이 있어야 할 자리이지만 시의회의 집단적 일탈로 건설된 교도소 같은 경기장 앞을 지나고 있었다. 여기서 올해 국제행사가 열릴 예정이지만 다른 행사는 많지 않았다.

전화기를 귀에 꾹 눌러야 러시아워의 차 소리를 뚫고 겨우 그녀의 목소리를 들을 수 있었다.

"데리러 오지 말라니까." 라켈이 말했다. "지금은 중요한 일이 많잖아. 이번 주말에는 그냥 여기 있으면서 당신한테 여유를 줄까 하던 중이었어."

"무슨 여유?"

"형사 해리 홀레가 될 여유. 내가 거치적거리지 않는 것처럼 말해줘서 고맙기는 한데, 당신이 사건 수사를 맡으면 어떻게 되는지 당신도 나도 알잖아."

"난 당신이 와주면 좋을 것 같아. 그래도 정 싫으면—."

"나야 늘 같이 있고 싶지. 당신한테 올라타서 아무 데도 못 가게 꽉 붙잡아두고 싶어. 그게 내가 원하는 거야. 그런데 내가 평생 같이 살고 싶은 해리는 지금 이 순간에 집에 있을 것 같지 않아."

"당신이 올라타는 거 좋은데? 난 아무 데도 안 가."

"내 말이 그거야. 우린 아무 데도 안 가. 시간은 많아. 그치?"

"응."

"좋아."

"정말? 내가 좀 더 잔소리해줘야 행복할 거 같으면 기꺼이 해줄게."

라켈은 웃었다. 그뿐이었다.

"올레그는?"

라켈이 올레그 소식을 들려주었다. 해리는 두어 번 빙긋 웃었다. 한 번은 소리 내어 웃었다.

"가봐야 돼." 해리가 슈뢰데르 문 앞에서 말했다.

"알았어. 그나저나 무슨 회의야?"

"라켈……."

"응, 물어보면 안 되는 거 알아. 그냥 여긴 좀 지루해서. 해리?"

"응?"

"나 사랑해?"

"사랑하지."

"차 소리가 들리네. 그럼 밖에 있다는 건데, 날 사랑한다고 밖에서 말한 거네?"

"응."

"사람들이 돌아봤어?"

"내가 안 돌아봤어."

"또 말해달라고 하면 너무 유치한가?"

"응."

라켈이 웃었다. 그 웃음소리를 듣기 위해서라면 무슨 짓이든 할 수 있을 것 같았다.

"그래서?"

"사랑해, 라켈 페우케."

"나도 사랑해, 해리 홀레. 내일 전화할게."

"올레그한테 인사 전해줘."

그들은 전화를 끊었다. 해리는 문을 열고 안으로 들어갔다.

실예 그라브셍이 해리의 단골 창가 자리에 혼자 앉아 있었다. 빨간 스커트와 빨간 블라우스가 오슬로를 그린 오래된 대형 그림을 배경으로 선홍색 피처럼 도드라졌다. 그녀의 입술은 더 빨갰다.

해리가 앞에 앉았다.

"안녕." 그가 말했다.

"안녕." 그녀가 말했다.

38

"급히 불렀는데도 와줘서 고마워." 해리가 말했다.

"30분 전에 왔어요." 실예가 앞에 놓인 빈 잔 쪽으로 고개를 까딱했다.

"혹시 내가……." 해리가 시계를 보며 입을 열었다.

"아뇨. 그냥 제가 가만히 기다릴 수가 없어서요."

"해리?"

그는 고개를 들었다. "안녕, 리타. 오늘은 됐어."

웨이트리스가 갔다.

"바빠요?" 실예가 물었다. 실예는 몸을 꼿꼿이 세웠다. 빨간 드레스를 입은 채 가슴 밑에서 팔짱을 꼈다. 그 얼굴이 예쁜 인형 같은 얼굴에서 다른 사람의 얼굴, 못생긴 사람에 가까운 얼굴로 변해 있었다. 변함없는 한 가지는 강렬한 눈빛이었다. 그 눈빛에서 모든 미묘한 기분이나 감정의 변화를 볼 수 있을 것 같았다. 눈이 멀 것 같았다. 그 눈빛에는 강렬함 이외에 아무것도 보이지 않아서. 정체 모를 욕망. 그녀가 갈망하는 건 단지 하룻밤, 한 시간, 단 10분의 강간을 모방한 섹스가 아니고, 그렇게 단순한 것이 아니기 때문이었다.

"오늘 보자고 한 건, 네가 국립병원에서 근무한 적이 있다고 해
서야."

"그 얘긴 경찰에서 이미 했는데요."

"무슨 얘기?"

"안톤 미테트가 죽기 전에 해준 말요. 그 병원의 어떤 사람하고
싸우거나 관계를 맺었다는 얘기. 하지만 이건 질투에 사로잡힌 남
편이 저지른 살인이 아니라 경찰 살인마가 저지른 짓이라고 말했
어요. 앞뒤가 맞아떨어지는 거 맞죠? 수업 때 보신 것처럼 제가 연
쇄살인에 관해서는 엄청 읽었거든요."

"연쇄살인 강의는 없었어, 실예. 내가 궁금한 건 네가 그 병실 앞
에 앉아 있을 때 오가는 사람을 봤냐는 거야. 평소와는 달라서 똑
바로 앉게 만든 사람이나 사건 말이야. 한마디로—."

"—거기 있으면 안 되는 거요?" 실예가 싱긋 웃었다. 어리고 하
얀 치아. 앞니 두 개가 비뚤어졌다. "수업시간에 말씀하신 거잖아
요." 그녀가 필요 이상으로 등을 젖혔다.

"뭐?" 해리가 말했다.

"그 환자는 살해당했고, 안톤 미테트가 그 일에 연루된 걸로 보
시는 거죠?" 실예는 고개를 갸웃하며 골이 잡힌 가슴을 내밀었고,
해리는 상대가 당돌한 척하는 걸까, 아니면 정말 그렇게 자신만만
한 걸까 생각했다. 아니면 정신이 심하게 손상된 탓에 정상적인 행
동이라고 여기는 행동을 흉내 내려다가 계속 조금씩 삐걱거리는
걸까 생각했다. "맞잖아요." 실예가 말했다. "게다가 안톤 미테트
가 너무 많이 알아서 살해당한 거라고 보시는 거잖아요. 또 범인이
경찰 살인사건으로 위장한 거라고 보시는 거잖아요."

"아니." 해리가 말했다. "그런 자들한테 살해당한 거라면 주머니에 무거운 물건이 든 채로 바다에 가라앉았겠지. 신중히 생각해, 실예. 집중하라고."

실예는 숨을 깊이 들이마셨다. 해리는 그녀의 불룩해진 가슴을 애써 보지 않으려 했다. 실예는 해리와 눈을 마주치려 했지만 그는 고개를 숙이고 목을 긁적였다. 기다렸다.

"아뇨, 아무도 없었어요." 실예가 한참 지나 말했다. "매일 똑같았어요. 마취과 간호사가 새로 오기는 했지만 한두 번 오다 말았고요."

"알았어." 해리는 재킷 주머니에 손을 넣었다. "여기 왼쪽에 있는 이 남자는 어때?"

해리는 그녀 앞에 인쇄한 종이를 놓았다. 구글에서 이미지를 검색해서 그 사진을 찾았다. 미카엘 벨만과 왼쪽에 젊은 시절의 트룰스 베른트센이 스토브네르 경찰서 앞에서 찍은 사진이었다.

실예는 사진을 들여다보았다. "아뇨, 이 남자는 병원에서 본 적이 없어요. 그런데 오른쪽은—."

"거기서 봤어?" 해리가 말했다.

"아뇨, 아뇨, 그냥 혹시 이 사람—."

"그래, 맞아. 경찰청장이야." 해리는 사진을 다시 가져오려 했지만 실예가 그의 손에 손을 얹었다.

"해리?"

보드라운 손바닥에서 뜨거운 열이 전해졌다. 기다렸다.

"이 사람들 본 적 있어요. 옆에 있는 그 남자 이름이 뭐예요?"

"트룰스 베른트센. 어디에서?"

"외케른의 사격 훈련장에 둘이 같이 있었어요. 얼마 안 됐어요."

"고마워." 해리는 사진을 잡은 손을 뺐다. "그럼 이만. 시간을 더 뺏고 싶지 않군."

"시간이라면 덕분에 아주 남아돌아요, 해리."

해리는 대답하지 않았다.

실예는 킬킬거렸다. 몸을 앞으로 내밀었다. "그거 하나 물어보려고 보자고 한 거예요?" 작은 테이블 램프 불빛이 그녀의 눈동자에 어룽거렸다. "한번 넘겨짚어볼까요, 해리? 날 경찰대학에서 내쫓은 건 학교 당국과 말썽을 일으키지 않고 나랑 같이 있을 수 있어서잖아요. 그러니까 **진심으로** 원하는 걸 말해봐요."

"내가 진심으로 원하는 건, 실예—."

"지난번엔 당신 동료가 나타나서 아쉬웠어요. 마침 우리가—."

"—병원에 관해 물어보려고—."

"저 요세피네스 가에 살아요. 구글로 벌써 찾아봤을—."

"—지난번은 내가 실수한 거야, 제정신이 아니었어. 내가—."

"걸어서 11분 23초 걸려요. 아까 오면서 재봤어요."

"—안 돼. 원하지 않아. 난—."

"어서—." 그녀가 일어서려는 듯 움직였다.

"—올 여름에 결혼해."

그녀가 다시 의자에 주저앉았다. 그를 노려보았다. "뭐…… 결혼한다고?" 실내가 시끄러워서 목소리가 거의 들리지 않았다.

"응." 해리가 말했다.

그녀의 동공이 좁아졌다. 막대에 찔린 불가사리 같다고 해리는 생각했다.

"그 여자랑?" 그녀가 중얼거렸다. "라켈 페우케?"

"그래, 맞아. 하지만 결혼을 하건 안 하건, 네가 학생이건 아니건,

우리 사이의 일은 더 얘기할 것도 없어. 그러니 내가 사과하지. 그 날 일은."

"결혼을 한다고……." 실예는 몽유병자처럼 이 말을 되풀이하면서 그를 똑바로 쳐다보았다.

해리는 고개를 끄덕였다. 가슴에 뭔가 진동하는 느낌이 들었다. 순간 심장이 쿵쾅거리는 줄 알았다가 재킷 주머니의 휴대전화가 울리는 걸 알았다.

그는 전화기를 꺼냈다. "해리입니다."

가만히 듣고만 있었다. 그러다 전화기를 앞에 들고 무슨 문제라도 있는 것처럼 응시했다.

"다시 말해봐." 그는 전화기를 다시 귀에 대고 말했다.

"총을 찾았다고요." 비에른 홀름이 말했다. "그리고 맞아요, 그 사람 거예요."

"또 몇 명이 알지?"

"아무도."

"자네는 얼마나 입을 다물 수 있는지 봐."

해리는 전화를 끊고 다른 번호를 눌렀다. "가야 돼." 그는 이렇게 말하고 실예의 술잔 밑에 지폐를 밀어 넣었다. 립스틱을 바른 입술이 벌어지는 걸 봤지만 급히 일어나서 그녀가 무슨 말을 하기 전에 자리를 떠났다.

문 앞에 왔을 때 카트리네에게 전화가 왔다. 해리는 비에른의 말을 전했다.

"농담이죠?" 카트리네가 말했다.

"그럼 왜 안 웃어?"

"그래도…… 그래도 도무지 믿기지가 않잖아요."

"어쩌면 그래서 우리가 믿지 않는 건지도." 해리가 말했다. "찾아. 실수를 찾아봐."

전화기 너머로 다리 열 개 달린 벌레가 키보드를 두드리는 소리가 들렸다.

에우로라는 에밀리하고 버스 정류장으로 하느작하느작 걸었다. 날이 어두워지고 있었다. 종일 비가 올 듯 하늘이 잔뜩 찌푸려 있더니 끝내 비는 오지 않는 그런 날씨였다. 기분 나빠지는 날씨라고 에우로라는 생각했다.

그리고 에밀리에게 그렇게 말했다. 에밀리는 '음'이라고 대꾸했지만 알아듣지 못한 것 같았다.

"일단 시작하면 끝이 나야 하잖아?" 에우로라가 말했다. "차라리 비가 오는 게 나아. 그럼 걱정하지 않아도 되니까."

"비 오는 거 좋아." 에밀리가 말했다.

"나도. 조금 오는 건. 하지만⋯⋯." 에우로라는 말을 끊었다.

"아까 연습할 때 무슨 일 있었어?"

"무슨 소리야, 무슨 일이 있었냐니?"

"아까 코치님이 너한테 소리 질렀잖아. 네가 윙을 커버하지 않았다고."

"조금 늦은 거야. 그뿐이야."

"아니. 네가 가만히 서서 관중석을 봤잖아. 코치님 말로는 핸드볼에서는 수비가 핵심이잖아. 또 커버가 수비의 핵심이고. 그러니까 커버가 핸드볼의 핵심이라는 거지."

아르네 코치는 참 쓰레기 같은 말을 많이도 한다고 에우로라는 생각했다. 하지만 이 생각을 입 밖에 꺼내지는 않았다. 어차피 에밀리가 알아듣지도 못할 테니까.

아까 에우로라가 잠시 집중력을 잃은 건 관중석에서 그를 보았기 때문이다. 그를 알아보는 건 조금도 어렵지 않았다. 경기장에는 여학생들 연습이 어서 끝나고 코트가 비기를 조급하게 기다리던 남학생들밖에 없었으니까. 하지만 그가 거기 있었다고 에우로라는 거의 확신했다. 집에 찾아왔던 그 남자. 아빠를 찾던 사람. 벌써 이름을 잊어버린 어느 밴드의 음악을 들어보라던 사람. 물 한 잔 달라던 사람.

에우로라가 가만히 서 있었던 모양이다. 그사이 상대편이 득점하자 아르네 코치가 경기를 끊고 에우로라에게 소리를 질렀다. 그리고 에우로라는 늘 그렇듯 미안해했다. 그러지 않으려고도 해보았다. 그런 멍청한 걸로 기분 상하는 건 싫었지만 소용이 없었다. 눈물이 차올랐다. 손목에 차고 있던 밴드로 눈물을 훔치고 이마까지 닦아서 그냥 땀을 닦는 것처럼 보이려고 했다. 코치의 말이 끝나고 다시 관중석을 보았을 때는 그가 없었다. 지난번처럼. 그런데 이번에는 순식간이라 실제로 본 건지 그냥 상상한 건지 헷갈렸다.

"어머." 에밀리가 버스 시간표를 보며 말했다. "149번 버스는 20분이나 기다려야 되네. 엄마가 저녁에 피자 만들어주신다고 했는데. 이제 엄청 추워질 거고."

"어쩌지." 에우로라는 시간표를 더 아래까지 보았다. 피자도, 친구네서 자는 것도 썩 내키지 않았다. 하지만 요즘 아이들이 다 하는 거였다. 다들 친구네 집에 가서 자고 왔다. 둥글게 돌면서 추는 춤에 들어가는 것과 같았다. 들어가지 않으면 나가떨어졌다. 에우로라는 무리에서 떨어지고 싶지 않았다. 그런 건 싫었다.

"에밀리." 에우로라가 시계를 보면서 말했다. "여기 보니까

131번이 곧 온다. 깜빡하고 칫솔을 안 챙겼어. 131번이 우리 집 앞을 지나니까 그거 타고 집에 들렀다가 너희 집에는 자전거 타고 갈게."

에밀리는 내키지 않는 눈치였다. 어두운 데서, 비가 올 듯 말 듯 오지 않는 날씨에 혼자 버스를 기다리고 싶지 않은 것이다. 게다가 에우로라가 집에 와서 같이 자고 가지 않을 구실을 찾는다는 느낌이 들었다.

"음." 에밀리가 스포츠가방을 만지작거리며 뾰로통하게 말했다. "그럼 피자 안 먹고 기다리진 못할 거야."

에우로라는 버스가 산자락의 커브를 돌아오는 걸 보았다. 131번.

"칫솔은 내 거 같이 써도 돼." 에밀리가 말했다. "어차피 우린 친구잖아."

우린 친구가 아니야. 에우로라는 속으로 생각했다. **넌** 우리 반 여자애들 모두와 친구인 에밀리, 노르웨이에서 제일 인기 있는 이름인 에밀리, 항상 옷 잘 입는 에밀리, 아무하고도 사이가 틀어지지 않은 에밀리잖아. 넌 아주 착하고 남을 흉보는 일이, 적어도 남이 듣는 데서는 없으니까. 그에 반해 난 에우로라, 너희와 같이 있기 위해 꼭 해야 하는 것만 하고 그 이상은 하지 않는 아이야. 그저 혼자 있을 용기가 없어서. 너희 모두가 이상하게 생각하지만 영리하고 자신감이 있어서 함부로 괴롭히지는 않는 아이.

"내가 너희 집에 먼저 가 있을 거야." 에우로라가 말했다. "약속해."

해리는 관중석에 앉아 손으로 머리를 받치고 트랙을 보았다.

공기 중에 비가 떠 있다가 언제라도 쏟아질 것 같았다. 발레 호빈은 지붕 없는 경기장이었다.

흉물스러운 이 작은 경기장에는 아무도 없었다. 그럴 거라고는 예상했다. 요새는 콘서트도 거의 열리지 않고 아무나 와서 스케이트를 연습할 수 있는 시즌이 더 길어졌다. 여기 앉아서 올레그가 우물쭈물 불안하게 스케이트의 첫발을 뗀 모습부터 유망한 선수로 성장하는 과정까지 모두 지켜보았다. 올레그가 다시 저 아래서 스케이트를 타고 달리는 모습을 보고 싶었다. 올레그가 링크를 도는 동안 몰래 시간을 재고 싶었다. 어느 정도 발전했는지, 슬럼프에 빠졌는지 직접 확인하고 싶었다. 성적이 부진하면 컨디션과 스케이트 상태에 관해 거짓말로 격려해주고, 성적이 잘 나오면 내심 흐뭇한 마음을 들키지 않도록 짐짓 무덤덤한 어조로 말해주고 싶었다. 또 실력이 들쭉날쭉할 때 안정적으로 잡아주는 역할을 해주고 싶었다. 올레그에게는 그런 게 필요했다. 아니면 감정이 제멋대로 출렁일 테니. 해리는 스케이트는 잘 몰라도 이런 쪽으로는 일가견이 있었다. 정서 조절, 스톨레 에우네가 지칭하던 용어다. 자기를 위로하는 방법. 아동발달에서 중요한 특징이지만 누구에게나 동일한 수준으로 발달하는 것은 아니다. 이를테면 스톨레가 해리에게는 정서 조절 능력이 더 필요하다고 말했다. 사실 해리에게는 상처 주는 일로부터 도망치고 잊어버리고 그냥 더 좋고 밝은 것에 집중하는 능력이 결핍되어 있다. 술에 기대어 주어진 일을 해나갈 뿐이다. 라켈의 말로는, 올레그의 아버지도 알코올의존증이었고 모스크바에서 술로 재산을 탕진하고 목숨까지 잃었다고 했다. 해리가 올레그를 애틋하게 생각하는 것도 그 이유였는지도 모른다. 두 사람 다 정서 조절 능력이 부족했다.

콘크리트에 발소리가 울렸다. 트랙 반대편에서 누군가 어둠을 뚫고 다가왔다. 해리는 담배를 깊이 빨았다. 담뱃불로 그가 앉은 자리를 알리기 위해.

남자가 한 다리를 펜스 위로 휙 넘겨 뛰어넘고 가볍고 날렵하게 관중석 콘크리트 계단을 올라왔다.

"해리 홀레." 남자가 두 계단 아래 서서 말했다.

"미카엘 벨만." 밤의 어둠 속에서 미카엘 얼굴의 하얀 얼룩이 빛을 내는 것만 같았다.

"두 가지야, 해리. 우선 중요한 얘기여야 해. 아내랑 단둘이 오붓하게 저녁시간을 보낼 생각이었거든."

"두 번째는?"

"그거 꺼. 담배 연기는 몸에 해로워."

"걱정해줘서 고맙군."

"내 걱정을 하는 거야. 자네가 아니라. 꺼줘."

해리가 담배를 콘크리트에 비벼 끄고 담뱃갑에 넣는 사이 미카엘이 옆에 와서 앉았다.

"별 이상한 데서 만나자고 하네."

"내가 유일하게 노는 곳이거든. 슈뢰데르 말고. 여기가 사람이 적기도 하고."

"적어도 너무 적은 거 아냐? 자네가 경찰 살인마라서 날 이리로 유인하는 건가 했잖아. 우리, 아직 범인을 경찰로 보는 거 맞지?"

"물론." 해리는 벌써 담배를 피우고 싶었다. "총기 조사는 끝났어."

"벌써? 엄청 빠르군. 총기를 받기 시작했는지도 몰랐는—"

"그럴 필요가 없었어. 첫 번째 총이 일치했거든."

"뭐?"

"자네의 총이야, 미카엘. 그 총에서 발사된 총알이 르네 칼스네스 사건에서 나온 총알과 일치해."

미카엘이 웃음을 터트렸다. 관중석에 메아리가 울렸다. "농담하나, 해리?"

"설명을 해줘야겠어, 미카엘."

"자네한테 난 벨만 청장님이야. 그리고 난 자네한테 설명할 의무가 없어. 어떻게 된 거지?"

"그걸 말해달라는 건데. 아 미안, 말씀해주셔야 할 것 같은데요? 벨만 청장님. 아니면 저희가 청장님을 정식으로 조사해야 하거든요. 그건 물론 피하고 싶을 텐데. 아닌가?"

"요점이 뭐야? 어떻게 이런 일이 생긴 거지?"

"두 가지 설명이 가능할 것 같군." 해리가 말했다. "첫 번째로 보다 명백한 설명은 청장님이 르네 칼스네스를 쏜 겁니다, 벨만 청장님."

"난…… 난……."

미카엘 벨만의 입이 달싹이자 얼굴의 하얀 얼룩 속의 빛이 흔들렸다. 심해의 특이 생명체 같았다.

"알리바이가 있지." 해리가 말을 받았다.

"내가?"

"그 결과를 받고 카트리네 브라트에게 조사하라고 했어. 르네 칼스네스가 총에 맞은 날 밤, 자네는 파리에 있었더군."

"내가?"

"자네 이름이 오슬로에서 파리로 떠나는 에어프랑스 승객 명단에 올라가 있고 같은 날 밤에 골든오리올레 호텔 숙박부에도 있더군. 자네가 만난 사람 중에 자네가 거기 있었다고 확인해줄 사람 있나?"

미카엘 벨만은 더 잘 보려는 것처럼 눈을 세게 깜빡였다. 그의 얼굴에서 북극광 같은 빛이 꺼졌다. 그는 천천히 고개를 끄덕였다. "르네 칼스네스 사건이라. 그래. 인터폴에 인터뷰하러 간 날이야. 그때 출장 중에 만난 사람 몇을 댈 수 있어. 저녁에 같이 레스토랑에도 갔거든."

"그럼 자네 총이 그날 어디에 있었는지가 관건이군."

"집에." 미카엘 벨만이 자신 있게 말했다. "잠가놨어. 열쇠는 내가 항상 가지고 다니는 열쇠고리에 끼워놨고."

"그걸 입증할 수 있나?"

"어렵지. 두 가지 설명이 있다고 하지 않았나? 내가 말해보지. 두 번째는 탄도학 실험하는 남자들이—."

"요즘은 거의 여자야."

"—실수한 거고, 살인사건에서 나온 총알과 내 것을 혼동했다는, 뭐 그런 거겠군."

"아니. 증거품 상자에 들어 있던 총알은 자네 총에서 나온 게 맞아, 미카엘."

"무슨 뜻이지?"

"뭐가?"

"'증거품 상자에 들어 있던 총알'이라고 했잖아. '르네 칼스네스의 머리에서 나온 총알'이 아니라."

해리는 고개를 끄덕였다. "이제야 얘기가 통하는군, 미카엘."

"얘기가 통하다니, 어떻게?"

"다른 가능성은, 내 생각엔 누가 증거품 상자의 총알을 자네 총에서 나온 걸로 바꿔치기한 것 같아. 그 총알에는 안 맞는 부분이 하나 있거든. 이 총알은 사람의 살과 뼈보다 더 단단한 뭔가를 뚫어서 찌그러진 형태야."

"그렇군. 그럼 뭘 뚫은 것 같나?"

"외케른 사격 연습장의 종이 과녁 뒤 철판."

"대체 왜 그런 생각을 한 거지?"

"생각했다기보다는 아는 거야, 미카엘. 탄도학 실험실 여자들을 그리로 보내서 자네 총으로 실험을 해보게 했거든. 어떻게 됐을 거 같나? 실험한 총알이 증거품 상자에서 나온 총알과 일치했어."

"그렇다면 사격 연습장을 지목한 건 왜지?"

"그야 뻔한 거 아닌가? 경찰이 총을 쏘지만 사람을 쏘지 않는 데가 거기니까."

미카엘 벨만은 천천히 고개를 저었다. "뭔가가 더 있군. 뭐지?"

"음." 해리가 카멜 담뱃갑을 꺼내 미카엘에게 내밀었고, 미카엘은 고개를 저었다. "경찰에 내가 아는 버너가 몇이나 있는지 생각해봤지. 그런데 그거 아나? 한 명밖에 생각이 안 나더라고." 해리는 반쯤 피우다 만 담배를 꺼내 불을 붙이고 초조하게 한 모금 길게 빨았다. "트룰스 베른트센. 우연찮게 최근에 자네랑 둘이서 그 사격 연습장에서 연습하는 걸 봤다는 사람을 만났어. 총알이 철판에 부딪혀서 과녁 아래 탄환함에 떨어져. 총을 쏘고 난 후 누가 몰래 그 총알을 가져가는 건 간단하고."

"우리가 둘 다 아는 트룰스 베른트센이 거짓 증거를 심어서 나한테 뒤집어씌우려 한 걸로 보는 건가, 해리?"

"아닌가?"

미카엘은 무슨 말을 하려다 말았다. 그냥 어깨를 으쓱했다. "트룰스가 무슨 생각을 하는지는 나도 몰라. 그리고 솔직히 자네도 모를 거야."

"음, 자네가 얼마나 솔직한지 모르지만 트룰스에 관한 묘한 사실은 알지. 트룰스도 자네에 관한 묘한 사실을 알고. 아닌가?"

"지금 날 떠보는 거 같은데 무슨 소린지 전혀 모르겠어, 해리."

"무슨, 알잖아. 그래도 입증할 수 있는 게 많지 않겠지. 그러니 그건 관두지. 내가 궁금한 건 트룰스가 뭘 쫓고 있느냐는 거야."

"자네가 할 일은 경찰 살인사건을 수사하는 것이지, 이때다 하고 나나 트룰스에 대한 사적인 감정으로 마녀사냥을 벌이는 게 아니야."

"내가 지금 그러는 건가?"

"자네랑 나, 우리 사이에 틈이 있는 건 비밀이 아니잖아, 해리. 이번 일을 복수할 기회로 삼으려는 건가."

"자네하고 트룰스는 어때? 거기엔 틈이 있나? 트룰스를 부패 혐의로 정직시킨 건 자네잖아."

"아니, 인사위원회에서 한 일이야. 그리고 오해를 바로잡을 거야."

"아?"

"사실은 내 실수였어. 그 친구 계좌로 들어간 돈은 내가 준 거야."

"자네가?"

"트룰스가 우리 집에 테라스를 만들어줘서 현금으로 비용을 치른 건데, 그 친구가 그 돈을 자기 계좌에 넣었어. 그런데 테라스에 문제가 좀 생겨서 그 돈을 돌려받으려고 했어. 그래서 그 친구가 그 돈을 세무서에 신고하지 않은 거고. 자기 돈이 될 것도 아닌데

세금을 내고 싶지 않았던 거지. 어제 이 얘기를 사기전담반에 보냈어."

"건축 사기?"

"콘크리트 바닥이 축축하고 냄새가 올라와서. 사기전담반에서 출처 불명의 돈을 조사할 때 트룰스는 그 돈의 출처를 말하면 내 입장이 곤란해질 줄 알았다더라고. 어쨌든 다 해결됐어."

미카엘이 재킷 소매를 걷어올리자 태그호이어 시계의 눈금이 어둠 속에서 빛났다. "내 총에서 나온 총알에 관해 더 물을 게 없으면 난 이만 볼일이 있어서. 자네도 할 일이 있을 텐데. 강의 준비라든가."

"음, 지금은 이 사건에만 전념하고 있어."

"원래부터 여기에만 전념했지."

"무슨 뜻이야?"

"우린 비용을 아낄 수 있는 데서 최대한 아껴야 해. 당장 군나르 하겐의 소규모 수사팀에 자문을 쓰지 말라고 지시할 생각이야."

"스톨레 에우네 박사님하고 나. 우리가 그 팀의 절반인데."

"인건비의 절반이지. 이미 내 판단이 옳았다는 생각이 드는군. 게다가 그 팀이 계속 엉뚱한 나무에 대고 짖어댄다면 프로젝트 자체를 무산시킬까도 생각 중이야."

"그 정도로 두려운가, 미카엘?"

"밀림에서 제일 큰 짐승은 무서운 게 없어, 해리. 그리고 나는 어쨌든—."

"—경찰청장이지. 그건 맞습니다. 청장님."

미카엘이 일어섰다. "안다니 다행이군. 그리고 트룰스처럼 믿을 만한 동료를 잡아들이기 시작하면 말이야, 이건 공정한 수사가 아니라 원한을 품은 알코올의존증 전직 경찰이 사적인 피의 복수극을 벌이는 것에 불과해. 그리고 경찰청장으로서 경찰의 명예를 지키는 건 내 의무야. 그러니 술집에서 경동맥에 코르크스크루가 꽂힌 채 죽은 러시아인 사건을 왜 보류했냐는 질문이 들어오면 내가 뭐라고 대답할지 알겠지? 수사에는 우선순위가 있고 그 사건은 보류된 게 아니라 당장은 최우선이 아닌 것뿐이라고 답할 생각이야. 그리고 경찰 조직의 모두가 그 사건의 책임이 누구한테 있는지에 관한 소문을 들어봤다고 해도, 난 들어본 적 없는 척할 거야. 난 경찰청장이니까."

"지금 협박하는 건가, 미카엘?"

"내가 경찰대학 강사를 협박해야 하나? 잘 있게, 해리."

해리는 미카엘이 옆걸음질로 걸어가서 펜스로 내려가면서 재킷 단추를 잠그는 걸 보았다. 입을 다물어야 했다. 필요한 순간에 대비해서 그 카드는 품속에 넣어두어야 했다. 그런데 방금 다 그만두라고, 잃을 게 없다는 목소리가 들렸다. 결정을 내려야 했다. 그는 미카엘이 한 다리를 펜스 위로 넘길 때까지 기다렸다.

"르네 칼스네스를 만난 적 있나, 미카엘?"

미카엘은 멈췄다. 카트리네가 미카엘과 르네 칼스네스를 교차해서 확인했지만 일치하는 지점이 전혀 나오지 않았다. 두 사람이 같은 음식점 영수증을 가지고 있거나 온라인으로 영화를 예매했거나 비행기나 열차에서 옆자리에 앉기만 했어도 분명 검색됐을 것이다. 그런데 미카엘이 얼어붙었다. 한 다리를 펜스에 걸친 채로.

"왜 그런 멍청한 질문을 하지, 해리?"

해리는 담배를 빨았다. "르네 칼스네스가 남자들한테 성을 팔고 다닌 건 다들 아는 사실이거든. 그리고 자네는 온라인으로 게이 포르노를 봤더군."

　미카엘은 미동도 하지 않았다. 그리고 최후의 결심을 굳힌 듯했다. 어둠 속에서 표정은 보이지 않았지만 얼굴의 흰 반점이 손목시계의 눈금판처럼 빛났다.

　"르네 칼스네스는 윤리 의식이라고는 티끌만큼도 없는 탐욕스러운 냉혈한이었더군." 해리가 담뱃불을 들여다보며 말했다. "유부남이, 사회적 지위가 높은 남자가 르네 같은 작자한테 협박받으면 어떨지 상상해봐. 둘이 관계를 갖는 사진이 있을지도 모르지. 어째 살인 동기처럼 들리지 않나? 르네가 그 유부남에 관해 떠들고 다녔을지도 모르고, 나중에 누군가 나서서 동기가 있다고 밝힐 수도 있지. 그래서 그 유부남은 누군가에게 살인을 교사하지. 잘 아는 누군가, 이미 손에 쥔 누군가, 굳게 믿는 누군가. 그리고 그 누군가가 살인을 저지르는 동안 그 유부남한테는 완벽한 알리바이가 있어. 파리에서 식사를 한다든가 하는. 그러다 얼마 후 어릴 때 친구인 두 사람의 사이가 틀어져. 청부 살인자가 정직당하고 그 유부남은 친구의 뒤를 봐주지 않았거든. 충분히 손을 쓸 수 있는 자리에 있으면서도. 그래서 청부 살인자가 그 유부남의 총에서 나온 총알을 몰래 가져다가 증거품 상자에 집어넣지. 순전한 복수심에서든, 직장을 돌려달라고 협박하기 위해서든. 사실 버너 기술에 익숙하지 않은 사람은 그 총알을 다시 없애기가 쉽지 않거든. 그나저나 트룰스 베른트센이 르네 칼스네스가 총에 맞아 죽기 1년 전에 근무용 권총을 분실했다고 신고한 거 알고 있나? 두 시간쯤 전에 카트리네 브라트한테서 받은 명단에 그 친구 이름이 있더군." 해리가 담배를 빨았다. 담뱃불에 밤눈이 어두워질까 봐 눈을 감았다. "무슨 하실 말씀이라도, 청장님?"

"고맙네, 해리. 그 팀을 해체할까 하는 고민에 마침표를 찍어줘서. 내일 아침 당장 그것부터 지시하지."

"르네 칼스네스를 만난 적이 없다는 건가?"

"나한테 그런 심문 기법은 안 통해, 해리. 그 기법을 인터폴에서 노르웨이로 들여온 사람이 바로 나거든. 누구든 인터넷에서 게이 사진을 볼 수 있어. 어디든 널려 있으니까. 그리고 심각한 수사에서 그딴 걸 증거로 이용하는 수사팀은 필요 없어."

"우연히 본 게 아니잖아, 미카엘. 신용카드로 영상을 구입해서 다운로드까지 받았더군."

"내 말을 듣지 않는군! 자네는 금기에 대한 호기심이 없나? 살인사건 사진을 다운로드했다고 해서 살인자는 아니야. 강간당하는 생각에 빠진 여자라고 해서 강간당하길 원하는 것도 아니고!" 미카엘은 나머지 다리를 넘겼다. 이제 반대편에 서 있었다. 빠져나갔다. 그는 재킷을 매만졌다.

"마지막으로 충고하지, 해리. 날 쫓지 마. 자네한테 뭐가 좋은지 안다면. 자네랑 자네 여자."

해리는 미카엘의 등이 어둠 속으로 사라지는 걸 보았다. 그의 무거운 발소리가 관중석에 부딪혀 둔탁한 메아리로 남았다. 해리는 담배꽁초를 버리고 발로 밟았다. 세게. 콘크리트 바닥에 짓이겼다.

39

해리는 외위스테인 아이켈란의 고물 메르세데스가 오슬로 중앙역 북쪽 택시 승강장에 서 있는 걸 보았다. 택시들이 둥글게 서 있는 모양이 서부시대의 마차 행렬처럼 보였다. 아파치족이든 세금 징수원이든 경쟁자든 그 누구든, 그들이 정당한 법적 권리로 보유한 재산을 빼앗아가려고 쳐들어온 자들에 대항해 원형의 방어 대형을 이룬 것처럼 보였다.

해리는 앞자리에 앉았다. "바쁘냐?"

"시동 한번 끌 새도 없었다." 외위스테인이 초소형으로 말아 피우는 담배를 조심스럽게 입에 물고 백미러로 연기를 내뿜었다. 백미러로 뒤에 붙어나는 대기 줄이 보였다.

"하룻밤에 돈 내는 승객을 몇이나 태우냐?" 해리가 담뱃갑을 꺼내며 물었다.

"진짜 얼마 안 되서 미터기를 조작해볼까 생각 중이야. 야, 너 글자 못 읽어?" 외위스테인이 조수석 사물함에 붙은 금연 표시를 가리켰다.

"조언이 필요해, 외위스테인."

"안 돼. 결혼하지 마. 라켈은 좋은 여자지. 그래도 결혼은 재미있는 날보다 골치 아픈 날이 많아. 그쪽에 몇 번 얼쩡거려본 선배 말을 들어."

"너 결혼한 적 없잖아, 외위스테인."

"내 말이." 어린 시절 친구가 수척한 얼굴에 누런 이를 드러내고 머리를 홱 들자 하나로 묶은 가느다란 머리채가 운전석 머리받침을 쳤다.

해리는 담배에 불을 붙였다. "그리고 들러리 서달라고 부탁한 거 말인데……."

"들러리는 정신이 멀쩡해야 된다니까. 술을 진탕 퍼마시지 않는 결혼식은 진 빠진 토닉처럼 맹탕이야."

"알았어. 그런데 지금 너한테 결혼에 관해 조언을 듣자는 게 아니야."

"그럼 어서 털어놔봐. 이 외위스테인 아이켈란이 듣고 계신다."

해리는 담배 연기에 목이 싸했다. 이제 목의 점막이 하루 두 갑을 버텨내지 못했다. 외위스테인이 이 사건에 관해 조언해주지 못하리라는 걸 알았다. 어차피 좋은 조언이 아닐 것이다. 투박한 논리와 원칙은 사회에서 적절히 기능하지 못하는 생활양식을 이루고, 오직 특이한 관심을 가진 사람들의 관심만 끌 뿐이었다. 외위스테인이라는 집을 지탱하는 기둥은 술과 독신, 밑바닥 여자들과 흥미로운 지력(불행히도 이건 줄어들고 있지만), 나아가 이 모든 자질에도 결국에는 음주보다는 택시 운전을 더 많이 하면서 인생의 얼굴과 악마의 면전에 웃음을 터트릴 줄 아는 호기와 생존본능이었다. 해리도 그 점은 높이 사지 않을 수 없었다.

해리는 담배를 빨았다. "모든 경찰 살인사건의 배후에 경찰이 있는 것 같아."

"그럼 그놈을 처넣으면 되겠네." 외위스테인이 혀끝에서 담배 가루를 떼면서 말했다. 그러다 갑자기 멈추었다. "경찰 살인사건이 라고 했냐? 그 경찰 살인사건?"

"응. 문제는 놈을 잡아넣으면 나까지 끌려 들어간다는 거야."

"어떻게?"

"컴 애즈 유 아에서 러시아인을 죽인 게 나란 걸 놈이 증명할 수 있거든."

외위스테인은 휘둥그레진 눈으로 백미러를 보았다. "너 러시아 인을 죽였어?"

"그럼 어떻게 할까? 놈을 잡아넣고 나도 같이 딸려 들어갈까? 그 럼 라켈한테는 남편이 없어지고 올레그한테는 아빠가 없어지는 데?"

"동감이야."

"뭐가 동감인데?"

"그 두 사람을 내세우는 것에 동감이라고. 그런 박애주의적인 구 실을 비장의 무기로 품고 있는 건 영리한 처신이야. 나도 항상 그 런 걸 찾았거든. 사과 서리를 하다가 내가 도망쳐서 트레스코 혼자 붙잡혀서 혼난 거 기억나? 어차피 걘 뚱뚱한 몸뚱이에 나막신 같 은 걸 신고 다녀서 빨리 도망치지도 못했어. 그런데 속으로 이런 생각이 들더라. 트레스코가 나보다 매를 더 맞아야 한다, 그래야 그 녀석이 중심을 똑바로 잡을 수 있다, 도덕적으로 말하면 옳은 길에 들어설 수 있다, 하고 말이야. 어차피 거긴 걔가 가자고 한 거 였잖아, 쥐똥나무 생울타리가 있는 시골 말이야. 안 그래? 그에 반 해 난 노상강도가 되고 싶어했잖아? 내가 시시한 사과 몇 개로 매를 맞아봐야 뭔 소용이 있었겠어?"

"난 남이 나 대신 비난받게 두지 않아, 외위스테인."

"그런데 놈이 경찰 몇을 더 죽이고, 넌 놈을 막을 수도 있었던 걸 안다면?"

"그게 문제지." 해리가 금연 표시에 연기를 내뿜으며 말했다.

외위스테인이 친구를 노려보았다. "그러지 마, 해리……."

"뭘 그러지 마?"

"하지 마……." 외위스테인은 차창을 내리고 담배의 남은 부분, 2센티미터 정도의 침 묻은 종이 필터를 튕겼다. "그런 얘긴 듣고 싶지 않다. 그냥 하지 마."

"제일 비겁한 건 아무것도 안 하는 거야. 확실한 증거가 없다고 나 자신에게 말하는 거, 그게 사실이긴 하지만. 그냥 눈감아버리는 거. 그런데 사람이 그렇게 살 수 있을까, 외위스테인?"

"살 수 있고말고. 하지만 넌 그런 쪽으로는 유별난 놈이잖아, 해리. **너** 그렇게 살 수 있겠냐?"

"다른 땐 못하지. 그런데 말했다시피 지금은 고려할 게 있으니."

"그냥 다른 경찰들이 놈을 체포하면 안 돼?"

"놈은 경찰 조직의 모든 사람에 관한 정보를 다 끌어내서 감형 받으려고 할 거야. 버너이자 수사관으로 일해서 온갖 수법에 통달한 놈이거든. 게다가 청장한테 구제받을 거고. 두 인간이 서로를 너무나 잘 알거든."

외위스테인은 해리의 담뱃갑을 가져갔다. "그거 아냐, 해리? 꼭 나한테 살인을 허락받으려고 온 것처럼 들려. 네가 지금 어떤 상황 인지 또 아는 사람 있냐?

해리는 고개를 저었다. "우리 팀 사람들도 몰라."

외위스테인은 담배를 꺼내 라이터로 불을 붙였다.

"해리."

"응."

"넌 내가 아는 사람 중에 제일 고독한 인간이야."

해리는 곧 자정에 닿는 손목시계를 보고 앞유리 너머를 보았다. "제일 외롭다. 그게 맞는 말 같은데."

"아니. 제일 고독해. 자기가 선택한 거니까. 넌 유별난 놈이야."

"어쨌든." 해리가 문을 열었다. "조언 고맙다."

"무슨 조언?"

문이 닫혔다.

"무슨 조언이냐니까?" 외위스테인이 문에 대고 소리쳤고, 구부정한 형체가 오슬로의 어두컴컴한 밤 속으로 향했다. "택시 타고 가, 이 쩨쩨한 자식아!"

집은 어둡고 고요했다.

해리는 소파에 앉아 장식장을 노려보았다.

트룰스 베른트센에 관한 의혹은 아직 입 밖에 내지 않았다.

비에른과 카트리네에게 전화해서 미카엘 벨만을 잠시 만났다고 알렸다. 그리고 미카엘은 살인이 일어난 밤에 알리바이가 있어서 분명 무슨 착오가 있었거나 증거가 심어진 걸 테니 증거품 상자에 있던 총알과 미카엘의 총이 일치한 사실은 아직 함구해야 한다고도 말했다. 미카엘과 나눈 대화에 관해서는 한마디도 하지 않았다.

트룰스 베른트센에 관해서도 말하지 않았다.

뭘 해야 하는지에 관해서도 말하지 않았다.

꼭 그렇게 해야 했다. 혼자 감당해야 할 일이었다.

열쇠는 CD 선반에 감춰두었다.

눈을 감았다. 잠시 쉬면서 머릿속에서 시끄럽게 떠드는 대화를 듣지 않으려 했다. 하지만 소용이 없었다. 여유를 찾으려는 순간 머릿속의 목소리들이 소리를 질러댔다. 트룰스 베른트센은 미쳤다고, 그 목소리들이 외쳤다. 이건 추정이 아니라 사실이다. 미치지 않고서야 그렇게 경찰 동료들을 죽이고 돌아다니겠는가.

유사한 사례가 없지는 않았다. 미국에서 발생한 사건만 봐도, 직장에서 해고당하거나 어떤 식으로든 굴욕감을 느낀 사람이 다니던 직장에 찾아가 동료들에게 총질을 해댄 사건이 있다. 오마르 손튼은 맥주를 훔쳤다는 이유로 직장에서 해고된 후 배급창고로 찾아가 동료 여덟 명을 살해했다. 웨슬리 닐 히그던은 상사에게 질책을 당한 후 동료 다섯 명을 죽였고, 제니퍼 산마르코는 우체국에서 정신이상을 이유로(왜 아니겠는가?) 해고당한 후 동료들의 머리에 총알 여섯 발을 발사했다.

다른 점이 있다면 계획의 정도와 계획을 실천하는 능력이었다. 트룰스 베른트센은 얼마나 미쳤을까? 해리 홀레가 술집에서 누굴 죽였다고 아무리 떠들어봐야 경찰이 받아들여주지 않을 만큼 미쳤을까?

아니다.

트룰스에게 증거가 있다면 다 소용없다. 증거를 정신이상으로 몰 수 없다.

트룰스 베른트센.

해리는 생각이 흘러가는 대로 두었다.

모든 정황이 맞아떨어졌다. 하지만 핵심 요소도 맞아떨어지는가? 동기. 미카엘 벨만이 한 말은 무슨 뜻일까? 여자가 강간 환상을 품는다고 해서 정말로 강간당하고 싶은 건 아니라는 말. 남자가 폭행에 대한 환상을 품는다고 해서 그게 꼭…….

빌어먹을. 그만!

하지만 생각이 멈추지 않았다. 그 문제를 해결하기 전까지는 마음에 평화가 오지 않을 것이다. 문제를 해결하는 데는 두 가지 방법밖에 없었다. 하나는 오래된 방법이다. 지금 이 순간 몸속의 모든 세포가 아우성치는 방법. 술. 증폭시키고 삭제하고 은폐하고 무감각하게 만드는 술. 일시적인 방법. 나쁜 방법. 다른 하나는 최후의 방법이다. 꼭 필요한 방법. 문제를 근절하는 방법. 악마의 대안.

해리는 벌떡 일어섰다. 집에 술이 없었다. 이 집에 들어와서 살기 시작한 뒤로 내내 없었다. 그는 안절부절못하고 서성였다. 그러다 멈춰 섰다. 오래된 모퉁이 장식장을 보았다. 언젠가 꼭 이렇게 서서 바라보던 술 장식장. 그런데 무엇이 붙잡는 걸까? 이보다 사소한 보상에도 영혼을 팔아넘긴 적이 얼마나 많았나? 어쩌면 그게 핵심이었을지 몰랐다. 다른 때는 사소한 변화를 위한 것이었고, 도덕적 의분을 터트리는 것으로 정당화되었다. 그런데 이번엔…… 깨끗하지 않았다. 자기 목숨을 부지하려고 벌이는 짓이었다.

그런데 내면에서 이런 속삭임이 들렸다. '날 꺼내줘, 날 이용해. 내가 생겨먹은 대로 날 이용해. 이번엔 내가 그걸 끝장내줄게. 방탄조끼 따위에 속지 않아.'

여기에서 망레루드에 있는 트룰스 베른트센의 집까지 차로 반시간이면 갈 수 있었다. 트룰스의 침실에는 전에도 본 적 있는 무기가 있었다. 총기, 수갑, 방독면. 경찰봉. 그런데 왜 미루는 거지? 그는 뭘 해야 할지 알았다.

하지만 그의 짐작이 맞는 건가? 트룰스 베른트센이 정말로 미카

엘 벨만의 명령으로 르네 칼스네스를 죽였을까? 트룰스가 미쳤다
는 데에는 의심의 여지가 없지만 미카엘 벨만도 그런가?

아니면 그가 마음대로 조각들을 조합하고 원하는 대로 꿰맞춰서
만들어낸 허상일 뿐일까? 머릿속에서 그림을, 어떤 그림이든 의미
까지는 없어도 대답을 주고 점들이 연결된다는 느낌을 주는 그림
을 원하고 필요로 하고 **요구하기** 때문에 만들어낸 걸까?

해리는 주머니에서 전화기를 꺼내 A를 눌렀다.

10초쯤 흐르고 끙 하는 소리가 들렸다. "네?"

"여보세요, 아르놀. 저예요."

"해리?"

"네. 일하고 계세요?"

"새벽 1시인데요, 해리. 보통사람들처럼 나도 자고 있었어요."

"죄송해요. 다시 주무시고 싶어요?"

"그렇게 물으신다면, 네."

"좋아요. 그래도 어차피 깨셨으니까……." 전화선 너머에서 다시
끙 하는 소리가 들렸다. "미카엘 벨만이 의심스러워요. 미카엘이
크리포스 소속일 때 거기서 같이 일하셨잖아요. 그자가 성적으로
남자들한테 끌린다는 느낌을 받으셨어요?"

긴 침묵이 이어지고 아르놀의 일정한 호흡과 열차가 덜컹거리
며 지나가는 소리가 들렸다. 들리는 소리로 짐작하건대 창문을 열
어놔서 실내보다 바깥의 소리가 더 잘 들리는 것 같았다. 아르놀은
그 소리에 익숙해져서 수면에 방해를 받지 않는 모양이었다. 문득
어떤 중요한 계시라기보다는 잡념처럼, 어쩌면 이번 사건도 그와
비슷할 수 있다는 생각이 스쳤다. 소음일 수도 있다는 생각. 익숙
한 소음이라 들리지 않아서 잠이 깨지는 않지만 계속 듣게 되는 소

음 같은 것.

"주무세요?"

"아뇨. 뜬금없는 말이라 일단 소화시키는 중이에요. 그럼. 이제와 생각해보니, 모든 걸 새로운 관점으로 보니…… 당시에는 이해가 안 가던 게…… 명백하게……."

"뭐가 명백해요?"

"음, 미카엘하고 항상 붙어 다니던 졸개가 있었어요."

"트룰스 베른트센."

"맞아요. 그 둘이……." 다시 침묵. 다시 열차 소리. "저기요, 해리, 그 둘이 사귀는 걸로는 보이지 않았어요. 아시겠지만."

"그렇군요. 밤중에 깨워서 죄송해요. 주무세요."

"잘 자요. 참…… 잠깐……."

"네?"

"그때 크리포스에 어떤 친구가 있었는데. 그 일을 까맣게 잊고 살았네요. 어느 날 화장실에 갔는데 그 친구하고 미카엘이 세면대 앞에 같이 있었는데, 둘 다 얼굴이 벌겋더라고요. 꼭 무슨 일이 있었던 것처럼. 무슨 뜻인지 알죠? 문득 그런 쪽으로 생각이 가긴 했지만 더 깊이 생각하지는 않았어요. 그런데 그 친구는 얼마 안 가서 크리포스를 떠났어요."

"그 사람 이름이 뭐였습니까?"

"모르겠어요. 알아봐줄 수는 있지만 지금은 안 돼요."

"고마워요, 아르놀. 안녕히 주무세요."

"고마워요. 도대체 무슨 일이에요?"

"별것 아니에요." 해리는 전화를 끊고 주머니에 넣었다.

다른 손을 펼쳤다. CD 선반을 보았다. 열쇠는 W 밑에 있었다.

"별것 아니야."

그는 욕실로 가면서 티셔츠를 벗었다. 그는 침대의 리넨이 희고 깨끗하고 차가운 걸 알았다. 열린 창밖은 고요하고 밤공기가 적당히 선선한 것도 알았다. 그리고 자신이 한숨도 자지 못하리라는 것도 알았다.

그는 침대에 누워 바람 소리를 들었다. 휘파람 소리가 났다. 아주 오래된 검은색 모퉁이 장식장의 열쇠구멍에서 들리는 휘파람 소리.

신고센터 담당자는 오전 04:06에 화재 신고를 받았다. 잔뜩 동요한 소방관의 목소리를 듣고 분명 대형 화재라고 짐작했다. 차량을 우회시키거나 사유재산을 보호하거나 사상자에 대한 조치를 내려야 하는 대형 사고일 거라고. 그래서 소방관이 밤중에 문 닫힌 술집에서 연기가 나서 화재 경보가 울렸으며, 소방차가 도착하기 전에 불이 저절로 꺼졌다고 말하자 조금 놀랐다. 그리고 당장 경찰을 보내달라고 해서 조금 더 놀랐다. 소방관의 목소리가 떨렸다. 화재 현장에 출동하면서 별별 장면을 다 봤을 텐데 지금 전하려는 상황에는 대비하지 못한 듯했다.

"여자애가 있어요. 뭔가에 푹 젖은 것 같아요. 바에 빈 술병이 있고요."

"어디 계신데요?"

"애가…… 애가 새까맣게 탔어요. 파이프에 묶여 있어요."

"어디예요?"

"목에 감긴 게 자전거 잠금장치 같아요. 빨리 와요, 빨리."

"그래요, 그런데 어디—?"

"크바드라투렌. 컴 애즈 유 아라는 술집요. 세상에, 아직 어린앤
데……."

40

스톨레 에우네는 6시 28분에 벨소리에 잠이 깼다. 전화벨인 줄 알았다가 알람시계라는 걸 알았다. 꿈자리가 사나웠다. 이제는 꿈 해석을 심리치료만큼 믿지 않기에 생각의 궤적을 추적하려고 시도하지도 않았다. 알람을 세게 눌러 끄고 다시 눈을 감고 두 번째 알람이 울리기 전까지 2분간 단잠을 즐겼다. 평소 같았으면 지금쯤 에우로라가 욕실을 먼저 차지하려고 맨발로 뛰어가는 소리가 들렸을 것이다.

조용했다.

"에우로라 어디 있어?"

"에밀리네 집에서 자고 온대." 잉그리드가 목이 잠긴 채 중얼거렸다.

스톨레 에우네는 일어났다. 그는 샤워하고 면도하고 다정한 침묵 속에서 아내와 아침을 먹었고, 아내는 아침을 먹으며 신문을 보았다. 스톨레는 이제 거꾸로도 신문을 잘 읽게 되었다. 경찰 살인 사건은 건너뛰었다. 새로운 소식은 없고 새로운 추측만 난무했다.

"학교 가기 전에 집에 들렀다 가야 하지 않아?" 스톨레가 물었다.

"학교 갈 준비까지 마쳐서 갔어."

"그렇군. 다음 날 학교 가야 되는데 친구네 집에서 자도 괜찮은 건가?"

"아니. 좋은 건 아니지. 당신이 어떻게 좀 해봐." 아내가 신문을 넘겼다.

"수면부족이 뇌에 어떤 영향을 미치는지 알아, 잉그리드?"

"노르웨이 정부가 당신한테 그거 알아내라고 6년간 연구비를 대 줬으니, 내가 알면 세금 낭비겠지."

스톨레는 항상 잉그리드가 이른 아침부터 저렇게 말똥말똥 깨어 있는 게 거슬리면서도 존경스러웠다. 그는 정오가 되기 전에는 언변으로는 잽 한번 날리지 못했다. 사실 오후 6시까지도 한 라운드 도 이기지 못할 것 같았다.

스톨레는 이런 생각을 하면서 차고에서 차를 후진으로 빼서 스포르바이스 가의 상담실로 출발했다. 이젠 날마다 그를 때려눕히 지 않는 여자하고는 같이 살 수 있을지 모르겠다는 생각마저 들었 다. 유전학에 대한 이해가 없었다면 어떻게 그들 부부 사이에 에우 로라처럼 사랑스럽고 섬세한 아이가 나올 수 있는지 의문이었을 것이다. 그러다 에우로라는 잊었다. 차가 느리게 굴러갔지만 여느 때보다 느린 건 아니었다. 중요한 건 얼마나 걸릴지 예측할 수 있 느냐는 것이지, 시간 그 자체가 아니었다. 12시에 보일러실에서 회 의가 있고, 그전에 환자 세 명을 봐야 했다.

라디오를 켰다.

뉴스를 듣는데 전화가 울렸다. 뉴스와 상관이 있다는 직감이 들 었다.

해리였다. "회의는 연기됐어요. 다른 살인사건이 발생했어요."

529

"라디오에 나오는 여자애인가?"

"여자애인 것만은 확실해요."

"누군지는 모르고?"

"네. 실종신고 들어온 게 없어요."

"몇 살인데?"

"정확히는 모르지만 체격이랑 체형으로 봐서는 열 살에서 열네 살 사이 같아요."

"우리 사건하고도 관련이 있을 것 같다는 거지?"

"네."

"왜지?"

"과거 미제사건 현장과 같은 현장에서 시신이 발견됐거든요. 컴 애즈 유 아라는 바예요. 또⋯⋯." 해리는 목청을 가다듬었다. "⋯⋯ 목에 자전거 잠금장치가 감긴 채 파이프에 묶여 있었어요."

"세상에!"

해리가 다시 헛기침하는 소리가 들렸다 .

"해리?"

"네?"

"괜찮나?"

"아뇨."

"거기⋯⋯ 거기 무슨 문제라도 있나?"

"네."

"자전거 잠금장치 말고? 혹시⋯⋯."

"애를 술에 담갔다가 성냥을 그었어요. 빈 술병이 널려 있어요. 세 병, 모두 같은 브랜드예요. 다른 술도 많은데."

"그렇다면⋯⋯."

"네, 맞아요. 짐 빔."

"……자네 술이로군."

전화기 너머에서 해리가 누군가에게 아무것도 건드리지 말라고 고함치는 소리가 들렸다. 다시 해리가 말했다. "와서 현장을 보실래요?"

"환자가 있어. 나중에 갈 수 있으면 가지."

"알았어요, 그렇게 하세요. 저희는 한동안 여기 있을 거예요."

그들은 전화를 끊었다.

스톨레는 운전에 집중하려고 했다. 호흡이 거칠어지고 콧구멍이 벌름거리고 가슴이 들썩거렸다. 오늘은 평소보다 상담이 더 안 될 것 같았다.

해리는 문 밖으로 나갔다. 사람들과 자전거와 차와 트램이 바삐 오가는 거리로 나왔다. 어두운 실내에 있다가 환한 빛 속으로 나온 탓에 연신 눈을 깜빡이며 분주히 흘러가는 무의미한 일상을 바라보았다. 불과 몇 미터 안에 역시나 무의미한 죽음이 녹아서 흘러내린 플라스틱 의자에 앉아 새카맣게 타버린 소녀의 형상을 하고 있는지는 꿈에도 모른 채 정신없이 흘러가는 일상. 그 소녀가 누군지 전혀 알 수 없었다. 아니, 어떤 육감이 들기는 했지만 차마 의식으로 끌어내지 못했다. 그래도 몇 번 겨우 심호흡을 하고 그 느낌을 의식으로 끄집어냈다. 그리고 카트리네에게 전화했다. 보일러실 컴퓨터 앞에 가서 앉아 있으라고 보내놓은 터였다.

"아직 실종신고 들어온 건 없나?" 해리가 물었다.

"네."

"그래. 여덟 살에서 열여섯 살 사이의 딸이 있는 경찰을 모두 확

531

인해. 르네 칼스네스 사건 관련자부터 시작하고. 누구든 나오면 곧바로 전화해서 오늘 딸을 봤느냐고 물어봐. 조심스럽게 해."

"그럴게요."

해리는 전화를 끊었다.

비에른이 밖으로 나와서 옆에 섰다. 교회에 있는 것처럼 나직이 속삭이듯 말했다.

"해리?"

"응?"

"제가 이제껏 본 사건 현장 중에 최악인데요."

해리가 고개를 끄덕였다. 그도 비에른이 봐온 현장을 아는데, 맞는 말이었다.

"이런 짓을 한 자는······." 비에른은 손을 들어 급히 숨을 들이마셨다가 절망적으로 한숨을 내뱉고는 다시 손을 내렸다. "그런 자식은 총으로 쏴 죽여야 돼요."

해리는 재킷 주머니 속에서 주먹을 움켜쥐었다. 그 말도 맞다고 생각하면서. 놈은 죽어 마땅하다. 홀멘콜베이엔 집의 모퉁이 장식장에 들어 있는 오데사의 총알 한 개, 아니 세 개로. 지금이 아니라, 어젯밤에 쏴 죽였어야 했다. 비겁하기 짝이 없는 전직 경찰이 동기가 뚜렷하지 않으면 처형자가 될 수 없다면서 그냥 자러 간 그때. 피해자가 될 수도 있는 라켈과 올레그를 위해 그랬던 걸까, 아니면 자기 자신을 위해 그랬던 걸까? 저기 있는 저 아이는 그에게 동기 따위는 묻지 않을 것이다. 아이에게든 부모에게든 너무 늦었다. 젠장, 젠장, 젠장!

해리는 시계를 보았다.

트룰스 베른트센은 지금 해리가 자기를 쫓는 걸 알고 철저히 대비할 것이다. 해리를 불러들이고 이렇게 과거의 미제사건 현장에서 살인을 저질러 그를 도발하고 알코올의존증 환자의 독인 짐 빔과 경찰 조직의 절반은 들어봤을 자전거 잠금장치를 이용해서 그를 능욕했다. 그 잘난 해리 홀레가 스포르바이스 가의 주차금지 기둥에 개줄에 매달린 개처럼 묶여 있었다는 걸 알고.

해리는 숨을 들이마셨다. 감추고 있던 패를 다 내던지고 구스토와 올레그와 죽은 러시아인에 관해 다 털어놓고 델타를 이끌고 트룰스 베른트센의 집으로 쳐들어가고, 트룰스가 이미 도망쳤다면 인터폴부터 전국 구석구석의 경찰서까지 그물을 칠 수 있다. 아니면…….

해리는 구겨진 카멜 담뱃갑을 꺼내려다 다시 넣었다. 담배도 지겨웠다.

……아니면 정확히 놈이 원하는 대로 해줄 수도 있었다.

두 번째 환자가 나가고 쉬는 시간이 되어서야 스톨레는 겨우 생각의 흐름을 이어갈 수 있었다.

생각은 두 갈래로 흘렀다.

우선, 그 소녀가 사라졌다고 신고한 사람이 없었다. 열 살에서 열네 살 사이의 여자아이. 밤에 집에서 아이가 보이지 않으면 당연히 없어진 걸 알았어야 한다. 실종신고를 했어야 한다.

다음으로 피해자가 경찰 살인사건과 어떤 연관성이 있을까. 지금까지 범인은 경찰만 표적으로 삼았는데, 이제는 연쇄살인범의 전형적인 경향, 곧 폭력성을 끌어올리려는 욕구가 고개를 든 것이다. 인간이 타인에게 가할 수 있는 폭력 중에 그 사람을 죽이는 것 말고 그 이상의 폭력이 뭐가 있을까? 간단하다. 자식을 죽이는 것이다. 그렇다면 이런 질문으로 이어진다. 다음은 누구 차례인가? 해리는 분명 아니다. 해리는 자식이 없다.

느닷없이 스톨레 에우네의 커다란 몸의 모든 땀구멍에서 아무 예고도 없이 식은땀이 쏟아졌다. 그는 열린 서랍에서 휴대전화를 집어 들고 에우로라의 이름을 찾아 통화 버튼을 눌렀다.

벨소리가 여덟 번 가고 음성으로 넘어갔다.

에우로라는 물론 전화를 받지 않았다. 학교에 있을 테고, 교실에 는 당연히 휴대전화를 들고 들어갈 수 없다.

에밀리라는 친구의 성이 뭐였지? 자주 들었는데. 이런 건 잉그리드의 영역이었다. 아내에게 전화하려다가 괜한 걱정을 끼칠까봐 이메일 수신함에서 '학교 캠프'를 검색했다. 작년에 에우로라의 반 학부모의 메일이 많이 나왔다. 메일을 죽 훑으며 그 아이의 성이 '아하!' 하고 떠오르기를 바랐다. 오래 기다릴 것도 없었다. 토룬 에이네르센. 에밀리 에이네르센. 이제 보니 기억하기 쉬운 이름이었다. 다행히 부모의 전화번호가 메일 아래에 적혀 있었다. 손이 떨려서 키가 잘 눌리지 않았다. 술을 마셔서이거나 커피를 덜 마신 탓이리라.

"토룬 에이네르센입니다."

"아, 여보세요. 스톨레 에우네인데요. 에우로라 아빠예요. 저……어, 어젯밤에 별일 없었는지 궁금해서요."

침묵. 너무 길었다.

"어제 우리 애가 댁에 자러 갔잖아요." 스톨레가 다시 말했다. 더 명확히 하기 위해 덧붙였다. "에밀리하고."

"아, 네. 에우로라는 우리 집에 오지 않았는데요. 애들이 그런 얘 길 한 건 알지만—"

"제가 잘못 기억했나 보네요." 스톨레는 이렇게 말했다. 팽팽히 긴장한 목소리였다.

"네, 요새는 누구네서 자고 온다고 했는지 일일이 기억하기가 쉽지 않아요." 토룬 에이네르센이 웃으며 말하긴 했지만 간밤에 딸이 어디 갔는지 모르는 아버지와 통화한다는 생각에 불편한 목소리였다.

스톨레는 전화를 끊었다. 셔츠가 이미 축축하게 젖었다.

잉그리드에게 전화했다. 음성사서함으로 넘어갔다. 전화해달라고 음성을 남겼다. 그리고 일어나서 문 밖으로 뛰쳐나갔다. 마지막 환자가, 스톨레로서는 도무지 이해할 수 없는 이유로 심리치료를 받으러 오는 중년 여자가 그를 쳐다보았다.

"오늘 상담은 취소해야 할 것 같습니다……." 환자의 이름을 말하려고 했지만 생각나지 않았다. 아래층으로 내려가서 밖으로 나가 스포르바이스 가를 뛰어 내려가 주차해둔 차까지 갈 때까지도 생각나지 않았다.

해리는 들것이 앞을 지나 대기 중이던 구급차로 들어가는 걸 보면서 자신이 종이컵을 꽉 움켜쥔 걸 알았다. 그는 가까이서 구경하려고 몰려든 구경꾼들을 노려보았다.

좀 전에 카트리네에게 전화를 받았다. 실종신고는 아직 들어온 게 없고, 칼스네스 사건 관계자들 중에서 여덟 살에서 열여섯 살 사이의 딸을 둔 경관은 없다고 했다. 그래서 해리는 검색 범위를 경찰 조직 전체로 확대하라고 주문했다.

비에른이 바에서 나왔다. 라텍스 장갑을 벗고 흰색 작업복의 후드를 벗었다.

"DNA 팀에서는 아직 소식이 없나?" 해리가 물었다.

"네."

해리는 현장에 도착하자마자 조직 샘플부터 채취해서 긴급히 과학수사과로 보낸 터였다. DNA를 완전히 검사하는 데는 시간이 걸리지만 초기 프로파일은 비교적 빨리 받아볼 수 있었다. 그들에게는 그 정도의 정보면 충분했다. 살인사건 수사에 관여한 사람은, 사복 경찰과 과학수사과 사람들까지 모두 현장을 오염시킬 가능성에 대비해 DNA 프로파일을 등록해야 했다. 작년에는 현장에 처음 도착했거나 현장을 지킨 경찰들, 현장에 있었던 것으로 추정되는 일반 시민들까지 모두 DNA를 등록했다. 단순한 확률 계산이었다. DNA 열한 자리에서 앞자리 서너 자리 숫자로 이미 관련성이 가장 높은 경관들이 용의선상에서 제거될 터였다. 다섯 자리나 여섯 자리까지 가면 전원 제거될 터였다. 따라서 해리의 가설이 옳다면 딱 한 명만 남는다.

해리는 시계를 보았다. 이유도 모르고 어떻게 해야 할지도 모른 채 그저 시간이 많지 않다는 것만 알았다. **그에게** 시간이 많지 않았다.

스톨레 에우네는 학교 문 앞에 차를 대고 비상등을 켰다. 그의 다급한 발소리가 건물들로 에워싸인 운동장에서 메아리쳤다. 어린 시절의 외로운 소리. 지각하는 날 들리던 소리. 혹은 모두가 떠나고 버려진 도시에서 홀로 맞이하는 여름방학의 소리. 그는 무거운 문을 벌컥 열어젖히고 복도를 내달렸다. 이제 메아리가 울리지 않고 거친 숨소리만 들렸다. 에우로라의 교실 문이 나왔다. 아닌가? 집단수업 교실인가, 에우로라의 반 교실인가? 딸의 일상에 관해 아는 게 거의 없었다. 지난 여섯 달 동안 딸을 많이 보지 못했다. 딸에 관해 알고 싶은 게 아주 많았다. 이제부터는 딸과 함께 시간을 많이 보낼 것이다. 부디 아이가, 부디…….

해리는 바 안을 둘러보았다.

"뒷문 자물쇠가 뜯겨나갔습니다." 뒤에 있던 경관이 말했다.

해리는 고개를 끄덕였다. 자물쇠 주위에 긁힌 자국을 본 터였다.

자물쇠 뜯기. 경찰 소행. 그래서 경보가 울리지 않은 것이다.

저항한 흔적이 전혀 없었다. 바닥에 쓰러진 물건도 없고 바닥에 아무것도 없고 의자나 테이블도 원래 위치 그대로였다. 그냥 밤새 비워둔 여느 술집의 모습이었다. 바의 주인은 조사를 받고 있었다. 해리는 자신은 바 주인을 따로 만날 필요가 없다고 일러두었다. 만나고 싶지 않다고는 말하지 않았다. 그냥 이유를 대지 않았다. 바의 주인이 알아볼 위험을 감수하고 싶지 않다는 말은 하지 않았다.

해리는 바 스툴에 앉아서 그날 밤, 입에 대지 않은 짐 빔 잔을 앞에 둔 장면을 다시 떠올렸다. 그 러시아인은 뒤에서 공격했다. 시베리아 칼로 그의 경동맥을 노렸다. 해리의 티타늄 손가락이 칼날을 막았다. 주인은 바 뒤에 서서 공포에 질려 꼼짝하지 못했고, 해리는 손을 더듬어 코르크스크루를 잡으려 했다. 레드와인을 병째 엎지른 것처럼 발밑 바닥에 피가 흥건했다.

"아직까지 단서라 할 만한 게 없어요." 비에른이 말했다.

해리는 다시 고개를 끄덕였다. 물론 없겠지. 트룰스는 그 공간을 혼자 차지하고 여유를 부렸을 것이다. 일을 치르고 나서 정리할 시간이 있었을 것이다. 아이에게 술을 끼얹어 온몸을 적시고…… 그 말이 떠올랐지만 차마 입 밖에 내고 싶지는 않았다. 술에 담갔다는 표현.

해리는 라이터를 켰다.

그램 파슨스의 'She'가 흐르고 비에른이 전화기를 들어 귀에 댔다.

"네? 일치하는 결과요? 잠시만요……."

비에른은 연필과 항상 들고 다니는 몰스킨 노트를 꺼냈다. 해리는 비에른이 혹시 낡은 커버 느낌을 좋아해서 노트를 다 쓰면 지우고 다시 쓰는 게 아닌지 의심했다.

"기록이 없군요. 그런데 그분이 살인사건을 수사했다고요……. 네, 의심해봐야 할 거 같네요……. 그럼 그분 성함이?"

비에른은 바 카운터에 노트를 내려놓고 받아 적으려 했다. 그러다 연필이 멈추었다. "아버지 이름이 뭐라고요?"

해리는 비에른의 목소리에서 뭔가 잘못된 걸 알았다. 지독히 잘못됐다.

교실 문을 열어젖히는 순간 스톨레 에우네의 머릿속에는 오만 가지 생각이 소용돌이쳤다. 자기는 나쁜 아빠였고, 에우로라가 몇 반인지도 몰랐고, 그 반이 아직 이 교실인지도 몰랐다.

학교에 와본 지 2년이 넘었다. 공개수업을 하던 날, 교실마다 그림과 성냥 모빌과 점토 작품과 그밖에 전혀 인상적이지 않은 갖가지 시시한 물건들이 진열되어 있었다.

순간 정적이 흐르고 교실에 있던 모두가 돌아보았다.

정적이 흐르는 가운데 스톨레는 고운 살결의 얼굴들을 하나하나 살폈다. 살아온 날이 얼마 되지 않아 흉터 하나 없이 순결한 얼굴들, 아직 채 빚어지지 않고 성격도 굳어지지 않은 얼굴들, 세월이 흐르면 그 사람의 내면으로 굳어질 가면을 아직 쓰지 않은 얼굴들. 그의 딸.

스톨레는 교실을 두리번거리며 교실에서 찍은 사진에서, 생일파티에서, 몇 번 안 되는 핸드볼 경기에서, 한 학기의 마지막 며칠 동안 본 얼굴들을 살펴보았다. 계속 한 얼굴만 찾았다. 그 이름이 목구멍으로 올라와 흐느낌이 되었다. 에우로라, 에우로라, 에우로라.

비에른은 휴대전화를 주머니에 넣었다. 바 앞에서 해리를 등지고 섰다. 꼼짝도 않고 서 있었다. 천천히 고개를 저었다. 그리고 돌아섰다. 얼굴에서 피가 다 빠져나간 듯 보였다. 허옇게 질려 있었다.

"자네가 잘 아는 사람이군." 해리가 말했다.

비에른이 천천히 고개를 끄덕였다. 몽유병자처럼. 침을 삼켰다. "말도 안 돼……."

"에우로라."

어리둥절한 얼굴들이 스톨레 에우네를 쳐다보았다. 아이의 이름이 그의 입에서 울음으로 터져 나왔다. 기도로 터져 나왔다.

"에우로라."

시야 가장자리에서 교사가 다가오는 게 보였다.

"뭐가 말이 안 되는데?" 해리가 물었다.

"그분 딸이에요." 비에른이 말했다. "설마…… 말도 안 돼."

스톨레의 눈에 눈물이 그렁그렁했다. 어깨에 손이 닿았다. 그리고 어떤 형체가 다가왔다. 놀이공원 거울 속의 형체처럼 흐릿한 실루엣이었다. 그 형체가 딸과 닮아 보였다. 에우로라와 닮았다. 심리학자로서 그는 이것이 뇌의 도피 기제이고 감당할 수 없는 현실에 대처하는 방법이자 기만이라는 걸 알았다. 보고 싶은 것을 보는 것. 그럼에도 그는 아이의 이름을 중얼거렸다.

"에우로라."

그리고 그 목소리가 아이의 목소리라고 맹세할 수 있었다.

"무슨 일 있으세요?"

게다가 마지막 말도 들었지만 상대가 한 말인지 그의 뇌에서 교묘히 삽입한 말인지 자신이 없었다.

"……아빠?"

"왜 말이 안 되는데?"

"왜냐하면……." 비에른이 해리를 보았다. 앞에 없는 사람을 보듯이.

"왜냐하면?"

"이미 죽은 애니까요."

41

아침의 베스트레 묘지에 정적이 흘렀다. 들리는 소리라고는 멀리 쇠르세달스베이엔 거리의 차 소리와 트램이 덜커덩거리며 시내로 승객들을 실어 나르는 소리뿐이었다.

"로아르 미트스투엔, 그래." 해리가 묘비들 사이로 성큼성큼 걸었다. "그 양반하고 몇 년이나 같이 일했지?"

"글쎄요." 비에른이 해리의 걸음을 따라잡으려고 안간힘을 쓰면서 대답했다. "처음부터였으니까."

"그 양반 딸이 차 사고로 죽었다고?"

"작년 여름에요. 기가 차죠. 이건 말도 안 돼요. DNA 코드 앞부분만 나왔대요. 다른 사람의 DNA일 가능성이 아직 10, 15퍼센트는 있는 거예요. 누가—." 해리의 걸음을 거의 따라잡았는데, 해리가 갑자기 멈춰섰다.

"음." 해리는 무릎을 꿇고 피아 미트스투엔이라는 이름이 새겨진 묘비 앞 땅을 손가락으로 찔렀다. "그럴 가능성이 지금 0으로 떨어졌어." 그는 손을 들어 손가락에서 방금 파낸 흙을 털었다. "시신을 파내서 컴 애즈 유 아로 옮긴 거야. 그리고 불을 붙였고."

"씨……."

비에른의 목소리가 눈물에 젖어 있었다. 해리는 일부러 그를 보지 않았다. 혼자 있게 놔두었다. 기다렸다. 눈을 감고 소리를 들었다. 새 한 마리가 ─인간의 귀에는─ 무의미한 노래를 지저귀었다. 바람이 태평하게 구름을 가만가만 밀면서 윙윙거렸다. 전철이 덜커덩거리며 서쪽으로 달려갔다. 시간이 흘렀다. 그런데 열차는 거기서 더 어디로 갈까? 해리는 다시 눈을 떴다. 헛기침을 했다.

"관을 다시 파달라고 해서 먼저 확인한 다음에 애 아버지에게 연락하는 게 좋겠어."

"그럴게요."

"비에른." 해리가 말했다. "이편이 나아. 그래도 어린애가 산 채로 탄 건 아니니까. 안 그래?"

"죄송해요, 그냥 지친 거 같아요. 안 그래도 로아르가 상태가 안 좋단 걸 아는데……." 비에른은 체념한 듯 팔을 던졌다.

"괜찮아." 해리가 일어섰다.

"어디 가시게요?"

해리는 북쪽을, 도로와 전철 쪽을 보았다. 구름이 그가 있는 쪽으로 떠내려 오고 있었다. 북풍. 그게 다시 시작되었다. 아직 모르는 뭔가를 알 것 같은 느낌, 내면의 어두운 저 밑바닥에 뭔가가 있지만 아직 수면 위로 떠오르지 않는 것 같은 느낌.

"처리할 게 있어."

"어디서요?"

"너무 오래 미뤄둔 일이야."

"알겠어요. 참, 궁금한 게 있어요."

해리는 시계를 흘끔 보고 고개를 끄덕였다.

"어제 청장이랑 얘기해보셨잖아요. 그 총알은 어떻게 된 거래요?"

"모르겠대."

"어떻게 생각해요? 보통 가설 한 가지는 세워두시잖아요."

"음, 가봐야 돼."

"해리?"

"응?"

"제발……" 비에른이 멋쩍은 미소를 지었다. "어리석은 짓은 하지 마세요."

카트리네 브라트는 의자에 기대어 앉아 모니터를 보았다. 방금 비에른 홀름에게 전화가 와서 아이 아버지는 르네 칼스네스 사건 수사에 참여한 로아르이고 어린 딸을 둔 경찰 중에서 그를 발견하지 못한 이유는 딸이 이미 사망했기 때문이라고 했다. 잠시 카트리네가 할 일이 없어졌다는 뜻이므로 전날부터 검색한 기록을 살펴보고 있었다. 미카엘 벨만과 르네 칼스네스를 검색어로 넣어서 나온 결과는 없었다. 미카엘 벨만과 가장 자주 연락한 사람 명단을 뽑아보니 이름 세 개가 나왔다. 첫 번째는 울라 미카엘이었다. 다음으로 트룰스 베른트센. 그리고 세 번째가 이사벨레 스퀘옌이었다. 부인이 맨 앞에 나오는 건 놀랍지 않고, 시의회 의원이자 그의 상사인 이사벨레가 세 번째로 나오는 것도 이상하지 않았다.

그런데 트룰스 베른트센은 의외였다.

바로 이 경찰청 사기전담반이 경찰청장에게 직접 올린 내부 문건이 있었기 때문이다. 트룰스 베른트센이 어떤 돈에 대해 해명하기를 거부해서 사기전담반이 부패 가능성을 조사하겠다고 허락을 구하는 문건이었다.

카트리네는 이 문건에 대한 답변이 검색되지 않아서 미카엘이 구두로 답했나 보다고 짐작했다.

이상한 건 경찰청장과 부패 경찰로 의심되는 인물이 그렇게 자주 통화하고 문자를 주고받고 같은 장소와 같은 시간에 신용카드를 사용하고 같은 시간에 항공기와 열차로 이동하고 같은 호텔에서 같은 날짜에 체크인하고 같은 사격 연습장에 있었다는 것이다. 해리에게 미카엘을 깊이 파보라는 지시를 받고 미카엘이 인터넷으로 게이 포르노를 본 기록을 찾아냈다. 트룰스 베른트센과 미카엘이 연인일 수도 있을까?

카트리네는 모니터를 들여다보았다.

그래서? 그렇다고 무슨 의미가 생기는 건 아니다.

해리가 전날 밤 발레 호빈 경기장에서 미카엘을 만난 건 알았다. 미카엘의 총알이 발견된 사실을 알린 것도 알았다. 해리는 떠나기 전에 증거보관실에서 총알을 바꾼 자가 누군지 알 것 같다고 중얼거렸다. 누구냐고 묻자 아리송하게도 "그림자"라고만 답했다.

카트리네는 검색 범위를 확대해 과거로 거슬러 올라갔다.

결과를 살펴보았다.

미카엘과 트룰스는 경찰에서 일하는 동안 줄곧 붙어 다녔다. 경찰대학을 졸업하고 스토브네르 경찰서에 들어갈 때부터 시작된 관계가 분명했다.

카트리네는 같은 기간에 다른 경관들의 명단을 뽑았다.

눈으로 모니터를 훑었다. 그러다 어떤 이름에 시선이 멈췄다. 지역번호 55로 시작되는 전화번호를 눌렀다.

"마침 전화 잘했어요, 카트리네 브라트 양." 저쪽에서 노래하듯 전화를 받았다. 걸쭉한 베르겐 사투리를 들으니 간만에 해방감이 들었다. "검사받을 시기가 한참 지났네요!"

"한스—."

"닥터 한스예요, 감사합니다. 상의를 벗어주시겠습니까, 브라트 양?"

"그만하세요." 카트리네는 경고하듯 말하면서 옅은 미소를 띠었다.

"의료적인 조치와 직장에서의 원치 않는 성적 관심을 혼동하지 말아주시겠습니까?"

"다시 돌아오셨다는 말은 들었어요."

"네. 그런데 지금 어디예요?"

"오슬로요. 그나저나 제가 지금 어떤 명단을 보고 있는데, 스토브네르 경찰서에서 근무하실 때 미카엘 벨만하고 트룰스 베른트센과 같은 시기에 계셨더군요."

"경찰대학을 졸업하자마자 여자 하나 보고 들어간 거예요, 카트리네. 가슴 큰 여자와의 악몽, 그 여자 얘기 해줬죠?"

"그런 것 같네요."

"그 여자랑 끝나면서 오슬로하고도 끝났어요." 그가 갑자기 노래했다. "Vestland, Vestland ber alles—."

"한스! 그때 같이 일할 때—."

"그 두 녀석하고 같이 일한 사람은 없어요, 카트리네. 그자들을 위해 일하거나 그자들과 맞서거나, 둘 중 하나였어요."

"트룰스 베른트센은 정직 상태예요."

"그거 잘됐네요. 또 누굴 두들겨 팼나?"

"두들겨 패요? 그 사람이 수감자들을 때렸나요?"

"더 심했죠. 경찰들을 팼으니까."

카트리네는 팔뚝에 털이 쭈뼛 서는 느낌이었다. "네? 누굴 때렸는데요?"

"미카엘의 아내한테 집적거리던 사람은 다요. 비비스 트룰스는 그들 커플한데 푹 빠졌거든요."

"뭘 사용했나요?"

"무슨 말이에요?"

"사람들을 때릴 때요."

"그걸 내가 어떻게 알아요? 단단한 거겠죠. 적어도 그래 보였어요. 그 노를란 청년이 어리석게도 크리스마스 만찬에서 미카엘 벨만의 부인에게 달라붙어 춤을 추더니만."

"노를란 청년 누구요?"

"그 친구 이름이…… 어디 보자…… R로 시작했는데. 맞다, 루나르. 루나르였어요. 루나르…… 뭐더라…… 루나르……."

어서, 카트리네는 속으로 말했고, 손가락이 키보드 위에서 날렵하게 움직였다.

"미안, 카트리네, 오래전 일이라. 혹시 상의를 벗어보면?"

"끌리긴 하네요." 카트리네가 말했다. "그런데 당신 도움 없이 찾았어요. 그 시기에 스토브네르에 있던 루나르는 한 명뿐이네요. 잘 있어요, 한스―."

"잠깐! 가벼운 유방조영술은 꼭―."

"가봐야 돼요, 한심하긴."

카트리네는 전화를 끊었다. 엔터키를 눌렀다. 검색 엔진이 돌아가는 동안 그 청년의 성을 보았다. 어딘가 낯익었다. 어디서 들었지? 눈을 감고 그 이름을 속으로 중얼거렸다. 특이한 성이라 우연일 리가 없었다. 다시 눈을 떴다. 검색 결과가 나왔다. 많이 나왔다. 충분히. 의료 기록. 마약 중독으로 입원한 기록. 오슬로 중독 치료 시설 원장과 경찰서장 사이에 오간 서신. 순수하고 순진한 파란 눈이 그녀를 바라보았다. 불현듯 그 눈을 어디서 봤는지 생각났다.

해리는 집에 들어가서 신발도 벗지 않고 CD 선반으로 향했다. 톰. 웨이츠의 〈Bad As Me〉와 〈A Pagan Place〉 사이에 손가락을 넣었다. 워터보이스 밴드의 CD라인에 처음 꽂은 앨범인데, 사실 고민이 없었던 건 아니다. 엄밀히 말해서 2002년 리마스터링 버전이기 때문이었다. 이 집에서 가장 안전한 자리였다. 라켈이든 올레그든 톰 웨이츠나 마이크 스콧의 CD를 직접 고른 적이 없었다.

해리는 열쇠를 조심스럽게 끄집어냈다. 작고 속이 빈 황동 열쇠는 무게가 거의 없었다. 그럼에도 아주 묵직하게 느껴져서 모퉁이 장식장까지 가는 사이 손이 바닥으로 끌려 내려가는 느낌이었다. 그는 열쇠를 열쇠구멍에 넣고 돌렸다. 기다렸다. 한번 그 문을 열면 돌이킬 수 없다는 걸 알았다. 약속이 깨질 터였다.

장식장의 단단히 끼어 있던 문을 힘으로 잡아당겼다. 단지 오래된 나무 문이 틀에서 빠져나오는 것만이 아니었다. 암흑 속에서 깊은 탄식이 터져 나오는 것 같았다. 그것이 마침내 자유를 얻은 걸 깨달은 것처럼. 지상에서 마음껏 지옥을 퍼트릴 수 있다는 걸 안 것처럼.

금속과 기름의 냄새가 났다.

해리는 숨을 들이마셨다. 뱀 소굴에 손을 집어넣는 기분이었다. 손가락으로 더듬어 비늘 덮인 차가운 강철을 찾았다. 그 뱀의 머리를 잡아 끌어냈다.

못생긴 총이었다. 반할 정도로 못생긴 총. 구소련의 공학 기술의 잔혹한 성능을 구비한 이 총은 칼라슈니코프에 못지않았다.

해리는 손으로 총의 무게를 느껴보았다.

무거운 줄 알면서도 가볍게 느껴졌다. 결정을 내린 지금은 가벼웠다. 그는 숨을 내쉬었다. 악마가 풀려났다.

"안녕하신가." 스톨레 에우네가 보일러실에 들어와 문을 닫으며 말했다. "혼자 있나?"

"예." 비에른이 의자에 앉아 휴대전화를 보면서 대꾸했다.

스톨레는 자리에 앉았다. "다들 어디?"

"해리는 해결할 일이 있대요. 카트리네는 아까 와보니 없었고요."

"오늘 무척 고단한 날이었나 보군."

비에른이 힘없이 웃었다. "박사님도 그래 보이네요."

스톨레는 손으로 정수리를 쓸었다. "방금 우리 애 학교에 가서 딸아이를 끌어안고 다른 애들이 다 보는 데서 울었거든. 에우로라는 평생 상처로 남을 일이라고 하더군. 다행스럽게도 대다수 아이들은 부모의 사랑의 무게를 견디는 능력을 타고났다고, 다윈의 관점에서 보면 너도 이번 일을 딛고 일어설 수 있을 거라고 설명해주려고 했지. 네가 에밀리네 집에서 자고 온다고 했는데 같은 반에 에밀리가 둘이라 그런 거라고. 내가 엉뚱한 에밀리네 엄마한테 전화한 거라고."

"오늘 회의가 연기됐다는 메시지는 받으셨어요? 시신이 발견됐거든요. 여자애요."

"그래, 알아. 듣자니 끔찍했다고."

비에른이 천천히 고개를 끄덕였다. 그리고 전화기를 가리켰다. "제가 지금 그 애 아버지한테 전화해야 되거든요."

"두려운 일이겠군."

"그래요."

"그 애 아버지가 왜 이런 식으로 벌을 받아야 하는지 이해가 안 갈 거야. 왜 딸을 두 번이나 잃어야 하는지. 왜 한 번으로 충분하지 않았는지."

"네, 비슷해요."

"살인범이 스스로를 신성한 복수의 화신으로 여기기 때문일 거야."

"그런가요?" 비에른은 멍한 얼굴로 스톨레를 보았다.

"성경을 좀 아나? '하느님은 시기하고 보복하신다. 하느님은 보복하고 진노하시고, 대적하는 자들에게 보복하고 원수에게 분노하신다.' 무슨 뜻인지 알겠지?"

"전 외스트레 토텐 출신의 단순한 아이로 견진성사나 겨우 받은―."

"그래서 내가 지금 여기 와 있는 거지." 스톨레는 앞으로 몸을 내밀었다. "범인은 복수하는 자야. 해리 말이 맞네. 사랑으로 죽이는 거지, 증오나 이익이나 가학적 쾌락 때문에 죽이는 게 아니야. 그자가 사랑하는 뭔가를 누군가에게 빼앗겨서 지금 경찰들에게서 그들이 가장 사랑하는 걸 강탈하는 거야. 그게 피해자들의 목숨이 될 수도 있어. 아니면 그들에게 더 중요한 무언가가 될 수도. 이를테면 그들의 자식."

비에른은 고개를 끄덕였다. "로아르 미트스투엔은 딸을 구할 수만 있다면 목숨까지 내놓았을 거예요."

"그러니 우리가 찾아야 할 사람은 사랑하는 뭔가를 잃어버린 자야. 사랑의 이름으로 복수하는 자. 왜냐하면……." 스톨레 에우네는 오른 주먹을 꽉 쥐었다. "……그게 이번 사건에서 충분히 강력하고 유일한 동기이니까. 무슨 말인지 알겠나, 비에른?"

비에른이 고개를 끄덕였다. "알 것 같아요. 하지만 지금은 로아르한테 전화해야 될 것 같아요."

"그럼 방해하지 않겠네."

비에른은 스톨레가 나갈 때까지 기다렸다가 오래 들여다봐서 망막에 새겨진 것만 같은 전화번호를 눌렀다. 심호흡을 하면서 벨소리를 세어보았다. 몇 번 울릴 때까지 기다리다가 수화기를 내려놓아야 할지 생각했다. 그러다 갑자기 로아르의 목소리가 들렸다.

"비에른, 자넨가?"

"네. 제 번호를 저장해놓으셨나 봐요?"

"응, 그럼."

"그렇군요. 죄송하지만 드릴 말씀이 있어서요."

침묵.

비에른은 마른침을 삼켰다. "따님 일이에요. 그 애가—."

"비에른, 더 말하기 전에 말인데, 무슨 말을 할지 모르지만 자네 목소리를 들으니 심각한 일 같군. 사실 피아에 관한 전화는 나도 더 이상 감당이 안 되네. 그때하고 똑같군. 그때도 아무도 내 눈을 보지 못했어. 다들 전화를 걸었어. 그편이 쉬운 건지. 이리로 와주겠나? 무슨 일이든 내 눈을 보고 말해주겠나. 비에른?"

"그럼요." 비에른 홀름은 얼떨떨한 채로 대답했다. 로아르 미트스투엔이 그렇게 터놓고 솔직하게 약한 속내를 드러내는 걸 본 적이 없었다. "지금 어디 계세요?"

"오늘로 딱 아홉 달 됐어. 그래서 마침 우리 딸이 죽은 장소로 가던 길이네. 꽃이라도 놓아줄까 해서―."

"정확히 어디 계신지 알려주시면 바로 갈게요."

카트리네 브라트는 주차할 자리를 찾다가 관두었다. 전화번호와 주소는 인터넷으로 간단히 찾을 수 있었다. 그런데 네 번이나 전화했지만 응답이 없고 자동응답기도 나오지 않아서 차량을 신청해서 마요르스투엔의 인두스트리 가로 왔다. 일방통행 도로에 청과물상과 갤러리 두 개와 음식점이 적어도 하나는 있고 액자 공방이 하나 있었지만 무료 주차 공간은 없었다.

카트리네는 결심한 듯 보도 위에 차를 대고 시동을 끄고 앞 유리에 경찰차량이라고 적은 메모를 꽂아두었지만 주차단속원에게는 통하지 않으리란 걸 알았다. 해리 말로는 주차단속원이란 문명과 완전한 혼돈 사이에 서 있는 모든 것이므로.

카트리네는 온 길을 되짚어 걸어서 쇼핑광들의 세련된 거리인 보그스타베이엔으로 향했다. 그리고 요세피네스 가의 한 아파트 앞에 걸음을 멈췄다. 경찰대학에 다니던 시절에 여기서 한두 번 심야 커피를 마신 적이 있다. 이른바 심야 커피. 심야 커피라고들 부르던 무언가. 그렇다고 크게 꺼린 건 아니었다. 오슬로 경찰청 소유의 이 건물은 경찰대학 학생들에게 방을 빌려주는 곳이었다. 카트리네는 명판에서 자기가 찾던 이름을 발견하고 초인종을 누르고 기다리면서 수수한 4층 건물의 전면을 보았다. 다시 눌렀다. 기다렸다.

"방에 아무도 없나 봐요?"

카트리네는 돌아보았다. 자동적인 미소. 남자는 40대, 혹은 관리를 잘한 50대 정도로 보였다. 키가 크고 아직 머리카락이 있고 플란넬 셔츠와 리바이스 501을 입고 있었다.

"관리인인데요."

"강력반에서 나온 카트리네 브라트 경사입니다. 실예 그라브셍을 만나러 왔습니다."

관리인은 카트리네가 내민 신분증을 확인하고 머리부터 발끝까지 노골적으로 뜯어보았다.

"실예 그라브셍, 그래요." 관리인이 말했다. "그 학생, 경찰대학을 그만뒀나 보던데. 여기서 오래 살지는 않을 거예요."

"그럼 아직 여기 산다는 겁니까?"

"네. 412호요. 말씀을 전해드릴까요?"

"네. 이 번호로 전화하라고 해주세요. 루나르 그라브셍이라고, 그 학생 오빠에 관해 물어볼 게 있다고요."

"그 오빠란 사람이 무슨 잘못이라도 저질렀나 봐요?"

"그건 아닐 거예요. 정신과 입원 치료 명령을 받은 사람인데, 항상 방 한가운데에 앉아 있었대요. 벽이 자기를 죽도록 때리는 사람들인 줄 알고."

"저런."

카트리네는 노트를 꺼내서 이름과 전화번호를 적었다. "실예한 테는 경찰 살인사건과 관련된 일이라고 전해주세요."

"예, 그 학생도 그 사건에 푹 빠져 사는 것 같던데."

카트리네는 적다가 손을 멈췄다. "무슨 말이죠?"

"그걸 벽지처럼 잔뜩 붙여놨더라고요. 죽은 경찰에 관한 신문 기사 스크랩요. 내 알 바는 아니지만. 학생들이 자기네가 좋아하는 걸 붙일 순 있지만 어째 좀…… 으스스하지 않습니까?"

카트리네는 그를 보았다. "성함이 뭐라고 하셨죠?"

"레이프 뢰드베크요."

"저기요, 레이프. 그 학생 방을 좀 볼 수 있을까요? 스크랩을 보고 싶어서요."

"왜요?"

"돼요?"

"안 될 건 없지만. 수색영장을 보여주셔야죠."

"그런 건 없는—."

"농담이에요." 그가 씩 웃었다. "따라와요."

잠시 후 그들은 4층으로 올라가는 엘리베이터에 있었다.

"임대 계약서에 관련 조항이 있거든요. 미리 고지하기만 하면 방에 들어갈 수 있다는 내용으로. 마침 전기 라디에이터에 먼지가 쌓였는지 점검하는 기간이에요. 지난주에 어느 방 라디에이터에 불이 붙었거든요. 사실 실예한테도 미리 알려주려 했지만 도통 인터컴을 받지 않았어요. 그쪽한테는 잘된 일이죠, 브라트 형사님?" 그가 다시 씩 웃었다. 늑대의 미소라고 카트리네는 생각했다. 매력이 전혀 없지는 않았다. 말끝마다 카트리네라고 불렀다면 주제넘었을 테지만. 그의 말투에는 듣기 좋은 억양이 있었다. 카트리네는 그의 손에서 반지를 찾아보았다. 금반지의 매끄러운 광택이 없었다. 엘리베이터 문이 열리고 그를 따라 좁은 복도를 지나갔다. 그가 파란문들 중 하나 앞에서 걸음을 멈췄다.

그가 노크하고 기다렸다. 다시 노크했다. 기다렸다.

"들어가죠." 그가 열쇠를 돌렸다.

"도움이 많이 됐습니다, 뢰드베크 씨."

"레이프요. 도와드릴 수 있어서 기쁘네요. 날마다 이런 일이 생기는 게⋯⋯." 그가 문을 열어주면서도 카트리네가 안으로 들어가려면 그에게 바짝 붙을 수밖에 없는 위치에 서 있었다. 카트리네는 경고하는 눈빛을 보냈다. "⋯⋯이런 심각한 사건 말이에요." 그는 웃으면서 말을 마치고 이리저리 두리번거리며 옆으로 비켜 섰다.

카트리네는 안으로 들어갔다. 방의 구조가 많이 바뀌지는 않았다. 작은 주방이 딸려 있고 한쪽 끝에는 욕실 문이 있고 다른 쪽에는 커튼이 있었다. 커튼 뒤에 침대가 있었던 기억이 났다. 하지만 이 방에서 처음 든 느낌은 어린 소녀의 방 같다는 거였다. 성인 여자가 사는 방으로는 보이지 않았다. 방 주인이 과거의 뭔가를 그리워한다는 느낌이었다. 구석의 소파에는 테디베어와 인형과 캐릭터 인형 같은 잡동사니가 널려 있었다. 테이블과 의자에 아무렇게나 던져둔 옷가지는 알록달록했고 그중에서도 유독 분홍색이 많았다. 벽에는 사진들이 붙어 있었다. 겉멋 부리는 사람들의 인간 동물원처럼. 보이밴드 멤버나 디즈니 채널에 나오는 주인공들 같았다.

두 번째로 눈에 띈 것은, 요란한 사진들 사이에 붙어 있는 흑백 신문 기사였다. 카트리네는 집 안을 돌아보다가 책상에 놓여 있는 아이맥 위의 벽에 시선을 멈추었다.

기사는 대부분 아는 내용이었지만 더 가까이 보려고 다가갔다. 보일러실 벽에도 같은 기사가 붙어 있었다.

기사는 압정으로 꽂혀 있고 볼펜으로 적은 날짜 이외에는 아무것도 적혀 있지 않았다.

카트리네는 처음에 떠오른 생각을 떨쳐내고 잠시 검증했다. 경찰대학 학생이 현재 세상을 떠들썩하게 만든 살인사건에 흥미를 느끼는 것은 그리 이상한 일이 아니지 않을까?

키보드 옆에는 기사를 오려낸 신문이 있었다. 신문들 사이에 카트리네도 아는 노르웨이 북부의 산이 찍힌 사진엽서가 있었다. 로포텐의 스볼베르게이타 산. 카트리네는 엽서를 들고 뒤집어봤지만 우표도 없고 주소나 서명도 없었다. 엽서를 내려놓는 순간 뇌에서는 이미 눈이 서명을 찾다가 반사적으로 입력한 정보를 말해주었다. 엽서 내용에서 굵은 글씨로 적혀 있는 글자. **경찰.** 카트리네는 엽서를 다시 들고 이번에는 모서리를 잡고 처음부터 다시 읽었다.

경찰은 현재 경찰을 증오하는 누군가가 경찰을 살해한다고 보고 있다. 아직은 그 반대일 수도 있다는 사실을 이해하지 못한다. 경찰과 경찰의 신성한 의무를 열렬히 사랑하는 누군가가 벌인 사건이라는 점을 모른다. 무정부주의자나 허무주의자나 신의나 신념이 없는 자나 그밖에 모든 파괴적인 세력을 잡아들이고 처벌하는 경찰의 신성한 의무를 사랑하는 사람의 짓이라는 것을 모른다. 경찰은 그들이 쫓는 상대가 정의의 사도라는 것을 모른다. 그 상대가 범죄자들만이 아니라 책임을 저버린 자나 나태와 무관심으로 규범을 따르지 않는 자나 **경찰**로 불릴 자격이 없는 자까지 벌해야 하는 사람이라는 사실을 모른다.

"저기요, 레이프?" 카트리네가 파란 잉크로 깨알같이 작은 글씨로 단정하게 써내려간 어린애 같은 글씨에서 눈을 들지 않은 채 말했다. "정말 수색영장이 있었으면 좋겠네요."
"네?"
"받아올게요. 그런데 어떻게 하는 건지 알 거예요. 시간이 걸릴 수 있어요. 그사이 제가 보고 싶은 게 사라질 수도 있고요."
카트리네는 눈을 들어 관리인을 보았다. 레이프 뢰드베크가 마주 보았다. 추파를 던지는 눈길이 아니라 확인을 구하는 눈길. 중요한 일이라고 확인해주는 눈길.

"저기요, 카트리네?" 그가 말했다. "잠깐 지하실에 다녀와야 하는데, 방금 생각났네요. 전기기사들이 벽장을 옮기는 중이라. 여기 잠깐 계실래요?"

카트리네는 그에게 미소를 지었다. 그가 마주 웃어주었을 때는 어떤 미소인지 확실치가 않았다.

"그럴게요." 카트리네가 답했다.

카트리네는 뢰드베크가 나가고 문이 닫히는 소리가 들리자마자 아이맥의 스페이스바를 눌렀다. 화면이 켜졌다. 검색창에 커서를 놓고 미테트를 입력했다. 결과가 없었다. 수사에 등장하는 이름 두어 개와 사건 현장과 '경찰 살인사건'을 입력해도 역시나 결과가 나오지 않았다.

실예 그라브셍은 이 컴퓨터를 사용하지 않았다. 똑똑한 아이다.

카트리네는 책상 서랍을 잡아당겼다. 잠겨 있었다. 이상했다. 스물 몇 살 먹고 혼자 사는 여자가 자기 방에서 서랍을 잠가두다니.

카트리네는 일어나 커튼을 걷었다.

예전처럼 그 안에 작은 방이 있었다.

좁은 침대 위의 벽에 커다란 사진 두 개가 걸려 있었다.

실예 그라브셍을 본 건 단 두 번이고, 경찰대학으로 해리를 만나러 갔을 때 처음 보았다. 하지만 금발의 실예와 사진 속 인물이 서로 빼닮아서 둘이 가족이라고 확신할 수 있었다.

그리고 다른 사진의 남자가 누구인지는 의심의 여지가 없었다.

인터넷에서 고해상도 사진을 찾아 확대해서 출력해서 붙여놓은 것이다. 망가진 얼굴의 흉터나 주름이나 모공 하나하나까지 도드라진 사진이었다. 그럼에도 이런 세세한 특징은 잘 보이지 않았다. 형형한 푸른 눈동자와 사진사를 발견하고 자기가 맡은 사건 현장에는 카메라가 들어올 수 없다고 경고하는 격분한 표정에 가려져 있었으니까. 해리 홀레. 그날 강당에서 앞에 앉은 여학생들이 말하던 사진이었다.

카트리네는 그 방을 여러 개의 정사각형으로 나누어 왼쪽 상단부터 시작해서 바닥으로 내려오고 다시 올라가서 다음 열을 훑었다. 해리에게 배운 방식대로. 그리고 해리의 명제를 떠올렸다. '**뭔가**를 찾으려 하지 말고 그냥 탐색하라. 뭔가를 찾으려고 하면 다른 것들이 아무것도 말해주지 않는다. 모든 것이 말하게 놔둬라.'

방 안을 탐색한 후 다시 아이맥 앞에 앉았지만 머릿속에는 여전히 해리의 목소리가 맴돌았다. '탐색을 마치고도 아무것도 발견하지 못했으면 거울상처럼 거꾸로 보면서 다른 것들이 말하게 하라. 거기 **없지만** 있어야 할 것들. 빵칼. 차 열쇠. 정장 재킷.'

마지막의 정장 재킷은 실예가 현재 뭘 하고 있는지 추측하는 데 도움이 되었다. 카트리네는 옷장과 욕실의 빨래 바구니와 문 옆의 옷걸이에 걸린 옷가지를 살펴보았다. 그런데 발렌틴이 살던 지하방에서 해리와 마주쳤을 때 입은 운동복이 보이지 않았다. 그때 실예는 머리끝부터 발끝까지 검은색 운동복 차림이었다. 실예를 보고 야간 훈련 중인 해병대 같다고 생각한 기억이 났다.

지금 실예는 밖에서 뛰고 있을 터였다. 훈련 중이겠지. 경찰대학 입학 자격을 얻으려고 훈련했던 것처럼. 일단 경찰대학에 들어가 무엇이든 할 수 있는 걸 하기 위해. 해리는 범인의 동기가 사랑이라고, 증오가 아니라고 했다. 오빠에 대한 사랑 같은 걸까.

그 이름이 반응을 끌어낸 것이다. 루나르 그라브셍. 추가 조사에서 많은 것이 밝혀졌다. 그중에서 미카엘과 트룰스라는 이름. 루나르 그라브셍은 중독 치료 시설의 원장과 상담하면서 스토브네르 경찰서 소속으로 일하는 동안 복면 쓴 남자에게 심하게 구타당했다고 주장했다. 그래서 진단서도 받고 직장도 그만두고 약물 소비도 늘어난 거라고 주장했다. 당시 범인은 트룰스 베른트셴이란 자이고, 폭행의 이유는 경찰서 크리스마스 파티에서 미카엘 벨만의 아내와 조금 지나치게 친밀하게 춤을 추었기 때문이라고 주장했다. 경찰서장은 심각한 약물중독자의 황당한 주장을 인정하려 하지 않았고, 중독 치료 시설의 원장도 그런 의견을 지지했다. 단지 정보를 전달하고 싶었다고만 밝혔다.

카트리네는 복도에서 엘리베이터가 움직이는 소리를 들으며 아직 살펴보지 못한 책상 밑에 뭔가가 튀어나온 걸 보았다. 몸을 숙였다. 검은색 경찰봉.

문이 열렸다.

"전기기사들이 일을 하던가요?"

"네." 레이프 뢰드베크가 말했다. "그거 쓰시려고요?"

카트리네는 경찰봉으로 손바닥을 내리쳤다. "이런 게 굴러다닌다니 재미있지 않아요?"

"네. 안 그래도 지난주에 욕실 수도꼭지 나사를 갈아 끼우다가 저도 똑같이 물어봤어요. 훈련용이라고, 시험 준비용이라더군요. 그리고 경찰 살인마가 찾아올까 봐 대비하는 용도이기도 하다고요." 레이프 뢰드베크는 등 뒤로 문을 닫았다. "뭘 찾으세요?"

"이거요. 실예가 이걸 꺼낸 거 본 적 있어요?"

"두어 번요, 네."

"정말요?" 카트리네는 의자에 앉은 채 몸을 뒤로 젖혔다. "하루

중에 언제요?"

"물론 밤이죠. 치장하고 하이힐을 신고 머리까지 손질하고 그 경찰봉을 들었어요." 그가 킬킬거렸다.

"아니 왜—?"

"강간범에 대비하는 보호 장치라던데요."

"그것 때문에 경찰봉을 들고 시내로 갔다고요?" 카트리네는 한 손으로 경찰봉의 무게를 가늠했다. (이케아 모자걸이 끝부분이 생각났다.) "공원을 피해 다니는 게 더 나았을 텐데."

"그 친구는 아니죠. 곧장 공원으로 갔어요."

"네?"

"바테를란스 공원으로 갔어요. 몸싸움 연습을 하려고."

"변태들을 도발해서 그다음에……."

"그다음에 늘씬하게 두들겨 패는 거죠." 레이프 뢰드베크는 다시 늑대의 미소를 지으며 카트리네를 똑바로 보았다. 그래서 그가 이렇게 말했을 때는 누구에게 하는 말인지 헷갈렸다. "대단한 여자예요."

"그래요." 카트리네는 일어섰다. "이제 그 여자를 찾아야 해요."

"바빠요?"

카트리네는 이 질문이 불편하게 느껴졌다고 해도 그를 지나쳐 문 밖으로 나갈 때까지 불편하다고 자각하지 못했다. 하지만 계단을 내려가다가, 아니, 그렇게 절박한 건 아니라고 생각했다. 그녀가 기다리는 그 느림보가 끝내 손가락 하나 까딱하지 않는다 해도.

해리는 차를 몰고 스바르트달스 터널을 지나갔다. 보닛과 앞유리에 불빛이 반짝였다. 그는 필요 이상으로 빨리 달리지 않았다.

일찍 도착할 필요도 없었다. 총은 조수석에 있었다. 장전된 상태. 탄창에 마카로프 9×18밀리미터 구경 탄환 열두 발이 들어 있었다. 그가 할 일을 하기에 충분하고도 남았다. 다만 그 일을 정말로 하고 싶은지가 문제였다.

그 일을 하고 싶었다.

이제껏 누군가를 냉혹하게 총으로 쏜 일은 없다. 이번에는 할 일을 해야 했다. 간단했다.

그는 운전대를 잡은 손의 위치를 바꾸었다. 운전대를 돌리며 터널을 빠져나가 흐린 불빛 속으로, 산속으로 들어가 뒤엔 교차로로 향했다. 휴대전화 진동이 느껴져서 한 손으로 꺼냈다. 액정을 흘깃했다. 라켈이었다. 이 시간에 전화하다니 이상했다. 밤 10시 이후에는 서로 전화하지 않는다는 무언의 약속이 있었다. 지금은 통화할 수 없다. 신경이 몹시 날카로웠다. 라켈이 그의 목소리를 단박에 알아채고 무슨 일이냐고 물을 것이다. 거짓말은 하고 싶지 않았다. 더 이상 거짓말을 하고 싶지 않았다.

전화벨이 멈출 때까지 기다렸다가 휴대전화 전원을 끄고 총 옆에 놓았다. 더는 생각할 것도 없고, 생각은 이미 끝났다. 다시 의심이 고개를 들게 두었다가는 처음부터 다시 시작해야 할 테고, 그러면 결국 똑같은 지난한 경로를 돌아 바로 이곳으로 되돌아올 뿐이다. 결정은 내려졌다. 물리고 싶은 마음도 물론 있지만, 불가능했다. 젠장! 그는 운전대를 내리쳤다. 올레그를 생각했다. 라켈을 생각했다. 그러니 도움이 되었다.

차는 원형 교차로를 돌아서 망레루드로 진출했다. 트룰스 베른트센이 사는 아파트로. 차분해진 느낌이 들었다. 마침내. 항상 이런 식이었다. 임계점을 넘은 걸 아는 순간, 이미 늦었고 자유낙하로 근사하게 떨어지고 있으며 의식이 멈추어 모든 것이 순리에 따라 흘러갈 때가 되어서야 마음이 평온해진다. 오랜만에 그 느낌이 되살아났다. 아니. 그건 언제나 그의 안에 있었다.

천천히 길을 따라갔다. 몸을 앞으로 내밀어서 미지의 목표를 향해 예고도 없이 몰려오는 함대와 같은 청회색 구름을 내다보았다. 다시 등받이에 몸을 묻었다. 낮은 지붕들 위로 높이 솟은 건물들이 보였다.

굳이 총을 보지 않아도 거기에 있다는 걸 알았다.

어떻게 행동할지 준비하지 않아도 순서대로 기억나리라는 것도 알았다.

심장박동을 세어보지 않아도 맥박이 가라앉는 걸 알았다.

잠시 눈을 감고 무슨 일이 벌어질지 마음속에 그려보았다. 그러다 그것이 올라왔다. 경찰로 일하면서 단 두 번 느껴본 감정. 공포. 그가 쫓던 자들이 느낄 법한 공포. 살인자의 공포.

42

트룰스 베른트센은 엉덩이를 쳐들고 머리를 다시 베개에 박았다. 눈을 감은 채 나직이 신음하며 절정에 이르렀다. 찌릿한 경련이 온몸을 훑고 지나갔다. 잠시 후 가만히 누워 꿈나라를 오갔다. 멀리서 경고음이 짖어대기 시작했다. 분명 대형 주차장에서 들리는 소리일 것이었다. 그 소리 말고는 완전한 정적만이 창밖에 흘렀다. 그 많은 포유류가 아래위로 모여 사는 이 공간이 아주 작은 소리만 내도 먹잇감이 될지 모를 험악한 밀림보다 조용하다니, 생각해보면 기괴한 일이다. 트룰스는 다시 머리를 들어 메건 폭스와 눈이 마주쳤다.

"너도 좋았지?" 그가 속삭였다.

그녀는 대답하지 않았다. 눈 하나 찡긋하지 않고 미소도 흐트러지지 않은 채 유혹하는 몸짓도 그대로였다. 메건 폭스, 그의 인생에서 늘 변함없이 충실하고 믿을 만한 단 한 사람.

그는 침대 옆 테이블 쪽으로 돌아누워 휴지를 집었다. 뒤처리를 하고 DVD 플레이어 리모컨을 찾았다. 50인치 평면 파이오니아 TV의 정지 화면에서 흔들리는 메건을 향해 리모컨을 들었다. 지나치게 비싸고 또 가격에 비해 지나치게 성능이 좋아서 단종된 시리즈였다. 트룰스는 어렵사리 알아본 이 시리즈의 최신 모델을 아사예프 밑에서 헤로인을 밀반입하던 항공기 기장에 관한 증거를 태워서 번 돈으로 구입했다. 남은 돈은 은행에 넣었다. 곧바로 본인 계좌에 넣는 건 물론 멍청한 짓이었다. 아사예프는 트룰스에게 위험한 존재였다. 그래서 아사예프가 죽었다는 소식을 듣자 이제 자유라는 생각부터 들었다. 연결고리가 말끔히 사라져 이제는 아무도 그를 찾아낼 수 없었다.

메건 폭스가 푸른 눈을 반짝이며 그를 보았다. 에메랄드그린.

한동안 그녀를 위해 에메랄드를 사야 한다고 생각했다. 초록 옷을 입은 울라 말이다. 소파에 앉아 책을 읽을 때 벗어둔 초록색 스웨터처럼. 보석상에도 가보았다. 매장 주인은 트룰스를 보자마자 한눈에 견적을 내고 캐럿과 가격을 정해놓고 가장 맑은 물에서 나는 에메랄드는 다이아몬드보다 비싸다면서 다른 물건을 고려하는 게 어떠냐고 물었다. 꼭 초록색이어야 한다면 우아한 오팔은 어떠냐고 제안했다. 아니면 크롬이 함유된 보석도 괜찮다고 말했다. 에메랄드가 초록빛을 띄는 것은 크롬 성분 때문이고, 그것이 신비한 느낌의 실체라면서.

신비한 느낌의 실체.

트룰스는 보석상을 나서며 속으로 다짐했다. 다음번에 버너 건으로 연락이 오면 이 보석상부터 시작하자고 제안하겠다고. 그리고 태워야 했다. 말 그대로. 컴 애즈 유 아의 어린 소녀가 불탄 것처럼. 차를 타고 시내를 돌다가 무전으로 그 소식을 듣고 당장 그리로 가서 도울까도 생각했다. 어쨌든 정직은 풀렸으니까. 미카엘은 그가 복귀해서 일하기 전에 몇 가지 형식적인 절차를 거쳐야 한다고 했다. 미카엘을 겁주려던 계획이 잠시 동결에 들어갔고, 둘은 다시 우정을 쌓을 수 있었다. 아무 문제 없던 것처럼 예전으로 돌아갈 것이다. 그래, 마침내 그도 참여하고 뛰어들고 기여할 수 있게 되었다. 정신병자 경찰 킬러를 잡으러. 사적으로 할 수만 있다면……. 그는 침대 옆 장식장을 보았다. 그 안에는 정신병자 쉰 명쯤은 거뜬히 처리할 수 있는 무기가 들어있었다.

초인종이 울렸다.

트롤스는 한숨을 쉬었다.

누군가 그에게 또 뭔가를 벗겨먹으려고 들이닥친 것이다. 경험으로 미루어보아 네 가지 가능성이 있었다.

1) 여호와의 증인이 되어 천국에 올라갈 가능성을 극적으로 높여야 한다.

2) 기부금으로 선거를 치르는 아프리카의 어느 대통령을 위한 모금에 돈을 기부해야 한다.

3) 열쇠를 잃어버렸지만 지하 저장실로 잠입하고 싶은 청년들에게 문을 열어주어야 한다.

4) 깐깐한 주택조합 사람들이 찾아와 그가 아래로 내려가 자신이 깜빡한 일을 하도록 요구한다.

어느 하나 침대에서 나갈 사유가 되지 못했다.

초인종이 세 번째로 울렸다.

여호와의 증인도 두 번이면 물러선다.

미카엘일 수도 있었다. 전화로 말하지 않는 편이 최선인 어떤 문제를 의논하러 온 것일 수도 있었다. 그의 계좌에 들어 있는 돈에 관해 더 조사를 받아야 할 경우에는 둘이 입을 맞춰야 하므로.

트롤스는 잠시 신중히 따져보았다.

그리고 침대에서 다리를 내렸다.

"C동에 사는 아론센인데요. 은회색 스즈키 비타라 차주이시죠?"

"그런데요." 트롤스는 인터컴에 대고 말했다. 아우디 Q5 2.0 6단 기어 매뉴얼이었어야 했는데. 아사예프를 위한 마지막 작업의 대가는 아우디의 그 모델이었어야 했다. 성가시게 굴던 해리 홀레를 갖다 바치고 받아냈어야 마땅한 마지막 할부금. 하지만 결국 놀림 거리나 될 일본 차를 얻었다. 다들 스즈키 비아그라라고 놀려대는 그 차.

"저 경고음 들리세요?"

이제 인터컴을 통해 더 선명하게 들렸다.

"아, 젠장. 리모컨으로 끌 수 있나 볼게요." 트롤스가 말했다.

"나라면 당장 뛰어 내려와서 볼 것 같군요. 여기 보니까 누가 창문을 박살내고 라디오랑 CD 플레이어를 빼갔네요. 아직 근처를 서성이는 거 같아요."

"아, 젠장!" 트롤스가 말했다.

"천만에요. 도와드릴 수 있어서 기쁘군요." 아론센이 말했다.

트롤스는 운동화를 신고 차 열쇠가 있는지 살폈다. 그러다 문득 어떤 생각이 스쳤다. 다시 침실로 들어가 장식장을 열고 안에 든 총기류 가운데 제리코 941을 꺼내 바지 허리춤에 찔러 넣었다. 그러다 멈칫했다. 플라스마 TV를 정지 상태로 오래 두면 화면이 탈 수 있다는 데에 생각이 미쳤다. 어차피 금방 돌아올 텐데. 그는 급히 복도로 나갔다. 역시나 조용했다.

엘리베이터가 마침 그 층에 서 있어서 곧바로 타고 1층 버튼을 눌렀다가 현관문을 잠그지 않았다는 생각이 들었지만 엘리베이터를 세우지 않았다. 몇 분이면 될 테니까.

잠시 후 트룰스는 청명하고 차가운 밤공기로 나아가 주차장으로 뛰어갔다. 아파트 건물로 둘러싸인 공간인데도 이렇게 차 문을 억지로 여는 일이 잦았다. 가로등을 더 세워야 할 텐데. 시커먼 아스팔트가 빛을 집어삼켰다. 어두워진 뒤에는 차들 사이에서 몰래 돌아다니기가 쉬웠다. 정직 처분을 받은 후 수면장애가 생겼다. 온종일 자다 깨서 자위하고 다시 자다 깨서 자위하다가 먹다가 자위하면서 살다보니 그럴 수밖에. 어느 날 밤에는 주차장에서 그렇게 돌아다니는 놈들을 잡아볼까 하고, 야간투시경과 매르클린 라이플을 들고 발코니에 앉아 있었다. 아쉽게도 아무도 나타나지 않았다. 아니, 다행이라고 해야 하나. 아니, 다행이 아니다. 그래도 어차피 그는 살인자는 아니었다.

물론 로스 로보스의 오토바이족 녀석의 머리를 드릴로 뚫은 적이 있지만, 그건 순전히 사고였다. 이제 그자는 회옌할 테라스의 일부가 되었다.

그리고 일라 교도소에 가서 마리달렌과 트리반 살인사건의 범인이 발렌틴 예르트센이라는 소문을 퍼트렸다. 경찰이 발렌틴의 짓으로 완전히 믿는 건 아니지만 그런 소문을 퍼트리지 않았어도 그런 인간은 중형을 받을 이유가 충분했다. 하지만 미친놈들이 그자를 죽일 줄은 몰랐다. 물론 그들이 죽인 게 그자가 맞는다면. 경찰 무전에는 아무런 암시가 없었다.

그가 살인에 가장 가까이 접근한 상대는 드람멘의 화장하는 복장도착자였다. 하지만 그건 꼭 했어야 하는 일이고, 부탁을 받아 한 일이었다. 정말이다. 미카엘이 찾아와 전화를 받았다고 했다. 웬 녀석이 미카엘과 동료 경찰이 크리포스 소속의 동성애자를 두들겨 팬 일을 다 안다고 협박했다고 했다. 증거도 있다고 했다. 그리고 더 나아가기 전에 돈을 달라고 요구했다. 10만 크로네. 드람멘 외곽의 외딴 곳으로 그 돈을 가져다놓으라고 했다. 미카엘은 트룰스에게 그 일을 대신 해결해달라고 부탁했고, 너무 멀리 나가서 말썽을 일으킨 쪽은 트룰스였다. 트룰스는 차를 몰고 그자를 만나러 가면서 자신이 혼자라는 걸 알았다. 철저히 혼자였다. 항상 그랬다.

트룰스는 도로 표지판을 따라 드람멘 외곽의 외딴 산길로 접어들어 올라가다가 강가의 깎아지른 절벽 앞 U턴 지점에 멈췄다. 5분쯤 기다렸다. 차가 나타났다. 정차했지만 시동은 계속 켜 있었다. 트룰스는 약속대로 갈색 봉투를 차로 가져갔다. 차창이 내려갔다. 그 남자는 털모자를 쓰고 실크 스카프로 얼굴의 아래쪽 절반을 가렸다. 트룰스는 어디 좀 모자란 놈인가 했다. 훔친 차 같지는 않은데 번호판이 그대로 드러나 있었다. 게다가 미카엘이 이미 대화를 추적해서 드람멘의 한 클럽까지 알아냈다. 직원이 많지는 않으므로 그자를 찾는 건 어렵지 않을 터였다.

남자는 봉투를 열어 돈을 세어보았다. 세다가 도중에 잊어버린 듯했다. 다시 세면서 인상을 쓰고 짜증스럽게 눈을 들었다. "아니잖아, 백—."

경찰봉으로 그자의 입을 강타했다. 경찰봉이 단단히 박히고 이빨이 부러지는 감각이 올라왔다. 다시 내리치자 코가 부러졌다. 쉬웠다. 연골과 가느다란 뼈. 세 번째로 이마를 내리치자 부드럽게 으스러지는 소리가 났다.

트룰스는 빙 돌아서 조수석에 올라탔다. 그자가 정신을 차릴 때까지 기다렸다. 그리고 정신을 차리자 잠시 대화를 나누었다.

"누구?"

"그들 중 하나. 무슨 증거를 가지고 있지?"

"난…… 난……."

"이건 헤클러운트코흐야. 얘가 말하고 싶어서 죽겠대. 그럼 우리, 어디부터 시작할까?"

"할게―."

"어서."

"당신 둘이서 두들겨 팬 자. 그 친구가 말해줬어. 제발. 난 그냥―."

"놈이 우리 이름을 말했나?"

"뭐? 아니."

"그럼 어떻게 우린 줄 알지?"

"어떻게 된 일인지만 말해줬어. 그래서 내가 크리포스에 있는 사람한테 내용을 확인했고. 당신네 둘밖에 없었어." 남자가 백미러로 얼굴을 보며 청소기가 꺼질 때 나는 힝힝 소리를 냈다. "맙소사! 얼굴이 엉망이잖아!"

"닥쳐, 가만히 있어. 우리가 때렸다는 그자는 네가 우릴 협박한다는 걸 아나?"

"걔? 아니, 아니, 절대―."

"그자랑 사귀나?"

"아냐! 걘 그런 줄 알 수도 있겠지만―."

"또 누가 알지?"

"없어! 약속했잖아! 날 풀어줘. 아무한테도 말하지 않을―."

"그럼 네가 지금 여기 있다는 걸 아무도 모르는 거네."

트룰스는 남자가 얼빠진 표정으로 그 말이 무슨 뜻인지 힘겹게 깨닫는 모습을 즐겼다. "아니, 아니, 알아! 아는 사람 많―."

"거짓말을 썩 못하지는 않네." 트룰스는 남자의 이마에 총구를 댔다. 총이 놀랍도록 가벼웠다. "그렇다고 잘하는 것도 아니고."

트룰스는 방아쇠를 당겼다. 어려운 결정은 아니었다. 달리 선택의 여지가 없었다. 해야 하는 일이었을 뿐이다. 순전한 생존본능. 그자는 그들에 관한 뭔가를 쥐고 있고, 조만간 그 뭔가를 써먹을 방법을 찾아낼 것이다. 이것이 바로 하이에나들이 살아가는 방식이다. 대면할 때는 비겁하고 굴욕적이지만 탐욕스럽고 인내심이 있었다. 굴욕을 견디고 주눅이 든 채 기다리지만 상대가 등을 돌리면 당장 공격했다.

잠시 후 트룰스는 시트를 닦고 지문이 남았을 만한 곳을 깨끗이 닦고 스카프를 쥔 채로 핸드브레이크를 풀고 기어를 중립에 놓았다. 차가 절벽으로 굴러떨어지게 두었다. 괴괴한 정적이 흐르는 가운데 차가 절벽 아래로 떨어졌다. 둔탁한 쿵 소리와 함께 강철이 우그러지는 소리가 들렸다. 그는 저 아래 강물에 떠 있는 차를 내려다보았다.

트룰스는 최대한 빠르고 효율적으로 경찰봉을 처리했다. 산길을 한참 내려와서 창문을 열고 수풀에 던졌다. 발견될 리가 없지만 설사 발견된다 해도 지문이나 DNA가 전혀 남아 있지 않으니 살인이든 뭐든 연결될 리가 없었다.

하지만 총은 다른 문제였다. 탄환이 총과 그를 연결할 수 있다.

그래서 드람멘 다리가 나올 때까지 기다렸다. 천천히 차를 몰아 다리를 건너면서 총이 다리 난간 너머, 강과 피오르가 만나는 지점으로 떨어지는 걸 보았다. 10미터나 20미터쯤 아래, 절대로 발견되지 않을 곳으로. 염분 섞인 물. 수상쩍은 물. 완전한 짠물도 아니고 완전한 민물도 아닌. 완전히 잘못된 일도 아니고 완전히 옳은 일도 아닌. 경계의 죽음. 하지만 이렇게 혼합된 물에서 생존하는

데 능한 종이 있다는 걸 읽은 적이 있다. 오히려 보통의 생물에게 필요한 물에서는 견디지 못하는 변태 종.

트룰스는 주차장으로 들어가기 전에 리모컨을 눌렀고, 곧바로 경고음이 꺼졌다. 주위에 아무도 없고 사방을 둘러싼 발코니에도 아무도 보이지 않지만 아파트 전체에서 모든 이의 한숨 소리가 들리는 것만 같았다. 이런 빌어먹을 시간에, 차에 관심 좀 가져라, 경고음 길이를 설정할 수도 있지 않냐, 이 멍청한 자식아, 하고 타박하는 듯했다.

차창이 박살 난 건 사실이었다. 트룰스는 차체 안으로 머리를 집어넣었다. 누가 라디오에 손댄 흔적은 없었다. 아론센이란 자가 뭔 소릴 한 거지……. 그런데 아론센이 누구지? C동에 사는 사람이었을지도. 어쩌면 아무도 아닐지도…….

트룰스가 어떤 결론에 이르던 순간, 목에 금속이 닿았다. 본능적으로 금속이라는 걸 알았다. 총신의 금속. 아론센이란 사람은 없다는 것도 알았다. 차를 부순 청년들도 없다는 것도.

귓가에서 누군가 속삭였다.

"돌아보지 마, 트룰스. 내가 네 바지 속에 손을 넣어도 꼼짝하지 마. 가만, 가만, 느껴봐. 복근이 단단한데…….

트룰스는 위험에 빠진 걸 알았지만 어떤 위험인지 전혀 감이 오지 않았다. 아론센의 목소리가 어쩐지 귀에 익었다.

"오호, 땀이 나는군, 어, 트룰스? 아니면 이게 좋아서 그러나? 어쩌나, 난 이걸 찾은 건데. 제리코? 이걸로 뭘 하시려고? 누구 얼굴이라도 쏘려고? 르네를 쐈듯이?

이제야 트룰스는 어떤 위험인지 알았다.

목숨이 걸린 위험.

43

라켈은 주방 창가에 서서 전화기를 꽉 쥔 채로 다시 창밖의 어스름을 내다보았다. 잘못 본 걸 수도 있지만 길 건너 전나무숲에서 어떤 움직임을 본 것 같았다.

라켈은 늘 어둠 속에서 움직임을 보았다.

그만큼 상처가 깊었다. 그 생각은 하지 마. 겁이 나도 그 생각은 하지 마. 네 몸이 그 어리석은 게임을 하게 놔둬. 그래도 철없는 아이를 무시하듯 그냥 무시해버려.

라켈은 자기가 지금 불 켜진 주방에 있어서 밖에 정말 누가 있다면 느긋하게 자기를 지켜볼 수 있겠다는 생각이 들었다. 그래도 움직이지 않았다. 연습해야 했다. 어떻게 행동하고 어디에 서 있을지를 공포가 결정하게 두어서는 안 된다. 여기는 내 집이고 내 가정이다, 빌어먹을!

2층에서 음악소리가 들렸다. 올레그가 해리의 오래된 CD를 틀었다. 라켈도 좋아하는 CD였다. 토킹 헤즈. 〈Little Creatures〉.

라켈은 다시 전화기를 보면서 어서 울리기를 바랐다. 두 번이나 해리에게 전화했지만 받지 않았다. 사실 그들은 해리를 놀라게 해주려고 계획을 세웠다. 전날 병원에서 연락이 왔다. 예정보다 이르지만 이제 올레그가 준비가 되었다는 소식이었다. 올레그는 무척 들떴지만 집에 돌아가기 전에 해리에게 말하지 말자고 제안했다. 아무 기별 없이 집에 가서 기다리다가 해리가 들어오면 뛰어나가 '부우' 하고 놀래키자고 했다.

해리가 자주 하던 말이었다. '부우.'

라켈은 왠지 찜찜했다. 해리는 놀라는 걸 썩 좋아하지 않았다. 그래도 올레그가 고집했다. 이제 해리도 갑자기 행복해지는 경험을 감당할 수 있어야 한다는 생각이 들었다. 그래서 올레그의 제안을 받아들였다.

그런데 지금, 그러기로 한 게 후회되었다.

라켈은 창가에서 물러나 조리대 위 해리의 컵 옆에 전화기를 내려놓았다. 해리는 안타까울 정도로 꼼꼼하게 집을 정리해놓고 나서곤 했다. 그런데 이번 경찰 살인사건으로 스트레스를 많이 받는 모양이었다. 최근에 밤에 통화할 때 베아테 뢴을 언급한 적이 없지만, 오히려 그게 베아테를 생각하고 있다는 확실한 징표였다.

라켈은 그 자리에서 돌아섰다. 이번에는 잘못 들은 소리가 아니라 분명 뭔가가 들렸다. 자갈 밟는 발소리. 다시 창가로 갔다. 어둠 속을, 더 어두워진 것 같은 캄캄한 바깥을 내다보았다.

순간 몸이 얼어붙었다.

거기 누가 있었다. 누군가의 형체가 방금 나무 앞에서 움직였다. 이쪽으로 오고 있었다. 검은 옷을 입은 사람. 얼마나 오래 거기 서 있었을까?

"올레그!" 라켈이 소리를 질렀다. 심장이 쿵쾅거렸다. "올레그!"

이층의 음악소리가 작아졌다. "네?"

"내려와봐! 지금!"

"지금 와요?"

그래, 라켈이 속으로 말했다. 그가 오고 있어.

그런데 다가온 형체는 처음 생각한 것보다 작았다. 그 형체가 현관 앞으로 다가와 외부 전등의 불빛 속으로 더 가까이 들어왔다. 라켈은 놀라면서도 안도했다. 형체는 여자였다. 아니, 어린 여자였다. 운동복을 입은 것 같았다. 3초 후 초인종이 울렸다.

라켈은 머뭇거렸다. 올레그를 흘끔 보았다. 올레그가 계단을 내려오다 중간쯤에 서서 재미있다는 듯한 얼굴로 바라보고 있었다.

"해리가 아니야." 라켈이 얼른 미소를 지으며 말했다. "내가 가볼게. 넌 올라가 있어, 올레그."

계단에 서 있는 여자를 보자 라켈의 심장박동이 더 가라앉았다. 여자는 겁에 질린 듯 보였다.

"라켈이시죠." 여자가 말했다. "해리 여자친구."

첫 마디에 라켈은 왠지 불안해져야 하는 순간인 것 같았다. 아름다운 젊은 여자가 떨리는 목소리로 조만간 남편이 될 사람의 이름을 대면서 자기를 불렀으니. 딱 붙는 운동복 상의를 자세히 살펴서 배가 불러오는지 확인해야 할지도 모르는 순간.

하지만 라켈은 불안하지 않았고, 그런 것을 살피지도 않았다. 고개를 끄덕였다.

"전데요."

"전 실예 그라브셍이에요."

여자는 기대에 찬 표정으로 라켈을 보았다. 그 이름이 라켈에게 어떤 의미로 전해질 거라고 기대하면서 반응을 살피는 눈치였다. 라켈은 여자가 손을 등 뒤에 감춘 걸 보았다. 언젠가 심리학자가 손을 뒤에 감춘 사람은 뭔가 숨기는 게 있는 거라고 말한 적이 있다. 맞아, 라켈은 속으로 말했다. 그들의 손.

라켈은 미소를 지었다. "그런데 무슨 일이에요, 실예?"

"해리는…… 저희 학교 강사**였어요**."

"아, 그래요?"

"그분에 관해 할 얘기가 있어서요. 저에 관해서도요."

라켈은 인상을 찌푸렸다. "그래요?"

"들어가도 되나요?"

라켈은 머뭇거렸다. 모르는 사람을 집 안에 들이고 싶지 않았다. 이 집에는 올레그와 그녀, 그리고 해리만 들어오길 바랐다. 그들 셋만. 다른 누구도 아닌. 더욱이 해리에 관해 할 얘기가 있다는 사람은 절대로 들이고 싶지 않았다. 자기에 관해 말해준다는 사람은. 그러다 그렇게 하고 말았다. 눈이 저절로 내려가서 젊은 여자의 배를 살핀 것이다.

"잠깐이면 돼요, 페우케 부인."

부인. 해리가 무슨 소리를 한 거지? 라켈은 상황을 판단했다. 올레그가 다시 2층으로 올라가서 음악을 켜는 소리가 들리고 나서야 문을 열어주었다.

여자는 안으로 들어와 허리를 숙이고 운동화 끈을 풀려고 했다.

"괜찮아요." 라켈이 말했다. "그냥 빨리 얘기를 끝내죠. 내가 지금 좀 바빠서요."

"그러죠." 여자가 말했다. 이제야, 복도의 밝은 불빛 아래서 보니 얼굴이 땀으로 번들거렸다. 여자는 라켈을 따라 주방으로 들어갔다. "음악이네요. 해리가 집에 있나요?"

라켈은 이제야 느껴졌다. 불안. 여자가 자연스럽게 음악을 해리와 연결했다. 저게 해리가 듣는 음악인 걸 알고 그러는 걸까? 곧바로 이어지는 질문을 떨쳐내지 못했다. 해리가 이 여자랑 같이 들은 음악일까?

여자는 넓은 식탁 앞에 앉았다. 손을 나무 식탁 위에 올리고 식탁을 어루만졌다. 라켈은 여자의 그런 동작을 지켜보았다. 여자는 약품처리를 하지 않은 나무의 질감이 얼마나 좋고 생생한지 이미 알고 있는 양 손바닥으로 식탁을 쓸었다. 그리고 해리의 컵을 보았다. 저 애가 혹시 이 집에⋯⋯?

"무슨 말을 해주고 싶다는 건가요, 실예?"

여자는 슬픈, 비통하기까지 한 미소를 지으며 컵에서 눈을 떼지 않았다.

"해리가 정말 제 얘기 한 적 없어요, 페우케 부인?"

라켈은 순간 눈을 감았다. 그럴 리 없어. 그 사람을 믿어. 다시 눈을 떴다.

"그 사람이 말하지 않은 게 뭔지 말해봐요, 실예."

"원하신다면요, 페우케 부인." 여자는 컵에서 눈을 들고 라켈을 보았다. 파란 눈으로 뚫어져라 쳐다보는 눈길이 부자연스러웠다. 어린애처럼 천진하고 아무것도 모르는 눈빛이었다.

"강간에 관해 말하고 싶어요." 실예가 말했다.

순간, 숨이 잘 쉬어지지 않았다. 진공 포장을 할 때처럼 실내에서 공기가 모두 빠져나간 것 같았다.

"강간이라뇨?" 겨우 물었다.

땅거미가 지기 시작하고서야 비에른 홀름은 그 차를 발견했다.

클레메트스루를 빠져나와 B155 도로를 타고 계속 동쪽으로 달렸지만 도중에 표지판을 놓친 모양이었다. 너무 멀리 온 느낌이 들어서 다시 차를 돌려 돌아가는 길에 '피엘'이라고 쓰인 표지판을 발견했다. 지선도로가 B급 도로보다도 한가하기는 해도 어둠이 깔리자 허허벌판처럼 보였다. 도로가의 무성한 숲이 성큼 다가온 듯 느껴지는 순간 도로변에 서 있던 그 차의 미등이 보였다.

비에른은 속도를 줄이고 백미러를 확인했다. 뒤에는 시커먼 어둠뿐이고 앞에는 붉은 미등만 홀로 켜져 있었다. 그는 그 차 뒤에 차를 댔다. 그리고 차에서 내렸다. 숲속 어디선가 새 한 마리가 부엉부엉 우는 소리가 괴괴하고 쓸쓸하게 들렸다. 로아르 미트스투엔이 해드램프 불빛 속에서 배수로에 쭈그리고 앉아 있었다.

"왔군." 로아르가 말했다.

비에른은 벨트를 잡고 바지를 추어올렸다. 최근에 생긴 버릇인데, 어쩌다 생긴 건지는 몰랐다. 아, 실은, 알았다. 아버지가 항상 무거운 얘기를 꺼내거나 중요한 일을 할 때 꼭 그렇게 바지를 추어올렸다. 그도 어느새 아버지처럼 행동하게 된 것이다. 다만 그가 무거운 얘기를 꺼낼 일은 드물었다.

"여기가 그 일이 일어난 곳이군요?" 비에른이 말했다.

로아르는 고개를 끄덕였다. 아스팔트에 놓여 있는 꽃다발을 보았다. "우리 애가 여기서 친구들하고 암벽 등반을 했어. 집으로 오는 길에 숲에서 소변을 보려고 잠깐 멈춘 거야. 친구들한테는 먼저 가라고 하고서. 친구들은 우리 애가 숲에서 다시 뛰어나와 자전거에 올라탔을 때 사고가 난 것 같다고 하더군. 친구들을 급하게 따라잡으려고 했던 거 같아. 그런 애였거든, 열정적이고……." 로아르는 애써 목소리를 가다듬었다. "그러다 도로로 방향을 틀었을 거야. 자전거가 아직 흔들리고 있었고……." 로아르는 고개를 들어 그 차가 온 방향을 보았다. "……바퀴자국도 없었어. 아무도 그 차가 어떻게 생겼는지 기억하지 못했고. 그 차가 곧이어 피아의 친구들을 지나쳤을 텐데도. 그 애들은 암벽 등반 얘기에 여념이 없었고, 지나간 차도 많았던 것 같다더군. 클레메트스루까지 거의 다 와서야 피아가 와도 한참 전에 왔어야 했다는 생각이 들었고, 무슨 일이 일어났나 보다고 걱정이 들었다더군."

비에른이 고개를 끄덕였다. 목청을 가다듬었다. 그 얘기를 끝내고 싶어서. 하지만 로아르는 아직 한 마디도 허락하지 않았다.

"그때 난 수사에 참여할 수 없었네, 비에른. 내가 아버지라서 안 된다는 거야. 대신 그 사건에 초짜를 투입했더군. 그러다 결국 가벼운 사건이 아닐 뿐더러 운전자가 자수하지도, 단서를 남기지도 않으리란 게 분명해지자 윗선을 투입했지만 이미 늦었지. 흔적은 지워졌고 사람들 기억도 지워졌으니."

"로아르……."

"경찰 일이란 참 고약해, 비에른. 평생 경찰로 일하고 전부를 쏟아부었는데, 가장 소중한 걸 잃는다면 우리한테 남는 게 뭘까? 아무것도. 이거야말로 지독한 배신이지." 비에른은 로아르가 턱을 타원을 그리듯 규칙적으로 움직이면서 근육을 조였다 풀고, 다시 조였다 푸는 걸 보았다. 껌을 딱딱 씹는 것 같았다. "난 경찰인 게 부끄럽다는 생각이 들어." 로아르가 말했다. "르네 칼스네스 사건에서처럼 처음부터 끝까지 서툴렀어. 범인이 빠져나가게 두고 아무도 책임지지 않아. 그리고 **누구에게도** 책임을 묻지 않지. 닭장에 든 여우들이야."

"컴 애즈 유 아에서 오늘 아침에 불에 탄 채 발견된 그 소녀—."

"피아였지."

이어지는 침묵 속에서 다시 부엉부엉 소리가 들렸지만 이번에는 다른 데서 들렸다. 새가 옮겨간 모양이었다. 그러다 불현듯 깨달았다. 다른 새였다. 두 마리가 있을 수 있다. 같은 종 두 마리. 숲에서 서로 부엉부엉 울었다.

"해리가 절 강간했어요." 실예가 마치 일기예보를 전하듯 라켈을 보면서 담담하게 말했다.

"해리가 학생을 강간했다고요?"

실예가 미소 지었다. 설핏. 안면근육이 움찔하는 정도에 불과하고, 미소는 눈에 닿을 새도 없이 사라졌다. 다른 모든 것에 더해 단호하고 무관심한 표정이었다. 눈이 미소로 밝아지지도 않고 눈물이 그렁그렁했다.

맙소사, 거짓말이 아니구나, 라켈은 생각했다. 입을 열어 숨을 들이쉬다가 확신이 들었다. 이 여자가 제정신이 아닐지는 몰라도 거짓말을 하는 건 아니었다.

"전 그분을 정말 사랑했어요, 페우케 부인. 우리가 운명적으로 연결된 걸 알았어요. 그래서 연구실에 찾아갔어요. 그날 화장을 하고 있어서 그분이 오해했나 봐요."

라켈은 실예의 눈썹에 매달린 눈물이 떨어져 어린아이처럼 보송한 뺨으로 흐르는 걸 보았다. 눈물이 또르르 굴러서 피부를 적셨다. 라켈은 조리대에 키친타월이 있는 걸 알았지만 꺼내지 않았다. 그러기 싫었다.

"해리는 오해 같은 거 안 해요." 라켈이 평온한 말투에 스스로 놀라며 말했다. "강간하지도 않고." 평온과 확신. 그러나 얼마나 지속될 수 있을까.

"틀렸어요." 실예의 눈물 속에 미소가 비쳤다.

"내가?" 라켈은 당돌하고 당당한 얼굴에 주먹을 날리고 싶었다.

"네, 페우케 부인. 이젠 부인이 오해하시네요."

"할 말 다 했으면 나가요."

"해리……."

라켈은 실예의 입에서 그의 이름이 나오는 게 미치도록 싫어서 어느새 그 입을 틀어막을 걸 찾고 있었다. 프라이팬이든 무딘 빵칼이든, 강력테이프든, 손에 잡히는 건 뭐든지.

"……해리는 제가 수업에 관해 물어보러 간 줄 알았어요. 그런데 그건 오해였어요. 그분을 유혹하러 갔어요."

"이봐요, 학생? 학생이 무슨 짓을 했는지는 이미 알았어요. 그런데 학생이 원하는 걸 얻었다면서 그게 강간이에요? 그래서 어떻게 됐어요? 순진한 어린애인 척 '안 돼요, 안 돼요, 안 돼요' 하다가 뒤늦게 '안 돼요' 그 한마디가 진심이었다는 걸 깨달았다는 얘긴가요? 학생 스스로 알기도 전에 그 사람이 먼저 학생의 진심이 뭔지 알아챘어야 한다는 건가요?"

라켈은 문득 자기가 한 말이 성폭행 재판에서 피고 측 변호인이 앵무새처럼 반복하는 변론처럼 들린다는 걸 깨달았다. 몹시 싫지만 변호사로서는 이해하고 수용해야 하는 변론. 그러나 이건 변론이 아니라 그녀가 느끼는 바이고, 실제로 그래야 하는 것이며, 다른 가능성이 있을 수 **없는** 것이다.

"아뇨." 실예가 말했다. "제가 말하고 싶은 건 그분이 절 강간하지 **않았다**는 거예요."

라켈은 눈을 깜빡였다. 2초쯤 뒤로 돌아가 자기가 정확히 들었는지 확인했다. 강간하지 **않았다**.

"제가 그분을 성폭행으로 신고하겠다고 협박한 건⋯⋯." 실예는 검지의 손마디로 다시 차오른 눈물을 닦았다. "⋯⋯그건 그분이 먼저 절 이사회에 보고하려고 해서였어요. 자기한테 부적절하게 행동했다면서. 그분에게는 그럴 권리가 있죠. 하지만 전 자포자기 상태였어요. 그분을 성폭행으로 신고해서 전부 그만두게 하려고 했어요. 그분한테 말하고 싶어요. 이젠 생각이 바뀌어서 제가 한 짓을 후회한다고. 말해주세요⋯⋯. 네, 제가 한 짓은 범죄였어요. 무고죄. 형법 168조. 권장 형량 8년."

"맞아요." 라켈이 말했다.

"아, 네." 실예가 눈물 속에서 미소를 지었다. "변호사이신 걸 깜박했네요."

"어떻게 알죠?"

"아." 실예가 훌쩍이며 말했다. "해리의 삶에 관해서는 많이 알아요. 그분을 연구했다고 볼 수 있죠. 그분은 제 우상이었고, 전 그냥 어리석은 소녀였어요. 그분을 위해 경찰 살인사건을 수사하기까지 했고, 제가 도움이 될 줄 알았어요. 전, 그냥 아무것도 모르는 학생이에요. 그분한테 모든 게 어떻게 착착 들어맞는지 가르치려 들었죠. 해리 홀레에게 경찰 살인마를 잡을 방법을 알려주고 싶었어요." 실예는 다시 억지로 미소를 짜내며 고개를 저었다.

라켈은 뒤에 있는 키친타월을 집어서 실예에게 건넸다. "그 사람한테 이런 얘기를 하려고 온 거라고요?"

실예가 천천히 고개를 끄덕였다. "제 전화는 받지 않으실 거예요. 그래서 집에 계신지 보려고 뛰어왔어요. 차가 없는 걸 보고 그냥 갈까 하다가⋯⋯ 부인이 창가에 계시는 걸 봤어요. 직접 만나 뵙고 말씀드리는 게 낫겠다 싶었어요. 제 말이 사실이라는 증거는,

그게 아니라면 제가 여기 올 이유가 없다는 거예요."

"학생이 밖에 서 있는 거 봤어요." 라켈이 말했다.

"네. 생각할 시간이 필요했어요. 그러다 결심이 섰어요."

라켈은 눈을 크게 뜬 채 혼란에 빠지고 사랑에 우는 소녀를 향하던 분노가 해리에게 옮겨간 느낌이 들었다. 이런 얘기를 한 마디도 하지 않았다니! 왜지?

"잘 왔어요, 실예. 그래도 이제 갈 시간이에요."

실예는 고개를 끄덕였다. 자리에서 일어섰다. "저희 집안에 조현병 병력이 있어요."

"네?" 라켈이 말했다.

"네. 제가 완전히 정상이 아닐 수도 있어요." 그리고 어른스러운 목소리로 말했다. "그래도 괜찮아요."

라켈은 실예를 현관으로 안내했다.

"이젠 만날 일 없을 거예요." 실예는 문간에 서서 말했다.

"잘 살아요, 실예."

라켈은 팔짱을 끼고 계단에 서서 실예가 길을 건너는 걸 보았다. 해리는 라켈이 자기를 믿어주지 않을까 봐 이런 얘기를 생략한 걸까? 라켈이 계속 의심의 그림자를 거두지 못할 거라고 생각한 걸까?

이런 저런 생각이 꼬리를 물었다. 의심의 그림자가 생길까? 그들은 서로를 얼마나 알까? 한 사람이 다른 사람을 얼마나 **알 수 있을까**?

풍성한 금발을 하나로 묶은 검은 옷의 형체가 사라지고 나서 한참 지나고도 운동화가 자갈길을 저벅저벅 밟는 소리가 울렸다.

"놈이 그 애를 파냈어요." 비에른이 말했다.

로아르 미트스투엔은 고개를 푹 수그린 채 앉아 있었다. 솔처럼 짧은 털이 박힌 목덜미를 긁적였다. 밤이 소리 없이 슬며시 내려앉은 사이 그들은 로아르의 차 헤드램프 불빛 속에 앉아 있었다. 로아르가 마침내 무슨 말을 하자 비에른은 그 말을 들으려고 몸을 앞으로 숙여야 했다.

"내 하나뿐인 아이야." 그리고 짧게 고개를 끄덕였다. "그자는 할 일을 하는 것뿐이야."

비에른은 처음에 잘못 들은 줄 알았다. 그러다 로아르가 잘못 **말한** 거라고 생각했다. 하려던 말을 한 게 아니라고, 문장에서 단어가 엉뚱한 자리로 들어갔거나 생략되었거나 끼어든 거라고 생각했다. 하지만 그 문장은 정확하고 명료해서 자연스럽게 들렸다. 진실처럼 들렸다. 경찰 킬러는 할 일을 하는 것뿐이었다.

"꽃을 마저 가져올게." 로아르가 일어서며 말했다.

"그래요." 비에른이 그 자리에 놓여 있는 작은 꽃다발을 보는 동안 로아르는 차를 돌아서 어둠 속으로 들어갔다. 비에른은 트렁크가 열리는 소리를 들으면서 로아르의 말을 곱씹어보았다. 내 하나뿐인 아이. 그러자 스톨레 에우네가 범인은 하느님이 되려고 한다는 말이 떠올랐다. 복수하는 하느님. 그런데 하느님은 희생자도 만들었다. 하나뿐인 아들을 희생시켰다. 아들을 십자가에 매달았다. 모두가 볼 수 있도록 전시했다. 모두가 그 고통을 보고 상상하도록. 아들의 고통과 아버지의 고통을 상상하도록.

비에른은 의자에 있던 피아 미트스투엔을 떠올렸다. 내 하나뿐인 자식. 그들 둘. 아니, 그들 셋. 셋이었다. 신부님이 그걸 뭐라고 불렀더라?

비에른은 트렁크에서 철컹 소리가 나는 걸 듣고 꽃 상자가 금속 같은 것 밑에 있었나 보다고 생각했다.

삼위일체. 맞다. 세 번째는 성령이었다. 유령. 악령. 아무도 본 적 없는 존재, 성경의 곳곳에 나타났다가 다시 사라지는 존재. 피아 미트스투엔의 머리는 떨어지지 않도록 파이프에 고정되어 있었다. 시신이 전시된 것이다. 십자가에 못 박힌 것처럼.

비에른 홀름은 뒤에서 발소리를 들었다.

희생당한 사람, 자기 아버지에 의해 십자가에 못 박힌 사람. 이야기는 그렇게 흘러간다. 아까 정확히 뭐라고 했더라?

"그자는 할 일을 하는 것뿐이야."

해리는 메건 폭스를 보았다. 아름다운 실루엣이 흔들리긴 했지만 시선은 고정된 채였다. 미소도 사라지지 않았다. 유혹하는 몸짓도 그대로였다. 그는 리모컨을 들어 텔레비전을 껐다. 메건 폭스가 사라지는 동시에 그 자리에 머물러 있었다. 스타 배우의 실루엣이 플라즈마 화면 속에서 타 들어갔다.

사라지는 동시에 계속 여기에 있다.

해리는 트룰스 베른트센의 침실을 둘러보았다. 그리고 트룰스가 중요한 물건을 보관하는 장식장으로 갔다. 사람 하나는 너끈히 들어갈 만한 공간이었다. 해리는 오데사를 꺼내 들었다. 까치발로 살금살금 장식장으로 가서 벽에 몸을 붙이고 왼손으로 문을 열었다. 안에서 자동으로 불이 켜졌다.

그리고 아무 일도 일어나지 않았다.

해리는 머리를 내밀었다가 얼른 뺐다. 그래도 봐야 할 건 다 보았다. 아무도 없었다. 그래서 문간에 섰다.

트룰스는 해리가 지난번에 가져간 물건들을 다시 채워놓았다. 방탄조끼, 방독면, MP5, 폭동 진압용 단총까지. 얼핏 장식장에 보관된 총이 지난번과 똑같아 보였다. 다만 가운데 있던 총이 없고, 가장자리를 따라 그린 윤곽선만이 남아 있었다.

트룰스 베른트센은 해리가 올 줄 알고 총을 들고 달아난 걸까? 문을 잠그거나 텔레비전도 끄지 않은 채? 왜 그냥 집 안에 숨어서 기다리지 않고?

해리는 집 안을 샅샅이 뒤져서 아무도 없는 걸 확인했다. 가죽소파에 앉아서 오데사의 안전장치를 풀고 준비했다. 이쪽에서 침실 방문이 보이지만 열쇠 구멍은 보이지 않는 자리에 앉았다.

트룰스가 들어오면 해리가 먼저 볼 수 있도록. 결투를 위한 무대가 마련되었다. 그는 기다렸다. 꼼짝 않고 평온하고 소리 없이 심호흡하면서 표범처럼 참을성 있게 기다렸다.

40분이 흐르고도 아무 일이 일어나지 않자 다시 침실로 들어갔다.

침대에 앉았다. 트룰스에게 전화라도 해야 하나? 그러면 경고를 주는 셈이 될 테지만 사실 트룰스는 이미 해리가 자기를 쫓는 걸 아는 듯했다.

해리는 전화를 꺼내서 전원을 켰다. 연결될 때까지 기다렸다가 2시간쯤 전에 홀멘콜렌을 나서면서 외워둔 번호를 눌렀다.

벨이 세 번 울리고도 아무도 받지 않자 관두었다.

그리고 전화회사의 아는 사람에게 전화했다. 2초 만에 상대가 전화를 받았다.

"원하는 게 뭡니까, 홀레 씨?"

"전화 신호 하나 추적해줘요. 이름은 트룰스 베른트센이란 사람.

경찰에서 받은 번호이니 그쪽 고객일 겁니다."

"우리가 자꾸 이런 식으로 엮일 순 없어요."

"정식 경찰 업무예요."

"그럼 절차를 따르시든가. 정식으로 영장을 받아오시든가, 강력반 책임자에게 사건을 보고해서 허락을 받으면 그때 다시 연락하세요."

"급한 겁니다."

"저기요, 자꾸 이렇게 정보를—."

"경찰 살인사건에 관한 거라니까요."

"윗선의 허락을 받는 데 몇 초도 안 걸리잖아요."

해리는 나직이 욕을 했다.

"미안해요, 이건 내 선을 넘는 일이에요. 허락도 없이 경찰의 움직임을 확인한 게 밝혀지기라도 하면……. 아니, 허락받는 게 뭐가 그렇게 어려워요?"

"잘 있으쇼." 해리는 전화를 끊었다. 부재중전화 두 통과 문자메시지 세 개가 와 있었다. 아까 전화기를 꺼놓은 사이 들어온 것이다. 차례로 문자를 열어보았다. 첫 번째는 라켈에게 온 문자였다.

통화하려고 했어. 나 집이야. 언제 올지 말해주면 맛있는 거 만들어줄게. 서프라이즈가 있어. 테트리스로 당신을 이길 사람.

해리는 문자를 다시 읽었다. 라켈이 집에 왔다. 올레그와 같이 있다. 마음 같아서는 당장 달려가고 싶었다. 이 임무를 버리고. 실수한 것이다. 지금 여기 있으면 안 된다. 정확히 그게 뭔지 알았다. 첫 직감이었다. 불가피한 상황에서 도망치려는 시도. 두 번째 문자는 모르는 번호였다.

할 얘기가 있어요. 집에 계세요? 실예 G.

그는 문자를 삭제했다. 삭제하는 동시에 세 번째 문자의 번호를 보았다.

날 찾는 것 같군. 우리 문제의 해결책을 찾았는데. 당장 G 사건 현장에서 만나지. 트룰스.

44

주차장을 지나면서 창이 부서진 차를 보았다. 가로등 불빛을 받은 유리 파편이 아스팔트 위에서 반짝였다. 스즈키 비타라. 트룰스가 이 차를 타고 돌아다녔다. 경찰 신고센터에 전화했다.

"해리 홀레입니다. 차량 소유주를 확인해주세요."

"요새는 인터넷으로 아무나 확인할 수 있어요, 홀레 씨."

"그럼 해주면 되겠네요?"

해리는 툴툴거리는 소리를 들으며 차 번호를 불러주었다. 3초 후에 답변이 왔다.

"트룰스 베른트센. 주소는―."

"그건 됐어요."

"신고하실 거라도?"

"네?"

"그 차량이 무슨 사건에 연루됐습니까? 도난 차량이거나 누가 침입하려 했습니까?"

침묵.

"여보세요?"

"아뇨. 멀쩡해 보이네요. 그냥 오해였어요."

"오해라—."

해리는 전화를 끊었다. 트룰스 베른트센은 왜 자기 차로 가지 않았지? 요즘 경찰 월급 가지고는 오슬로에서 택시 타기가 만만치 않을 텐데. 해리는 오슬로의 전철 노선도를 떠올렸다. 노선 하나가 100미터밖에 떨어져 있지 않았다. 뤼엔역. 열차가 지나가는 소리는 들리지 않았다. 분명 지하로 다닐 것이다. 해리는 어둠을 향해 눈을 깜빡거렸다. 방금 다른 뭔가가 들렸다.

치직치직 소리가 들리자 목덜미의 털이 쭈뼛 섰다.

그 소리가 들릴 리가 없다는 걸 알지만 온통 그 소리만 들렸다. 해리는 다시 전화를 꺼냈다. K를 눌렀다.

"드디어." 카트리네가 대답했다.

"드디어?"

"제가 계속 전화한 거 모르세요?"

"아, 그래? 숨이 찬 목소리로군."

"뛰었거든요. 실예 그라브셍 말예요."

"그 애가 왜?"

"경찰 살인사건 기사로 방을 도배해놨더군요. 관리인 말로는 강간범을 때려잡으려고 경찰봉을 가지고 돌아다닌대요. 또 그 애 오빠가 경찰 두 명한테 폭행당한 후 정신병원에 입원해 있고요. 걔, 미쳤어요, 해리. 제정신이 아니에요."

"자넨 지금 어디야?"

"바테를란스파르켄요. 실예는 여기 없어요. 경보를 띄워야 할 것 같아요."

"안 돼."

"안 돼요?"

"그 앤 우리가 쫓는 사람이 아니야."

"무슨 말이에요? 동기, 기회, 정신 상태. 다 해당되잖아요."

"실예 그라브셍은 잊어. 그리고 통계 하나만 확인해줘."

"통계!" 카트리네가 고막이 울릴 만큼 큰 소리로 말했다. "난 지금 여기서 지저분한 풍기사범 단속반 사건 기록이나 뒤지면서 오물을 뒤집어쓰는 기분으로 경찰 살인사건 용의자를 찾고 있는데, 이 와중에 통계까지 확인해달라고요? 재수 없어, 해리 홀레!"

"FBI 통계에서, 첫 소환일과 재판 시작일 사이에 사망한 증인의 수를 알아봐."

"그게 무슨 상관인데요?"

"숫자만 알려줘, 됐나?"

"안 됐거든요!"

"음, 명령이라고 쳐, 카트리네 브라트."

"알았어요. 그런데…… 저기, 잠깐만요! 여기 보스가 누구죠?"

"그걸 꼭 물어야 한다면, 자네 같은데."

전화가 끊기기 전에 베르겐 욕이 더 들렸다.

미카엘 벨만은 TV를 켜고 소파에 앉아 있었다. 뉴스가 끝나고 스포츠가 시작되는 사이 미카엘의 시선이 TV에서 창문으로 배회했다. 그리고 시선이 더 멀리 검은 냄비 모양의 콜드론 지형 속에 누워 있는 도시로 향했다. 시청의 시의회 의장에 관한 안건은 10초 만에 끝났다. 그는 시청 개각은 일반적인 관행이고, 이번에는 의장이 떠안을 부담이 크기 때문에 다른 사람에게 배턴을 넘기는 편이 합리적이라고 말했다. 이사벨레 스퀘옌이 사회복지위원회의 비서로 돌아가면 그 자리에서 갈고닦은 능력으로 시의회에 도움을 줄 수 있을 거라고도 했다. 이사벨레 스퀘엔에게는 발언권이 없다고도 했다.

보석처럼 반짝였다. 그의 도시가.

아이들 방 문이 조용히 닫히는 소리가 나고 잠시 후 그녀가 소파에 앉아 그의 품속으로 파고들었다.

"애들은 자?"

"곯아떨어졌어." 그녀가 이렇게 대답하자 숨결이 목에 닿았다. "TV 볼 거야?" 그녀는 그의 귓불을 물었다. "아니면……."

그는 지긋이 웃었지만 꿈쩍도 하지 않았다. 그저 이 순간을 즐기며 얼마나 완벽한지 생각했다. 지금 이 순간 여기 있는 것. 피라미드 꼭대기. 여자들을 발밑에 둔 우두머리 수컷. 하나는 그의 옆구리에 매달려 있고. 다른 하나는 힘을 잃어 이제 위험한 존재가 못 되었다. 남자들도 마찬가지였다. 아사예프는 죽었고, 트룰스는 충실한 심복으로 돌아왔고, 전임 청장은 부정행위의 공모자가 되어 미카엘의 요구에 복종해야 하는 신세로 전락했다. 경찰 킬러를 찾는 데 시간이 걸리더라도 이제는 시의회의 신임을 받을 것이다.

오랜만에 맛보는 기분 좋은 평온이었다. 그녀의 손길이 닿았다. 미카엘은 그녀 스스로 알아채기도 전에 그들이 뭘 할지 알았다. 그녀는 그를 달아오르게 할 수 있었다. 하지만 다른 사람들만큼 불을 지르지는 못했다. 그가 콧대를 꺾어놓은 그 여자만큼. 하우스만스 가에서 죽은 그 남자만큼. 울라도 그를 달아오르게 해서 곧 부부관계를 가질 정도는 되었다. 이런 게 결혼이었다. 이것도 좋았다. 괜찮은 것 이상이었다. 인생에는 더 중요한 일들이 있었다.

그는 그녀를 끌어당겨 초록색 스웨터 속에 손을 집어넣었다. 은

근한 열에 달궈진 난로 가장자리를 맨손으로 잡는 느낌이었다. 그녀가 나직이 한숨을 뱉어냈다. 그녀가 몸을 기대왔다. 그는 사실 아내와 키스할 때 혀를 쓰는 걸 좋아하지 않았다. 한 번 정도는 그랬을 수도 있지만 그 이상은 아니었다. 그런 얘기를 터놓고 한 적은 없었다. 그녀가 원하고 그가 싫어하는 것인데 괜히 그 얘기를 꺼내서 긁어 부스럼 만들 건 없지 않나? 결혼. 그럼에도 소파 앞 작은 탁자에서 무선전화가 울리자 약간의 안도감이 들었다.

미카엘이 전화를 받았다. "네?"

"여보세요, 미카엘."

저쪽에서 그의 세례명을 친근하게 불러서 처음에는 아는 사람인 줄 알았지만, 잠시 후 누군지 아리송해졌다.

"네." 그가 대답하고 소파에서 일어섰다. 테라스로 걸어갔다. TV 소리에서 멀리. 울라에게서 멀리. 긴 세월에 걸쳐 완성된 자연스러운 동작이었다. 반은 그녀를 생각해서이고, 반은 그의 비밀을 생각해서였다.

전화선 너머의 상대가 킬킬거렸다. "나를 모르나 봐요, 미카엘. 진정해요."

"고맙군요. 진정되네요." 미카엘이 말했다. "지금 집이라, 용건부터 말씀하시죠."

"전 국립병원의 간호삽니다."

생각지도 못한 상황이었다. 적어도 그가 그런 걸 기억하리라고는 생각지도 못했다. 그런데 기억 저편에서 뭔가가 떠오르는 것 같았다. 그는 테라스 문을 열고 전화를 귀에 댄 채로 판석으로 나갔다.

"루돌프 아사예프의 간호사. 그 양반은 기억하시죠, 미카엘. 당연히 알겠죠. 당신하고 그 양반이 같이 일했으니까. 그 양반이 혼수상태에서 깨어나서 나한테 다 불었어요. 당신네 둘이 무슨 짓을 했는지."

구름이 잔뜩 끼고 기온이 뚝 떨어져서 발밑의 판석이 차가웠다. 양말을 신은 발이 아플 지경이었다. 그런데도 미카엘 벨만의 땀샘은 열심히 일했다.

"사업 얘기 말인데요." 상대가 말했다. "우리도 의논할 일이 있을 것 같은데."

"원하는 게 뭡니까?"

"입을 다물어주는 대가로 돈을 원해요. 말하자면 그렇다는 거죠."

분명 그자였다. 에네바크 출신 간호사. 이사벨레가 아사예프를 제거하려고 고용한 자. 이사벨레는 그자가 섹스로 충분히 만족할 거라고 장담했지만 그걸로는 모자란 모양이었다.

"얼마나?" 미카엘은 사무적으로 말하려고 했지만 생각만큼 말이 냉정하게 나가지 못한 것 같았다.

"많진 않아요. 내가 소박한 사람이라. 1만."

"너무 적은데."

"너무 적다고요?"

"첫 할부금 정도로 들리는데."

"그럼 10만으로 하죠."

"왜지?"

"오늘 밤 당장 돈이 필요해서. 은행 문은 닫혔고, ATM으로는 1만 이상 뽑을 수 없으니까."

절박하다. 좋은 소식이다. 아니, 정말로 그런가? 미카엘은 테라스 끝으로 가서 그의 도시를 내려다보며 집중하려 했다. 이건 그가 최고로 유능함을 발휘하는 상황, 모든 것의 성패가 걸린 상황, 한 번만 삐끗해도 치명적으로 치달을 수 있는 상황이다.

"당신 이름이 뭡니까?"

"음, 단이라고 해요. 다뉴브의 단."

"좋아요, 단. 이건 알 겁니다. 내가 당신하고 협상을 하기는 하지만 그렇다고 뭔가 인정한다는 뜻은 아니라는 거. 당신에게 덫을 놓고 협박죄로 체포할 수도 있어요."

"그런 소릴 하는 건, 내가 소문이나 주워듣고 전화하는 기자이고, 당신을 속여서 털어놓게 만들려는 걸까 봐 그러는 거잖아요."

젠장.

"어딥니까?"

"지금 제가 일하는 중이라 이쪽으로 오셔야 할 거 같은데요. 은밀한 곳이에요. 병원의 폐쇄된 병동에서 만나죠. 거긴 지금 아무도 없으니까요. 45분 후 아사예프의 병실에서 봅시다."

45분. 시간이 빠듯했다. 예방조치일 수도 있다. 미카엘이 덫을 놓을 시간을 주고 싶지 않아서. 하지만 미카엘은 단순한 설명 쪽으로 기울었다. 갑자기 약이 떨어진 약쟁이 마취과 간호사와 대면하는 시나리오. 그렇다면 일이 훨씬 간단히 풀릴 수도 있었다. 영원히 입을 다물게 만들어줄 수 있을지도 몰랐다.

"좋소." 미카엘은 이렇게 말하고 전화를 끊었다. 테라스에서 이상한, 거의 숨이 막힐 것 같은 냄새가 올라왔다. 그는 거실로 들어가서 문을 닫았다.

"나가봐야 돼."

"지금?" 울라가 상처받은 표정으로 바라보았다. 평소라면 그냥 달려들게 만드는 표정이었다.

"지금." 그는 차 트렁크에 넣고 잠가둔 총을 생각했다. 글록 22, 미국인 동료에게 받은 선물. 써본 적 없는 총. 등록되지 않은 총.

"언제 올 건데?"

"몰라. 기다리지 마."

그는 복도를 지나가며 올라의 시선이 등에 꽂히는 걸 느꼈다. 그래도 멈추지 않았다. 현관 앞에 이르기 전까지.

"아니야. **그 여자** 만나러 가는 거 아니라고. 됐지?"

올라는 대답하지 않았다. 그냥 TV로 시선을 돌려 일기예보가 재미있기라도 한 것처럼 보았다.

카트리네는 축축하고 후끈한 보일러실에서 욕을 하면서도 연신 키보드를 두드렸다.

빌어먹을, 어디에 숨어 있는 거야? 죽은 증인에 대한 FBI의 통계라고? 해리가 거기서 뭘 찾으려는 거지?

카트리네는 시계를 보았다. 한숨을 내쉬고 해리의 번호를 눌렀다. 전화를 받지 않았다. 아니나 다를까.

카트리네는 시간이 더 필요하다고 메시지를 남겼다. FBI 웹사이트 깊숙이까지 들어가봤지만 그 통계치가 철저한 보안사항이거나 해리가 뭔가를 착각한 게 분명했다. 전화기를 책상에 던졌다. 레이프 뢰드베케에게 전화할까 생각했다. 아니, 그 사람은 안 된다. 오늘 밤 같이 보낼 다른 머저리 없을까. 바로 누가 떠올라 인상이 찌푸려졌다. **그**가 어디 출신이더라? 귀엽긴 한데…… 그런데 뭐? 무의식중에 한동안 그 생각이 자란 건가?

카트리네는 이런 생각을 떨쳐내고 다시 모니터에 집중했다.

혹시 FBI가 아니라, CIA인가?

새로운 검색어를 넣어봤다. 국가정보기관, 증인, 재판, 사망. 검색. 컴퓨터가 윙윙 돌아갔다. 첫 번째 결과가 나왔다.

뒤에서 문이 열리고 밖에 있는 배수도관에서 외풍이 훅 들어왔다.

"비에른?" 카트리네는 모니터에서 눈도 들지 않고 말했다.

해리는 하우스만스 가의 야코브 교회 앞에 차를 세우고 92호 건물까지 걸어서 올라갔다.

그 집 앞에 서서 전면을 보았다.

3층에 흐릿하게 조명이 켜져 있었다. 지금은 창문에 철창이 쳐져 있었다. 새 주인은 강도가 뒤편의 비상계단으로 올라오는 데 진력이 난 모양이었다.

해리는 더 강렬한 느낌이 엄습할 줄 알았다. 어쨌든 구스토가 살해당한 곳이 아닌가. 그 자신이 죽기 직전까지 간 곳이기도 했다.

그는 문을 잡았다. 지난번처럼. 문을 열고 곧장 안으로 들어갔다. 계단 밑에서 오데사를 꺼내 안전장치를 풀고 계단 위를 살피고 가만히 귀를 기울이면서 오줌과 구토 냄새가 밴 나무 냄새를 맡았다. 완벽한 정적이 흘렀다.

그는 계단을 오르기 시작했다. 최대한 소리를 내지 않고 젖은 신문과 우유팩과 쓰고 버린 주사기를 피해 조심스럽게 발을 디뎠다. 3층으로 올라가서 그 문 앞에 섰다. 문을 바꿔 단 듯했다. 철문이었다. 잠금장치가 여러 개 달려 있었다. 그 집에 들어가야 한다는 의지가 대단치 않으면 강도라도 굳이 그 문을 열려 하지 않을 것 같았다.

노크할 이유가 없어 보였다. 혹시 모를 공격에 노출될 필요는 없었다. 손잡이를 누르자 문에서 팽팽한 용수철이 걸리는 느낌이 들기는 했지만 잠겨 있지는 않은 걸 확인하고 두 손으로 오데사를 잡고 육중한 문을 오른발로 찼다.

안으로 뛰어 들어가 급히 왼쪽으로 이동했다. 문간에 서서 실루엣을 노출하지 않기 위해서였다. 용수철이 튕겨서 문이 뒤에서 쾅 하고 닫혔다.

완벽한 정적 속에 조용히 째깍거리는 소리만 들렸다.

해리는 흠칫 놀라 눈을 깜빡였다.

휴대용 소형 TV가 화면조정 상태로 켜 있고 엉뚱한 시간을 나타내는 흰색 숫자가 떠 있는 것만 제외하면 달라진 게 없었다. 매트리스와 쓰레기가 어수선하게 널린 마약 소굴. 그리고 의자에서 쓰레기가 그를 쳐다보고 있었다.

트룰스 베른트센이었다.

적어도 해리는 트룰스 베른트센이라고 생각했다.

트룰스 베른트센이었던 사람이다.

45

의자는 한가운데에 하나 달린 전등 아래에 놓여 있었다. 찢어진 라이스페이퍼 전등갓이 천장에 매달려 있었다.

전등도 의자도, 수명을 다한 전자제품처럼 더듬거리듯 째깍거리는 TV도 1970년대 물건으로 보이지만 확실하지는 않았다.

의자 위의 시체도 마찬가지였다.

정말 트룰스 베른트센인지, 1970년대에 태어나 올해 사망하고 의자에 테이프로 감긴 그 사람이 정말로 트룰스라고 말하기는 쉽지 않았다. 그에겐 얼굴이 없었다. 얼굴이 있던 자리에는 비교적 신선한 선홍색 피와 검게 말라붙은 피딱지와 흰색 뼈가 짓뭉개져 있었다. 곤죽이 된 덩어리가 투명한 비닐 막에 친친 감겨서 붙어 있지 않았다면 어디론가 떨어졌을 것이다. 뼈가 비닐을 뚫고 튀어나왔다. 랩이군, 해리는 생각했다. 슈퍼마켓에서 랩으로 포장된 다진 고기 같았다.

해리는 겨우 눈을 돌리고 더 잘 들어보려고 숨을 참으며 벽에 바싹 붙었다. 총을 반쯤 든 채로 왼쪽에서 오른쪽으로 방 안을 훑었다.

주방으로 연결된 한쪽 구석을 보고 냉장고 옆면과 조리대를 보았다. 어둑어둑한 구석에 누가 숨어 있을 수도 있었다.

아무 소리도 들리지 않았다. 움직임도 없었다.

해리는 기다렸다. 추리했다. 누군가 그를 위에 파놓은 함정이라면 벌써 죽었을 것이다.

심호흡을 했다. 전에 이미 와본 곳이라서 좋은 점은 이 집에 숨을 데라고는 주방하고 화장실밖에 없다는 사실을 안다는 것이었다. 단점은 한곳을 등져야 다른 곳을 확인할 수 있다는 거였다.

그는 마음을 정하고 주방으로 가서 모퉁이로 고개를 쓱 내밀었다가 얼른 뺐다. 그리고 그 잠깐 사이 머릿속에 입력된 정보가 처리되기를 기다렸다. 스토브, 높다랗게 쌓여 있는 피자 상자, 냉장고. 사람은 없었다.

다음으로 화장실로 갔다. 문간에 서서 전등 스위치를 눌렀다. 일곱을 세고 고개를 내밀었다. 다시 뺐다. 그 안도 비어 있었다.

벽에 등을 대고 미끄러지듯 거실로 나왔다. 그제야 심장이 얼마나 거칠게 요동치는지 알았다.

그는 몇 초간 그렇게 앉아 있었다. 긴장을 풀면서.

그리고 의자에 묶여 있는 시신으로 다가갔다. 쭈그리고 앉아서 랩으로 감싸인 시뻘건 덩어리를 살펴보았다. 얼굴 없이도 튀어나온 이마와 부정교합, 싸구려 이발소에서 다듬은 머리를 보자 의심의 여지가 없어졌다. 그는 트룰스 베른트센이었다.

해리는 머릿속으로 이미 자신의 짐작이 틀렸다는 걸 알아챘다. 트룰스 베른트센은 경찰 킬러가 아니다.

이어서 다음 생각이 바로 꼬리를 물었다. 물론 한 가지 생각이 아니었다.

지금 여기서 그가 목격하는 장면은 무엇일까? 다른 범인이 꼬리를 자르려고 저지른 살인의 현장인가? 트룰스 "비비스" 베른트센은 그 자신만큼 추악한 다른 작자와 손잡았고, 그 다른 작자가 이런 끔찍한 살육을 자행한 걸까? 발렌틴이 계획적으로 올레볼 경기장 CCTV 앞에 앉아 있는 사이 트룰스가 마리달렌에서 살인을 저지른 걸까? 그렇다면 둘은 어떤 기준으로 살인을 분배했을까? 트룰스가 알리바이를 가진 살인사건은 어느 쪽일까?

해리는 일어나서 찬찬히 둘러보았다. 나는 왜 여기로 불려나온 걸까? 어차피 시신은 곧 발견될 터였다. 게다가 몇 가지 앞뒤가 맞지 않는 부분이 있었다. 트룰스 베른트센은 구스토 한센 사건 수사에 가담한 적이 없다. 베아테와 과학수사과의 다른 두 명으로 소규모 수사팀이 꾸려졌고, 그들이 현장에 도착한 직후 올레그가 용의자로 체포되고 증거가 발견된 터라 수사팀이 할 일이 많지는 않았다. 다만⋯⋯.

정적 속에서 조용히 째깍거리는 소리가 끊임없이 들렸다. 시계 태엽처럼 일정하게 변함없이. 그는 계속 생각했다.

다만 사소하고 추잡한 마약 살인사건을 수사하는 데 성가시게 끼어든 사람이 여기 이 방에 있다. 바로 그 자신.

해리는—다른 경찰 희생자들처럼— 미제사건 현장에서 살해당하기 위해 불려나온 것이다.

다음 순간 그는 문으로 가서 손잡이를 눌렀다. 그가 두려워하던 일이 벌어졌다. 손잡이는 저항 없이 쉽게 눌렸지만 열리지 않았다. 호텔방의 문 같았다. 다만 그에게는 카드키가 없을 뿐.

그는 다시 방 안을 둘러보았다.

두꺼운 창문마다 안쪽에 철창이 덧대어져 있었다. 철문은 저절로 닫혔다. 늘 그렇듯 정신 나간 멍청이처럼 추적하는 쾌감에 젖어 스스로 함정으로 기어 들어온 것이다.

째깍거리는 소리가 점점 커졌다. 그렇게 들렸다.

해리는 휴대용 TV를 노려보았다. 초침이 째깍거렸다. 시간이 맞지 않았다. 시간을 알려주는 게 아니라 거꾸로 돌아가고 있었다.

아까 이 방에 들어왔을 때가 00:06:10이었는데, 지금은 00:03:51이다.

카운트다운.

해리는 그리로 가서 TV를 잡고 들어 올리려 했다. 소용이 없었다. 나사로 바닥에 박힌 것 같았다. TV 위를 발로 세게 내려치자 플라스틱 케이스가 깨졌다. 안을 들여다보았다. 금속관과 유리관과 도선이 보였다. 한참 들여다보니 전문가가 아니라도 그 안에 뭐가 너무 많이 들었단 걸 알 수 있었다. 사제 폭발물 사진을 많이 본 해리는 그것이 파이프 폭탄이란 걸 알았다.

해리는 도선을 한참 들여다보다가 곧 기대를 떨쳐버렸다. 델타 폭탄제거반 요원이 파란 선이나 빨간 선을 자르고 폭탄을 제거하는 건 다 옛날 얘기라고 했다. 요즘 같은 디지털 지옥에서는 뭐든 하나라도 건드리면 블루투스 신호와 코드와 안전장치로 인해 곧장 카운터가 0이 된다고 들은 기억이 났다.

해리는 당장 문으로 몸을 던졌다. 문틀은 부실할지도 몰랐다.

아니었다.

창문에 덧댄 철창도 마찬가지였다.

그는 어깨와 갈비뼈만 다친 채 바닥에 떨어졌다. 그는 창문에 대고 소리를 질렀다.

소리가 들어오지도, 나가지도 않았다.

휴대전화를 꺼냈다. 작전실. 델타. 그쪽에서 폭발물을 취급할 수 있었다. TV 시계를 보았다. 00:03:04. 주소를 전송할 시간이 없었다. 00:02:59. 휴대전화의 연락처를 보았다. R.

라켈.

라켈에게 전화했다. 작별인사나 하려고. 라켈과 올레그에게. 사랑했다고 말해주려고. 그들은 계속 살아야 한다고. 그가 살아온 인생보다 더 잘 살아야 한다고. 남은 2분을 그들과 같이 있으려고. 혼자 죽지 않기 위해. 누군가와 함께 있고 최후의 비극을 함께 나누면서 그들에게 죽음을 맛보게 하고 그들이 앞으로 살면서 계속 최후의 악몽을 꾸게 만들려고.

"젠장, 젠장, 젠장!"

해리는 휴대전화를 다시 주머니에 넣었다. 집 안을 둘러보았다. 문이 모두 떨어져나가고 없었다. 숨을 곳이 없다는 뜻이다.

00:02:40.

해리는 주방으로 갔다. L자 모양의 작은 공간이다. 너무 짧았다. 파이프 폭탄이라면 여기 있는 모든 걸 날려버릴 것이다.

해리는 냉장고를 보았다. 문을 열었다. 우유 한 통, 맥주 두 병, 간을 갈아 만든 페이스트 한 팩. 잠깐 대안을 생각했다. 맥주와 공포 중에서 잠시 고민하다가 공포를 택하고 냉장고 안 선반과 유리판과 플라스틱 상자를 전부 끄집어냈다. 물건들이 쨍그랑 소리를 내며 바닥에 떨어졌다. 몸을 웅크려서 냉장고 안으로 꾸역꾸역 들어갔다. 신음이 새어나왔다. 머리를 집어넣을 만큼 고개가 숙여지지 않았다. 다시 해보았다. 긴 팔다리를 욕하면서 인체공학적으로 가장 합리적인 방식으로 차곡차곡 넣어보았다.

안 되겠어!

TV 시계를 보았다. 00:02:06.

머리를 집어넣고 무릎을 끌어당겼지만 이번에는 등이 굽혀지지 않았다. 젠장! 웃음이 터졌다. 홍콩에 살 때 무료 요가 수업을 거절한 끝에 이런 몰락을 맛볼 줄이야.

탈출의 마술사 후디니. 해리는 숨을 마시고 내쉬면서 긴장을 푸는 법을 떠올렸다.

숨을 내쉬고 생각을 정리하면서 오직 긴장을 푸는 데 집중했다. 남은 시간은 무시했다. 그저 근육과 관절이 더 풀어지고 유연해지는 것만 느껴보았다.

가능하다.

할렐루야, 정말로 가능했다! 그는 냉장고에 들어갔다. 냉장고는 금속 재질에 절연 처리가 되어 있어서 그 속에 들어가면 살 수도 있다. 어쩌면. 최악의 폭탄이 아니라면.

그는 냉장고 문 모서리를 잡고 마지막으로 한 번 더 TV를 보고는 문을 닫으려 했다. 00:01:47.

문을 닫으려고 했지만 이번에는 손이 말을 듣지 않았다. 눈으로 들어온 정보를 뇌에서 무시하기를 거부한 탓에 손이 말을 듣지 않은 것이다. 뇌에서는 합리적으로 통제된 정보를 무시하려 했다. 그 정보가 지금 그에게 유일하게 중요한 한 가지, 살아남는 것, 목숨을 부지하는 것과는 무관하므로 그냥 무시하려 했다. 다르게 행동할 여력이 없어서, 시간이 없어서, 공감할 수 없어서 그냥 무시하려 했다.

의자 위의 다진 고깃덩어리.

덩어리에 하얀 점 두 개가 생겼다.

눈동자의 흰자 같은 하얀색.

그 점이 비닐 랩을 통해 그를 똑바로 보았다.

그 인간이 살아 있었다.

해리는 소리를 지르며 냉장고에서 다시 꾸역꾸역 빠져나왔다. 의자로 뛰어가면서 시야의 한쪽 구석으로 TV 화면을 보았다. 얼굴에서 랩을 벗겼다. 고깃덩어리의 눈이 깜빡이고 얕은 숨소리가 들렸다. 뼈가 뚫고 나간 구멍으로 숨을 쉰 모양이었다.

"누구 짓이야?" 해리가 물었다.

대답 대신 희미한 숨소리만 들렸다. 다진 고기 마스크가 촛농처럼 흘러내리기 시작했다.

"누구냐니까? 경찰 킬러가 누구야?"

여전히 숨소리만 들렸다.

해리는 시계를 보았다. 00:01:26. 다시 냉장고 안으로 들어가려면 시간이 걸릴 터였다.

"어서, 트룰스! 놈을 잡을 수 있어."

입이 있어야 하는 자리에 피 거품이 일었다. 거품이 터지면서 거의 들리지 않는 속삭임이 흘러나왔다.

"마스크를 썼어. 말없이."

"무슨 마스크?"

"초록색. 전부 초록색."

"초록색?"

"외…… 과의사…….”

"외과의사 마스크?"

조금 끄덕이고 눈이 다시 감겼다.

00:01:05.

더 지체할 수 없다. 다시 주방으로 뛰어갔다. 이번에는 조금 빨라졌다. 냉장고 문을 닫자 빛이 차단되었다.

어둠 속에서 떨면서 초를 셌다. 사십구.

어차피 저 자식은 죽었을 거야.

사십팔.

다른 놈이 한 짓보다는 낫잖아.

사십칠.

초록색 마스크. 트룰스 베른트센은 아는 걸 말해주면서 아무것
도 요구하지 않았다. 그에게도 경찰로서의 본성이 조금은 남아
있는 것이다.

사십육.

의미 없는 생각이다. 어차피 여기에는 저 자식이 들어올 자리도
없다.

사십오.

게다가 의자에서 저 인간을 풀어줄 시간도 없다.

사십사.

그러고 싶어도 이제 시간이 없다.

사십삼.

이제 다 끝났다.

사십이.

젠장.

사십일.

젠장, 젠장, 젠장.

사십.

해리는 냉장고 문을 한 발로 걷어차고 다른 발로 겨우 빠져나왔
다. 조리대 아래 서랍을 빼서 빵칼처럼 생긴 걸 집어 들고 의자로

뛰어가 팔걸이의 테이프를 끊었다.

TV 쪽은 애써 보지 않았다. 째깍거리는 소리만 들었다.

"빌어먹을, 트룰스!"

해리는 의자를 돌아서 의자 등받이와 다리에 감긴 테이프를 끊었다.

트룰스의 가슴을 팔로 안고 일으켜 세웠다.

당연하게도 엄청 무거웠다. 해리는 잡아당기고 욕하고 질질 끌고 욕하다가 자기 입에서 더 이상 아무 말도 나오지 않아서 그저 그들이 천국과 지옥을 성가시게 해서 둘 중 하나만이라도 이런 바보 같지만 불가피한 일련의 과정을 끊을 수 있기만 바랐다.

해리는 열린 냉장고로 트룰스 베른트센을 끌고 가서 꾸역꾸역 밀어 넣었다. 피투성이 몸뚱이가 힘없이 축 늘어지며 다시 빠져나왔다.

해리는 그를 다시 집어넣으려고 했지만 소용이 없었다. 트룰스를 냉장고에서 끌어내서 리놀륨 바닥에 핏자국을 남기며 옆에 끌어다놓고, 냉장고를 벽에서 떼어냈다. 벽에서 코드 뽑히는 소리가 들렸다. 조리대와 스토브 사이에서 냉장고를 뒤로 넘어뜨렸다. 그리고 트룰스를 안고 일으켜서 냉장고 속으로 밀어 넣었다. 그리고 그도 기어들어갔다. 두 다리로 트룰스를 최대한 냉장고 안쪽으로, 무거운 냉장 모터가 달린 쪽으로 밀었다. 그리고 트룰스 위에 누워서 트룰스가 의자에서 곧 죽는 줄 알고 흘린 땀과 피와 오줌의 냄새를 들이마셨다.

사실 냉장고 안에 두 사람이 들어갈 공간이 있기를 바랄 때는 높이와 너비가 문제였지 깊이는 문제가 되지 않았다.

이제 깊이가 문제였다.

빌어먹을 문이 닫히지 않았다.

억지로 닫아보려 했지만 닫히지 않았다. 20센티미터 정도의 틈이 벌어져 있었다. 완전히 밀폐되지 않으면 희망이 없다. 폭발의 충격파로 간과 비장이 터지고, 열기로 인해 안구가 타고, 집 안의 부착되지 않은 물건들이 모두 탄환으로 돌변하여 기관총의 일제사격처럼 날아다니며 모든 것을 산산조각 낼 것이다.

이제는 결정할 필요도 없었다. 너무 늦었다.

어찌 보면 잃을 게 없다는 뜻이었다.

해리는 문을 발로 차서 다시 열어젖히고 얼른 튀어나와 냉장고 뒤로 가서 다시 일으켜 세웠다. 옆에서 보니 트룰스 베른트센이 바닥으로 빠져나와 있었다. 그를 지나쳐 TV 화면을 보지 않을 수 없었다. 시계에는 00:00:12가 찍혀 있었다. 12초.

"미안, 트룰스." 해리가 말했다.

그리고 트룰스의 가슴을 꽉 붙잡고 일으켜 세워서 수직으로 서 있는 냉장고에 뒤로 들어갔다. 그리고 트룰스를 지나 손을 내밀어 문을 반쯤 당겼다. 그리고 흔들었다. 무거운 모터가 높이 달려 있어서 냉장고의 무게 중심이 위쪽에 있었다. 그것이 도움이 되기를 바랐다.

냉장고가 뒤로 살짝 기울었다. 그렇게 잠시 불안정하게 서 있었다. 트룰스가 해리에게 넘어왔다.

이쪽으로 넘어가면 안 돼!

해리가 겨우 버티며 트룰스를 뒤로, 문 쪽으로 밀치려 했다.

그러다 냉장고가 마음을 정한 듯 맞물리면서 반대쪽으로 넘어갔다.

마지막으로 TV 화면이 보이고 냉장고가 비틀거리며 앞쪽으로 쓰러졌다.

바닥에 부딪힌 순간 숨이 턱 막히고 산소를 마실 수 없어 공포에 빠졌다. 어두웠다. 칠흑같이 캄캄했다. 모터와 냉장고의 무게가 그가 원하는 대로 해주었고 냉장고 문이 바닥에 부딪히며 완전히 밀폐되었다.

이어서 폭탄이 터졌다.

해리의 뇌가 터지고, 정지했다.

해리는 어둠 속에서 눈을 깜빡였다.

잠시 정신을 잃었던 모양이다.

귓속에서 시끄럽게 윙윙거리는 소리가 나고 얼굴은 누가 염산을 뿌린 것 같았다. 그래도 살아 있었다.

아직은.

공기를 마셔야 했다. 해리는 트롤스와의 틈새로 겨우 손을 끼워 넣고 냉장고 뒤쪽에 등을 대고 있는 힘껏 밀었다. 냉장고가 경첩 쪽으로 휙 돌아 옆으로 넘어갔다.

해리는 몸을 굴려 밖으로 나왔다. 그리고 일어섰다.

집 안은 디스토피아의 황무지였다. 회색 먼지와 연기가 뿌연 지옥을 이루었고, 형체를 알아볼 만한 물건은 하나도 없었다. 한때 냉장고였던 물건조차 이제 다른 것으로 보였다. 철문도 문틀에서 뜯겨 날아갔다.

해리는 트롤스를 남겨두고 밖으로 나갔다. 그 인간이 죽기를 바라면서 비틀비틀 계단을 내려가 거리로 나갔다.

그는 하우스만스 가를 내려다보며 서 있었다. 경찰차 경광등이 보이지만 귀에는 그냥 휘파람 같은 소리만 들렸다. 용지가 떨어진

프린터에서 나는 소리, 누가 꺼줘야 하는 알람 같았다.

소리 없는 경찰차를 바라보고 서 있는데 문득 망레루드의 트룰스의 집 앞에서 전철 소리를 들었을 때와 같은 생각이 떠올랐다. 소리가 들리지 않았다는 생각. 들려야 할 소리가 들리지 않았다. 그때까지 생각해보지 않아서였다. 망레루드에 가서야 오슬로 전철이 어디로 달리는지 생각했다. 그러다 마침내 그게 뭔지 깨달았다. 어둠 속에 잠긴 채 수면으로 떠오르려 하지 않는 그것. 숲. 숲에는 전철이 없다.

46

미카엘 벨만은 발걸음을 멈추었다.

가만히 귀를 기울이며 텅 빈 복도를 바라보았다.

사막 같군. 눈에 띄는 건 아무것도 없고 흔들리는 하얀 불빛에 사물의 모든 윤곽이 지워져 있었다.

그리고 이 소리, 네온관의 진동 소리와 사막 같은 열기는 마치 일어나지 않은 어떤 일의 서막 같았다. 병원의 텅 빈 복도만 보이고 그 끝에는 아무것도 없었다. 모두 그냥 신기루일 수도 있었다. 아사예프 문제에 대한 이사벨레 스퀘옌의 해결책도, 한 시간 전에 걸려온 전화도, 방금 시내의 한 ATM 기계가 토해낸 1천 크로네짜리 지폐들도, 빈 병동 안에 펼쳐진 이 황량한 복도도.

미카엘은 신기루, 꿈이라고 치자고 생각하고 걷기 시작했다. 그러면서도 코트 주머니 속에서 글록 22의 안전장치가 풀려 있는지 확인했다. 다른 주머니에는 돈뭉치가 들어 있다. 상황이 여의치 않으면 정말로 돈을 주어야 했다. 상대는 여러 명일 수도 있었다. 하지만 그럴 리가 없다는 생각이 들었다. 여럿이 나누기에는 너무 적은 돈이었다. 그리고 비밀은 너무나도 컸다.

커피머신을 지나쳐 모퉁이를 돌자 똑같은 하얀색의 복도가 이어졌다. 그런데 의자가 보였다. 아사예프를 지키던 경관이 앉아 있던 의자. 아직 의자를 치우지 않은 것이다.

미카엘은 돌아보며 뒤에 아무도 없는지 확인하고 계속 걸어갔다.

큰 보폭으로 신발 밑창이 부드럽게, 거의 소리 없이 바닥에 닿게 하면서 걸었다. 가면서 옆에 보이는 문들을 일일이 만져보았다. 모두 잠겨 있었다.

그리고 그 자리에, 병실 앞에, 의자 옆에 이르렀다. 순간의 직감으로 의자의 앉는 부분에 왼손을 대보았다. 차가웠다.

숨을 깊이 들이마시고 총을 꺼냈다. 자신의 손을 보았다. 떨리지 않았다. 그런가?

결정적 순간, 최선의 상태였다.

총을 다시 주머니에 넣고 손잡이를 눌러 문을 열었다.

그 안에서 어떤 놀랄 일이 펼쳐져도 굴복할 이유가 없다고 생각하면서 문을 열고 안으로 들어갔다.

병실에는 빛이 가득했지만 텅 비고 휑했다. 아사예프가 누워 있던 침대를 제외하고는. 침대는 병실 한가운데에 있고 그 위에 전등이 달려 있었다. 침대 옆 철제 카트 위에서 날카롭고 반짝거리는 의료도구들이 번쩍거렸다. 병실을 수술실로 바꾼 모양이었다.

미카엘은 창문 뒤에서 어른거리는 움직임을 알아채고 총을 꽉 잡으며 눈을 가늘게 떴다. 안경을 껴야 하나?

초점이 잡히자 그것이 유리창에 비친 모습이고, 실체는 그의 **뒤에** 있었으며, 너무 늦었다는 걸 깨달았다.

어깨에 손이 닿자마자 반사적으로 대응했지만 목에 찌르는 통증이 느껴지는 순간 총을 든 손에 연결이 끊어진 것 같았다. 이어서 앞이 캄캄해지기 전에 창문에 비친 검은 실루엣으로 자신의 얼굴에 바짝 붙은 남자의 얼굴을 보았다. 남자는 초록색 모자와 초록색 마스크를 썼다. 외과의사처럼. 수술을 막 시작하려는 외과의사.

카트리네는 컴퓨터 작업에 정신이 팔려 뒤에서 들어오는 사람이 아무런 대꾸도 하지 않은 것에 반응하지 못했다. 하지만 문이 닫히고 배수관의 소음이 차단되자 다시 물었다.

"어디 다녀왔어요, 비에른?"

어깨와 목에 손길이 느껴졌다. 맨살에 닿는 뜨거운 손, 처음에는 남자의 다정한 손이 전혀 불쾌하지 않았다.

"꽃을 갖다놓으려고 사건 현장에 다녀왔어요." 뒤에서 말했다.

카트리네는 의아한 듯 얼굴을 찡그렸다.

'파일 없음'이라는 메시지가 화면에 떴다. 정말? 주요 증인의 사망에 관한 통계가 나온 파일이 어디에도 없다고? 카트리네는 휴대전화에서 해리의 이름을 눌렀다. 손이 그녀의 목 근육을 마사지하기 시작했다. 그녀는 마사지가 마음에 든다는 뜻으로 신음하며 눈을 감고 고개를 숙였다. 신호음이 가는 소리가 들렸다.

"조금 아래로. 무슨 사건 현장요?"

"산길. 소녀. 뺑소니 사고. 미제사건."

해리가 전화를 받지 않았다. 카트리네는 전화기를 귀에서 떼고 문자를 입력했다. '통계 관련 파일 없음'이라고 입력하고 전송 버튼을 눌렀다.

"오래 걸렸네요." 카트리네가 말했다. "그러고 나서 뭐 했어요?"

"거기 있던 사람을 도와줬어요." 목소리가 말했다. "그 사람이 무너졌거든요."

카트리네는 할 일을 마쳤다. 그제야 방 안의 다른 것들이 들어왔다. 목소리. 손. 냄새. 그녀는 의자를 천천히 돌렸다. 고개를 들었다.

"누구세요?" 그녀가 물었다.

"누구냐고요?"

"네, 비에른 홀름이 아니잖아요."

"아니라고요?"

"아니에요. 비에른 홀름은 지문, 탄도학, 혈흔 전문가인데. 이렇게 다정하게 마사지해주지 않거든요. 그래, 원하는 게 뭡니까?"

카트리네는 창백하고 둥그스름한 얼굴이 벌겋게 달아오르는 걸 보았다. 안 그래도 튀어나온 눈이 더 튀어나왔다. 비에른은 얼른 손을 떼고 부산하게 구레나룻을 긁적였다.

"어, 미안해요. 그러려던 게 아니라…… 난 그냥…… 난……."

얼굴이 더 빨개지고 말이 더 어눌해지더니 손을 내리고 절망적으로 항복하는 표정으로 바라보았다. "젠장, 카트리네, 이거 진짜 한심하네요."

카트리네는 그를 보았다. 웃음을 터트렸다. 이 바보는 그럴 때 정말 귀여웠다.

"차 가져왔어요?" 그녀가 물었다.

트룰스 베른트센은 정신이 돌아왔다.

앞을 보고 주위를 둘러봐도 온통 하얗고 환했다. 이제 통증도 느껴지지 않았다. 오히려 아름다운 느낌이 들었다. 새하얗고 아름다웠다. 죽은 게 분명했다. 당연히 죽었지. 이상했다. 더 이상한 건 그가 엉뚱한 곳으로 보내졌다는 것이다. 좋은 곳으로.

몸이 돌아가는 느낌이 들었다. 좋은 곳에 들어갈 때가 아직 아니고 그리로 가는 중인지도 몰랐다. 이제 소리도 들렸다. 멀리서 애절한 뱃고동 소리가 커졌다가 작아졌다. 연락선 뱃고동 소리.

뭔가가 앞에 나타나 빛을 가렸다.

얼굴.

그리고 다른 얼굴이 나타났다. "비명을 지르기 시작하면 모르핀을 더 주사해도 돼."

이어서 트룰스는 그것이 돌아오는 걸 느꼈다. 통증. 온몸이 아프고 머리가 금방이라도 터질 것 같았다.

다시 돌았다. 구급차. 사이렌이 울리는 구급차 안이었다.

"크리포스의 울스루입니다." 앞에 나타난 얼굴이 말했다. "신분증에 트룰스 베른트센 경관이라고 적혀 있네요."

"어떻게 된 거죠?" 트룰스가 속삭이듯 물었다.

"폭탄이 터졌어요. 이웃집들 유리창까지 다 깨졌어요. 집 안 냉장고 속에서 경관님을 발견했습니다. 어떻게 된 겁니까?"

트룰스는 눈을 감고 상대가 묻는 말을 들었다. 다른 남자, 의사로 보이는 남자가 경찰에게 환자를 몰아붙이지 말라고 주의를 주는 소리가 들렸다. 어차피 모르핀을 투여한 환자이니 횡설수설할수도 있다.

"해리 홀레는 어디 있습니까?" 트룰스가 기어들어가는 소리로물었다.

환한 빛이 다시 차단되었다. "뭐라고 하셨습니까, 베른트센 씨?"

트룰스는 입술에 침을 바르려다가 침을 묻힐 입술이 없는 걸 알았다.

"다른 남자. 그 사람도 냉장고에 같이 있었나요?"

"냉장고에는 혼자 계셨어요, 베른트센 씨."

"그 사람도 있었어요. 그자가…… 그자가 날 살렸어요."

"그 집에 누가 또 있었다면 유감스럽게도 지금쯤 벽지와 페인트가 됐을 겁니다. 집 안에 있던 건 모두 박살 났어요. 경관님이 계시던 냉장고마저 거의 박살이 났으니 이렇게 살아남은 게 행운입니다. 누가 그 폭탄을 설치했는지 말씀해주시면 저희가 그자를 찾을 수 있어요."

트룰스는 고개를 저었다. 적어도 자신이 고개를 젓는다고 생각했다. 놈을 보지 못했다. 그자는 내내 뒤에 있었다. 트룰스를 다른 차로 옮겨 타게 하고 뒷좌석에서 앉아 트룰스에게 차를 몰게 하면서, 그러는 내내 트룰스의 뒤통수에 총구를 대고 있었다. 그들은 차를 몰고 하우스만스 가 92번지로 왔다. 어차피 마약 범죄로 오명을 쓴 주소라 거기도 사건 현장이라는 사실은 거의 잊었다. 구스토. 나중에야 그때까지 애써 억압해온 사실을 자각했다. 자신이 죽는다는 사실. 계단을 오르고 철문 안으로 들어와서 그를 테이프로 의자에 묶고 초록색 마스크 속에서 바라보던 자가 경찰 킬러라는 사실. 트룰스는 그자가 휴대용 TV 뒤로 가서 스크루드라이버를 꽂는 걸 보았다. 그러다 조금 전, 철문이 닫힐 때 화면 속 카운터가 멈췄다가 다시 6분으로 돌아간 걸 깨달았다. 폭탄이었다. 초록색 남자는 트룰스가 쓰던 것과 똑같은 경찰봉을 꺼내어 그의 얼굴을 때렸다. 무척이나 집중하면서, 즐기는 것 같지도 않고 어떤 감정이 개입되어 있는 것 같지도 않았다. 경미한 타격이었다. 뼈가 부러질 정도는 아니지만 실핏줄과 동맥이 터져서 피가 뿜어져 나오고 피부 속에 차올라 얼굴이 부풀었다. 그러다 점점 더 세게 때리기 시작했다. 피부의 모든 감각이 사라지고 살이 터지는 느낌만 들었다. 목과 가슴으로 피가 흐르고 경찰봉이 닿을 때마다 머릿속에, 뇌 속에—아니, 뇌보다 더 깊은 곳에— 둔한 통증이 느껴졌다. 초록색 남자가 성당의 헌신적인 종지기처럼 주어진 일의 의미를 확신하며 청동종에 망치를 휘두를 때마다 초록색 긴 셔츠에 피가 로르샤흐 심리검사의 잉크 반점처럼 흩뿌려졌다. 코뼈와 연골이 으드득 부러지는 소리가 들리고 치아가 깨져서 입안에 가득 찬 느낌이 들고 턱이 빠져서 신경섬유에 매달린 느낌이 들고…… 그러다…… 마침내…… 눈앞이 캄캄해졌다.

그러다 다시 지독한 통증 속에 정신이 돌아와 외과의사 복장을 하지 않은 사람을 보았다. 냉장고 앞에 서 있던 해리 홀레.

처음에는 혼란스러웠다.

그러다 앞뒤가 맞아떨어졌다. 해리 홀레가 자신의 범행을 세세히 아는 사람을 살해하고 경찰 살인사건으로 위장하려는 것이다.

그런데 해리는 아까 그 남자보다 컸다. 표정이 달랐다. 그리고 해리가 냉장고로 기어 들어갔다. 꾸역꾸역. 두 사람은 한 배를 탄 것이다. 같은 사건 현장에 경찰 둘. 함께 죽을 두 사람. 그들 둘이라니, 이 얼마나 얄궂은가! 통증이 심하지만 않았다면 웃음을 터트렸을 것이다.

그러다 해리가 냉장고에서 다시 기어나와 테이프를 끊고 그를 냉장고에 집어넣었다. 다시 정신이 오락가락했다.

"모르핀 좀 더 놔줄 수 있어요?" 트룰스는 빌어먹을 사이렌 소리를 뚫고 자신의 목소리가 전달되기를 바라며 들릴 듯 말 듯한 소리로 묻고는 불안한 고통을 씻어줄 안락의 파도가 어서 들어오기만을 초조하게 기다렸다. 그리고 모르핀 때문에 그런 생각이 들었나 보다고 생각했다. 그렇게 생각해야 마음이 편했다. 그런데도 자꾸만 그 생각이 났다.

해리 홀레가 그딴 식으로 죽는다면 얼마나 짜증 나는 일인가.

잘난 영웅처럼 죽다니.

자기 자리를 내어주고, 자기를 희생하면서. 적을 위해.

그 적은 자기보다 우월한 자가 자기 대신 죽음을 택한 덕에 겨우 목숨을 건진 사실을 안고 평생을 살아가야 한다.

트룰스는 등허리에서 그것이 올라오는 느낌이 들었다. 통증이 일어나기 전에 먼저 올라오는 한기. 무언가를 위해 죽는다는 것. 그게 뭐든, 자기만 생각하는 비천함과는 다른 무언가를 위해. 어쩌면 그것이 궁극적인 의미일 수 있었다. 어쩌됐든, 재수 없는 해리 홀레.

트룰스는 의사를 찾다가 창문이 젖은 걸 보았다. 비가 내리기 시작한 모양이었다.

"모르핀 좀 더 달라고, 제발!"

47

카르스텐 카스페르센이라는, 이름을 발음하기 어려운 경찰이 경찰대학 경비실에서 창밖에 내리는 비를 바라보며 앉아 있었다. 어두운 밤하늘에서 장대비가 쏟아지며 번들거리는 시커먼 아스팔트를 두드리고 정문에도 줄줄 흘렀다.

카르스텐은 불을 다 꺼놓아서 밤늦도록 경비실을 지키는 모습을 아무에게도 보여주지 않으려 했다. 여기서 '아무'란 경찰봉 같은 장비를 훔치러 들어오는 자들을 의미했다. 경찰대학 학생들 훈련에 사용되는 옛 저지선 테이프까지 사라졌다. 침입한 흔적이 없으니 분명 통행증을 소지한 사람의 짓이다. 게다가 통행증을 소지한 사람이 한 일이라면 하찮은 경찰봉이나 테이프 몇 개 사라진 게 문제가 아니라 내부인 중에 도둑이 있다는 뜻이었다. 얼마 안 가 경찰 행세하면서 돌아다닐 도둑들. 그들은 절대로 그런 걸 소지하면 안 된다. 그의 관할권에서는 절대로.

빗속에서 누군가 다가오는 게 보였다. 어두컴컴한 슬렘달스베이엔에서 사람의 형체가 불쑥 나타나 샤토 뇌프 앞 가로등 아래를 지나 정문으로 걸어오고 있었다. 정확히 말하면 걷는 게 아니었다.

비틀거리는 것에 가까웠다. 남자는 좌현으로 강풍에 나부끼는 양 한쪽으로 기울어진 채 걸어왔다.

남자는 기계에 출입증을 대고는 곧장 안으로 들어왔다. 카르스텐은 이곳에 드나드는 사람을 모두 아는 터라 벌떡 일어나 뛰어나갔다. 이건 다른 해명이 필요한 일이 아니었으니까. 출입할 수 있거나 없거나 둘 중 하나이지, 중간은 없었다.

"이봐요!" 카르스텐이 큰소리로 부르고 경비실을 나서면서부터 몸을 한껏 부풀렸다. 〈동물의 왕국〉 속 동물들이 몸을 최대한 커보이게 만들듯. 그게 왜 통하는지는 몰랐지만, 통한다는 건 알았다. "누구십니까? 여기에서 뭘 하는 겁니까? 그 출입증은 어디서 났습니까?"

비에 젖어 구부정하게 서 있던 사람은 돌아보면서 몸을 똑바로 펴려고 했다. 후드의 그림자 속에 얼굴이 가려졌지만 그 속에서 두 눈이 반짝였다. 눈빛이 강렬해서 뜨겁게 느껴지기까지 했다. 카르스텐은 자기도 모르게 호흡이 거칠어졌고, 자신이 무장하지 않았다는 생각이 처음으로 들었다. 어떻게 그 생각을 못 할 수가 있지? 도둑을 막으려면 뭐든 들고 나왔어야 했는데.

그가 후드를 벗었다.

이제는 도둑을 막는 건 고사하고 자기 몸을 지킬 게 필요하다는 생각이 들었다.

앞에 선 그 사람은 이 세상 사람이 아니었다. 외투가 찢어져서 큼직한 구멍이 군데군데 나 있고 얼굴도 그랬다.

카르스텐은 경비실로 뒷걸음질하면서 자물쇠가 문 안쪽에 있었던가 떠올리려 했다.

"카르스텐."

그 목소리.

"나예요, 카르스텐."

카르스텐은 멈칫했다. 고개를 갸우뚱했다. 혹시 저 사람⋯⋯.

"맙소사, 해리. 어떻게 된 겁니까?"

"그냥 폭발이었어요. 보이는 것보다 심했죠."

"심했다고요? 지금 꼭 크리스마스 오렌지에 정향을 잔뜩 채워 넣은 꼴이에요."

"그냥―."

"크리스마스 피 오렌지요, 해리. 피가 나잖아요. 잠깐만 기다려요. 구급상자를 가져올 테니."

"아르놀의 연구실로 좀 가져다주세요. 급히 해결할 일이 있어요."

"지금 안 계신데요."

"알아요."

카르스텐 카스페르센은 당장 약품 수납장으로 뛰어갔다. 깁스와 거즈붕대와 가위를 꺼내면서 잠재의식 차원에서 방금 나눈 대화를 다시 되짚어보고 마지막 문장에서 멈추었다. 해리가 그 말을 할 때 강조된 말투. '알아요.' 카르스텐 카스페르센에게 말하는 게 아니라 그 자신, 해리 홀레에게 말하는 것 같았다.

미카엘 벨만은 정신이 들어 눈을 떴다.

빛이 망막과 수정체를 뚫고 들어와서 다시 눈을 꾹 감았지만 빛이 계속 신경을 태우는 것 같았다.

몸이 움직여지지 않았다. 고개를 돌려서 주위를 둘러보려 했다. 아직 그 방이었다. 아래를 보았다. 그를 침대에 묶은 흰색 테이프가 보였다. 팔이 옆으로 내려와 묶여 있고 두 다리가 한데 묶였다. 그는 미라가 되었다.

이미.

뒤에서 금속이 찰랑이는 소리가 나서 고개를 반대쪽으로 돌렸다. 옆에서 도구를 만지작거리는 사람은 초록색 차림이고 마스크를 썼다.

"저런." 초록색 복장의 남자가 말했다. "마취가 벌써 풀렸나? 하긴, 사실 내가 마취 전문가는 아니거든. 솔직히 말하면 병원에서는 어느 분야에서도 전문가가 아니지."

미카엘은 정신을 차리면서 혼란을 걷어내려 했다. 도대체 어떻게 된 거지?

"그나저나 당신이 가져온 돈 봤어요. 마음은 고맙지만 돈은 필요 없어요. 게다가 그걸로 네가 한 짓을 속죄하는 건 불가능해, 미카엘."

마취과 간호사가 아니라면 미카엘과 아사예프가 연결된 건 어떻게 알았지?

초록색 복장의 남자는 도구를 들어 조명에 비추었다.

미카엘은 공포로 쿵쾅거리는 소리를 들었다. 아직 느껴지지는 않았다. 아직 머릿속에 마취약이 뿌연 연무처럼 떠 다니지만 마취의 장막이 완전히 걷히면 그 장막 뒤에 숨겨진 무언가가 드러날 것이다. 통증과 공포. 그리고 죽음.

미카엘은 이제 깨달았다. 너무나도 명백해서 집을 나서기 전에 알았어야 했던 사실. 이곳은 미제사건 현장이었다.

"너와 트룰스 베른트센."

트룰스? 트룰스가 아사예프 살인사건과 관련이 있는 줄 아는 건가?

"그자는 이미 처벌받았어. 그나저나 얼굴을 벗길 때는 어떤 걸로 하는 게 좋을까? 3번 자루에 10번 날이 피부와 근육용이야. 아니면 이건 어때? 7번 자루에 15번 날?" 초록색 복장의 남자는 똑같아 보이는 메스 두 개를 들었다. 메스 날에 불빛이 반사되어 남자의 얼굴에 가느다란 빛줄기가 드리우고 한쪽 눈이 보였다. 미카엘은 그 눈에서 어렴풋이 알 것 같은 무언가를 보았다.

"제조사가 이런 수술에는 어떤 게 적합한지 써놓지 않았군."

목소리도 어쩐지 귀에 익지 않은가.

"그래, 음, 여기 있는 걸로 어떻게든 해봐야지. 먼저 얼굴을 테이프로 붙여야겠어, 미카엘."

이제 연무가 걷히고 그것이 드러났다. 공포.

그것이 그를 보았고, 그의 목구멍에서 일어났다.

미카엘이 숨을 제대로 쉬지 못하는 사이 머리가 매트리스에 눌리더니 이마에 테이프를 붙이는 느낌이 들었다. 그리고 남자의 얼굴이 그의 얼굴 위에 바짝 다가왔다. 마스크가 벗겨졌다. 하지만 미카엘의 뇌에서는 서서히 눈에 들어오는 장면을 돌려서 위아래를 뒤집었다. 그리고 그를 알아보았다. 그가 자신에게 왜 이러는지도 알았다.

"나 기억나, 미카엘?" 그가 물었다.

그였다. 동성애자. 크리포스에 있을 때 그에게 키스하려던 자. 화장실에서 일어난 일이다. 그때 누가 들어왔다. 트룰스가 보일러실에서 그자를 두들겨 패서 피떡으로 만들었고, 그자는 다시 업무에 복귀하지 못했다. 무엇이 기다릴지 알았으니까. 미카엘이 지금 아는 것처럼.

"제발." 눈에 눈물이 차오르는 느낌이었다. "내가 트룰스를 말렸잖아. 안 그랬으면 당신을 죽였을—."

"넌 네 앞날을 생각해서, 경찰청장이 되려고 그자를 말리지 않은 거잖아."

"이봐, 뭐든 다 줄—."

"어, 제대로 값을 치르게 해줄게, 미카엘. 나한테 빼앗아간 만큼 치르게 해주지."

"빼앗아가다니…… 우리가 당신한테 빼앗은 게 뭔데?"

"나한테서 복수를 빼앗아갔잖아, 미카엘. 르네 칼스네스를 죽인 자에 대한 처벌. 너희 모두가 그 살인자가 빠져나가게 그냥 뒀어."

"모든 사건을 해결할 수는 없어. 그건 당신도 알—."

웃음. 냉혹하고 간결한 웃음이 뚝 끊겼다. "당신들이 시도조차 하지 않았단 거 알아. 그게 내가 아는 거야, 미카엘. 두 가지 이유에서였겠지. 우선 사건 현장 근처에서 경찰봉이 나오니까 겁을 먹었지. 본격적으로 뒤졌다가는 그 불쾌한 녀석을, 역겨운 동성애자를 죽인 게 너희 중에 있다는 게 밝혀질까 봐. 그리고 두 번째 이유가 뭔지 아나, 미카엘? 르네는 경찰이 원하는 대로 이성애자가 아니었어. 아니면 뭐야, 미카엘? 그런데 난 르네를 사랑했어. 그 녀석을 사랑했다고. 알아들어? 내가 큰소리로 말하잖아. 내가, 남자가, 그 어린 녀석을 사랑했고, 그 애와 키스하고 그 애의 머리를 쓰다듬고 그 애의 귀에 사랑의 말을 속삭이고 싶었다고. 이게 역겹나? 너도 속으로는 잘 알잖아? 다른 남자를 사랑할 수 있는 게 재능이란 걸. 너도 진즉에 했어야 했던 말이야, 미카엘. 이젠 너무 늦어버렸고 다시는 그런 경험을 하지 못할 테니까. 우리가 크리포스에서 같이 일할 때 내가 제안한 것. 넌 네 내면의 다른 한쪽이 무서워서 감정을 잃어버렸어. 내면의 그자를 물리쳤어야 해. **자신을** 이겼어야지."

그는 서서히 목소리를 높였다가 다시 낮추어 속삭였다.

"그건 그냥 어리석은 두려움이야, 미카엘. 나도 그런 걸 느껴본 사람이라 그것만으로는 이렇게 심한 벌을 내리지 않았을 거야. 너와 르네 칼스네스 사건에 참여한 경찰이라는 작자들이 사형선고를 받는 이유는 말이야, 내가 사랑한 단 한 사람을 더럽혀서야. 인간의 품격을 떨어뜨렸어. 그런 피해자의 사건에는 공을 들일 가치가 없다고 했지. 국민에게 봉사하고 정의를 수호한다는 경찰의 맹세를 지키기 위해 보호할 대상이 못 된다면서. 그러니 넌 우리 모두를 저버린 거야. 무리를, 모든 구성원이 신성한, 무리를 더럽힌 거야. 그리고 사랑도. 그러니 널 제거해야 마땅해. 네가 내 가장 사랑하는 사람을 제거한 것처럼. 이제 잡담은 집어치우고, 이 일을 제대로 해낼 수 있을지에 집중해야겠어. 너하고 나한테 다행스럽게도 아주 유익한 동영상이 인터넷에 올라와 있더군. 이거 어떻게 생각하나?"

그는 미카엘 앞에 사진을 들었다.

"간단한 수술 같은데, 어때? 그래도 쉿, 미카엘! 어차피 아무도 못 듣겠지만 그렇게 소리를 지르면 테이프로 입까지 막아야 되잖아."

해리는 아르놀 폴케스타의 의자에 주저앉았다. 길게 푹 꺼지는 소리가 나고 그의 체중에 의자가 가라앉는 동안 해리는 컴퓨터를 켰다. 어둠 속에서 화면이 밝아졌다. 컴퓨터가 치직거리고 끼익끼익 소리를 내면서 시동을 걸어 프로그램을 활성화시키고 사용할 수 있도록 준비를 마치는 동안 해리는 카트리네가 보낸 문자를 다시 읽었다.

'통계 관련 파일 없음.'

아르놀은 그에게 검찰 측 주요 증인이 사망한 모든 사건의 94퍼센트에서 의심스러운 사인이 발견된다는 FBI 통계가 있다고 말해주었다. 해리가 아사예프의 죽음을 더 자세히 들여다보게 된 것도 그 통계 때문이었다. 그런데 애초에 그런 통계는 존재하지 않았다. 카트리네의 농담처럼. 해리의 대뇌피질을 건드리는 농담, 기억은 나지만 왜 기억하는지 알 수 없는 농담.

'사람들이 통계를 인용할 때 72퍼센트는 즉석에서 지어내는 거예요.'

해리는 이 농담을 오래 고민했다. 의구심이 들었기 때문이다. FBI 통계 역시 아르놀이 즉석에서 지어낸 게 아닐까 하는 의구심.

왜지?

답은 간단했다. 해리가 아사예프의 사망을 더 자세히 들여다보게 만들려는 의도였다. 아르놀은 뭔가를 알고 있지만 그게 무엇인지, 혹은 그 정보를 어디서 얻었는지 솔직히 밝힐 수 없었던 것이다. 그러면 자신의 정체가 드러나므로. 그래도 질투심 많은 전직 경찰로서 살인사건을 해결하는 데 병적으로 집착하는 해리를 사건으로 끌어들이는 위험 정도는 감수할 의지가 있었던 것이다.

아르놀 폴케스타는 그 단서를 던져서 해리가 아사예프가 살해당한 사실을 알아채고 용의자를 찾아낼 뿐만 아니라 그 자신, 아르놀 폴케스타가 연루된 다른 살인사건을 찾아낼 수 있으리란 걸 알던 것이다. 그때 병원에서 실제로 무슨 일이 벌어졌는지 알고 그 사실을 알릴 수 있는 유일한 인물은 안톤 미테트였다. 경비를 서다 수면제를 먹고 후회하는 경찰. 그리고 아르놀 폴케스타와 안톤 미테트가, 서로 전혀 모르는 두 사람이 연결되는 이유는 오직 하나였다.

해리는 전율했다.

살인.

컴퓨터가 검색할 준비를 마쳤다.

48

해리는 컴퓨터 화면을 노려보았다. 카트리네의 번호로 다시 전화했다. 전화를 끊으려고 할 때쯤 카트리네의 목소리가 들렸다.

"네?"

달리기라도 하고 있었는지 숨이 가빴다. 하지만 저쪽의 음향 상태로 보아 실내인 듯했다. 문득 아르놀 폴케스타에게 밤늦게 전화했을 때도 같은 소리가 들렸다는 데에 생각이 미쳤다. 음향. 그때 아르놀은 바깥에 있었다. 실내가 아니라.

"체육관 같은 데에 있나?"

"체육관요?" 카트리네는 무슨 소린지 모르겠다는 듯 되물었다.

"그래서 전화를 못 받은 건가 했지."

"아뇨, 집인데요. 무슨 일이에요?"

"좋아, 일단 숨이나 좀 돌려. 지금 경찰대학이거든. 방금 어떤 사람의 검색 기록을 확인했어. 그런데 더 나아갈 수가 없군."

"무슨 소리예요?"

"아르놀 폴케스타가 의료기기업체 홈페이지에 들어간 기록이 있어. 이유를 알고 싶어."

"아르놀 폴케스타요? 이 일이 그 사람하고 무슨 상관이 있어요?"

"우리가 찾는 자인 거 같아."

"아르놀 폴케스타가 경찰 킬러?"

카트리네가 말하는 동안 뒤에서 들리는 소리는 분명 흡연자인 비에른 홀름의 기침소리였다. 그리고 매트리스가 삐걱거리는 소리도 났다.

"비에른이랑 같이 보일러실에 있나?"

"아뇨, 우린…… 아, 네, 보일러실에 있어요."

해리는 골똘히 생각했다. 오랜 경찰 생활에서 이보다 더 허술한 거짓말은 들어본 적 없었다.

"옆에 컴퓨터 있으면 아르놀이 의료기기를 구입한 적 있는지 알아봐줘. 그 이름이 과거 미제사건 현장이나 살인사건 수사와 관련해서 뜨는지도 알아봐주고. 그리고 다시 전화 줘. 그럼 이제 비에른 바꿔봐."

카트리네가 수화기를 손으로 막고 뭐라고 말한 후, 비에른의 걸걸한 목소리가 나왔다.

"네?"

"당장 옷 입고 보일러실로 튀어가. 아르놀 폴케스타의 휴대전화를 감청할 수 있는 영장을 받아오고. 그리고 오늘 저녁에 트룰스 베른트센에게 전화한 사람이 누군지도 확인해봐. 알았나? 난 미카엘한테 델타를 배치시키라고 할게. 알았나?"

"네. 제가…… 우리…… 어, 그게……."

"지금 그게 중요한가?"

"아뇨."

"알았어."

해리가 전화를 끊는 순간 카르스텐 카스페르센이 들어왔다.

"소독약이랑 솜을 가져왔어요. 핀셋도요. 파편을 뺄 수 있어요."

"고마워요, 카르스텐. 하지만 지금은 파편 덕에 살이 붙어 있는 거니까 그냥 거기 테이블에 두세요."

"그래도 그게─."

해리는 카르스텐에게 그만 나가달라는 듯 손을 저으며 미카엘에게 전화했다. 음성메시지로 넘어갔다. 그는 욕을 했다. '울라 벨만'의 이름으로 회옌할의 집 전화번호를 검색해서 전화를 걸었다. 부드럽고 낭랑한 목소리가 벨만이라고 성을 말했다.

"해리 홀레입니다. 벨만 씨는 댁에 계십니까?"

"아뇨, 좀 아까 나갔는데요."

"중요한 일이라서요. 어디로 갔습니까?"

"말해주지 않았어요."

"그렇다면 언제쯤?"

"말해주지 않았어요."

"그럼─."

"─들어오면 전화 드리라고 할게요, 해리 홀레 씨."

"고맙습니다."

전화를 끊었다.

그는 하는 수 없이 기다렸다. 기다리면서 책상 위에 팔꿈치를 올리고 손으로 머리를 받치고 앉아서 아직 채점하지 않은 시험지에 피가 뚝뚝 떨어지는 소리를 들었다. 핏방울이 떨어지는 소리를 초침처럼 세었다.

숲. 숲. 숲에는 전철이 다니지 않는다. 그리고 소리. 분명 밖에 있는 소리가 났다. 실내가 아니었다.

그날 밤 해리가 전화했을 때 아르놀은 집이라고 했다.

그런데 전철 소리가 들렸다.

물론 아르놀 폴케스타가 사는 곳을 거짓말로 둘러댄 이유를 순수하게 받아들일 수도 있었다. 사는 곳을 굳이 알리고 싶지 않은 여자 지인이 있다던가 하는 이유 말이다. 그리고 해리가 전화한 시간에 하필 베스트레 무덤에서 어린 소녀의 시신이 파헤쳐진 것도 순전히 우연이었을 수 있다. 하필 그 근처에서 전철이 지나가는 것도. 우연. 그런데 다른 것들을 수면으로 올라오게 만들기에는 충분했다. 통계.

해리는 다시 손목시계를 보았다.

라켈과 올레그를 생각했다. 둘은 집에 있다.

집. 그가 있었을 곳. 그가 **있어야** 할 곳. 그가 영영 머무르지 못할 곳. 완벽하게 온전히, 원하는 대로 머무르지 못할 곳. 그에게 그런 능력이 없다는 것은 진실이므로. 대신 그에게는 이런 다른 면이 있었다. 살을 파먹는 박테리아처럼 그의 삶에서 다른 모든 것을 잠식하고, 술로도 진정되지 않고, 오랜 세월이 흐르고도 제대로 이해되지 않는 다름이 있었다. 어찌 보면 아르놀 폴케스타의 그것과 유사했다. 어떤 강력하고 모든 것을 포괄하는 의무감에 의해 도중에 파괴되는 것들이 정당화되는 것이다. 그리고 카트리네에게서 기다리던 전화가 왔다.

"아르놀이 몇 주 전에 수술기구랑 수술복을 꽤 주문했네요. 특별한 허가 없이도 살 수 있는 물건이에요."

"다른 건?"

"없어요. 인터넷을 많이 한 거 같지는 않아요. 조심성이 많은 사람 같아요."

"또 없나?"

"몸이 다치거나 한 적이 없는지도 확인해봤어요. 병원 기록이 나
왔어요. 몇 년 전 것부터."

"어?"

"네. 병원에 입원한 적이 있더군요. 진단서에는 폭행이라고 적혀
있지만 환자는 계단에서 넘어진 거라고 주장했고요. 의사는 계단
에서 넘어진 상처가 아니라고 보고 온몸의 광범위한 부상을 언급
했고요. 환자가 경찰이고 무엇을 보고할지를 직접 판단해야 할 거
라고 적혀 있어요. 무릎이 완치되지 않을 거라고도 기록되어 있어
요."

"그럼 폭행당했단 얘기로군. 사건 현장하고 경찰 살인자는 어
때?"

"그쪽으로는 연결고리가 전혀 나오지 않지만 아르놀이 크리포
스에 있을 때 과거의 미제 살인사건 중 몇 건에 관여한 걸로 보여
요. 그리고 피해자 한 명과 연결된 기록도 찾았어요."

"어?"

"르네 칼스네스. 처음엔 그냥 뜬금없이 나타났어요. 그런데 검
색 조건을 상세하게 설정해서 검색하니까 그 두 사람이 연결된 지
점이 꽤 많이 나오더라고요. 아르놀이 두 사람 요금을 내고 구입한
해외 항공편도 나왔고, 유럽 여러 도시에서 두 사람 이름으로 더블
룸과 스위트룸에 투숙한 기록도 나왔어요. 아르놀이 착용했을지
의문인 보석류도 바르셀로나랑 로마에서 구입했고요. 한마디로 그
두 사람이—."

"—연인이었던 것 같다는 거지." 해리가 말했다.

"비밀 연애에 가까웠을 거 같아요." 카트리네가 말했다. "노르웨이에서 출국할 때 각자 다른 줄 좌석에 앉기도 하고, 다른 비행기를 탈 때도 있었어요. 그리고 노르웨이의 호텔에 투숙할 때는 항상 싱글룸을 두 개 잡았고요."

"아르놀은 경찰이었어." 해리가 말했다. "자신이 동성애자임을 밝히지 않는 게 가장 안전할 거라고 생각했겠지."

"그런데 르네라는 사람을 유혹하려고 주말에 같이 여행하고 선물공세를 퍼부은 사람이 아르놀 하나만은 아니었어요."

"그랬을 거야. 분명 과거 사건의 수사팀도 이 사실을 알았을 거야."

"그건 억측이에요, 해리. 그땐 이런 검색 엔진이 없었거든요."

해리는 조심스럽게 얼굴을 더듬었다. "그랬을지도. 자네 말이 맞을지도 모르지. 문란한 동성애자가 살해당한 사건이라고 해서 수사팀이 성과를 올리려는 욕구를 느끼지 못했을 거라고 보는 건 부당할 수 있지."

"네, 맞아요."

"좋아. 다른 건?"

"일단은 없어요."

"좋아."

해리는 휴대전화를 주머니에 넣었다. 손목시계를 보았다.

아르놀 폴케스타의 말이 머릿속에 맴돌았다.

'정의를 위해 나서지 못하는 사람은 죄책감을 느껴야 해요.'

이 말이 아르놀이 복수 살인을 저지르는 것과 관련이 있을까? 그가 정의를 위해 나서는 걸까?

실예 그라브셍의 상태에 대해 대화를 나눌 때 뭐라고 했더라?

'나도 OCD를 경험한 적이 있어요.' 목적을 위해 거침없이 밀어붙이는 게 어떤 건지 그자도 안다는 뜻이다.

그자가 해리 앞에 앉아서 해준 설명이다.

7분 후 비에른에게 전화가 왔다.

"트룰스 베른트센의 통화 내역을 확인해봤는데, 오늘 밤에 전화한 사람은 없다는데요."

"음. 그럼 아르놀이 곧장 트룰스의 집에 가서 데려간 거야. 아르놀의 전화는?"

"전화기가 켜져 있어요. 슬렘달스베이엔 근처에 있을 수 있어요. 샤토 뇌프하고—."

"젠장." 해리가 말했다. "이 전화 끊고 그 사람 번호로 전화해봐."

해리는 몇 초 기다렸다. 잠시 후 어디선가 진동이 울렸다. 책상 서랍이었다. 해리는 서랍을 열었다. 모두 잠겨 있었다. 맨 아래 칸, 가장 깊은 서랍만 열렸다. 휴대전화 액정이 번쩍거렸다. 해리는 전화를 집어서 전화를 받았다.

"찾았어." 해리가 말했다.

"여보세요?"

"해리야, 비에른. 아르놀은 똑똑해. 본인 명의로 된 전화기를 여기다 두고 갔어. 살인사건이 발생할 때마다 이 전화기는 항상 여기 있었겠지."

"전화회사의 추적으로도 그자의 이동 경로를 재구성할 수 없도록 말이죠."

"그리고 알리바이를 대야 할 때가 오면 자기는 평소처럼 여기서 일하고 있었다는 증거를 남길 생각이었겠지. 전화기가 잠겨 있지 않은 걸 보면 이 전화기를 뒤져봐야 밝혀낼 게 없단 얘기고."

"그럼 다른 전화기를 쓴다는 거군요?"

"선불전화, 현금으로 구입했을 테고, 다른 사람 명의로 되어 있을 거야. 그걸로 피해자들한테 전화한 거고."

"그럼 그 전화기가 오늘 밤 거기 있으니……."

"그자가 밖에서 돌아다닌다는 거지, 맞아."

"그런데 그 전화기로 알리바이를 대야 한다면 가져가지 않은 게 이상한데요. 집으로요. 신호가 밤새 경찰대학에 있었던 걸로 나오면—."

"그럴듯한 알리바이로 쓰지는 못하겠지. 다른 가능성이 있어."

"뭔데요?"

"오늘 밤 작업을 아직 끝내지 못한 거야."

"젠장. 그렇다면?"

"나도 아무것도 몰라. 미카엘하고는 연락이 안 돼. 군나르한테 전화해서 상황을 설명하고 델타 동원 명령을 내리라고 요청해주겠나? 아르놀 폴케스타의 집을 급습하려고."

"그자가 집에 있을까요?"

"아니. 하지만 우린—."

"—빛이 있는 곳부터 수색하자는 거죠." 비에른이 말했다.

해리는 전화를 끊었다. 눈을 감았다. 귓속에서 울리던 휘파람 소리가 거의 사라졌다. 대신 다른 소리가 들렸다. 째깍거리는 소리. 카운트다운 소리. 젠장! 손마디로 눈을 꾹 눌렀다.

오늘 밤 또 누가 익명의 전화를 받았을까? 누굴까? 어디서? 선불전화로. 아니면 공중전화로. 아니면 전화번호가 뜨지 않는 대규모 전화 교환대로.

해리는 몇 초간 가만히 앉아 있었다.

그리고 눈에서 손을 뗐다.

책상 위의 커다란 검은색 전화기를 보았다. 머뭇거렸다. 그리고 수화기를 들었다. 교환대의 발신음이 들렸다. 재발신 버튼을 누르자 조금 신나게 삑삑거리며 마지막으로 전화한 번호로 전화가 걸렸다. 그 번호로 발신음이 가는 소리가 들렸다. 저쪽에서 전화를 받았다.

예의 그 나긋나긋하고 낭랑한 목소리가 나왔다.

"벨만입니다."

"미안해요, 잘못 걸었네요." 해리는 이렇게 말하고 수화기를 내려놓았다. 눈을 감았다. 젠장, 젠장, 젠장!

49

어떻게나 어째서가 중요한 게 아니야.

해리는 머릿속에서 불필요한 정보를 모두 꺼내려 했다. 당장 중요한 한 가지 문제에만 집중하기 위해. 어디일까?

아르놀 폴케스타는 과연 어디에 있는가?

사건 현장.

그는 수술도구를 가지고 있다.

여기까지 이해하자 의외의 사실, 전에는 상상도 못 한 사실은 단 하나였다. 지극히 당연한 사실이라, 1학년 학생이라도 그리 뛰어나지 않은 상상력으로 순식간에 정보를 처리해 범인의 사고의 흐름을 쫓아갔을 것이다. 사건 현장. 외과의처럼 입고 마스크를 쓴 남자가 사람들의 이목을 끌지 않을 수 있는 현장.

경찰대학에서 국립병원까지는 차로 2분 거리다.

해리는 가능하다. 델타는 불가능하다.

해리는 25초 만에 경찰대학에서 빠져나갔다.

30초 만에 차로 가서 시동을 걸고 슬렘달스베이엔으로 빠져나갔다. 그 길로 곧장 달리면 그가 가려는 곳이 나왔다.

1분 45초 후에는 국립병원 정문 앞에 도착했다.

10초 후 회전문으로 들어가서 접수대 앞을 지났다. "저기요, 저기요!" 하고 부르는 소리가 들렸지만 앞만 보고 달렸다. 그의 발소리가 복도의 벽과 천장에 울렸다. 그는 뛰면서 허리를 더듬었다. 벨트에 꽂아둔 오데사를 잡았다. 맥박이 점점 빠르게 카운트다운을 하는 것 같았다.

커피머신을 지나쳤다. 큰 소리를 내지 않으려고 발걸음을 늦추었다. 사건 현장의 문 앞에 놓인 의자 앞에 멈췄다. 그 병실에서 마약왕이 죽었다는 사실을 아는 사람은 많지만, 그가 살해당한 사실을 아는 사람은 거의 없었다. 그 죽음이 미제사건이라는 사실도. 그러나 아르놀 폴케스타는 알았다.

해리는 문 앞에 다가섰다. 가만히 소리를 들었다.

오데사의 안전장치가 풀려 있는지 확인했다.

초읽기를 하던 맥박이 가라앉았다.

복도에서 뛰어오는 발소리가 들렸다. 그를 잡으러 오는 사람들의 발소리. 조용히 문을 열고 안으로 들어가기 직전에 한 가지 생각이 더 떠올랐다. 이건 늘 똑같이 반복되는 악몽이고 이제 여기서 끝이 나야 한다는 생각. 이제는 깨어나야 했다. 아침햇살 속에 서늘하고 새하얀 이불을 두르고 그녀의 품에 안긴 채 눈을 떠야 했다. 그를 놓아주기를 거부하고, 그녀와 함께하지 못한다면 어디로든 가지 못하게 붙잡아주는 품속에서.

해리는 안으로 들어가 조용히 문을 닫았다. 초록색 복장을 한 남자가 보였다. 그는 해리도 아는 남자가 누워 있는 침대를 내려다보고 있었다. 미카엘 벨만.

해리는 총을 들었다. 방아쇠를 당겼다. 이미 일제사격으로 초록색 옷이 갈기갈기 찢기고 신경이 끊기고 골수가 터지고 허리가 뒤로 꺾였다가 앞으로 고꾸라지는 장면이 머릿속에 그려졌다. 하지만 그런 장면을 보고 싶지 않았다. 뒤에서 쏘고 싶지는 않았다. 정면에서 쏘아 죽이고 싶었다.

"아르놀." 해리가 갈라지는 목소리로 말했다. "돌아서."

철제 테이블에서 쨍그랑 소리가 나고 초록 옷의 남자가 번쩍이는 무언가를, 메스를 떨어뜨렸다. 그가 천천히 돌아섰다. 초록색 마스크를 벗었다. 그리고 해리를 보았다.

해리도 그를 보았다. 손가락으로 방아쇠를 단단히 거머쥔 채로.

밖에서 발소리가 가까워졌다. 여러 명이었다. 목격자를 남기지 않고 해치우려면 서둘러야 했다. 방아쇠가 팽팽히 버티는 느낌이 들었다. 방아쇠의 폭풍의 눈. 세상이 고요해지는 지점. 폭발 직전의 정적. 지금. 지금이 아니야. 그는 손가락을 살짝 풀었다. 그자가 아니다. 아르놀 폴케스타가 아니다. 그를 오해한 건가? 또 오해한 걸까? 앞에서 매끈한 피부의 얼굴이 입을 벌리고 있었다. 검은 눈이 낯설었다. 이 사람이 경찰 살인사건의 범인인가? 정황상 그래 보였지만……. 이해가 가지 않았다. 초록 옷의 형체가 옆으로 한 발짝 물러섰고, 그제야 해리는 초록 옷의 사람이 여자인 걸 알았다.

순간 뒤에서 문이 벌컥 열리고 해리는 초록색 수술복 차림의 다른 두 사람에게 옆으로 떠밀렸다.

"어떻게 됐어?" 새로 들이닥친 사람이 긴장되고 권위적인 목소리로 물었다.

"의식이 없어요." 여자가 대답했다. "맥박이 느리고요."

"혈액 손실은?"

"바닥에는 혈액이 많지 않지만 위장으로 흘러 들어갔을 수 있어요."

"혈액형 확인하고 세 봉지 주문해."

해리는 총을 내리고 물었다.

"경찰입니다. 무슨 일입니까?"

"나가세요. 생명을 살리는 중입니다." 권위적인 목소리가 말했다.

"나도 마찬가지예요." 해리가 다시 총을 들고 말했다. 권위적인 목소리의 남자가 해리를 노려보았다. "난 지금 살인자를 막는 중이에요, 의사 선생. 우린 놈이 오늘 할 일을 끝냈는지 어떤지 몰라요. 네?"

남자는 해리를 외면했다. "이 상처만 있고 내부 장기 손상이 없으면 혈액이 많이 손실되지 않았을 거야. 쇼크가 왔나? 카렌, 이 형사님 좀 도와드려."

여자가 수술대에서 물러서지 않고 마스크를 쓴 채로 말했다. "접수대의 안내원이 피 묻은 수술복에 마스크를 쓴 사람이 빈 병동에서 나와서 곧장 밖으로 나가는 걸 봤대요. 이상하다 싶어서 사람을 보내서 확인하게 했고요. 이 환자는 죽어가던 중에 발견됐어요."

"그자가 어디로 갔는지 아는 사람 있습니까?" 해리가 물었다.

"방금 사라졌대요."

"이 환자는 언제 정신을 차릴까요?"

"아직 살아날지 어떨지도 몰라요. 그나저나 형사님도 치료를 받으셔야 할 것 같은데요."

"일단은 반창고 붙여드리는 거 말고는 해드릴 수 있는 게 없군요." 권위적인 목소리가 말했다.

더는 알아낼 게 없을 것 같았다. 그런데도 해리는 그 자리에 서 있었다. 두 걸음 앞으로 다가갔다. 멈춰 섰다. 미카엘 벨만의 흰 얼굴을 보았다. 의식이 있는 건가? 알 수 없었다.

한쪽 눈이 그를 보았다.

다른 쪽 눈은 거기 없었다.

그냥 검은 구멍에 피가 섞인 힘줄과 하얀 가닥이 너덜너덜하게 매달려 있었다.

해리는 뒤돌아서 나갔다. 휴대폰을 꺼내며 맑은 공기를 찾아 성큼성큼 복도를 지나갔다.

"네?"

"스톨레 박사님?"

"무슨 안 좋은 일이 있나 보군, 해리."

"경찰 살인자가 미카엘을 해치웠어요."

"해치우다니?"

"미카엘에게 수술을 해줬네요."

"뭔 소리야?"

"한쪽 눈을 뽑아갔어요. 피 흘리며 죽어가게 내버려뒀고요. 오늘 밤 폭탄을 터트린 자도 그 경찰 킬러예요. 그 사고 소식은 뉴스에서 들으셨을 거예요. 그자가 폭탄으로 경찰 두 명을 죽이려고 했고, 그중 하나가 저예요. 놈이 무슨 생각을 하는지 알아야 해요. 전 지금 아무 생각도 안 나요."

침묵. 해리는 기다렸다. 스톨레 에우네의 무거운 숨소리가 들렸다. 그리고 마침내 그의 목소리가 들렸다.

"나도 잘은 모르겠어……."

"그런 소리는 듣고 싶지 않아요. 그냥 아는 척 좀 해주세요, 예?"

"알았네, 알았어. 내가 말할 수 있는 건, 그자가 지금 통제 불능이라는 거야. 정서적 압박이 심하다 못해 이제 끓어 넘쳐서 더는 일정한 패턴을 따르지 않는 거야. 앞으로 무슨 짓을 할지 몰라."

"그러니까 그자가 바로 다음에 뭘 할지 모른다는 거군요?"

다시 침묵.

"고마워요." 해리는 전화를 끊었다. 동시에 전화벨이 울렸다. 비에른이었다.

"어?"

"델타가 아르놀 폴케스타의 집으로 가고 있어요."

"잘했어! 그자도 지금 그쪽으로 갈지도 모른다고 전달해. 그리고 한 시간 지난 후에 전체 경보를 발령할 거라고, 그래야 범인이 경찰 무선에서 정보를 빼내지 못할 거라고도 전하고. 카트리네한테 전화해서 보일러실로 오라고 해. 내가 지금 그쪽으로 갈게."

해리는 접수대로 나와서 사람들이 자기를 보며 움찔하는 걸 보았다. 어떤 여자는 비명을 질렀고, 누군가는 카운터 뒤로 숨었다. 해리는 카운터 뒤 거울을 보고서야 다들 왜 그러는지 알았다.

폭탄으로 너덜너덜해진 2미터 가까운 남자가 세상에서 제일 못생긴 자동 권총을 들고 있었으니.

"여러분, 미안합니다." 해리는 중얼거리며 회전문으로 나갔다.

"무슨 일이에요?" 비에른이 물었다.

"별일 아냐." 해리는 내리는 비에 얼굴을 들어 잠시 열을 식혔다. "비에른, 지금 집에서 5분 거리야. 일단 집에 들러서 샤워하고 반창고도 붙이고 옷도 좀 걸치고 나와야겠어."

그들은 전화를 끊었다. 해리는 주차요원이 차 옆에 서서 노트를 꺼내는 걸 보았다.

"딱지 떼시게요?" 해리가 물었다.

"병원 입구를 막아놨으니 당연한 거 아닙니까." 주차요원이 눈도 들지 않고 말했다.

"일단 제가 차를 뺄 수 있게 좀 비켜주시면 좋겠군요." 해리가 말했다.

"그런 식으로 말씀하실 문제가 아닌 거 같은—." 주차요원은 해리와 오데사를 보고 순간 얼어붙었다. 그가 꼼짝도 못하는 사이 해리는 차에 올라 총을 다시 벨트에 찔러 넣고 차에 열쇠를 꽂고 클러치를 풀어 출발했다.

슬렘달스베이엔으로 접어들어 속도를 높이면서 반대편에서 다가오는 트램을 지나쳤다. 아르놀 폴케스타가 집으로 돌아가는 길이기를, 그처럼 돌아가는 길이기를 마음속으로 기도했다.

차가 홀멘콜베이엔으로 돌아 들어갔다. 라켈이 그를 보고 기겁하지 않기를 바랐다. 올레그가 놀라지 않기를…….

두 사람과의 만남이 얼마나 기다려지는지. 이런 꼴을 하고도. 오히려 더 간절히.

그는 집 앞 진입로로 들어가기 전에 속도를 늦추었다.

그러다 브레이크를 밟았다.

차를 후진시켰다.

후진으로 천천히 이동했다.

방금 전에 지나친, 길가에 줄줄이 주차된 차들을 보았다. 차를 세웠다. 코로 숨을 들이마셨다.

아르놀 폴케스타는 집으로 가는 길이었다. 정말로. 그와 똑같이.

홀멘콜렌에 흔한 자동차 두 대—아우디와 메르세데스— 사이에 연대 불명의 빈티지 피아트가 서 있었다.

50

해리는 전나무숲 아래 서서 잠시 집을 살폈다.

거기서는 누가 집에 침입한 흔적이 보이지 않았다. 자물쇠 세 개가 달린 문으로든, 철봉을 설치한 창문으로든.

물론 길가에 서 있던 그 차가 아르놀의 피아트라고 단정할 수도 없었다. 피아트를 타는 사람은 많았다. 보닛에 손을 대보니 아직 따뜻했다. 해리는 도로 한가운데에 그냥 차를 세웠다.

나무 사이로 뛰어 집 뒤로 갔다.

가만히 기다리면서 귀를 기울였다. 아무 소리도 들리지 않았다.

벽을 향해 살금살금 다가갔다. 그리고 몸을 쭉 펴고 창문을 들여다보았지만 아무것도 보이지 않고 어두운 실내만 보였다.

벽을 따라 돌아가서 불 켜진 주방과 거실 창문에 이르렀다.

발끝으로 서서 안을 보았다. 다시 몸을 숙였다. 우툴두툴한 나무 벽에 등을 기대고 호흡에 집중했다. 이제 숨을 쉬어야 했다. 뇌에 산소를 충분히 공급해서 머리가 빨리 돌아가도록.

요새였다. 철옹성이었다.

그들이 있었다.

그들이 집 안에 있었다.

아르놀 폴케스타. 라켈. 올레그.

해리는 눈에 담긴 장면을 기억하는 데 집중했다.

그들은 현관 앞 복도에 앉아 있었다.

중앙에 등받이가 있는 나무 의자가 있고 올레그가 그 의자에 앉아 있고 라켈이 바로 뒤에 서 있었다. 올레그의 입에 하얀 재갈이 물려 있고 라켈이 올레그를 의자에 묶고 있었다.

몇 미터 뒤에서 아르놀 폴케스타가 안락의자에 앉아 총을 들고 라켈에게 명령하고 있었다.

세부 장면. 아르놀의 총은 헤클러운트코흐, 경찰의 표준 총기였다. 확실히 발사되는 총. 라켈의 휴대전화가 거실 테이블에 있었다. 아직은 둘 다 다치지 않은 것 같았다. 아직은.

왜지?

해리는 생각을 멈췄다. 그럴 여유가 없다. 이유를 생각할 시간이 없다. 아르놀을 막을 방법만 생각해야 했다.

총을 쏘아 맞히는 건 불가능하다는 판단이 섰다. 올레그와 라켈이 다치지 않게 아르놀 폴케스타를 맞히는 건 불가능했다.

해리는 창턱으로 고개를 내밀었다가 다시 급히 숙였다.

곧 라켈이 하던 일을 마칠 것이다.

그리고 아르놀은 자신의 일을 시작할 것이다.

경찰봉이 보였다. 경찰봉이 안락의자 옆 책장에 기대어 있었다. 잠시 후면 아르놀이 다른 피해자들에게 했듯 올레그의 얼굴을 가격할 것이다. 경찰도 아닌 소년을. 더욱이 아르놀은 해리가 이미 죽은 줄 알고 있으니 복수할 이유가 없었다. 그런데 왜지? 그만. 이유는 생각하지 마.

비에른에게 전화해야 했다. 델타를 이쪽으로 보내라고 알려야 했다. 델타는 지금 이 도시의 다른 구역의 숲에 가 있었다. 45분은 걸릴 것이다. 젠장! 혼자 해결해야 했다!

해리는 속으로 시간이 있다고 말했다.

몇 초, 어쩌면 1분은 있었다.

하지만 기습적으로 집 안에 들어가려면 잠금장치 세 개를 열어야 한다. 그러면 안에 들어가기 전에 이미 폴케스타가 그 소리를 들을 것이다. 라켈의 머리든 올레그의 머리든 총구를 대고 기다릴 것이다.

어서, 어서! 뭔가. 뭐든 생각해내. 해리.

해리는 휴대전화를 꺼냈다. 비에른에게 문자를 보내고 싶었다. 하지만 손가락이 말을 듣지 않고 얼어붙고 마비되었다. 혈액이 공급되지 않는 것처럼.

지금은 안 돼, 해리, 정신 차려! 이건 일반적인 사건이야. 그들이 아니야, 저들은…… 그냥 피해자야. 얼굴 없는 피해자. 아니…… 저들은…… 네가 결혼할 여자와 어릴 때 널 아빠라고 불렀고 이제는 지친 나머지 자기를 잃어버린 소년이야. 네가 실망시키고 싶지 않으면서도 자꾸만 생일을 까먹는 아이, 그래서—그것만으로도— 눈물이 날 것 같고 간절히 속여야 하는 아이. 넌 늘 저 아이를 속여야 했어.

해리는 어둠 속에서 눈을 깜빡였다.

늙은 사기꾼 같으니라고.

테이블에 놓인 휴대전화. 라켈의 휴대전화로 전화해서 아르놀이 안락의자에서 일어나서 라켈과 올레그에게서 멀어지는지 확인해볼까? 저자가 전화를 받으러 오면 그때 총을 쏠까?

전화를 받지 않으면? 그냥 앉아만 있다면?

해리는 다시 집 안을 들여다보았다. 다시 얼른 고개를 숙이고 아르놀의 눈에 띄지 않았기를 바랐다. 아르놀이 경찰봉을 들고 일어나 라켈을 한쪽으로 밀쳤다. 정확히 조준한다고 해도 10미터나 떨어진 거리에서는 아르놀을 해치울 가능성은 거의 없었다. 러시아제 오데사보다 정확도가 높은 총과 마카로프 9×18밀리미터보다 구경이 더 적합한 탄환이 필요했다. 더 가까이 가야 했다. 2미터 이내면 좋을 것 같았다.

창문을 통해 라켈의 목소리가 들렸다.

"날 죽여! 제발."

해리는 머리를 벽에 대고 눈을 감았다. 행동해, 어서 행동해. 그런데 어떻게? 제발 하느님, 어떻게요? 이 한심한 사기꾼에게 힌트를 주시면 꼭 갚을게요……. 원하시는 게 뭐든. 해리는 숨을 들이마시고 조용히 맹세했다.

라켈이 붉은 수염의 남자를 노려보았다. 그는 올레그가 앉아 있는 의자 뒤에 바짝 붙어서 경찰봉 끝으로 올레그의 어깨를 짓눌렀다. 다른 손에는 총을 들고 라켈을 겨누었다.

"진심으로 미안해요, 라켈. 이 애를 살려둘 수는 없어요. 애가 진짜 표적이니까."

"왜요?" 라켈은 자기가 울고 있는 줄도 몰랐다. 그냥 뜨거운 눈물이 뺨을 타고 흘렀고, 감정과 무관한 신체 반응처럼 느껴졌다. 아니, 느끼지 못했다. 무감각했다. "왜 이러는 거예요, 아르놀? 그냥…… 그냥……."

"병들어서 이러느냐고?" 아르놀 폴케스타는 미안하다는 미소를 지었다. 아니, 그렇게 보였다. "당신들은 그렇게 믿고 싶겠지. 누구나 거창한 복수를 꿈꾸지만 누구도 실행에 옮기기는커녕 그럴 의지도 없다고 말이야."

"그럼 왜 이래요?"

"난 사랑할 수 있으니까. 증오할 수 있으니까. 아니, 이제 더는 사랑할 수 없어. 그래서 그 대신에……." 그는 경찰봉을 높이 들었다. "……이렇게 바꿨어. 내가 사랑한 사람의 명예를 지키기로. 르네는 말이야, 그냥 애인이 아니었어. 그 친구는……." 그는 경찰봉을 바닥에 내려서 의자 뒤에 기대놓고 주머니를 뒤지면서도 총은 단 1밀리미터도 내리지 않았다. "……내게 가장 소중한 사람이었어. 내가 빼앗긴 사람. 그런데도 그들은 아무런 조치도 취하지 않았어."

라켈은 아르놀이 잡고 있는 그 물건을 노려보았다. 충격을 받고 불안해하고 무서워해야 하는 걸 알았다. 그런데 아무것도 느껴지지 않았다. 심장이 이미 얼어붙었다.

"그자는 눈이 참 멋지더군. 미카엘 벨만 말이야. 그래서 그자가 내게서 빼앗아간 걸 나도 그자에게서 빼앗았지. 그자가 가진 것 중 최고를."

"눈이었군요. 그런데 올레그는 왜요?"

"도대체가 못 알아먹는군, 라켈? 얘는 씨앗이야. 해리가 그러더군. 얜 경찰이 될 거라고. 자기는 의무를 다하지 못했으니 얘가 경찰이 될 거라고."

"의무? 무슨 의무?"

"살인자들을 잡아서 심판하는 의무. 해리는 구스토 한센을 죽인 게 누군지 알아. 허, 놀라는군. 내가 그 사건을 조사해봤지. 올레그는 자기가 직접 죽이지는 않았더라도 적어도 범인이 누군지 알 거야. 그것 말고는 논리적으로 설명이 불가능해. 해리가 이런 얘기는 안 해줬나 봐? 올레그는 구스토가 살해당할 때 현장에 있었어. 현장 사진 속 구스토를 보고 내가 무슨 생각을 했는지 알아? 얼마나 아름다운 아이인가. 구스토랑 르네는 앞날이 창창한 아름다운 청년들이었어."

"내 아들도 앞날이 창창해요! 제발요. 아르놀, 이럴 필요 없잖아요."

라켈이 그에게 한발 다가가자 그가 총을 들고 겨누었다. 라켈이 아니라 올레그에게.

"걱정 마요, 라켈. 당신도 같이 죽여줄 거니까. 당신이 내 표적은 아니지만 목격자니까 처리해야겠지."

"해리가 당신을 찾아낼 거야. 당신을 죽일 거야."

"유감스럽게도 비통한 소식을 전해드려야겠군, 라켈. 당신을 진심으로 좋아하지만 당신도 알아야 할 것 같으니까. 그게, 해리는 아무것도 못 찾아요. 이미 죽었거든, 유감스럽게도."

라켈은 믿기지 않는다는 얼굴로 아르놀을 보았다. 아르놀은 진심으로 유감스러운 표정을 지었다. 그순간 테이블 위의 휴대전화가 켜지더니 단순한 휘파람 같은 벨소리가 울렸다. 라켈은 그쪽을 흘끔 보았다.

"잘못 안 거 같은데요." 라켈이 말했다.

아르놀 폴케스타가 인상을 찌푸렸다. "전화기 내놔."

라켈은 휴대전화를 집어 아르놀에게 건넸다. 그는 총구로 올레그의 목을 누른 채 전화기를 받았다. 재빨리 메시지를 읽고 라켈을 쏘아보았다.

"'올레그가 선물을 못 보게 해.' 이게 대체 뭔 소리야?"

라켈이 어깨를 으쓱했다. "어쨌든 그 사람이 살아 있다는 소리죠."

"말도 안 돼. 경찰 무전에서 내 폭탄이 터졌다고 했는데."

"지금이라도 그만두면 안 돼요? 너무 늦기 전에."

아르놀은 생각에 잠긴 듯 눈을 깜빡거리며 라켈을 보았다. 아니, 라켈을 지나쳐 어딘가를 보았다.

"알겠군. 누군가 해리보다 먼저 간 거야. 그러고 나서 우르르 쾅. 그런 거야." 아르놀이 킬킬거렸다. "해리가 지금 이리로 오는 건가? 아무것도 모르겠지. 당신 먼저 쏴버리고 그자가 저 문으로 들어오기를 기다릴 수도 있어."

아르놀은 자신의 추론을 한 번 더 되짚어보고는 역시나 같은 결론에 이르렀다는 듯 고개를 끄덕였다. 그리고 라켈에게 총을 겨누었다.

올레그가 의자에서 몸을 뒤틀어 일어서려 하면서 재갈 사이로 절박하게 울부짖었다. 라켈은 총구를 노려보았다. 심장이 박동을 멈춘 듯했다. 뇌가 불가피한 현실을 수용하고 작동을 멈추는 것처럼. 라켈은 이제 무섭지 않았다. 죽고 싶었다. 올레그를 위해 죽고 싶었다. 어쩌면 해리가 늦기 전에 와서…… 어쩌면 올레그를 구할지도 몰랐다. 이제는 뭔가를 알았으니까. 라켈은 눈을 감았다. 그녀가 모르는 뭔가를 기다렸다. 총에 맞는 느낌, 칼에 찔리는 느낌. 통증. 어둠. 기도하고 싶은 신이 없었다.

현관문의 잠금장치가 덜커덕거렸다.

라켈은 눈을 떴다.

아르놀이 총을 내리고 문을 보았다.

잠시 조용했다. 그리고 다시 덜커덕거렸다.

아르놀은 뒤로 물러나서 안락의자에서 모포를 집어 올레그에게 던졌다. 올레그와 의자를 다 덮으려는 것이다.

"아무 일 없는 것처럼 행동해." 아르놀이 조용히 말했다. "한마디라도 했다가는 당신 아들 뒤통수에 총알을 박을 테니까."

세 번째로 덜커덕 소리가 났다. 라켈은 아르놀이 올레그와 의자 뒤로 가서 문 앞에서는 총을 볼 수 없게 자리를 잡는 걸 보았다.

그리고 문이 열렸다.

거기에 그가 있었다. 우뚝 솟은 체격에 환하게 웃는 얼굴. 재킷은 풀어헤치고 얼굴은 엉망이 된 채로.

"아르놀!" 그가 반갑게 외쳤다. "웬일이에요? 반가워요!"

아르놀도 마주 웃어주었다. "꼴이 말이 아니군요, 해리! 무슨 일 있었습니까?"

"폭탄. 경찰 킬러 짓이죠."

"그래요?"

"아무것도 알아낸 게 없어요. 그런데 여긴 무슨 일로 오셨어요?"

"지나는 길에. 강의시간표 문제로 의논할 게 생각나서요. 잠깐 이쪽으로 오시죠?"

"우선 당신부터 안아주고." 해리가 라켈에게 팔을 뻗었고, 라켈은 얼른 그의 품에 안겼다. "오는 길은 어땠어, 자기?"

아르놀은 헛기침을 했다. "이제 해리를 놔주시죠, 라켈. 오늘 밤에 할 일이 다섯 가지는 있거든요."

"어째 좀 심각해 보이시네요, 아르놀." 해리가 웃으면서 라켈을 풀어주고 외투를 벗었다.

"이쪽으로 와요." 아르놀이 말했다.

"이쪽이 더 밝아요, 아르놀."

"내가 무릎이 안 좋아서요. 이리로 와요."

해리는 허리를 숙여 신발 끈을 당겼다. "신발부터 벗는 거 양해해 주세요. 오늘 엄청난 폭발사고를 당했거든요. 그리고 어차피 나가시려면 무릎을 써야 하실 테니 급한 일이면 이쪽으로 시간표를 가져다주시죠."

해리는 자기 신발을 보았다. 아르놀과 모포가 덮인 의자까지 6, 7미터 정도 떨어져 있었다. 시력이 나쁘고 손이 떨려서 50센티미터 이상 떨어진 표적은 맞추지 못한다고 말한 사람에게는 먼 거리였다. 그런데 이제 그 표적이 갑자기 쭈그리고 앉아 고개를 숙이고 몸을 앞으로 숙여서 몸을 말고 있어서 훨씬 더 작아졌다.

해리는 신발 끈이 단단히 묶여 있는 양, 끈을 잡아당겼다.

아르놀을 유혹했다. 그가 유혹에 넘어오게 만들어야 했다.

그것만이 살 길이었다. 그래서 그렇게 침착하고 평온할 수 있었다. 양자택일의 상황. 주사위는 던져졌고 나머지는 하늘의 뜻이었다.

그의 평온한 태도가 아르놀에게도 전해진 듯했다.

"그러시다면야."

해리는 아르놀이 걸어오는 소리를 들었다. 신발 끈에 집중하면서. 아르놀이 올레그가 앉아 있는 의자를 지나쳤다. 올레그는 어떻게 된 상황인지 다 아는 것처럼 숨죽이고 앉아 있었다.

그리고 아르놀이 라켈을 지나쳤다.

때가 왔다.

해리는 고개를 들었다. 총구가 보였다. 20센티미터 혹은 30센티미터 앞에서 총구의 검은 눈이 그를 노려보고 있었다.

해리는 집 안에 들어선 순간부터 아주 작은 갑작스러운 동작으로도 아르놀을 폭발시킬 수 있다는 걸 알았다. 그렇게 되면 제일 가까이 있는 올레그부터 쏠 거라고 판단했다. 아르놀은 해리가 무장한 걸 알았을까? 트룰스 베른트센을 만나러 가면서 총을 가져가리라는 걸 알았을까?

아마도. 어쩌면 몰랐을 수도 있었다.

아무래도 상관없었다. 지금은 제아무리 총을 간단히 꺼낼 수 있다 해도 시간이 없었다.

"아르놀, 어째서—?"

"잘 가게, 친구."

해리는 아르놀 폴케스타의 손가락이 방아쇠에 단단히 걸리는 것을 보았다.

그런 순간, 선명해지는 순간, 삶의 여정이 끝날 때 언뜻 나타날 거라고 믿는 순간은 오지 않았다. 거창한 계시, 이를테면 우리가 왜 태어나고 왜 죽으며, 삶과 죽음과 그 사이의 시간이 어떤 의미를 지니는지에 대한 깨달음은 없었다. 또 사소한 계시, 이를테면 아르놀 폴케스타 같은 사람이 왜 자기 목숨을 버리면서까지 남의 목숨을 앗아가려 하는지에 대한 깨달음도 없었다. 그냥 기절하듯, 이렇게 간단히 삶은 멈춘다. 붙어 있는 글씨들을 간단히 떼서 아무 의미도 없게, 아무 단어도 아니게 만들듯. '의미'를 '의 미'라고 쓰듯.

탄약이 문자 그대로 폭발적인 속도로 타들어가고 그렇게 생성된 압력에 의해 총알이 초속 360미터의 속도로 황동탄피에서 발사되었다. 연질의 납이 총신의 나선형 홈을 지나가는 사이 모양이 잡히면서 공기 중에서 보다 안정적으로 회전한다. 그런데 지금은 그럴 필요도 없었다. 공기 중에서 고작 몇 센티미터만 날아간 후 납덩이가 인간의 살을 뚫고 들어가 속도가 느려지며 두개골에 부딪혔기 때문이다. 그리고 총알이 뇌에 닿자 속도가 시속 300킬로미터로 떨어졌다. 총알이 뚫고 지나가면서 우선 운동피질을 파괴해 모든 운동을 마비시키고, 다음으로 두정엽을 관통해 오른쪽 측두엽과 전두엽의 기능을 파괴하며, 시신경을 저미듯 자르고 지나가서 반대쪽 두개골 안쪽에 부딪혔다. 각도와 느려진 속도로 인해 총알이 두개골 밖으로 뚫고 나가지 못한 채 튕겨나와 점점 더 느리게 두개골의 다른 영역에 이리저리 부딪히다가 결국 멈추었다. 심각한 손상으로 인해 심장이 박동을 멈추었다.

51

카트리네는 몸을 떨면서 비에른의 옆구리에 안겼다. 성당은 크고 추웠다. 안도 춥고 바깥도 추웠다. 옷을 더 껴입고 왔어야 했는데.

그들은 기다렸다. 옵살 성당에서 모두가 기다렸다. 기침을 하면서. 다들 성당에 들어서면 기침을 시작하는 건 왜일까? 기도와 인두가 막히는 건 그 공간의 문제였을까? 유리와 콘크리트로 지어진 이런 현대적인 성당에서도? 성당의 음향시설에 의해 소리가 증폭되는 걸 알고 소리를 내면 안 된다는 중압감에 다들 이렇게 강박적으로 기침을 하는 걸까? 아니면 억눌린 감정을 인간적인 방식으로, 그러니까 울음이나 웃음으로 해소하는 것이 아니라 기침으로 덜어 내려는 걸까?

카트리네는 목을 길게 빼고 둘러보았다. 참석자가 적고, 가까운 지인들뿐이었다. 해리의 연락처에 이니셜로만 입력된 사람 수만큼 적었다. 카트리네는 스톨레 에우네를 보았다. 이번에는 넥타이를 매고 있었다. 스톨레의 아내도 있었다. 군나르 하겐도 아내와 함께 왔다.

카트리네는 한숨을 쉬었다. 옷을 더 입었어야 했다. 비록 비에른은 추워 보이지 않았지만. 짙은 색 슈트. 그가 짙은 색 슈트를 입은 모습이 그렇게 근사할 줄은 몰랐다. 카트리네는 그의 옷깃을 털어주었다. 뭐가 묻어서가 아니라 그냥 남들이 하는 대로 해봤다. 친밀한 애정의 행위. 원숭이들이 다른 원숭이의 털에서 이를 잡아주듯이.

사건은 해결되었다. 한동안 그들은 그를 놓쳤을까 봐, 아르놀 폴케스타—지금은 경찰 킬러로 알려진—가 해외로 도피하거나 노르웨이에서 구멍을 찾아 숨어들었을까 봐 불안해했다. 수배령이 떨어지고 처음 24시간 내에 그 깊고 어두운 구멍이 발견되었어야 했다. 모든 언론 매체에서 아르놀의 인상착의와 신상정보를 상세히 보도한 덕에 전국에서 온전한 정신을 가진 사람이라면 아르놀 폴케스타가 어떤 사람이고 어떻게 생겼는지 알았을 것이다. 카트리네는 이제야 사건 초반에 해리가 르네 칼스네스와 다른 경찰들의 연관성을 알아보라고 시켰을 때 범인에게 얼마나 가까이 다가갔는지 깨달았다. 검색 범위를 확장해서 **전직** 경찰까지 포함했다면 아르놀 폴케스타와 젊은 르네가 연결된 지점을 더 빨리 알아챘을 것이다.

카트리네는 비에른의 옷깃을 털던 손길을 멈추었고, 비에른은 고맙다는 듯 살짝 웃었다. 억지 미소에 그의 턱 주변이 조금 떨렸다. 금방이라도 울 것 같았다. 카트리네는 이제 알았다. 오늘 비에른 홀름이 우는 걸 처음으로 보게 되리라는 걸. 카트리네는 기침을 했다.

미카엘 벨만은 그 줄의 맨 끝자리로 조용히 들어갔다. 손목시계를 보았다.

45분 후 인터뷰가 하나 더 잡혀 있다. 독자 백만 명을 보유한 〈스틴〉. 외국인 기자는 오슬로의 젊은 경찰청장이 몇 주, 몇 달 동안 쉴 새 없이 뛰어다닌 끝에 결국 범인을 잡고, 그 자신도 피해자가 된 내막을 궁금해하고 있다. 미카엘은 다시 한번 뜸을 들인 후 그가 잃은 한쪽 눈이 그가 이룬 성과에 비해, 그러니까 미친 살인마가 경찰들의 목숨을 더 앗아가지 못하게 막은 대가치고 얼마나 값싼 희생인지 설명할 것이다.

미카엘 벨만은 손목시계 위로 소매를 걷었다. 지금쯤 시작했어야 했다. 뭘 기다리는 거지? 그는 오늘의 의상을 잠시 점검했다. 검은색. 상황과 안대에 어울리겠지? 안대야말로 그에게 제격이었다. 그의 사연에 극적인 효과를 더해주었다. 〈아프텐포스텐〉에 따르면 미카엘은 올해 국제 언론 매체에서 사진이 가장 많이 찍힌 노르웨이 사람이었다. 아니면 짙은 색 계열이면서도 살짝 중간색으로 골랐어야 했나? 이 자리에도 허용되고 인터뷰 자리에도 튀지 않을 만한 색으로? 인터뷰를 마치면 곧장 시의회 의장을 만나러 가야했다. 울라가 짙은 계열의 중간색으로 골라준 것도 그래서였다.

식이 바로 시작되지 않는다면 늦을지도 모른다.

미카엘은 곰곰이 생각했다. 어떤 감정이 드는가? 아니다. 뭘 느껴야 하는 거지? 어차피 해리 홀레일 뿐이고, 그는 딱히 친한 친구도 아니고 오슬로 경찰청 소속도 아니다. 하지만 밖에 기자들이 기다리고 있을 테고 이 자리에 얼굴을 비치는 편이 홍보에는 유리했다. 맨 처음 아르놀 폴케스타를 범인으로 지목한 사람이 해리 홀레이고, 이 사건의 여러 부분이 미카엘과 해리가 연루된 상황에서 발생했다는 점을 피해 가는 건 거의 불가능했다. 지금은 그 어느 때보다 홍보가 중요했다. 시의회 의장과의 만남이 어떻게 될지는 이미 알았다. 그들의 정당은 이사벨레 스퀘옌이라는 강력한 인물을 잃고 새로운 인물을 찾고 있었다. 같이 팀으로 일하고 싶고 장차 오슬로를 이끌어갈 인기 있고 존경받는 인물을. 의장이 직접 전화해서 미카엘이 〈마가시네〉 인터뷰에서 보여준 온화하고 사색적인 인상에 대해 칭찬부터 늘어놓았다. 그리고 미카엘 벨만의 정치적 입장이 그들 당의 입장과 일치하느냐고 물었다.

일치했다.

오슬로를 이끌어간다.

미카엘 벨만의 도시.

그러니 어서 오르간을 연주하란 말이야!

비에른 홀름은 옆구리에서 카트리네가 떨고 있는 걸 느끼고, 자신의 슈트 바지 속으로 식은땀이 흐르는 걸 느꼈다. 긴 하루가 될 것 같았다. 카트리네와 함께 옷을 벗고 침대에 들어가기 전까지 긴 하루가 앞에 놓여 있었다. 둘이 함께. 살아갈 인생. 남겨진 사람들은 원하든 원하지 않든 살아가야 할 인생이다. 비에른은 신도석을 죽 훑으며 그 자리에 **없는** 사람들을 하나하나 떠올렸다. 베아테 뢴. 에를렌 베네슬라. 안톤 미테트. 로아르 미트스투엔의 딸, 피아. 그리고 라켈 페우케와 올레그 페우케도 거기 없었다. 그들은 저기 저 앞 제단에 있는 남자, 해리 홀레와 가까웠다는 죄의 대가를 치렀다.

이상하지만 앞에 있는 저 남자는 늘 그대로의 모습을 유지하는 것 같았다. 주위의 모든 좋은 것을 빨아들이고, 자기가 받은 사랑을, 또 받지 않은 사랑까지 모두 소멸시키는 검은 구덩이로 계속 존재했다.

어제 같이 잠자리에 들 때 카트리네가 자기도 해리 홀레를 사랑한 적이 있다고 털어놓았다. 해리가 사랑받을 자격이 있어서가 아니라 사랑하지 않을 수 없는 사람이라서 그랬다고 했다. 해리는 붙잡을 수도, 계속 같이 머물 수도, 같이 살 수도 없는 인간이었다. 그래, 그녀가 그를 사랑한 건 맞다. 어쨌든 다 지나간 일이고, 이미 마음이 식었거나 적어도 마음을 식히려고 노력했다. 그럼에도 카트리네가 다른 몇몇 여자들과 공유하는, 짧은 실연의 슬픔이 남긴 작은 흉터는 영원히 남을 것이다. 해리는 그녀들이 잠시 빌린 사람이었다. 이젠 다 끝났다. 비에른은 카트리네에게 그런 얘기는 그만하자고 했다.

오르간이 울리기 시작했다. 비에른은 항상 오르간 소리를 들으면 마음이 약해졌다. 스크레이아의 집 거실에 있던 어머니의 오르간, 그레그 올먼의 B3 오르간, 삐걱거리면서 옛날 찬송가를 쥐어짜던 풍금까지, 그에게는 모두 같았다. 따스한 선율의 욕조에 들어앉아 눈물이 흐르지 않기를 바라는 느낌이 들었다.

그들은 끝내 아르놀 폴케스타를 잡지 못했다. 그는 스스로 잡혔다.

아르놀은 자신에게 주어진 사명을 다했다는 결론에 이른 듯했다. 더불어 자기 삶도 끝났다고 생각한 듯했다. 그래서 그는 유일하게 논리적인 행동을 했다. 그를 발견하기까지 사흘이 걸렸다. 사흘간의 필사적인 수색 끝에 발견되었다. 그때 비에른은 온 나라가 수색에 동참한 것 같다고 생각했다. 그래서 에를렌 베네슬라의 시신이 발견된 곳에서 고작 몇 백 미터 떨어진, 마리달렌의 숲속에서 아르놀이 발견됐다는 뉴스를 접하자 어쩐지 싱거운 결말처럼 느껴졌다. 아르놀은 거의 보이지 않는 작은 구멍이 머리에 나고 손에 총을 든 채로 발견되었다. 차량 덕분에 추적이 가능했다. 등산로가 시작되는 지점에서 가까운 주차장에서 그의 차가 발견된 것이다. 전국 수배령에 등장한 빈티지 피아트.

비에른이 직접 감식반을 이끌었다. 아르놀 폴케스타가 잡풀숲에 똑바로 누워 있는 모습은 순수해 보이기까지 했다. 숲속에 있다는, 붉은 수염의 할아버지 요정 같았다. 주위의 무성한 나무로도 가려지지 않는 열린 하늘 아래 그가 누워 있었다. 주머니에서 피아트 차 열쇠와 하우스만스 가 92번지의 날아간 철문 열쇠, 손에 쥔 총과 함께 헤클러운트코흐도 나왔으며, 비에른도 바로 알아본, 르네 칼스네스의 사진이 든 지갑도 나왔다.

24시간 동안 줄기차게 비가 내린 데다 시신이 사흘이나 밖에 있어서 감식반이 건진 증거는 많지 않았다. 그래도 상관없었다. 필요한 증거는 다 나왔다. 오른쪽 관자놀이 사입구 주변부에 총알이 발사되면서 생긴 살짝 덴 자국과 탄약 잔류물이 발견되었고, 탄도학 검사 결과 머릿속에 박힌 총알이 그가 손에 쥔 총에서 나온 것으로 밝혀졌다.

따라서 여기에 수사력을 집중할 필요는 없었다. 본격적인 수사는 그의 집을 수색하면서 시작되었다. 그의 집에서 지금까지의 경찰 살인사건을 해결하는 데 필요한 정보가 거의 다 나왔다. 피해자의 혈액과 머리카락이 묻은 경찰봉, 베아테 뢴의 DNA가 검출된 전기톱, 베스트레 묘지의 흙과 일치하는 흙과 점토가 말라붙은 삽, 플라스틱 끈, 드람멘 외곽의 살인 현장에서 발견된 것과 같은 종류의 저지선 테이프, 트리반의 족적과 일치하는 부츠까지 나왔다. 모든 증거는 확보되었다. 그 후로는, 해리가 번번이 말했지만 비에른 홀름은 이제야 깨달은 것처럼, 모든 것이 무의미해졌다.

별안간, 무엇도 남아 있지 않았다.

테이프를 끊거나 항구로 들어오거나 기차역에 정차하는 것과도 달랐다.

오히려 도로와 다리와 철로가 갑자기 사라져버린 것에 가까웠다. 도로가 끝나고 아무것도 없는 허무로 뛰어드는 것과 같았다.

끝났다. 비에른은 이 말을 싫어했다.

그래서 자포자기하는 심정으로 과거의 미제 살인사건 수사에 더 깊이 파고들었다. 그러다 그들이 찾던 걸 찾았다. 트리반에서 살해 당한 소녀와 유다스 요한센과 발렌틴 예르트센의 연관성. 지문의 4분의 1이 일치하지 않았지만 30퍼센트는 무시하지 못할 확률이었다. 아니, 끝나지 않았다. 절대로 끝나지 않았다.

"시작한다."

카트리네가 말했다. 그녀의 입술이 그의 귀에 닿을 듯 말 듯했다. 오르간 선율이 점점 커지면서 음악이 되었다. 그가 아는 음악. 비에른은 마른침을 삼켰다.

군나르 하겐은 잠시 눈을 감고 음악에만 귀를 기울이며 아무것도 생각하고 싶지 않았다. 그러다 생각이 났다. 그 사건은 끝났다. 다 끝났다. 그들은 묻어야 할 것을 묻었다. 하지만 이 문제, 묻어버릴 수 없고 영원히 땅속에 들어가지 못할 문제가 있었다. 아직 아무에게도 말하지 않은 문제였다. 더는 도움이 되지 않아서 말하지 않았다. 아사예프가 그날 병원에서 같이 있던 몇 초 동안 스웨덴어로 갈라지는 목소리로 속삭이던 말. "내가 이사벨레 스퀘옌에게 불리한 증언을 해주기로 동의하면 뭘 해줄 수 있소? 누군지는 모르지만 그 여자가 경찰 조직 윗선의 누군가와 손잡은 건 압니다."

이 말은 죽은 남자의 죽음의 메아리로 남았다. 이사벨레가 쫓겨난 지금, 입증할 수 없는 주장은 득보다 실이 될 터였다.

그래서 군나르는 그 말을 발설하지 않기로 했다.

피 묻은 경찰봉을 숨긴 안톤 미테트처럼.

마음은 굳혔지만 그는 여전히 밤잠을 이루지 못했다.

"그 여자가 경찰 조직 윗선의 누군가와 손잡은 건 압니다."

군나르 하겐은 다시 눈을 떴다.

그 자리에 모인 사람들을 찬찬히 둘러보았다.

트룰스 베른트센은 스즈키 비타라의 차창을 열어놓고 앉아서 성당에서 흘러나오는 오르간 연주를 들었다. 구름 한 점 없는 하늘에서 햇살이 내리비쳤다. 따스하고 장엄했다. 트룰스는 옵살을 좋아한 적이 없었다. 그냥 훌리건들이었다. 참 많이도 때렸다. 맞기도 많이 맞았다. 물론 하우스만스 가만큼 암울한 건 아니었다. 다행히도 실제보다 더 나빠 보였다. 게다가 병원에서 미카엘은 트룰스처럼 못생긴 사람들한테는 별로 문제될 것 없다면서, 뇌가 없는 사람이 뇌진탕을 일으킨들 얼마나 심각하겠냐고 말했다.

농담 삼아 던진 말이었고, 트룰스도 꿀꿀거리고 웃으면서 이해한다는 뜻을 전하려 했지만 턱뼈가 부러지고 코가 주저앉아서 지독히 아팠다.

여전히 그는 강력한 진통제를 복용하고 있고 머리에 붕대를 친친 감고 있어서 운전도 하면 안 되지만, 달리 뭘 어떻게 할 수 있었겠는가? 집에 멀뚱히 앉아서 어지럼증이 가시고 상처가 낫기를 기다리고만 있을 수는 없었다. 메건 폭스마저 슬슬 지겨워졌다. 애초에 의사에게 TV를 봐도 된다고 허락받지도 않았다. 그러니 여기에 앉아 있는 것도 나쁘지 않았다. 성당 밖, 차 안에서……. 음, 뭘 하려는 거지? 한 번도 존중한 적 없는 자에게 존중의 마음을 표하기 위해? 자기에게 뭐가 좋은지도 모른 채 어떻게든 죽이고 싶었을 사람의 목숨을 구한 어느 빌어먹을 멍청이에게 무의미한 예를 표하기 위해? 트룰스 베른트센은 도저히 이해가 되지 않았다. 그저 몸이 나으면 당장 복귀하고 싶다는 것만 알았다. 이 도시가 다시 그의 것이 되리라는 것도 알았다.

라켈은 숨을 들이마시고 내쉬었다. 꽃다발을 잡은 손가락이 축축했다. 문을 보았다. 그 안에 앉아 있는 사람들을 생각했다. 친구들, 가족들, 지인들. 신부님. 사람이 많지는 않지만 모두 기다리고 있었다. 그녀가 없으면 시작되지 않았다.

"울지 않겠다고 약속하죠?" 올레그가 말했다.

"응." 라켈은 옅은 미소를 띠고 올레그의 뺨을 어루만졌다. 어느새 훌쩍 커버렸다. 잘생긴 청년이 되었다. 키가 그녀의 머리 위로 껑충했다. 아들이 입을 짙은 색 슈트를 사려고 양복점에서 치수를 재다가 아들의 키가 192센티미터의 해리와 맞먹는다는 걸 알았다. 라켈은 한숨을 쉬었다.

"들어가자." 라켈이 아들의 팔에 더 단단히 팔을 걸었다.

올레그는 문을 열고 안에 있던 관리인이 고개를 끄덕이는 걸 보고 통로를 따라 들어갔다. 라켈은 그녀를 돌아보는 사람들의 얼굴을 보자 긴장이 녹아내리는 느낌이 들었다. 이건 그녀의 생각이 아니었고 그녀는 반대했지만, 결국 올레그의 설득에 못 이겼다. 올레그는 이런 식으로 모든 것이 끝나는 것만이 옳다고 여겼다. 꼭 그렇게 말했다. 끝나다. 그런데 이건 결국 시작이 아닐까? 그들의 삶에서 새로운 장이 시작되는 것이 아닐까? 적어도 그렇게 느껴졌다. 그러다 문득 이러는 게 옳다는 느낌이 들었다. 지금 여기 있는 게.

이제 라켈의 얼굴에 미소가 번졌다. 그녀는 잔잔한 미소를 머금은 모두를 향해 웃어주었다. 순간 사람들의 미소든 그녀의 미소든 더 커지면 자칫 큰 사고가 날 수도 있겠다는 생각이 스쳤다. 그리고 이 생각이 들자, 눈물이 차오른 얼굴들을 보고 전율이 일었어야 함에도 배 속이 간질거리며 웃음이 올라오려 했다. 웃지 마. 그녀는 속으로 다짐했다. 지금은 안 돼. 라켈은 올레그가 오르간 선율에 맞춰 걷는 데에만 집중하다가 문득 그녀의 기분을 알아챈 걸 알고 아들을 흘끔 보았다. 놀라서 경고하는 아들의 표정을 보았다. 그러다 올레그는 눈길을 돌려야 했다. 보아버린 것이다. 엄마가 웃음이 터져서 키득거리는 것을. 여기서. 지금. 같이 따라 웃으면 안 된다는 생각이 들었다.

다른 생각에, 곧 벌어질 상황에, 진중한 일에 정신을 모으기 위해 제단 앞에서 기다리는 남자에게 시선을 고정했다. 해리. 검은 복장.

해리가 잘생겼으면서도 심하게 못생긴 얼굴에 멍청한 미소를 오려다 붙인 것 같은 표정으로 서 있었다. 공작새처럼 크고 당당하게. 그와 올레그가 군나르 외위에 양복점에서 서로 등을 맞대고 서 있을 때 줄자를 든 조수가 둘이 3센티미터밖에 차이가 안 나고 해리가 더 크다고 말했다. 웃자란 남학생들 같은 두 사람은 결과에 만족한 듯 하이파이브를 했다.

하지만 지금 이 순간 해리는 무척 어른스러워 보였다. 스테인드글라스로 새어드는 유월의 햇살 아래 천상의 빛에 감싸인 것처럼 보이고 그 어느 때보다도 커 보였다. 내내 평온해 보였다. 처음에 라켈은 그가 그 모든 일을 겪고도 어떻게 그렇게 평온할 수 있는지 이해가 안 갔다. 하지만 모든 것이 저절로 잘 풀릴 거라는, 평온하고 단호한 믿음에 점차 물들었다. 아르놀 폴케스타가 그 집에 들이닥친 그날 이후 처음 몇 주 동안은 잠을 이루지 못했다. 해리가 옆에서 안아주고 이제 다 끝났다고 속삭여도 소용이 없었다. 다 지나간 일이라고. 위험에서 벗어났다고. 해리가 매일 밤 최면을 걸듯 같은 말을 주문처럼 되풀이해도 좀처럼 믿기지가 않았다. 그러다 서서히 그 말을 믿기 시작했다. 몇 주 더 지나자 그 사실을 알았다. 모든 것이 저절로 해결되었다. 그러고 나서야 잠을 잘 수 있었다. 기억에 남는 꿈도 꾸지 않을 만큼 깊이 잠들고, 해리가 아침 햇살에 침대에서 살며시 빠져나가는 소리에 잠이 깼다. 그는 평소처럼 그녀가 모르는 줄 알았고, 그녀도 평소처럼 모르는 척했다. 그가 쟁반에 아침을 담아 들고 침대 옆에 서서 헛기침할 때 그녀가 막 깬 줄 알면 얼마나 뿌듯하고 행복해할지 알았으니까.

올레그는 멘델스존과 오르간 연주자의 리듬에 맞춰 걸어보려 했지만 결국 포기하고 그냥 걸었다. 라켈은 그 차이를 알아채지 못했다. 어차피 아들의 한 걸음에 두 걸음씩 걸어야 했다. 그들은 올레그에게 두 가지 역할을 맡기기로 했다. 그리고 그 생각이 완벽히 자연스럽게 느껴졌다. 올레그는 라켈과 함께 재단 앞까지 걸어가서 해리에게 엄마를 넘겨주고 나서 들러리 노릇까지 하기로 했다.

해리는 결국 들러리를 구하지 못했다. 하지만 처음 선택한 증인은 있었다. 그의 옆에 빈 의자가 놓여 있고 그 위에 베아테 뢴의 사진이 있었다.

그들이 이제 그 앞으로 왔다. 해리는 잠시도 그녀에게서 눈을 떼지 않았다.

그녀는 어떻게 그럴 수 있었는지 이해가 가지 않았다. 휴식기 맥박이 낮아서 며칠씩 혼자만의 세계로 빠져들어 말도 거의 하지 않고 외부 자극도 필요로 하지 않는 남자가 어떻게 그렇게 갑자기 스위치를 눌러 모든 것을 의식하고 모든 찰나의 순간을, 10분의 1, 100분의 1초까지 의식할 수 있는지 이해가 가지 않았다. 평온하고 걸걸한 목소리로 나오는 몇 마디 말은 그녀가 만난 모든 수다쟁이가 레스토랑에서 일곱 가지 코스 요리가 나오는 동안 떠드는 말보다 더 많은 감정과 정보와 놀라움과 어리석음과 지혜를 담고 있었다.

그리고 저 눈이 있었다. 선량하고 수줍어하면서도 상대의 관심을 끌고 그곳에 **머물게** 만드는 눈.

라켈 페우케는 사랑하는 저 남자와 결혼한다.

해리는 거기 서 있는 그녀를 보았다. 아름다운 자태에 눈물이 고였다. 이런 걸 기대하지는 않았다. 라켈이 아름답지 않을 줄 알았다는 건 아니다. 순백의 웨딩드레스를 입은 라켈 페우케가 아름다운 건 당연했다. 다만 그 자신이 이런 반응을 보일 줄은 몰랐다. 처음에는 그저 결혼식이 오래 걸리지 않기를, 신부님이 영성과 영감을 지나치게 강조하지 않기만 바랐다. 그리고 평소처럼 거창한 감정을 요구하는 상황에서 감정의 동요 없이 무감각하고 냉담하고 다소 실망스러운 태도로 남들의 흘러넘치는 감정과 자신의 메마른 감정을 관조하고 서 있을 줄 알았다. 그래도 자신에게 주어진 역할에는 최선을 다할 생각이었다. 어쨌든 성당에서 결혼식을 올리자고 고집한 사람은 그였으니까. 그런데 그가 지금 여기서 진실하고 커다랗고 두툼하고 짜디짠 눈물방울을 눈가에 매달고 서 있었다. 해리는 눈을 깜빡였고, 라켈은 그를 보았다. 그와 눈이 마주쳤다.

'난 당신을 보고 있고 내가 당신을 보는 걸 하객들 모두 지켜보고 있고 나는 최대한 행복해 보이려고 노력해'라는 표정이 아니었다.

그것은 팀워크의 표정이었다.

우린 해낼 수 있어, 당신과 내가 해낼 수 있어, 해내자, 하고 말하는 표정.

그리고 그녀는 미소를 지었다. 해리는 자기도 웃고 있는 걸 알았지만 누가 먼저 웃었는지는 몰랐다. 라켈이 떨기 시작했다. 웃음이 스멀스멀 올라오다 너무 급하게 올라와서 금방이라도 터질 것만 같았다. 엄숙한 자리에서는 늘 그랬다. 해리도 그랬다. 그래서 라켈은 웃음을 터트리지 않으려고 올레그에게 눈을 돌렸다. 소용이 없었다. 올레그도 웃음이 터질 것 같은 표정이었다. 고개를 푹 수그리고 눈을 감은 채 꾹 참고 있었다.

대단한 팀이야. 해리는 내심 흐뭇해하며 신부님에게 집중했다. '경찰 킬러'를 잡은 팀.

라켈은 그가 보낸 문자메시지를 단번에 이해했다. '올레그가 선물을 못 보게 해.' 아르놀 폴케스타가 의심하지 못할 만큼 합리적인 내용이었다. 반면에 라켈에게는 해리가 무엇을 원하는지 전달할 만큼 명료한 내용이었다. 그들 사이의 오래된 생일 속임수.

그래서 해리가 집에 들어오자 라켈은 그에게 포옹하면서 그가 허리 뒤쪽에 꽂아둔 그것을 잡고 손을 앞에 둔 채로 그에게서 떨어졌다. 아르놀이 보지 못하게. 라켈은 안전장치를 푼 오데사를 들고 있었다.

그보다 큰 걱정은 올레그도 알아들었느냐는 거였다. 올레그는 앞으로 일어날 상황을 망치면 안 된다는 걸 알아챈 듯 가만히 있었다. 결국 올레그는 생일 속임수에 속은 적이 없고, 그걸 솔직히 말한 적도 없다는 뜻이었다. 역시 대단한 팀이다.

이 대단한 팀은 아르놀 폴케스타가 해리에게 가까이 다가가고 라켈이 뒤에 남도록 유도했다. 그래서 라켈은 앞으로 다가와 아르놀이 해리를 쏘려는 순간에 가까이에서 아르놀의 관자놀이에 총을 쏠 수 있었다.

무적의 챔피언 팀. 그렇게 된 일이었다.

해리는 급히 코를 훌쩍여서 주책없이 맺힌 커다란 눈물방울이 계속 매달려 있게 둘지, 뺨을 타고 흐르기 전에 얼른 닦을지 고민했다.

후자를 택했다.

라켈은 그에게 왜 성당에서 결혼식을 올리려 하느냐고 물었다.

라켈이 아는 한 해리는 그냥 허울뿐인 기독교도였다. 그녀도 가톨릭 교육을 받기는 했지만 별반 다를 게 없었다. 그날 해리는 집 밖에서 믿지도 않는 하느님께 맹세했다고 했다. 이번 일만 잘 풀리면 이런 어리석은 의식을 받아들이겠다고. 그 하느님이라는 분이 계시는 곳에서 결혼하겠다고. 라켈은 웃음을 터트리며 이런다고 신앙심이 증명되는 게 아니고, 이건 그냥 사내아이들이 서로 주먹을 맞대다가 결국 피를 보는 대결의 고상한 형태일 뿐이라고 말하면서도 그를 사랑하므로 성당에서 결혼하겠다고 대답했다.

그날 그들은 의자에 묶여 있던 올레그를 풀어주고 셋이 함께 부둥켜안았다. 한 1분쯤 말없이 그대로 서서 서로 끌어안고 서로 어루만지면서 정말로 다치지 않았는지 살폈다. 총성과 탄약 냄새가 아직 공기 중에 떠 있는 것 같아서 그 소리와 냄새가 사라지기를 기다린 다음에야 뭐든 할 수 있었다. 해리는 그들에게 주방 식탁에 앉으라고 하고 아직 켜져 있던 커피머신에서 커피를 따라주었다.

그러다 문득 이런 생각이 들었다. 아르놀 폴케스타가 그들을 다 죽였다면, 그는 이 커피머신을 끄고 나갔을까?

해리는 자리에 앉아 커피를 한 모금 마시고 몇 미터 떨어진 바닥에 쓰러진 시체에 시선을 던지고는 라켈의 의아해하는 눈빛과 마주쳤다. 왜 경찰에 전화하지 않는 거야?

해리는 다시 한 모금 마시고 식탁 위의 오데사에 고갯짓하고 라켈을 보았다. 라켈은 똑똑한 여자였다. 시간만 조금 주면 되었다. 라켈은 혼자 생각에 잠겼다가 역시 같은 결론에 이르렀다. 그가 전화기를 들면 올레그를 감옥에 보내게 된다는 결론.

그리고 라켈은 천천히 고개를 끄덕였다. 알아들었다. 감식반에서 총을 조사하고 부검의가 아르놀의 머리에서 나온 총알과 일치한다는 사실을 확인하면 당장 구스토 한센의 살인과 연결할 것이다. 흉기가 아직 나오지 않은 살인사건. 어쨌든 9×18밀리미터 마카로프 탄환에 맞아 죽는 일이 매일, 아니 매년 일어나는 건 아니었다. 그 총이 올레그와 관련된 총과 일치한다는 사실이 드러나면 올레그는 다시 체포될 것이다. 이번에는 법정에서 누구도 반박하지 못할 증거로 기소당하고 형을 선고받을 것이다.

"두 분은 할 일을 하셔야 돼요." 올레그가 말했다. 상황의 심각성을 진즉에 이해한 것이다.

해리는 고개를 끄덕이면서도 라켈에게서 눈을 떼지 않았다. 만장일치여야 했다. 공동의 결정이어야 했다. 지금처럼.

신부가 성경의 한 구절을 다 읊고 하객들이 다시 자리에 앉자 신부가 목청을 가다듬었다. 해리는 신부에게 주례사를 짧게 해달라고 부탁해두었다. 신부의 입술이 움직이는 걸 보고 신부의 침착한 얼굴을 바라보면서 그날 밤 라켈의 침착한 얼굴을 떠올렸다. 눈을

꼭 감았다가 다시 뜨면서 짓던 차분한 표정. 이것이 깨어날 수 있
는 악몽이 아닌지 확인하고 싶어하는 표정. 그리고 한숨을 쉬었다.

"우리가 뭘 할 수 있지?" 라켈이 물었다.

"태우자^{burn}." 해리가 답했다.

"태워?"

해리가 고개를 끄덕였다. 트룰스 베른트센이 하던 일. 다른 게
있다면 트룰스 같은 '버너'는 돈을 위해 태운다는 것뿐이다. 그게
다였다.

그렇게 그들은 행동에 돌입했다.

그는 할 일을 했다. **그들은** 할 일을 했다. 올레그가 도로에 서 있
던 해리의 차를 차고에 넣는 동안 라켈은 시체를 쓰레기봉투에 싸
서 묶었고, 해리는 방수포와 밧줄과 알루미늄 파이프 두 개로 들것
을 만들었다. 해리는 시체를 트렁크에 넣고 피아트 열쇠를 가지고
도로로 내려갔다. 해리와 올레그가 각각 차를 끌고 마리달렌으로
가는 동안 라켈은 집에 남아 흔적을 말끔히 청소했다.

비가 내리고, 어둠이 깔린 그레프센콜렌 산 일대에는 예상대로
아무도 없었다. 그럼에도 그들은 아무와도 마주치지 않기 위해 좁
은 산길을 택했다.

비가 와서 시체를 옮기기가 어려웠고 자꾸 미끄러졌다. 하지만
해리는 비가 내린 덕분에 그들의 흔적도 말끔히 씻기리라는 걸 알
았다. 감춰지지 않을 흔적까지 모두 씻기기를 바랐다. 시체를 그곳
으로 옮긴 사실을 드러낼 만한 흔적이 깨끗이 사라지기를 바랐다.

적당한 자리를 찾는 데 한 시간 넘게 걸렸다. 사람들이 지나다
가 우연히 발견하지 못하면서도 사냥개가 너무 늦지 않게 냄새로
찾아낼 수 있는 장소여야 했다. 과학수사를 위한 증거가 파괴되거

나 적어도 식별하기 어려워지기 전에, 늦지 않게. 그러면서도 사회가 범인을 추적하는 데 막대한 자원을 허비하지 않을 만큼 짧아야 했다. 해리는 스스로 이런 부분을 한 가지 조건으로 정한 걸 깨닫고 혼자 웃음을 터트릴 뻔했다. 결국 그 역시 교육의 산물이었다. 세뇌당하고 대세에 따르는, 밤새 전등을 켜놓거나 들에 비닐을 버린다는 생각만 해도 실제로 통증을 느끼는 어쩔 수 없는 사회민주주의자.

신부가 설교를 마치자 올레그의 친구인 한 소녀가 2층 회랑에서 노래를 불렀다. 밥 딜런의 'Boots of Spanish Leather'. 해리가 원하고 라켈이 허락한 곡이었다. 설교는 주로 결혼에서 함께하는 것의 의미를 강조하고, 하느님이 지켜보신다는 얘기는 적게 다루었다. 해리는 아르놀에게서 쓰레기봉투를 벗기고 숲속에서 자신의 관자놀이에 총을 쏘기 위해 논리적으로 적절해 보이는 장소에 시체를 가져다놓은 과정을 다시 떠올렸다. 해리는 라켈에게 그 얘기를 영원히 물어보지 않을 생각이었다. 왜 총을 쏘기 전에 아르놀 폴케스타의 오른쪽 관자놀이에 총구를 댔는지. 왜 곧바로 뒤통수나 등을 쏘지 않았는지.

물론 총알이 폴케스타를 관통해 해리를 맞출까 봐 겁이 나서였을 수도 있다.

하지만 어쩌면 라켈의 번개처럼 빠르고 무서울 만큼 실용적인 뇌가 한발 더 나아가 생각하면서, 그다음에 벌어질 상황까지 계산에 넣었을 수도 있다. 그들 모두를 살리기 위한 위장술이 개입했을 수도 있다. 진실의 완곡한 표현. 자살. 지금 해리의 옆에 서 있는 이 여자는 자살한 사람은 50센티미터 뒤에서 자신의 뒤통수를 쏠 수 없다고 판단했을 수도 있다. 또 아르놀 폴케스타가 오른손잡이인 걸 감안해서 오른쪽 관자놀이를 쏘리라는 것까지.

대단한 여자다. 그가 그녀에 관해 아는 모든 것. 그녀에 관해 모르는 모든 것. 그것은 그녀의 행동을 보고도 그가 스스로에게 물어야 할 질문이었다. 아르놀 폴케스타를 몇 달이나 알고 지내고도. 그리고 그 자신과 40년 이상 살면서도. 우리는 타인을 얼마나 알 수 있을까?

찬송가가 끝나고 신부가 결혼 서약을 시작했다. 이 여인을 사랑하고 존중하겠습니까……. 하지만 그와 라켈은 결혼식의 의식을 무시하고 여전히 서로를 마주보았고, 해리는 절대로 이 여인을 놓지 않으리라는 걸 알았다. 아무리 거짓말을 많이 해야 한대도, 한 사람을 죽는 날까지 사랑하겠다고 약속하는 것이 아무리 불가능하다 해도. 해리는 신부가 빨리 입을 다물고 그의 가슴속에 이미 즐겁게 차오르는 '예'라는 대답을 할 수 있기만을 바랐다.

스톨레 에우네는 가슴 주머니에 꽂아둔 손수건을 꺼내 아내에게 건넸다.

해리가 방금 '예'라고 대답했고, 그 대답이 성당의 아치형 지붕 아래 메아리치고 있었다.

"왜요?" 잉그리드가 속삭였다.

"울고 있잖아, 여보." 그가 속삭였다.

"아뇨, **당신이** 울잖아요."

"내가?"

스톨레 에우네는 자신을 돌아보았다. 정말 울고 있었다. 눈물이 많이 흐른 건 아니지만 손수건을 조금 적실 정도는 되었다. 이런 건 제대로 운 게 아니라고 에우로라는 말하겠지. 가늘고 잘 보이지 않는 물줄기가 아무 예고도 없이 코 옆으로 흐른 것일 수도 있지만, 주위의 누구도 그런 상황이, 장면이든 대화든 딱히 감동적이라고 생각하지 않았다. 그저 마개가 빠져 물이 흐른 것뿐이다. 에우로라도 데려오고 싶었지만 나데루 스포츠홀에서 이틀간 열리는 핸드볼 토너먼트에 참가하는 중이었다. 방금 첫 경기에서 이겼다는 문자가 왔다.

잉그리드는 스톨레의 넥타이를 만져주고 그의 어깨에 손을 얹었다. 그는 아내의 손에 자기 손을 포개며 아내도 자기와 같은 생각을 하는 걸 알았다. 오래전 그들의 결혼식.

사건은 종결되었고, 스톨레는 다음과 같은 심리 부검서를 작성했다. 아르놀 폴케스타가 스스로를 쏜 총은 구스토 한센 살인사건의 흉기와 동일한 것으로 추정된다. 구스토 한센과 르네 칼스네스 사이에는 몇 가지 유사점이 있다. 둘 다 매력적인 젊은 남자로, 나이를 불문하고 남자들에게 무분별하게 성을 팔았고, 아르놀 폴케스타에게는 이런 부류의 남자를 사랑하는 성향이 있었을 가능성이 있다. 아르놀 폴케스타처럼 편집증적 조현병 증상이 있는 사람이 질투심 때문에, 혹은 심각한 정신증에 의한 망상이나 다른 이유 때문에 구스토 한센을 살해했을 가능성이 전혀 없지는 않다. 아무리 심각해도 외부에 드러나지 않는 정신증도 있다. 그리고 스톨레는 여기에 아르놀 폴케스타가 크리포스에서 일하던 시절에 자기를 찾아와 목소리가 들린다고 호소한 내용이 적힌 메모를 첨부했다. 심리학계에서는 목소리가 들리는 증상이 조현병과 동의어는 아니라는 데에 오래전부터 동의해왔지만, 당시 스톨레는 아르놀 폴케스타가 그런 경우에 해당한다는 관점에서 그의 경찰 경력을 중단시킬 만한 진단서를 준비하던 중이었다. 그런데 진단서를 보낼 필요가 없어졌다. 아르놀 폴케스타가 스톨레에게 익명의 동료에게 접근한 사연을 털어놓은 후 스스로 경찰직을 그만두기로 결정했기 때문이다. 그렇게 아르놀 폴케스타는 심리치료도 중단하고 스톨레의 레이더망에서 사라졌다. 하지만 그의 증상이 악화된 데에는 몇 가지 사건이 작용했을 것이다. 하나는 병원에 꽤 오래 입원할 만큼 심각한 머리 부상을 당한 일이었다. 뇌에는 가벼운 타격만 주어져도 공격성이 증가하고 충동조절능력이 감소하는 등의 행동 변화로 이어질 수 있다고 밝히는 주요 연구가 있다. 공교롭게도 그 타격은 그가 피해자들을 다룬 방식과 유사하다. 두 번째 요인은 르네 칼스네스를 잃은 사건이다. 목격자들의 증언에 따르면 르네 칼스네스는 아르놀 폴케스타가 광적으로 사랑한 상대였다. 아르놀 폴케스타가 스스로 목숨을 끊어서 사명으로 생각한 일을 마무리한 것도 놀랍지 않았다. 한 가지 이상한 점은 그가 유언 한 줄 남기지 않고 자신의 행동을 정당화할 어떤 말도 하지 않았다는 것이다. 과대망상증 환자는 대개 자신이 기억되고 이해받고 천재로 인정받고 존중받고 역사에서 명예로운 자리에 올라야 한다고 생각하는데 말이다.

심리 부검서는 좋은 평가를 받았다. 미카엘 벨만에게 퍼즐의 마지막 한 조각이라는 평을 들었다.

하지만 스톨레 에우네는 이것이 경찰에 무엇보다 중요한 또 하나의 측면이라는 느낌이 들었다. 그는 이런 진단을 통해 씁쓸하고 논란의 소지가 있는 문제에 마침표를 찍은 셈이었다. 가령 어떻게 경찰 조직의 구성원이 이런 학살을 자행할 수 있었느냐는 문제 말이다. 아르놀 폴케스타가 경찰을 떠난 사람인 건 맞지만 이번 사건으로 경찰이라는 직업에 관해, 경찰 조직의 내부 문화에 관해 무엇을 알 수 있느냐는 문제 말이다.

이제 심리학자가 아르놀 폴케스타를 정신이상으로 결론지었으니 일단 이 논쟁을 보류할 수 있었다. 정신이상에는 원인이 없다. 정신이상은 그냥 난데없이 발생하는 일종의 자연재해이고, 일어날 수 있는 일이다. 그리고 달리 손쓸 방법이 없으므로 그냥 안고 살아가야 하는 문제다.

이것은 미카엘과 사람들의 추론이었다.

스톨레 에우네의 추론은 아니었다.

하지만 당분간은 그대로 두어야 했다. 스톨레는 경찰 상담실에 상근으로 복귀했지만 군나르 하겐은 보일러실 팀원들을 델타 같은 상시 비상 대기팀으로 유지하고 싶다고 밝혔다. 카트리네는 이미 강력반에서 형사 자리를 제안받아 수락했다. 멋지고 아름다운 베르겐에서 진저리 나는 오슬로로 옮기는 데에는 몇 가지 강력한 이유가 있다고 했다.

오르간 연주자가 연주를 시작했다. 페달이 삐걱거리는 소리가 나고 선율이 흘렀다. 신랑과 신부. 갓 부부가 된 두 사람. 왼쪽과 오른쪽으로 나눠서 인사할 필요가 없었다. 하객이 얼마 없어서 한눈에 다 들어왔다.

피로연은 슈뢰데르에서 열기로 했다. 해리의 단골 술집인 슈뢰데르는 물론 결혼 피로연에 어울리는 장소는 아니지만 해리는 이것이 라켈의 결정이었고, 그의 결정이 아니라고 말했다.

하객들이 라켈과 해리의 뒤를 따랐고, 두 사람은 빈 신도석을 지나 문으로 걸어갔다. 유월의 햇빛 속으로. 남아 있는 나날을 향해. 미래를 향해. 그들 세 사람, 올레그, 라켈, 해리.

"어머, 스톨레." 잉그리드가 가슴 주머니에서 손수건을 빼서 그에게 건넸다.

벤치에 앉아 있던 에우로라는 환호성을 듣고 자기네 팀이 또 득
점했음을 알았다.

오늘은 우승으로 가는 길목의 두 번째 경기였다. 에우로라는 아
빠한테 문자를 보내야겠다고 생각했다. 정작 에우로라는 이기든
말든 별로 관심이 없었고, 엄마는 전혀 관심이 없었다. 하지만 아
빠는 13세 이하 여자부 리그에서 이겼다고 알릴 때마다 딸이 세계
챔피언이라도 된 것처럼 기뻐했다.

에밀리와 에우로라는 첫 번째 경기에서 거의 풀타임으로 뛰어서
이번에는 벤치에 앉아 있었다. 에우로라는 경기장 반대편 관중석
에 앉은 관객 수를 세기 시작했고, 이제 두 줄만 남았다. 대부분 학
부모와 토너먼트에 참가한 다른 팀 선수들이지만 에우로라는 관중
석에서 낯익은 얼굴을 본 것 같았다.

에밀리가 옆에서 쿡 찔렀다. "경기 보는 거야?"

"어, 봐. 그냥…… 저기 세 번째 줄에 있는 남자 보여? 다른 사람
들하고 떨어져 앉아 있는 사람. 저 사람 본 적 있어?"

"몰라. 너무 멀어서. 넌 결혼식에 가고 싶지 않아?"

"아니, 어른들 일인데 뭐. 화장실 가고 싶어. 같이 갈래?"

"경기 중에? 우리 부르면 어쩌려고."

"샤를로테나 카틴카 차례야. 어서."

에밀리는 에우로라를 보았다. 에우로라는 에밀리가 무슨 생각을
하는지 알았다. 에우로라가 평소 누구에게든 화장실에 같이 가자
고 부탁한 적이 없다는 생각. 평소에는 어딜 굳이 같이 갈 사람을
찾지 않는다는 생각.

에밀리는 망설였다. 경기장을 돌아보았다. 사이드라인에서 팔짱을 끼고 서 있는 코치가 보였다. 고개를 저었다.

에우로라는 경기가 끝날 때까지, 그리고 다들 탈의실과 화장실로 몰려갈 때까지 기다려도 될지 생각했다.

"금방 갔다 올게." 에우로라는 일어서서 계단으로 뛰어갔다. 문앞에서 관중석을 돌아보았다. 어디선가 본 그 얼굴을 찾았지만 지금은 보이지 않았다. 그리고 계단을 뛰어 내려갔다.

모나 감렘은 브라게르네스 성당 앞 묘지에 혼자 서 있었다. 오슬로에서 드람멘까지 차로 왔고, 이곳을 찾는 데 한참 걸렸다. 물어물어 묘비까지 찾아왔다. 묘비에 새겨진 이름 옆의 크리스탈이 햇빛에 반짝였다. 안톤 미테트. 그 이름이 살아 있을 때보다 더 반짝이는 것 같았다. 그래도 그는 그녀를 사랑했다. 그건 확실했다. 모나는 민트향 껌을 입에 넣었다. 국립병원에서 교대근무를 마친 후 집에 데려다주고 키스할 때 그가 한 말을 떠올리면서. 혀에서 민트 맛이 나서 좋다고 했던 말. 세 번째로 그녀의 집 앞에 차를 세우고 그녀가 그에게 기대어 바지 지퍼를 내리고—시작하기 전에— 슬쩍 입에서 껌을 빼서 운전석 밑에 붙였다. 곧바로 새 껌을 씹고 다시 키스했다. 민트향이 나야 해서, 그가 원하는 맛이라서. 그가 그리웠다. 그를 그리워할 자격이 없어서 더 그리웠다. 뒤에서 자갈을 밟고 올라오는 발소리가 들렸다. 그 여자일 것이다. 다른 여자. 레우라. 모나 감렘은 뒤돌아보지 않고 앞으로 걸어가며 눈을 깜빡여서 눈물을 짜내려, 자갈길에서 벗어나지 않으려 했다.

성당 문이 열렸지만 트룰스는 아직 아무도 보지 못했다.

그는 조수석에 놓인 잡지를 돌아보았다. 〈마가시네〉. 미카엘의 인터뷰가 실려 있었다. 아내와 세 자녀와 함께 찍힌 행복하고 가정적인 남자의 사진도. 약삭빠른 미카엘은 자기를 낮추면서 아내 울라의 내조가 없었다면 경찰 살인사건을 해결하지 못했을 거라고 말했다. 또 경찰청의 모든 유능한 동료들이 없었다면 불가능했을 거라고도 말했다. 아르놀 폴케스타의 정체가 밝혀져서 다른 사건도 해결되었다고 말했다. 탄도학 보고서에서 아르놀 폴케스타가 자살에 사용한 오데사 권총이 구스토 한센을 살해한 총과 동일한 것으로 밝혀진 사실도 언급했다.

트룰스는 그 생각에 웃음이 나왔다. 그럴 리가. 해리 홀레가 늘 하던 대로 손을 써서 눈속임한 것이다. 어떻게, 왜 그랬는지는 몰라도 이제 올레그 페우케는 처벌을 면했으며 뒤를 살피지 않아도 된다는 뜻이었다. 해리 홀레는 이제 그 애를 경찰대학에 보내려고 할 것이다. 두고 보시라.

괜찮다. 트룰스는 그의 앞길을 방해할 생각이 없었다. 버너로서 훌륭한 성과였다. 존경한다. 어쨌든 그 잡지를 가지고 있는 이유는 해리나 올레그나 미카엘 때문이 아니었다.

울라의 사진이 실려 있어서였다.

일 보 후퇴. 그뿐이었다. 잡지는 나중에 없앨 것이다. 그녀를 없앨 것이다.

그는 전날 카페에서 만난 여자를 생각했다. 인터넷 데이트. 물론 울라나 메건 폭스와는 비교도 되지 않는 여자였다. 나이가 조금 더 많고 조금 더 뚱뚱하고 다소 지나치게 수다스러웠다. 하지만 그것 말고는 마음에 들었다. 나이도 얼굴도 엉덩이도 부족하고 입을 다물게 하는 게 불가능한 여자라면, 그럼 그런 여자를 왜 만나지?

잘 모르겠다는 생각이 들었다. 그 여자가 마음에 든다는 것만 알았다.

아니, 정확히 말하면 그 여자가 **그**를 마음에 들어하는 것 같아서 좋았다.

엉망으로 일그러진 얼굴 때문에 불쌍하게 봐준 건지도 몰랐다. 아니면 미카엘의 말이 맞는지도 몰랐다. 워낙 못나게 타고난 얼굴이라 조금 달라져도 별 차이가 없는 건지도.

아니면 어떤 식으로든 그의 내면이 달라진 건지도 몰랐다. 정확히 무엇이, 어떻게 달라졌는지는 몰라도 어느 날 눈을 뜨자 새로운 느낌이 들었다. 생각하는 방식이 달라졌다. 주위 사람들에게도 새로운 방식으로 말할 수 있게 되었다. 남들도 그걸 알아챈 것 같았다. 그들도 그를 다르게 대했다. 더 낫게. 덕분에 새로운 방향으로 미약하게나마 한 걸음 내디딜 용기가 생겼다. 그래서 어디로 갈지는 전혀 모르지만. 구원 같은 걸 발견했다는 건 아니다. 사소한 변화였다. 그리고 전혀 새로워진 느낌이 들지 않는 날도 있었다.

어쨌든 트룰스는 그 여자에게 다시 전화할 생각이었다.

경찰 무전기가 지글거렸다. 단어가 아니라 말투에서 중요한 사건이 터진 걸 알았다. 교통체증이나 지하실 무단침입이나 부부싸움이나 술에 취해 폭력적으로 변한 술꾼들 같은 따분한 일상이 아닌 다른 종류의 사건이 터진 걸 알 수 있었다. 시체다.

"살인사건 같은가?" 수사팀 팀장이 물었다.

"그런 것 같습니다." 간결하고 차분하게 말하려고 애쓰는 말투였다. 특히 현장의 경비를 서는 젊은 경관이 내고 싶어하는 말투였다. 젊은 경관들이 나이 든 경관을 보고 따라하지 않는 건 아니었다. 해리 홀레는 이제 경찰에서 일하지 않지만 그의 말투는 생생히 살아 있었다. "여자의 혀가…… 혀인 거 같습니다. 혀를 잘라서 쑤셔박았는데……."

젊은 경관은 뜨거운 열기를 감당하지 못했다. 목소리가 갈라졌다.

트룰스는 흥분이 올라오는 것을 느꼈다. 생명을 주는 박동이 일면서 심장이 조금 빠르게 뛰었다.

조금은 추잡하게 들렸다. 유월. 그 여자는 눈이 예뻤다. 옷 속에 크고 예쁜 젖꼭지가 있을 것 같았다. 그래, 아주 근사한 여름이 될 것이다.

"주소는?"

"알렉산데르 쉘란 광장, 22번지. 젠장, 여기 상어가 많아요."

"상어?"

"예, 작은 서핑보드에. 이런 게 잔뜩 있어요."

트룰스는 스즈키에 기어를 넣었다. 선글라스를 고쳐 쓰고 액셀러레이터를 밟고 클러치를 풀었다. 어떤 날은 새로웠다. 어떤 날은 아니었다.

여자 화장실은 복도 끝에 있었다. 에우로라는 문을 닫자 갑자기 너무 조용하다는 생각이 들었다. 위층에 있는 사람들의 소음이 사라지고 여기에는 그녀 혼자였다.

에우로라는 화장실 칸막이 안으로 들어가 문을 잠그고 반바지와 속옷을 내리고 차가운 플라스틱 변기에 앉았다.

결혼식을 생각했다. 사실은 거기에 더 가고 싶었다. 누가 결혼하는 걸 한 번도 본 적이 없었다. 제대로 된 결혼식은. 에우로라는 자기도 언젠가는 결혼을 할지 생각했다. 그날을 상상했다. 성당 앞에 서서 색종이 조각이 흩날리는 속에서 환하게 웃으면서 새하얀 드레스를 입은 모습, 집과 좋아하는 직업을 상상했다. 함께 아이들을 낳아 기를 소년. 그 소년을 떠올려보려 했다.

문이 열리고 누가 들어왔다.

에우로라는 정원 그네에 앉아 있고 햇살이 눈을 비추어 그 소년을 볼 수 없었다. 멋진 소년이기를 바랐다. 조금은 자기처럼 생각하는 소년이기를. 조금은 아빠처럼 생각하지만 그렇게 덜렁대지는 않기를. 아니, 사실은 **딱 그만큼** 덜렁대기를.

여자치고 발소리가 무거웠다.

에우로라는 휴지를 잡으려다가 손을 움츠렸다. 숨을 쉬려 했지만 아무것도 없었다. 공기가 없었다. 목이 조였다.

여자 발소리치고 **너무** 무거웠다.

이제 발소리가 멈췄다.

에우로라는 아래를 보았다. 문과 바닥 사이의 넓은 틈새로 그림자가 보였다. 길고 뾰족한 신발 끝도 보였다. 카우보이 부츠처럼 끝이 뾰족한 신발.

에우로라는 머릿속에 울리는 소리가 결혼식 종소리인지 자신의 심장박동인지 알 수 없었다.

해리는 계단으로 나왔다. 눈을 가늘게 뜨고 눈부신 유월의 태양을 바라보았다. 잠시 눈을 감고 옵살의 하늘에 울려퍼지는 성당 종소리를 들었다. 온 세상이 올바르고 평온하고 조화롭게 느껴졌다. 모든 것이 이렇게 끝나야 했다.

폴리스

1판 1쇄 발행 2019년 7월 8일 **1판 4쇄 발행** 2021년 4월 1일

지은이 요 네스뵈
옮긴이 문희경
펴낸이 고세규
편집 이승희 **디자인** 윤석진
발행처 김영사
주소 경기도 파주시 문발로 197(문발동) 우편번호10881
등록 1979년 5월 17일(제406-2003-036호)
구입 문의 전화 031)955-3100 **팩스** 031)955-3111
편집부 전화 02)3668-3292 **팩스** 02)745-4827 **전자우편** literature@gimmyoung.com
비채 카페 cafe.naver.com/vichebooks **인스타그램** @drviche **카카오톡** @비채책
트위터 @vichebook **페이스북** facebook.com/vichebook
ISBN 978-89-349-9669-9 03890 책값은 뒤표지에 있습니다.

비채는 김영사의 문학 브랜드입니다.
이 도서의 국립중앙도서관 출판시도서목록(CIP)은 서지정보유통지원시스템 홈페이지
(http://seoji.nl.go.kr)와 국가자료공동목록시스템(http://www.nl.go.kr/kolisnet)에서
이용하실 수 있습니다. (CIP제어번호: CIP2019024869)